LES FAUX TSARS

Vladimir Volkoff est né à Paris en 1932 de parents russes émigrés. Après une licence de lettres classiques à la Sorbonne (1954), il fait successivement l'expérience de l'enseignement (1955-1957) puis de la vie militaire (1957-1962) pendant la guerre d'Algérie. Son premier roman, L'Agent triple *(1962), évocation de cette période intense et contrastée, lui vaut un succès d'estime. Il aborde également le domaine de la science-fiction et obtient le prix Jules Verne en 1963 avec* Métro pour l'enfer.
Etabli aux Etats-Unis depuis 1966, Vladimir Volkoff se partage tout d'abord entre l'enseignement à l'Université d'Atlanta en Georgie et la création littéraire à laquelle il se consacrera entièrement à partir de 1978. L'éclatant succès du Retournement *(Julliard/L'Âge d'Homme, 1979) lui vaut une renommée internationale. L'ouvrage est traduit en douze langues. Si cet étonnant « thriller métaphysique » fait de lui l'homologue français de John le Carré,* Les Humeurs de la mer*(1980), vaste fresque ayant pour thème et pour décor la tragédie algérienne, évoque irrésistiblement le célèbre « Quatuor d'Alexandrie » de Lawrence Durrell auquel Vladimir Volkoff consacrera un essai en 1984 (*Lawrence le magnifique*). Avec* Le Montage *(1982), il met en scène les méthodes et les réseaux de la « désinformation » soviétique en Europe. Viendront ensuite* Le Professeur d'histoire, Nouvelles américaines, Les Hommes du Tsar *(1989),* Le Bouclage *(1990),* Les Faux Tsars *(1992),* Le Berkeley à cinq heures *(1993).*

« Le plus faible mais le plus fort, mort mais vivant, lui mais pas lui » : l'ennemi du tsar usurpateur Boris Godounov apparaît tel que les devins l'ont prédit.
Le mystérieux revenant se fait passer pour le petit tsarévitch Dmitry que Boris Godounov a fait égorger. A vingt ans, il est brave, clément, rusé, amoureux de la belle Polonaise Marina et il prétend reconquérir le trône de ses pères.
En réalité, il est l'agent secret du pape Clément VIII. Mission : convertir la Russie orthodoxe au catholicisme romain. Mais tiendra-t-il parole une fois qu'il aura ceint la couronne?
Deux frères, Aleksandro et Sergo Psar, sont mêlés à cette aventure : le cadet voit en Dmitry le tsarévitch légitime; l'aîné a juré de l'abattre comme imposteur.
Chevauchées, émeutes, intrigues, combats, prodiges, atrocités et somptueuses cérémonies orthodoxes se succèdent. Des ima-

(Suite au verso.)

ges de femmes apparaissent à toutes les pages : outre l'ambitieuse Marina, on voit la veuve d'Ivan le Terrible, la douce tsarine Irina, déçue par son frère Boris Godounov, la pathétique Ksénia, fille de Boris, Avdotia la dévote, Danoucha, jeune femme espiègle qui apprend le tragique de l'amour, Evfimia, trop maigre pour être aimée par son mari Aleksandro, et les pensionnaires du harem clandestin qu'il entretient par compensation.

Dans Le Livre de Poche :

L'INTERROGATOIRE
LES HOMMES DU TSAR
LE BOUCLAGE

VLADIMIR VOLKOFF

Les Faux Tsars

ROMAN

ÉDITIONS DE FALLOIS
L'AGE D'HOMME

A la princesse Anne Andronikof

koumè litki

cadeau rituel
du parrain à la marraine

en affectueux hommage

V.V.

PREMIÈRE PARTIE

BORIS

CHAPITRE PREMIER

LE REVENANT

1

1599.

Au pied de l'escalier de pierre, le Tibre formait un remous couleur vert jade. Au-dessus, la masse de San Bartolomeo, toute en frontons, en coupoles et en pilastres, dominait l'île sur laquelle se tenaient deux hommes, à moitié tournés l'un vers l'autre et semblant hésiter à entamer l'entretien. Devant eux, s'étendait, du palais Farnèse au Circus Maximus, la Ville éternelle, avec ses murs vert-de-grisés, ses toits cannelés de tuiles inégalement brûlées et brunies, et ses dômes surmontés de croix latines. Au premier plan, la conque du théâtre de Marcellus, l'étagement du Capitole et le temple de Vesta transformé en église.

Le plus grand des deux hommes était revêtu d'une soutane blanche, selon la mode que les dominicains venaient de donner à la papauté ; l'autre avait troqué sa soutane noire contre un habit gris de cavalier, avec des bottes, parce que la convocation secrète lui enjoignait de ne pas se faire reconnaître en chemin.

Un cordon de hallebardiers suisses aux casques empanachés, en cuirasse et culotte rayée jaune et bleu, barrait les ponts, et assurait à cette entrevue, qui avait l'apparence d'une promenade, une discrétion que les gardes nobles, camériers secrets, camériers d'honneur, camériers de cape et d'épée, camériers d'honneur de cape et d'épée, les huissiers, les massiers, les essaims de prélats et les nuées de monsignori auraient rendue impossible au Vatican.

Enfin le pape Clément VIII se décida à braquer sur son visiteur son visage de balbuzard chauve et barbu aux yeux térébrants :

— Vous avez eu des démêlés avec Acquaviva. Pourquoi ?

Le regard mélancolique du père Antonio Possevino, sa barbiche grise, soyeuse, soigneusement taillée, sa tête qu'il tenait légèrement penchée, la modestie de ses vêtements, la finesse presque féminine de ses mains ne trahissaient en rien l'énergie qu'il avait déployée pendant des décennies *ad majorem Dei gloriam*.

— Très Saint-Père, je n'ai pas eu de démêlés avec le père général, répondit-il d'une voix très douce. Il m'a commandé de prendre ma retraite à Braunsberg : je lui ai obéi. Ensuite Sa Sainteté Sixte Quint m'a ordonné de reprendre mes activités et de négocier avec le roi de Pologne-Lithuanie des projets de conquête de la Russie et de croisade contre les Turcs : je l'ai fait. A la mort du roi, il y aura bientôt treize ans, le père général m'a derechef commandé de me retirer. Je me suis retiré à Ferrare. Je m'y occupais de compilations et de traductions quand, il y a quelques jours, les ordres de Votre Béatitude me sont parvenus.

L'œil rond et sanguinolent du pape ne quittait pas le visage plein d'humilité du jésuite.

— Et ça vous satisfait, ces traductions, ces compilations ? Un homme comme vous ?

Le père Possevino était partagé. Sa vocation,

c'étaient la diplomatie et surtout l'espionnage. Mais il avait fini par se résigner à une vie studieuse, et il n'était pas sûr de souhaiter qu'on l'en tirât pour l'exposer à de nouvelles avanies dans son ordre. Si son cœur se contracta à l'idée de nouvelles missions, il n'en laissa rien paraître.

— Ce qui me satisfait, Très Saint-Père, c'est d'accomplir tous les jours mon vœu d'obéissance.

Clément fit un geste d'impatience, et le cilice qu'il portait à même le corps brûla si cruellement sa peau déjà meurtrie qu'il dut se retenir pour ne pas pousser un gémissement.

— Ne me prenez pas pour un benêt, je vous prie. Vous êtes fait pour traduire et compiler comme moi pour traire les chèvres. Je vous connais. Vous avez traité les affaires du Saint-Siège en Piémont, en Savoie, en France, en Suède et avec l'empereur. Vous avez servi de médiateur à la Pologne-Lithuanie et à la Russie. Vous avez opéré secrètement sous le nom de Barezzo Barezzi dans toute l'Europe de l'Est. Vous connaissez les schismatiques mieux que personne. Le vœu d'obéissance ne doit pas être un prétexte pour refuser de servir.

— Non sans doute, puisque, en dernier ressort, c'est à Votre Béatitude que j'ai juré d'obéir. Je dois être dans votre main « comme le bâton dans celle du vieillard », Très Saint-Père. C'est vous qui êtes le Vicaire du Christ.

Leurs yeux se croisèrent.

« Le Vicaire du Christ », florentin, né dans l'illustre famille des Aldobrandini, juriste et homme du monde, aurait pu être un nouveau pape de la Renaissance, luxe et luxure, indulgences et impôts, stylet et poison. Mais cet homme qui changeait sans cesse de palais, nommait son petit-neveu cardinal à quatorze ans, livrait les Cenci aux bourreaux et Giordano Bruno au bûcher, cet homme-là jeûnait deux fois par semaine, se confessait tous les jours et travaillait sans relâche à son vicariat.

— Je le sais bien, qui je suis, fit-il impérieusement. Ce que je ne sais pas, c'est ce qu'Acquaviva vous reproche.

— Votre Béatitude pourrait le lui demander.

— Pour qu'il s'abrite derrière le secret de la confession et me réponde avec restriction mentale ? Je vous connais, vous autres jésuites. Je préfère l'entendre de votre bouche.

Le pape s'éloigna de quelques pas, et se mit à tourner sur place, les mains derrière le dos, comme afin de mieux dérober sa pensée à Possevino, ne fût-ce que pour quelques instants encore.

Possevino ne bougea pas. Il choisit ses mots avec précaution.

— Je crois comprendre que le père général a craint pour moi les tentations inséparables d'une grande carrière et qu'il a jugé préférable pour le salut de mon âme de me confiner dans l'étude solitaire plutôt que de m'exposer davantage à l'action parmi les grands.

— Il a pensé que vous vous laisseriez acheter ? fit Clément avec un mélange de mépris et d'amusement.

— Rien d'aussi innocent, hélas. Je suis d'extraction modeste et le père Acquaviva redoutait pour moi les périls d'une condition éloignée de celle où je suis né. A voir tous les jours des ducs et des rois, je courais le risque de succomber à l'orgueil. Du moins était-ce son opinion.

— Votre opinion à vous ?

Le père Antonio baissa ses yeux mélancoliques, puis les releva.

— Quiconque parle au chef de l'Église se trouve par là même dans les conditions du confessionnal. Quand j'ai été nommé secrétaire de l'ordre, quand j'ai parlé à Jean de Suède, à Batory de Pologne-Lithuanie, à Ivan de Russie, et surtout lorsque j'ai réussi à leur faire faire, sans qu'ils s'en aperçussent, les volontés du Saint-Siège, j'ai ressenti des mouvements de fierté allant... jusqu'à l'ivresse, peut-être jusqu'à la possession. « Que vous servirait-il de mettre le monde aux pieds du pape, me disait le père Acquaviva si, ce faisant, vous étiez damné ? » Il avait raison.

— Alors là, fit Clément en s'arrêtant sur place, laissez-moi vous dire que votre Acquaviva est un niais. Il en faut, des damnés ! Et, si chaque damné offrait le monde à saint Pierre, le Royaume du ciel serait pour demain. Le salut d'Antonio Possevino est votre affaire et il sera toujours temps de vous repentir de vos ivresses quand le travail du Maître sera fait. Commencez donc par me donner votre avis sur la situation de l'Église dans le monde — je ne parle pas des missions aux Indes orientales et occidentales, je sais que ce n'est point là votre partie.

Possevino sentait que le pape voulait lui faire dire quelque chose. Mais quoi ? Il débuta prudemment.

— Je dois d'abord féliciter Votre Sainteté sur les sages décisions qu'elle a prises au sujet d'Henri Quatrième, roi de France : son excommunication rapportée, sa légitimité reconnue, la paix civile assurée dans ce beau royaume par cet édit de Nantes que, dans votre sagesse, vous lui permîtes de promulguer et qu'il sera toujours temps de révoquer quand les circonstances seront favorables...

— Je sais ce que vous pensez, dit le pape en recommençant à marcher. Ce que j'ai réussi en France, je l'ai manqué en Angleterre et en Suède, du moins pour le moment. D'accord. Mais l'Espagne tient bon grâce à la Sainte Inquisition, l'Italie, l'Autriche, la Bavière tiennent. Je crois que nous avons mis le holà à la Réforme. Un bon concile nous consolidera cela, et, ma foi, si quelques Tudesques tiennent à aller se faire rôtir parce qu'ils s'obstinent à croire au salut par la foi seule, je suis sûr que le diable leur rendra volontiers ce service. Ce n'est point sur cela que je souhaitais vous consulter.

— Votre Béatitude fait peut-être allusion à ce rêve que nous caressons tous depuis longtemps : les Turcs sont à nos portes, et seule une croisade de la chrétienté à nouveau unie...

— Laissez là les Turcs, encore qu'ils doivent aussi y trouver leur compte. Vous ne connaissez rien aux Turcs, et ce n'est pas pour vous parler de Turcs que je vous ai fait galoper cent cinquante lieues.

Possevino avançait pas à pas.

— Je dois aussi me réjouir de l'accord de Brest-Litovsk, grâce auquel nombre de populations schismatiques de l'Est, les Ruthènes en particulier, sont rentrées dans le giron de Rome par le truchement de l'Union, et je ne saurais assez louer Votre Sainteté d'avoir laissé aux uniates leur pauvre rite orthodoxe, qu'il sera facile de latiniser peu à peu. La dure leçon de l'Église, c'est qu'il faut sauver les hommes malgré eux : la discipline d'abord, la foi après.

Clément s'était arrêté de marcher, et il regardait la perspective de Rome déroulée devant lui, qui en était le maître temporel, spirituel, absolu. Il n'avait pas écouté les dernières paroles de Possevino, et, les yeux fixés sur les églises et les palais qui paraissaient gravés à l'eau-forte sur un ciel grisonnant, il parla d'un ton rentré, presque tendre, que peu d'hommes lui avaient entendu.

— Il y a dix ans, Sixte Quint m'envoya en Pologne-Lithuanie avec le titre de légat. Il s'agissait de régler sur place une dispute entre les Vasa et les Habsbourg ; j'y réussis à peu près, mais cela n'importe pas. Devant l'immensité de ces plaines et la bonne volonté de ses habitants, j'eus la révélation — comment vous dire ? — de la vastité de la terre de Dieu. Je sais qu'on commence à dire des choses absurdes sur sa forme — sphérique, je vous demande un peu ! —, d'ailleurs qu'est-ce que cela changerait ? Mais, comme mon prédécesseur Pierre devant ces bêtes rampantes et volantes qui descendirent sous son nez nouées dans une nappe et qu'il devait, malgré son dégoût, tuer et manger, j'ai soudain pris conscience que l'Europe n'est, dans la création, qu'un mouchoir de poche, et qu'il y a, au-delà du Niemen, des peuples innombrables, que Dieu doit aimer du même Cœur dont il nous aime, vous et moi. Il y a là des cousins de Polonais, des descendants de Vikings, et même des êtres aux yeux bridés, à la face plate et au teint jaunâtre, qui, tout répugnants qu'ils nous paraissent, ont une dignité comparable à la nôtre et sont pourtant condamnés à passer la vie dans l'ignorance et l'éternité dans la géhenne, si nous n'y mettons pas bon ordre, vous et moi, Antonio.

Clément savait conduire les hommes ; il n'en était pas moins sincère.

— Pour ces peuples-là, voyez-vous, j'ai un ventre de père, et je ne peux supporter l'idée que tous ces hommes et toutes ces femmes et tous ces petits enfants, qui ne demandent qu'à adorer Dieu comme il convient, vont être la proie éternelle du diable, sous prétexte qu'il y a cinq cents ans une poignée de Grecs perfides a induit leurs ancêtres en erreur et en tentation. Je ne m'inquiète pas des Grecs, Antonio : ce sont des menteurs ; qu'ils périssent ! Mais les Russes ne sont pas coupables, et je ne croirai pas avoir rempli la mission que Notre Seigneur m'a confiée tant que je n'aurai pas ramené dans son Église ces millions de brebis égarées. Voyez-vous, je contemple ces frontons et ces dômes, ces flèches, ces tours, ces belles statues que nous avons à profusion devant nous, j'imagine les vitraux et les fresques qui ornent nos églises, mes oreilles s'emplissent de nos motets, de nos messes, et j'ai devant les yeux les plaines infinies du Nord, peuplées de loups hurleurs, où l'on trouve de place en place une croix bizarre à huit branches sur une bicoque en rondins censée porter témoignage au Christ par un culte qui ne lui plaît point. Faisons quelque chose pour ces âmes, Possevino, ces pauvres âmes égarées dans ces neiges et dans ce schisme. Sauvons-les, si vous voulez bien. Une fois rentrés au bercail de Rome, je ne dis pas... Si ces peuples veulent s'armer contre les Turcs et libérer le Sépulcre de Notre Seigneur, tant mieux, ma foi, et que Dieu soit loué dans ses desseins insondables. Mais ma première intention n'est que de sauver les âmes russes. C'est pour avoir votre opinion sur ce point que je vous ai fait venir.

Un instant, Clément laissa son regard planer sur la Ville éternelle, et puis il le reporta sur Possevino, qui répondit avec modération.

— Votre Béatitude sait que j'ai toujours été favorable à une conversion de la Russie. Non pas brutale, à l'allemande, comme celle que tentèrent, aux siècles passés, avec la bénédiction du Saint-Siège, les chevaliers Porte-Glaive et Teutoniques, mais au contraire obtenue dans le respect temporaire des préjugés de ces peuples. Je pense encore qu'entre la Pologne catholique et la Russie orthodoxe, une Lithuanie uniate pourrait servir de tremplin, surtout grâce à ses imprimeries, et...

— Manque d'envergure dans la conception, père. L'Union de Brest-Litovsk vous est chère, parce que c'est vous qui l'avez manigancée, mais elle ne sera jamais qu'une petite porte, une poterne, pour pénétrer dans la place. On persuade ici, on contraint là, on latinise au petit bonheur... Ça piétine, et ça ne donne ni chair ni poisson. Je rêve d'une grande porte, moi, d'un portail. N'avez-vous pas écrit dans vos rapports que les Russes sont si attachés à leurs tsars qu'ils changeraient de religion si leurs tsars en changeaient ? Le tsar actuel Boris Godounov, étant, si j'ai bien compris, d'une légitimité douteuse... Vous figurez-vous, ce que pèserait sur la balance du monde une Russie armée de pied en cap, mettant ses ressources et ses prières à la disposition de Rome ? Un tsar de Russie catholique, apostolique et romain ! D'un coude il bouscule Luther, d'un pied il démolit Mahomet... (Le pape se signa largement de sa main gantée de satin blanc.) Vous qui avez passé votre vie dans ces pays, n'auriez-vous pas un tsar un peu malléable, un peu ductile à me proposer ?

Antonio Possevino avait baissé sa tête fatiguée. Il voyait le Tibre limoneux couler à ses pieds, il découvrait en face de lui les hauteurs du Palatin et du Capitole comme drapées dans les plis pétrifiés de l'Antiquité gréco-latine, de l'ère gothique et de l'époque moderne qui avait retrouvé l'Antiquité. Et il songeait à Moscou, toute en bois, avec ses bulbes à écailles, ses popes mariés, ses superstitions, son humilité. Quoi de plus juste que le Vicaire du Christ eût Fra Angelico, saint Thomas d'Aquin, Michel-Ange, Josquin des Prés, et que les schismatiques n'eussent rien ?

Pas tout à fait rien, cependant : il y avait à Moscou quarante fois quarante églises décorées d'images saintes qui n'étaient pas sans charme ; d'assez beaux cantiques y résonnaient ; et le souverain de ce pays, qui se réclamait du Christ à sa façon, pouvait lever une armée d'un demi-million de fidèles...

Possevino avait près de soixante-dix ans. A de certains moments, il avait tenu l'Europe entre ses mains. Comment aurait-il renoncé à infléchir l'Histoire une fois de plus ?

— Très Saint-Père, prononça-t-il sans hâte, je crois avoir précisément ce qu'il vous faut.

2

1600.

Le bai était si trempé de sueur qu'il paraissait noir, mais Dmitry le poussa encore dans la descente, serrant ses cuisses autour des flancs qui haletaient à grand bruit. Les roseaux cédaient sous le poitrail du cheval avec des froissements, et leurs hautes feuilles lancéolées lui taquinaient les naseaux, si bien qu'il s'ébrouait, faisant tinter sa gourmette. Renversé en arrière et calé sur les étriers, Dmitry le talonnait pour le faire descendre plus vite sous les saules, dont le feuillage s'écarta soudain, comme un rideau. Le Dniepr apparut, frontière moirée, majestueuse, roulant puissamment vers la mer les eaux de myriades de sources polono-lithuaniennes à sa droite, russes à sa gauche. Dmitry, qui descendait la rive escarpée de droite, arrêta le cheval au bord de l'eau et mit sa main en visière pour protéger ses yeux du soleil qui, deux heures plus tôt, avait surgi en face, au-dessus de la rive plane de gauche, hors d'une terre dont personne n'avait jamais découvert le bout.

Le bai écarta les antérieurs et ploya l'encolure pour atteindre l'eau fraîche qui coulait presque à sa portée, et n'y parvint pas.

— Le soleil se lève en Russie, murmura Dmitry.

Il sauta à terre et conduisit le cheval assoiffé jusqu'à une anse qu'il connaissait. Le cheval y entra jusqu'au ventre, s'abreuvant longuement, bruyamment, se pénétrant d'eau par le cuir autant que par la bouche, relevant la tête de temps en temps avec l'espoir qu'on n'avait pas encore besoin de lui, secouant la crinière, roulant les yeux, s'ébrouant et replongeant ses lèvres dans le fleuve.

Dmitry s'éloigna de quelques pas et se tint à l'extrême bout d'une avancée de terre.

— Je pourrais nager, se dit-il une fois de plus.

Il l'aurait pu, mais il trouvait indigne de rentrer clandestinement dans un pays qu'il tenait pour sa patrie. Debout sur son petit cap, il fouillait l'espace des yeux, s'imaginant que, de l'autre côté du fleuve, l'air était plus léger, les parfums de la terre plus voluptueux. Un jour, il la foulerait, la terre de ses ancêtres ! Un jour, peut-être, il donnerait sa vie pour elle.

A vrai dire, rien ne l'empêchait de demander la grâce du tsar Boris. Lui n'avait rien à se reprocher. C'était son père, le prince Andréï Kourbsky, qui avait servi contre la Russie ; encore était-ce contre Ivan le Terrible et non contre Boris Godounov. Dmitry pourrait rentrer en Russie — rentrer ? Il n'en était jamais sorti ! — sans crainte de persécutions. Mais, son nom honni, ses fiefs confisqués, qu'irait-il faire dans ce pays où, de par sa lignée, il devrait occuper l'un des premiers rangs ? Du reste il n'avait que mépris pour ce Godounov, Tartare sans naissance, enrichi dans les bains publics, haussé jusqu'au trône par les femmes, élu tsar à la sauvette par des boyards subornés et des Moscovites intimidés. Dmitry Kourbsky devenir l'obligé de ce personnage ? Il se sentait fait pour un autre destin.

Depuis son enfance, il rêvait que, reniant cette Pologne-Lithuanie que son père exécrait malgré — ou à cause de — tous les bienfaits qu'il en avait reçus, il rachèterait la félonie paternelle en devenant un grand capitaine au service d'un tsar russe qu'il s'abstenait de nommer. Tous ses jeux tournaient autour de cette vocation. Tantôt, armé d'une épée de bois, il décapitait les tournesols : « Et voilà pour vous, Tartares ! Et voilà pour vous autres, Turcs ! » criait-il, rouge de fureur guerrière. Tantôt il s'embarquait sur un tronc d'arbre et allait régler leur compte aux Suédois, représentés par les stalactites de glace appendues aux pignons du kiosque qui ornait une île du parc.

Il passa à un autre jeu quand il commença à étudier l'histoire et la religion. Jaloux de voir que seules les nations occidentales avaient cherché à libérer le Saint Sépulcre, il décida qu'il le ferait lui, à la tête des armées russes. Il prépara ses campagnes, étudia le cours des fleuves et des vents, la voilure des galères, les servitudes de l'artillerie, l'approvisionnement de la troupe, le fourrage des chevaux et des mulets, sans cesse penché sur les cartes et les mémoires, allant une fois assiéger la Porte par le Pont-Euxin, la contournant une autre fois par le Caucase, ou bien concluant des accords avec le pape de Rome et l'empereur pour prendre le sultan en tenailles, par l'est et par l'ouest. Maintenant, Dmitry ne se battait plus pour le tsar mais pour lui-même.

A treize ans, il entretenait avec ces personnages une correspondance imaginaire : « Moi, prince Dmitry Kourbsky, à toi, chien de Sultan, salut, en attendant d'aller te crever la panse... Le prince Kourbsky à son cousin l'empereur... Le serviteur de Dieu prince Dmitry, dit César Invincible, à Sa Béatitude l'évêque de Rome... » Il serrait ces épîtres et les réponses qu'il s'écrivait à lui-même dans une cassette de fer dont il portait la clef à son cou. Lorsque, au bout d'une campagne riche en péripéties, les croisés pénétraient enfin dans Jérusalem et y passaient les hommes au fil de l'épée, se réservant la jouissance des femmes — ce qui donnait lieu à d'autres jeux, encore plus secrets —, on ne s'arrêtait pas en si bon chemin : ayant exterminé les Turcs et recruté son harem, César Invincible poursuivait sa marche vers l'Indus sur les pas d'Alexandre. Les jours de vague à l'âme, Dmitry se voyait percé par une flèche empoisonnée et expirant sous les portes d'une ville qu'il avait fondée sur le Gange et appelée, en son propre honneur, Césaropolis.

Ces jeux, auxquels il avait d'abord associé de jeunes camarades, fils de domestiques ou de paysans, auxquels ensuite il avait préféré jouer tout seul, en songeur avare, avaient fini par le lasser. Depuis qu'il avait atteint l'âge des vrais combats et des vraies amours, il se languissait, comme encalminé. Son père mort, le roi de Pologne-Lithuanie ne lui devait rien et les propriétés reçues de lui se détérioraient. Tantôt il galopait à travers la plaine, débourrant et dressant des chevaux vicieux, tantôt il chassait le sanglier ou l'ours à l'épieu, tantôt, oubliant armes et montures, il se précipitait à l'université d'Orcha où il suivait pêle-mêle les cours offerts, devenant, dans ce centre de la pensée aérienne, de plus en plus sceptique sur toutes les orthodoxies de l'Orient et de l'Occident.

A travers tout cela, l'insatisfaction et l'attente. L'attente de quoi ? Il l'ignorait.

*

Soudain un vol d'étourneaux miroita dans le ciel. Ils venaient de l'est : c'étaient donc des étourneaux russes, qui, quelques minutes plus tôt, picoraient la terre russe. Ils en emportaient des graines russes dans leur ventre. Une intense nostalgie s'empara du jeune prince exilé. « Si j'étais étourneau, je ne connaîtrais pas de frontières ! » Les oiseaux s'éparpillèrent dans la plaine lithuanienne, se moquant bien d'échanger la patrie pour l'exil. La leçon n'échappa pas à Dmitry. « Mais, dit-il, je ne suis pas un oiseau, je suis un homme. Je connais la géographie et l'histoire. Ils sont de partout et je suis de là-bas, que cela me plaise ou non. »

Au bout d'un moment, Dmitry eut mal aux yeux d'avoir trop fixement regardé le soleil et les petits paysages qui s'allumaient un à un de l'autre côté du

Dniepr : chênaies, hêtraies, éclats de bouleaux blancs disséminés dans des prairies avec, derrière un bouquet d'arbres à peine discernable, l'oignon d'une église, rendu gris par les intempéries. Il soupira de toute sa poitrine et tourna le dos à sa vision. Son cheval, désaltéré, était remonté sur la berge, et, à peine gêné par le mors et le frein, broutait paresseusement, comme pour se donner une contenance. Dmitry lui posa tendrement la main sur l'encolure et allait sauter en selle.

— Tu n'es pas encore las de contempler le pays des Moskals [1] ?

La voix semblait tomber du ciel. Elle parlait polonais. Elle utilisait un mot insultant pour désigner les Russes.

Dmitry se retourna sans hâte, portant la main au poignard qui pendait à sa ceinture. Il lui fallut quelques instants pour découvrir qui l'apostrophait. C'était un petit homme sans âge, vêtu de noir, perché à califourchon sur une branche de chêne et croquant des noix. Il y avait en lui de l'ascète et du gnome. Il lança une poignée d'éclats de coque non pas à la tête de Dmitry, mais dans sa direction.

— Ou peut-être, enchaîna-t-il, es-tu un Moskal toi-même ?

— Moskal ou pas, je pourrais bien secouer votre arbre jusqu'à ce que vous vous rompiez les os.

— Pourquoi ne traverses-tu pas le Dniepr à la nage, si tu t'ennuies tant des Moskals ?

Dmitry s'approcha du chêne.

— Quand je traverserai le Dniepr, ce ne sera pas à la nage, mais sur un pont de barges, comme un grand seigneur.

Du haut de sa branche, le gnome le nargua :

1. Pour les mots russes ou polonais, voir glossaire en fin de volume, pp. 660-661.

— Chiche.

Il sourit soudain, et le lacis de rides indulgentes qui courut sur son visage glabre et marqué, ressemblant lui-même à une noix, effaça ce que ses propos pouvaient avoir d'insultant.

— Jeune prince, prononça-t-il sur un autre ton, il y a longtemps que nous t'observons. Nous connaissons ton courage, ton adresse de cavalier, ton intelligence curieuse, ton âme libérale. Dans ce pays, tu n'es que le fils d'un traître qui a touché le salaire de sa trahison, mais un sang noble coule dans tes veines. Si tu apprends à nous obéir, nous ferons de toi non pas un grand seigneur mais bien davantage. Parle un peu la langue de ton père, pour que je t'entende.

Une autorité placide émanait du petit homme juché sur son arbre.

— Je vois que le seigneur me connaît bien, répondit Dmitry en russe, mais je ne sais pas au nom de qui il s'adresse à moi. Quel est ce « nous » qui m'observe et prétend à l'honneur de me rendre service ?

— Pas mal, fit le gnome, qui avait tendu l'oreille pour mieux écouter. Il faudra seulement que tu oublies ton polonais et cesses de mettre l'accent sur la pénultième. Rappelle-toi aussi qu'en russe tout le monde se tutoie. Mais nous te donnerons les maîtres qu'il faudra et tu passeras pour le moskalissime de tous les Moskals.

Le cœur de Dmitry se dérobait. Était-il possible qu'il n'eût pas attendu en vain ? Que l'appel fût venu ? Mais il faisait bonne figure et déguisait son émotion.

— Vous souhaitez me faire une proposition ? demanda-t-il, retournant au polonais, qui lui venait plus naturellement. Dites-moi d'abord qui vous êtes.

— En temps utile, fit le gnome, en écrasant deux

noix l'une contre l'autre, dans sa main qu'il avait étonnamment grande et forte pour sa taille. Toi d'abord, dis-moi ce qu'est la Tiare de Monomaque.

— La couronne de Russie, bien sûr.

— Qui la porte aujourd'hui ?

— Boris Godounov.

— Qui la porta avant lui ?

— Le tsar Féodor, fils d'Ivan le Terrible, dernier des Rurikides, mort sans héritier. Tout le monde sait cela.

— Le tsar Féodor n'avait-il pas un frère ?

— Un demi-frère, un bâtard nommé Dmitry, que Boris a fait égorger.

— D'où vient dans ta bouche ce vilain mot de bâtard ?

— Dmitry était le fils de la douzième femme de son père et les orthodoxes n'ont droit qu'à trois mariages.

— Comme tu y vas ! Pas la douzième, la septième. Et ce ne serait pas la peine d'être tsar si on n'avait pas quelques passe-droits.

Le gnome dégagea du bout de l'ongle un éclat de noix encastré au fond de la coquille.

— Le tsar Ivan et la belle Maria ont bel et bien été mariés par un pope, peut-être un peu complaisant. Le cas de bâtardise n'est pas net. Dmitry, en tout cas, devait être plus légitime que Boris, sans quoi Boris ne l'aurait pas assassiné.

— Quelle importance, puisqu'il est mort ?

— Où est-il mort ?

— A Ouglitch.

— A Ouglitch ? Donc loin de Moscou. Et combien y a-t-il de temps ?

— Il y a bien dix ans.

— Dix ans ! Il y a donc longtemps. Et quel âge aurait-il aujourd'hui, le tsarévitch, s'il avait vécu ?

— Quelque dix-huit ans.

— Ton âge, quoi.
— Au fait, oui, mon âge.
— Un bel âge pour remonter sur le trône de ses pères. N'est-ce pas ton avis
— Où veux-tu en venir, l'étranger ?
Sans répondre, le gnome commença à gigoter, se préparant à descendre, agitant ses souliers sous le nez de Dmitry, raclant des morceaux d'écorce.
— Amène ta carne par ici.
D'un bond, Dmitry enfourcha sa monture ; d'un coup de talon, il la plaça sous le chêne. Le gnome se balançait sur une branche. Soudain, il se laissa tomber en croupe derrière Dmitry et lui noua ses bras autour des côtes.
— Tout à l'heure, lui chuchota-t-il, tu voulais savoir qui j'étais. Mon nom est Gaspard. Père Gaspard. Le père Gaspard Savitski de la Société de Jésus. Éperonne ta bête et tire-nous de ce trou. Ce n'est pas en scrutant les frontières tous les matins qu'on les franchit.

3

1601.
Moscou dominait la Russie, le Kremlin dominait Moscou, mais le Térem des tsars ne dominait pas le Kremlin. Le Térem était dominé lui-même par la forêt de bulbes dorés des cathédrales, l'Assomption, l'Ascension, Saint-Michel-Archange, et par le récent et vertigineux clocher de Saint-Jean-Climaque.
Cependant, de sa haute fenêtre au gâble ciselé, Boris pouvait voir la ville bigarrée qui s'étendait à ses pieds, et il ne se lassait pas de murmurer : « Ma capitale, mon empire... » en contemplant les toits rouges, bruns, verts, ocre, bleus, de bois, de chaume et d'airain, pointus, voûtés, à pans, en berceaux, en

nefs, en barils, les tours, les remparts, les palissades, les vergers, les potagers qui s'enchevêtraient sous ses yeux, les carrosses, les charrettes, les cavaliers, les piétons qui se croisaient dans les espaces irréguliers entre les maisons, et, plus loin, le moutonnement des toitures et des frondaisons de Kitaïgorod, de Tsargorod et des faubourgs de Skorodom jusqu'à la muraille extérieure, le tout pailleté par l'or des coupoles, des clochetons et des croix.

Sur la ville, qui s'étendait à perte de vue, planait un bourdonnement continu, car, à la rencontre des carillons religieux qui ne s'interrompaient guère que la nuit, montait le brouhaha des travaux et des jours, piétinement des chevaux sur les sonores pavés de bois ou sur la terre sourde, martèlement des forgerons, scies stridentes des menuisiers, haches et marteaux choquant le fer contre le bois, la pierre contre l'acier, cris modulés des marchands d'hydromel, marchandages, appels, injures, vociférations, hymnes sacrées, chansons d'ivrognes, abois de chiens et grondement des ours que leurs montreurs promenaient au bout d'une chaîne. C'était le vacarme bon enfant d'un peuple affairé, joyeux, confiant et, somme toute, prospère.

Au service de la Russie depuis trente ans, Boris la gouvernait depuis seize ans : comme ministre d'abord, puis comme régent, et, depuis deux ans, comme tsar. Les efforts qu'il avait déployés pour elle semblaient avoir été reconnus et bénis de Dieu.

Au-dedans du pays, la paix civile, l'ordre, le travail, un commerce florissant. Moins de liberté que sous Ivan le Terrible, car Boris avait enlevé aux serfs le droit de changer de maître le jour de la Saint-Ioury, mais aussi moins d'arbitraire : les grandes familles remises au pas, les hommes de service, c'est-à-dire les gentilshommes, traités selon leurs mérites, les négociants encouragés de toutes les manières, d'où l'équilibre des pouvoirs et l'abondance des biens.

Au-dehors, Boris avait fait des miracles. Ivan laissait une Russie solitaire, exsangue, malmenée par les Suédois, ravagée par les Tartares, prosternée devant la Pologne-Lithuanie. Boris l'avait prise par la main et relevée. Vainqueur des Tartares qui, sous sa régence, avaient pour la dernière fois osé approcher de Moscou, il avait négocié avec la Pologne-Lithuanie la prolongation d'une trêve qui devait se transformer en une paix durable. A la Suède, il avait donné un roi de son choix. Il entretenait des relations bonnes et utiles avec l'Angleterre, la Hollande et la Hanse, à qui il accordait des franchises mais aucun monopole. Il s'intéressait à la France. Il correspondait courtoisement avec le pape et fermement avec l'empereur, leur faisant miroiter qu'il ne serait ni le premier ni le dernier à se croiser, mais refusant de rien investir dans les croisades des autres. Il jouait le chah chiite contre le sultan sunnite et protégeait la Géorgie orthodoxe. Il avait fait de Moscou un siège patriarcal, égal en dignité à Jérusalem, Antioche, Alexandrie, Rome et Constantinople. Oui, c'était lui, le gentillâtre illettré descendant de Tchet Mourza le Tartare, lui qui, trente ans plus tôt, était parti de son petit domaine de la province de Kostroma, sans autre fortune que le rêve de rendre la Russie heureuse, c'était lui qui avait accompli cela.

*

Du haut de sa fenêtre, le tsar Boris jeta un dernier regard aux coupoles renflées de l'Assomption, autour desquelles, parmi les haubans soutenant les croix, tourbillonnaient les hirondelles — donc il ferait beau demain —, referma lui-même le vitrail losangé et rentra dans la salle obscure qui lui servait de cabinet de travail.

Le plafond bossu, surbaissé, les murs peints de

ramages rouges et noirs sur fond d'or, les alcôves où s'amassaient déjà les ombres du soir, évoquaient une autre Russie que la Russie claire, aérée, ouverte, libre, impériale, celle de saint Vladimir et de Iaroslav, celle d'avant les Tartares, que Boris voulait ressusciter. Cette salle sombre, basse et dorée rappelait au contraire le règne asiatique d'Ivan le Terrible, héritier des khans mongols plus que des basileus grecs ou des konungs vikings, mais Boris y demeurait attaché parce qu'ici il n'avait été rien et qu'il y était tout.

Le spectacle qu'il aperçut alors fut comme une flèche qui le traversa.

Il avait toujours été superstitieux, consultant devins et voyantes, attachant un sens mystérieux aux signes et aux prodiges. Il s'en était bien trouvé. Le tsar Féodor, n'avait-il pas, le jour du couronnement, trouvé la Tiare de Monomaque trop lourde pour sa faible tête, et ne l'avait-il pas prophétiquement confiée à son beau-frère bien-aimé Boris ? Or, elle reposait maintenant ici même, sur une table d'ébène incrustée de nacre, car Boris aimait caresser du regard le rebord de zibeline de la Tiare, effleurer du doigt ses cascades de perles et ses cabochons de pierres précieuses, méditer sur la croix de perles placée au faîte. C'était, hormis l'icône de la Vierge de Vladimir, l'objet le plus sacré de toute la Russie. Et voici que cette couronne des tsars dieu-donnés, toute d'or bruni, de fourrure noir fauve et de perles mates, s'était mise à rougeoyer, comme si un feu la dévorait de l'intérieur au point de la rendre translucide.

Boris recula d'un pas et la Tiare perdit sa couleur rouge comme un blessé perd son sang. Le tsar trembla et fit le signe de la croix.

Puis il se retourna vers la fenêtre et comprit : un rayon du soleil qui obliquait vers son couchant avait traversé un losange rouge du vitrail et teinté la Tiare.

En reculant, Boris avait barré le chemin à ce rayon et replongé la Tiare dans l'ombre. Tout s'expliquait. Mais comprendre ne rassura pas Boris : qu'importait la raison physique de ce flamboiement insolite, puis de cette hémorragie soudaine ? Ni l'un ni l'autre présage n'était heureux.

Un mouvement se fit dans l'embrasure d'une porte.

— Qui est là ?

Un chambrier s'inclinait.

— Grand souverain, le boyard prince Vassily Ivanytch Chouïsky demande à te parler.

Boris fit quelques pas. Le seul exercice permis aux tsars était l'équitation et Boris avait toujours eu peur des chevaux. A quelque cinquante ans, il se sentait lourd et las. Il s'assit pesamment sur un fauteuil de cuir repoussé, clouté de clous d'or, et, d'un geste, indiqua qu'il recevrait le boyard. Par la fenêtre, dont il n'avait refermé qu'un battant, il découvrait encore le clocher de Saint-Jean-Climaque. Son défunt beau-frère, le pauvre tsar Féodor, aurait été si heureux d'avoir cet édifice plus haut que les autres pour s'y adonner à son sport favori, le carillon, mais il était mort avant la fin des travaux. Dommage. Les hirondelles volaient toujours au plus haut.

« Volent-elles pour moi ? » se demanda le tsar avec un mouvement d'angoisse.

Vassily Chouïsky entra, piloté par son long nez de renard roux.

Il était le chef de ce qui restait de la branche cadette des Rurikides, ancienne maison souveraine, et certains pensaient qu'il aurait dû régner après Féodor. Il se donnait beaucoup de mal pour créer l'impression que lui, du moins, ne le pensait pas, se portant volontaire pour les missions douteuses, n'entrant jamais chez les souverains que de trois quarts, prenant garde à ne pas poser les yeux sur la

Tiare. Selon la vieille étiquette, il se serait agenouillé, le front contre le plancher, mais Boris, Tartare lui-même, n'encourageait pas les usages tartares en Russie, et Chouïsky se contenta d'effleurer de la main droite le tapis de Samarcande.

— Eh bien ? demanda le tsar, coupant court aux salamalecs ordinaires, si bien que Chouïsky n'eut même pas le temps de dire une prière devant les hautes icônes d'or qui rutilaient sombrement.

Maigre et râpé par avarice, il demeura ployé devant Boris, naturellement majestueux, avec son beau visage noble et barbu, aux cheveux ondulés, aux yeux noirs, les sourcils en cimeterres tordus trahissant seuls l'origine mongole.

— Eh bien, Vassily ?

Chouïsky se redressa avec un déhanchement censé exprimer la vénération, la fidélité, l'angoisse.

— Je ne sais, souverain, si j'ai raison de t'arracher aux soucis de l'empire pour ce qui ne te paraîtra sans doute qu'une vétille. Mais tu aimes être renseigné et j'ai cru de mon devoir... Au demeurant, il ne s'agit sans doute que d'une fausse rumeur, sauf que ces fausses rumeurs-là, il vaut quelquefois mieux les écraser dans l'œuf. Si je me suis ému pour rien, que ta clémence me pardonne. C'est l'amour que nous avons de ta personne qui nous fait quelquefois pécher par excès de zèle, pauvres serfs que nous sommes.

— Abrège, Vassily.

Chouïsky passa sa langue sur ses lèvres gercées. Ce qu'il allait faire était d'une témérité extrême, mais quelquefois il ne résistait pas au plaisir de taquiner celui qu'il tenait pour un usurpateur. En outre, il pouvait y avoir avantage à être le premier à renseigner Boris. De cette façon, l'affaire lui serait peut-être confiée, à lui Chouïsky, et ce serait alors à lui de décider s'il voulait mener sa mission à bien ou la saboter.

— J'abrégerai donc, puisque tu le commandes. Tu te rappelles peut-être que, lorsque le tsarévitch Dmitry s'est tranché la gorge dans un accès de mal sacré, tu m'as envoyé à Ouglitch pour enquêter sur sa mort, que j'ai vu son cadavre et que...

— Crois-tu vraiment que j'aie pu oublier cela ?

— Non, souverain, mais moi-même je me suis demandé si je n'avais pas rêvé cette enquête. Car vois-tu, des pèlerins moscovites, retour du monastère des grottes à Kiev, racontent que...

Chouïsky aspira beaucoup d'air.

— Ils racontent que le tsarévitch Dmitry n'est pas mort. Qu'il vit en Pologne-Lithuanie... Et prétend reconquérir son trône.

4

Le prince Adam Vichnevetsky, grand seigneur et joyeux drille prématurément chauve, régnait à Brahin, dans cette marche de la Russie qu'on commençait à appeler l'Ukraine, et qui, par droit de conquête, appartenait pour un temps à la Pologne-Lithuanie. Une grande liberté régnait dans ses États qui ne dépendaient point du tsar et guère du roi. Une cour nombreuse de gentilshommes et de valets s'empressait autour du prince Adam : il ne payait personne, mais nourrissait tout le monde — il suffisait de s'inscrire sur la liste des domestiques auprès du majordome. C'était donc un va-et-vient constant de personnel, et le prince ne s'aperçut même pas qu'il avait un serviteur de plus lorsqu'un jeune homme de petite taille, le visage rond, le teint foncé, une verrue déformant du côté droit son nez aplati, une main plus courte que l'autre, mais bien bâti, l'allure aisée et un regard attentif luisant dans ses yeux bleus, vint s'agréger à la domesticité.

Il ne se passa pas beaucoup de jours cependant avant que le prince n'apprît à reconnaître le nouveau. D'abord il n'utilisait jamais l'étrier pour monter sur le cheval qu'on lui avait assigné : il sautait en selle, effleurant à peine l'arçon d'une seule main. Il lui arrivait de provoquer ses camarades au tir à l'arc. Lorsqu'ils avaient réussi à mettre leurs flèches dans un carré de papier cloué à un arbre, il écrivait le mot BUT sur le même carré — car il était lettré — et plantait la sienne au milieu de l'inscription.

— Bien visé, mon gars, lui cria un jour le prince Adam, qui était lui-même bon cavalier et bon tireur. Comment t'appelles-tu ?

Le jeune homme haussa l'épaule.

— Quand on m'appelle Mitska, je réponds, fit-il négligemment. Mais si tu aimes le tir, prince, je peux faire mieux que cela.

Il chercha dans la foule des serviteurs un gros vieux hobereau qui l'avait bousculé le jour même, alors qu'ils faisaient la queue pour que le cuisinier versât le borchtch dans leurs assiettes d'étain.

— Commande donc au seigneur Boudilski de se mettre à cinquante pas.

Le prince vit qu'on allait s'amuser.

— A cinquante pas, Boudil ! Plus grands, les pas. Tu n'es pas encore podagre.

Le gros homme s'éloigna en traînant les pieds et en bougonnant dans sa barbe qu'il était trop vieux pour ces jeux-là.

— Parfait, dit Mitska. Maintenant plairait-il au seigneur Boudilski de mettre la main à son gousset, d'y prendre une pièce d'argent entre deux doigts, et de lever le bras le plus haut possible ? Peut-être en outre gagnerait-il à trembler un peu moins, s'il tient encore à cette main, qui ne brandit plus l'épée mais pourrait lui être utile à caresser des tendrons, à supposer qu'il en soit encore capable ?

La valetaille, noble et roturière, riait. Deux rangées s'étaient formées de part et d'autre de l'espace qui séparait Mitska, le pistolet chargé au poing, de Boudilski, la pièce d'argent miroitant entre le médius et l'index. Le prince Adam, le crâne luisant, deux côtelettes de poils hérissées sur les joues, les poings sur les hanches, les jambes écartées et le ventre en avant, se tenait à côté du tireur.

— Vise bien, Mitska. Si tu touches la pièce, je t'en donne dix. Si tu blesses la main, je te coupe la tienne, ho ho ho !

Le coup partit. Boudilski poussa un cri. Il s'était cru atteint, mais c'était la pièce qui lui avait arraché un bout de peau.

— Ouvre ton escarcelle, Mitska, et prépare-toi à recevoir une pluie d'or, ho ho ho ! fit le prince Adam en plongeant la main dans sa bourse.

*

Ce soir-là, Mitska quitta le château du prince, où, dans une chambrée de trente varlets, il avait droit à une couverture et à une place près de la fenêtre — préférant le bon air à la chaleur, il l'avait échangée contre une place près du poêle —, et il s'enfonça dans la forêt qui bordait Brahin. Il n'avait pas pris de cheval à l'écurie pour que son absence fût moins remarquée, mais il était bon marcheur, et atteignit la chapelle quand il faisait encore jour, bien que le soleil fût couché. Des lucioles sillonnaient l'air. Un petit homme au visage de gnome était assis sur les marches et lisait sa messe en latin. Derrière lui, la porte de la chapelle était ouverte et l'on devinait, dans les ténèbres, les ors d'une iconostase orthodoxe. La région était aussi bien orthodoxe que catholique, uniate, arienne, juive, et on ne s'y massacrait encore que rarement pour des raisons religieuses. Le père Gaspard referma le petit volume fauve.

— Alors ? fit-il, comme s'il poursuivait une conversation avec son pupille, alors qu'il l'attendait sur ces marches tous les soirs depuis un mois.

Mitska se campa devant lui dans une pose naturellement athlétique et gracieuse.

— Alors, père, vous pouvez rendre compte au mystérieux Barezzo Barezzi que tout se passe le mieux du monde. Je n'ai pas perdu mon temps sous votre férule. Je me suis taillé ici une petite réputation sans rien dévoiler de mon passé. Le prince Adam paraît disposé à me rapprocher de sa personne. Je crois qu'il est temps d'entamer le grand jeu.

Dmitry avait passé un an dans un château des Carpathes où, sous la direction du père Gaspard, il avait étudié toutes les disciplines qui devaient lui être utiles : le tir, le russe, la danse, l'histoire, l'escrime, les encres sympathiques... Il n'avait jamais rencontré Barezzo Barezzi face à face, mais il savait que le grand espion du Saint-Siège tirait les fils de sa mission.

Le père Gaspard plissa les paupières, cherchant à distinguer l'expression de Dmitry dans le crépuscule.

— Dis-moi. As-tu encore scrupule à te convertir à la vraie foi ?

— Je ferai ce qu'il faudra, je vous l'ai toujours dit.

— Mais tu n'es pas persuadé de la vérité de la religion catholique ?

— Catholique, catholique... Les orthodoxes aussi se prétendent catholiques.

— Ne ruse pas avec moi. Tu sais ce que je veux dire.

— Vous voulez dire la religion romaine ? Vous ne m'avez donné que des textes censés l'étayer et j'y ai trouvé des failles. Quelle importance ? Je le reconnaîtrai, votre pape. Pourvu que je remonte sur le trône de mes pères et que je coiffe cette tête-ci de la Tiare de Monomaque !

Le gnome se mit à rire.
— Prends garde ! Pour un peu tu commencerais à y croire toi-même.
— Ce n'est qu'en y croyant que j'y ferai croire les autres.
— Approche. Enlève ta croix de baptême. Et penche-toi vers moi.
Dmitry ôta sa petite croix orthodoxe en argent, se demandant ce qui allait suivre : allait-il devenir catholique romain dans les instants qui suivraient ? Il en eut un pincement au cœur, mais se raidit.
Le père Gaspard tira de sa poche une épaisse croix d'or, orthodoxe aussi, à trois traverses — la première petite, pour le titre de roi des Juifs, la deuxième grande, pour les bras, la troisième pour les pieds, moyenne, placée de biais, la dextre haute et la senestre basse, symbolisant le Jugement dernier —, trilobée en ses huit extrémités, ornée de trois rubis sertis aux entrecroisements, de deux émeraudes entre les rubis et de vingt-quatre saphirs dans les lobes. A l'envers, on lisait en russe le nom du boyard Mstislavsky, parrain du tsarévitch Dmitry.
Le jésuite passa la lourde chaîne d'or par-dessus la tête bouclée penchée vers lui. Dmitry se redressa, et la croix heurta sourdement sa poitrine sur laquelle elle reposa par-dessus la chemise. Le père Gaspard glissa la croix à même la peau basanée et resserra le laçage de la chemise.
— Voilà. Elle provient du trésor du tsar ton père. Elle coûte autant qu'une province et elle est conforme à vos traditions schismatiques. Peu importe comment elle est arrivée entre nos mains. Les joailliers, s'il le faut, reconnaîtront le travail. Et notre Saint-Père le pape t'autorise à la porter... pour le moment.
— Ce qui veut dire que je peux commencer ? fit Dmitry avec impatience.

Le père Gaspard inclina la tête.

— Barezzo Barezzi a dit : « Quand il sentira le moment venu. »

Dmitry pivota sur les talons et s'éloigna sans un mot dans le crépuscule.

Le père Gaspard Savitski S.J. le suivit longtemps de son regard affiné par la prière et des années de direction de conscience. « Un peu trop de sang, pensait-il. Il va falloir lui tenir la longe courte, à ce poulain. Sinon, il risque de nous échapper. »

A grands pas, Dmitry regagna le château. Vingt-neuf gentilshommes et valets puaient dans la chambrée. Il prit sa couverture et alla dormir sous les étoiles. Il chercha la Polaire et traça dans le ciel la direction de Moscou : le nord-est de Brahin, très exactement.

*

Dès le lendemain, il constata que, comme il le pensait, il avait progressé dans la faveur du prince. Adam le reconnaissait, l'appelait familièrement Mitska, se faisait servir par lui à table, l'envoyait comme éclaireur à la chasse, lui faisait poser par son médecin des problèmes d'algèbre et des devinettes en latin. Sur ces derniers points, Mitska brilla moins que sur les autres, et Adam sembla trouver un malin plaisir à l'embarrasser.

Bientôt, les marques de distinction devinrent moins flatteuses. Le prince envoyait un morceau de choix de sa propre table à son serviteur Mitska, et ce n'était qu'un tortillon de queue de cochon ; il lui faisait servir à boire dans un hanap d'or, et c'était de l'huile de ricin. Comme la supériorité du nouveau avait porté ombrage aux anciens, on riait d'autant mieux de lui, en se tapant sur les cuisses. Mitska reportait sur le prince son regard bleu et ne disait rien. Il pensait que son maître flairait en lui un mystère et qu'il essayait de le débusquer : cela lui convenait parfaitement.

Il faisait chaud et le prince décida une baignade.

On chevaucha dans la poussière jusqu'au Dniepr. Des pontons s'avançaient dans le fleuve, sur lesquels avait été édifié tout un établissement. Il y avait là un bassin communiquant avec le fleuve, un autre enfermé et couvert, un troisième maintenu bouillant, un quatrième réfrigéré avec des blocs de glace. Il y avait un bain turc et des salons jonchés de tapis sur lesquels il faisait bon se vautrer avec les villageoises ou les belles Juives et Tsiganes de la région. Il y avait, bien sûr, des cuisines et des caves et des garde-manger combles et des tonneaux en perce.

— Vive le plaisir ! commanda le prince en arrivant.

Et, dans ces plaisirs où il avait toujours été le premier, il se distingua comme d'habitude, sautant dans le Dniepr du haut d'un kiosque, battant ses domestiques à la nage, luttant dans l'eau avec eux, feignant d'en noyer certains, vidant bouteille sur bouteille et caressant plusieurs donzelles à la fois. Mitska se laissait à peine distancer d'une longueur, sautait à peine d'un peu moins haut, se montrait à peine moins empressé autour des belles, si bien que le prince ne pouvait s'empêcher de se demander s'il gagnait pour de vrai ou si, prudence ou respect, son nouveau domestique l'épargnait.

Un détail choqua le prince Adam. Tout le monde, lui compris, se baignait nu, mais Mitska avait refusé de se dévêtir.

— Tu as déjà une verrue sur le nez : je me demande ce que tu dois avoir à l'autre bout ! Ho ho ho !

La chemise et les braies trempées, inondant d'eau les kilims du Caucase, Mitska répondit qu'il avait fait un vœu. Le prince, sans savoir pourquoi, n'osa pas commander qu'on le dévêtit de force et s'irrita de sa propre pusillanimité. Dmitry, cachant sa déception, attendit une autre occasion.

Elle se présenta lorsque, après une nouvelle joute amoureuse, le prince se jeta d'abord dans le bain brûlant, puis dans le bain glacé, et, ayant fait un rétablissement sur le caillebotis qui bordait le bassin, réclama une serviette. Trois varlets se précipitèrent. Mitska fut le plus rapide et rapporta une immense serviette brodée de rouge et de bleu.

— Bon à rien ! Drôle ! cria le prince, ivre, nu, dégouttant d'eau, rouge comme une écrevisse, les muscles jouant sous sa peau et les plis de graisse bourrelant son ventre. Ne vois-tu pas que cette serviette n'est pas brodée à mes armes ? Faquin ! Canaille ! Je me demande pourquoi tu manges mon pain.

Du plat de la main, il frappa Mitska au visage.

Dmitry aurait pu éviter le coup, mais il le reçut de plein fouet et tomba à la renverse sur le caillebotis. La tête cachée dans les mains, il suffoquait à la fois de honte et d'orgueil : la honte d'avoir été souffleté, lui, prince Kourbsky ; l'orgueil d'être allé jusque-là pour mieux exécuter sa mission.

Ce n'était pas la première fois qu'Adam frappait l'un des siens, mais, cette fois-ci, un silence d'étonnement se fit. On entendit une Tsigane glapir et puis, dans la vaste salle sonore, il n'y eut plus que le clapotis de l'eau. Adam, les jambes écartées, les poings sur les hanches, sa pose favorite, se tenait au-dessus de Mitska qui paraissait assommé. Ou alors pleurnichait-il ?

Non, il prenait seulement son temps pour se relever. Roulant sur le côté, il fut bientôt debout, lui aussi, Adam le dominant de la tête, mais lui, le varlet Mitska, paraissant, sans qu'on comprît pourquoi, maître de la situation.

— Allons, allons, Mitska, allons quoi, bredouilla Adam sans savoir ce qu'il voulait dire.

Et son domestique, le regardant dans les yeux, lui dit :

— Jamais, prince. Jamais. Tu m'entends ? Je te l'interdis.

— J'ai toujours appris à vivre à mes gens. Pourquoi ferais-je exception pour toi ?

— Je veux bien te le dire. Seul à seul.

Le prince Adam, faisant un large geste des bras, comme pour chasser une basse-cour importune, rugit :

— Dehors !

Ce fut une débandade de valetaille, butant sur les baquets, les tables basses et les femmes nues qui fuyaient aussi. Lorsque tous furent sortis, Adam saisit une serviette, n'importe laquelle, et s'en drapa, par dignité plutôt que par pudeur.

Mitska défit alors sans hâte les lacets de sa vieille chemise ravaudée, rapiécée, bistre de vieillesse, et en retira la croix d'or qui sembla illuminer la salle. L'or brillait, les pierres scintillaient, la croix rayonnait.

— Qui es-tu donc ? demanda Adam, les lèvres gourdes.

— Je suis, dit Mitska...

Il s'était longuement exercé à prononcer cette phrase, craignant que la langue ne lui fourchât :

— Je suis le tsarévitch Dmitry Ivanytch de toutes les Russies, que la main du Dieu tout-puissant a sauvé du couteau des tueurs envoyés par le Tartare Godounov.

5

— Le tsar ! annonça le chambellan en ouvrant la porte, et il la referma dès que Boris, s'étant courbé pour passer sous le chambranle, fut entré dans la cellule.

La moniale Aleksandra se ploya en deux et demeura ainsi, le visage immobile sous le voile noir.

Boris la contempla quelques instants, puis il la releva par les épaules et regarda intensément ses traits pâles et sévères, encadrés et comme désincarnés par la guimpe noire. Cette intensité était faite de tendresse, d'angoisse, de quelque irritation. C'était comme une question posée.

Il n'y eut pas de réponse. Le visage émacié de la nonne demeura aussi inexpressif qu'une icône. Boris le prit entre ses paumes et le maintint longuement ainsi, cherchant à percer ces yeux ternes avec les siens, mais enfin, découragé, il abaissa les mains et alla s'asseoir dans le fauteuil de l'évêque qu'on lui avait apporté. La nonne resta debout devant lui. Derrière la fenêtre pesamment grillée, des branches de lilas ondulaient dans le jardin du couvent Novodévitchy.

— Arinouchka, prononça enfin le tsar. Ma sœur Arinouchka...

Aucune émotion ne passa sur le visage cireux d'Arinouchka. Ses lèvres blanches, sa voix blanche semblèrent répondre à sa place.

— Souverain, il n'y a ici que la moniale Aleksandra...

— Ne suis-je plus ton frère Boris ?

— ... et le tsar de Russie, acheva-t-elle en prononçant le mot tsar avec emphase, comme s'il avait pour eux deux un sens caché et terrible.

Boris regardait la branche de lilas qui semblait brodée sur le ciel jaunissant du soir.

— Je sais ce que tu veux dire. Les femmes devinent si souvent les choses qu'elles croient avoir deviné juste même quand elles se trompent. Si je niais, tu ne me croirais pas, alors à quoi bon ? Si je confirmais tes soupçons tu me jetterais au visage mes résolutions d'enfant et mes promesses à mon avènement. Je voulais régner sans toucher un cheveu de mes sujets. Mais j'ai compris que ce n'est pas en épargnant les coupables qu'on rend heureux les innocents. Régner n'est pas un travail propre. Reconnais que je me suis moins souillé que mes prédécesseurs. Sous moi, les bourreaux chôment et les tortionnaires prennent des places de forgerons ou de garçons de bain. Enfin, que me reproches-tu ? Quand Féodor est mort, c'est à toi qu'on a d'abord proposé la Tiare. Regrettes-tu de l'avoir refusée ?

Arinouchka se taisait depuis de longues années. Pourquoi rompre ce silence aujourd'hui ? Un dur combat se déroulait en elle, dont rien ne transparaissait sur son visage. Simplement, elle rapprocha un peu ses coudes et ses poignets de son corps, comme pour se comprimer, se restreindre. Enfin elle parla, avec douceur, mais une douceur d'au-delà, de sainte et non de sœur.

— Dieu voit que je t'aime, Boris, et que je n'ai jamais cessé de t'aimer et de prier pour toi. A vrai dire, je ne fais plus guère autre chose que prier pour toi. Pour Féodor aussi, mais lui, ça va tout seul : il n'a pas besoin de mes prières. Lui, c'est pour le dessert. Quand je prie pour toi, j'ai l'impression de monter une côte abrupte en tirant un traîneau de sable. Et (sa voix trembla) je ne sais pas si j'aurai la force d'atteindre le sommet.

Ayant commencé de parler, elle ne put s'empêcher d'ajouter :

— Crois-tu vraiment qu'il s'agisse de tes sujets, coupables ou innocents ?

Ils n'avaient jamais effleuré d'aussi près le mystère qui les séparait depuis dix ans.

— Arinouchka, souviens-toi, tu as été mon miroir, le clair miroir de toute ma vie. J'ai souvent eu l'occasion et quelquefois l'envie de commettre des scélératesses, mais je savais que je n'oserais pas reparaître devant toi. Peut-être le temps vient-il où j'aurai besoin plus que jamais d'un petit miroir inexorable.

Elle secoua la tête.

— Le miroir est cassé, Boris. Tu as cassé le miroir.

Il se leva dans un geste d'irritation. Arinouchka était bien comme toutes les femmes : elle ne comprenait rien à la nécessité pure, il lui fallait des responsables. Il fit trois pas vers la porte, mais sa sœur continuait de parler. Il s'arrêta.

— C'en est fini du petit miroir clair. Tu en as un autre, maintenant, un grand miroir sombre, comme un bouclier d'acier bruni, comme une dalle de basalte. Tu ne t'y plairas peut-être pas, mais tu t'y verras tel que tu es.

— Quel est ce miroir ? osa demander Boris.

— Ton acte.

Il ne pouvait plus reculer :

— Quel acte ?

— Je ne suis pas aveugle, Boris. Il y a beaucoup d'enfants qui meurent pour rien et celui-ci, au moins, est mort pour quelque chose. S'il avait vécu, l'empire aurait vacillé, davantage de sang aurait coulé, je sais cela. Mais le sang se mesure-t-il au baril ?

La moniale se tourna vers les icônes qui s'étageaient dans le coin en face de la porte, comme des rangs superposés de fortifications, créneaux et hourdis d'or, d'argent et de cuivre, drapés de serviettes lourdement brodées, avec une veilleuse rouge qui les éclairait par en bas et projetait sur le mur l'ombre exagérée de leurs nimbes aux rayons acérés. Elle se signa avec recueillement, et puis elle alla s'asseoir.

— Tu sais, Boris, dit-elle, avec moins d'exaltation, comme si, dans ce simple geste crucifiant, elle avait puisé un regain de sérénité, si tu es tsar, oint du Seigneur, le Saül de la Russie, moi aussi, j'ai été la tsarine Irina. Je sais que le couronnement n'est pas un rite honorifique. Je connais la douce onction des tsars pour l'avoir respirée sur mon mari, je connais l'huile dorée de ce huitième sacrement qui s'est comme reflété en moi. Tu crois que je te reproche le crime d'Hérode, et c'est vrai, mes entrailles se rompent de penser que toi, mon frère... Mais ce crime-là te sera pardonné, si tu le prends pour ton miroir et que tu te le pardonnes toi-même. Tu as fait pis, Boris. Tu as touché à l'Arche.

— Explique-toi, Arinouchka. Je n'ai jamais été grand clerc, tandis que toi, qui sais lire, et qui en as sûrement le loisir ici...

Il désignait une rangée de livres noirs et dorés qui s'alignaient sous les icônes.

— C'est vrai, j'ai appris des choses. Je sais que le cœur du roi est dans la main de Dieu, comme dit David, je sais que tout souverain est un stylite au sommet de la pyramide humaine. Mais qu'est-ce donc qui fait un souverain ? L'onction seule ? L'accord du peuple et des grands ?

— Le don de régner, dit fermement Boris.

A cet instant, les cloches du couvent Novodévitchy se mirent à sonner les vigiles, et leurs sons mats voguèrent dans le ciel de plus en plus jaune. La branche de lilas fut agitée d'un tremblement, comme si les vibrations de l'air s'étaient transmises à elle. Arinouchka se leva, s'approcha de la fenêtre et parla de dos.

— Pas seulement le don. Dans sa grande pureté, mon Féodor n'avait pas le don ; mais, avec l'aide de Dieu, il a heureusement choisi son ministre : toi. Il avait la grâce du Seigneur et il a bien régné.

— Les cœurs purs... dit Boris, non sans ironie.

— La pureté n'est pas indispensable non plus. Le tsar Ivan fut un tigre féroce et un bouc lubrique, mais un grand souverain. Ce qu'il faut, Boris...

Elle hésita, et reprit d'une voix de poitrine, émue et profonde.

— Notre Russie a sept cents ans. La puissance lui est venue avec Rurik le Viking, la grâce avec son arrière-petit-fils, le saint Grand-Prince Vladimir Égal-aux-apôtres, qui a reçu de Byzance et la foi orthodoxe et le sceptre sacré des basileus. Oui, tu vois, j'ai lu les chroniques de nos moines. Les descendants de Vladimir ont régné sur nous depuis lors : ils nous ont quelquefois opprimés, ils se sont quelquefois entre-tués, mais ils ont toujours suivi la colonne de feu qui marchait devant eux de Kiev à Souzdal, de Souzdal à Moscou.

Ces allusions à l'Écriture déconcertaient Boris. Où son érudite de sœur voulait-elle en venir ?

— Le dépôt a été transmis de père en fils ou de frère à frère, dans la branche aînée des Rurikides, pendant sept cents ans. Et le dernier de cette famille marquée par Dieu pour régner sur la terre russe, le dernier descendant de saint Vladimir, de Iaroslav le Sage, du Monomaque, de saint Alexandre Nevsky fléau des Teutoniques et des Porte-Glaive, ces missionnaires-tortionnaires venus d'Occident, de Dmitry Donskoï vainqueur des Tartares, de Vassily l'Aveugle et d'Ivan III le Rassembleur des terres russes, leur dernier descendant était un enfant de sept ans qui a été égorgé à Ouglitch.

La moniale se tourna. Des traînées de larmes poissaient ses joues blêmes.

— Ce n'est pas du sang ordinaire qui a coulé de cette gorge-là, Boris. C'était du sang mélangé de sainte huile depuis des siècles. Et ne me répète pas que l'enfant mordait les petites filles et battait sa nourrice : ce n'est pas de cela qu'il s'agit.

Boris se dressa.

— Et si justement c'était de cela ? Si cette race épuisée ne pouvait plus produire que des innocents comme ton mari ou des fauves comme le tsar Ivan et son bâtard ? N'était-il pas temps de remplacer ce sang tourné par du sang neuf ? Je suis Tartare et je laisserai à mon fils Féodor une Russie plus saine que celle que m'aura laissée ton mari Féodor, tout Rurikide qu'il était. Ma décision n'a-t-elle pas sauvé la Russie de la guerre civile ? N'ai-je pas été supplié pendant des semaines d'accepter la Tiare de Monomaque ? N'ai-je pas été déclaré digne par le patriarche Iov ? N'ai-je pas reçu de ses mains le saint Globe, symbole de l'autocratie ? N'ai-je pas été oint ? N'ai-je pas juré qu'il n'y aurait ni pauvre ni malheureux dans mon empire et que, si les choses en venaient là, je partagerais ma dernière chemise avec les misérables ? N'ai-je pas tenu parole ?

Et le tsar ajouta d'un ton plaintif :

— Arinouchka, n'ai-je pas tenu parole ?

Une incrédulité pathétique se répandit sur les traits de la moniale Aleksandra.

— Tu parles de choses terrestres, dit-elle enfin. Comment pourrions-nous nous comprendre ?

— Je suis un tsar terrestre, répliqua Boris avec colère.

Et il sortit.

*

De retour au Térem, comme pour se rassurer, il alla voir ses enfants.

Féodor Borissovitch, douze ans, taillé en hercule, était penché sur une carte de géographie. Ksénia Borissovna, dix-huit ans, brodait au tambour. Féodor se précipita au-devant de son père, et Boris lui posa la main sur la tête.

— Que fais-tu là d'utile, mon fils ?

— Père, je dessine ton empire. Voici Moscou où nous sommes, et voilà, en haut de la feuille, le grand Nord. J'y ai dessiné des morses avec leurs longues défenses, et le vent Borée, tu vois comme il a les joues gonflées pour souffler fort. Et voici, à droite, la Sibérie, où vivent des peuples qui viendront un jour sous ton sceptre. Mon maître m'a dit que, si l'on chevauchait pendant trois ans face au soleil levant, on arriverait jusqu'à la mer. Un jour tes armées le feront. Il y a, paraît-il, de ce côté, des arbres-moutons, attachés par une patte à leurs racines, que j'ai essayé de dessiner aussi, mais je ne sais pas comment ils sont faits et je n'ai pas bien réussi. Euros, tu vois, souffle sur ces contrées. En bas, c'est le sud, avec les Tartares de Crimée, qui étaient arrivés jusqu'à Moscou et que tu as si bien châtiés quand j'avais deux ans : si j'en avais eu huit de plus, je serais allé les battre avec toi. Entre le pays des Tartares et nous, vois-tu ces cavaliers avec des piques qui galopent dans la plaine ? J'ai un peu manqué la tête de ce cheval : on dirait une vache sans cornes. Ce sont les cosaques, qui vivent dans le Champ sauvage. Tantôt ils sont pour nous, tantôt contre : ils aiment surtout piller leurs voisins. Ils finiront bien par se soumettre à toi, et tu auras alors un débouché sur la mer Noire. A gauche de la carte, c'est l'ouest, et c'est là que sont nos ennemis les plus dangereux : les Polonais et les Lithuaniens qui vivent sous la même couronne. Ils nous ont déjà pris Kiev, la mère de toutes les villes russes, et de vastes territoires qui étaient à nous depuis saint Vladimir. Ils veulent aussi nous prendre notre foi orthodoxe et nous imposer leur foi hérétique. Leur vent s'appelle Zéphyr, mais c'est son nom seulement qui est doux. Tu vois, je lui ai dessiné des cornes, car pour nous il est comme le diable. Mais c'est toi, père, qui rétabliras de ce côté les frontières anciennes de notre pays : la Livonie sera à toi, et Polotsk, et Kiev, bien sûr.

Boris souriait, enchanté :

— Quelle famille savante j'ai là ! Ta tante vient de me donner une leçon d'histoire, et toi, Féodor, tu m'apprends la géographie. Non, n'aie pas honte, ajouta-t-il, voyant que Féodor se troublait, craignant un reproche. Il est bon que les fils en sachent plus que les pères : sinon comment la patrie irait-elle de l'avant ? Je doute d'accomplir ce que tu me prédis, mais j'ai un fils qui aura des fils... Nous n'avons pas de hautes montagnes, Féodor, ni de mers, pour nous protéger : nous nous devons donc d'être un peuple guerrier et même conquérant, afin de conserver l'héritage que Dieu nous a confié : notre langue, nos traditions, notre orthodoxie. Ce n'est pas une raison pour haïr nos voisins. Nous avons tant à apprendre d'eux. N'est-ce pas, Ksénia, ma fille ?

Le tsar s'était tourné d'un air tendrement moqueur vers Ksénia, belle jeune fille de dix-huit ans, dont le visage s'empourpra. Des larmes brillèrent dans ses yeux. Elle était passionnément amoureuse de son fiancé Johann de Danemark, dont elle n'avait jamais vu que le portrait.

— Ah ! mon père, fit-elle, partagée entre le respect filial et la pudeur froissée. N'est-ce pas toi qui as voulu que Johann fût mon seigneur ?

Boris se mit à rire. Il caressait sa fille du regard : elle était svelte mais bien en chair, elle avait le teint blanc comme du lait ; des cheveux noirs, fournis et longs, se massaient en rouleaux sur ses épaules, et ses immenses yeux noirs débordaient de clarté, surtout lorsqu'elle cédait à une émotion : la pitié, l'attendrissement ou l'amour. Boris aimait en elle la délicatesse du goût, la douceur harmonieuse des propos ; il aimait qu'elle lui chantât à la veillée des mélodies religieuses, ce qu'elle faisait avec empressement, car elle était musicienne et pieuse. Il n'aurait pas forcé sa volonté, mais il lui plaisait qu'elle fût amoureuse d'un prince qui allait rouvrir à la Russie les portes de l'Europe, que trois cents ans de joug tartare lui avaient fermées.

— Ksénia, Ksénia, dit-il, toujours taquin, ce n'est pas pour rien que les lettrés disent que ton nom signifie « l'Étrangère ».

Mais, la voyant prête à pleurer — elle pleurait souvent et abondamment —, il se corrigea aussitôt.

— Et pourtant, même mariée à un étranger, je sais que tu resteras russe de cœur. Travaillez bien, mes enfants. Vous devez être dignes du haut rang où Dieu vous a placés, d'autant plus que vous n'achevez pas une dynastie : vous la commencez. Vous en êtes l'aurore, le printemps... Puissions-nous bien mériter de Dieu et du peuple. Pour cela, appliquez-vous à devenir plus instruits et surtout meilleurs tous les jours.

Ayant conclu sur cette leçon de morale pour déguiser sa propre émotion, Boris embrassa ses enfants et sortit.

A ces deux êtres purs il léguerait une œuvre qui se poursuivrait pendant des siècles, jusqu'à la fin de la dynastie godounovienne, qui sait, jusqu'au second avènement du Christ.

A la seule condition que l'autre héritier, ce revenant, fût définitivement annihilé. Eh bien, on l'annihilerait.

*

Lorsque Chouïsky entra, la nuit était tombée, et les flambeaux firent courir son ombre au long nez sur les murs. Boris, assis dans son fauteuil, les mains aux accoudoirs, le regardait par-dessous ses sourcils en forme de cimeterres.

— Dis-moi, Vassily Ivanytch, commença-t-il d'une voix presque doucereuse, tu es bien allié à ma famille, n'est-ce pas ? Ton frère a bien épousé la sœur de ma femme, la tsarine ?

— Il s'en félicite tous les jours, grand souverain.

— Toi-même, tu m'as toujours servi avec compétence.

— Dis plutôt avec dévouement.

— Te rappelles-tu ces rumeurs dont tu m'as parlé l'autre jour ? D'après je ne sais quels pèlerins, le prince Dmitry serait ressuscité.

— Grand souverain, je leur ai fait donner la question, je n'en ai rien tiré d'autre, et ils attendent ton bon plaisir dans un cachot à dix sajènes sous terre.

— Mais toi, quand tu t'es rendu à Ouglitch pour enquêter, tu as vu le cadavre du prince Dmitry ?

Ni la voix ni l'expression du tsar ne trahissaient aucun malaise.

— J'ai vu le cadavre.

— Et la blessure ?

— D'ici à là, fit Chouïsky en se passant le doigt sur la gorge d'une oreille à l'autre.

— Aucun doute sur l'identité du mort ?

— Aucun.

— Et la blessure était mortelle ?

— La tête ne tenait plus au corps que par la peau de la nuque.

— Les pèlerins mentent donc ?

— Ils colportent des mensonges.

— Ce qui est aussi dangereux.

— La sagesse du souverain n'est jamais prise en défaut.

— Tu sais donc ce que tu dois faire ?

Chouïsky hésita. L'astuce de Boris Godounov n'était pas inférieure à la sienne, il le savait. Par-dessous ses paupières rougeâtres, il laissa filtrer un regard insinuant.

— Je le saurais, si ta clémence n'était pas l'égale de ta sagesse et ne l'emportait même quelquefois sur elle.

Boris eut un ricanement qu'il ne reconnut pas lui-même. Le temps était loin pourtant où il hésitait à prendre fût-ce une seule vie humaine.

— Le tsar ne saurait supporter qu'une rumeur mette en péril la paix de son peuple. Cependant, il faut user de discrétion.

— Ne crains rien. La tour à la Cache communique avec la Moskva. Des boulets aux pieds et les pèlerins seront partis pour leur dernier pèlerinage. Cela ne te coûtera que le prix des boulets.

— Ce n'est pas tout. Il faut savoir d'où viennent ces rumeurs. Tu doubleras, tu tripleras la garde aux frontières. Que pas un corbeau ne la franchisse sans que tu le saches. Fais arrêter quiconque paraîtra suspect, et qu'on l'interroge jusqu'à ce qu'il dise ce qu'il sait de ce prétendu Dmitry : s'il existe vraiment, et, dans ce cas, qui il est, ou s'il n'est qu'un loup-garou inventé par des bonnes femmes.

— Le remède, souverain, ne sera-t-il pas pire que le mal, si nous mettons dans la tête de nos argousins qu'il y a peut-être un faux Dmitry quelque part ? Les argousins ont beau être fidèles, ils boivent de la vodka et ne sont pas muets.

Sûrement Boris ne tomberait pas dans cette chausse-trappe. Si pourtant il y tombait, cela montrerait que l'affaire Dmitry était sa pierre d'achoppement, que, face à Dmitry, lui, si rusé qu'il fût, perdait ses moyens.

— Tu as raison. Il ne faut pas que le moindre doute soit éveillé dans l'esprit du peuple. On interrogera les suspects sans leur dire ce qu'on cherche à savoir.

— Mais les argousins ? insista Chouïsky, voyant que Boris mordait à l'appât.

— Qu'ils ne sachent pas non plus. Qu'on leur dise qu'un danger pèse sur l'État et que tout renseignement qui y touche doit être recueilli et transmis.

« Ai-je bien entendu ? se demanda Chouïsky. Cet homme intelligent va faire torturer des innocents par des ignorants ! Excellent signe, si véritablement, ceux que Dieu veut perdre, il leur ôte l'esprit. »

— Tu as réponse à tout, grand souverain, dit-il en s'inclinant.

Boris se leva et marcha, sa tête touchant presque le plafond peint et sa robe de brocart lui battant les chevilles. Les flammes des bougies s'agitaient dans les candélabres d'or. Le tsar s'arrêta devant la Tiare de Monomaque. Chouïsky détourna les yeux.

— Prince Vassily Ivanytch, dit le souverain, le regard fixé sur la Tiare, nous allons profiter de l'occasion pour donner un coup de balai et en finir avec la trahison une bonne fois pour toutes. Après ce dernier orage, le soleil se lèvera sur une Russie lavée, brillante d'arcs-en-ciel, propre au gouvernement d'un prince longanime. Mon fils Féodor n'aura plus besoin de sévir. Il régnera par l'amour seul. A part Belsky, selon toi, qui sont mes principaux ennemis ?

— Les Romanov.

Chouïsky ne voyait pas d'un bon œil cette famille qui n'était russe que depuis la fin du XIIIe siècle, mais avait su, par sa dignité dans le service, par sa loyauté impavide, acquérir la faveur du populaire. Depuis qu'Ivan le Terrible était allé chercher chez eux sa première femme, leur prestige avait encore crû.

— Je le pensais, dit Boris. Trouve un moyen de les perdre. Va.

Chouïsky s'inclina, la main touchant le sol. Il allait franchir le seuil lorsque le tsar le rappela.

— Vassily Ivanytch.

— Grand souverain ?

— J'ai encore dans mes coffres ton compte rendu d'enquête. Vous étiez quatre et vous avez conclu que Dmitry, dans un accès du mal sacré dont il souffrait, s'était lui-même percé la gorge avec son petit couteau. De ces quatre-là, tu es le seul qui reste.

Si le meurtre de Dmitry était le point faible de Boris, l'enquête sur ce meurtre était le point faible de Chouïsky.

— Telle a été notre conclusion. Rappelle-toi, souverain. Si nous ne trouvions pas l'assassin, tu souhaitais toi-même...

— Je n'ai jamais souhaité que la vérité, dit sévèrement Boris, s'amusant cruellement de ce que Chouïsky ne pût le contredire. C'est donc la vérité dont vous m'avez rendu compte. Dans un accès de mal sacré, Dmitry s'est presque décapité lui-même avec son canif. Je ne mets pas votre parole en doute. J'en voudrais seulement une confirmation.

Le rapport complaisant et invraisemblable de Chouïsky se retournerait contre lui le jour où le tsar le voudrait. Il parla très prudemment.

— Je ne peux que te répéter les termes de notre rapport. Nous avons conclu à l'accident parce que nous n'avons trouvé aucune indication de meurtre. Sur l'accident, cependant, le doute est permis et tu rouvriras l'enquête quand tu voudras. En revanche, il est certain que Dmitry est bien mort. Il me semble même avoir entendu dire, ajouta-t-il sous le coup d'une inspiration, qu'il y a eu des miracles sur sa tombe, ce qui n'est pas étonnant, car le pauvre enfant est mort à sept ans : ayant à peine atteint l'âge de raison, il était donc sans péché comme les saints innocents.

Une expression de joie illumina le visage sombre du tsar. Il ôta une émeraude qu'il avait au doigt et la tendit à Chouïsky, dont il connaissait la cupidité.

— Vassily Ivanytch, dit-il presque avec effusion, tu es un bon serviteur. Nous allons faire canoniser le petit prince le plus vite possible. J'en parlerai dès demain au patriarche Iov.

Et lui, qui croyait en Dieu et en l'Église, eut de nouveau le ricanement cynique de tout à l'heure.

— La tête à moitié coupée, fit-il, on en réchappe. Mais la canonisation !...

*

Le lendemain, les répressions qui devaient mettre fin à toutes les répressions commencèrent.

La première victime fut Belsky, boyard influent que Boris avait envoyé aussi loin que possible dans le Sud, à Tsarev-Borissov, pour contenir les Tartares de Crimée. Cette nomination pouvait se révéler dangereuse. Belsky n'avait-il pas dit un jour, en caressant la belle barbe duveteuse dont il était si vain : « Boris est tsar à Moscou, et moi, je suis tsar chez moi » ? A quelques verstes de Tsarev-Borissov passait la frontière polono-lithuanienne. Qui empêcherait Belsky, ancien gouverneur du petit tsarévitch, de se concerter avec l'imposteur, à supposer qu'il existât ? Peut-être même était-il à l'origine des malfaisantes rumeurs de survie ?

Boris le rappela à Moscou et lui fit arracher la barbe poil à poil, pour le déshonorer. Imberbe comme un sodomite, Belsky ne serait plus un allié souhaitable : il aurait les rieurs contre lui.

Les Romanov, c'était une autre affaire. A vrai dire, ils n'avaient aucun intérêt à voir le vrai Dmitry ressusciter. Boris croyait être seul à avoir lu le testament secret d'Ivan qu'il s'était empressé de détruire, mais les stipulations de ce testament étaient conformes aux habitudes slaves et vikings. Le tsar Féodor fils d'Ivan mourant sans enfants, il était normal que la Tiare de Monomaque quittât la race de Rurik pour reposer sur le front du beau-frère d'Ivan, Nikita Romanov, et, après lui, sur celui de son fils, Féodor Nikititch Romanov. Même sans testament, les Romanov pouvaient prétendre au trône au moins autant qu'un tsarévitch issu d'un septième mariage et certainement mieux qu'un Godounov, descendant de Tchet Mourza. Mais rien ne leur interdisait de profiter temporairement de l'apparition d'un faux Dmitry, pour ébranler le trône de Godounov, quittes à se retourner ensuite contre l'imposteur. Or, que l'imposteur existât et qu'il vécût en Pologne-Lithuanie, il n'était plus possible d'en douter : la plupart des voyageurs interrogés confirmaient le renseignement. Il avait donc bien fallu leur faire arracher la langue.

Un agent de Chouïsky se fait embaucher comme cuisinier chez les Romanov. Après quelques semaines de travail, il se présente chez Chouïsky et déclare que son maître, Aleksandre Romanov, conserve dans son trésor un sac de racines vénéneuses avec lesquelles il a l'intention d'empoisonner le tsar. Perquisition. On trouve le sac qu'on affecte de n'ouvrir qu'en présence du patriarche Iov. Les racines sont bien mortelles et la culpabilité des Romanov patente. Au cours d'une nuit sanglante — Boris voulut que ce fût celle de la Saint-Dmitry —, tous les frères Romanov sont arrêtés. On leur donne la question, ainsi qu'à leurs gens, dont certains meurent sur les chevalets plutôt que de trahir leurs maîtres : tous nient avoir acquis ou même jamais vu les fatales racines. Aleksandre est exilé, puis assassiné ; Ivan et Mikhaïl exilés ; Vassily est exilé et meurt de mauvais traitements. Un sort plus subtilement cruel est réservé à l'aîné, le boyard Féodor Nikititch Romanov, celui qui, son père étant mort, aurait pu prétendre à la Tiare.

Féodor Nikititch avait quarante-cinq ans et passait pour le plus bel homme de Moscou. Il en était aussi le plus riche, après le tsar. Quand un tailleur voulait complimenter un client sur le costume qu'il venait de lui faire, il disait : « Avec cela sur le dos, on te prendrait pour Féodor Nikititch en personne ! » Intelligent, lettré, spirituel, naturellement aimable avec les grands et les petits, les Russes et les étrangers, c'était aussi un excellent cavalier et, pour Boris, cette supériorité n'était peut-être pas la plus facile à pardonner.

On le prit chez lui au cours de la nuit terrible. Il résista, les armes à la main, mais son hôtel fut pris d'assaut. On le sépara de sa femme, de sa fille Tatiana qui avait sept ans, de son fils Mikhaïl qui en avait quatre. On l'interrogea ; on n'en tira rien. Alors sa femme fut faite nonne de force, ses enfants exilés et lui-même cloîtré au monastère Siisky sous le nom de moine Filarète : les vœux monastiques l'écartaient définitivement du trône.

Boris aurait pu soupirer avec soulagement, mais pour plus de sûreté, il exila encore les Sitsky, les Repnine, les Karpov, les Chestounov, les Tcherkassky. Il semblait qu'il ne pût plus s'arrêter de punir. La Russie commençait à se demander si elle n'était pas revenue aux temps d'Ivan, encore que les exécutions capitales manquassent de pittoresque : pour le moment il n'y avait ni bûchers ni chaudrons.

On sait depuis Œdipe que les crimes des princes sont expiés par les peuples, et la nature inanimée sembla comprendre que l'heure était aux sévices. Elle se mit de la partie avec son féroce aveuglement. Ce furent d'abord des pluies diluviennes de printemps, qui retardèrent la venue des moissons, et puis, chose inouïe, le 15 août 1601, le gel s'abattit sur le pays et détruisit jusqu'au dernier grain de blé, de seigle, de sarrasin. D'un jour à l'autre, ce fut la famine. Les propriétaires chassèrent les domestiques qu'ils ne pouvaient plus nourrir. En automne, on sema seigle et avoine. Rien ne leva. L'année suivante, ce fut pis.

6

1602.

Les robes rouges des cardinaux du consistoire, assis en demi-cercle face au pape en robe blanche, se reflétaient dans le sol de marbre. Quand ils faisaient un mouvement, on aurait cru que c'étaient les fresques de Giotto, plaquées aux murs, qui se mettaient à bouger.

Clément VIII commentait les événements. Il ironisait, acerbe, sur l'hypocrisie des princes et des grands, et maintenait que certains monarques fermement vissés sur leur trône ne valaient pas plus cher que l'imposteur qui s'était fait passer sans succès pour Sébastien de Portugal.

— Il n'y a qu'un pouvoir légitime au monde, disait-il. C'est le nôtre.

Les cardinaux en tombaient d'accord, dans des froufrous de soie.

— Lisez-nous, dit Clément à son secrétaire, la lettre de Claudio Rangoni, notre nonce auprès du roi de Pologne-Lithuanie.

Le secrétaire s'éclaircit la voix, cependant que les cardinaux prenaient des poses attentives, le menton dans la main ou le bras enserrant l'épaule opposée et que le pape s'absorbait dans des pensées qu'aucun d'eux ne devinerait jamais.

Ayant donné lecture des salutations d'usage et de quelques commérages, le secrétaire poursuivit :

— « Votre Sainteté voudra également savoir que Dmitry, le fils cadet du tsar Ivan, qu'on avait cru mort accidentellement ou assassiné dans son fief d'Ouglitch, vient de reparaître en Pologne-Lithuanie, bien vivant et décidé à reconquérir le trône de son père. Il est en train de lever une armée et il... »

Clément jugea que ses cardinaux en avaient assez entendu. Il interrompit le lecteur.

— Vos Éminences, dit-il, connaissent le faible de notre cher Rangoni pour le renseignement. Ce — comment l'appelez-vous ? —, ce Dmitry ne sera qu'un deuxième roi du Portugal ressuscité. Passons à des choses sérieuses. Quelles nouvelles de la Suède ?

7

1603.

Le tsar Boris, qui avait promis de ne pas abandonner son peuple dans la misère, tint parole, ouvrit ses greniers, distribua de l'argent. Mais rien ne lui réussissait plus. Des riches se déguisaient en pauvres pour mendier, des paysans enterraient leurs réserves de grain pour les vendre plus cher — elles pourrissaient dans le sol —, des boulangers vendaient du pain presque cru ou arrosé d'eau, pour qu'il pesât davantage. On en pendit quelques-uns, les autres ne devinrent pas plus honnêtes. On mangeait du foin, de la paille, des chiens, des chats, des rats. Le tsar payait sur sa cassette les linceuls des pauvres. Quatre femmes de Moscou, abandonnées par leurs maris, s'associèrent pour attirer chez elles les paysans les plus dodus qui venaient vendre leurs denrées en ville : elles jouissaient d'eux, puis les égorgeaient et les dévoraient.

Boris faisait front. Tout en aidant les affamés tant qu'il pouvait, il interdit aux haillonneux de paraître dans les rues, de crainte que les étrangers ne vissent la misère soudaine où la Russie avait sombré. Les gentilshommes les plus pauvres n'eurent pas le droit de se montrer sans habits de velours et de toile ouvrée.

A leur tour, les forces surnaturelles se déchaînèrent. Des streltsi de garde de nuit au Kremlin virent un carrosse à six chevaux filer dans le ciel ; le cocher, vêtu à la polonaise, cingla le rempart en poussant un tel hurlement que les streltsi s'enfuirent. Dans les faubourgs de Moscou, on vit des loups s'entre-dévorer, ce qui, étant contraire au dicton « Loup ne mange point loup », devait signifier que les Moscovites s'entre-tueraient. Les tempêtes déracinaient les arbres, arrachaient les toits, culbutaient les clochers. Poisson et gibier à plume se faisaient rares. Les femmes accouchaient de monstres. Enfin — on l'attendait — la comète apparut. On ne savait pas si c'était celle qui avait prédit la mort d'Ivan ou une autre. Boris consulta un astrologue allemand qui lui déclara qu'il devait se garder de ses proches et fortifier ses frontières parce qu'un Grand Malheur était en marche.

Un bon tsar commande aux éléments et aux prodiges. Boris ne leur commandait plus, mais il continuait à lutter. Il fortifiait ses frontières et se gardait de ses proches. Il maintenait la paix civile et il impressionnait les grandes puissances occidentales par sa magnificence et son autorité. Ce fut alors que le Grand Malheur le frappa au plus près. Le prince Johann de Danemark n'était pas plus tôt arrivé en Russie pour épouser la belle Ksénia qu'il mourut d'un mal que les médecins ne surent nommer.

Ksénia était au désespoir : elle avait aimé Johann sans le connaître, elle l'avait aimé davantage en le voyant. Boris, que la raison d'État forçait à lui chercher déjà un autre époux européen, n'osait encore lui en parler et se contentait de caresser ses longs cheveux noirs que les servantes brossaient et tressaient en chantant des chansons tristes.

— Le couvent ! Je veux le couvent ! gémissait Ksénia.

Mais il n'était pas question de laisser la tsarevna suivre une vocation qui n'aurait rien rapporté au pays. Il y avait beaucoup de nonnes en Russie, et une seule princesse du sang de Godounov.

Le Grand Malheur se mettait à peine en train.

Si douloureuses que fussent devenues les relations entre Boris et sa sœur, il sentait, tant qu'Arinouchka était vivante, qu'il n'avait pas été abandonné de Dieu, qu'il y avait quelqu'un au monde pour l'absoudre un jour, qu'un être humain l'aimait plus que lui-même ne s'aimait. Or, en septembre, Arinouchka s'éteignit, et Boris, la poitrine écrasée par le chagrin, ouvrant sa fenêtre pour tenter de mieux respirer, annonça aux étoiles indifférentes :

— Maintenant, je suis seul.

L'inhumation eut lieu au couvent de l'Ascension, et le tsar suivit le cortège funèbre en traîneau, car, une fois de plus, une neige précoce s'était déversée sur la capitale. Le peuple affamé s'était jeté dans la rue pour saluer une dernière fois la bien-aimée tsarine Irina, et Boris, roulé dans ses fourrures, écoutant les lamentations, crut y deviner des reproches dirigés contre lui. Pas une acclamation ! Tant d'ingratitude ne l'étonna pas, mais lui fit mal. Il aurait voulu être aimé ; il n'y parvenait pas.

« N'importe, se disait-il, ses yeux gonflés mais secs fixés sur le dos du cocher et les croupes luisantes des chevaux noirs caparaçonnés de brocart noir brodé d'argent, secouées d'un balancement monotone évoquant l'imperturbable trottinement du destin. Je continuerai à leur faire du bien malgré eux. La Russie ne sera jamais heureuse sans tsar, et qui y a-t-il d'autre que moi ? »

Les devins lui avaient prédit sept ans de règne — « Ne fût-ce que sept jours ! » avait-il répondu. Il lui restait deux années. Il avait l'intention de les bien employer pour remettre une Russie apaisée, rassérénée, de nouveau prospère, entre les mains de son fils...

L'Église orthodoxe prend congé de ses défunts avec solennité. Des chants d'une tristesse austère et contenue montaient vers les coupoles où flottait un brouillard d'encens. *Apaise auprès des saints l'âme de ta servante la tsarine Irina, en les lieux où ne sont ni maladie, ni tristesse, ni soupirs, mais la vie infinie,* chantaient les prêtres. Ils priaient pour que lui fussent pardonnés tous ses péchés, volontaires et involontaires. Ils redisaient que Dieu seul est immortel, que ce qui est fait de terre doit retourner à la terre et que nos sanglots funèbres doivent se transformer en alléluias. La tsarine Irina, robe noire, visage blanc dans son cercueil ouvert, ne paraissait pas les entendre ; sans doute les entendait-elle du ciel, où son frère ne doutait pas qu'elle ne fût montée.

— Pourquoi m'as-tu abandonnée ? murmurait-il en s'apitoyant sur lui-même.

Les heures les plus claires de sa vie, celles où, encore adolescent, il chevauchait avec Arinouchka par les terres des Godounov et rêvait avec elle du bien de la Russie, lui revinrent en mémoire. Était-il aussi pur qu'elle à cette époque, ou des ambitions inavouées fermentaient-elles déjà en lui ? Justement à cet instant le chœur entonna *Mémoire éternelle*. Oui, la Russie garderait longtemps la mémoire de la douce tsarine, et Dieu lui-même ne l'oublierait jamais : elle n'avait été que piété et qu'amour.

« Et pourtant, c'est une bonne chose, se dit Boris, qu'elle ait refusé la Tiare : notre pays est encore trop jeune, trop grossier pour être gouverné par l'amour seul. Bientôt peut-être, quand les dernières résistances auront été brisées... »

Au retour, la neige tombait de plus en plus serrée, si bien que les streltsi chevauchant sur les côtés du traîneau impérial disparaissaient derrière les stries blanches qui zébraient l'air, ne reparaissant que par fragments — une moustache, un gant à crispin, une œillère, une poignée de sabre —, noyés qu'ils étaient dans les nappes de neige toujours plus fournie qui s'abattaient sur le cortège. Il semblait à Boris qu'il glisserait ainsi éternellement, dans un monde de silence d'où toute couleur était effacée. A peine si, par places, une oriflamme bientôt évanouie mettait une trace de jaune entre les blancheurs accumulées, à peine si un cheval renâclait de temps en temps, chassant une vapeur de neige de ses naseaux. Il n'y avait pas de raison, semblait-il, que ce voyage au pays de la mort cessât jamais.

Dans ces cataractes de neige, si insolites en cette saison, Boris, toujours ouvert au surnaturel, commença à voir des formes se pencher sur son traîneau. Les flocons tombant dru semblaient masquer et démasquer tour à tour des figures tantôt éplorées, tantôt menaçantes, faces bleuissantes de noyés ou de pendus, trognes bizarrement exsangues de bourreaux, bras de crucifiés.

Peu à peu quatre visages se dessinèrent plus distinctement et accompagnèrent le traîneau dans sa course, planant en l'air, se rapprochant, s'éloignant, mais toujours discernables à travers la pluie de cristaux touffus qui augmentait de minute en minute, étouffant impalpablement l'espoir d'une récolte d'hiver.

Premier visage : squelettique, surmonté d'un turban, la pomme d'Adam allant et venant dans un cou dont la peau se fripait sur des tendons noueux. Deuxième : grassouillet et sémillant, avec un miroitement de besicles. Troisième : plat et luisant comme le fond d'une marmite de bronze, avec à peine deux dépressions pour les orbites et un renflement pour le nez. Le quatrième, gigantesque, hideux, moustachu, aux joues obscènes, était un visage de femme.

Boris les reconnut. C'étaient les devins qui avaient prédit au jour près la mort d'Ivan et lui avaient promis à lui ces sept années de règne. Somptueusement récompensés, ils s'étaient dispersés de par le monde. L'Arabe avait regagné Marrakech, le Juif était allé conseiller le roi de France, le Lapon s'était confondu avec le grand Nord, et la femme était sans doute rentrée sous la terre russe d'où elle était sortie.

— Que me voulez-vous ? demanda Boris aux apparitions suspendues au-dessus de lui comme des bannières, comme des boucliers.

Il vit alors que les quatre bouches étaient parcourues d'un frémissement, d'un serpentement, comme si elles voulaient et ne pouvaient parler.

— Répondez ! Je vous l'ordonne, dit Boris à haute voix, et son cocher se retourna, mais crut avoir mal entendu, et s'empressa de regarder à nouveau les douze oreilles lancéolées de ses chevaux, à peine visibles dans la neige et la nuit.

Les lèvres des fantômes, scellées de neige, se descellèrent, des vapeurs jaillirent de leurs gorges, et ils se mirent à parler tous les quatre, non pas à tour de rôle ni simultanément, mais en canon, l'un reprenant les mots de l'autre et le dernier ceux du premier, si bien que leur incantation se réverbérait à l'infini, tacite et assourdissante. Boris tendit l'oreille et parvint à distinguer quelques syllabes, puis quelques paroles... Il s'insurgea :

— Rien de neuf alors ? Vous m'aviez déjà dit cela quand je vous ai demandé qui était mon plus grand ennemi.

Les quatre têtes s'inclinèrent avec une fatuité ironique. Elles ne cessèrent pas pour autant de répéter les trois formules qui avaient paru si mystérieuses à Boris quinze ans plus tôt :

— Le plus faible et le plus fort...

— Mort et vivant...

— Lui et pas lui...

Boris se redressa sur son siège, faisant glisser dans la neige la couverture de zibeline qui lui couvrait les jambes : elle fila souplement, comme si les zibelines avaient ressuscité.

« Faible et fort, lui et pas lui, mort et vivant, répéta-t-il. C'est clair. C'est donc toi, petit Dmitry, mon plus grand ennemi ? Et c'est toi, peut-être, qui limites mon règne à sept misérables années ? Attends ! Je te ferai rentrer dans le tombeau puant d'où tu sors ! »

Il se sentait ragaillardi. Les apparitions avaient disparu, et il comprenait que ce n'étaient pas là de vrais fantômes, mais des images opportunes surgies de son souvenir. Homme d'action, il se sentait bien dès qu'il avait trouvé un moyen d'agir.

Aussitôt qu'il fut rentré au Térem, il fit venir Chouïsky.

— Pour la canonisation, dit-il, Iov tergiverse. Il prétend que cela prend du temps. Et toi, de ton côté, quoi ? Nous ne savons toujours pas qui est l'imposteur ?

— A moins que tu n'ordonnes que nous le sachions, répondit Chouïsky en caressant son long nez tortueux.

Boris fut à la fois soulagé et vexé de se voir devancé.

— Qui proposes-tu ?

— Grichka Otrépiev, moine défroqué, accusé de sorcellerie, ancien serviteur des Romanov, disparu sans laisser de traces...

Il était utile de donner un nom plus ou moins vraisemblable à l'imposteur, et Boris signifia son accord à Chouïsky. Mais cela ne suffirait pas pour qu'on fût débarrassé de la menace venant d'outre-tombe.

Le tsar Boris eut son nouveau ricanement sans gaieté, et il envoya chercher les frères Psar.

CHAPITRE II

LES FRÈRES PSAR

1

Fils de la princesse Miloslavsky et d'un valet de chiens devenu l'un des hommes de main favoris du tsar Ivan, les deux frères Psar ne se ressemblaient pas.

L'aîné, Aleksandro, la trentaine, tenait de son père : trapu, la tête ronde et rasée, le teint cuivré, la poitrine comme une barrique, il passait volontiers pour Tartare et avait servi à Boris d'espion auprès du khan de Crimée. Sa moustache recourbée soulignait son type. Taciturne ou sardonique, il n'avait guère d'amis et, lorsqu'il n'était pas en mission, il se cantonnait dans la maison paternelle de Kitaïgorod, qu'il avait fortifiée. Il était marié avec une fille noble mais pauvre et avait d'elle un fils de cinq ans, nommé Aleksandro comme lui. On chuchotait qu'outre sa femme il entretenait un harem d'étrangères, mais personne n'avait pris le risque de s'en assurer.

Le cadet, Serguéï dit Sergo, avait vingt-deux ans. Il était tout Miloslavsky, comme sa mère. Robuste aussi, mais les os allongés, les muscles déliés, les yeux comme des bleuets, une courte barbe bouclée ornant son menton, il avait l'allure des paladins blonds du temps jadis ou de ces moines-soldats que saint Serge envoyait défendre la patrie russe contre les Tartares. Le centenier Sergo était pieux et gai, brave et fidèle. Il avait servi le tsar Boris en Sibérie, volontaire pour les missions les plus périlleuses, sabrant sans haine, sortant indemne d'une pluie de flèches comme d'un fleuve en crue. Pour lui, la vie était simple. Le Seigneur notre Dieu, notre père le Tsar, notre mère l'Église orthodoxe, l'honneur de servir : en dehors de cela, il ne connaissait rien. Il mangeait à sa faim, secourait les pauvres dans la mesure de ses moyens et ne se préoccupait pas du reste.

Les deux frères s'aimaient beaucoup, mais, occupés chacun de son côté, se voyaient peu. Convoqués ensemble au Térem, ils furent contents de se retrouver, fût-ce dans un vestibule. Sans doute comparaîtraient-ils ensemble devant le tsar.

— Nous pourrons peut-être lui baiser la main ! s'exaltait Sergo. Nous pourrons peut-être lui parler !

— Ne te réjouis pas trop, frérot, dit Aleksandro. Par les temps qui courent, si le tsar veut que tu lui parles, tu risques fort de te retrouver dans un cul-de-basse-fosse avec un entonnoir dans la gueule.

— Cesse de plaisanter, mon aîné. Quel besoin le tsar aurait-il de me faire donner la question ? Je le sers de tout mon cœur et, s'il a besoin de ma vie, je la donnerai pour lui sans hésiter. Si je savais une chose qu'il voulait savoir, ne la lui dirais-je pas volontiers ?

Ce ne fut pas, comme ils s'y attendaient, quelque chambrier qui vint chercher les deux frères, mais un prêtre portant le haut mortier noir des moines, d'où pendaient jusqu'à terre des voiles noirs. Une barbe grise lui couvrait la poitrine, lui dévorait les joues, accaparait ses sourcils, si bien que les charbons de ses yeux semblaient brasiller comme des vers luisants au fond d'un buisson. Il darda sur l'aîné d'abord, puis sur le cadet, un regard féroce, et, après un soupir qui souleva la lourde croix pectorale reposant sur son sein, dit :

— Alors venez.

Le peu qu'on voyait de son visage et sa main nouée sur un bâton, qui évoquait la crosse d'évêque sans en être une, étaient décolorés par les macérations, et un relent froid et moisi se dégageait de ses vêtements.

— Suivons ces reliques ambulantes, souffla Aleksandro à Sergo, qui, choqué, répliqua sur le même ton :

— Je t'en supplie, mon frère, ne blasphème pas.

Les Psar ne connaissaient pas le labyrinthe de corridors voûtés et d'escaliers abrupts où le moine les guida. Enfin il ouvrit une porte et une forte odeur d'encens les accueillit. Il se retourna et son œil malveillant sembla les clouer au mur.

— C'est dans la maison de Dieu que vous entrez, fit-il d'un ton furieux, comme s'il les avait pris à se tenir mal.

Ils furent surpris de se trouver dans le sanctuaire d'une église, derrière l'iconostase, là où n'entraient d'ordinaire que les clercs, et, s'il était présent, le tsar. Les trois portes de l'iconostase, qu'eux contemplaient toujours de la nef, ils les découvraient maintenant du dedans. Le rideau rouge, voilant la Porte royale, était fermé, et ils voyaient la barre et les anneaux servant à le tirer. Sergo fut gêné d'avoir pénétré dans cette intimité sacrée. Aleksandro détaillait avec curiosité les accessoires qu'il n'avait jamais aperçus que de loin : les fresques décorant l'abside, le siège de l'évêque lourdement sculpté, la petite table sacrificielle, les vases sacrés, les icônes et les bannières accrochées aux murs.

Au milieu du sanctuaire s'élevait un autel en argent, recouvert de quatre draps successifs, devant lequel les trois hommes tombèrent à genoux, face contre terre. Après avoir prié, le moine se releva, et les frères l'imitèrent.

Le moine ôta son mortier, alla à une armoire de bois ciré où il prit son étole, qu'il baisa avant de la passer par-dessus sa tête. Elle tomba, pesante et dorée, sur sa soutane, comme une foudre lente. Puis il prit une mitre constellée de pierres précieuses, la baisa aussi et l'assura des deux mains sur sa tête. Il coula ensuite aux deux frères un nouveau regard où perçait l'ombre d'une coquetterie féroce : « A défaut d'être évêque, je suis déjà mitré. »

Il toussota, fit un large signe de croix et psalmodia :

— Prions le Seigneur.

Aussitôt l'enchantement de la liturgie slavonne enveloppa les frères qui chantèrent les répons aux demandes du célébrant, *Amen, Kyrie eleison,* « *Accorde, Seigneur* », sentant qu'ils avaient là un aperçu du Royaume du ciel. Sergo trouva le service trop court, comme les apôtres ont trouvé trop court leur séjour au Thabor. A la fin, le moine donna sa croix à baiser aux deux frères. Puis il apporta un lutrin. Sur l'autel, il prit le grand Évangile à la couverture d'or cloutée de pierreries et le posa sur le lutrin.

— L'un après l'autre, jurez de servir fidèlement notre tsar dieu-donné et de ne jamais révéler à personne ce que vous apprendrez ce soir.

Aleksandro s'approcha le premier, s'inclina deux fois jusqu'à toucher le sol de la main, se signa et dit :

— Je jure.

Puis il baisa l'Évangile.

A son tour Sergo s'approcha, s'inclina, se signa. Il prononça en articulant fort, pour que sa langue et ses lèvres fussent aussi engagées que son âme :

— Je jure.

L'Évangile parut glacé à sa bouche.

Le moine remit le livre sur l'autel, le lutrin à sa place.

— Attendez ici.

Il disparut comme s'il s'était mêlé aux ombres de l'abside.

Sergo ferma les yeux, cherchant à retrouver et à savourer l'instant où il avait proféré son serment. Oh ! on pourrait l'écarteler, le brûler, le scier entre deux planches, il serait fidèle.

Il rouvrit les yeux. Le tsar était devant lui, le tsar Boris, la barbe noire, l'œil perçant sous le sourcil courbe, l'allure impériale, sorti des ombres où le moine était entré.

Les frères s'agenouillèrent, et Boris les releva en leur tendant à chacun une main qu'ils baisèrent. Il laissa son regard errer de l'un à l'autre, rejetant le buste en arrière, comme pour mieux trouver en eux une faille, un manquement. Soudain, il leur sourit, et c'était le sourire modeste et franc comme l'or du Boris de jadis, sauf que maintenant il en usait à volonté.

— Mes serviteurs. Mes bons serviteurs. Je vous connais. N'est-ce pas toi, Aleksandro, qui t'es introduit chez le khan et m'as fait savoir qu'il se préparait à attaquer Tsarev-Borissov que j'ai pu fortifier à temps ? Et toi, Sergo, n'as-tu pas, sur l'Irtych et sur l'Ob, émoussé ton sabre sur les têtes des Vogouls et des Ostiaks ? Mais notre relation ne date pas d'hier. Vous souvenez-vous du jour où vous m'avez apporté un remède pour ma chienne

Joutchka ? Ce que vous ne saviez pas alors, car vous n'étiez que des enfants, c'est qu'il ne s'agissait pas d'une chienne mais de la sécurité du trône, que vous avez aidé à assurer en me transmettant ce message. Oublie-t-on des services pareils ? Êtes-vous contents ? Vous manque-t-il rien ? Demandez, et si cela dépend du tsar...

— J'ai en effet une demande à te faire, grand souverain, dit Aleksandro, et je suis sûr de parler aussi pour mon frère.

— Que souhaitez-vous ? Des terres ? Des serfs ? Des armes ? Des chevaux ?

— Simplement l'occasion de te servir mieux que nous ne l'avons fait jusqu'à ce jour.

C'était une façon respectueuse de demander qu'on abordât le sujet de l'entretien. Boris l'entendit bien ainsi. Il ne souriait plus.

— Demande accordée. Si vous échouez dans la mission que je vais vous confier, vous mourrez dans des supplices que je ne saurais imaginer, mais j'en imaginerais de pires si vous me trahissez. Un moine défroqué, Grichka Otrépiev, se fait passer pour le tsarévitch Dmitry, qui ne serait pas mort d'un accident à Ouglitch mais serait allé se cacher en Pologne-Lithuanie. Le roi Sigismond, bien sûr, ne demande qu'à l'aider. Les boyards sont à l'affût de toutes les occasions pour ébranler le trône. Notre peuple est crédule : il n'aime rien tant que les prodiges et les miracles. La récolte a été mauvaise, et il y a en Russie des mécontents — où n'y en a-t-il pas ? Les cosaques du Champ sauvage n'attendent qu'un prétexte pour fondre sur nos villes et les piller. Autant de dangers négligeables séparément, redoutables si une cheville ouvrière les réunit. La cheville ouvrière, c'est ce Grichka qui, en outre, pratique la sorcellerie.

Sergo n'y tint pas, et interrompit le tsar :

— Je lui couperai la tête avec mon sabre et je te la rapporterai dans un sac.

— Ce n'est pas avec le sabre qu'il faudra frapper, dit Boris, et Aleksandro inclina la tête pour montrer qu'il était de cet avis.

Alors le tsar tira de sa robe deux kandjars. L'un avait une poignée et un fourreau d'argent niellé ; l'autre, une poignée en ivoire et un fourreau de bois couvert de velours grenat avec un embout d'argent.

— Ils ont été bénis pour faire ce qu'ils doivent faire. Ne vous hâtez pas, agissez secrètement et à coup sûr. Du côté russe, j'ai fait verrouiller la frontière. A vous de trouver un moyen de la franchir, de vous introduire dans l'entourage du Défroqué, de frapper, de regagner la Russie. Jusqu'à ce moment-là, le tsar ne pourra rien pour vous. Du jour où vous aurez retrouvé la patrie pour laquelle vous aurez connu de tels dangers, attendez-vous à recevoir de moi des récompenses comme vous n'en rêvez même pas.

La main du tsar tendait une bourse.

— Pour vos dépenses en route. Mais soyez avares, hommes du tsar, pour ne pas attirer l'attention (il sourit encore brièvement) des hommes du tsar. Dieu vous garde, Dieu vous guide ! Il a choisi vos bras pour faire son travail.

Boris fit le signe de la croix sur Aleksandro, puis sur Sergo, pivota sur les talons et disparut par une porte dérobée.

Les frères se prosternèrent encore devant l'autel, puis passèrent par la porte nord dans la nef où les fidèles commençaient déjà à se rassembler pour le service des vigiles. Ils s'arrêtèrent sur le parvis.

— N'a-t-il pas l'air d'un archange, dit Sergo à voix basse, d'un archange envoyé sur terre pour sauver la Russie ? Une seule chose m'a surpris.

Pourquoi nous a-t-il menacés de supplices ? Il sait bien que nous ne le trahirons pas.

— Une autre chose m'étonne, Sergo. Le tsar se rappelle que nous lui avons porté un remède pour Joutchka, et il n'a pas eu un mot pour nous demander des nouvelles de notre père qui, à cette occasion, lui a sauvé la vie...

Aleksandro haussa l'épaule.

— Veux-tu venir souper à la maison ?

— Pardonne-moi, mon aîné. C'est samedi : il faut que j'aille aux vigiles.

— Eh bien reste ici, crapaud de bénitier. Toutes les vigiles se valent.

— Non, dit Sergo en se détournant pour que son frère ne le vît pas rougir. Non, si tu le permets, je préfère aller dans une autre église.

2

Aleksandro rentra chez lui et commença par compter les pièces d'argent du tsar. Il prenait toujours garde aux questions d'argent, et surtout quand ce n'était pas le sien. Puis il s'accouda à la fenêtre par laquelle il découvrait sa cour à la neige bien balayée, avec des serfs habillés proprement, qui entraient et sortaient des communs, l'un portant un licol, l'autre une bassine, sans qu'aucun ne parût ni surmené ni oisif. Le front d'Aleksandro était soucieux. Il finit par donner un coup de pied dans le plancher et dit sombrement au Tartare qui se présenta :

— Va chercher ma femme et mon fils.

Evfimia et le petit Aleksandro, dit Sandro, entrèrent peu après, se tenant par la main.

Evfimia était si maigre que son mari avait quelques excuses pour ne pas l'aimer autant qu'il l'aurait dû. Elle s'arrêta sur le seuil, se signa en louchant sur les icônes et se plia en deux devant Aleksandro qui, assis sur son fauteuil, la regardait de biais. Il tapota l'accoudoir de chêne poli. Il ne savait comment dire ce qu'il avait à dire.

— Evfimia, commença-t-il, tu es ma femme et je pourrais te donner mes ordres sans prendre la peine de te les expliquer. Mais je ne sais pas si nous nous reverrons et c'est mon désir que tu comprennes ce que tu vas faire et pourquoi. Le tsar m'a donné une mission. Il y a peu d'espoir que j'en revienne vivant. (Elle frémit.) Ne pleure pas, Evfimia : je n'ai jamais été un bon mari pour toi. De toute manière, nous allons voir toutes sortes de calamités s'abattre sur la Russie. Les boyards intriguent, le peuple gronde. Ce n'est pas tant qu'il a faim, mais la famine est un mauvais présage. D'ici peu, Moscou ne sera pas un endroit sûr. Tu prendras donc Sandro, ta servante, une dizaine de serfs, et tu iras chez mon père, à Psarskoïé Sélo. Le vieux va sur ses quatre-vingts ans, mais on m'assure qu'il est encore valide : il saura te protéger et élever mon fils. La neige est tombée à propos, la route ne sera pas trop fatigante, vous en aurez pour une semaine au plus. Tu salueras mon père pour moi. M'as-tu entendu ?

Les yeux d'Evfimia s'étaient remplis de larmes.

— Je t'ai entendu, mon seigneur. Quand dois-je partir ?

— Maintenant, fit-il avec humeur. Dès que tu seras prête.

— Il faut vraiment que je te quitte ? geignit-elle. Tu ne veux pas me faire cadeau d'une soirée ? Que je pourrais passer avec toi ?

Aleksandro regarda avec répugnance cette femme efflanquée, desséchée, aux joues creuses où le sang allait et venait par taches. Il l'avait pourtant forcée à manger, à dévorer, pendant les premiers temps de leur mariage arrangé par les Miloslavsky, quand il espérait encore en faire une femme comme les autres. Enfin ! Elle avait tout de même tiré un fils bien portant de ses hanches squelettiques, elle l'avait allaité de ses seins informes. Aleksandro n'était pas inhumain. Il se leva et alla effleurer du bout des doigts la pommette tantôt rouge tantôt blême.

— Cela vaut mieux ainsi, dit-il.

Elle lui jeta un regard de terreur et d'adoration, et il se retourna vers son fils. Sandro n'avait pas quitté des yeux la tête ronde, rasée et moustachue de ce père mystérieux qu'il ne voyait que rarement.

— Sandro, prononça le père, tu es encore petit, mais tu as l'âge de raison et je vais te parler comme à un homme. Je veux que tu te rappelles toujours ce que je vais te dire maintenant. Je veux que tu te rappelles toujours qui tu es. Tu n'es pas un paysan, qui ne pense qu'à son champ ; tu n'es pas un bourgeois, qui ne pense qu'à son sac de roubles ; tu n'es pas un prince, responsable devant ses vassaux. Pour tous ceux-là, la vie est compliquée. Pour toi, elle est simple. Tu es un homme du tsar.

Les yeux marron de l'enfant ne cillaient pas sous le dur regard paternel.

— Tu es un homme du tsar aussi, père ?

— C'est parce que je le suis que tu l'es.

Soudain Aleksandro enleva son fils dans ses bras et l'embrassa sur la bouche, comme pour un adieu. Puis il le reposa par terre.

— Obéis à ta mère pendant que tu es encore petit. Dieu a voulu que nous soyons soumis aux femmes au début de notre vie et quelquefois à la fin. C'est pour nous apprendre l'humilité.

Il soupira de toute sa poitrine, se tourna vers Evfimia et se ploya devant elle.

— Evfimia, si nous ne nous revoyons pas... Pardon.

Elle savait que c'était un rite dont elle ne devait pas profiter pour donner libre cours à ses émotions ; elle savait aussi que son mari lui demandait pardon comme un chrétien à une chrétienne. Elle répondit par la formule consacrée :

— Dieu pardonnera, Aleksandro. Toi aussi, pardonne-moi.

— Dieu pardonnera, Evfimia.

Ils se regardèrent un instant, avec la timidité mutuelle de deux êtres qui ont manqué ensemble une chose qui aurait pu être belle. Puis elle s'inclina encore une fois et sortit, emmenant l'enfant.

Aleksandro avait ses raisons pour mettre sa famille à l'abri. S'il échouait dans sa mission et si le faux Dmitry triomphait, la vengeance de l'imposteur pourrait aller chercher le fils après avoir détruit le père, et elle le trouverait plus facilement à Moscou que dans la campagne de Kostroma. Mais aussi le tsar Boris était méfiant ; les promesses et les menaces pouvaient, à la réflexion, lui paraître des précautions insuffisantes et il songerait alors à prendre un otage. L'éloignement de Kostroma rendrait la chose moins aisée.

Aleksandro retourna à la fenêtre. Il vit avancer et charger les traîneaux. Le crépuscule bleuissait la trace de leurs patins. On répartissait les ballots, on distribuait les mousquets et les arquebuses, car les forêts s'étaient remplies de brigands. Les chevaux, vexés de devoir sortir à l'heure de dormir, rongeaient leurs freins avec des clappements de salive et des cliquètements de métal. Evfimia et son fils, tout emmitouflés, descendaient l'escalier de bois. Au dernier moment, Evfimia se retourna vers la façade, mais Aleksandro eut le temps de se rejeter en arrière pour qu'elle ne le vît pas observer le départ : elle aurait pu s'imaginer qu'il la regrettait, remonter peut-être...

Il attendit que sa femme et son fils fussent calfeutrés sous les peaux d'ours — la nuit, il ferait froid sur la route ; il attendit qu'ils eussent tous les deux fait le signe de la croix, que les cochers, les serfs répartis dans les traîneaux et les cavaliers d'escorte eussent fait de même, que le cortège eût quitté la cour, que le portail eût été refermé, que, la nuit tombée, le gardien eût commencé à heurter sa planche en criant de temps en temps, d'un ton plaintif : « Prenez garde... à vous ! »

Alors Aleksandro ouvrit une porte avec une clef qu'il gardait toujours sur lui, monta un escalier en colimaçon, et pénétra dans un grenier où s'amoncelaient les tapis sous des montagnes de coussins brodés. L'appartement était surchauffé. Une odeur capiteuse y régnait : chanvre mêlé de miel, de musc, de sésame, d'huile de rose, de citronnelle. Trois femmes en costume oriental, boléro et pantalon bouffant, étaient en train de fumer le narguilé qu'elles se passaient de la main à la main, en en changeant chaque fois l'embout. Elles étaient bien en chair, leurs bouches fardées s'épanouissaient sur de belles dents humides. Une quatrième, achetée sur les marchés de Boukhara et introduite clandestinement en Russie où, si on l'avait vue, on l'aurait volontiers prise pour la fille du diable, avait, sous sa tunique blanche, une peau couleur de châtaigne luisante ; elle était assise en tailleur, et elle bâillait. Sa bouche violette semblait prête à engloutir le monde.

En voyant entrer leur maître, elles se levèrent toutes. Lui, respirant ces odeurs et voyant ces corps, sentait s'éveiller tout son sang oriental. Son éducation chrétienne l'abandonnait. Il n'éprouvait plus le besoin de se tenir sur ses gardes. Il laissait libre cours à la poésie ancestrale qui le traversait.

— Mes palombes d'opale, murmura-t-il en tendant les mains vers elles, mes cavales de cobalt, prenez bien soin de moi. Vous ne me reverrez pas de sitôt.

3

Sergo, cependant, était sorti du Kremlin par la porte du Sauveur. Il traversa la place Rouge et gagna Kitaïgorod à grands pas. Lorsqu'il arriva à l'église qu'il fréquentait depuis quelque temps, bien qu'il y en eût une soixantaine plus proches de son logement dans le faubourg des Streltsi, la nef était pleine de monde, les vigiles déjà commencées.

Il alla se placer à droite, là où se tenaient les hommes, mais le plus près possible du tapis délimitant l'allée centrale. Et tout en priant dans la sincérité de son cœur, en se signant, en se prosternant comme il fallait, il coulait des regards vers la partie gauche où se pressaient les femmes, vieilles, jeunes, belles, laides, en fichu, en kokochnik, en sarafan de laine ou de soie, quelques-unes en haillons. N'ayant pas d'abord aperçu celle qu'il cherchait, il acheta un cierge et avança dans la nef, comme si sa piété le poussait à aller honorer un saint de l'iconostase. Mais il n'avançait pas vite, ne cessant de jeter des coups d'œil sur sa gauche. De vieilles femmes s'aperçurent bientôt de son manège.

— N'as-tu pas honte, effronté ? sifflaient-elles. On ne vient pas à l'église pour lorgner les filles.

Non, il n'avait pas honte. Ses intentions étaient honnêtes. Enfin son cœur battit car il venait de reconnaître certain kokochnik rouge foncé brodé de perles qui avait pris soin de se placer en bordure du tapis, si bien que Sergo n'en était séparé que d'une sajène et pouvait échanger des regards avec sa propriétaire sans attirer l'attention de la grosse femme au visage couperosé qui la chaperonnait.

Sergo était tombé amoureux six mois plus tôt, dans cette même église où il était entré par hasard. Il avait suivi sa belle jusque chez elle et s'était renseigné. Avdotia Prkhorovna était la fille d'un négociant prospère, Prokhor Prokhorytch Prokhorov. Elle n'était pas promise. Dès lors, Sergo n'avait cessé de rêver et de chercher le moyen d'approcher la jeune fille pour savoir si elle l'avait remarqué aussi : tantôt, en effet, il lui semblait qu'elle posait sur lui des regards sympathiques, tantôt il était persuadé qu'elle ne soupçonnait même pas son existence. Il avait passé des heures caché dans les merisiers odoriférants qui longeaient la haute palissade de l'hôtel Prokhorov, et, par les longues soirées d'été, il avait eu la chance d'entendre Avdotia Prokhorovna chanter de vieilles chansons avec ses servantes, ou rire avec elles pendant qu'elles se donnaient ensemble le plaisir de l'escarpolette. Pour apercevoir sa bien-aimée, il avait agrandi une fissure de la palissade en achevant de casser en long une planche fendue. La fente obtenue avait la largeur du doigt. En y collant un œil, on découvrait un bout de jardin, de l'herbe, un rosier, et, si l'on s'armait de patience, on pouvait espérer entrevoir Avdotia Prokhorovna. La patience ne coûtait rien à Sergo : il était amoureux. C'est ainsi que, sous la protection des merisiers, il avait fini par connaître certaines des habitudes de sa bien-aimée. Elle se levait tôt, elle aimait venir respirer la fraîcheur matinale ; elle aimait aussi s'attarder le soir au jardin, ce qui lui valait les semonces de sa mère :

— Avdotia, où es-tu ? entendait-on, dès que le

soleil était couché, et Avdotia, docile, répondait aussitôt d'une voix claire sortant du fond de sa poitrine :

— Je rentre.

Mais un soir que la mère était en visite — Sergo l'avait vue sortir — il s'enhardit. Il savait qu'Avdotia Prokhorovna était dans le jardin parce que de temps à autre elle fredonnait à voix basse, et il pensait qu'elle y était seule, parce qu'elle ne parlait pas. Alors, lorsqu'il entendit le frou-frou de son sarafan, il colla sa bouche à la fente et souffla :

— Avdotia Prokhorovna !

Il n'avait pas eu peur en affrontant les Vogouls et les Ostiaks. Maintenant, il tremblait.

— Qui parle ? Où es-tu ? fit la plus douce voix du monde.

— Ici.

Il engagea son doigt dans l'ouverture. Sur la palissade grise de vieillesse, le doigt devait faire une tache rose.

— Qu'est-ce que je vois ? cria Avdotia.

— Mon doigt.

— Quel doigt ?

— Comment, quel doigt ? Le majeur.

Cela la fit rire.

— Le doigt de qui ?

— De moi. Celui de l'église. Tu sais bien. Aux vêpres, aux vigiles, aux matines, à la liturgie, à la bénédiction de l'eau, à la bénédiction du pain, à la bénédiction de l'huile, aux actions de grâces, aux acathistes, aux services pour les morts, je suis toujours là. Sauf quand je suis de service.

— Je ne vois pas du tout qui tu es, fit la coquette.

Sergo était désespéré.

— Cherche, supplia-t-il. Je suis mince, je suis blond, j'ai une petite barbe...

— Ah ! tu veux dire le grand désossé avec une barbe déplumée qui me regarde d'un air niais ?

— Oui, voilà, c'est moi ! fit Sergo tout heureux.

Il imaginait Avdotia Prokhorovna de l'autre côté de la palissade, superbe avec son sarafan rouge, bien découplée, les joues roses, les mains potelées, la respiration animée peut-être par cette aventure, et sa natte blonde de jeune fille, ronde comme le bras, nimbant son front.

— Et alors, que me veux-tu ?

— Je veux savoir s'il n'y a pas déjà quelqu'un dans ton cœur. Car, si c'est pour te rendre malheureuse, je ne veux rien tenter auprès de tes parents.

— Que tenterais-tu donc ? Mes parents ne te connaissent pas.

— Je peux me faire connaître. Mon père a été valet de chiens du tsar Ivan, mais le souverain l'a élevé au-dessus de sa condition et anobli. Il a des domaines et des serfs. Ma mère était princesse Miloslavsky. Mon frère aîné a le rang d'écuyer du tsar. Je suis, moi, centenier de streltsi. Alors ? Puis-je envoyer la marieuse ?

— Comment t'appelles-tu ?

— Sergo Psar.

Elle réfléchit un moment interminable. Puis elle soupira.

— Sergo, la vie d'une fille ne lui appartient pas. Si mon père me donne à toi, je t'épouserai le cœur léger, parce que ce sera sa volonté. Mais si tu veux davantage, si tu veux que ce cœur lui-même soit à toi, sache attendre. Je n'ai pas encore beaucoup pensé au mariage et je sais que, pour une femme, c'est un triste sort. Dès qu'on m'aura dénoué ma natte, je serai ta servante, et je ne dis pas que je ne veuille pas l'être. Mais je préférerais m'habituer à cette pensée. Viens à l'église, Sergo, viens souvent et mets-toi où je puis te voir. J'apprendrai les traits de ton visage un à un, et je vérifierai si tes yeux me plaisent et si j'ai envie d'embrasser ta bouche. J'apprendrai ta poitrine, et je verrai si j'ai envie de poser ma tête dessus. Comme cela seulement je saurai si je souhaite te délier tes bottes le soir de nos noces.

— Combien de temps te faut-il pour cela ? D'ici la Naissance de la Vierge ?

Elle rit :

— Mais non, bêta. Cela ne ferait pas trois semaines. Donne-moi au moins jusqu'à la Nativité de Notre-Seigneur.

— Et si, dans l'entre-temps, ton père te fiance à un autre ?

— Ce sera donc, dit-elle sereinement, que la volonté de Dieu n'était pas sur nous.

— Tu ne veux pas feindre d'être malade jusque-là ? Si l'on apprend que tu es maladive, personne ne voudra t'épouser, et, quand j'enverrai la marieuse, ton père sera tout content de me trouver.

— Non, je ne feins jamais, dit Avdotia. Trouve un moyen de me parler après Noël, et je te donnerai ma réponse. D'ici là, je ne veux plus que tu viennes abîmer les merisiers et la palissade de mes parents.

Sergo ne se révolta pas contre cette décision, qui lui donnait bonne opinion de la sagesse de sa bien-aimée. D'ici Noël, contempler Avdotia Prokhorovna pendant les services religieux — il bénit leur longueur ! — lui suffirait.

— Je ne te dirai qu'une seule chose avant de te quitter. Quand nous serons mariés, tu ne seras pas ma servante mais ma souveraine et la maîtresse de tout ce qui m'appartient.

Pendant les trois mois qui suivirent, Sergo assista à plus de services religieux que dans toute sa vie, et ses camarades commençaient à se moquer de sa dévotion exagérée, tandis que la mère d'Avdotia ne tarissait pas d'éloges sur la piété croissante de sa fille. Mais aujourd'hui Sergo savait qu'il pouvait et devait désobéir. Lorsque, tous les cierges éteints, les vigiles se terminèrent sur une dernière bénédiction et que les fidèles se dirigèrent vers la sortie, il profita de l'ombre et de la cohue pour s'approcher d'Avdotia et lui glisser dans l'oreille, sans la toucher :

— Ce soir, je serai sous les merisiers.

Et il se mêla à la foule.

Il ne comptait pas vraiment qu'elle pût venir le rejoindre, car cet automne neigeux n'était guère propice à des promenades au jardin, mais il ne pouvait partir pour des mois sans avoir tenté de prendre congé.

A travers la ville obscure, Sergo gagna l'hôtel Prokhorov. Des lumières tremblaient dans les interstices des volets. Il se glissa entre les merisiers et la palissade. Les pauvres arbustes avaient perdu toutes leurs feuilles, si bien qu'ils ne pouvaient plus servir de cachette, mais le vent avait amassé de la neige contre leurs troncs, et, en s'accroupissant derrière ce talus, Sergo devint presque invisible. Il se prépara à attendre sans presque aucun espoir, ce qui ne l'empêchait pas d'être heureux, pas plus que le froid ne l'empêchait d'avoir chaud, car la chaleur rayonnait de son cœur jusque dans ses doigts et dans ses orteils. Le ciel de nuit était clair, avec la mince faucille de la lune à un bout et, presque au zénith, la Grande Ourse. La neige luisait doucement. Les maisons voisines s'érigeaient comme des masses impénétrables. Des chevaux mâchonnaient et piétinaient dans une écurie.

— Sergo.

Il se précipita pour coller son œil à la fente. Avdotia Prokhorovna était là, dans la neige et le clair de lune, la tête et les épaules couvertes d'un châle, les pieds chaussés de bottes. On ne voyait pas ses yeux.

— Tu es venue !

— Oui. Comme j'ai toujours été honnête, on ne m'enferme pas. Mais parle vite. On finirait par s'apercevoir que je suis sortie.

Il expliqua qu'il partait sur ordre, sans mentionner le tsar. Il reviendrait dès qu'il pourrait, mais sûrement pas pour la Noël.

— Il faut que tu me donnes ta réponse maintenant ou que tu attendes jusqu'à Pâques.

— A Pâques tu seras rentré ?

— A Pâques ou un peu plus tard. Si je ne suis pas revenu aux premières neiges de l'an prochain, c'est que les corbeaux m'auront mangé. Aimes-en un autre, Avdotia Prokhorovna, mais n'oublie pas que j'ai été le premier à t'aimer.

Il ne pouvait voir si elle le regardait. Elle semblait plutôt regarder à terre.

— Je prierai le Seigneur Dieu pour que les corbeaux ne te mangent pas.

Il y avait dans sa voix un tel mélange de tendresse et de coquetterie, de piété et de sensualité, que la passion monta brutalement en Sergo.

— Avdotia, fit-il d'une voix changée, un mot de toi, je grimpe dans ce merisier et je saute la palissade.

Elle recula de trois pas.

— Crains Dieu ! Ne sais-tu pas que je suis fille ? Je ne pourrai t'aimer que si mes parents et la sainte Église nous bénissent. D'ailleurs il faut que je rentre.

Mais elle ne rentrait pas. Lui tomba à genoux, le front dans la neige, devant la palissade.

— Pardonne-moi, Avdotia Prokhorovna. Pardonne au soldat grossier que je suis. Tu sais que jc te respecte comme une icône.

— Chut ! Plus bas. Dis-moi une chose, Sergo. As-tu une mère ?

— Elle est morte quand j'étais petit.

— Pauvre, dit-elle tristement. Je prierai pour toi comme pour un vivant jusqu'à Noël, pas celui-ci, l'autre. Après, je prierai pour toi comme on prie pour les morts. Prends garde, si tu vis encore et que tu m'aies oubliée, ces prières te porteront malheur.

— Et moi, puis-je prier pour ma fiancée ?

Elle rit.

— Toi, prie pour qu'il neige cette nuit et que la trace de mes pas s'efface. Adieu.

Elle s'approcha de la fente et y glissa le bout de ses doigts, que Sergo baisa avec révérence.

Quand elle se fut enfuie, il demeura sur place quelques instants, puis il erra dans la ville obscure en répétant :

— Mon Dieu, merci d'avoir créé des jeunes filles qu'on peut aimer honnêtement. Et merci de n'avoir pas édicté de commandement qui l'interdise.

Il était trop tard pour rentrer au faubourg des Streltsi : le pont sur la Moskva serait fermé. Sergo décida d'aller coucher chez son frère. Il dut frapper au portail, s'annoncer, et, dès qu'il entra, il se trouva entouré de Tartares en armes : Aleksandro ne laissait rien au hasard.

— Ton frère n'est pas couché, lui dit le majordome. Monte dans la salle.

En effet, Aleksandro, enveloppé d'une robe de soie, s'y promenait de long en large. Le visage épanoui, presque doux, les muscles alanguis, il semblait avoir subi les massages les plus insidieux, les traitements les plus melliflues. Une odeur voluptueuse se dégageait de sa robe parfumée, et une autre de la pipe d'écume de Crimée qu'il tenait à la main.

— Mon frère fume du tabac ? s'étonna Sergo. Et en présence des saintes icônes ? N'est-ce pas là l'encens du démon ?

Aleksandro allait à lui, moins alangui déjà.

— Je t'attendais.

— Moi ?

— Oui. Nous partons demain. Ton lit est prêt. Repose-toi. Tu en auras besoin.

Aleksandro avait à moitié fermé les yeux, et une fumée violette s'échappait de ses lèvres légèrement écartées.

4

Par un matin clair où la neige irisée brillait gaiement au soleil, deux moines quittèrent Moscou par la route de Toula. Ils allaient à pied, agitant les longues manches de leurs frocs et chantant des cantiques à pleine voix. Le frère Varlaam était brun et très fort ; on aurait pu le prendre pour un Tartare. L'autre était blond, mince, et avait quelque difficulté à se faire appeler frère Missaïl.

— N'est-ce pas un sacrilège de nous affubler de robes et de noms que nous n'avons pas le droit de porter ?

— Service du tsar, frère Missaïl ! Encore si nous feignions d'être prêtres ! Mais frères convers ? A qui cela peut-il faire tort ? Et sur les routes de Russie, vois-tu, mon frérot, c'est encore le meilleur moyen de passer inaperçu.

En effet, des moines de toutes catégories se rencontraient à chaque tournant : pèlerins, fols en Christ, gyrovagues, mendiants, quêteurs, abbés, novices, convoyeurs d'icônes miraculeuses ou de reliques, moines quittant les sanctuaires pour les villes ou se retirant des villes dans les sanctuaires, c'était un va-et-vient continuel, inspirant vénération au peuple et confiance aux autorités.

Varlaam et Missaïl étaient vêtus comme les plus pauvres des moinillons. Ils portaient des peaux de mouton souillées, râpées, des robes effrangées, des souliers de feutre recuit, des mortiers aux voiles déchirés, du linge usagé. Ils avaient même laissé leurs croix de baptême à Moscou, car elles étaient en argent ouvragé et auraient pu trahir leur rang : Missaïl en portait une en bois et celle de Varlaam était de cuivre martelé. Ils avaient renoncé à monter des chevaux ou fût-ce des ânes, de crainte d'attirer l'attention. Puisque le tsar voulait qu'on prît son temps, il valait mieux arpenter la terre russe avec ses jambes, quitte à profiter de la piété des braves gens pour se jucher sur un traîneau portant une charge de bois à brûler ou un drojki conduisant un hobereau à la chasse.

Ils couchaient dans les monastères quand ils en trouvaient sur leur chemin ; sinon, chez les paysans, ou bien dans les granges, les fossés ou les trous qu'ils faisaient dans la neige. Missaïl préférait ces nuits passées à la belle étoile, car il était gêné si quelque dévote les invitait dans son grenier et envoyait ses petits enfants se faire bénir par eux. « Je ne suis pas prêtre, je ne bénis pas, répondait-il. — Une toute petite bénédiction, mon frère ! Qu'est-ce que cela vous coûte ? » C'était Varlaam qui cédait, et il emportait comme récompense quelque miche de pain ou quelque morceau de lard qui agrémentait la route du lendemain.

D'autres voyageurs essayaient de marcher de compagnie avec les deux moines inséparables, mais se décourageaient bientôt : tantôt le blond devait faire un détour de vingt verstes pour aller saluer telle vieille parente sans le sou, tantôt le brun accélérait la cadence pour rencontrer tel archimandrite, et, lorsque les frères Psar accéléraient la cadence, on ne s'obstinait pas longtemps à les suivre. Ils se prétendaient envoyés en pénitence à Poutivl par un starets du lac Blanc. C'était une pénitence de quelque deux mille verstes aller et retour, et on comprenait que les pénitents ne s'étendissent pas sur les péchés qu'ils avaient commis pour y être soumis.

Il y eut en chemin quelques contrôles. Les gendarmes du tsar étaient irritables, sachant qu'il fallait chercher mais ignorant quoi. Le froc même ne les amadouait plus, car ils avaient entendu parler d'un frocard évadé nommé Grichka, coupable d'on ne savait quel crime affreux. Cependant, le calme bon enfant du frère Varlaam, qu'ils prenaient pour un moine jouisseur, et l'air exalté du frère Missaïl, qu'ils prenaient pour un moine fanatique, les rassuraient. Heureusement pour eux, car les deux frères dissimulaient sous leurs robes les kandjars du tsar, kandjars à deux tranchants affûtés à mort, la lame évidée d'une rainure longitudinale assurant une pénétration plus rapide. Ils n'auraient pas hésité à s'en servir.

*

Les premiers jours, les frères parlèrent surtout des moyens d'accomplir leur mission — pas de la mission elle-même : une pudeur les en empêchait. Puis, ils se mirent à évoquer leur enfance. A Moscou d'abord, dans la maison qu'Aleksandro habitait maintenant : Sergo se rappelait la nourrice et les chiens qu'il y avait eus, Aleksandro ses chevaux et les filles qui lui souriaient déjà. Plus tard, pour une raison mystérieuse, on s'était transporté à la campagne, à Psarskoïé, dont le père avait pris possession avec une tristesse, un abattement, que ni sa femme ni ses enfants ne s'expliquaient. Il y avait pourtant un étang poissonneux, des bois giboyeux, et des paysans qui ne demandaient que la paix et un maître à obéir. Trois ou quatre ans après, Aleksandro avait été invité par le tsar Féodor à regagner Moscou, et, la mère étant morte, son jeune frère l'avait accompagné. Le père au visage fermé demeurait au logis, comme un grand bœuf qui ne labourerait plus.

— Adieu. Allez servir le tsar. C'est votre tour, petits chiots.

Les petits chiots étaient donc partis, tout surpris de se retrouver indépendants, l'aîné servant de père et de mère au cadet.

A Moscou, Aleksandro avait pris du service aussitôt, et Sergo l'avait imité dès qu'il en avait eu l'âge. Comme ils servaient différemment — l'aîné accomplissant des missions secrètes, le cadet gravissant les échelons de l'armée —, ils s'étaient presque perdus de vue et se retrouvaient maintenant avec l'appétit de rattraper le temps perdu. L'âge, qui les avait séparés jadis, les rapprochait maintenant : trente est plus proche de vingt que vingt de dix.

Ils commencèrent donc peu à peu — Dieu sait qu'ils en avaient le temps sur cette route hivernale — à se raconter leur vie, à échanger réflexions, espérances, inquiétudes, Sergo plus introspectif, Aleksandro plus philosophe.

— Je ne me souviens pas bien de notre mère, disait Sergo, mais je sais comment elle voulait que je fusse. Soumis à notre père, au tsar, à Dieu, respectueux des jeunes filles et ne prononçant pas de gros mots. J'essaye.

— Pour les gros mots, répondait Aleksandro, notre mère, que j'ai connue mieux que toi, n'avait pas si tort. Le premier gros mot est le premier compromis. Si on a prononcé un gros mot, il n'y a plus de raison valable de ne pas tuer son prochain. Mais comme notre métier est justement de tuer notre prochain pour une bonne cause, je pense que nos gros mots ne sont pas si importants.

Un soir qu'ils étaient couchés dans un trou qu'ils avaient creusé dans la neige, éclairé et chauffé par un cierge qu'on leur avait donné à allumer devant une icône de saint mais qu'Aleksandro avait confisqué, Sergo s'enhardit jusqu'à demander :

— On dit que tu as beaucoup de femmes. Est-ce vrai ?

Aleksandro baissa la tête et haussa l'épaule.

— Ce n'est pas bien à moi de scandaliser mon cadet, auquel je devrais servir d'exemple, mais je ne veux pas non plus te mentir. Oui, cela est vrai. Je sais que l'Église l'interdit et que Notre-Seigneur Jésus-Christ et ses apôtres ont condamné les fornicateurs et les adultères, dont je suis. Si je dois jamais brûler en enfer, ce sera pour avoir trop aimé la chair féminine. Tu vois, il fait froid autour de nous et nous ne sommes que deux hommes, mais il suffit que je pense le mot « femme » pour ressentir les effets du désir. J'aime les femmes jusqu'au vertige. J'ai besoin de me précipiter en elles. J'aime qu'elles soient jeunes et charnues, mais s'il n'y en avait pas assez, j'en prendrais des vieilles et des laides. Je te dirai ceci : plus j'avance en âge, plus j'aime les orientales. Elles sont... comment te dire ? (Aleksandro gloussa de plaisir.) Elles sont plus sucrées au goût.

Sergo l'écoutait avec un mélange d'horreur innocente (ce gloussement le fit rougir) et d'amour fraternel.

— Je ne te comprends pas. Oh ! je comprends qu'on puisse aimer une femme jusqu'à souhaiter avoir d'elle des enfants. Je comprends qu'on la vénère et même, ne me prends pas pour plus pur que je ne suis, qu'on la désire. Mais avoir plusieurs femmes à la fois... Sans rien te reprocher, à toi qui es mon aîné, ne sens-tu pas que c'est les traiter comme si elles n'étaient pas créées à l'image et à la ressemblance de Dieu ? Pour moi, toute femme est un peu la Vierge Marie.

— Tu as sûrement raison, dit Aleksandro en se lovant dans la neige pour dormir. Mais regarde-moi : ai-je l'air, comme toi, d'un chrétien ? Le sang tartare chante fort en moi, et tu sais que nous étions polygames depuis toujours. Pour moi, une femme c'est bien ; deux, c'est mieux ; trois... et ainsi de suite.

Il s'endormit, épanoui. Sergo, penché sur lui, détaillait ses traits à la fois ronds et durs, sa moustache cruelle, ses paupières à peine bombées, son teint de bronze, sur lesquels le cierge jetait une lumière pâle et stable.

— C'est mon frère. C'est mon aîné, et je l'aime, même péchant devant Dieu.

Il arrivait aussi aux frères Psar de parler de leur père.

— As-tu remarqué, demandait Aleksandro, que notre père sent toujours le chien mouillé ? Il a pu passer trois heures aux bains, tu sais comme il aime ça, et l'odeur de chien lui reste. Je ne dis pas cela pour lui manquer de respect, au contraire. On sent en lui l'animal, le Tartare, c'est-à-dire, en fin de compte, je ne sais pas si je suis clair, l'homme. On ne sent pas la pommade. Et si on le juge, ce qu'un fils ne devrait pas se permettre, on ne peut que l'admirer. Ce valet de chiens est devenu un seigneur. As-tu constaté qu'il savait lire et écrire ? C'est incroyable.

— Je ne comprends pas, reprenait Sergo, pourquoi il s'est retiré à la campagne. Rappelle-toi. Le tsar Boris, qui n'était encore que grand écuyer, est venu le voir un soir, à l'improviste. Nous ne l'avions pas reconnu, nous craignions pour notre père, et nous sommes entrés dans la salle — il faisait presque noir — avec des poignards. Moi, bien sûr, pour t'imiter. Et le grand écuyer a dit à notre père, ses paroles me reviennent soudain : « Je ne supporterai pas de te voir une fois de plus. » Que voulait-il dire ?

Cette fois-là, ils marchaient côte à côte, et Aleksandro, moins grand que son cadet, lui jeta un regard par en dessous. Il l'aimait, cet ange musclé qui lui ressemblait si peu, ce dévot qui sabrait si bien, cet innocent sorti des mêmes reins, du même ventre que lui.

— A ton tour, rappelle-toi. N'est-ce pas ce jour-là que le grand écuyer a donné Psarskoïé à notre père ?

Aleksandro se rappelait les paroles que Boris avait prononcées à cette occasion et il voulait savoir si son cadet les avait heureusement oubliées.

— Oui, et il a ajouté quelque chose d'étrange que je n'ai pas compris. Il a employé les mots « salaire » et « salut » que je ne connaissais pas. Te souviens-tu ?

Aleksandro se souvenait. Boris Godounov avait dit : « Il y a, aux environs de Kostroma, un beau domaine que j'ai appelé Psarskoïé Sélo. Je te le donne pour te remercier de tes services passés. Pas du dernier, qui doit rester sans salaire dans l'intérêt de ton salut. »

Au lieu de répondre, Aleksandro hâta le pas, et, au détour du chemin, une large vallée toute blanche apparut aux yeux des deux pèlerins.

— Frère Missaïl, prononça le frère Varlaam, nous n'aurons aucun mal à traverser la Desna. Elle est gelée à mort, comme une femme d'impuissant resté sans amis proches.

La Desna se déroulait au fond de la vallée, piquée de quelques arbres noirs de côté et d'autre et saupoudrée de neige. Sergo s'assit par terre et, se repoussant aux buissons cristallisés, dévala la pente sur son derrière, son froc lui servant de traîneau. Aleksandro le suivait des yeux, la main en visière, attendri :

— Ah ! mon cadet, mon cadet !

Il descendit plus posément, tâtant la neige étincelante avec son bâton.

Une patrouille de gendarmes moustachus passa au trot, soulevant un poudroiement blanc. Ils ne crurent pas utile de demander à ces deux penaillons où ils allaient.

5

L'hiver s'avançait.

A Moscou, il se durcissait, il se courrouçait, encore magnanime à Noël, déjà impitoyable à l'Épiphanie, mais les deux pèlerins marchaient vers le sud, et ils sentaient, à tel vol d'étourneaux fendant impétueusement le ciel, à tel perce-neige éclos entre deux glaçons, que le printemps était devant eux, qu'ils allaient à sa rencontre dans le déroulement de l'espace comme dans celui du temps, et cela leur donnait l'impression que leur voyage s'accélérait, d'autant plus que le peuple changeait aussi : les Petits-Russiens étaient moqueurs, mystificateurs, ils chantaient, ils galéjaient, c'étaient des Méridionaux.

Çà et là, les frères Psar entendaient des rumeurs : « Il vient » ou « C'est le vrai » ou « Il nous rendra la Saint-Ioury ». Peut-être certains de ceux qui parlaient ainsi étaient-ils des provocateurs du tsar : les frères n'allaient pas donner dans ce piège-là. Ils ne posaient pas de questions.

Aux environs de Tchernigov, il fallut obliquer vers l'ouest et renoncer à tout contact avec le peuple, car la frontière était proche, les patrouilles fréquentes, la méfiance générale. Les frères Psar firent des provisions qui, sobres comme ils étaient en campagne, leur permettraient de vivre plusieurs jours sans se montrer, et ils s'enfoncèrent dans la forêt. Le centenier Sergo s'orientait bien dans la nature, l'écuyer Aleksandro faisait un avec elle : le soleil, la lune, les étoiles, les vents, le relief griffé par les intempéries, les arbres moussus, l'inclinaison de leurs troncs, la couleur de la terre, une branche cassée, un amas de neige, tout lui tenait un langage qu'il entendait inconsciemment, sans avoir à l'interpréter.

— Tu as la Polaire dans le ventre, lui disait Sergo.

Aleksandro ne comprenait pas que tout le monde n'eût pas cette capacité qui lui paraissait naturelle :

— Enfin, quand il y a de l'eau à trois verstes, tu la flaires, non ?

Ils marchaient depuis deux mois, et ils passèrent encore une semaine à reconnaître les lieux de passage possibles. Ils avaient acheté des draps blancs pour s'y camoufler, et ils passaient des heures couchés dans la neige, au revers des collines, ils observaient le mouvement des patrouilles, la relève des gardes, la mise en place d'embuscades. Officiers eux-mêmes, ils savaient les motifs qui amenaient le commandement à mettre des cavaliers dans telle prairie en pente, une garde à découvert sur tel chemin, des fantassins cachés dans tel vallon boisé et à doubler ces mesures en posant sur le chemin un deuxième poste de contrôle un peu plus loin, une embuscade aux lisières de la prairie, et de nouvelles patrouilles de cavalerie à trois verstes pour capturer les naïfs qui, trop contents d'avoir échappé aux premières embûches, ne se méfieraient plus des suivantes. Les frères Psar en auraient fait autant à la place de leurs camarades.

Ayant reconstitué le plan adverse, l'ayant vérifié, ayant, du haut d'une colline, repéré de jour le cheminement qu'ils suivraient de nuit, les frères se regardèrent et n'eurent pas à prononcer un mot pour se comprendre : c'était pour aujourd'hui.

Traverser la frontière par une nuit sans lune, sans connaître la région, était une gageure. Cependant il y avait des avantages : si l'éveil était donné, il serait plus facile d'échapper à la poursuite ; comme tous les soldats du monde, ceux du tsar Boris devaient parfois dormir quand ils étaient de faction ; l'obscurité dissimulerait les mouvements et surtout les traces sur la neige. Certaines unités utilisaient bien des chiens, mais il serait aisé de leur donner le change, étant donné le nombre de chevreuils, de cerfs, de sangliers, de loups, d'ours, d'élans et de panthères dont les Psar avaient relevé passées et fumées.

La nuit était noire lorsque, après un solide repas et une brève prière, les frères Psar gagnèrent la colline qui leur avait servi de point d'observation. Cette fois, au lieu d'escalader la crête, ils la contournèrent à mi-pente, approchèrent d'un col où se tenait d'ordinaire une escouade armée, et, sans l'atteindre, plongèrent dans le creux à son pied. Il y avait là un sentier, ils évitèrent le sentier, et un ruisseau gelé, ils évitèrent aussi le ruisseau, se contentant de le traverser et se déplaçant en pleine broussaille, au risque de faire du bruit, mais réduisant ce risque en rampant. Ils rampèrent deux heures, Aleksandro en tête, Sergo le nez sur les bottes de feutre de son aîné. Ils durent rebrousser chemin plusieurs fois, les broussailles étant impénétrables, mais ils ne se sentirent menacés de découverte à aucun moment. L'escouade avait fait un feu mal camouflé, et, de là-haut, provenaient des chants, des rires et quelquefois des gerbes d'étincelles. L'embuscade du sentier — ceux d'en haut ne menaient si grand tapage que pour rabattre les passages dans cette direction — se referma sur le vide : les Psar s'étaient faufilés là où seules les bêtes de bois pouvaient passer.

Le col franchi, ils s'octroyèrent quelques instants de repos. Ils marchèrent ensuite sous la futaie, et comme il faisait bon marcher, même à pas de loup, après avoir rampé si longtemps sur les coudes et le ventre ! La futaie n'était pas gardée, car il y avait, avant et après, des endroits plus favorables aux passages et à leur interception. Aleksandro avait choisi cette voie-ci parce que le terrain y commandait l'emploi des moyens.

La futaie était longée par un chemin creux, qu'il fallait traverser. Dans le chemin, étaient disposés de place en place des postes de deux ou trois hommes cachés dans les buissons. Impossible de les repérer tant qu'ils ne bougeaient pas. Les frères s'étendirent dans la neige, à quelque distance l'un de l'autre, et attendirent. Vers minuit, la relève eut lieu, et, si sombre que fût la nuit, à un sabre heurtant une cuirasse, à un soupir de soulagement, à un juron étouffé, ils reconnurent où se trouvaient les postes les plus proches sur leur droite et sur leur gauche. Ils recommencèrent alors à ramper et traversèrent de la sorte le chemin creux. Toujours rampant comme des serpents, ils gravirent le talus qui leur faisait face, et continuèrent encore un bon bout. Quand ils s'arrêtèrent, ils étaient dans un champ découvert, qu'ils avaient observé le jour même du haut de leur colline et que patrouillaient des cavaliers et des chiens. L'oreille au sol, tenant compte de la neige qui assourdissait les bruits,

Aleksandro jugea que les cavaliers étaient à bonne distance, fit le signe de la croix et souffla :

— On y va.

Ils prirent leurs jambes à leur cou.

La vitesse seule leur permettrait de traverser cet espace avant que les cavaliers ne revinssent. Pris en chasse, ils seraient immanquablement capturés. Deux fois Sergo tomba et se releva. Il ne savait plus du tout où était Aleksandro. Il savait seulement qu'il fallait courir tout droit, jusqu'à la première ligne de broussailles. Le champ se révélait plus large que Sergo ne l'avait cru, s'allongeait, se dédoublait. Sergo courait, le souffle de plus en plus bref, le cœur battant de plus en plus vite, le goût du sang dans les narines, ses jambes, malgré tout, se déroulant harmonieusement sous lui comme celles d'un cheval de course et le projetant en avant par des bonds dont chacun était une promesse de victoire. Un bruit de sabots retentit derrière lui. Il augmenta encore sa vitesse, trébucha sur une racine et tomba par terre, mais des rameaux neigeux le recouvrirent aussitôt. Il avait atteint la lisière broussailleuse. Les cavaliers passèrent derrière lui en cliquetant. Il siffla doucement pour appeler son frère. Il n'y eut pas de réponse.

Sergo se releva sur les coudes et reprit son souffle. Il avait couru si vite qu'il sentait sa tête vide et douloureuse. Qu'allait-il faire sans son frère Sandro ? Il siffla encore une fois, persuadé que son frère devait être quelque part devant lui, et soudain une masse s'abattit dans la neige à côté de lui, avec une telle violence qu'il roula sur le flanc et tira son kandjar. Et puis il comprit que c'était Aleksandro, lourd de ses dix ans de plus, qui venait seulement de le rejoindre.

Ils se reposèrent encore et puis se mirent à descendre la pente. C'était étrange de se sentir en sécurité parce qu'on n'était plus chez soi. Quand le soleil blanc se leva, ils virent un large fleuve briller au soleil et des marécages gelés scintiller plus loin.

— Je te félicite, mon frérot : nous sommes en Lithuanie, dit Aleksandro.

— Ça n'a pas l'air d'un pays étranger, fit Sergo. C'est tout comme chez nous.

Aleksandro se mit à rire.

— C'est parce que, dit-il en frappant le sol du pied, nous sommes sur une terre qui est russe depuis saint Vladimir. Les Polonais nous l'ont prise, mais nous la leur reprendrons un jour. Aussi loin que tu peux voir, Sergo, ce sera la Russie, et plus loin encore.

*

Le premier jour de marche, de l'autre côté de la frontière, rien en effet ne sembla changé, ni dans le paysage ni dans les gens, sauf que le grand sujet de conversation, abordé en toute liberté dans les auberges et sur les marchés, était le salut miraculeux du tsarévitch Dmitry de Russie. Chacun était persuadé que les frères Varlaam et Missaïl allaient le rejoindre, et on leur donnait les conseils les plus sympathiques. Depuis que le tsarévitch avait choisi de se faire connaître, leur expliquait-on, le prince Adam Vichnevetsky lui avait fait cadeau d'un carrosse à six chevaux, avait attaché des serviteurs à sa personne, et l'avait emmené à Sambor pour le présenter au comte Mnichek, le beau-père de son frère. Mnichek, ajoutait-on en baissant la voix et en riant dans son poing, avait fait carrière comme pourvoyeur du lit de l'ancien roi Sigismond-Auguste et, pour des raisons plus avouables, il jouissait aussi de la faveur du roi actuel, Sigismond. Il pouvait donc beaucoup pour aider Dmitry à reconquérir le trône de ses pères.

— Dommage que je sois vieux et que vous soyez gens d'Église, dit aux frères Psar un paysan à l'œil allumé. Sinon, nous serions allés donner de grands coups de sabre pour le fils du tsar Ivan.

Jusqu'à Sambor, il y avait encore plus de six cents verstes à vol d'oiseau, le double par les chemins, et en montant. En revanche, on pouvait accélérer l'allure. Les frères décousirent les ourlets de leurs frocs, où ils avaient caché l'argent du tsar et s'offrirent des mules, convenables à leur état ecclésiastique.

Maintenant le paysage changeait.

Des pentes de plus en plus escarpées s'érigeaient de côté et d'autre du chemin. Des sapins escaladaient des crêtes acérées. Malgré le froid, des torrents bouillonnaient au fond des gorges. Sergo pensait à l'Oural et Aleksandro à la Crimée, les seules montagnes qu'ils connussent. Mais ici les parcelles de terre cultivées entre les rochers, les routes quelquefois empierrées, les ponts maçonnés, les bourgs fortifiés aux maisons de pierre et les châteaux forts sur lesquels battaient les gonfanons armoriés de leurs maîtres indiquaient une civilisation que les frères Psar ne connaissaient pas. Ils en étaient secrètement intimidés.

La langue devenait de plus en plus difficile à comprendre et la hâblerie petite-russienne faisait place à la morgue polonaise. L'orthodoxie se raréfiait, remplacée par la confession des uniates.

Un soir, les frères entrèrent pour prier dans une chapelle pleine d'icônes où un vieux prêtre solitaire chantait d'une voix fêlée. A la fin du service, il invita les voyageurs à partager son souper de pain, de fromage et de kvas. Il parlait petit-russien : les deux Grands-Russiens le comprenaient sans trop de mal.

— J'entends, leur dit-il, que vous venez de Moscovie et je vois que vous portez l'habit, encore que les vôtres soient fort déchirés et point trop propres, s'il faut tout dire.

— Nous avons été heureux d'entrer prier avec toi, répondit Aleksandro. Tu portes la barbe et tu pries comme nos prêtres. Pourtant on nous avait dit qu'il n'y avait que des uniates dans le pays.

— Je suis uniate, répliqua le vieillard.

— Les uniates ne sont-ils pas — pardonne-moi si je te blesse — des orthodoxes qui ont trahi la vraie foi et ont embrassé l'hérésie des papes de Rome, ceux qui, dans l'ancien temps, nous ont envoyé les chevaliers Teutoniques et les Porte-Glaive pour nous convertir par le fer et par le feu, comme si nous étions païens ?

— Vous parlez là, mes frères, de l'époque de saint Aleksandre Nevsky. Les choses ont bien changé depuis lors. Vous ne saviez pas que le pape de Rome s'est converti à l'orthodoxie ? Je prie en slavon ; j'ai été marié jusqu'à la mort de ma pauvre matouchka ; si vous venez dimanche, vous communierez sous les deux Espèces, avec du pain au levain.

Les frères craignirent de montrer leur ignorance et s'abstinrent de discuter de théologie avec le père uniate. Lorsqu'ils furent de nouveau à cheminer sur leurs mules, Sergo demanda :

— Tu crois vraiment que le pape s'est converti à la vraie foi ?

— J'en doute. Les uniates amusent les ignorants comme nous avec des rites pareils aux nôtres, mais, dans le fond, ils doivent être aussi hérétiques que les catholiques romains.

— Ce n'est pas un grand crime s'ils prient pour le pape de Rome. Le pape est un évêque et même, paraît-il, le plus glorieux d'entre eux.

— Ce n'est un crime de prier pour personne, mais comme nous ne sommes grands clercs ni l'un ni l'autre, nous n'irons plus chez les uniates : ils seraient capables de nous emberlificoter.

C'était plus simple avec les prêtres romains, qu'il n'y avait qu'à fuir comme la peste. Glabres pour la plupart, l'allure dégagée, toujours de petits livres à la main et quelquefois, blasphème suprême, un crucifix pendu à la ceinture et leur battant les parties honteuses, ils conversaient entre eux dans une langue secrète et inspiraient aux deux frères un mélange de terreur sacrée et de dégoût. D'ailleurs il fallait voir avec quelle supériorité, ces prêtres romains, proprets et cintrés, les regardaient passer sur leurs mules, avec leurs mortiers crasseux et leurs frocs en haillons.

— Et pourtant, il n'y a rien à faire, les orthodoxes, c'est nous, disait Sergo en se signant.

Et Aleksandro se signait aussi, de la droite vers la gauche, comme il convient, le pouce, le majeur et l'index réunis pour figurer la Sainte Trinité et les deux autres doigts repliés, pour signifier la double nature du Christ, Dieu et homme.

*

Comme ils approchaient de Sambor et que l'air devenait plus grisant, une ombre commença à peser sur les deux frères. Ils savaient que, dans trois semaines, dans deux, dans une, ils auraient accompli ou manqué leur mission.

Ce soir-là, ils avaient trouvé refuge dans une cabane en plein champ. Ils en avaient bouché les fissures avec du foin, leurs mules dégageaient une bonne chaleur, ils se sentaient confortablement installés. Ils avaient acheté du pain et du lard, dont ils avaient fort bien dîné. Soudain, Aleksandro dit :

— Important : le tuer. Souhaitable : s'échapper ensuite. Ne faisons rien à l'improviste ni sans nous consulter. Je prévois que le meilleur moment se trouvera à la chasse. On est souvent isolé. Nous manœuvrons pour l'être avec lui, nous cachons son corps dans un fourré et nous continuons à galoper.

La cabane était sombre, mais, dans une embrasure au-dessus de la porte, s'encadrait un carré de ciel nocturne très clair, avec des étoiles piquées dedans comme des épingles dans de la soie.

Sergo rêvait à Avdotia, et il lui fallut un effort pour parler du sujet que son frère avait abordé.

— N'y a-t-il aucun moyen de l'attaquer loyalement ?

— Pour qui te prends-tu ? Le tsar a des princes pour attaquer loyalement d'autres princes. Nous devons dépêcher ce Défroqué comme le défroqué qu'il est et comme les hommes de main que nous sommes.

— Je n'ai jamais frappé personne dans le dos.

— Ça entre aussi bien. Le tout est de ne pas se tromper de côte. C'est le prince Sviatoslav, pèrc de saint Vladimir, qui annonçait à ses ennemis : *Je marche sus à vous !* Combien de vies russes ces manières-là ont-elles coûté à la Russie ? Grichka Otrépiev est un défroqué, un sorcier et un filou. Nous le saignerons, nous l'étranglerons, nous lui défoncerons la tête, ce qui sera le plus pratique. Tu ne vas pas, j'espère, te mettre à jouer les fillettes ou les paladins. N'as-tu pas juré d'obéir au tsar ?

— Ne crains rien, mon aîné, dit Sergo honteux. Mon kandjar est aussi affûté et mon serment aussi sacré que les tiens.

Les mains des frères Psar se trouvèrent dans l'ombre et s'étreignirent. Ils s'endormirent aussitôt après. Une mule arracha une botte de foin coincée entre deux planches et se mit à la mastiquer, la tête levée vers l'embrasure où tournaient les constellations de l'hiver.

CHAPITRE III

SAMBOR

1

1604.

La ville royale de Sambor s'élevait dans un site magnifique, dominant le Dniestr et s'enorgueillissant d'une forteresse en bois, avec deux tours crénelées et un portail au-dessus duquel s'arrondissaient des poivrières au toit de métal. A l'intérieur, de part et d'autre de la cour d'honneur, se faisaient face une église catholique romaine et le palais du comte Mnichek, voïvode de Sandomir, staroste de Lvov, gouverneur de Sambor.

Les frères Psar n'avaient jamais vu de palais aussi vaste, même à Moscou. Sur un soubassement de brique aux fenêtres semi-circulaires, s'élevaient deux étages construits en bois de mélèze, entrecoupés de perrons, de galeries, d'auvents, de loggias, et coiffés par un immense toit de bardeaux, à comble brisé, avec deux rangées superposées de lucarnes des formes les plus variées, une forêt de cheminées, des échauguettes aux angles, et, au milieu, une coupole dorée couronnée par une lanterne. L'entrée principale s'ornait d'un fronton reposant sur quatre colonnes et frappé en son milieu des armes des Mnichek représentant un panache de plumes d'autruche.

Cent valets erraient dans la cour. Ils ricanèrent en apercevant les deux moinillons orthodoxes sur leurs mules mais finirent par leur dire, en imitant leur accent, que le tsarévitch prenait du bon temps à l'extérieur de la forteresse.

Ayant dépassé de vastes communs, un jardin, des granges, des aires à battre, des enclos, une brasserie, des étables, une basse-cour, les frères franchirent les remparts et découvrirent une prairie en pente, où brillaient encore quelques plaques de neige mais où l'herbe tendre du printemps poussait déjà gaiement. Au milieu de la prairie s'ébattaient une cinquantaine de jeunes gens, certains habillés à la russe, la chemise brodée serrée à la taille par-dessus les braies rentrant dans des bottes ou dans des guêtres faites de bandes de tissu entrecroisées, d'autres à l'européenne, la chemise aux manches larges ouverte sur la poitrine, la culotte courte bouffant sur les hanches, les bas et les souliers à boucles terminés par de longues pointes.

Une corde avait été tendue à hauteur d'homme entre des piquets. Les jeunes gens, tenant à deux mains une perche, couraient vers cette corde, plantaient la perche flexible dans le sol et se faisaient projeter par elle par-dessus la corde. Certains, n'ayant pas réussi à franchir l'obstacle, roulaient au sol ; les plus adroits atterrissaient sur les pieds, d'autres sur l'épaule ou sur le fondement ; certains se relevaient vite, d'autres moins vite, en geignant ; les rires, les encouragements, les sarcasmes fusaient. Un garçon en particulier, petit mais athlétique, le teint basané, tout de blanc vêtu avec des bottes noires, ne cessait de réclamer que l'on mît la corde plus haut et la sautait avec grâce comme si la chose avait été la plus aisée du monde.

Les frères s'arrêtèrent pour observer ce spectacle qu'ils n'avaient jamais vu.

— Sans doute est-ce là ce que font les Polonais pour divertir leurs princes, supposa Sergo.

— Oui, mais où est le prince ? répliqua Aleksandro.

Bientôt la troupe se transporta un peu plus loin, dans une arène dressée en plein champ et bordée de poutres surélevées servant de gradins pour les spectateurs. A un bout, une loge avec des bancs couverts de tapis.

— La loge doit être pour le Défroqué, opina Aleksandro, lorsque les frères se furent assis au premier rang.

Mais ce furent de jeunes femmes, portant des robes somptueuses, qui y prirent place avec de grands rires, lançant des œillades de tout côté, donnant des coups de coude espiègles aux jeunes gens, échangeant des bonbons qu'elles prenaient de leurs longs doigts dans de petites boîtes en métaux précieux.

Des femmes en public ? ! Bon, c'étaient sûrement des catins amenées là pour le plaisir du Défroqué. Rien cependant n'indiquait leur profession dans la manière dont elles étaient traitées, sinon que les jeunes hommes qui s'étaient rajustés — certains portaient maintenant des assiettes de dentelles autour du cou — leur baisaient les mains à tour de rôle. Pour le reste, ils les aidaient respectueusement à prendre place avec des courbettes et des ronds de jambe. Ce qui mit le comble au scandale, c'est qu'un prestolet romain, imberbe et pommadé, vint rejoindre les filles dans leur loge et coqueter avec elles. Toujours pas trace de tsarévitch.

On amena une cage à roues qu'on poussa au milieu de l'arène. Dans la cage, un ours brun paraissait s'ennuyer. Des rires l'accueillirent, jusqu'au moment où il ouvrit la gueule et poussa un grognement. La vue de cette denture avec ces crocs qui auraient facilement arraché un membre ou une tête arrêta les lazzi, chacun se demandant ce qu'il vaudrait contre la bête et ne se souciant guère de s'en assurer. Seules les femmes riaient toujours, suggérant aux jeunes gens d'aller se frotter à l'ours. Plusieurs hommes armés de mousquets se tenaient prêts à faire feu si, à quelque moment, le fauve menaçait les spectateurs.

Des trompettes sonnèrent une fanfare.

Le jeune homme en blanc sauta par-dessus le parapet bordant l'arène et marcha vers la cage. Il avait un couteau de chasse à la main. Aleksandro et Sergo échangèrent un regard : ils avaient eux-mêmes chassé l'ours, mais à plusieurs, et à l'épieu.

— Ces Polonais ne vont tout de même pas commencer sans le tsarévitch de Russie ! souffla Sergo à son frère.

Aleksandro se tourna vers son voisin de droite, un grand jeune rouquin débraillé, la joue et le cou tailladés de coups de rasoir, comme s'il venait à peine d'apprendre à se raser.

— L'illustrissime seigneur pourrait-il me dire, fit Aleksandro, essayant d'utiliser les quelques mots de polonais qu'il connaissait, quand doit arriver le tsarévitch de Russie ?

Le rouquin le regarda, goguenard.

— Parle donc russe, cureton.

— Volontiers. Es-tu Russe toi-même ?

— Tout ce qu'il y a de plus. Grichka Otrépiev, pour te servir.

— Grichka Otrépiev ? répéta Sergo abasourdi.

— Le nom te dit quelque chose, frocard ? Oui, c'est celui que le Tartare a choisi pour diffamer le tsarévitch. Mais vous pouvez voir que nous ne nous ressemblons pas beaucoup, lui et moi, ajouta Grichka en se grattant sous l'aisselle.

— Tu es donc... ?

— Oui, oui, le fameux : défroqué — c'est vrai —, sorcier — c'est faux —, serviteur des Romanov — pas longtemps : j'ai vite compris que c'était une famille trop vertueuse, sans aucun avenir —, celui que les popes livrent déjà à l'anathème, paraît-il, à la fin de chaque liturgie, et à qui, à parler franchement, cela ne fait ni chaud ni froid. Vous voulez l'histoire de ma vie ? J'avais prononcé mes vœux tout petiot, tout marmouset, quand je ne savais pas ce qu'ils voulaient dire. Puis, quand j'ai appris qu'il y avait des chevaux et des femmes au monde, comme en plus on voulait me mettre cette affaire de sorcellerie sur les bras, j'ai brûlé la politesse aux archevêques, aux archiprêtres, aux archimandrites, j'ai rasé ma barbe, j'ai gagné le Champ sauvage et je me suis fait cosaque. A voir vos frocs prêts à tomber en guenilles et les muscles qui ont l'air de rouler dessous, la même chose risque de vous arriver, camarades. Cela dit, vous feriez mieux de regarder le tsarévitch que moi, si vous ne voulez pas manquer la mise à mort.

Le jeune homme en blanc avait lui-même ouvert la cage, de la main gauche. Et, comme l'ours ne se dérangeait pas, il lui avait piqué les côtes avec son couteau, entre les barreaux.

Alors, sans se hâter, se secouant de temps à autre, semblant compter ses pas, savourant sa victoire à l'avance, l'ours sortit de la cage à quatre pattes et flaira l'air. Il fronça même le nez en tournant la tête vers la loge : il ne connaissait pas les parfums des belles Polonaises. Il y eut des rires, mais étouffés. L'homme dans l'arène jouait sa vie.

Il avait reculé de quelques pas et s'était bien planté sur ses jambes écartées. Il poussa un sifflement de dérision, qui lui rendit l'attention du fauve. Alors il cria en russe :

— Viens ici, Ours Oursovitch, et meurs comme un homme !

Les femmes rirent nerveusement derrière leurs gants : ce champion ne serait pas le premier qu'elles auraient vu éventré et démembré par un ours.

— Illustrissime seigneur Oursovitski ! reprit le jeune homme en polonais. Regarde mon visage. Verrue ou pas, il ne doit pas te plaire.

Les ours avaient la réputation de détester le visage humain et de l'arracher comme un masque, avec leurs griffes.

En effet, ayant dévisagé son adversaire, l'ours s'avança et soudain se cabra, la patte levée pour frapper à la face. Au lieu de reculer, l'homme fit un pas en avant, et comme l'autre patte s'écartait pour l'étouffer, il plongea son couteau dans le cœur de la bête qui vacilla, tituba et s'écroula. Les applaudissements éclatèrent. Sergo applaudissait aussi.

— Grichka, dit Aleksandro, ne te moque pas de moi. L'homme qui vient de risquer sa vie contre une bête brute serait, d'après toi, le tsarévitch ? Impossible, ou alors c'est un tsarévitch fou à lier. N'a-t-il pas des serviteurs pour lui donner le plaisir de la chasse sans mettre ses jours en péril ?

— Je comprends ton étonnement, l'ami. Il est vrai que nos derniers tsars ne chassaient pas, ne dansaient pas, ne chantaient pas, ne se battaient pas, ne se servaient pas à boire ou à manger eux-mêmes. Mais nos princes d'antan n'étaient pas si ménagers de leur dignité. Deux fois Vladimir Monomaque a été soulevé en l'air, avec son cheval, sur les cornes d'un aurochs. Un élan l'a encorné. Un autre l'a piétiné. Il le raconte dans ses Mémoires. Et Dmitry Donskoï, après la bataille de Koulikovo, a été retrouvé évanoui mais vivant, sous un tas de cadavres, sa cuirasse fracassée de coups.

— Tu n'as pas tort. Quoi qu'il en soit, où, quand, comment nous présenter à lui ?

— Ici, maintenant, venez.

On était loin de l'étiquette mi-byzantine mi-tartare de la cour russe.

Le vainqueur de l'ours, son justaucorps blanc éclaboussé d'un sang presque noir, se tenait accoudé à la balustrade de la loge et faisait le joli cœur en polonais.

— Tsarévitch, l'interrompit Grichka, je t'amène deux paroissiens qui n'approuvent pas la simplicité antique de tes mœurs.

L'imposteur se retourna, un poing sur la hanche. Sa figure ronde, au teint foncé, que la verrue près du nez rendait inquiétante plutôt que laide, prit soudain une expression grave. Il toisa les nouveaux arrivants de son regard bleu. Les deux frères tombèrent à genoux, le front au sol, le derrière en l'air, dans un mouvement si lourd, si primitif, qu'il rappela aux spectateurs la chute de l'ours. Il y eut un friselis de rires parmi les Polonais et les Polonaises. Au bout d'un moment, les deux prosternés relevèrent la tête. L'imposteur n'avait pas changé de pose.

— Relevez-vous, leur dit-il, d'une voix de commandement puissamment timbrée. Nous ne rions pas des vieux usages de notre pays, bien que nous nous proposions de créer comme notre ancêtre Auguste un empire où nos sujets seront nos amis plutôt que nos esclaves. Nous vous remercions de votre fidélité à la lignée de notre père Ivan. Vous êtes, si nos yeux ne nous trompent pas, de profession ecclésiastique ?

Il parlait russe avec plus de correction que de naturel.

— Tsarévitch, répondit Aleksandro, c'est comme tu préfères. Si tu as l'emploi de deux frères convers, voici Missaïl et moi-même, l'indigne Varlaam, qui ferons de notre mieux pour te chanter vêpres et matines. Si Ta Grâce préfère des gaillards capables de chanter pouilles à ses ennemis, tu auras encore deux frères à tes ordres, mais par le sang et non plus par la tonsure.

Un clin d'œil à Sergo et, en un tournemain, ils se débarrassèrent de leurs robes haillonneuses qui churent à leurs pieds, et ils apparurent, en justaucorps et braies, couverts de la crasse du voyage mais éclatants de vigueur et de jeunesse.

Dmitry se mit à rire.

— Vous me plaisez. « De quelle race, de quelle tribu êtes-vous », comme on dit dans nos vieilles chansons de geste ?

— Notre père, répondit Aleksandro, a commencé par soigner les chiens du tien. C'est lui qui, à treize ans, leur a fait dévorer le prince Andréï Chouïsky, sans même qu'il fût cousu dans une peau d'ours. Ensuite il est devenu opritchnik, et il a été anobli sous le nom de « psar », faute d'en avoir un autre. Nous-mêmes avons fidèlement servi le tsar Boris jusqu'au moment où nous avons appris que tu étais vivant. Nous voici.

— Le nom de votre père, répondit le tsarévitch, comme s'il le connaissait, est un sauf-conduit auprès du fils du nôtre. Quand nous serons remonté sur notre trône, nous saurons vous récompenser de votre fidélité. Pour le moment... Grichka !

— Souverain ?

— Veille à ce qu'ils soient bien logés — tu m'entends — et qu'ils aient de quoi se vêtir comme il sied à des serviteurs de César Invincible.

L'audience était terminée. L'imposteur s'était retourné vers les femmes et leur racontait gaiement l'entretien en polonais. Les Polonaises riaient avec de troublants rires de gorge.

2

A deux heures après midi, la cloche sonna, et, guidés par Grichka, les frères Psar se dirigèrent vers la salle à manger qui faisait suite au vestibule du palais. Ils étaient passés par les bains, puis par les mains des barbiers, et avaient reçu des vêtements neufs.

— Je vous propose, avait dit Grichka, de changer complètement de style. Puisque vous jetez votre froc aux orties, que dirais-tu, Aleksandro, d'une fraise tuyautée et d'un pourpoint à crevés ? Et toi, Sergo, d'une toque à plumet, d'une petite cape à l'épaule, d'un haut-de-chausses rayé s'arrêtant au haut des cuisses, de bas rouges et de souliers à la poulaine ?

— Grichka, je n'ai jamais laissé personne se moquer de moi, répliqua Aleksandro en prenant la mouche.

— Je ne mettrai pas de tenue indécente, renchérit Sergo.

Grichka rit de bon cœur.

— Ne comprenez-vous pas la plaisanterie, mes amis ? Il faudra perdre de votre sérieux si vous voulez réussir auprès du tsarévitch. Il aime à rire, lui ! Vous vous habillerez comme vous voudrez. Nous avons de tout en magasin. Des soutanes latines, peut-être ? Ou des armures ? Ce serait commode pour danser. Allons, ne me regardez pas de cet air féroce. Je vous habillerai comme des gentilshommes russes du meilleur ton.

Lorsque les frères entrèrent dans la salle à manger, ils faisaient bonne figure. Le brun portait une chemise brodée au point de croix autour du col en entonnoir, des braies tabac foncé, des bottes de cuir noir et, par-dessus la chemise, un long kaftan cintré vert bouteille, un peu trop étroit pour sa carrure, mais avec un superbe col raide relevé sur la nuque et brodé de fils d'argent pour indiquer sa condition noble. Le blond avait une chemise, des braies et des bottes pareilles, et un kaftan moiré d'un vert cru, brodé sur le col de fils d'or en arabesques.

— Avec cela, mon garçon, lui avait dit Grichka,

quand les donzelles te verront arriver, elles tomberont comme des mouches !

Sergo rougit, parce que cette idée lui plaisait, malgré qu'il en eût.

Cependant, peu habitués au monde et n'ayant pas oublié leur mission, les deux frères ne se sentaient guère à l'aise. Aleksandro roulait sa masse imposante et sombre, Sergo se dandinait quelque peu. Ce qu'ils aperçurent en entrant dans la salle à manger n'était pas fait pour les rassurer.

Au plafond était représentée une scène mythologique, comme ils n'en avaient jamais vu, avec une montagne, une rivière, des arbres, un chevreuil, des chiens, des chevaux, des arcs, des flèches et une douzaine de demoiselles nues. Sergo savait qu'il lui fallait fermer les yeux, car la nudité des femmes ne doit en aucun cas se montrer ni, par conséquent, être représentée, mais, n'en ayant jamais vu en réalité, il ne put s'empêcher de se renseigner. Aleksandro dut lui marcher sur le pied pour qu'il reportât son regard sur les moulures dorées serpentant le long des corniches de plâtre, les hautes fenêtres drapées de rideaux de velours jaune à larges franges, les tapisseries armoriées appendues aux murs, les nuages odoriférants qui, montant de cassolettes d'étain, tourbillonnaient lentement par la salle. A un bout, derrière une balustrade, étincelait une pyramide de vaisselle d'argent et d'or ; à l'autre, derrière une balustrade semblable, brillaient les cuivres d'un orchestre encore silencieux.

Pas d'icônes.

Un maître d'hôtel vérifia sur une liste qu'Aleksandro et Sergo étaient bien invités. Un valet se présenta devant eux avec une cuvette d'argent ; un second, levant une aiguière d'argent au long bec, leur versa de l'eau parfumée sur les mains ; deux autres leur présentèrent une serviette brodée.

La table était dressée en U, pour quelque deux cents couverts, et les deux nouveaux venus furent placés à l'un des bouts, non pas côte à côte, mais avec une place réservée entre eux. Tous les hôtes étaient placés de même, à un siège les uns des autres. Sergo ouvrit de grands yeux en voyant les coupes, les hanaps, les huiliers, la vaisselle plate. Chaque convive avait une assiette, luxe encore inconnu en Russie, une cuiller, un couteau et une bizarre petite fourche à main conçue sans doute pour remplacer les doigts dans la manipulation des viandes. La nappe blanche était brodée de blanc, et Sergo la souleva pour voir le bois de la table, mais sous la première nappe, il y en avait une deuxième, et dessous une troisième. S'essuyait-on les mains à la dernière, par discrétion, ou enlevait-on la première quand elle était trop sale ? Et pourquoi ce vaste carré de tissu amidonné et plié déposé devant chaque convive ? Ces Polonais étaient de drôles de gens.

L'orchestre tonna. Les portes s'ouvrirent à deux battants.

On se leva et plusieurs seigneurs, parmi lesquels le Défroqué, firent leur entrée et prirent place au centre de l'U, en laissant eux aussi des sièges vides entre eux.

L'orchestre changea de ton pour jouer une mélodie tendre et dansante. Alors — stupeur et scandale ! — des femmes gaiement parées entrèrent à leur tour et allèrent se placer entre les hommes. Sergo se trouva entre deux femmes. Il garda son regard baissé, n'osant pas les insulter en les regardant, car il avait fini par comprendre que ce n'étaient pas toutes des gotons. « Comme elles doivent souffrir d'être ainsi exposées aux grossiers regards des hommes ! » pensa-t-il avec compassion.

Il y avait à table plusieurs prêtres catholiques romains. L'un d'eux prononça une prière dans une langue incompréhensible, et l'on se rassit dans un grand bruit de bancelles et de chaises. Des valets en livrées bigarrées apportaient déjà des mets comme Sergo n'en avait jamais vu : moineaux, serins, alouettes, linottes, coucous, queues de castor, crêtes de coq. Le cadet voulut jeter un regard à son aîné pour voir comment il s'y prenait avec ces mets et ces couverts, mais leur commune voisine faisait écran par la somptuosité de ses formes qu'un corselet étroitement lacé mettait en évidence et qu'une chemise de linon voilait à peine. Voulant par politesse regarder ailleurs, Sergo se retourna de l'autre côté.

Sa voisine de droite n'était guère moins décolletée mais plus menue ; d'ailleurs un mouchoir de batiste noué autour de son col permettait de ne rien voir d'offensant. Elle sourit, Sergo sourit aussi et s'apprêtait à saisir une poignée de linottes, quand il la vit utiliser les couverts de service. Il entreprit de l'imiter, sur quoi une linotte faillit tomber sur la nappe. La jeune femme la rattrapa adroitement avec sa fourchette.

— Vous n'avez pas de fourchettes en Moscovie ? demanda-t-elle, dans un russe d'étrangère qui ne manquait pas de charme.

— Nous en avons pour remuer le foin et engranger la paille. A table, nous utilisons la fourchette que le bon Dieu nous a donnée.

Il montra ses doigts écartés. La jeune femme fit la grimace, et Sergo s'étonna de trouver cette grimace charmante. Impossible d'imaginer Avdotia en train de grimacer : son visage demeurait sûrement serein en toute circonstance. A l'église, les expressions lui venaient de l'intérieur, sans que ses traits changeassent de forme.

— Et après, avec ces doigts pleins de sauces, vous salissez la robe de votre voisine ? fit la Polonaise.

— Nous n'avons pas de voisines, parce que les

femmes mangent à un bout et les hommes à l'autre. D'ailleurs nous avons des nappes pour nous essuyer les mains dessus.

La jeune femme riait, la tête renversée en arrière, montrant son cou blanc délicatement veiné de bleu. Elle regardait Sergo de côté de ses yeux noisette où elle n'avait pas oublié d'injecter quelques gouttes de jus de mandarine pour qu'ils brillassent mieux.

— Je vois que vous savez bien vous amuser à Moscou. Et après le repas, les filles dansent avec les filles et les garçons avec les garçons ? Cela doit être divertissant !

— Les filles font des rondes entre elles, c'est vrai. Et les paysans dansent avec les paysannes. Mais remuer bras et jambes au son de la musique, ce n'est pas une occupation pour un homme qui se respecte.

— Parce que l'illustrissime seigneur se respecte beaucoup ?

— Quel illustrissime seigneur ?

— Celui auquel je parle.

Elle lui appuya sur la poitrine un joli doigt à l'ongle délicatement ovalisé.

— Je ne suis pas un seigneur.

— Il en a pourtant l'allure et le costume.

— Pourquoi parles-tu de moi en disant « il » ?

Elle arrondit les sourcils.

— C'est la première fois que je le vois. Je ne connais pas son nom. Je ne suis pas une villageoise pour le tutoyer. Et d'abord l'illustrissime seigneur veut-il bien cesser de s'essuyer les pattes sur la nappe. Il a une serviette.

Elle la chiffonna et la lui jeta au nez. Il allait se fâcher pour de bon, quand soudain elle changea de ton, et, lui posant gentiment la main sur la manche :

— Je suis sotte, dit-elle. Ne vois-je pas que tu es plus habitué à l'air des camps qu'à celui des cours ? Veux-tu que je t'apprenne à te tenir en société ? Ce n'est pas difficile.

Il ne savait pas si elle lui tendait un piège et voulut consulter son frère, mais Aleksandro était en grande conversation avec ses deux voisines, sans compter la personne du sexe qui lui faisait vis-à-vis.

— L'illustrissime seigneur se méfie de moi ? Ce n'est pas bien. Les Polonais et les Russes ont toujours été ennemis, mais je ne suis pas Polonais, je suis Polonaise, cela change tout. Tiens, faisons la paix et connaissance du même coup. Je m'appelle Danoucha et je sers la comtesse Marina. Et toi ?

Il répondit avec naturel :

— Je m'appelle Sergo et je sers le tsar Boris.

— Boris ? L'usurpateur ? L'assassin ?

Danoucha s'était rejetée en arrière. Sergo, épouvanté de ce qu'il venait de dire, se rattrapa comme il put.

— Bon. Puisque tu es dans ces sentiments-là, je veux bien te dire la vérité. Je sers le tsarévitch Dmitry. Comme vous autres Polonais, vous avez de bonnes relations avec Boris, je me méfiais. Oui, je veux bien que tu m'apprennes les bonnes manières polonaises. Et d'abord comment dois-je appeler l'illustrissime Danoucha ?

Danoucha éclata de nouveau de son rire en cascade. Elle avait trouvé Sergo beau garçon du premier coup d'œil, puis elle avait craint qu'il ne fût vraiment trop empoté. Maintenant, elle espérait le dégourdir.

*

Au haut bout de la table :

— Prince, j'ai une petite surprise pour vous, dit le comte Mnichek à Dmitry en minaudant avec sa frimousse barbue et enluminée dans laquelle luisaient deux yeux chafouins.

— Tsarévitch, je vous conseille de vous méfier, dit

le prince Adam Vichnevetsky, riant et caressant sa jeune calvitie. Le comte est doué pour les surprises. J'imagine, ho ho ho, celle de la mère abbesse des bernardines, quand elle a découvert, après que sa pensionnaire Grijanka avait fait le mur pour aller se jeter dans les bras du roi, quand elle a découvert... (il s'étouffait de rire) que la noble visiteuse qui avait monté le coup n'était autre que... (il riait tant qu'il ne parvenait pas à achever) n'était autre que le noble comte Mnichek déguisé en duègne !

— Allons, Adam ! Ne déshonorez pas mon front chenu par le récit de mes frasques de jeune homme. Vous allez me perdre de réputation auprès du père Savitski, et que ferai-je sans mes chers jésuites ?

— Comment jugez-vous l'aventure, père ? demanda Adam en se tournant vers le père Gaspard Savitski dont le visage ascétique détonnait dans cette réunion de bons vivants.

Le jésuite ne s'alarma pas outre mesure.

— Le service des rois de ce monde conduit à faire d'étranges choses, et il y en a de plus graves que d'enlever d'un couvent de bernardines une fille qui n'avait pas prononcé de vœux.

Dmitry paraissait écouter. Un demi-sourire se jouait sur ses lèvres charnues. Mais ce qui l'occupait davantage, c'était que, sous la nappe blanche damassée, sous la nappe de lin grège, sous la nappe de velours rouge, son pied cherchait celui de la comtesse Marina, et, l'ayant trouvé, s'efforçait de le retenir, car ce petit pied était un fuyard, un véritable écureuil : on ne le gardait jamais sous le sien plus de quelques instants.

Marina, brune au haut front médiéval sous lequel couvaient des yeux au regard pénétrant, avait des traits réguliers et une petite bouche serrée, refermée sur des ressources d'énergie encore intactes. Elle portait une fraise gigantesque qui faisait autour de son visage une forteresse de dentelle et d'amidon qu'on avait envie de froisser, comme on avait envie d'arracher cette robe prune, brodée et rebrodée, tellement raide qu'elle décollait du corps à chaque mouvement, comme une cuirasse. Le regard de Marina n'ignorait aucune de ces impulsions ; il mesurait à chaque instant le niveau de passion qu'elle inspirait, tandis que la petite bouche semblait flûter : « Essayez seulement. »

Dmitry lui jetait des coups d'œil impudents en plein visage. Point beau, il se savait hardi, entreprenant, raffiné, passait pour le dernier descendant d'une des plus nobles lignées d'Europe, serait peut-être bientôt maître d'un vaste empire, et avait surtout la supériorité irréfragable du mensonge et du secret : ce n'était pas le moment de jouer les timides. Marina le regardait à peine : elle se contentait d'avancer et de reculer son petit pied chaussé de soie puce.

Cependant il fallut suspendre ce jeu, car on avait goûté des quatre plats rituels, et une nuée de valets arrivait pour enlever les trois nappes les unes après les autres et disposer à leur place la surprise promise par le maître de maison. C'était le dessert, ce qu'on appelait « les sucres », et, aujourd'hui, les figurines de sucre et de massepain représentaient l'aigle à deux têtes, le Kremlin avec ses basiliques aux chaperons dorés, la Tiare de Monomaque, et Dmitry lui-même, avec une verrue disproportionnée, installé sur un trône et la Tiare en tête.

— Le tout, précisa le père Gaspard à l'oreille de Dmitry, est éminemment comestible.

— Sauf que, répondit Dmitry, énigmatique, certains s'y casseront les dents.

Le jésuite effleura des lèvres son verre de vin hongrois. Leurs yeux se choquèrent et se quittèrent.

— Ma petite surprise est-elle du goût de notre hôte ? zézaya Mnichek.

Il n'y avait plus de nappes, mais qui regardait sous les tables ? Dmitry recommença son manège.

— Seigneur comte, répondit-il en pressant, du bout de sa botte de velours la pointe de l'escarpin de soie, qui répondait délicieusement alors que le visage de Marina demeurait hautain, froid et même quelque peu ennuyé, seigneur comte, voici des semaines que le Russe que je suis profite de votre hospitalité polonaise, comme un Spartiate à Athènes ou un Athénien à Sparte, et je ne trouve chez vous que de bonnes surprises. Ces petits sucres, n'ayant l'air que de gâteries destinées à agacer les dents des beautés qui nous entourent, symbolisent des réalités avec lesquelles le monde devra compter.

Et, d'un coup de sa puissante mâchoire, il croqua l'aigle à deux têtes.

Mnichek toussota dans sa barbe. Que ce va-nu-pieds fût ou non le tsarévitch de toutes les Russies, c'était un va-nu-pieds, et il n'y avait pourtant pas moyen de le lui faire sentir ! On le logeait, on le nourrissait, avec tous ses cosaques, défroqués, repris de justice, sorciers, serfs évadés, brigands de profession, bref toute la racaille qui venait chaque jour grossir sa suite en prétendant le reconnaître à sa verrue, et il acceptait tout ce qu'on faisait pour lui comme son dû.

Mnichek, qui prenait avec cette affaire des risques pécuniaires que, dans l'état désespéré de ses finances, il ne pouvait ni se permettre ni ne pas se permettre, roula ses mains l'une dans l'autre, et, pendant que le va-nu-pieds attaquait gaiement sa propre effigie couronnée, chercha une réplique qui joignît l'utile au désagréable.

— Le prince n'ignore pas, commença-t-il que, dans l'attente de l'audience qu'il a sollicitée du roi de Pologne-Lithuanie, il est le très bienvenu chez moi, que dis-je chez moi : il me fait l'amitié de me prouver tous les jours qu'il s'y sent chez lui, hé hé ! Pourrais-je en conséquence le prier — je ne me lasse pas d'entendre cette histoire miraculeuse, qui prouve que le Seigneur s'inquiète malgré tout du salut de nos frères orthodoxes (il se signa avec dévotion) —, pourrais-je le prier — et je suis sûr que cette assistance où il compte tant de convives de sa propre nation, joindra ses prières aux miennes —, le prier, disais-je, de nous narrer une fois de plus les circonstances édifiantes et mystérieuses qui ont sauvé sa gorge du couteau de l'assassin pour me donner l'honneur, un honneur qui m'est très cher — hé hé ! —, de le recevoir sous mon toit et à ma table ? Car enfin une chose est de jouir de sa présence, c'en est une autre que d'apprendre ses aventures de sa bouche.

Marina jeta à son père un regard excédé qu'il ne voulut pas voir. Dmitry désigna du doigt le verre du comte, qui comprit qu'il devait le frapper de son couteau pour demander le silence. Agacé de céder à l'autorité de ce pique-assiette, il y donna un tel coup que le cristal de Bohême vola en éclats. Sans hâte, Dmitry se leva, en désignant son propre verre, mais ce n'était pas pour la même raison. Le menin placé derrière lui le remplit, et il y eut un contraste frappant entre ce vieux bonhomme qu'on époussetait pour enlever la poussière de cristal qui l'irisait, et ce jeune prince debout, levant, dans le silence, son verre incarnadin.

— Dames et seigneurs illustrissimes, l'illustrissime comte Mnichek m'a commandé de parler, et c'est toujours un plaisir de lui obéir. Il souhaite que je vous entretienne des circonstances dans lesquelles j'ai échappé au couteau de l'usurpateur qui, à l'instant même où je vous parle, réchauffe sa tête du diadème fourré de mes pères et polit son autre extrémité — que les dames me pardonnent ce trait — sur un trône qui n'était pas prévu pour qu'elle s'y posât. (Il y eut des rires de plaisir devant la dextérité avec laquelle le jeune étranger maniait la langue polonaise.) J'ai dix fois raconté cela et je m'étonne que cette vieille histoire, qui ne vaut ni celle de Cyrus ni celle de Romulus, intéresse encore les gens. Je serai donc bref.

Dmitry but son verre et le tendit à remplir derrière lui, sans quitter des yeux son auditoire.

— Tout est simple quand tout est vrai. J'avais moins d'un an lorsque mon père, le tsar Ivan, est mort. Mon frère aîné Féodor, malade de corps, et d'une intelligence tout adonnée aux choses de la dévotion, lui succéda. Entiché de sa femme, la tsarine Irina, et de son beau-frère Boris Godounov, son mauvais génie, il m'envoya avec ma pauvre mère, la tsarine veuve Maria, dans l'apanage d'Ouglitch que mon père m'avait laissé. C'était évidemment le Tartare Godounov qui me reléguait là, car il guignait déjà le trône, et il lui serait plus facile d'assassiner l'héritier légitime au fond d'une province qu'en plein Kremlin. Heureusement, ma sainte mère veillait. A mesure que les années passaient, elle faisait de plus en plus souvent coucher dans mon lit d'enfant un de mes petits camarades. Son cœur de mère lui disait que l'assassin ne tarderait plus, qu'il approchait, qu'il était là, mêlé au peuple qui nous adorait... Le soir du meurtre, je couchais chez mon précepteur, l'homme le plus sage du monde, dont je tairai le nom, car, si l'usurpateur Boris l'apprenait, vous devinez quel sort l'attendrait, avec toute sa famille. L'assassin ne manqua pas le rendez-vous : il s'introduisit dans le manoir, trancha la gorge de mon infortuné double d'une oreille à l'autre et s'enfuit. Aussitôt après, ma mère, se privant de moi, me confia à mon précepteur qui me cacha de monastère en monastère. Nous nous déplacions peu à peu vers le Champ sauvage, peuplé de libres cosaques, et vers la frontière de la Pologne-Lithuanie, pays libéral et civilisé dont j'apprécie aujourd'hui l'hospitalité. Mon précepteur mourut, hélas, et je l'enterrai en un lieu secret. Je poursuivis seul les errances qui m'amenèrent chez le prince Adam Vichnevetsky, chez qui j'entrai, je n'ai pas à le cacher, comme simple varlet. Je finis par lui faire la confidence de ma condition, et il eut aussitôt la magnanimité de me traiter comme ce que je suis. Cependant l'usurpateur Godounov continuait de persécuter mon peuple : voyez Belsky, voyez les Romanov, voyez la Saint-Ioury dont il a privé les serfs. Le châtiment de Dieu ne s'est pas fait attendre : les famines, les épidémies sanctionnent sa tyrannie, et pourtant il refuse de comprendre qu'il devrait rendre la Tiare de Monomaque à qui est né pour la porter. N'importe ! Il n'opprimera pas mes Russes impunément ! Avec l'aide de Dieu et de mes alliés, j'irai le chercher à Moscou, au Kremlin, sur son trône même d'où je l'arracherai de cette main-ci pour le précipiter dans la Moskva !

Dmitry vida son verre d'un trait. Il y eut une explosion d'applaudissements auxquels, une fois de plus, Sergo se joignit. Ne devait-il pas jouer son rôle ? D'ailleurs comment ne pas admirer la manière dont l'imposteur avait en peu de mots cajolé les Polonais, flatté les cosaques, flétri l'usurpateur, évoqué l'amour de sa mère et la fidélité de son précepteur, exprimé de la compassion pour son peuple et placé sa confiance en la justice de Dieu ?

— Ton tsarévitch est un prince et un chevalier ! s'écria Danoucha, claquant des mains. Et joli garçon en plus.

— Avec une grosse verrue en plein museau, dit son autre voisin, un Polonais long et maigre comme un jour sans pain.

Sergo éprouva un mouvement de colère. Le tsarévitch n'était pas le tsarévitch, mais le Polonais parlait tout de même du tsarévitch. Fallait-il l'exterminer sur place ? Danoucha répliqua pour lui.

— Sur un prince, une verrue n'est jamais qu'un grain de beauté. Alors que toi, si tu en avais une comme une tête d'épingle, ce serait déjà un poireau.

Les rieurs furent de son côté. Sur quoi elle envoya un coup de pied sous la table à Sergo qui se demandait toujours s'il devait tirer son kandjar.

— Quant à toi, ne te hâte pas de chercher querelle aux gens. Ce serait dommage qu'un grison qui a avalé sa colichemarde te fasse un mauvais parti. Tu as beau être un Moskal, je sens déjà que tu me manquerais. Attention ! La comtesse se lève : adieu.

— Comment adieu ? Tu pars ?

A l'idée de la voir partir, Sergo s'était senti très seul.

Danoucha lui envoya un baiser.

— Est-il sot ! Il faut bien que j'aille me changer. A tout à l'heure.

Toutes les femmes se retiraient, tandis que les hommes se faisaient servir un verre d'egri bikaver de plus.

Sergo en profita pour se rapprocher de son frère et lui chuchota à l'oreille :

— Alors, mon aîné ?

Aleksandro renversé sur sa chaise, déboutonné, rougeoyant, avait bien bu et se proposait de continuer.

— Alors, mon cadet, tonitrua-t-il, ce qu'on dit est vrai : les Polonaises sont bien les plus belles du monde.

— Il s'agit bien de ça. Que penses-tu de lui ? Ce n'est pas Grichka, puisque Grichka, c'est l'autre.

— A moins que Grichka ne soit pas Grichka, et que ce soit le vrai Grichka qui ait recruté un faux Grichka pour bien montrer qu'il n'est pas Grichka.

Je me comprends. Nous en reparlerons ce soir. Pour le moment, mon cadet, l'heure est à boire et... à danser !

En effet, la porte venait de s'ouvrir de nouveau, et, aux sons de l'orchestre, les dames rentraient en robes de bal, cambrées, souriantes, scintillantes, tintinnabulantes de chaînes d'or et d'argent.

— Beau marché aux esclaves, constata Aleksandro. Et qui souhaitent être achetées le plus tôt possible ! Regarde ces femelles. Elles ne pensent pas à autre chose.

— Elles ne te plaisent pas ? s'étonna Sergo.

— Que si ! Elles sont pour moi comme des écrevisses. Je suis impatient de leur ôter la carapace.

Une à une, les dames s'approchaient du cavalier qu'elles avaient choisi et lui faisaient la révérence. Le cavalier bondissait sur ses pieds, saluait en faisant sonner ses éperons s'il en avait, retroussait sa moustache s'il en était pourvu, et accompagnait sa dame dans le salon voisin, où l'orchestre s'était transporté. Danoucha vint chercher Sergo, ce qui l'embarrassa, mais il eût été déçu si elle ne l'avait pas fait.

La salle de bal était décorée, comme la salle à manger, dans le genre mythologique. Les tapisseries y racontaient les amours de Jupiter, transformé en cygne, en taureau, en pluie d'or pour mieux séduire ses maîtresses. Comment faisaient les Polonaises, pourtant si raffinées, pour ne pas mourir de honte devant ces tableaux ?

Sergo eut beau dire qu'il ne savait pas danser, Danoucha l'avait déjà entraîné sur le parquet glissant où il manqua s'étaler dix fois. La crainte du ridicule lui passa vite, car les *chodzonys*, « danses marchées » polonaises, laissaient libre l'improvisation des figures, et, à force d'observer les autres danseurs et de se laisser guider par Danoucha, puis par d'autres dames, il comprit qu'il n'avait qu'à suivre la mesure et à sauter le plus haut possible pour qu'on trouvât qu'il dansait agréablement. Il lui fallait pour cela rengainer ses pudeurs slaves, orthodoxes, nobiliaires, mais, que diable, le service du tsar n'exigeait-il pas quelques sacrifices ?

Plus l'après-midi s'avançait, plus les danses devenaient athlétiques et mieux Sergo y paraissait à son avantage. Il avait des jarrets et des cuisses de cavalier, et, provoqué par Danoucha qui prétendait que les Russes refusaient de danser parce qu'ils n'en étaient pas capables, il exécuta un *kazatchiok* qui lui valut des applaudissements.

Que la danse ne fût pas un divertissement innocent, que la sensualité et la vanité s'y mêlassent à parts égales, Sergo le sentait bien, et il coulait des regards inquiets vers son aîné, dont il craignait le jugement, mais Aleksandro dansait aussi, plus paresseusement, il est vrai, et disparaissant souvent avec ses cavalières derrière les portières et les paravents.

La comtesse Marina était la danseuse la plus gracieuse, la plus accomplie, et elle dansa le plus souvent avec le tsarévitch, aussi agile qu'élégant, qui faisait l'admiration des Russes et l'envie des Polonais. Ils brillèrent surtout dans une *chodzony* à la mode dont l'assistance entière reprenait en chœur le refrain :

A toute heure
Qu'on respire,
La meilleure
Et la pire...

Le soir était tombé quand le bal se termina. Toutes les histoires d'amour qui avaient été dansées, mimées, figurées, suscitées, amorcées, entretenues retombèrent dans la poussière comme des ombres, mais non sans traces : il en restait des rougeurs et des pâleurs, des fronts humides et des cœurs battants, des faveurs accordées et des rendez-vous promis, tout un édifice fantomatique prêt à se reconstruire au bal du lendemain en une nouvelle mythologie. La tête de Sergo lui tournait. Soudain une main se posa sur son épaule.

— A onze heures, au bas du grand escalier. Sais-tu chanter ?

Dmitry était plus petit que Sergo, il le regardait de bas en haut, mais, on ne pouvait ignorer lequel commandait à l'autre.

— Des chansons de marche, tsarévitch.

Bien que Sergo parlât à l'imposteur, le titre passa ses lèvres sans difficulté.

Dmitry eut un rire bref, clair, maîtrisé mais communicatif.

— Peu importe. A onze heures.

Il pivota sur le talon et s'éloigna d'une démarche élastique. Sergo suivit des yeux son dos cintré dans un kaftan bleu. Rien de plus facile que de lui plonger le kandjar entre les omoplates, jusqu'à ce qu'il ressortît par-devant. Mais comment fuir ensuite ? L'image d'Avdotia surgit à l'improviste devant les yeux intérieurs de Sergo. Il s'inclina très bas :

— A tes ordres, souverain.

3

La chambre de Marina occupait toute la largeur du palais, avec une fenêtre à chaque bout, si bien qu'on pouvait voir en même temps le soleil se coucher et la lune se lever, et il plaisait à la fière Polonaise que sa chambre fût ainsi transpercée de part en part, que les traits de l'Orient et de l'Occident la traversassent elle-même, qu'elle n'eût ni où fuir ni où se réfugier. « Comme cela, disait-elle en rejetant fièrement ses cheveux noirs en arrière, je suis vraiment la Pologne. »

Une nostalgie ardente, un désir de faire de grandes choses la consumaient depuis son enfance.

— Mais de vraiment grandes, disait-elle à sa sœur Ursula, qui avait épousé le frère du prince Adam Vichnevetsky. Pas d'épouser, comme toi, un principicule lithuanien.

— Eh bien, répondait Ursula vexée, tu n'as qu'à devenir papesse.

— Quelque chose dans ce genre, répondait sourdement Marina.

Elle se savait belle et en rendait grâces à Dieu, mais seulement parce qu'une femme qui n'aurait point été belle n'aurait pas eu l'occasion de faire de grandes choses. « Je suis belle comme un chevalier est armé. » Sa beauté l'intéressait en tant que moyen, et elle cherchait délibérément à en acquérir d'autres : elle lisait des livres difficiles, elle montait des chevaux dangereux, attendant le défi qui ne pouvait manquer de venir un jour. Pour la faire enrager, Ursula lui disait :

— Tu ne penses qu'à la politique : tu aurais dû naître garçon.

— Pas sûr. Qui fut le plus grand d'Antoine ou de Cléopâtre ?

— Octave, répliquait Ursula, qui n'était pas sans culture.

Mais Marina n'était pas convaincue.

— Le sexe d'un être humain est secondaire. C'est sa qualité qui compte. On se bat avec les armes qu'on a tirées au sort, voilà tout.

Et ce soir-là, fatiguée d'avoir tant tourné, volté, virevolté, tant allumé d'hommes, tant exaspéré de femmes, elle avait fait ouvrir la fenêtre qui donnait sur la Pologne, le Saint-Empire, la France, et elle contemplait le ciel à peine cramoisi à l'horizon, plus haut strié de barres noires, et, plus haut encore, d'un bleu de nuit intense. L'air des montagnes neigeuses entrait dans la chambre, et Marina, délacée, en jupon, un châle sur les épaules, le buvait à pleines goulées.

On frappa. Elle dédaigna de répondre, de se retourner, car elle avait reconnu le pas qui s'approchait et, quand la porte s'ouvrit, elle reconnut cette odeur de musc, de sueur et de vin cuit mêlés. Elle fit effort, par fierté, non par égard, pour ne pas se recroqueviller.

— Eh bien, mon père, dit-elle, regardant les premières étoiles s'enflammer une à une, comme des cierges qu'on allume les uns aux autres, êtes-vous content de vos affaires ?

— Mes affaires, répondit gaiement le comte Mnichek en rentrant sa tête dans son cou et en se frottant les mains, sont au plus mal. De mes biens, ce qui n'est pas vendu est hypothéqué et ce qui n'est pas hypothéqué — hé hé ! — est vendu. Sambor n'est que du vent, Sandomir qu'une apparence, Lvov qu'un fantôme. Je dépense ce que je n'ai point, et il faudra bien qu'un jour mon esbroufe craque si elle ne s'use pas. Tu verras alors une des plus grandes catastrophes depuis la prise de Rome par les Barbares s'abattre sur la noble maison Mnichek, et tu seras la fille d'un homme déshonoré, pis : ruiné. Prépare-toi, mon enfant, à repriser ta bure et ta serge.

Un sourire ironique tordit les petites lèvres de Marina. Elle l'accentua, parce qu'elle vit son père reflété, entre deux flambeaux, dans la vitre à moitié ouverte, et qu'elle en déduisit qu'il l'y voyait aussi. Comme elle la haïssait, cette face replète avec cette barbe mal peignée et ces yeux effrontés toujours pleins de sous-entendus !

— Déshonoré, mon père, comme vous y allez ! Le lanternier de Sa Majesté et son fournisseur en sorcières était peut-être encore un homme déshonorable. Mais celui qui, à la mort du roi, a quitté le palais avec un coffre que six hommes ont eu peine à soulever, et qui est revenu chercher tant de sacs de vêtements qu'il ne restait plus de quoi habiller le royal cadavre, celui-là, pardonnez-moi, peut encore parler de ruine : pour le déshonneur il est trop tard.

— Vois comme tu es ! répondit le comte, ni démonté ni irrité. Ma chair et mon sang portent sans honte mes soieries et mes émeraudes, montent sans pudeur et à califourchon mes barbes et mes mecklembourgeois, et me reprochent la manière dont je les ai acquis. Ursula est plus raisonnable : elle voulait un prince, elle l'a, elle m'est reconnaissante et elle me respecte, ou plutôt elle fait semblant, car elle est bien élevée et ce n'est pas une sotte.

— Eh bien, moi, mon père, je ne suis ni sotte ni bien élevée.

— Ni intelligente ni bien élevée, veux-tu dire. Peut-on rien reprocher sérieusement, je te le demande, à un géniteur qui est aussi bien que moi avec son roi et son Dieu ? Oublies-tu qu'à Sambor j'ai construit un monastère pour les dominicains, un autre à Lvov pour les bernardins, et que j'ai donné dix mille zlotys aux jésuites ?

— Enfin, qui espérez-vous tromper ? Soyez le bouffon du roi, pas le mien, merci. Ne sais-je pas que vous n'êtes pas catholique mais arien par votre parentèle, vos alliances, vos intrigues mêmes ? Je ne dirais pas par vos croyances, parce que vous n'en avez point. Au reste, je ne vous reproche rien : je suis comme vous, car c'est vous qui m'avez faite. Lorsque, à sept ans, je priais le Christ comme me l'apprenait ma mère, ne vous moquiez-vous pas de moi en me disant : « C'était un rabbin comme tous les autres, qui a simplement eu l'astuce de se faire crucifier ? »

Ils se regardaient dans la vitre mal polie, déformante, où les flambeaux mettaient des reflets jaunes et des arcs-en-ciel.

— Quel tempérament ! fit Mnichek avec admiration. Quelquefois je regrette que tu sois ma fille. Une diablesse pareille, dans les bras d'un homme, ça doit ruer, mordre, faire feu des quatre fers !

Ses yeux, égrillards en surface, épiaient en profondeur la réaction de Marina qui se retourna vers lui pour la première fois.

— J'ignore encore ce dont vous parlez, dit-elle avec mépris, mais je prévois que toutes ces superpositions d'hommes et de femmes dans tous les sens ne doivent pas valoir le bruit qu'on en fait.

Entre cette vierge — bouillante ou glacée, on ne savait pas — et ce viveur rubicond, racorni et graisseux, il y avait un tel contraste, que Mnichek ne trouva rien à répondre. Il toussa ironiquement dans son poing et attendit que sa fille relançât la conversation. Elle le fit aussitôt.

— Puis-je savoir à quoi je dois votre visite ?

Elle le toisait, elle cataloguait les poils qui lui sortaient du nez, les irrégularités de sa barbe, ses ongles endeuillés et elle s'étonnait : « Vraiment, je suis sortie de ça ? »

Les hommes craignaient Mnichek ; au contraire, les femmes l'avaient toujours jaugé d'un coup d'œil. Il ne se formalisait pas que sa fille fût comme les autres.

— Une chose, dit-il, est d'appâter le brochet, une autre de le ferrer, une troisième de le savourer à la crème et à l'aneth.

— Au nom du Ciel, de quoi parlez-vous ?

— Écoute, ma fille. Il a ses chances, mais il doit agir vite. Les cosaques ne demandent qu'à piller, les serfs qu'à retrouver la Saint-Ioury, les Russes croient à n'importe quoi, pourvu que ce soit invraisemblable. Ajoutes-y le thème du Sauveur ressuscité qui marche à tous les coups. Le vent souffle dans la bonne direction. Mais une chose est d'avoir le vent, une autre de hisser les voiles. Il lui faut l'appui du roi et celui de l'Église. Et il les lui faut vite. Parce que Boris a des contre-batteries : son fils à lui, qui est légitime, l'assassinat s'il y recourt, la canonisation s'il s'y résout... Donc, que celui-ci se hâte de faire ses affaires, au lieu de temporiser et de jouer les pique-assiette aux dépens de mes créanciers. S'il réussit, la fortune de ton père est faite, et toi-même, ma petite fille, la reine de France et l'impératrice d'Allemagne verdiront d'envie à tes côtés. Tu comprends donc l'objet de ma démarche auprès de toi.

Ni l'impératrice ni la reine ne firent le moindre effet à Marina. Elle visait plus haut. Elle s'était juré petite fille que, s'il y avait jamais une neuvième croisade, ce serait en son honneur. Pour jouir plus longtemps de l'ignominie de son père, elle lui répondit légèrement :

— Non, je ne le comprends pas.

— Enfin, Marina ! Il faut que tu... l'émoustilles.

— Oui ?

— Mais le tsarévitch !

— Êtes-vous sûr qu'il le soit ?

— Tsarévitch ? Quelle importance ? Ce sera l'homme le plus riche du monde. Avec lui tu rouleras sur des martres, tu marcheras sur des perles. Les femmes savent y faire, quand elles s'y mettent. Tu sais bien : et comme ci, et puis comme ça...

Il avait relevé les basques courtes de son pourpoint et il esquissait des pas de danse — un avant, deux en arrière — en tortillant des épaules et de l'arrière-train.

Passant impétueusement devant son père, Marina marcha en donnant de grands coups de genoux dans son jupon jusqu'à l'autre fenêtre d'où l'on découvrait, suspendue dans la nuit, une petite lune blanche, d'allure encore virginale, mais déjà déflorée, fécondée, et enceinte de la lune suivante.

De ce côté, elle ne voyait plus de reflets. Elle parla à son père comme s'il flottait devant elle, dans l'obscurité :

— Regardez.

Il la rejoignit.

— Regardez devant vous.

— Je ne vois rien, Marinoucha : il fait noir.

— Moi, cela ne m'empêche pas de voir la Pologne, la Lithuanie, la Russie. Et j'y vois autre chose, figurez-vous, que des sentiers de perles et des chaussées de martres. Connaissez-vous la prophétie : « Moscou sera la troisième Rome et il n'y en aura point d'autre » ? Le tsar de Russie l'est aussi de Kazan, d'Astrakhan, de la Sibérie. Vos jésuites sont allés jusqu'à Cipango en faisant le tour par la mer, mais d'ici à Cipango s'étend une terre qui pourrait être nôtre. Nous sommes Polonais, soit, j'en suis fière, d'accord. Mais n'avez-vous pas compris que l'avenir du monde appartient à ce pays-ci, que je vois se dérouler à perte de vue sous mes yeux parce que, à travers la nuit, je vois déjà le soleil se lever à l'autre bout ?

Elle fit face à son père.

— Et vous osez me faire la leçon ! (Elle l'imita, se tortillant comme lui et froissant son jupon.) « Et puis comme ci, et puis comme ça ! » Vous croyez que j'ai besoin de vos conseils pour émoustiller le maître du monde ?

Mnichek la regarda. Folle, bien sûr, comme toutes les filles. Tant mieux pour les garçons, d'ailleurs, et en l'occurrence, pour les papas. Mais attention, pas d'imprudence.

— Tu es sage, Marina, plus sage que ton pauvre vieux bonhomme de père, et il est sûr que la Sibérie lèverait l'hypothèque sur Sandomir. Mais, comment te dire...

La lune montait dans le ciel et l'orient se nettoyait, s'éclairait. La neige miroitait sur les épaules des Carpathes.

— Tu connais ton affaire de femme, je parie. Mais ici, tu vas jouer gros jeu, et moi, je connais les hommes. Si tu n'accordes rien, un jeune bouc comme ça risque de se lasser. Si tu accordes tout... Une fois parvenus à nos fins, nous autres cochons... Bref, les filles viennent au monde avec une certaine dot qu'on ne peut guère miser qu'une fois et à laquelle, si j'étais toi, je prendrais garde.

— Mon père, dit sèchement Marina, laissez-moi mener la partie comme je l'entends. Pour le moment, je vous conseille de sortir, à moins que vous n'ayez l'intention de me voir prendre mon bain.

— Dans ce cas, ma fille... Moi qui tiens au peu de vertu qui me reste...

Mnichek s'enfuit avec une hâte bouffonne, sautillant sur la pointe des pieds, levant haut les coudes et les genoux.

Marina appela Danoucha.

— Ferme les rideaux. Fais préparer mon bain. Qu'il soit parfumé à l'héliotrope. Si le tsarévitch vient chanter sous ma fenêtre, avant que je n'en sois sortie, tu lui jetteras ce billet, comme si tu étais moi.

— Madame, il est amoureux. Il reconnaîtra que cette main grossière n'est pas celle de Madame, qui est divine.

Marina regarda ironiquement sa suivante, ôta un diamant qu'elle avait au doigt et le lui passa.

— Comme cela, il ne reconnaîtra rien. Il a beau être amoureux, Danoucha, c'est un homme. Les hommes n'aiment pas les femmes qu'ils aiment. Ils aiment les femmes qu'ils croient aimer. Tout à l'heure, s'il n'est pas seul, tu occuperas son second.

Personne ne doit entendre ce que je dirai au tsarévitch.

4

L'horloge du palais sonnait les heures, les demies et les quarts. Sergo attendit son frère jusqu'à onze heures moins dix dans le galetas qui avait été assigné aux deux frères au premier étage des combles. La pièce était de forme irrégulière, mais il y avait un œil-de-bœuf, deux paillasses et une cheminée d'angle au-dessus de laquelle pendait un crucifix d'étain qui éveillait en Sergo des sentiments contradictoires. C'était le même Christ que le sien, mais celui-ci se tordait de souffrance sur cette croix, et il paraissait indécent à Sergo qu'on représentât ainsi ses contorsions.

La lune se leva dans l'oeil-de-bœuf, et Aleksandro n'était toujours pas rentré.

Sergo descendit l'échelle de meunier et puis le grand escalier à la rampe sculptée. Malgré l'heure avancée, le palais ne dormait qu'à moitié. Des rais de lumière filtraient sous les portes des appartements. Des caves aux greniers, les amours, les intrigues, les vengeances bourdonnaient silencieusement.

L'imposteur descendit quatre à quatre. Il était enveloppé d'une cape à l'occidentale et portait sous le bras un objet volumineux.

— Viens.

— Faut-il que je sois armé ? demanda Sergo.

— Je doute qu'on en arrive là, pouffa Dmitry. Viens.

Ils sortirent.

La nuit de février était étrangement douce. Des croûtes de neige scintillaient dans la lumière de quelques croisées encore éclairées. Ayant contourné l'aile du palais, Dmitry s'arrêta sous une fenêtre du premier étage, aux volets entrouverts entre lesquels on apercevait le rougeoiement d'une bougie à travers un rideau. Rejetant sa cape, Dmitry découvrit un luth dont il tira quelques accords. Puis il chanta en s'accompagnant, d'une voix agréable sinon tout à fait juste, une barcarolle sur un chevalier s'en allant en guerre pour de beaux yeux dans lesquels il souhaitait se mirer une dernière fois. Idée nouvelle pour Sergo, qui croyait qu'on ne se battait que pour la foi, la patrie, le tsar, ou alors pour le plaisir et le butin, comme les cosaques. Que l'on pût risquer sa vie et attenter à celle d'autrui pour complaire à une femme ne lui était pas venu en tête. Mais il lui suffit d'y avoir pensé pour reconnaître qu'il y avait là une raison excitante. Il se vit se battant pour les beaux yeux de Danoucha : Avdotia ne comprendrait rien à cette chevalerie-là.

Quelques têtes curieuses étaient apparues à quelques fenêtres. Le rideau rouge demeurait immobile. Dmitry égrenait des arpèges. Soudain, dans une fente du rideau, apparut une petite main étoilée d'un diamant, un papillon blanc s'en échappa et, voletant de droite et de gauche, descendit jusque dans la main de Dmitry qui le baisa dévotement, fit trois révérences, et souffla à Sergo :

— Partons.

A la lueur d'une autre fenêtre, il déchiffra le billet.

— Tout va bien. Tu t'occuperas de la suivante.

Sans autre explication, il s'enfonça dans le jardin enguirlandé de cristaux de neige.

*

Le clair de lune était suffisant pour que Sergo, qui suivait Dmitry, pût apercevoir ce qu'il prit d'abord pour des formes humaines, mais ce n'étaient que des statues, dont beaucoup de femmes nues qui semblaient grelotter, allongées le long de parterres neigeux et de pièces d'eau gelée où se reflétaient les étoiles.

Deux allées perpendiculaires se coupaient à un carrefour au milieu duquel s'érigeait un pavillon en forme de mosquée, vers lequel l'imposteur se dirigea à grands pas. Il monta trois marches et poussa la porte-fenêtre. Dedans, la chaleur était presque étouffante et mille plantes, comme Sergo n'en avait jamais vu, croissaient, s'enchevêtraient, mêlaient leurs branches fines ou noueuses, leurs feuilles grasses et charnues ou minces et pointues, leurs fleurs — oui, des fleurs en cette saison — tigrées de rouge et de jaune, marbrées de noir, avec des buissons d'étamines qui semblaient palpiter, des pistils pulvérulents et une chair épaisse qui semblait à la fois comestible et vénéneuse. Ces plantes formaient des bosquets, des alcôves, des charmilles, des niches, un labyrinthe. Le milieu du pavillon était marqué par une fontaine glougloutant dans un bassin de mosaïque.

Dmitry s'assit sur un banc et fit signe à Sergo de l'imiter.

— En ta présence, tsarévitch ?

— Écoute. Tu me plais, avec ta barbe blonde et ton allure de paladin. Mais il ne faut pas trop en faire. Tsarévitch, tsarévitch, le tsarévitch a aussi besoin d'amis. Il me semble que tu pourrais en être. Ne manque pas l'occasion.

Cette idée d'occasion déplut à Sergo, mais il fut sensible à la franchise impérieuse du regard et de la proposition. Il s'assit.

— Aimes-tu les femmes, Sergo ?

Sergo se troubla.

— Ah ! je vois ce que c'est. Tu aimes une femme !

Il y avait, dans l'œil bleu de l'imposteur une telle

sympathie, et il était si allégrement passé d'un ton gaillard à un style presque respectueux, que Sergo ne put s'empêcher de lui avouer qu'il aimait une jeune fille moscovite et qu'il l'épouserait, si elle le voulait bien.

— Bonne idée. Compte sur moi pour un cadeau de noces. Moi aussi, je suis amoureux ; moi aussi je me marierai, si elle accepte. Mais je crains bien qu'elle ne m'épouse qu'une fois tsar. Raison de plus pour nous dépêcher, mon bon Sergo, de reconquérir le trône de mes pères. Parle-moi de toi, tiens. Je veux connaître la vie de mes amis.

Ne sachant mentir, Sergo lui raconta une bonne part de la vérité : le service chez les streltsi, les campagnes en Sibérie... Dmitry l'écoutait avec passion.

— Tu t'es donc vraiment battu, toi ? Tu as donc vraiment sabré des hommes ? Ah ! un jour nous irons à l'assaut ensemble, et j'espère savoir t'imiter et peut-être même faire mieux que toi.

Une sincérité si bon enfant s'exprimait dans cette noble émulation, que Sergo en fut, malgré lui, touché. Il lui vint à l'esprit que cet imposteur paraissait digne de ne pas en être un. Il repoussa précipitamment cette idée qui sentait la trahison.

— Les voici, dit Dmitry qui avait l'oreille fine. Tu te rappelles ce que tu as à faire ?

Ils se levèrent.

Elles arrivaient en effet, Marina fraîche, odoriférante, couverte de châles mordorés, Danoucha sémillante dans une robe vieux rose bordée de fourrure. La fontaine glougloutait.

S'inclinant devant Marina, Dmitry, de sa main agitée dans son dos comme une nageoire, faisait signe à Sergo d'emmener Danoucha plus loin. Sergo attendait des ordres plus clairs que cette main dont le battement s'accélérait. Ce fut Danoucha qui lui prit les doigts et l'entraîna dans une des alcôves où les feuilles exotiques se mirent à lui titiller la nuque, les joues, les mains. Dmitry et Marina restèrent seuls.

Dmitry était tombé amoureux de Marina dès qu'il l'avait aperçue à Sambor. Il désirait s'emparer de ce corps qu'il devinait admirable, rabaisser cette morgue, violenter cet orgueil, imposer sa volonté à cette vierge qui semblait se moquer des hommes. Mais aussi il avait su reconnaître dans Marina une nature insatiable, dénuée de scrupules, ambitieuse jusqu'à la folie, somme toute semblable à la sienne. A l'aurore du XVIIe siècle, ils étaient les deux seuls au monde à rêver encore de croisades. Accessoirement, cette inspiration chevaleresque enchantait son imagination slave découvrant à peine la tradition des troubadours.

Qu'était-il pour elle ? Le tsarévitch légitime ? Un aventurier ? Il l'ignorait, mais quoi qu'elle crût de lui, elle ne pouvait que se tromper, tandis que lui se savait prince Kourbsky, imposteur, agent secret du premier seigneur de la chrétienté. Avec cela, il vivait pour le moment aux frais de son père à elle. Cela créait une situation d'une assez savoureuse ambiguïté.

Marina s'était assise près de la fontaine. Elle avait abandonné ses châles ; sa robe moirée se soulevait au rythme un peu pressé de sa respiration. Dmitry, debout devant elle, voyait la blancheur laiteuse de son cou et imaginait ses propres doigts presque olivâtres posés dessus. Il se sentait fort de sa virilité et de sa duplicité réunies.

— Ce n'est pas le premier entretien que m'accorde l'incomparable comtesse Marina, commença-t-il. Mais ce n'est pas à elle que je voudrais parler aujourd'hui. Vous paraissez être elle, comme je parais être le tsarévitch de toutes les Russies. Oh ! je sais, fit-il avec une jolie effronterie, que le tyran Godounov me traite d'imposteur et que certains se laissent abuser par lui, mais ce n'est pas là ce dont je parle. Il y a ce que nous sommes pour le monde : comtesse, tsarévitch... et ce que nous sommes pour nous-mêmes. L'amour permet d'être pour un autre choisi parmi tous les autres ce que l'on est pour soi. Ce soir, Marina, je voudrais n'être pour vous que le Dmitry que je suis pour Dmitry, et que vous ne soyez pour Dmitry que la Marina que vous êtes pour Marina.

De la pointe de son soulier, elle jouait avec une fougère qui paraissait noire dans le clair de lune.

— Et moi, fit-elle, je veux Smolensk.

Il crut avoir mal entendu.

— Que dit ma beauté ?

— Beauté, si l'on veut ; vôtre, pas encore. Et cette beauté veut Smolensk.

Il vint s'asseoir près d'elle sans en demander la permission et allongea le bras sur le dos du banc.

— Smolensk est une ville russe dont ma beauté n'aurait que faire. Qu'elle demande au tsar de Russie des rivières de diamants à s'y noyer, des aunes de soie à s'y étouffer, des meutes de loulous de Poméranie ou des volières d'oiseaux des îles : ses désirs seront réalisés dès que j'aurai ceint la Tiare de Monomaque. Mais Smolensk ? Pourquoi Smolensk ? Les soucis du gouvernement d'une telle ville rideraient trop tôt ce front digne de Vénus.

Il tendit le doigt vers le front digne de Vénus et feignit d'y dessiner des rides.

— Au surplus, n'étions-nous pas convenus de ne parler ce soir que... d'amour ?

— Nous n'étions convenus de rien, et je ne vous tiens pas quitte des diamants et des canaris. Mais je suis Polonaise et Smolensk est une ville polonaise que vous devez rendre non pas à moi mais à notre roi. Ce sera un gage. Le roi sait très bien qu'il risque de financer votre campagne sans rien toucher en retour.

— Que voilà une jolie tête bien politique ! dit Dmitry en effleurant la coiffure de Marina où les fils de perles se mêlaient aux tresses brunes. Quand vous serez à moi, je vous jure que ce n'est pas de politique que je vous entretiendrai du crépuscule à l'aube.

Il essaya de lui prendre la main. Elle la lui arracha.

— Smolensk !

Il feignit d'hésiter.

— Que me donnerez-vous en échange ?

— Que demandez-vous ?

— Pour Smolensk, cette grande ville, cette place forte que tenait déjà mon ancêtre saint Vladimir... Voyons... Un baiser ?

Elle fut prise de court. Déjà il l'attirait à lui et lui écrasait la bouche sous ses lèvres épaisses. Elle garda les yeux ouverts et vit de près la grosse verrue noire et velue qui défigurait son profil droit. Il lui sembla que cette verrue était une grosse bête qui voulait la manger. Cela lui plut. Alors elle ferma les yeux et rendit le baiser. Elle ployait et cambrait la taille sous la main qui l'étreignait, elle plongeait ses ongles dans la nuque de Dmitry et lui mordait la bouche avec emportement. Lorsqu'ils se déprirent, le souffle court tous les deux, il sourit :

— Adieu Smolensk !

Et il souffla en l'air, comme sur une bulle de savon.

*

— Alors, le Moskal qui se respecte se fait-il à l'idée de remuer bras et jambes aux sons de la musique ?

Danoucha s'était à demi allongée sur le banc de mosaïque et avait posé sa tête sur l'épaule de Sergo. La comtesse lui avait commandé d'occuper le compagnon du tsarévitch, et cet ordre ne lui déplaisait pas, sauf que le grand blond restait là, à ne pas savoir que faire de ses mains.

— Tu ne réponds rien ? L'illustrissime seigneur ne veut pas faire ses confidences à tante Danoucha ? Il pourrait tout de même me dire s'il se contente d'être la terreur des steppes ou si quelque belle a touché son cœur.

Sergo n'avait pas envie de dire la vérité, mais il s'y força.

— Oui, Danoucha, j'aime quelqu'un.

— Fort bien. Au moins nous avons un sujet de conversation. Est-elle jolie ?

— C'est la plus belle.

— Voilà qui fait plaisir à entendre. De quelle couleur sont ses cheveux ?

— Ils sont blonds comme le blé au mois d'août.

« Châtaine », conclut Danoucha, qui l'était.

— De quelle forme est son visage ?

— Il est ovale.

« Rond comme la pleine lune », pensa Danoucha qui avait un minois carré de petite chatte.

— A-t-elle la gorge mignonne ?

— Je ne sais pas, dit Sergo, et son visage se couvrit d'une intense rougeur : il ne se l'était jamais demandé.

Danoucha déduisit : « Barrique ou limande. »

— Et ses hanches ? Sont-elles bien larges ? Y a-t-il où poser de grandes mains comme les tiennes ? Bon, tu ne veux pas répondre ? (« Un petit garçon ou une poulinière. ») Dis-moi au moins si elle t'aime aussi.

— Je le crois, je l'espère, murmura Sergo en repoussant les fougères arborescentes qui lui chatouillaient le nez.

Danoucha se redressa.

— A quand la noce alors ?

— Elle me donnera sa réponse à Pâques ou à la Noël d'après.

Et, d'avoir fait cette révélation, le cœur de Sergo s'alourdit soudain du meurtre qu'il n'avait pas encore commis. Quand il reverrait Avdotia, il ne serait plus un soldat, mais un assassin. Il aurait versé le sang d'un homme bienveillant, affable, plein d'autorité, qui n'était certainement pas le défroqué pour lequel le tsar Boris cherchait à le faire passer, d'un homme mystérieux qui, lorsqu'on y pensait, pouvait réellement être le tsarévitch échappé au couteau de l'assassin. Sergo avait toujours cru à la légende de l'accident : l'enfant épileptique tombant sur son couteau. Mais si ce n'était qu'une légende ? Le tsar Boris s'était-il enquis de l'identité réelle de l'imposteur avant de donner l'ordre de l'abattre ? Oh ! Sergo l'exécuterait, cet ordre, mais, une fois qu'il aurait égorgé par trahison ce jeune homme de son âge, si courtois, si courageux, si heureux de vivre, serait-il, lui, le même ? Oserait-il encore regarder Avdotia dans les yeux ? Il sentit que le tsar Boris lui avait abîmé Avdotia.

— Elle ne t'a pas encore donné sa réponse ? Comment s'appelle-t-elle ?

Danoucha avait repris sa place sur l'épaule de Sergo.

— Avdotia, dit Sergo malgré lui.

Il lui semblait déflorer ce nom en le révélant.

— Anissia, fit Danoucha, feignant d'avoir mal entendu, rien que pour l'agacer. Joli prénom. Cela sent l'anis. Sent-elle l'anis, Anissia ?

— Elle s'appelle Avdotia et, pour moi, elle sent l'église : c'est là que je la rencontre.

— Avdotia ? C'est moins joli. Et ça doit être follement amusant, une fiancée qui fleure l'encens. Tu trouves que je sens bon, moi ?

Elle répandait l'odeur vanillée de l'héliotrope dans lequel elle s'était baignée après sa maîtresse.

— Ah ! c'est toi qui sens comme cela ? s'étonna Sergo. Oui, c'est une bonne odeur.

Danoucha écarta les doigts et tordit la main pour

que, dans le clair de lune qui entrait à flots par les verrières, son diamant ne manquât pas une occasion de jeter un feu.

— Dieu me préserve de chasser sur les terres d'autrui. Tu aimes Anissia, et c'est très bien. (Sergo se sentit rassuré, presque absous.) Je ne suis pas jalouse d'elle. Au contraire, je vois bien que tu manques d'expérience et je voudrais t'aider à réussir. Supposons que tu sois seul avec elle, et pas à l'église, mais par exemple dans un beau jardin ou dans une serre comme celle-ci, sans popes. Que lui dirais-tu, à ton Anissia ?

— Avdotia. Laisse-moi réfléchir. Je lui dirais... (Sergo ferma les yeux) que je la vénère comme une icône.

— Pour un début, ce n'est pas mal du tout. Et après ?

— Après ? J'attendrais qu'elle me réponde.

— Ce n'est pas une mauvaise idée non plus. Alors, pour t'apprendre à parler aux femmes, nous allons faire des exercices. Imagine que je suis elle et parle-moi comme à elle. Vas-y. Comment était-ce déjà ? Tu me vénères comme une icône ?

— Ah ! non, je serais incapable de jouer à ce jeu-là.

— Tu es bien contrariant. Mais vois comme je suis accommodante. Si je ne suis pas digne d'être Avdotia, sois Avdotia toi-même : je serai Sergo.

Se relevant d'un coup de reins, Danoucha se jeta aux genoux de Sergo. Elle fit une mine pathétique et joignit les mains.

— Belle icône ! Sublime icône ! Je t'aime, je te vénère ! Exauce-moi !

Sergo ne savait pas si ce jeu-là n'était pas plus sacrilège que l'autre, et cela le choquait de voir le visage de Danoucha à hauteur de ses cuisses à lui.

— Cesse, Danoucha !

— Je ne suis pas Danoucha ! Je suis Sergo ! Avdotia, puisque Avdotia il y a, je t'aime. Je te rencontre à l'église et j'en oublie de prier le bon Dieu. Dis-moi, Avdotia, qu'il t'arrive aussi de penser à moi, sinon je vais me noyer dans le Dniestr, je veux dire dans la Moskva. Ou alors je vais porter mes vœux et ma flamme ailleurs.

L'idée même de jouer la comédie paraissait indécente à Sergo, mais il ne sut pas résister à Danoucha. Du bout des lèvres il dit :

— Je pense à toi.

— Appelle-moi Sergo.

— Oui, Sergo, je pense à toi.

— Très bien, Avdotia. Tes pensées sont à moi. Veux-tu être à moi tout entière ?

— Je veux être à toi devant Dieu et l'Église orthodoxe.

— Je suis heureux de te savoir sage, Avdotia. Nous nous marierons devant Dieu et l'Église quand tu voudras. En attendant, mets-toi à ma place. Je suis un soldat, un homme des camps, un loup, un sanglier. Accorde-moi un gage de ta promesse.

Sergo voyait le visage pathétique de Danoucha se hausser vers lui comme la tête d'un serpent. Il commençait à avoir peur, comme s'il avait vraiment été l'innocente Avdotia.

— Non, fit-il en reculant, non, je t'en supplie...

— Ton Sergo te supplie aussi. Ton Sergo ne peut plus attendre... Et ce visage qui était si bas quelques instants plus tôt se trouva soudain au-dessus du sien, et cette bouche se colla à la sienne comme une sangsue.

Sergo était viril et pudique, soldat et vierge. Il n'avait jamais embrassé de femme sur la bouche et il avait rêvé de n'en embrasser jamais qu'une. Depuis qu'il aimait Avdotia, il souhaitait lui faire cette offrande : « Je suis comme toi, c'est la première fois pour nous deux. » L'idée d'avoir perdu ce puéril pucelage lui fit horreur. Il repoussa Danoucha avec une telle violence qu'elle roula à terre. Lui s'enfuit.

Il n'alla pas loin.

Au premier détour de verdure, il vit celui qui se prétendait le tsarévitch de toutes les Russies à genoux. Et pas à genoux devant une icône, mais devant une femme ! Une Polonaise !

Le moment de frapper était-il venu ? L'imposteur lui tournait le dos : il n'était rien de plus facile que de le saisir aux cheveux, de lui renverser la tête et de lui trancher la gorge.

Sergo porta la main à son kandjar à la poignée d'ivoire.

Mais quelque chose l'arrêta, et ce ne fut pas la présence de la comtesse Marina, ni la difficulté qu'il y aurait à prévenir Aleksandro et à quitter la forteresse de Sambor en pleine nuit.

Ce fut une révélation soudaine. Il se rappela les mots de Dmitry sur l'assassin qui avait rôdé autour de lui dans son enfance et qui avait fini par trancher « d'une oreille à l'autre » la gorge d'un autre enfant. « D'une oreille à l'autre », oui, on avait dit cela. Donc Dmitry n'était pas tombé sur un canif, Dmitry — ou son double — avait bien été assassiné. Il y avait eu un assassin, et Sergo sentit qu'il était lui-même cet assassin et que, cette fois, il allait enfin ouvrir « d'une oreille à l'autre » la gorge qu'il avait manquée treize ans plus tôt.

Alors des images qu'il avait toujours repoussées au fond de lui-même surgirent. Son père, partant à pied — et non à cheval — pour un pèlerinage — alors qu'il n'en faisait jamais —, revenant aussi sombre que si le soleil du bon Dieu ne l'éclairait plus, repartant sans embrasser sa femme, et reparaissant méconnaissable, ses cheveux à peine grisonnants devenus couleur de cendre, et ses joues hérissées d'une barbe hirsute, signe de deuil...

Peu après le grand écuyer Boris Godounov était venu à la maison avec un casque à nasal, si bien qu'on ne l'avait pas reconnu, et Aleksandro avait dit à son cadet : « Prends une arme. Allons voir si cet homme n'en veut pas à notre père. » Dans la grande salle à peine éclairée par deux ou trois bougies et la veilleuse de l'icône, les deux frères s'étaient tenus au fond de l'ombre, le poignard à la main. Geste incompréhensible : le père, chenu et barbu, inspirant de la peur — non pas la saine peur du père justicier, mais une peur morbide, inexpliquée —, le père répandait sur la table une pluie de kopeks, de demi-kopeks, de quarts de kopek, les uns rognés, bossués, effacés, noircis, les autres neufs et gais. Le grand écuyer n'en avait pas voulu. Sergo se rappelait son étonnement d'enfant : ils les aurait bien pris, lui, surtout les neufs. C'est alors que le grand écuyer avait parlé de salaire et de salut et qu'il avait prononcé cette phrase incompréhensible : « Je ne supporterai pas ta vue une fois de plus »... Le lendemain, on était parti pour Psarskoïé, et le père était devenu cette chose inacceptable : un père humble. Le quitter quelques années plus tard avait été un soulagement, d'autant plus qu'on l'aimait.

Sergo vacilla.

Il faillit retourner le kandjar contre lui-même.

*

Un baiser acheté au prix de Smolensk, Dmitry n'était pas d'humeur à s'arrêter là, d'autant plus qu'il sentait Marina troublée. Il la pressait contre lui, ravi de sa chaleur féminine et de la fermeté de ses muscles d'Amazone.

— Pouvons-nous parler d'amour maintenant que tu ne penses plus à Smolensk ? Peux-tu oublier que je suis le tsarévitch et ne parler qu'à Dmitry ?

— Je te parlerai comme la dame à son chevalier, comme Guenièvre à Lancelot, dit Marina, sans qu'il sût, sans qu'elle sût elle-même si elle était sérieuse ou sarcastique.

— Alors tous les espoirs sont permis, fit Dmitry légèrement en la serrant plus fort.

Mais elle s'était ressaisie.

— Non, car c'est toi qui seras le roi Arthur et tu ne voudrais pas que je te cocufiasse avec toi-même, dit-elle en se dégageant pour lui caresser le front. Crois-tu que je n'aie pas autant envie de toi que toi de moi ? Mais nous ne sommes pas des paysans pour aller au déduit parce que la fantaisie nous en prend. Tu es, le sais-tu bien, Dmitry, le plus grand chevalier de tous, car ni Roland de Roncevaux, ni le Furieux, ni Tancrède, ni Bayard n'ont porté tant d'espoirs à la pointe de leur épée. Tu veux conquérir Moscou, et tu la conquerras en portant mes couleurs. Mais qu'est-ce que Moscou ? Je te veux roi de Constantinople et de Jérusalem.

Il frémit de se trouver si bien deviné.

— Le secret du monde, lui disait-elle avec exaltation (et il l'écoutait de même, sans cesser de la caresser hardiment, si bien qu'elle s'interrompait par moments pour pousser un soupir), le secret du monde, c'est l'empire du monde. Le pape le veut, mais il n'arrive pas à choisir entre le spirituel et le temporel. L'Empereur le veut, mais l'Empire est sur son couchant. Le Grand Turc le veut, mais il a les yeux plus gros que le ventre. Le roi de France est trop sage pour en vouloir. Il n'y a que moi et toi, Dmitry, qui soyons capables de viser juste en visant haut. D'abord parce que l'empereur du monde ne peut pas être simplement un homme : il faut que ce soit l'Homme, donc un hermaphrodite, donc un couple. Puis parce que je suis l'Occident et que tu es l'Orient, toi la Russie et moi la Pologne, toi orthodoxe grec, moi catholique romaine, et que nous devons donc engendrer cette troisième Rome qui sera la nouvelle Moscou, impératrice du monde, c'est sûr, c'est prophétisé.

Elle se leva.

— A genoux, sire Dmitry !

Il s'y mit.

— Votre épée.

Il la lui donna, une petite épée de cour à l'européenne. Elle le frappa du plat à l'épaule.

— Tsarévitch ou non, vous êtes mon chevalier. Les voilà, les mots d'amour que vous souhaitez entendre. Relevez-vous.

Cette fois, elle ne se moquait plus. Elle lui rendit l'épée, mais il ne bougea pas.

— Non, dit-il tristement. Tu ne m'as pas compris, Marina. Qu'ai-je à faire de cette chevalerie de carnaval, moi qui descends de saint Vladimir ? Oui, je conquerrai Moscou, Constantinople et Jérusalem et je les mettrai à tes pieds. Et je veux bien jouer à ce jeu de servir une dame, comme dans les romans, mais crois-tu que cela me suffise ? Je ne sais si c'est Dieu ou le diable qui m'a donné ce sentiment pour toi, mais je t'aime. Je t'ai aimée dès que je t'ai vue, et ce n'est pas seulement parce que tu es belle. C'est parce que tu es toi. T'aimant, je veux que tu m'aimes aussi et que tu me le dises. Je suis comme un mendiant à tes genoux et je te demande de trouver l'aumône des mots qui me relèveront.

— J'ai déjà trop montré à Votre Altesse que je n'étais pas insensible à ses qualités.

— Ce n'est pas mon Altesse qui te parle, Marina. C'est moi, Dmitry, orphelin, sans pays, sans amis, qui vais courir la plus folle aventure et qui te demande un peu de douceur. Je te la demande en grâce.

Il avait vingt ans et il s'apitoyait sur lui-même.

Marina le regardait avec satisfaction et un sourire d'orgueil se jouait sur sa mignonne petite bouche très rouge.

— De la douceur... répéta-t-elle.

C'était là un équipement qu'aucune fée n'avait déposé dans son berceau et pour lequel elle n'avait pas d'estime. Elle crut qu'il demandait quelques faveurs de plus, et poussa son avantage.

— De la douceur ? On pourrait peut-être en trouver, dit-elle, en le laissant s'emparer d'une de ses mains, mais il faudrait aussi que nous avancions en besogne. Le roi de Pologne-Lithuanie, vous le savez, est candidat au trône de Suède. Si l'on promettait d'appuyer sa candidature...

Un moment, Dmitry demeura à ses pieds, les yeux levés comme devant une statue de la Vierge. L'instant d'après, au ravissement de Sergo qui s'était arrêté derrière lui deux secondes plus tôt, il rejeta la main qu'il tenait et bondit sur ses pieds. Son visage basané avait encore foncé, ses yeux bleus fulguraient.

— Assez ! cria-t-il. Le tsarévitch de toutes les Russies s'est assez humilié devant une Polonaise impertinente, qui sera bien contente de le retrouver dans quelques mois, s'il veut encore d'elle.

Il sortit de la serre à grands pas.

Sergo se précipita à sa suite, passant devant la Polonaise impertinente sans même la saluer.

Danoucha accourait à son tour. Marina, vexée d'avoir mal joué son jeu, s'inquiétait des conséquences. Elle s'en moquait bien, du roi de Pologne-Lithuanie et de ses prétentions à la couronne de Suède ! Elle avait simplement voulu ferrer son poisson, assurer sa prise. Suivant des yeux l'impétueux Sergo, elle dit avec un sourire forcé :

— Nous n'avons pas très bien réussi avec nos Moskals ni l'une ni l'autre, ma pauvre Danoucha.

*

Dmitry marchait, courait presque, partagé entre la fierté offensée, l'angoisse de n'être pas aimé et, déjà, la crainte d'avoir blessé celle qui lui était si chère.

— Tsarévitch ! l'appela Sergo.

Le tsarévitch ne se retourna pas, mais Sergo, le dépassant et faisant volte-face, le bloqua au milieu du sentier. Dmitry se crut menacé et porta la main à sa petite épée, si étrange lui parut le visage de son serviteur transfiguré par le clair de lune.

— Quelle preuve ? balbutiait Sergo. Quelle preuve as-tu ?

Dmitry était né pour commander et il savait quand il faut aller au fait, sans se préoccuper des formes.

— La preuve, dis-tu ?

Arrachant son col de dentelle et ouvrant son pourpoint, il exposa la lourde croix d'or cloutée de pierres, qui jetèrent un éclat sombre. Il la prit dans sa main, comme un pigeon, et la tendit à Sergo au bout de sa chaîne. Ayant montré l'endroit, il montra l'envers sur lequel était gravé un nom. Le peu de lumière ne permettait pas de le lire, mais il tourna sa paume de côté et d'autre pour faire apparaître la gravure.

— Mon parrain. Le prince Mstislavsky.

Sergo le regarda dans les yeux.

Maintenant, Sergo était sûr : son père n'avait pas de sang de tsar sur les mains. Infanticide sans doute, régicide non.

— Si tu étais un imposteur, chuchota-t-il, je te souhaiterais damné. Mais tu es le fils d'Ivan, et je donnerai ma vie pour toi. En foi de quoi, je baise ta croix.

Les lèvres de Sergo se posèrent sur l'or de la croix, chaud encore d'avoir été porté contre une poitrine palpitante. Puis il se prosterna, son front ressentant la brûlure froide de la neige.

Quand il se releva, le souverain qu'il s'était donné se tenait devant lui, souriant d'un sourire énigmatique et attendri.

5

Rentré dans son appartement, Dmitry renvoya le domestique qui l'attendait et alla porter son fauteuil dans la cheminée où il avait interdit qu'on fît du feu sans un ordre de lui. Ce n'était pas pour rien qu'il avait commandé de « bien loger » les nouveaux venus.

Au début, il ne perçut aucun bruit — il en conclut que l'autre frère Psar n'était pas rentré —, puis des coups sourds et rythmés frappèrent le plancher et Dmitry se demanda ce que cela pouvait être jusqu'au moment où lui parvinrent des soupirs articulés : « Seigneur, sauve le tsarévitch Dmitry ! Seigneur, prends pitié du tsarévitch Dmitry ! »

« Ah ! se dit Dmitry, c'est mon pauvre Sergo qui prie pour moi à l'orthodoxe, aux dépens de son crâne. »

Cela le remit de meilleure humeur. Il ne détestait pas les dédains, les froideurs de sa belle Polonaise, il se croyait né pour faire fondre le caillou qu'elle avait à la place du cœur : n'y aurait-il pas là plus d'honneur qu'à se faire aimer d'une jument russe ou d'une génisse teutonne ?

Il approcha une petite table du fauteuil, et, tendant toujours l'oreille, commença une épître en vers pour sa bien-aimée.

Beauté cruelle, à mes ardeurs rétive,
Qu'entre mes bras je veux tenir captive...

Il en oublia les heures qui tournaient. Le jour

poignait lorsqu'il entendit au-dessus de lui un claquement de porte. Il se leva pour mettre sa tête dans le conduit de la cheminée.

*

— Eh bien, mon Sergo, marmonnait Aleksandro, les Polonaises, mon Sergo, comprends moi, ce ne sont pas les Orientales, mais tout de même, je dois dire, mon Sergo, que les Polonaises...

Il s'abattit bruyamment sur sa paillasse.

Sergo, une bougie à la main, s'approcha de lui, le regarda sans le voir et prononça enfin d'une voix de jeune prophète :

— Aleksandro, j'ai trouvé le vrai tsar.

— Qu'est-ce que tu racontes ? Toi aussi, les Polonaises, l'hydromel... ? Le vrai tsar est à Moscou.

— Le vrai tsar couche sous le même toit que nous.

Aleksandro, dégrisé, se mit sur son séant.

— Mon cadet, je croyais que tu avais passé l'âge de recevoir des corrections, mais, si ce n'est pas le cas, ton aîné est encore à ton service, comme quand nous vivions à Moscou tous les deux.

— Mon aîné, allons ensemble nous jeter à ses pieds, lui avouer notre crime, implorer sa miséricorde.

— Ma parole, tu as mangé trop de jusquiame ! De qui parles-tu ? De ce filou qui saute à la perche, se trémousse avec les bonnes femmes, et ne cherche qu'une occasion de nous vendre aux Polonais dont il parle la langue mieux que la nôtre ?

— Je parle du fils d'Ivan, sauvé du couteau de notre père.

Il y eut un silence.

— Rappelle-toi le jour où notre père a blanchi d'un coup, où il a cessé d'aller à l'église, où Boris lui a fait cadeau de Psarskoïé.

— Je me rappelle parfaitement, dit Aleksandro qui, depuis longtemps, envisageait cette possibilité et espérait la cacher à son cadet. Raison de plus pour que celui-ci soit un chien et un filou. Notre vieux s'y connaît pour tuer les gens. Il ne se serait jamais trompé d'enfant, Sergo, tu le sais bien.

— Tout le monde se trompe, tu le sais bien aussi. Quant à nous vendre aux Polonais, je l'ai vu tout à l'heure, de mes yeux, rabattre son caquet à la comtesse Marina elle-même. Oui, il se conduit quelquefois comme un Polonais. A qui la faute ? Qui n'a pas su garder le trône de ses pères contre l'usurpation ? Nous. Écoute-moi, Aleksandro : il a la preuve, la preuve ! Il porte sa croix de baptême, c'est une croix de tsar, et il y a le nom de son parrain Mstislavsky marqué dessus.

— Nigaud ! Les croix se vendent, s'achètent, s'échangent et les noms se gravent à volonté.

— Tout à l'heure, au bal, il y avait un Russe qui l'avait connu enfant et qui l'a reconnu à sa verrue.

— As-tu jamais entendu dire que le tsarévitch ait eu une verrue ? De toute manière, il ne s'agit pas de verrues. N'as-tu pas prêté serment sur l'Évangile ?

— De servir fidèlement notre tsar dieu-donné, et je le ferai. Je vais lui porter ma tête tout à l'heure. Avec toi. Ou sans toi.

— Prends garde, dit Aleksandro d'un ton que Sergo ne lui connaissait pas.

Les petites dents de l'aîné s'allumèrent dans sa tête ronde de Tartare, ses épaules s'arrondirent, ses hanches prirent une autre assise.

— Prends garde, mon petit frère. Nous avons juré fidélité au tsar Boris, même si son nom n'a pas été prononcé, et nous avons juré d'aller tuer comme un chien enragé le filou qui va mettre la Russie à feu et à sang alors que le tsar Boris vient à peine d'y rétablir l'ordre et la paix.

Un étage plus bas, Dmitry atteignit en deux enjambées une console sur laquelle se trouvait une boîte de dragées, s'en octroya une et reprit son poste.

— Mes serments, poursuivait Aleksandro, je les tiens, et je m'assure que mes compagnons les tiennent aussi. Ou tu reconnais que tu es ivre et tu renonces à l'instant au galimatias que tu viens de débiter, ou je serai au regret de te couper la gorge.

Dmitry se demanda s'il allait intervenir, mais décida de n'en rien faire. Il continua à sucer son sucre et à croquer son amande.

A l'autre bout du galetas, Sergo s'était transformé lui aussi. Il découvrait les dents — les siennes étaient grandes. Ses bras et ses cuisses semblaient s'être allongés et il avait écarté les jambes. Les deux frères ressemblaient à deux animaux de race différente s'affrontant dans un cirque.

— Aleksandro, tu es mon aîné, tu m'as servi de père et quelquefois de mère, je te dois l'obéissance, mais le tsar est au-dessus de tout. Nous irons tous les deux nous jeter à ses pieds, et si, d'aventure, il nous fait grâce, c'est qu'il est un tsar miséricordieux.

— Je t'aurai saigné avant comme un chiot.

Sergo ferma les yeux, interrogea le fond de son cœur. Il n'y trouva que contradictions.

— Aleksandro, le soleil se lève. Les portes de la forteresse vont s'ouvrir. Prends un cheval à l'écurie et va-t'en aux quatre vents. Je te donne une heure d'avance. Après quoi, j'irai me dénoncer au tsarévitch et mourir d'une seule mort pour nous deux.

— Je ne partirai pas sans avoir tué le Félon, quitte à te passer sur le corps.

— Le souverain est bien gardé, mentit Sergo. Six hallebardiers veillent devant sa porte, deux gentilshommes couchent dans sa chambre. Et je suis là, moi aussi.

Ils se tinrent face à face, leur droite cherchant et trouvant le kandjar dans leurs vêtements.

Le premier coq de l'aube chanta. Un cheval passa en faisant clip-clop sur la terre gelée. La lumière du jour fit blêmir celle de la bougie. Et le fratricide ne parut plus si indispensable. Les frères ne s'étaient jamais battus qu'enfants, en se jouant, et maintenant le cadet ne le cédait en rien à l'aîné ni pour la force ni pour l'agilité, encore qu'il lui fût inférieur pour la ruse. Nul n'aurait pu présager à coup sûr de la victoire. Fallait-il se demander lequel, au dernier moment, aurait davantage pitié de l'autre ? Mais une fois qu'on porte les coups, les mesure-t-on ?

— Il ne peut y avoir qu'un vrai tsar, dit le cadet.

— Oui, et c'est le tsar Boris, dit l'aîné.

— Non, c'est le tsar Dmitry. Écoute, Sandro, ma décision est prise : soit le tsarévitch me condamnera, soit il me prendra à son service. Toi, tu peux encore te sauver. Prends ce qui me reste de l'argent de Boris.

Et, comme les deux frères craignaient maintenant de s'approcher l'un de l'autre, Sergo déposa sur le plancher, de la main gauche, des pièces d'argent qui firent un bruit mat. Accroupi, il souriait tendrement à son frère qui se tenait au-dessus de lui, contracté, le kandjar à poignée d'argent au poing, prêt à bondir, mais voyant aussi le kandjar à poignée d'ivoire dans la main de son frère, prêt à le recevoir.

Dmitry, en bas, se demandait ce qu'il devait faire. Intervenir ? Faire arrêter Aleksandro sur place et l'exécuter ? Ne pas intervenir ? Le faire poursuivre et abattre ?

Le père Gaspard aurait sans doute son avis là-dessus, mais Dmitry prenait l'habitude de gouverner ses affaires tout seul. Aleksandro, jugea-t-il, ne pouvait qu'accepter la proposition de Sergo et prendre la fuite. Soit qu'il osât rentrer en Russie, soit qu'il se jetât chez les cosaques Zaporogues ou chez ceux du Don, ce pigeon voyageur porterait ici ou là un message utile : celui d'un assassinat manqué, d'un frère converti, d'un tsarévitch invincible.

« Je pourrais aussi, se dit Dmitry, jouer la clémence de Titus. »

Mais son instinct lui dit que Psar l'aîné ne voudrait pas de sa clémence, si bien que le secret de la cheminée serait ébruité pour rien.

Sergo s'était reculé, tassé dans un coin, tandis qu'Aleksandro ramassait les pièces de monnaie. Puis Aleksandro se redressa, et les deux frères se regardèrent un bon moment. Ils n'avaient plus rien à se dire, mais ils s'aimaient et pouvaient encore se regarder. Enfin Aleksandro cracha par terre. Il crachait sur la trahison de Sergo, sur l'imposteur, sur sa propre impuissance à redresser la situation. Ayant craché, il sortit. Pour cela, il dut passer près de Sergo. Chacun serrait son arme, prêt à l'utiliser, mais pas le premier. La porte claqua.

Une heure plus tard, Sergo descendit d'un étage. Au lieu de six hallebardiers, il ne trouva qu'un vieux domestique dont le prince Adam avait fait cadeau à Dmitry et qui dormait en travers de la porte. Il le secoua.

— Quand se lève-t-il ?

— Quand il veut.

— J'ai besoin de le voir.

— Je vais le réveiller.

— Réveiller le tsarévitch ?

— Ce sont ses ordres. Tous ses sujets peuvent le voir à n'importe quelle heure. Comment t'appelles-tu ?

— Sergo Psar.

— Attends ici, Sergo Psar.

Le domestique disparut dans la pénombre d'un appartement aux rideaux clos contre le jour levant. Il revint au bout d'un moment :

— Entre.

Sergo entra. Les rideaux avaient été tirés, et le soleil du matin, réverbéré par la neige, se déversait joyeusement dans une salle où, sur de lourdes tables aux pieds torsadés, s'entassaient des cartes de géographie que maintenaient en place des pistolets et des poires à poudre, tandis que les murs s'ornaient d'arquebuses arabes et de mousquets anglais. D'un lit à baldaquin sortit une voix.

— Approche, Sergo. Hier soir, j'ai oublié de te demander où en sont tes affaires avec la jolie Danoucha.

Le tsarévitch, en chemise, était assis dans son lit, et il s'aspergeait de parfums, occupation triplement indécente pour un Russe, un prince et un soldat.

— Tiens, renifle. Celui-ci, c'est du musc, que donnent les glandes du chevrotin mâle. Celui-là du benjoin, qu'on tire de l'aliboufier des Indes. Lequel préfères-tu ?

Au lieu de renifler, l'assassin envoyé par Boris recommença sa gymnastique rituelle : le front au sol, l'arrière-train en l'air.

— Tu vas finir par attraper des cals au crâne, dit Dmitry.

Sergo se releva et tira de ses vêtements un kandjar à poignée d'ivoire et à fourreau de velours grenat qu'il tendit au tsarévitch.

— Belle arme, poursuivit le tsarévitch. C'est un cadeau ?

Et puis, sentant qu'il avait assez plaisanté :

— Avoue-moi tout, Sergo. Je sais plus de choses sur ce qui se passe au Kremlin que Boris ne se le figure. Dis-moi la vérité et nous verrons s'il reste encore un peu de miséricorde dans le trésor des tsars.

Et, malgré la chemise, les parfums, la familiarité, et ce goût de la badinerie auquel les souverains de

Moscou n'avaient pas habitué leurs sujets, le visage de celui-ci était imprégné d'une dignité si sobre, si grave, si humaine, que Sergo ne douta pas d'être en présence du vrai tsar orthodoxe.

CHAPITRE IV

LE RENIEMENT

1

Le roi Sigismond de Pologne-Lithuanie, accompagné du nonce Rangoni, arpentait une galerie du château de Wawel à Cracovie.

— Excellence, dit-il, j'ai un cas de conscience.

— Si vous le souhaitez résolu dans le sens qui vous causerait le plus de satisfaction, Votre Majesté devrait s'adresser aux jésuites, répondit le nonce espiègle et mondain, en feignant de se cacher la bouche avec la main pour rire de sa propre plaisanterie.

— Les jésuites sont trop intéressés à l'affaire pour que je puisse me fier à leur casuistique. De mon côté, il est évident que j'ai tout intérêt à soutenir ce prince Dmitry de Russie, qu'il soit vrai ou faux. Tout ce qui peut causer du tracas à mon schismatique frère Boris est bon à prendre.

— Exact.

— Cependant j'ai conclu une trêve avec lui, et je me dois de la respecter.

— Exact.

— D'un autre côté, j'ai conclu cette trêve avec le tsar de Russie et non pas un usurpateur. Si ce Dmitry est le vrai tsar, ma trêve est avec lui et non avec Boris.

— Exact.

— Est-ce vraiment exact, ou le dites-vous pour me faire plaisir ?

Avec sa petite taille, sa longue barbichette, lisse comme une frange légèrement tordue de côté, sa féroce moustache en crocs et ses yeux boudeurs de teckel sous leurs sourcils interrogateurs, Sigismond n'était rien moins qu'un sot. Rangoni, prélat de cour par vocation, se prenant pour un expert en renseignement, répondit avec tact :

— J'ai certes l'ambition de faire plaisir à Votre Majesté chaque fois que j'en ai l'occasion, mais il n'est pas niable que les traités se rapportent aux personnes morales avec qui ils sont signés, et que si, par exemple, vous signiez un traité avec moi alors que je me serais fait passer pour... (il se cacha la bouche pour glousser) mettons pour la reine de Saba, ce traité ne serait valable d'aucune manière.

— Excellence, je retiens votre jugement : il me convient.

Le nonce se rengorgea : il aimait convenir.

— On me dit que vous avez dîné avec ce prince, reprit le roi. Comment le trouvez-vous ?

— Je le trouve bien. Modeste et fier. Respectueux des autres et de lui-même. Évidemment, tout serait plus clair s'il se convertissait au catholicisme. L'orthodoxie, vous savez, avec ses popes mariés et surtout barbus, parce que, à la rigueur, une femme, ça peut être discret, tandis qu'une barbe... l'orthodoxie n'est pas une religion très sérieuse.

Chaque fois que le roi atteignait un bout de la galerie, il pivotait, et le nonce courait autour de lui pour se retrouver à sa gauche.

— Nous avons des prêtres catholiques barbus, je ne vois pas qu'il y ait là matière à guerre de religion, dit Sigismond. Quant à se convertir... j'en suis d'accord, mais je pense qu'il vaudrait mieux que le prince Dmitry le fît secrètement dans un premier temps. Après tout, il se veut roi des Russes et les Russes veulent un roi de leur religion, si barbue qu'elle soit. Ce serait sot de manquer l'occasion de mettre un tsar parti de Pologne sur le trône de Moscou pour une histoire de barbe ou même de provenance du Saint-Esprit. Mais j'en reviens à ma trêve. Vous ne m'avez pas tout à fait compris. Si Dmitry est Dmitry, ma trêve avec Boris ne m'oblige pas, nous sommes d'accord. Si Dmitry est Dmitry, ma trêve m'oblige. Mais qui décidera si Dmitry est Dmitry ? La victoire. Si Dmitry gagne, ce sera avec l'aide de Dieu, et nous pourrons en conclure qu'il est véritablement Dmitry. S'il perd, c'est qu'il ne l'est pas. Car enfin Dieu ne peut favoriser ni un usurpateur ni un imposteur.

— La sagacité de Votre Majesté est stupéfiante. Puisqu'il y a une chance pour que le prince Dmitry perde la partie, il vaut mieux en effet que sa conversion demeure pour un temps secrète. Victorieux, il est catholique et légitime ; battu, il est orthodoxe et mystificateur.

— Peut-être, mais je poursuis mon raisonnement, sur lequel je souhaiterais avoir votre avis. Si Dmitry gagne, c'est qu'il est le bon Dmitry. Mais gagnera-t-il ? Nous l'ignorons. Or, nous souhaitons qu'il gagne avec notre aide, parce que, s'il gagne, nous aurons sur la Russie une influence que nous n'avons jamais eue, mais nous n'avons le droit moral de l'aider que s'il devait gagner sans que nous l'aidassions. Or, le peut-il ? Voilà la question.

— Insoluble.

— En d'autres termes, pour l'aider à gagner, nous avons besoin de savoir s'il gagnera.

— Insoluble.

— En d'autres termes encore, nous devrions l'aider et ne pas l'aider simultanément.

— Insoluble.

— Peut-être pas si insoluble que cela, Excellence. Si nous avons affaire à un imposteur, mon devoir est de le livrer à mon frère Boris, qui ne cesse de me le réclamer. Si nous avons affaire à mon frère Dmitry, celui qui d'ici quelques mois régnera à Moscou, mon devoir est de m'allier à lui et de l'aider à reconquérir son trône. Mais... écoutez-moi bien, Excellence, voici le point sur lequel je souhaite vous... consulter. La trêve avec Boris, c'est moi qui l'ai signée. La libre noblesse polonaise n'a jamais rien signé de tel. Qui suis-je pour l'empêcher d'épouser telle cause qui lui paraîtrait sympathique ? Je suis un roi élu et je n'ai pas la prétention de commander à la conscience de mes sujets. La mienne m'interdit d'emmener l'armée polono-lithuanienne combattre le tsar Boris qui peut se révéler gagnant, donc légitime. Mais si certains de mes gentilshommes veulent se dévouer à une noble cause, mettre leurs talents militaires au service d'un prince étranger... Que penserait notre sainte Mère l'Église d'une attitude de ce genre ?

— Sire, dit le nonce en cachant sa bouche avec sa main, elle penserait que Votre Majesté a manqué sa vocation et qu'elle aurait rendu d'infinis services au vicaire du Christ si elle avait pu mettre les lettres *S* et *J* après son nom.

Le roi s'arrêta de marcher. La diplomatie avait ses limites.

— Soyons clairs, Excellence. Aurais-je l'approbation de Sa Sainteté ?

Le nonce fit une arche gothique avec ses mains et répondit :

— Vous auriez très certainement l'approbation et même la bénédiction du Saint-Père, surtout, Sire, si le prince Dmitry reconnaissait l'autorité absolue du successeur de saint Pierre sur l'Église du Christ. Secrètement, bien sûr : Votre Majesté m'a convaincu de la nécessité — temporaire — du secret.

2

Il y avait des mois que le comte Mnichek suppliait le roi Sigismond de recevoir le tsarévitch. L'audience fut enfin accordée, et la petite cour de Dmitry, constituée d'une trentaine de Russes, se transporta de Sambor à Cracovie, sous la houlette du comte.

Dmitry se vêtit à la polonaise pour se présenter au roi. Il lui baisa la main, implora son aide pour la reconquête du trône de Russie, lui parla du malheur de certains princes, de la magnanimité d'autres, du fils de Crésus sauvant son père de la soldatesque de Cyrus, de la bonté témoignée par Cyrus à son ennemi vaincu. Il rappela à Sa Majesté qu'elle-même était née en prison. Peut-être y avait-il là une déférente taquinerie destinée à racheter le baisemain. Sigismond la prit bien et n'y répondit que par une taquinerie inverse.

L'étiquette lui interdisant de parler lui-même à un inconnu qui venait de lui être présenté, il confia au vice-chancelier le soin de transmettre au gouverneur de Sambor les décisions prises au sujet de son protégé. La première était que le roi accordait quarante mille florins au proscrit — à prendre sur les revenus de Sambor.

*

Le gouverneur de Sambor et Dmitry étaient assis sur de hautes cathèdres placées de part et d'autre d'une haute cheminée de l'hôtel Mnichek à Cracovie — un feu de bois n'était pas inutile en ce mois de mars — et ils se regardaient avec cette expression particulière qu'on voit à deux hommes dont le métier est de tromper et qui soupçonnent le métier de l'autre d'être le même que le leur.

— Quarante mille, quarante mille, marmottait Mnichek, ça ne se trouve pas dans le pas d'un cheval. Vous aurez la bonté, mon cher prince, d'en prendre quatre mille par an pendant dix ans. Cela me donnera le temps de me retourner.

— A ce compte-là, d'ici que j'aie touché les quarante mille dont Sa Majesté me fait cadeau, ou bien les vers se disputeront depuis neuf ans ce que les corbeaux auront laissé de ma personne, ou bien c'est moi qui pourrai acheter la Pologne-Lithuanie, son roi, vous, mon cher comte, et peut-être même quelqu'un qui nous tient à cœur à tous les deux.

Mnichek ne connaissait de Dmitry que les apparences : un ancien domestique du frère de son gendre était assis en face de lui et semblait vouloir devenir son gendre également. Pour le moment, il lui coûtait en outre beaucoup d'argent. Qui était ce jeune homme ? Mystère. Serait-il vainqueur ? Impossible à prévoir. Il promettait monts et merveilles en cas de victoire, mais, en cas de victoire justement, qui l'obligerait à tenir parole ? Le seul élément à peu près sûr dont disposât Mnichek était l'amour que le jeune homme semblait porter à Marina, et Mnichek avait bien l'intention de le mettre à profit.

— Justement, dit-il, c'est là quelque chose dont je me dois de vous parler. J'ai beau être un père humaniste et libéral, nous autres Polonais sommes assez chatouilleux sur les questions d'honneur, et c'est pourquoi je ne peux fermer les yeux qu'à demi. N'auriez-vous pas, dans cet ordre d'idées, quelques explications à me fournir ?

Il avait pris un ton sévère et, devant le père de la femme qu'il aimait, Dmitry se sentit confus comme un gamin.

— Illustrissime seigneur... j'ai en effet... la comtesse Marina...

Son teint basané n'empêcha pas Mnichek, qui le regardait avec délectation, de voir qu'il avait rougi. Oui, apparemment c'était le bon biais. Le comte fronça encore plus le sourcil.

— Prince, vous avez été léger, et je n'ai pas besoin de vous rappeler que l'illustre famille des Mnichek...

Ce mot de trop rendit sa maîtrise à Dmitry qui interrompit ironiquement :

— Serait honorée de s'allier avec les Rurikides.

— Nous y voilà ! C'est bien de mariage qu'il s'agit ?

— Vous en doutiez ? Avez-vous une si piètre opinion de votre fille ?

— Nous sommes entre hommes : une chose est de consommer, une autre est de convoler. Mais puisque dans votre cas... Bon bon bon bon bon ! Donc nous parlons mariage. Cela change tout. Je ne vous ai pas encore transmis toutes les décisions de Sa Majesté. En considération de la compassion que vous lui avez inspirée, le roi vous autorise à recruter parmi sa noblesse les troupes dont vous aurez besoin, mais il ne souhaite pas apparaître davantage dans un conflit qui risquerait d'être dommageable pour ses propres peuples.

C'était la réponse que Dmitry souhaitait entendre. Si l'armée polono-lithuanienne s'était engagée à ses côtés, lui serait apparu comme l'instrument de l'étranger. S'il n'avait qu'un contingent polonais dont il demeurait le maître, il rentrait en Russie comme un Russe.

— Je suis déçu, dit-il. Le roi aurait pu faire mieux.

— Mieux ? Mieux que cette permission extraordinaire de recruter parmi les meilleurs combattants du monde ? Évidemment, il y a des conditions.

— Et des conditions en plus !

Mnichek se leva et se mit à tournoyer comme un bourdon autour de Dmitry, demeuré assis à contempler les palais incandescents qui s'édifiaient dans la cheminée avant de s'effondrer dans des craquements et des gerbes d'étincelles.

— Puis-je vous parler du fond du cœur ? demanda Mnichek. Comme à celui que j'oserai bientôt appeler mon gendre ? C'est que, voyez-vous, il y a les conditions de Sa Majesté, il y a celles de ma fille, et enfin il y a celles — hé hé ! — de beau-papa.

Il s'accroupit à moitié et poignarda Dmitry avec son index.

— Commençons par beau-papa. Il ne demande pas grand-chose, beau-papa. Un million de florins pour payer ses dettes. Sur lesquels, comme il est bon garçon, il réglera les frais du voyage de Moscou pour lui-même et pour sa fille. Naturellement, je laisse à votre appréciation les cadeaux qu'il sera décent que le tsar de toutes les Russies fasse à son épouse et à son beau-père.

— Naturellement, comme vous dites.

— Passons à Marina. Je n'ai rien à donner à ma fille et c'est vous qui constituerez sa dot avec les principautés de Novgorod et de Pskov qu'elle gouvernera en son nom propre.

— Novgorod, la plus vieille ville de Russie ? Pskov, l'héroïne de la guerre contre la Pologne-Lithuanie ? Que je les donne à Marina ?

— Les villes, les terres qu'elles gouvernent, les peuples qui les habitent.

— Poursuivez.

— Enfin le roi ne vous demande que deux choses. D'une part, vous lui restituerez la ville polonaise de Smolensk avec la contrée polonaise de Séversk...

— Vous voulez dire la ville russe de Smolensk avec la contrée russe de Séversk...

— D'autre part, vous adopterez la religion catholique romaine, secrètement d'abord, puis officiellement, et vous la répandrez dans votre pays. Mettez-vous à la place du roi : il serait mal vu s'il rendait son trône à un hérétique.

Dmitry se leva comme pour se délier les jambes, fit quelques pas, caressa du bout de sa chaussure un sloughi qui dormait, le museau sur ses pattes croisées. Le difficile n'était pas de faire des promesses, mais de donner l'impression qu'on se proposait de les tenir. Au demeurant, les gens croient ce qu'ils ont envie de croire...

— Attention. Le roi ne me rend pas mon trône : c'est moi qui le reconquiers. Et je ne suis pas hérétique pour vous, schismatique seulement ; c'est vous qui êtes hérétique pour moi.

Mnichek observait les évolutions de Dmitry en se grattant la tempe gauche avec une perplexité affectée.

— Au fait, reprit Dmitry, vous parliez d'un voyage à Moscou ?

— Pour vous donner Marina en mariage.

— Je préférerais que le mariage se fît à Sambor.

Il ne s'agissait ni de Sambor ni de Moscou, bien sûr, mais d'avant et après la campagne.

— Ah ! s'écria Mnichek en se jetant de nouveau dans son fauteuil. Si seulement cela était possible ! Je me suis pris pour vous, mon cher prince, d'une affection quasi paternelle, et rien, je vous le jure, ne m'aurait donné davantage de satisfaction que de vous léguer ma fille sous les ombrages où elle a grandi. Pour votre nuit de noces, vous auriez eu la chambre d'enfant de Marina : comme cela eût été touchant ! Tous mes bons vassaux seraient venus danser et chanter pour vous nos belles mazurkas. Je l'avoue, j'ai caressé ce rêve. D'autant plus qu'inspiré par le tendre amour d'une épouse pareille, vous n'auriez pu manquer de réussir votre chevaleresque entreprise. Hélas, je suis obligé de me priver de ces joies et de vous déconseiller cette façon de faire les choses.

Dmitry vint se rasseoir aussi. Il croisa indolemment ses mollets gainés de soie.

— Et pourquoi ?

Mnichek se précipita vers lui, ployant sur ses courtes jambes. Il se pencha à son oreille et souffla :

— Vos intérêts m'intéressent au plus haut point. Je suis intéressé à vos intérêts. Ayez confiance en moi. Si je vous aimais moins et si je comptais moins sur vous...

— Pour payer vos dettes ?

— Et quand cela serait ?

Mnichek s'était redressé. Les mains dans le dos, la bedaine proéminente, il déambulait.

— Bref, si j'avais vos intérêts moins à cœur, c'est lui seul que j'écouterais, et je vous donnerais Marina demain. Les choses étant ce qu'elles sont, je vous conseillerai paternellement d'attendre que le cadavre de Godounov ait servi de marchepied à votre trône. Je ne devrais pas trahir la confiance de mon roi pour vous, mais en famille, que voulez-vous... Savez-vous pourquoi Sigismond a accepté de vous soutenir ?

Dmitry entendait fort bien que Mnichek ne voulût pas donner sa fille à un prétendant qui risquait de finir au bout d'une corde. Mais quelle raison le vieux pitre avait-il trouvée pour déguiser son refus ? Mnichek revint tout près, s'accroupit presque, baissa encore la voix. Son souffle sentait le vin cuit.

— Si vous êtes vainqueur, Sigismond compte vous faire épouser sa sœur. Une fois marié avec ma fille, quelle chance qu'il continue à vous soutenir ? Il y a autre chose. Si vous épousez Marina maintenant, les nobles polonais seront jaloux de l'alliance que les Mnichek auront conclue avec vous et ne voudront plus vous servir. Non, mon prince, vous vous devez de patienter un peu, à moins que vous ne préfériez vos amours à la Tiare de Monomaque.

Si Marina ne voulait épouser qu'un tsar, c'est qu'elle était digne de Dmitry. Il dit simplement :

— Rasseyez-vous, beau-père. Vous me donnez le tournis.

Mnichek s'affala contre le bras d'un fauteuil, la bouche ouverte, les mains posées sur les genoux, prêtes à applaudir. Il ne savait pas s'il avait remporté une victoire plus facile qu'il ne s'y attendait ou si le jeune homme se moquait de lui.

— Dois-je comprendre que mes conditions, celles du roi, de ma fille ?...

— Je vous suis reconnaissant de l'intérêt que vous prenez aux miens. Vos conditions seraient exorbitantes si les beaux yeux de l'exquise Marina ne les rendaient dérisoires. Il n'y a qu'un point sur lequel ma conscience m'interdit de faire aucun compromis.

Dmitry parut se plonger dans de profondes réflexions. Un autre palais de braise rouge et noire s'écrasa dans la cheminée.

— Quel point, prince, quel point ?

Mnichek s'inquiétait pour son million de florins.

— Je n'abjurerai ma religion que si je reconnais que la vôtre est la vraie, dit Dmitry d'un air bigot. Qu'on me fasse instruire et je choisirai.

3

Le père Gaspard Savitski était jésuite, mais, contrairement à la légende créée autour de cet ordre, l'intrigue ne lui venait pas naturellement. Il s'y était initié parce qu'il reconnaissait qu'elle pouvait être utile *ad majorem Dei gloriam*, mais malgré lui, parce que son mentor révéré Antonio Possevino l'avait choisi parmi d'autres et lui avait fait accroire que c'était sa voie. En réalité, le père Gaspard était fait pour être ascète, missionnaire et martyr. Ayant accepté son destin, il considérait que sa mission auprès du faux Dmitry était une bénédiction : sans doute faudrait-il intriguer d'abord, mais ensuite on pourrait évangéliser, et avoir une chance de souffrir pour la foi.

Par une porte dérobée, le père Gaspard et Dmitry venaient de quitter furtivement une réception donnée en l'honneur du tsarévitch par un grand seigneur polonais. Ils se trouvaient dans une petite chapelle ronde située dans une tour. Une seule fenêtre, placée haut sous le plafond en ogive, jetait une tache de lumière sur un tapis violet. Sur l'autel, parmi des fleurs de serre à l'odeur entêtante, luisait un cierge empalé. Trois fauteuils de chêne avaient été disposés en rond. Gaspard avait l'un, Dmitry l'autre, le troisième était vide.

— Avant que le père Groditski n'arrive, dit le père Gaspard, je dois vous faire quelques remarques. Vous avez failli vous faire assassiner par ces deux sbires que vous a envoyés Godounov, parce que vous refusez d'être convenablement gardé. Vous avez volontairement laissé échapper l'un d'eux, et de l'autre vous avez fait votre intime. Puis-je vous rappeler que nous ne vous avons pas mis le pied à l'étrier pour que vous laissiez votre monture s'emballer ?

Leurs yeux se rencontrèrent : étangs bleus contre billes grises.

— Je le sais bien, père Gaspard, que vous êtes le maître. N'est-ce pas un signe de faiblesse que de me le faire sentir aussi fébrilement ?

Le père Gaspard soupira et passa à autre chose.

— Ce n'est pas parce que le père Groditski et moi appartenons au même ordre que nous avons connaissance des mêmes opérations. Vous savez quels raffinements de dissimulation nous déployons pour que vos partisans schismatiques n'apprennent pas vos intentions. Il ne vous faudra pas moins de dissimulation avec Groditski. Vous devez apparaître à tous les Russes comme un fils fidèle de l'Église orthodoxe et à tous les catholiques romains sauf moi comme un converti sincère. Je vous connais. Vous avez l'impertinence facile, l'amour du jeu. Méfiez-vous de vous-même. Si Groditski vous convainc trop facilement, il croira à de la duplicité de votre part.

— Ne vous inquiétez donc pas, père Gaspard, je me défendrai comme je pourrai.

Cela, d'un ton humble, trop humble. Le jésuite se rappela une de ses conversations avec le père Possevino, au moment où ils préparaient l'opération :

— Comment le tiendrons-nous ? avait demandé Savitski.

— Par la vérité, avait répondu Possevino.

Savitski n'était pas certain que ce fût-là un moyen suffisant.

Le père Groditski, maigre et parcheminé, entra d'une démarche de professeur : sûr d'avoir raison, néanmoins sur la défensive. Il avait sous le bras un traité sur le pape et un manuel de controverses orientales. Des politesses s'échangèrent. Groditski prit place avec solennité.

— Prince, vous avez exprimé le désir d'entrer dans la sainte Église catholique, apostolique et romaine. Je dois vous examiner sur votre foi.

Dmitry jeta un regard en coin au père Gaspard.

— Monsieur, je crains que vous ne soyez mal informé. Nous avons exprimé le désir d'être instruit de la foi romaine, et nous l'adopterons si vous nous persuadez de sa vérité. Mais nous avons été élevé dans la foi grecque, que vous-mêmes appelez, je crois, orthodoxe, c'est-à-dire véritable, et j'attends encore qu'on me montre qu'elle ne l'est pas.

— Voyons, voyons ! L'Église grecque s'est séparée de l'Église catholique et a été excommuniée en 1054.

— L'Église grecque pense que c'est l'Église romaine qui s'est séparée de la véritable Église catholique, laquelle est l'Église orthodoxe.

Le père Groditski aimait les fortes têtes. Il savait les prendre.

— Bien, bien, fit-il ironiquement. Tout schismatique que vous êtes, vous croyez en Dieu ?

— Il faudrait être fou pour ne point y croire.

— Au Père, au Fils et au Saint-Esprit ?

— Et même à l'Église apostolique et catholique, à tel point que « romaine » me paraît une restriction. Trouveriez-vous normal que je disse : « Je crois en l'Église catholique, apostolique et grecque ? »

Dmitry parlait d'un ton à la fois espiègle et dévot. Groditski refusa de se laisser entraîner dans cette controverse.

— Vous croyez à la Sainte Vierge ?

— Sans doute.

— Aux sept sacrements ?

— Bien entendu.

— Aux trois vertus théologales ?

— Naturellement.

— Aux sept péchés capitaux ?

— Hélas !

— A la double nature du Christ, totalement Dieu et totalement Homme, à son incarnation, à sa résurrection, à son retour en gloire pour juger les vivants et les morts ?

— Comment pourrais-je ne pas y croire ? Je suis orthodoxe, vous dis-je.

— Vous voyez que vous n'êtes pas entièrement ignorant. Vous croyez aussi, n'est-ce pas, à l'Eucharistie ?

— Oui. Nous la célébrons avec du pain et du vin. Sous les deux Espèces, comme le Christ lui-même.

— Le Christ la célébra avec du pain azyme. C'est pourquoi l'Église catholique emploie les hosties.

— Mais pourquoi privez-vous vos fidèles de son Sang très pur, alors que vous, le clergé, vous vous l'octroyez ?

Dmitry ne regardait pas Gaspard assis à sa gauche, mais il percevait, venant de lui, une approbation crispée.

— Cela, dit le père Groditski, est une question d'usage, qui peut changer avec le temps. Ne nous perdons pas dans ces détails. Je pourrais aussi bien vous reprocher de faire communier tout le monde avec la même cuiller, ce qui n'est pas ragoûtant.

— Soit. C'est dans l'ordre des choses discutables. Par exemple, on peut dire que vous utilisez des azymes pour respecter la vérité historique, tandis que nous utilisons le pain au levain pour symboliser le levain du Christ dans le monde.

Groditski, qui avait un long visage glabre, avec des joues grises et de vastes oreilles à circonvolutions complexes, plissa le front. Les plis s'y enroulaient et s'y déroulaient avec une grande éloquence. Il ne s'attendait pas qu'un catéchumène aussi athlétique eût de la repartie théologique. Cela lui plut.

— Précisément, mon jeune prince. Le point que je voulais vous faire toucher du doigt, c'est que vous ne devrez pas, au moment où vous abjurerez vos erreurs, avoir le sentiment de vous convertir, mais seulement de vous amender. Prenons par exemple la façon fautive dont vous récitez le credo sans *filioque*. N'affirmez-vous pas que l'Esprit Saint procède du Père seul, alors que l'Évangile indique clairement que le Fils est venu l'insuffler aux apôtres !

— Je croyais pourtant, monsieur, que saint Jean dit expressément, au vingt-sixième verset de son chapitre cinq, que l'Esprit procède du Père ? (Dmitry se tourna légèrement vers le père Gaspard et lui fit presque un clin d'œil.) Et n'est-ce pas le saint pape Léon IX qui a fait graver le credo sans *filioque*, sur des tables d'argent, en livrant à l'anathème quiconque le réciterait autrement ?

— Mon jeune prince, dit Groditski, en passant une langue blanchâtre sur ses lèvres blêmes, je peux vous démontrer par la Révélation et la Scolastique réunies...

— Ne vous donnez pas cette peine : je serais sans doute incapable de vous comprendre. Que le Saint-Esprit procède de qui il veut ! Ce qui indigne surtout les orthodoxes, c'est que l'Église d'Occident en ait décidé toute seule et comme à la sauvette, alors que les articles du credo avaient été établis en commun aux conciles de Nicée et de Constantinople. Si le *filioque* est légitime, l'Église romaine, qui l'a adopté sans concile œcuménique, est schismatique ; s'il ne l'est pas, elle est hérétique.

Les rides de Groditski se relevaient et se rabaissaient comme un rideau pour montrer que sa patience était infinie.

— Prince, vous avez reconnu votre incapacité à comprendre mes raisonnements, ce qui est louable. Qu'il vous suffise donc de savoir que, mieux éclairé que ses prédécesseurs, le pape Innocent III, au concile du Latran de 1215, a entériné le *filioque* si bien qu'il n'y a plus de doute possible : l'Esprit procède du Fils aussi.

— Pourquoi n'y a-t-il plus de doute possible ?

— Parce que le pape le dit.

— Quel pape ? Le pape actuel ?

— Et quatre-vingts papes avant lui.

— Mais pas les quelque cent cinquante qui ont précédé Léon.

— C'est au pape actuel que vous devez vous soumettre.

Dmitry se leva. Il sentait le père Gaspard devenir

nerveux à sa gauche et cela le gênait. Il fit quelques pas.

— Si vous me démontrez qu'en tant que chrétien je dois me soumettre au pape actuel, quitte à en faire mentir un certain nombre d'autres, tout le reste en découle. Démontrez-le-moi.

Le père Groditski joignit les mains et leva les yeux au ciel, y envoyant du même coup une houle de rides.

— Bien. Commençons par le commencement, dit-il de sa voix cartonneuse. Notre-Seigneur, s'adressant à Pierre, lui a dit : « Tu es Pierre et sur cette pierre je bâtirai mon Église. »

— C'est vrai. Notre-Seigneur s'est livré à ce curieux jeu de mots. Avant le reniement. Après, il n'a plus parlé à Pierre qu'en l'appelant Simon.

— Et ce Simon ou ce Pierre, ne lui a-t-il pas dit : « Pais mes brebis » ?

— Il le lui a dit.

— Et ne lui a-t-il pas remis les clefs du Royaume ?

— Il les lui a remises.

— Et ne lui a-t-il pas promis : « Ce que tu lieras sur la terre sera lié au ciel, et ce que tu délieras sur la terre sera délié au ciel ? » Matthieu, seize, dix-neuf.

— Sauf qu'il a promis la même chose à tous les douze : « Ce que vous lierez sur la terre sera lié au ciel, et ce que vous délierez sur la terre sera délié au ciel. » Matthieu, XVIII, 18.

— N'ergotons point. Les Évangiles montrent clairement que Pierre était le chef des apôtres.

— Sauf votre respect, ils ne montrent rien de tel. Le chef des apôtres était Jésus. Pierre a quelquefois été leur porte-parole, comme quand il a dit : « Nous croyons » — et non je crois — « que tu es le Christ, le Fils du Dieu vivant. »

— Je vois, prince, que vous croyez connaître le Nouveau Testament. Vous aurez donc remarqué, dans les Actes des Apôtres, le rôle que Pierre joue à la tête de l'Église après la résurrection. Saint Luc, l'auteur des Actes, le met toujours à part en le citant nommément : « Pierre et les disciples », « les disciples et Pierre ». C'est Pierre qui parle aux juifs, bénit les chrétiens, opère les miracles. Son ombre même passant sur la foule est tenue pour miraculeuse.

— Les orthodoxes ne le nient pas, mais ils vous diront que... Attendez, j'avais noté cela quelque part... (Dmitry tira un papier de sa poche). Que ce sont les apôtres qui envoient saint Pierre en Samarie (Actes VIII, 14), que saint Pierre passe après saint Jacques (Galates II, 9), et que saint Paul n'hésite pas à s'opposer à saint Pierre qui — je cite — « s'était mis dans son tort » (Galates II, 11). Le même saint Paul tient son autorité du Christ seul, sans aucun intermédiaire, il le dit assez.

— C'est pourtant bien saint Pierre qui a été l'évêque de Rome !

— Cela n'a pas empêché saint Paul d'écrire une épître aux Romains, sans passer par la voie hiérarchique.

— Je vois que nous aimons à plaisanter, dit Groditski, commençant à trouver son disciple un peu trop coriace. Mais comme le siège de Rome commandait à toute la chrétienté...

— Monsieur, cela reste à prouver.

— Ah ! pauvre prince, vous pâtissez de l'ignorance où les Grecs ont encroûté le reste des orthodoxes. Ne savez-vous pas qu'en 96 déjà Clément Ier faisait des reproches à l'Église de Corinthe ?

— Rien ne nous indique qu'elle en ait tenu compte.

— Et qu'au IIe siècle Victor Ier a excommunié des Églises d'Asie Mineure parce qu'elles ne célébraient pas Pâques à la bonne date ?

— Une fois de plus, monsieur, j'ignore, et vous comme moi, si ces Églises se sont souciées de cette excommunication plus que d'une guigne. Je sais seulement que saint Irénée de Lyon a condamné le pape pour son manque de modération.

— Bien ! fit Groditski en mettant ses livres debout et en s'en tapotant les genoux. Bien. Je croyais instruire un ignorant et non pas arguer contre un perverti. Comment expliquez-vous que, dans le monde moderne, à l'exception des soi-disant réformés, tous les chrétiens soient catholiques, sauf les Russes, les Grecs et quelques Slaves du Sud ?

— Pour ma part, dit Dmitry avec un regard pour le père Gaspard qui se crispait dans son fauteuil, je ne l'explique pas. L'instructeur, c'est vous, monsieur, et je vous répète que je ne demande qu'à être instruit. Les orthodoxes pensent que l'Église apostolique a essaimé sous forme de patriarcats égaux entre eux : Jérusalem, Antioche, Alexandrie, Rome. Rome étant la capitale de l'Empire, il était inévitable que le patriarcat de Rome acquît une prééminence qu'il chercherait à transformer en autorité.

Groditski se leva.

— Prince, tout ce que vous venez de me dire me confirme la sagesse de l'Église catholique romaine qui ne confie de telles spéculations qu'à ses docteurs et les interdit aux esprits mal informés de ses ouailles. Je vous laisse des ouvrages convenablement documentés. Veuillez en prendre connaissance. Je demeure à votre disposition pour vous expliquer les points qui vous auront échappé.

Il remit sèchement ses livres à Dmitry et sortit. Aussitôt le père Gaspard bondit et se mit à marcher de long en large.

— Vous en avez trop fait, dit-il, mais ce n'est pas plus mal. Il faut maintenant que vous récusiez Groditski sous un prétexte quelconque. Comme trop pédant, par exemple, trop casuiste. Cela fera vraisemblable.

— Et que je sois converti par son remplaçant ?

— Précisément. Le nonce y croira, le roi y croira. Vous obtiendrez ce que vous voudrez d'eux, et nous, nous pourrons rester dans l'ombre, ce qui nous convient parfaitement. Au fait, où vous a-t-on appris toutes ces fariboles scripturaires, historiques et théologiques ?

— Vous vous doutez bien que c'est à l'école d'Orcha. On y enseigne la dialectique, et j'aurais soutenu le point de vue opposé avec presque autant de bonheur.

Le père Gaspard cessa de marcher et regarda Dmitry avec consternation, comme on regarde quelquefois un enfant ou un monstre.

— Dans le fond, tu n'es ni grec ni romain, tu es arien. C'est-à-dire que tu ne crois ni à Dieu ni à diable.

— Vous simplifiez, père Gaspard, ce qui est indigne de vous. Bien sûr que je crois en Dieu. Mais je crois aussi que Jésus était simplement le meilleur de tous les hommes nés et à naître. Alors, vous comprenez, la provenance du Saint-Esprit...

4

Huit jours plus tard, ayant pris mille précautions pour échapper de manière plausible à la vigilance de ses propres partisans, Dmitry s'introduisit dans le monastère des bernardins. Dans une cellule passée à la chaux, il fut reçu par le père Gaspard et un autre prêtre qui se présenta comme le père Vlotchek. La ressemblance entre Groditski et Vlotchek — long visage émacié, yeux inspirés, assurance d'avoir raison répandue sur tous leurs traits — était compensée par leurs différences : autant le premier était exsangue, autant l'autre était sanguin ; autant le premier affectait les manières d'un clerc, autant le second avait l'air d'un reître.

— Puisque vous êtes prince, vous êtes un soldat. Moi aussi : du Christ. Nous irons vite en besogne. Connaissez-vous un seul seigneur sur terre qui se dise le successeur de Pierre et porte les clefs dans ses armes, sauf le pape ?

— Non.

— Êtes-vous prêt à lui en dénier le droit, à lui rompre en visière, à mener la guerre sainte contre lui ?

— Non.

— Dans ce cas, ce n'est plus qu'une affaire de pari. Si vous reconnaissez en lui votre suzerain spirituel, vous gagnez son soutien dans ce monde-ci, où vous en avez besoin, et dans l'autre, où j'imagine que vous en aurez besoin aussi. Si vous le reniez, vous restez là avec votre pauvre petite foi grecque toute nue qui ne peut pas grand-chose pour vous ici-bas, et qui, s'il est raisonnable de juger le grand par le petit, ne pourra pas davantage là-haut. A vous de choisir.

Dmitry crut politique de faire encore une objection.

— Voilà comment il faut me parler. Au moins, je comprends ce que vous me dites. Vous pensez que, si l'Église de Rome est la plus puissante, c'est qu'elle se conforme mieux à la volonté de Dieu. C'est logique. Mais, dans ce cas, la volonté de Dieu n'était-elle pas avec Pilate et les Juifs contre Jésus ?

— Eh bien, je vais vous étonner : oui. Pour que le monde soit sauvé, il faut à la fois que le Christ soit crucifié et que son Église triomphe. Dieu, mon prince, est toujours logique... à sa façon.

Savitski et Vlotchek échangèrent un coup d'œil de collègues. Dmitry semblait la proie d'un conflit intérieur. Soudain, trouvant que la sotie avait assez duré, il se jeta à genoux devant Vlotchek.

— Mon père, vos arguments sont de ceux auxquels un soldat ne résiste pas. Je pressentais déjà que la vérité était de votre côté, mais vous avez su conquérir mon allégeance. Je souhaite me soumettre à Rome, me confesser à un prêtre romain et recevoir la communion romaine de ses mains.

Le père Gaspard reconduisit Dmitry dans le jardin qui communiquait par une porte basse avec une impasse.

— C'est en bonne voie, mais il faudra que vous preniez des risques une dernière fois. Pour les réduire, nous changerons encore de rendez-vous et, dans l'entre-temps, nous ne nous verrons pas. Vous exécuterez donc les instructions que vous transmettra le voïvode de Cracovie, excellent catholique, et qui sait se taire. De votre côté, vous vous amusez trop à tromper votre monde. Cessez de faire trop ceci, pas assez cela. Soyez prudent : vous avez une mission à remplir. Et rappelez-vous que si vous n'êtes pas dans ma main *perinde ac cadaver*, vous ne serez jamais tsar.

— Me menaceriez-vous ?

Le père Gaspard avait passé sa vie à diriger des hommes exécutant des missions clandestines et périlleuses. Il savait qu'ils sont différents, que l'un se rebiffe où l'autre s'incline, mais il ne savait jamais quelle dose de contrainte employer avec celui-ci.

Il sourit, et son visage de gnome-ascète fut pris dans un réseau de rides comme dans un filet.

— Ce serait inutile, mon prince. Vos propres Russes, s'ils vous soupçonnaient d'avoir trahi la foi de leurs pères et des vôtres, auraient tôt fait de vous pendre avec vos propres boyaux.

5

Le vendredi saint, Dmitry accepta l'invitation du voïvode de Cracovie et s'enferma avec lui dans son cabinet. Ce quinquagénaire au visage froid déguisant un tempérament passionné lui dit :

— Je dois vous conduire à un rendez-vous dans le secret absolu. Or, vous commencez à être connu : nous sommes à la merci d'un badaud qui vous aura vu entrer chez le roi. Voici ce que je vous propose. Profitons d'un usage que nous pratiquons, nous autres frères laïcs de la Miséricorde, qui sommes cooptés parmi les plus grandes familles de notre pays. Pendant la semaine de la Passion, nous nous vêtons de haillons, nous errons à travers la ville comme des mendiants et nous demandons l'aumône. Ce qu'on veut bien nous donner, nous le remettons à notre tour aux vrais pauvres. Humble stratagème ! Noble duplicité ! Si Votre Altesse ose et daigne recourir à ce déguisement, je me fais fort de la conduire jusqu'à notre ami, sans qu'aucun de ses courtisans ni de mes concitoyens la reconnaisse.

— Monsieur le voïvode, vous avez dit « ose » : je me remets entre vos mains.

Le majordome chamarré apporta avec solennité des guenilles étalées en pile sur ses bras tendus. Il passa à Dmitry d'abord, puis à son maître, des braies puantes et des blouses pouilleuses qu'il tenait délicatement entre deux doigts gantés de blanc. Il apporta aussi de la suie dans un vase de cristal, pour que les nobles vagabonds s'en missent sur le visage et les mains. Les voilà bientôt vaguant dans les rues gothiques de Cracovie, l'escarcelle béante.

Dmitry était partagé entre l'envie de rire de cette mascarade et l'humiliation d'aborder, la main tendue, des bourgeois bouffis, de jeunes nobles, de jolies femmes. Il s'y contraignit cependant comme il s'était contraint à provoquer le soufflet d'Adam Vichnevetsky. Les premières fois, il souhaitait qu'on lui refusât la pièce de métal qui, croyait-il, lui brûlerait la paume. Mais il préféra bientôt le sourire de ceux qui donnaient au sourcil froncé ou au regard dérobé de ceux qui ne donnaient pas. Puis il se réjouit des dons généreux, s'offusqua des mesquins... En deux heures, il avait appris un nouveau métier, et il était fier de s'être forcé à cet apprentissage. « Je sais maintenant qu'il n'y a rien que je ne fasse pour atteindre à la Tiare de Monomaque. »

Le voïvode, qui bénissait longuement les charitables et injuriait rondement les avares, conduisit Dmitry jusqu'à la maison professe des jésuites, consacrée à sainte Barbe, et frappa au portail. On était prévenu, on ouvrit. Le voïvode disparut, et un jeune moine au visage glabre et inexpressif, les lèvres minces, verrouillées, conduisit Dmitry dans un lieu sombre où il l'enferma. Une odeur de cire recuite lui mortifia les narines.

D'abord il se crut dans l'obscurité complète — était-il tombé dans un piège ? — mais ses yeux s'habituèrent bientôt à la pénombre. Il vit qu'il se trouvait sur une tribune grillée dominant la nef d'une église latine. En bas, à la lueur d'un seul cierge, entre des murs de pierre froids comme la glace et verts de moisissure, deux moines psalmodiaient à tour de rôle en latin. Il y avait, dans cette mélodie monotone, dans l'infaillible enchaînement des deux voix incolores, comme transparentes, le sentiment d'une force prodigieuse qui n'était pas de ce monde.

Omnes amici mei dereliquerunt me, saisit Dmitry.

Séparé de la nef par un quadrillage de forts barreaux de fer forgé qui encageait la tribune, il posa la main sur l'un d'eux et eut froid. Il grelotta sous ses haillons. Il n'était pas armé. Il ne portait rien sur lui qui lui appartînt. Sa croix même, sa croix orthodoxe, il l'avait laissée chez le voïvode. Un instant, il ne sut plus du tout qui il était. Il se retourna et distingua derrière lui une tête plus grande que nature, couronnée d'épines et abandonnée sur le côté, des épaules aux muscles saillants, la carène nue d'une cage thoracique, et un gros clou à la tête octogonale transperçant deux énormes pieds posés l'un sur l'autre. Tout le reste demeurait invisible.

— Il fait froid, dit Dmitry à mi-voix.

A l'autre bout de la tribune se dressait une masse noire évoquant par sa forme une église gothique en miniature, avec des ogives et des clochetons. On aurait dit un bahut pour géants ou un buffet d'orgue. Une voix d'homme en sortit :

— Approchez.

Il approcha, non sans angoisse. Il ne savait pas de quelle sorcellerie le pape de Rome disposait.

Lorsqu'il fut plus près, il vit que cette petite cathédrale érigée devant lui était constituée d'une armoire flanquée de deux niches voilées dans le haut, avec, dedans, des chaises de paille qui, elles, semblaient faites pour des nains.

— Agenouillez-vous.

Il devina l'usage des chaises, et choisit celle de gauche. Il écarta le rideau, qui retomba sur lui, et s'agenouilla sur la paille, qui lui piqua les rotules à travers ses haillons. Il se trouvait dans une boîte de bois dégageant une odeur rance qu'il ne connaissait pas. « Ce doit être, pensa-t-il indistinctement, l'odeur des péchés du monde. »

— Prions le Seigneur, dit la voix.

Elle récita une prière en latin. Dmitry finit par discerner le guichet grillé en losange qui quadrillait le mur de l'armoire, à portée de sa bouche. Il pensa à l'être mystérieux tapi là, à côté de lui. Comme ses yeux s'habituaient de plus en plus à l'obscurité, il finit par distinguer derrière la grille la pâleur d'un visage.

Dans la nef, les deux voix désincarnées s'entrelaçaient : *Tenebrae factae sunt dum crucifixissent Jesum Judaei...*

— Savez-vous ce qu'ils chantent ? demanda une voix qui n'était pas moins désincarnée.

— Non, mon père — si c'est ainsi que je dois vous appeler.

— Oui, vous pouvez m'appeler ainsi car vous recevrez de mes mains, sinon de moi, un bienfait plus grand que la vie que vous avez reçue de votre vrai père.

La voix était humble et triste.

— Ce qu'ils lisent en bas, mon fils, s'appelle *Leçons de ténèbres*. Apprendre les ténèbres ! Quelle activité appropriée à notre condition humaine ! Surtout en ce jour où on nous a crucifié notre seul Ami.

Il y eut un très long silence. Enfin, avec un mélange d'insolence et de timidité, Dmitry prononça :

— Vous savez mon nom. Puis-je savoir le vôtre ?

Derrière la grille de bois, un soupir.

— Si vous y tenez. On m'appelle le père Barezzo Barezzi.

Dmitry contint son émotion. Il n'était séparé de l'homme-légende que par cette grille.

— Maintenant, mon fils, nous allons procéder selon l'usage. Vous me demanderez de vous bénir, parce que vous avez beaucoup péché.

— Bénissez-moi, mon père, parce que j'ai beaucoup péché.

— Soyez béni au Nom du Père, du Fils et du Saint-Esprit. Vous me direz la vérité, seule digne du lieu où nous nous trouvons.

— De quoi dois-je m'accuser ?

— Tout d'abord d'avoir passé votre vie dans une religion schismatique.

— Je m'en accuse.

— Et vous la reniez.

— Je la renie.

— Ensuite vous devez me dire qui vous êtes et demander à être admis dans la seule véritable Église du Christ.

— Je suis le tsarévitch Dmitry de toutes les Russies et je souhaite être admis dans la seule véritable Église du Christ.

Un silence. La voix se fit encore plus triste.

— Vous ne m'avez pas compris. Le Christ vous demande l'aumône de la vérité et rien d'autre ne le satisfera. Vous venez de proférer trois mensonges en une phrase. Comment voulez-vous que nous aboutissions ?

— Vous voulez que je vous dise... Mais puisque vous le savez mieux que personne.

— Ce n'est pas une comédie que nous jouons ensemble ici, mon fils. C'est une véritable confession qui a lieu. Ce que je sais n'importe pas. C'est ce que vous dites qui importe. Le salut de votre âme ne passe pas par ma bouche mais par la vôtre.

Pendant des mois, sous la direction occulte de ce même Barezzo Barezzi, Dmitry avait appris à oublier qui il était. Aujourd'hui, sous ses guenilles, il l'avait oublié encore d'une autre manière. Et il craignait toujours un piège.

— Vous voulez que je vous dise que je suis...

— Oui.

— Le prince Dmitry Kourbsky.

— Votre titre importe peu au roi des anges.

— Dmitry Kourbsky, alors ?

— Dieu ne nous appelle pas par nos noms de famille.

— Vous voulez donc que je vous dise simplement

que je suis Dmitry ? Et que je souhaite être admis dans...

— Le souhaitez-vous ? demanda patiemment le prêtre.

— Je le souhaite, puisque c'est le prix que vous mettez à votre aide.

— Mais dans le tréfonds de votre cœur ? Répondez. Le mensonge ne sauve jamais. La vérité quelquefois. Surtout si elle est rude à dire.

« Si je dévoile à Barezzo Barezzi le tréfonds de mon cœur, pensa Dmitry, je suis un homme mort. »

Il biaisa.

— Dans le tréfonds de mon cœur, je souhaite la réalisation du projet que vous m'avez proposé. C'est vous autres qui êtes venus me trouver, qui m'avez alléché. J'ai tout de suite dit que je ferais ce qu'il faudrait.

Quelques poils de barbe grise et deux yeux tristes brillèrent dans l'ombre derrière la grille.

— Vous ne m'écoutez pas, Dmitry. La vérité, vous dis-je ! N'oubliez pas que je la connais. Vous avez été élevé comme un orthodoxe, vous avez des sympathies ariennes, vous croyez en un Dieu qui n'est pas un Dieu. Pourquoi souhaiteriez-vous entrer dans l'Église catholique, apostolique et romaine ? Vous pouvez vous y résoudre et par conséquent le demander, mais le souhaiter !...

— Soit. Moi, Dmitry, je demande à être admis dans l'Église romaine qui est la seule véritable Église du Christ.

— Et voilà que vous mentez encore.

— Quoi ! Elle ne l'est pas ?

— Elle l'est, mais vous n'en croyez pas un mot. Avouez-le !

— A vous, mon père ? Mais si je vous l'avoue, à vous qui êtes catholique romain, prêtre, jésuite, serviteur du pape, vous me ferez poignarder et jeter à la voirie.

— Comme vous sous-estimez notre économie ! C'est pourtant nous, comme vous me le faisiez remarquer, qui sommes venus vous chercher. Pour quoi faire ? Pour sauver toutes les âmes russes sauvables, et cela, par votre entremise. Nous avons besoin de vous. Nous ne vous poignarderons pas de sitôt. Nous avons dépensé trop de temps et d'argent à préparer votre mission. Que nous importe, à la limite, que vous croyiez ou non au *filioque* et à la primauté d'autorité du pape, pourvu que vous fassiez comme si ! Mais aujourd'hui, comprenez-le, ce n'est pas de votre mission qu'il s'agit, c'est de votre âme immortelle et de sa destinée dans l'éternité. La vérité, vous dis-je ! Je suis le seul être au monde, mon fils Dmitry, à qui vous puissiez risquer de dire la vérité, et c'est dans ce sens que je vous suis un père plus vrai que le vrai.

Dmitry était épuisé et il avait froid. Une odeur pénible se dégageait de ses vêtements troués. Il ne voulait plus que savoir le pire et que cette scène s'achevât.

— Bien. Je prends le risque de la vérité. Je demande à entrer dans l'Église de Rome que je crois détournée de sa mission spirituelle par les ambitions temporelles de l'évêque qui la gouverne. Je demande à souscrire au *filioque* auquel je ne crois pas plus que les premiers papes. Est-ce là ce que vous voulez ?

— Et vous promettez, une fois conquis le trône de Russie, de favoriser l'Église de Rome dans ce pays, d'y construire des églises et des monastères catholiques, d'y recevoir des missionnaires envoyés par nous et de prendre les dépenses à votre compte.

— Je le promets.

— Et cette promesse, prononça la voix triste, vous n'avez pas la moindre intention de la tenir, n'est-ce pas ?

Dmitry hésita. Pouvait-il aller jusque-là dans la

sincérité ? D'un côté, il commençait à comprendre ce que le prêtre père Barezzi voulait de lui ; il soupçonna même que son déguisement en frère de la Miséricorde et l'expérience de la mendicité n'avaient été qu'une préparation à l'épreuve présente, un premier dépouillement avant la mise à nu actuelle. De l'autre côté, il craignait que le maître espion Barezzi ne lui dît : « Est-ce la sincérité que nous vous avons enseignée dans les Carpathes ? Si vous n'êtes pas capable d'éventer nos petits traquenards, comment continuerons-nous à vous confier une mission telle que celle-ci ? »

Il répondit gauchement :

— Les tsarévitchs de Russie tiennent leur parole.

— Peut-être, mais vous n'êtes pas tsarévitch, et, lorsque le pape de Rome vous aura mis à la tête d'une armée de cinq cent mille hommes, il sera bien gêné pour vous rappeler vos serments. C'est cela que vous vous dites, n'est-ce pas ? Risquez la vérité une fois de plus, Dmitry. Il ne vous est rien arrivé de mal jusqu'à maintenant.

— La vérité, mon père ? Je ne la connais pas encore. Serai-je à Moscou celui que je suis à Cracovie ? Dans quelle mesure le tsar se sentira-t-il lié par les promesses du vagabond ? L'onction que je recevrai ne fera-t-elle pas de moi un autre homme ? Je vous dirai ceci : je n'ai pas encore décidé de vous manquer de parole.

— Nous approchons. Peut-être même l'avez-vous décidé, mais vous n'êtes pas certain que vous le ferez parce que vous prévoyez l'imprévu. Honnêtement, vous pensez qu'il est encore possible que vous ne nous trahissiez pas ?

— Oui, avoua Dmitry, vaincu.

— Voilà qui est bien. Rappelez-vous : ce n'est que de votre salut que je me soucie en ce moment, et je n'ai pas l'intention de violer le secret de la confession, même à mon propre profit. Vous êtes donc un imposteur non converti, qui porte dans son cœur l'ingratitude et le parjure, et vous demandez à entrer dans la seule vraie Église parce que vous comptez en retirer des avantages malhonnêtes. Que cela ne vous inquiète pas : nous sommes tous, depuis la chute, des cloaques de turpitude, mais les voies de Dieu sont insondables, et le lien sacré où vous entrez pour nous tromper peut vous sanctifier malgré vous. De quels autres péchés vous êtes-vous rendu coupable ?

— Je me suis si souvent accusé de tant de péchés...

— Devant des prêtres schismatiques ? Nous n'en tiendrons pas compte. Remontons à votre plus ancien souvenir.

Toute la vie de Dmitry défila alors, et il apparut qu'il avait manqué à plus de commandements, commis plus de péchés qu'il n'en connaissait. Il avait de plus en plus froid, il se sentait de plus en plus vulnérable. Le père Barezzo s'arrêta longtemps sur le septième commandement, non qu'il y attachât plus d'importance qu'aux autres, mais il savait que c'était par là qu'il écorcherait le mieux son pénitent.

— Avez-vous péché contre la pureté ?

— Vous voulez dire : si j'ai eu des femmes ?

— Avec des femmes et d'autres manières.

— J'ai vingt et un ans et je ne suis pas moine.

— Avec combien de femmes avez-vous péché ?

— Je ne sais pas.

— Faites une estimation, mais prenez garde à ne pas exagérer par orgueil.

— Cent, ou peut-être cinquante.

— Pas moins de cinquante ?

— Plutôt plus.

— Et ces femmes, vous en avez retiré de grandes satisfactions ?

— Oui ! Surtout quand elles résistaient un peu.

Cela — comment vous dire cela sans vous choquer — cela redoublait mes forces.

Le prêtre soupira.

— La concupiscence, toujours la concupiscence. Et lequel d'entre nous n'est-il pas concupiscent de ceci ou de cela ? Mais il faut au moins se garder des concupiscences qui mènent à la cruauté. Avez-vous péché contre la nature ? Seul ? Avec qui ? Combien de fois ?

Dmitry mentit d'abord, pour défendre ce qui lui restait d'indépendance, mais bientôt il trouva un plaisir à s'abandonner à ces questions qui pourchassaient le mal en lui de retranchement en retranchement et auxquelles il n'y avait qu'à répondre « oui » pour voir ce mal exorcisé s'évanouir en poussière. Il se rappela des souvenirs d'enfance dont il avait voulu effacer la honte par l'oubli, pas seulement les péchés, mais aussi les bourdes, les gaucheries, les humiliations, et il constata qu'il s'en libérait mieux en les avouant. Il se vit apparaître comme dans un miroir fumeux, pas tout à fait tel qu'il se connaissait ni se voulait : doué sans doute, mais avec un fort penchant pour la dispersion, généreux, libéral, mais non dépourvu de férocité, ouvert, mais prenant plaisir à la dissimulation, courtois en surface, brutal dans le fond, d'un acier souple et bien trempé mais contenant des pailles. Il s'était toujours plu ; il s'était toujours fait confiance ; maintenant il se demandait s'il allait craquer dans l'action et trouvait une inquiétante satisfaction à se le demander.

Lorsque tous les recoins de sa jeune âme eurent été visités, violés, récurés, il eut l'impression de ne plus s'appartenir du tout, et Barezzo Barezzi lui dit :

— Je crois savoir, mon enfant, ce que vous ressentez maintenant. D'un côté, vous êtes redevenu un petit garçon devant son maître, et cela est bien, car votre maître, ce n'est pas moi, mais le Christ. D'un autre côté, vous devez m'en vouloir de vous avoir réduit à cet état.

— Non. Du moins pas encore. Je suis engourdi.

— Vous voyez que vous avez appris à dire la vérité. Le plus difficile est de se la dire à soi-même, et c'est pour vous aider que j'ai dû, de temps en temps, y mettre le forceps. Le moment viendra où, halluciné par la guerre, par les grandeurs, par l'amour apparent de vos peuples, vous serez tenté de vous dire que notre entretien ne comptait pas, que vous ne vous y êtes prêté que par nécessité, et vous chercherez à l'oublier, comme vous avez cherché à oublier la correction que vous avez reçue de ce jeune paysan qui vous reprochait de tourner autour de sa fiancée. A vrai dire, cette tentation vous viendra même dès que vous aurez échangé vos haillons contre vos propres vêtements. Peu à peu, vous vous direz que rien en vous n'a changé, que vous étiez le même en sortant de ce lieu saint qu'en y entrant. Cela ne sera pas vrai, car vous aurez accepté l'absolution des mains d'un prêtre appartenant à la seule vraie Église. Ce le sera encore moins lorsque vous aurez communié, car alors vous serez devenu un membre de cette Église. La confession délie, la communion lie. Vous pourrez toujours nous trahir et nous renier, mais alors ce sera vous-même que vous trahirez et renierez. Voyez-vous, dans cette relation sinistre et pas très loyale qui nous unit, vous et nous, il y a, par-delà la situation religieuse et politique, les usurpations et les impostures, vos intentions et les nôtres, par-delà les chances de la guerre et l'état d'esprit des peuples, tout cela étant insaisissable et changeant, il y a une seule donnée vraie et sûre : l'Église de Rome est l'Église du Christ. Faites maintenant votre acte de contrition en répétant après moi...

Le visage plongé dans les mains, Dmitry marmonna des phrases latines qu'il comprenait à moitié et qui lui semblaient d'autant plus effrayantes. Quelles malédictions appelait-il sur sa tête ? Quand ce fut fini, il se sentit plongé dans la nuit la plus noire qu'il eût jamais connue. Alors le prêtre prononça à voix haute les paroles terrifiantes et libératrices du sacrement de l'absolution :

— *Ego absolvo te auctoritate Domini Dei nostri Jesu-Christi et beati Petri apostoli et officii nostri.*

Aussitôt, comme si cette absolution avait transformé le monde, la psalmodie des deux moines s'interrompit, un grondement terrible emplit l'église de Sainte-Barbe, et une lumière croissante commença de l'illuminer. Dmitry se dressa et courut aux barreaux de la tribune.

En bas, un cortège d'autres moines entrait dans la nef, deux par deux, tenant en main des flambeaux. Les ombres et les lumières projetées en tout sens faisaient serpenter les dalles, onduler les colonnes, plier les grilles, et cette marée semblait propulsée en avant par le souffle des grandes orgues qui brondissaient sous la tribune où Dmitry se tenait. Un instant, il eut l'illusion que c'était son souffle à lui qui produisait cette musique et son visage qui projetait cette lumière.

Barezzo Barezzi avait toujours cru qu'il était bon de frapper les imaginations.

6

Sergo vécut cette période partagé entre le ravissement d'avoir découvert le vrai tsarévitch, l'inquiétude pour son frère disparu et la pensée lancinante d'Avdotia. Il voyait bien qu'il ne serait pas rentré pour Pâques : tiendrait-elle parole ? L'attendrait-elle jusqu'à la Noël ? Ne se hâterait-elle pas de le croire mort ? Ne prierait-elle pas pour lui comme pour un défunt ? Ne donnerait-elle pas son cœur à un autre ?

Pâques arriva le 20 avril 1604, et, ce jour-là, Sergo ne vit même guère son tsarévitch bien-aimé qui, enfermé dans sa chambre, composait avec délectation une épître au pape. Non sans quelque coquetterie religieuse, donc en partie remis de ses émotions du vendredi saint, l'héritier du trône orthodoxe écrivait à l'évêque de Rome : *Père de toutes les brebis du Christ, le Seigneur Dieu peut se servir de moi, tout indigne que je suis, pour propager sa gloire par la conversion d'âme égarées... Qui sait dans quel but il m'a ainsi conservé, attaché et réuni à son Église ?...* Et autres phrases accrocheuses.

Le jeudi 24, Dmitry fut introduit dans les appartements du nonce Rangoni, et y entendit la messe dans une chapelle secrète. Le père Barezzi, qui n'était venu à Cracovie que pour la confession, avait repris le chemin de Rome, et ce fut au père Gaspard Savitski d'indiquer au nouveau converti quand il devait se lever, s'agenouiller, s'asseoir au son de la clochette. A la fin de la messe célébrée pour lui, Dmitry ouvrit, non sans terreur, la bouche, et le nonce y introduisit le Corps du Christ. Il aurait dû le laisser fondre, mais on ne l'en avait pas averti, et il mordit furieusement dans le disque immaculé, le mâcha, l'avala. Longtemps il n'arriva pas à le faire descendre.

Après la messe, on passa dans un salon. Pour montrer qu'il connaissait les usages, Dmitry s'avança vers le nonce et mit un genou en terre.

— Souffrez, lui dit-il, que, ne pouvant baiser les pieds de Sa Sainteté le pape, je baise ceux de Votre Excellence.

Avec un petit rire nerveux, Rangoni cacha ses pieds sous son fauteuil.

— Prince, détrompez-vous : loin de baiser les pieds d'un humble nonce, les catholiques ne baisent même pas ceux du Saint-Père, mais la croix brodée sur ses mules. Je vous prie de me dispenser de cet excès de courtoisie.

— Ce n'était qu'un excès de piété, dit Dmitry en se relevant.

Il y avait eu un changement en lui, mais pas celui que prévoyait le père Barezzi. Plutôt quelque chose s'était cassé, et il en tirait un cynisme qu'il ne se connaissait pas encore.

— Excellence, reprit-il, nous aurions deux prières à vous adresser. Premièrement, nous souhaiterions être dispensé des rigueurs de l'Index. Nous sommes trop ignorant pour limiter le champ de nos lectures et trop désireux de nous cultiver pour ne pas en saisir toutes les occasions, ne fût-ce que pour mieux défendre par la suite les dogmes et les principes de la Sainte Église.

Rangoni fut un peu surpris que le converti, qui aurait encore dû suffoquer de reconnaissance d'avoir été admis aussi facilement dans l'Église de Rome, demandât déjà des passe-droits. Mais n'ayant jamais rien su refuser à un prince, il s'empressa de répondre :

— C'est là une dispense que j'ai plaisir à accorder à Votre Altesse, pourvu qu'elle me promette d'en faire bon usage.

— C'est juré, fit Dmitry légèrement. Il y a autre chose. Nous sommes convenus que notre conversion doit, pour le moment, demeurer secrète ; or, les règlements touchant au maigre et au gras ne sont pas les mêmes dans l'Église schismatique et dans la vraie ; en outre, même dans la schismatique, ajouta-t-il avec un sourire charmeur, je n'ai jamais été très porté sur les macérations. Alors, pour éviter les rumeurs, ne plairait-il pas à Votre Excellence de me dispenser de toutes ces futilités ?

Rangoni fut choqué par le mot de futilité plus que

par la requête : tous les grands de ce monde en formulaient de pareilles et, par là, donnaient des gages de soumission.

— Les jeûnes sont chose utile à l'âme, répliqua-t-il avec complaisance, mais, dans la situation particulière où se trouve Votre Altesse, il y aurait de la frivolité religieuse à vous les imposer. A partir d'aujourd'hui, vous êtes dispensé de faire maigre tous les jours de l'année, y compris le vendredi saint. En outre...

Le nonce présenta au tsarévitch un médaillon ovale de cire jaunâtre incrusté d'or et portant l'empreinte de l'Agneau pascal, couché sur le livre apocalyptique aux sept sceaux, nimbé du nimbe crucifère et tenant l'étendard de la résurrection. Autour, on lisait *ECCE. AGN. DEI. QU. TOL. P. MUN,* et au-dessous *CLEM. VIII PON. MAX.*

— Ceci, dit Rangoni en passant le ruban du médaillon au cou de Dmitry, est un Agnus Dei que vous envoie Sa Béatitude. L'inscription veut dire en abrégé : Voici l'Agneau de Dieu qui enlève le péché du monde, et la signature est celle de Clément VIII, Pontifex Maximus, c'est-à-dire pape. Je me permets de vous préciser, Altesse, que cet objet est d'autant plus sacré qu'il est fait de ce que nous appelons « Pâte de martyrs », c'est-à-dire d'un mélange de cire de cierges pascaux et de poussière d'ossements de martyrs inconnus exhumés des Catacombes. L'Agnus Dei n'opère pas de miracles, mais il obtient des grâces spéciales. Ne vous en séparez jamais. Cependant j'ai encore mieux à vous offrir. Ceci — il tira de son sein un rouleau de parchemin enrubanné et scellé aux armes du pape — ceci, Altesse, est une bénédiction personnelle du Saint-Père, à vous destinée.

Dmitry se prosterna devant la bénédiction, ce que Rangoni trouva excessif. Lorsque Dmitry se fut retiré :

— Qu'importent quelques impairs sans gravité ! dit le nonce joli-cœur à Savitski l'ascète. L'essentiel est fait et nous apprendrons bientôt à ces bons barbares ce qui se fait et ce qui ne se fait pas.

CHAPITRE V

LA DERNIÈRE CHANCE

1

Aleksandro alla à l'écurie du comte Mnichek et choisit deux chevaux. Il aurait égorgé le palefrenier s'il l'avait fallu — à ce moment il aurait aimé égorger n'importe qui — mais « Service du tsarévitch ! » suffit. Le Polonais, hochant tristement la tête, se contenta de porter deux encoches sur une bûche. Le pont-levis était baissé et les gardes laissèrent passer Aleksandro avec un geste indolent de la main.

Il décida de mettre au plus vite le plus d'espace possible entre lui et Sambor. Il galopa. Le grand bai filait doux entre ses cuisses expérimentées de Tartare, et l'autre, l'alezan, suivait au bout de la longe, sans se faire prier. Quand Aleksandro essaya l'alezan, il en fut encore plus content.

Plutôt que de chercher à gagner la Russie, qui était à sept cents verstes à vol d'oiseau, Aleksandro avait pris le chemin de la Transylvanie, qu'il espérait atteindre dans la nuit. Personne ne le poursuivrait de ce côté. Il franchirait la frontière du Saint-Empire et serait, pour le moment, en sécurité. Il s'arrêta vers minuit, en pleine montagne, en pleine forêt, près d'une source, pansa ses chevaux et s'étendit dans un lit de branchages qu'il s'installa pour se protéger contre le froid, car il n'y avait plus assez de neige pour s'en couvrir.

Son destin lui apparaissait distinctement : il était un homme mort et déshonoré. Déshonoré parce que son frère, son cadet, avait trahi son serment. Mort parce que son devoir lui commandait d'aller porter sa tête au tsar et que le tsar, si clément qu'il se voulût, ne pouvait que la lui faire trancher. Ayant vu cela clairement, Aleksandro s'endormit.

A travers mille hasards, le voyage de retour dura longtemps, à cause du détour par la Transylvanie et le Champ sauvage. Ce fut le plein été, lorsque Aleksandro arriva en vue de Moscou, dont il découvrit d'abord les coupoles, puis les remparts, et dont les carillons lui emplirent de loin les oreilles. Il chevauchait, ralentissant malgré lui l'allure et se disant qu'il était dommage de quitter une terre aussi belle, aussi féconde en arbres, en fruits et en femmes.

Il pensait beaucoup à son frère : « Sergo m'a tué. » Sergo ne pouvait pas ne pas savoir que sa trahison entraînerait, d'une manière ou d'une autre, la mort de son aîné. Le laisser évader n'était qu'une façon de se débarrasser de cette mort importune. Cependant, quelle que fût la colère d'Aleksandro contre le traître, il le plaignait aussi, car il ne croyait pas que l'imposteur pût être le vrai Dmitry ni qu'il eût la moindre chance de renverser Boris : Sergo aussi était donc perdu. Au mieux, la mort sur le champ de bataille ; au pis, l'exécution sur la place Rouge. Dommage. Un bon petit frère et un bon soldat. Sans doute le Félon l'avait-il ensorcelé.

Aleksandro était de plus en plus sûr que leur père était l'assassin du tsarévich. Il s'ensuivait que ses fils devaient périr, l'assassinat d'un enfant-tsar ne s'expiant pas en une génération. On pouvait espérer seulement que deux mâles suffiraient et que le petit

Sandro, lavé de l'horrible faute grand-paternelle, pourrait vivre comme il convenait et servir le tsar Féodor après le tsar Boris. Aleksandro s'apitoya sur cet enfant qu'il connaissait si peu, qui n'aurait pas de père pour guider ses premiers pas, pour lui faire faire ses premières armes...

Et, faisant le tour de toute la famille, Aleksandro finit par se poser des questions sur lui-même, sur cette passion morbide pour les femmes, dont il ne pouvait se passer. Il s'en passait pourtant, depuis son départ de Sambor, et ce n'était pas par manque de temps ou d'occasions : on trouve toujours du temps, une femme et un fenil. Il s'en était passé parce qu'il allait délibérément au supplice et qu'il se considérait comme déjà séparé du monde, déjà sacrifié, déjà sacré donc.

Dans son esprit, il fit des bilans. Combien de femmes avait-il possédées ? Combien d'hommes avait-il envoyés dans l'autre monde ? Lesquels le tireraient plus fort vers l'abîme au jour du Jugement ? Et les anges, viendraient-ils lui prêter main-forte ? Jusqu'à cette dernière fois, il avait bien servi son maître, bien administré sa mesnie, bien traité ses serfs, bien soigné les malades, bien protégé les veuves, bien corrigé ceux qui le méritaient. Il avait toujours réservé leur part aux pauvres, encore qu'il n'aimât pas beaucoup les pauvres. Il avait été infidèle à sa femme, mais ne l'avait jamais battue, lui avait toujours montré les égards qu'il lui devait. Il s'était peu occupé de son fils, mais c'est qu'il était toujours par monts et par vaux, au service du tsar.

« Et voilà, se dit-il, une vie d'homme. »

Le Christ l'enverrait-il dans les peines éternelles ou le prendrait-il à sa droite ? Cela n'était pas du ressort d'Aleksandro.

Le dernier matin, il resta à jeun, se lava dans un ruisseau, étrilla soigneusement ses chevaux, mit une chemise propre. On ne paraît pas en négligé devant son Créateur.

Il entra dans la ville sainte par le faubourg des Streltsi et chercha une église où la liturgie n'eût pas encore commencé. Un vieux prêtre le confessa. Il s'accusa d'avoir commis les sept péchés et enfreint les dix commandements (encore que ce ne fût pas vrai : il avait honoré ses parents et n'était pas envieux), fut absous, assista à la liturgie, déposa dans la corbeille d'argent la dernière pièce qui lui restât et communia. Puis il remonta à cheval et traversa la Moskva. Tête nue, il entra dans le Kremlin par la porte du Sauveur, et alla au petit trot jusqu'au Térem. Il laissa son cheval à un palefrenier et, au lieu de gravir le perron Rouge, il passa par-derrière et prit l'escalier qui donnait du côté de l'église du Sauveur-au-Bois. Des gardes se tenaient en bas, qui le laissèrent passer rien qu'à voir son air. D'autres se tenaient en haut à qui il dit :

— Je suis Aleksandro Psar. Je viens voir le souverain.

Il avait monté l'escalier de bois peint, le jarret ferme, la tête haute, mais soudain l'angoisse le saisit, pas l'angoisse du supplice, accepté depuis longtemps, mais celle d'apporter une mauvaise nouvelle au tsar. De le décevoir. La sueur inonda son visage et sa chemise.

2

Boris était dans son cabinet aux voûtes surbaissées qui l'écrasaient et il ne faisait rien que marcher d'angle en angle, en diagonale, en se rongeant les phalanges.

Les nouvelles étaient mauvaises. La famine sévissait toujours, et on n'était pas certain que la moisson d'automne pût sauver le peuple. Les bandes de brigands étaient si nombreuses qu'il fallait envoyer l'armée contre elles. Non seulement l'imposteur n'avait pas été assassiné par les frères Psar, mais les espions de Cracovie confirmaient qu'il avait été reçu par le roi et recrutait une armée. Les boyards complotaient ; aucun n'était encore passé au Félon, mais seulement parce qu'ils doutaient de sa victoire. Le peuple, sur lequel Boris s'était toujours appuyé, ne lui inspirait plus confiance, et à juste titre, car la répression aveugle qu'il pratiquait avait causé plus de haine que de terreur. Tout se dérobait autour du tsar Boris.

Le soir, quand les ombres s'amassaient dans les coins de son cabinet, et la nuit, quand il s'éveillait dans sa chambre où ne luisait que la veilleuse, Boris recevait la visite d'un petit garçon qui marchait vers lui en criant de douleur ; les cris ne sortaient pas de la bouche de l'enfant, mais de sa gorge même, ouverte comme une autre bouche plus grande, d'où s'échappaient aussi des flots de sang inondant la petite chemise, la petite culotte et la main tendue en avant dans un geste d'imploration.

Se confesser était la seule solution, mais Boris ne savait que trop bien ce que lui dirait un confesseur digne de l'être : « Descends du trône, rends des biens si horriblement acquis, retire-toi dans un monastère et use tes genoux à prier. » Seul, Boris en aurait peut-être été capable. Mais priver son fils Féodor de la Tiare de Monomaque ? Pour la donner à qui ? Aux Romanov ? A Chouïsky ? A l'imposteur ? Non, il valait mieux continuer à gouverner un empire qui lui échappait de plus en plus, chercher la trahison sur chaque visage et s'habituer aux visites du petit garçon sanglant.

On annonça Aleksandro. A travers sa détresse, Boris eut un mouvement de curiosité. Aleksandro vivait, n'avait pas changé de camp, et osait se présenter ? Le tsar amaigri, jaune, se leva avec impatience et, dès qu'Aleksandro entra, darda sur lui un regard encore impérieux.

Aleksandro s'agenouilla.

— Mon souverain, je t'apporte ma tête. Malgré tes ordres, le chien est encore vivant. Mon propre frère est passé à son service. J'ai dépensé pour rien l'argent et le temps du tsar. Je n'ai qu'une prière à t'adresser. Si j'ai pu te servir dans le passé, n'abats point ta juste colère sur mon fils, qui vivra pour servir le tien. Plus heureusement que son père et plus loyalement que son oncle.

Aleksandro avait dit. Il referma la bouche et il eut le sentiment que c'était pour jamais, à moins qu'il ne la rouvrît pour pousser les cris que lui arracheraient peut-être les bourreaux.

Boris gardait le silence. Il lui fallait du temps pour sortir de sa prostration. Enfin :

— Pourquoi es-tu revenu ? demanda-t-il.

— Pour te rendre compte.

— Mais tu mérites le pal !

— Je le sais.

Quel stratagème se cachait derrière l'impertinence de ce retour ? Les tortionnaires auraient tôt fait de débrouiller cela.

— Tu es revenu tout de même ? Pourquoi ?

— Parce que je t'ai prêté serment.

A un autre moment, Boris aurait mis en doute cette réponse trop simple, mais elle venait à son heure. Au reste, quel traître serait venu avouer un tel échec doublé d'une telle trahison ? Pouvait-il y avoir là un redoublement de cautèle ? Non, on sortait du vraisemblable, personne n'aurait couru un tel risque. Ce Tartare qui avait l'air d'un baril de muscles était simplement tout ce qu'il restait de fidélité en Russie pour le tsar Boris.

— Relève-toi. Raconte.

Boris s'assit. Le menton dans la main maigre qui sortait d'une manche de moire, il écoutait. Aleksandro, debout, les bras ballants, les yeux perdus dans l'espace car il n'osait pas regarder le tsar, raconta. Il ne se troubla que lorsqu'il dut décrire l'impression de fougue, de vaillance, de séduction que produisait le Félon sur ceux qui l'approchaient.

— Parle comme à confesse, l'interrompit Boris. Je veux savoir quels charmes le sorcier Grichka exerce sur ses victimes.

— Ce n'est sans doute pas Grichka, osa répliquer Aleksandro.

Il poursuivit avec une ouverture complète. Le pal ou le billot, il se savait perdu. Boris, qui avait eu jadis autant de droiture que lui, avait conservé assez de pureté pour reconnaître l'accent de la vérité. Aleksandro ne mentait pas, il avait observé bien mieux que les espions, il engageait sa personne avec chaque parole qu'il prononçait.

— Et ton frère t'a laissé partir ?

— Il m'a aidé.

Quel menteur oserait un pareil mensonge ?

— Pourquoi ?

Aleksandro ne s'était pas posé cette question. Il répondit sans réfléchir :

— Parce que c'est mon frère.

Et, ayant terminé, il se remit à genoux.

A le regarder, Boris se sentait rajeunir de trente, de quarante ans. La fraternité existait donc, la bonne foi existait, l'honneur existait, comme il le croyait en ce jour reculé où, adolescent, il quittait Godounovka pour aller servir le tsar Ivan à Moscou. Le Boris d'aujourd'hui savait qu'il fallait faire interroger Aleksandro par le fer et par l'eau, mais le Boris d'alors, le meilleur des deux, savait le contraire. Peut-être ne lui restait-il qu'un seul fidèle dans tout l'Empire : il ne fallait pas le gaspiller. Il fallait au contraire miser sur lui tout ce qui restait à miser.

— Cet imposteur, reprit le tsar, il t'a plu ?

— Non, souverain. Mais il plaît aux autres.

— Pourquoi ne te plaît-il pas ?

— Parce que c'est un imposteur.

— Tu le sais ?

— Je le sais.

Les deux hommes se regardèrent comme ils ne s'étaient jamais regardés. L'ombre de Psar le père passa entre eux, à pas lents, voûtée, la tête basse, un chien sur ses talons. Cet homme-là allait en enfer : il se sentait damné. Les yeux de Boris interrogeaient : « Tu sais tout ? » Et les yeux d'Aleksandro répondaient : « Je sais tout. »

Alors un sanglot échappa au tsar, et, dans l'effort qu'il voulut faire pour relever Aleksandro, il glissa lui-même à genoux, se raccrochant aux épaules, au cou, de son dernier fidèle, les arrosant de ses larmes de tsar, lui embrassant les joues de baisers mouillés, hoquetant de détresse et de bonheur parce qu'il avait enfin confiance dans un homme.

3

Maria Nagoï n'était pas née sous un astre heureux. A peine nubile, elle avait été jetée dans le lit d'un vieillard luxurieux et féroce, le tsar Ivan. Peut-être se serait-elle habituée à lui, mais il se lassa d'elle. Pour les boyards et le peuple, elle n'était qu'une septième tsarine, une favorite légitimée. La naissance de son fils Dmitry ne lui ramena pas le tsar, qui déjà pensait à la cloîtrer dans un couvent pour épouser une princesse anglaise.

La meilleure période de la vie de Maria fut celle qui suivit la mort de son époux. Le tsar Féodor

Ivanytch, sous l'influence de son beau-frère Boris Godounov, envoya aussitôt le petit Dmitry accompagné de sa mère et de ses oncles Nagoï dans son apanage reculé d'Ouglitch, et, à Ouglitch, Maria fut reçue comme une vraie tsarine et Dmitry comme un vrai fils de tsar. Féodor envoyait de l'argent, les frères de Maria menaient joyeuse vie, et elle ne s'ennuyait pas. Elle s'occupait distraitement de son fils, battait ses domestiques, répondait aux acclamations du peuple, intriguait contre Godounov, se faisait tirer des horoscopes. Féodor mourrait sans enfants, c'était clair, et la lourde Tiare de Monomaque ceindrait un jour, à condition de bien mener son jeu, la tête d'enfant du petit Dmitry. Il y aurait une régence. La Régente : elle, Maria. Elle ne rêvait guère au pouvoir, sauf pour tirer vengeance de ceux qui l'avaient humiliée, mais la fabuleuse richesse des tsars et tous les beaux hommes de la cour à ses pieds, voilà qui faisait chanter son imagination. Sans doute Dmitry était-il épileptique, d'un caractère difficile et cruel, mais avant qu'il ne fût majeur et en mesure de faire de plus grands dommages que de massacrer quelques animaux domestiques en les jetant à bas du balcon, sa mère aurait une demi-douzaine d'années magnifiques à vivre : elle ne pensait pas plus loin.

Et puis, l'assassinat.

Pendant une journée, Maria, folle de déception autant que de douleur maternelle, régna véritablement sur Ouglitch, faisant massacrer par le peuple les partisans du Tartare Godounov, rêvant, contre toute vraisemblance, de soulever la Russie contre lui pour venger l'enfant. Ouglitch fut seule à se soulever, une répression violente s'abattit sur la ville, les cloches mêmes de son église, qui avaient sonné le tocsin, furent descendues, fouaillées, estropiées, exilées en Sibérie. A Saint-Nicolas de la Vyska, sur le lac Blanc, Maria devint la nonne Marfa.

La règle était dure. De jeûnes en prosternations, de vêpres en matines, debout ou à genoux à des services qui duraient deux, trois, quatre heures, se relevant la nuit aux sons mats que le battant tirait de la cloche et dispersait au loin sur le lac Blanc, passant plus de la moitié de sa vie dans la chapelle où c'était toujours la même chose : « Kyrie eleison » et « La paix soit avec vous », mais il n'y avait point de paix et le Kyrios ne faisait point miséricorde, Maria en était arrivée à haïr cette foi qu'elle ne mettait pas en doute.

Tout ce qui nourrissait ses compagnes, et, d'année en année en faisait de saintes et d'efficaces orantes dont les prières sauvaient les pécheurs de par le monde, ne fit qu'aigrir Maria. Elle prétextait des maladies pour manquer des services, elle s'inventait des péchés pour horrifier son confesseur et ne se raccrochait qu'à deux idées : la haine de Boris et le souvenir de son fils, dont on lui avait laissé un portrait peint sur un fond de feuille d'or, dans le style des icônes. Ce visage joufflu, net, pur, rose, avait pris dans son imagination la place du vrai visage, plutôt ingrat, du tsarévitch. Elle avait oublié l'irritation qu'elle ressentait si souvent à son égard, elle ne se rappelait même plus ses crises de mal sacré ; elle croyait qu'il était devenu un ange au ciel après avoir été un ange sur terre. Lorsque la supérieure lui disait : « Marfa, tu as tourné la tête pendant la lecture de l'Évangile » ou « Marfa, le calice ne brille pas assez : c'est un honneur pourtant de l'astiquer », elle baissait les yeux et pensait en elle-même : « Tu as beau me commander, tu n'as pas eu de fils, toi, tu n'as pas eu un ange pour fils ! » Cela l'aidait, à mesure que les saisons se succédaient sur le lac Blanc, le printemps qui faisait bouillonner son sang, l'été torride plein de mouches, l'automne funèbre annonçant l'hiver mort, où tout serait blanc à perte de vue, blanc comme ces prières infinies que la nonne Marfa répétait tous les jours sans jamais en percevoir les couleurs cachées.

Il y avait treize ans que Maria attendait la mort qui lui permettrait de s'évader de son couvent, quand la rumeur lui parvint.

La Russie tout entière ne bourdonnait plus que d'un seul nom. Pas seulement par lassitude de Boris et par attachement à l'ancienne dynastie. On sentait que Godounov, n'étant pas né pour le trône, n'était pas un vrai tsar, que son règne n'était qu'illusion, mascarade. La nature le prouvait en se rebellant. Le vrai tsar est cosmique : dans son pays, il maîtrise les éléments. Et puis, quoi de plus beau que l'histoire de cet Enfant tsarien dérobé au couteau de l'assassin, revenant chasser l'usurpateur et assumer l'héritage de ses pères ? Dmitry devenait tous les innocents massacrés sur l'ordre des méchants, il devenait l'Enfant Jésus et le Christ-Tsar, le Ressuscité, le Justicier, le Rédempteur de ses peuples. Boris, naturellement, devenait Hérode. Il avait beau faire saisir et torturer quiconque prononçait les sons interdits D-MI-TRY, la rumeur grossissait : « Le jour du Jugement est proche », chuchotait-on, et « La hache est au pied de l'arbre ».

Quel pèlerin, quel voyageur perdu, quel gyrovague fut le premier à apporter la rumeur au lac Blanc ? Elle fit le tour du couvent en quelques heures, le jardinier la soufflant au chauffeur de poêles, le prêtre à son diacre, la tourière à la coadjutrice, et toutes les moniales se la répétant au réfectoire, à l'ouvroir, à la chapelle entre deux amen, et même de cellule en cellule lorsque la nuit fut tombée.

— Le tsarévitch est vivant ! Le Seigneur Dieu nous l'a conservé ! Il revient à la tête d'une armée innombrable pour déposer le faux tsar Boris.

— Heureuse es-tu, tsarine Maria, disaient les

nonnes à Maria, rendant spontanément à la nonne Marfa le nom qu'elle avait porté dans une autre vie. Ton fils, que tu croyais mort, est vivant et va venir te chercher.

Maria savait que son fils était mort et qu'il ne ressusciterait pas avant le dernier jour. Le Dmitry dont on parlait était un imposteur. Elle se précipita sur le portrait de son fils.

— Dmitry ! prononça-t-elle à voix basse. Toi qui es un ange entre les anges, tu me pardonneras. Ton nom sur terre ne te sert plus à rien. Permets-moi de l'employer à bon escient : là-haut, ils ont dû t'en donner un autre.

Le visage lisse et mafflu du portrait paraissait loin de ces considérations. Maria l'embrassa avec emportement. Elle ne dormit pas de la nuit, même entre les services nocturnes. Au petit matin, comme les nonnes retournaient à la chapelle deux par deux, sa voisine lui souffla :

— C'est vrai que ton fils avait une verrue sous l'œil droit ?

Le cœur de Maria battait à se rompre.

— Oui, dit-elle, c'est très vrai.

A partir de ce moment, elle commença à attendre. Seulement, comme la vie l'avait maltraitée, elle n'attendit pas un libérateur mais un meurtrier. L'imposteur devait la craindre, puisque nul mieux qu'elle ne pouvait le dénoncer. Comment lui faire savoir qu'ils avaient le même ennemi, qu'elle ferait tout pour lui, pourvu qu'il la vengeât ? Elle imaginait la scène. Le meurtrier levant le bras, elle lui criant : « Non, je suis une alliée ! » Aurait-elle le temps de crier ?

L'été passa sur le lac Blanc comme un rouleau de chaleur. Puis les feuilles tombantes marbrèrent l'eau. Puis les premiers givres crispèrent les feuilles qui n'étaient pas encore tombées. Puis la première neige saupoudra la plaine et la forêt. En atteignant l'eau, les flocons fondaient. La tsarine Maria, chaque fois qu'elle pouvait s'échapper, courait à sa petite fenêtre dont le carreau en vessie de porc était translucide mais non transparent, l'ouvrait malgré le froid et fixait son regard sur la route de Moscou.

Un jour, enfin, elle vit un point noir se détacher du paysage blanc, grossir, se transformer en plusieurs traîneaux escortés d'une cavalcade. Le soleil brillait sur les armes des cavaliers. Elle tomba à genoux devant ses icônes.

— Seigneur mon Dieu ! Très sainte Mère de Dieu ! Faites que je lui parle avant qu'il me tue.

4

Ayant quitté le tsar, Aleksandro rentra chez lui. La tête lui tournait. Le matin, il était sûr d'être supplicié avant le soir, et voilà qu'au contraire le tsar faisait de lui son confident. Les confidences des princes sont chose dangereuse, et Aleksandro ne se livrait pas à un accès de joie inconsidéré, mais son soulagement était grand : il ne retrouvait pas seulement la vie, mais l'honneur, car qui jouissait de la faveur du souverain ne pouvait plus être déshonoré.

Il était resté absent près d'une année, mais il avait habitué ses gens à un ordre si strict et à des retours si inopinés qu'il trouva la mesnie policée, les chevaux soignés, le ménage fait, et les pensionnaires de son petit sérail coiffées, parfumées, fardées, comme s'il s'était annoncé. Oubliant qu'il avait communié le matin, il s'abandonna à leurs soins.

Le soir même, le tsar l'envoya chercher, et le lendemain, et le surlendemain. Boris ne pouvait plus se passer de lui. Il partageait avec lui les renseignements que lui envoyaient ses espions, il lui demandait son avis. Aleksandro répondait avec modestie, intelligence et loyauté.

— On m'a conseillé, dit un jour Boris, de faire canoniser le petit Dmitry pour que le peuple soit assuré de sa mort. L'idée m'avait plu, et le patriarche Iov l'aurait fait à ma prière : il n'a pas l'habitude de me rien refuser. J'hésite cependant. L'enfant était un monstre, et il faut être prudent : le Seigneur Dieu ne doit pas aimer qu'on canonise à tort et à travers. Qu'en penses-tu ?

— Souverain, si l'Église canonise Dmitry, on le croira mort, cela est vrai. Mais si Lazare avait été canonisé après sa mort et avant sa résurrection, il serait saint et vivant. Tu connais notre peuple. Je crains qu'un tsarévitch à la fois saint et ressuscité ne plaise encore davantage qu'un tsarévitch miraculeusement sauvé. En canonisant Dmitry d'Ouglitch, ne risques-tu pas de faire vénérer l'imposteur de Sambor ?

— Le Seigneur ne m'a pas complètement abandonné, puisqu'il m'a laissé un serviteur sage et dévoué comme toi, Aleksandro, dit le tsar, et des larmes brillèrent dans ses yeux.

Il avait la larme facile depuis quelque temps. Il ne sortait plus et se plaignait d'avoir mal dans la poitrine. Ce jour-là, il était pelotonné dans une robe de chambre de velours pourpre, les mains cachées dans les manches comme dans un manchon. Il sortit la droite pour la poser sur l'avant-bras d'Aleksandro, debout à côté de lui.

— N'aurais-tu pas une autre idée pour montrer au peuple que cet homme ne peut pas être Dmitry ? Pourrait-on trouver quelqu'un qui aurait connu l'enfant et vu l'imposteur ?...

— Me permets-tu de te parler au risque de te déplaire ?

— Je te le commande.

— Souverain, un homme qui aurait connu un enfant de sept ans et le retrouverait à vingt et un ne pourrait être certain que c'est lui ni que ce n'est pas lui. A Sambor, l'imposteur s'entoure d'hommes qui prétendent le reconnaître, mais cela ne convainc que ceux qui souhaitent l'être. D'un autre côté, un cadavre égorgé, couvert de sang, n'est pas facile à reconnaître non plus, et le prince Chouïsky a beau crier partout que c'est bien le corps du petit Dmitry qu'il a fait enterrer à Ouglitch, là encore, ne le croient que ceux qui veulent. Il y a une personne cependant qui sera crue et qui n'a pu se tromper sur l'identité du mort. C'est la tsarine Maria. Le peuple la respectera parce que c'est une mère, il aura pitié d'elle parce qu'elle a perdu son fils, il aura confiance en elle parce qu'elle a prononcé ses vœux. Si elle dit que l'enfant qu'on a porté en terre à Ouglitch était le sien, on saura de science certaine que l'autre est un imposteur. Mais elle pourrait faire davantage. Elle pourrait lui lancer un défi, lui proposer de le rencontrer...

— Tu as raison. Je m'étonne que personne ne m'ait conseillé cette démarche plus tôt.

— Qui aurait osé, souverain ? Personne ne sait à coup sûr que l'imposteur en est un.

— Tu veux dire : sauf nous deux ?

Aleksandro ne répondit pas. Boris se leva et marcha par la pièce surbaissée, sa traîne pourpre balayant le plancher. Pourquoi n'avait-il pas pensé lui-même à ce stratagème ? Peut-être l'idée de revoir la mère de l'enfant qu'il avait tué lui était-elle insupportable ? Quelle faiblesse, quel enfantillage ! Il était bien diminué. Il jeta un regard anxieux dans un coin sombre où il avait l'habitude de voir apparaître le petit garçon qui marchait vers lui en tendant la main. Non, il n'y avait personne. C'était peut-être encore trop tôt dans la journée. Il venait généralement au crépuscule, ou alors au cœur de la nuit.

— Crois-tu qu'elle accepte ?

— Nul ne peut l'assurer, souverain. Mais le tsar a des moyens de persuasion.

— Ce n'est pas là une chose qu'on puisse faire sous la contrainte.

— Assurément non. Mais la tsarine pourrait préférer résider au Novodévitchy, à Moscou, plutôt qu'au lac Blanc, à l'orée du grand Nord.

Ils se regardèrent. Ils avaient tous les deux les yeux noirs et le sang tartare coulait dans les veines de l'un comme de l'autre. Peut-être était-ce une des raisons cachées de leur intimité.

— Va la chercher, dit Boris.

*

Ayant fait ses préparatifs pour ramener secrètement la tsarine — un voyage de quelque mille cinq cents verstes aller et retour : la neige étant tombée on n'avait pas besoin de suivre le tracé tortueux des routes —, Aleksandro quitta Moscou. Sa troupe de Tartares était bien armée, les brigands qui maraudaient dans la région ne s'y frotteraient pas. Il emmenait assez de chevaux pour chevaucher jour et nuit, ne consacrant que quelques heures au repos.

Levant les yeux sous sa toque d'ours tantôt vers le soleil de plus en plus pâle, tantôt vers la lune glaçant la neige, Aleksandro songeait à sa nouvelle mission. Il n'était nullement certain qu'elle dût réussir mieux que l'autre : si la tsarine Maria refusait de témoigner, qu'adviendrait-il de lui ? Boris se retournerait sans doute contre un conseiller malchanceux. Aleksandro soupirait de toute sa poitrine. Il aurait voulu servir un tsar d'une légitimité indéniable et qu'il pût aimer. Il plaignait Boris, mais il ne l'aimait pas et ne parvenait plus à le respecter. Il n'aimait pas que Boris fût atteint, affaibli, malade, au point de se raccrocher à lui.

La nonne Marfa reçut Aleksandro dans une salle à trois petites fenêtres ouvrant sur l'immensité blanche. Des icônes rouges et dorées criblaient les murs. Il pria devant elles, puis s'inclina, touchant de la droite le plancher qui sentait la cire d'abeille, et, se relevant, vit une grande belle femme déjà fanée au visage osseux et blême enfermé dans la guimpe noire comme dans un carcan. Elle, palpitante, la main pressée contre son cœur, vit un homme large, la tête rasée, la moustache recourbée vers le bas, l'air sombre mais respectueux. L'envoyé de l'imposteur n'avait pas d'arme à la main. Elle aurait peut-être le temps de...

— Tsarine Maria, prononça-t-il distinctement, le tsar Boris Féodorytch m'a commandé de prendre des nouvelles de ta santé.

Elle chancela.

— Le tsar Boris ?

— Je ne connais pas d'autre tsar sur terre.

Elle finit par trouver la force de répondre par la formule consacrée :

— Je vais aussi bien qu'il prie pour moi.

— Dans sa grande sollicitude, il souhaite s'en assurer par lui-même et il te demande de m'accompagner, comme son sceau en fait foi. (Aleksandro tendit un pli scellé de l'aigle impériale.) Avec ta permission, nous partirons au plus tôt. J'ai amené une servante pour toi : elle est muette et obéissante.

A l'idée de quitter pour un temps le lac Blanc, Maria oublia presque que ce n'était pas l'imposteur mais l'usurpateur qui l'envoyait chercher. Au moins, elle échapperait aux services interminables et sans cesse recommencés, aux religieuses laides, aigries, méchantes, rapporteuses, ou — pis encore — saintes, aux jeûnes presque quotidiens, aux odeurs étouffantes d'encens et de poisson, à cette ubiquité diurne-nocturne d'un Dieu que ses fidèles forçaient à manquer de discrétion. Elle voyagerait par les plaines et par les forêts, elle respirerait l'air glacé de la liberté, elle reverrait Moscou, le Kremlin : non qu'elle y eût de bons souvenirs, mais c'était tout de même autre chose que le couvent ! Être servie en chemin, quelles délices ! Être accompagnée et protégée par cet homme qui rayonnait de force contenue ne lui déplaisait pas. Que lui voulait Boris ? Quelle importance ? Si, au bout du chemin, elle trouvait l'échafaud, elle y monterait avec un sentiment de libération. Tout valait mieux que se pétrifier en s'agglomérant à ces murs suintant de dévotion.

— Je serai prête dans une heure.

Et, dans moins d'une heure, elle était dans son traîneau, enveloppée de loups, de lynx et de zibelines, et entourée de cavaliers tartares au visage fermé. Aleksandro vint s'incliner devant elle.

— Quand tu voudras, souveraine.

Les yeux de la tsarine étincelaient sous la toque de martre. Elle avait rajeuni de vingt ans.

— Maintenant.

Les patins grincèrent et glissèrent : le convoi s'ébranlait, précédé d'une avant-garde, fermé par une arrière-garde, protégé par des flanc-gardes qui poussaient des reconnaissances de côté et d'autre, dans des nuages de neige, escaladant une colline blanche, explorant un vallon bleui, faisant partir ici un lièvre et là un chevreuil qui détalaient en laissant dans la neige la trace exacte de leurs pattes ou de leurs sabots.

La servante était roulée en boule aux pieds de la tsarine dans le même traîneau. Elle avait une face lunaire de Tartare. Quand Maria lui avait adressé la parole, elle avait ouvert la bouche et montré qu'elle n'avait pas de langue.

Qui la lui avait coupée ? Pour quel bavardage ou pour quel blasphème ? Maria ne le saurait jamais.

Elle s'en moquait bien. Éclaboussée de neige, giflée de froid, elle éclata, pour la première fois depuis treize ans, d'un grand rire face à la terre et au ciel, tendant les joues à la morsure des bises, à la mitraille des cristaux pointus que les chevaux lui projetaient à la face. La Tartare regarda avec épouvante cette moniale blafarde en habit sacré, le visage sinistrement encadré de noir, se livrer à une hilarité de plus en plus hystérique à mesure que le traîneau prenait de la vitesse.

Le voyage dura deux semaines, pas assez au gré de Maria, car, escortée de ces gardiens qui étaient ses geôliers autant que ses protecteurs, elle ne s'était jamais sentie aussi libre — sauf peut-être en cette journée de mai où elle avait fait couler le sang à Ouglitch. Plus de vêpres, plus de matines, plus de mère supérieure, quelques prières qu'elle lançait avec joie vers les étoiles, la lune ou le soleil levant, de succulentes brochettes de gibier avec des morceaux de foie et de rognons, des coupes d'hydromel, les espaces infinis de la Russie, la présence taciturne et rassurante d'Aleksandro, qui ne lui adressait la parole que deux fois par jour, pour lui souhaiter une bonne nuit et pour lui demander si elle avait bien dormi, mais qui se reposait sous la tente en peaux de loup voisine de la sienne... elle n'en demandait pas plus. Par moments, elle en oubliait les vœux qu'elle avait prononcés, elle en oubliait qu'elle allait voir son ennemi, l'assassin de son fils. Il lui semblait qu'une deuxième chance lui était donnée, qu'elle allait encore vivre.

Ils arrivèrent à Moscou de nuit, mais les estafettes avaient fait leur travail, et il suffisait que le chef de l'avant-garde criât un mot de passe pour que les portes s'ouvrissent et que les chaînes fussent ôtées. La ville avait beaucoup changé en vingt ans, et, dans le noir, Maria ne reconnut rien jusqu'au moment où l'on arriva au pont sur la Neglinnaïa et à la porte Borovitskaïa : après la barbacane, la tour au toit à huit pans, éclairée par des flambeaux ébouriffés par le vent, lui rappela des souvenirs. Elle la voyait, cette tour, de son appartement au Térem, et un jour, au début de leur mariage, elle avait demandé au tsar Ivan s'il lui permettrait de monter jusqu'en haut. Il s'était gaillardement moqué d'elle, lui demandant si elle voulait monter pour voir d'en haut ou pour être vue d'en bas ?

Un passage couvert, des arbres, des créneaux découpés sur le ciel, encore un portail, le Térem du tsar, tout en galeries de bois sculpté, sous le ciel étoilé (« Ici, j'ai été tsarine. Pas plus heureuse pour autant ! »), et le cocher tendant les rênes dans ses poings tordus et criant : « Tprrouou !... » On était dans la cour intérieure, les patins crissaient, les chevaux s'arrêtaient en s'ébrouant, et Aleksandro, ayant mis pied à terre, se penchait, la main tendue :

— Appuie-toi sur mon bras, tsarine.

5

La salle au plafond voûté et bas, aux murs peints de ramages rouges et noirs sur fond d'or, était éclairée par deux torchères au mur et un chandelier d'or à douze bougies, posé sur une lourde table de marqueterie. Les angles de la salle restaient obscurs. Un temps, Boris avait réclamé des chandeliers dans tous les coins, mais cela n'empêchait pas le petit garçon sanglant de venir le voir à certaines heures. Le tsar s'était résigné maintenant à vivre dans une île de lumière au milieu de la nuit. A l'entrée de Maria, il se leva.

Il était vêtu d'un kaftan rouge foncé, brodé de fils d'or et de perles, une chaîne d'or lui écrasait la poitrine, rendant sa respiration difficile par moments. Son visage, mangé par la barbe, était maigre et fiévreux ; sous les sourcils très noirs, en forme de cimeterres, les yeux brillaient d'un feu morbide. Aleksandro, ayant introduit la tsarine, avait fait un mouvement vers la porte, mais Boris l'arrêta d'un geste de la main. Il avait de plus en plus de mal à se passer de la présence de cet homme jeune, fort, calme, fidèle, dont les ancêtres, comme les siens, étaient venus du fond de la Mongolie. Aleksandro recula alors d'un pas et se mêla aux ombres.

La nonne, la mère, la tsarine regardait le tsar, le tueur, l'usurpateur qui la regardait. Elle parla la première.

— Tu as changé, mon souverain, depuis le temps où tu fus garçon d'honneur à mon mariage.

Boris passa sa langue sur ses lèvres gercées de fièvre.

— Tsarine, tu connais le proverbe : qui rappelle le passé, qu'on lui crève l'œil. J'espère que tu as fait bon voyage et que tu ne manques de rien au lac Blanc.

— De tout, souverain, puisque j'y manque de liberté.

— Ne fais pas l'enfant, Maria. Tu sais bien que ton éloignement était nécessaire et mérité. Ce n'est pas toi, peut-être, qui as soulevé les peuples d'Ouglitch et commandé le massacre du sénéchal du tsar et de ses hommes, qui étaient innocents de la mort de ton fils ?

— En effet, dit Maria avec un étrange sourire, ils étaient innocents.

— Tu peux te racheter aujourd'hui. Un sale moine, défroqué, instruit dans les sciences occultes, ancien serviteur des Romanov, entré au service des Polonais, se fait passer pour ton fils, dont il a usurpé le nom. Tu dois paraître devant le peuple et répéter ce que chacun sait : que ton fils...

Elle avait attendu ce moment pendant treize ans.

— A été assassiné par toi ?

Boris se contint. Il fit signe à Maria de s'asseoir et s'assit lui-même, déjà harassé. Maria resta debout.

— Dieu jugera entre nous, Maria, dit-il enfin. Tu as le temps, dans ton couvent...

— Où tu m'as enfermée de force.

— De remâcher tes griefs. Moi, j'ai ce pays à gouverner.

— Pauvre Boris ! Toi qui n'avais rien fait pour cela !

Il s'empourpra de colère.

— Prends garde. Tu as beau être femme et nonne et avoir profité du septième lit d'Ivan, il y a encore des knouts dans ce pays, et des pinces pour arracher les langues insolentes.

— J'ai compris ce que tu insinuais, quand tu m'as donné une servante sans langue.

C'était en réalité une attention, une mise en garde d'Aleksandro. Boris, qui l'ignorait, n'y prêta pas attention.

— Je ne t'ai pas fait venir ici pour te menacer, dit-il, se reprenant en main, mais pour te demander de l'aide. Tu ne peux vouloir que la mémoire de ton fils, le tsarévitch, soit souillée par un imposteur. Tu ne peux vouloir que notre mère la Russie soit mise en péril par les hérétiques et les Polonais. Il suffirait que toi, qui as porté ton fils de tes entrailles à sa tombe, tu déclares que c'était le même...

Maria se balançait légèrement d'arrière en avant sur ses jambes. Son expression songeuse était presque espiègle.

— Et ne crains-tu pas, souverain, qu'ayant dit « Oui, c'était bien le cadavre de mon fils que je portais », j'ajoute : « Et il n'est pas tombé sur son petit couteau. Il avait la gorge ouverte d'une oreille à l'autre » ?

Aleksandro demeurait impassible dans son coin d'ombre. Il espérait faire oublier sa présence. Un grincement à un bout de la pièce qui était plongé dans l'obscurité lui donna le sentiment qu'il y avait là une autre présence qui ne s'était pas encore dévoilée.

— Non, dit Boris en épatant ses mains sur la table pour les empêcher de trembler, je ne le crains pas. Je peux beaucoup pour alléger ton sort : tes vœux sont irréversibles, mais il y a des nonnes à Moscou et toutes ne se plaignent pas d'être malheureuses. Je peux aussi raccourcir ta vie : ne me dis pas que tu le souhaites. Tu ne souhaites certainement pas mourir comme il dépend de moi que tu meures. Mais, à vrai dire, ce n'est pas pour cela que je ne te crains pas. Au point où nous en sommes, que Dmitry soit mort d'un accident ou non importe peu : il importe qu'il soit mort. A toi de jurer que tu ne lui as pas substitué un autre enfant, comme le prétend le Félon : c'est tout ce que je te demande.

— Et en échange tu me combleras de tes bienfaits ? Mais dis-moi d'abord : en es-tu sûr, toi, que je ne lui aie pas substitué un autre enfant ?

Boris avait envisagé et rejeté l'hypothèse. Non seulement le tueur Psar n'était pas homme à se tromper, mais lui-même avait la certitude mystique d'avoir fait tuer précisément le tsarévitch : s'il y avait eu erreur, il n'aurait pas ces cauchemars et ces hallucinations, les éléments ne se seraient pas révoltés, la famine ne se serait pas abattue sur la Russie.

— Oui, j'en suis sûr. Chouïsky a vu le cadavre de ton fils. Toute la ville d'Ouglitch l'a vu, et elle connaissait Dmitry : elle l'avait vu grandir. Le corps est resté exposé de longues heures à la Transfiguration du Sauveur. Personne n'a soulevé un doute. Quant à mes bienfaits, oui, tu peux compter sur les plus riches récompenses. Surtout si...

— Si quoi ?

— Si tu proposes à l'imposteur de le rencontrer. Qu'il accepte, tu le démasques. Qu'il refuse, il est perdu de réputation.

La tsarine baissa les yeux. Son sein se soulevait. Ses doigts bougeaient.

— Tu as bien dit, fit-elle enfin, que mes vœux sont irréversibles...

Un râle vint du fond de la pièce, auquel personne ne prêta attention. Les mains de Boris remuaient sur la table, comme si elles froissaient un tissu.

— Tu sais ces choses mieux que moi, Marfa. Mais je peux parler au patriarche. Il est complaisant. Peut-être y a-t-il eu un vice de forme.

L'œil de Maria s'était fait perçant, ironique. Elle voulait savoir jusqu'où Boris descendrait... Soudain une furie bondit au milieu de la pièce, brandissant les poings : c'était la tsarine régnante, Maria elle aussi.

Les deux femmes étaient grandes et bien charpentées, mais, tandis que la veuve d'Ivan avait un visage émacié, épuré par les souffrances, la femme de Boris avait acquis en vieillissant l'expression féroce de son père, Grigory Skouratov, dit Malouta, le tortionnaire préféré d'Ivan : rougeaude, hommasse, la lèvre supérieure se hérissant de poils et découvrant des incisives grosses comme des molaires, les épaules et les hanches carrées, elle ressemblait plutôt à un soudard qu'à une tsarine. Boris la tenait à l'écart des affaires, mais, ce soir-là, elle avait intrigué pour assister à l'entrevue qu'il avait mentionnée par fatigue, par découragement :

— Elle te trompera, la vipère. Elle te glissera entre les doigts. Tu ne sais pas comment nous sommes, nous autres femmes. Nous sommes pires que le diable. Il faut que je sois présente.

Et Boris avait acquiescé, parce que c'était plus facile.

— Alors, la Féodorovna, siffla la tsarine régnante, on a assez de son couvent ? On veut courir le guilledou ? Ribaude ! hurla-t-elle d'une voix éraillée. Le tsar est trop bon avec toi, parce que c'est un homme. Tombe à genoux, baise-lui les pieds et proclame au monde entier que ton drôle est crevé. La belle affaire : un bâtard du septième lit ! Tu ne crois tout de même pas que c'était un vrai tsarévitch ?

Elle avait appelé la veuve d'Ivan par son patronyme, pour lui rappeler qu'elle était la fille de Féodor Nagoï, nobliau ridicule, membre d'une famille qui avait lutté sans succès contre les Godounov. Maria la regarda avec dédain, sans reculer d'un pouce, et ses lèvres exsangues esquissèrent un sourire.

— Voilà que tu cries bien fort, la Grigorievna ! répliqua-t-elle sans hausser la voix. As-tu oublié qu'à la cour on servait du vin à ton père en tournant le poignet de gauche à droite, comme au bourreau qu'il était ?

La fille de Malouta allait se jeter sur la fille de Féodor, mais Boris la saisit par le bras, et, tout malade qu'il était, la rejeta en arrière.

— Le tsar n'est pas ici pour entendre des querelles de bonnes femmes. Tu m'as entendu, Maria. Ce que je peux pour toi, je le ferai. Parleras-tu au peuple ? Défieras-tu l'imposteur ?

Maria réfléchissait. Y avait-il une chance pour que Boris la mît sur la place Rouge, face au peuple, et qu'il la laissât parler, proférer ne fût-ce qu'une phrase ? Non, il ne prendrait pas ce risque. Il la ferait d'abord parler aux boyards. Une fois qu'elle aurait dit la vérité aux boyards, quelle apparence qu'elle osât mentir au peuple ? Si elle cédait maintenant elle céderait toujours et en viendrait à servir l'assassin de son fils. Non, elle devait à Dmitry de brûler ses vaisseaux maintenant.

— L'imposteur, répéta-t-elle lentement... C'est vite dit.

Elle lécha ses lèvres blanches.

— Moi, fit-elle, baissant et traînant la voix, je ne crois pas que ce soit un imposteur. Je croirais plutôt que c'est lui, mon fils, ressuscité des morts pour venir tirer justice de son assassin. Tu ne penses pas que ce soit possible ? demanda-t-elle d'un ton où se mêlaient l'ironie et une intuition surnaturelle.

Elle penchait la tête de côté, cherchant à lire dans les yeux de Boris. Il sursauta, comme galvanisé. Mais il se maîtrisait encore.

— Honte sur toi, tsarine Maria ! Ce filou, ce défroqué, ton fils ? Il se vante d'une croix de baptême et d'une verrue. Tu sais bien que le visage de ton fils était pur comme un matin du Bon Dieu.

— Tu crois cela, tsar Boris ? Tu n'as guère eu l'occasion de connaître le tsarévitch : tu étais si pressé de l'exiler à Ouglitch. Et si une verrue lui était poussée après son exil ? Une grosse verrue au bord du nez ?...

— Tu mens ! cria Boris, pressentant le pire.

— Qu'est-ce donc que ceci ? répliqua-t-elle.

Elle tira de son sein un portrait peint sur fond d'or, comme une icône, et, le posant sur ses deux paumes, elle le lui présenta. On y reconnaissait le visage poupin et bien ourlé de l'enfant Dmitry, rendu hideux par une grosse tache noire, en relief, posée comme une tique suceuse près du nez à la hauteur de l'œil droit.

Boris ne savait que croire. L'enfant avait-il vraiment une verrue ? La mère avait-elle modifié le portrait ? Ou était-ce là l'effet d'une sorcellerie ?... Il y avait encore une autre explication, la plus redoutable.

— C'est bon, dit-il. Il va falloir te donner la question. Tu l'auras voulu. Aleksandro !

Aleksandro sortit de l'ombre à regret.

Il n'aimait pas torturer. Ce n'était ni par délicatesse ni par tendresse de cœur, mais le patient nu, sanglant, vomissant, lui répugnait. En outre, interroger cette femme, sur le sommeil de qui il avait veillé quinze nuits de suite dans les plaines enneigées du Nord, sans jamais la désirer, puisqu'elle était nonne et tsarine, mais sans oublier non plus qu'elle avait été belle et que, mieux traitée, elle pourrait le redevenir, lui paraissait impossible.

La fille de Malouta, qui n'avait pas les mêmes dégoûts, le devança. Elle saisit le chandelier et s'élança en avant, fourrant les douze bougies brûlantes dans le visage de la femme d'Ivan.

— Parle, charogne !

Maria, rejetée en arrière, détournée, se couvrant le visage des mains, hurlait. La mégère lui présentait le chandelier d'un côté, d'un autre. Son voile prit feu par un bout. Boris cria :

— Aleksandro ! Arrête-la.

Aleksandro arracha un rideau de velours et le jeta à la tête de la Grigorievna, l'enveloppant dedans avec son chandelier et le roulant étroitement autour d'elle pour embarrasser ses mouvements et éteindre les bougies. Puis il se précipita vers la nonne, lui arracha son voile en flammes, en éteignit le feu sous ses pieds. La salle voûtée n'était plus éclairée que par les deux torchères. Maria avait les sourcils roussis, ses cheveux s'étaient indécemment déroulés sur ses épaules, et ses mains, qu'elle tenait écartées devant elle, se gonflaient de cloques ; elle n'était pas autrement blessée.

Boris lui demanda doucement, avec superstition :

— Dis-moi, Maria, est-ce un miracle du Seigneur ?

C'était la dernière explication possible.

Elle aurait pu en jouer, mais elle était trop lasse.

— Non, c'est moi qui lui ai collé un grain de suie.

Dans un coin, Grigorievna se débattait toujours

dans son rideau, affalée par terre, râlant qu'elle étouffait. Si elle n'était pas intervenue, sans doute Boris aurait-il fait égorger Maria sur place. Mais il avait vu ces douze bougies projetées dans ce visage. Il se rappela qu'il était clément, que la mort de Maria ne lui rapporterait rien, il eut une pensée pour sa sœur Arinouchka le regardant du haut du ciel : « Tu vas être contente de moi, Arinouchka. » Il dit tristement :

— J'ai compris, Maria. Tu veux rentrer au lac Blanc.

Il se tourna vers Aleksandro.

— Ramène-la. D'abord fais-lui soigner le visage et les mains par mes médecins. Cette nuit même. Dans le secret.

Maria regardait avec étonnement l'homme qui lui avait tué son fils et qui la graciait.

— Peut-être, Boris, n'as-tu pas compris ?

— Que si. Je prendrai toutes les précautions pour que tu te taises. Et si jamais tu as l'occasion de parler, c'est qu'il aura déjà gagné.

Elle se tourna pour partir. Le portrait de Dmitry était tombé à terre.

— Tu n'emportes pas ton fils ? demanda Boris.

— Je te le laisse en souvenir. Il te fera plus de mal qu'il ne me fait de bien.

Elle sortit, suivie d'Aleksandro. Grigorievna avait enfin réussi à se débarrasser du rideau. Elle se releva, le chandelier éteint à la main.

— Où est cette fille de chienne ? Et ce ruffian ?

Boris la regarda et lui dit :

— Femme, va-t'en.

Il resta seul, épuisé. Ce « Femme, va-t'en » lui avait coûté autant d'énergie qu'il en dépensait autrefois dans la Douma ou sur le front des troupes. Il eut un mouvement de tristesse, presque de panique, à l'idée qu'Aleksandro Psar n'était plus auprès de lui, ne reviendrait pas d'un mois. Il eut la tentation de le rappeler, mais se retint.

Il constata qu'il tremblait et voulut s'asseoir. Son regard tomba sur le portrait. Alors il se baissa — lui, qui ne se baissait jamais plus — le ramassa, et le dévisagea. Il gratta la tache avec un ongle et en fit une tache moins noire, mais plus étendue. Il laissa retomber le portrait sur le tapis et s'effondra dans un fauteuil.

Les deux torchères crépitaient et crachotaient contre le mur. Le tsar Boris appuya ses coudes sur la lourde table et son front dans ses mains. Il ferma les yeux. Alors, sortant du coin le plus sombre de la salle, il vit venir à lui un petit garçon, pas plus haut que la main, vêtu avec soin, l'air soucieux. Il y avait du sang caillé sur son linge, mais au cou, au lieu d'une blessure béante, il avait une cicatrice blanche, comme une grosse couture entre deux boudins de peau. Et, sous l'œil droit, une verrue poilue.

6

Sur le chemin du lac Blanc, Aleksandro s'efforça de donner à sa prisonnière le temps de se reposer, mais il était pressé d'arriver pour rentrer au plus vite, et il ne pouvait s'empêcher de faire lever son monde plus tôt et coucher plus tard qu'à l'aller. Au couvent, il vérifia lui-même que la cellule souterraine où Maria serait désormais confinée n'était accessible qu'à la nonne qui lui porterait sa nourriture et des vies de saints.

— Je te remercie du soin que tu prends de moi, lui dit la tsarine. Je vois que ton cœur s'émeut de voir ce cachot. Tu as tort. Ici du moins je n'assisterai pas à quatorze heures de services religieux par jour et peut-être mon confesseur, hésitant à descendre sous terre, me laissera-t-il en paix.

— Ne regrettes-tu pas le portrait de ton fils que tu as laissé à Moscou ? lui demanda Aleksandro qui avait pitié d'elle pour la seule raison qu'elle était femme.

— Non, dit-elle. Son vrai portrait est ici.

Elle désignait non pas son cœur mais sa tête.

Sur le chemin du retour, Aleksandro s'arrêta à peine, crevant chevaux et gens. Il savait qu'on se battait aux frontières et il avait hâte d'affronter de vrais dangers, d'autant plus qu'il avait une fois encore déçu le tsar. D'ailleurs, repensant à la tsarine roulée dans un rideau, il se disait que l'air de la frontière lui serait plus salutaire que celui de la cour.

Mais il avait tort de s'inquiéter. Boris le reçut familièrement, seul à seul, sans rancœur.

— Les nouvelles sont mauvaises, mon Sandro. Je suis entouré de traîtres. Ton stratagème était bon, et peut-être même aurait-il réussi : malheureusement ma bête de femme est intervenue. Pourtant c'était notre dernière chance. Il ne nous reste plus qu'à nous fier à la fortune des armes. Tu resteras auprès de moi, tu me conseilleras, tu me protégeras, s'il le faut, contre les boyards.

Cela ne faisait pas l'affaire d'Aleksandro. Il sentait la main du destin s'appesantir de plus en plus sur cet homme malheureux qui avait voulu choisir sa propre croix. Se faire tuer pour lui ? A la bonne heure. Attendre la fin à ses côtés dans ce Kremlin qui sentait de plus en plus l'abattoir, ce n'était pas dans le caractère d'Aleksandro. Il tomba à genoux.

— Souverain, j'exécuterai tes ordres quels qu'ils soient, mais j'ai une faveur à te demander. Il n'y a rien à faire à Moscou, en ce moment, pour un homme de ma trempe. Aux armées, au contraire, fût-ce comme le dernier de tes streltsi, je saurai frapper de grands coups pour Ta Grâce. Envoie-moi contre le Félon. Mon frère est auprès de lui : c'est bien le moins qu'il y ait aussi un Psar dans le bon camp.

— J'ai assez de soldats en campagne, je n'ai pas assez de fidèles auprès de moi. Pourquoi souhaites-tu me quitter ?

— Je ne souhaite pas te quitter, souverain, mais te servir. Regarde mes épaules, ma poitrine, mes bras. Suis-je taillé comme un courtisan ? Tu crains la trahison, mais tu ne seras trahi à Moscou que si tu es vaincu sur le champ de bataille. Écrase le Félon aujourd'hui et demain les boyards les plus perfides te lécheront la plante des pieds.

Boris savait qu'il faut utiliser les hommes selon leurs capacités. Il soupira.

— Je sais ce qui te mine. Tu souffres pour ton frère, parce qu'il a trahi le vrai tsar. Mais ton frère souffre pour toi parce qu'il pense que tu trahis le vrai tsar. Nous croyons toujours que la vérité est de notre côté : c'est plus facile que de nous mettre du sien. (« Et moi ? se demandait Boris. Ai-je toujours été du côté de la vérité ou l'ai-je quelquefois mise du mien ? ») Ta demande est accordée, mais tu ne partiras pas comme le dernier des streltsi. Je ne peux pas t'accorder un grand commandement parce que tu n'es pas de grande naissance, mais je ne veux pas que tu t'exposes inutilement au danger. Tu seras légat du tsar, et ton autorité contrebalancera celle des généraux en chef.

Le tsar choisit dans une cassette une topaze gravée de l'aigle à deux têtes.

— Prends-la. Jamais je n'ai donné ce signe de confiance de gaieté de cœur, mais je le fais aujourd'hui. Je sais que je ne me trompe pas. Inspecte, rends compte, améliore si tu peux. Essaie de sauver ce pays qui n'était jamais monté si haut ni n'a jamais été si près de disparaître. Dieu a des vues sur la Russie : il ne faut pas que nous décevions Dieu, toi et moi.

Boris eut un sourire larmoyant : toute la piété patriotique de son adolescence, tout son amour sacrificiel pour la Russie lui revenaient. Aleksandro lui baisa la main, une main sèche et fripée, chaude de fièvre mais encore ferme.

CHAPITRE VI

LA FORTUNE DES ARMES

1

L'armée campait au bord du Dniepr, du côté polono-lithuanien. Vers minuit, Sergo sentit une botte contre sa hanche. Il ouvrit les yeux. C'était son tsarévitch.

— Viens.

Ils quittèrent le camp, descendirent vers la rive, se frayant un passage à travers les roseaux qui crissaient, raides sous le givre. L'eau clapotait entre les racines des saules.

Sergo avait repéré l'endroit où le canot que le tsarévitch lui avait commandé de se procurer était amarré. Il eut tout de même quelque mal à le retrouver dans la nuit et envia les dons héréditaires de son frère. Enfin sa main rencontra le plat-bord.

— Ici.

Ils se glissèrent à bord, le tsarévitch jurant joyeusement d'une voix étouffée. Il jurait en polonais : *vchistkié diabli !*

— Rame.

— Où allons-nous ?

— De l'autre côté, bêta.

Sergo se repoussa aux branches, puis il se mit à

souquer sur deux grosses pelles de bois qui grinçaient dans les tolets. Il jeta un coup d'œil aux nuages déchirés entre lesquels miroitait une étoile. Pourquoi allait-on de l'autre côté ? Avec le tsarévitch, on ne savait jamais : ce pouvait être en reconnaissance ou à un rendez-vous amoureux.

Dmitry ne parlait pas. Il rêvait. Son enfance, sa prime jeunesse s'étaient passées à se chercher un destin : « fils de traître », ce n'en était pas un. Savitski, Barezzi lui avaient greffé le destin d'un autre, qui, providentiellement, s'appelait Dmitry comme lui. Était-ce son destin, donc, d'assumer un destin qui n'était pas le sien ?

Enfin le bateau heurta la rive orientale. Pour la première fois de sa vie, Dmitry toucha la terre russe.

— Attends-moi.

Il s'éloigna de quelques pas.

Un vent russe soufflait dans les hauteurs. Des buissons russes bruissaient. Un oiseau russe réveillé en sursaut s'envola à grand bruit.

Dmitry s'agenouilla et, avec les mains, écarta les feuilles glacées qui jonchaient le sol. Ses doigts touchèrent la terre granuleuse du pays que son père avait trahi. Dans l'obscurité, il la baisa, percevant, grâce à l'odeur de l'humus, un goût de pourriture féconde sur ses lèvres. Un jour, pensa-t-il avec ivresse, son corps retournerait à cette terre, s'y mêlerait, la nourrirait. En attendant, il voulait la soigner, la caresser, la faire fructifier. Cela rachèterait-il son imposture ? Il sentait ses rotules peser sur le terreau ancestral, et il s'accusait :

« Je reviens dans ma patrie et en cadeau je lui apporte un mensonge sacrilège et la guerre civile. J'ai promis de déchirer la terre russe pour en livrer des provinces entières à l'étranger ; de violer sa religion pour la remplacer par une religion étrangère. Mais je fais ici le serment de ne pas tenir mes serments. Smolensk ? Russe. Séversk ? Russe. Novgorod, Pskov ? Russes, russes, russes. Et orthodoxes, bien sûr. Je ne suis pas qui je feins d'être, mais celui que je feins d'être feint à son tour. Ni César ni Alexandre ne sont partis d'aussi bas que moi, mais j'arriverai plus haut qu'eux. (Il ramassait des poignées de terre et les jetait autour de lui.) Cette terre, j'en ferai la première du monde. Tous les peuples s'inclineront devant elle. Sous les couleurs de Marina, je déclare la guerre à un des plus puissants seigneurs du monde, je tente l'impossible et l'interdit, mais lorsque je comparaîtrai devant le Juge, je lui dirai : "J'ai tenu ma gageure et il n'en a résulté que du bien. Le peuple russe est heureux, libre, orthodoxe comme tu le voulais, et nous avons libéré le Saint-Sépulcre !" »

Exalté, Dmitry se remit debout. Il avait toujours su qu'il verrait en la terre russe une mère, mais à présent d'autres sentiments bouillonnaient en lui : elle lui apparaissait comme une maîtresse à conquérir et à féconder. Tout ce qui tient d'Œdipe dans le patriotisme se donnait libre cours en lui, et, s'il y avait quelque incohérence à arborer les couleurs d'une maîtresse pour en étreindre une autre, il n'en était pas gêné. Il respira largement l'air frisquet que le vent faisait courir par vagues autour de lui et cette fraîcheur à l'intérieur de ses narines le ravit.

Il revint au bateau :

— On rentre.

Sergo le regardait, attendri :

« Il a voulu baiser la terre orthodoxe sans hérétiques pour l'espionner. »

Le retour se fit en silence. Sergo ramait et songeait à Avdotia, à l'image de laquelle se superposait quelquefois, indiscrètement, celle de Danoucha, avec laquelle il était pourtant resté brouillé. Il n'y avait plus que trois mois jusqu'à la Noël, et l'idée qu'Avdotia pût se mettre à prier pour lui comme pour un mort lui semblait de mauvais augure. Il osa questionner Dmitry.

— Tsarévitch, serons-nous au Kremlin pour la Nativité de Notre-Seigneur ?

— Quoi ? fit Dmitry qui s'était à moitié endormi. Je l'espère. Tout cela est entre les mains de Dieu.

Il ne poursuivit pas la conversation. Fatigué par ses émotions, il ne songeait qu'à retrouver la couverture dans laquelle il se roulait pour dormir à même la terre, comme ses hommes.

2

Au matin du 16 octobre 1604, trois mille gentilshommes polonais, abritant leurs moustaches redoutables sous leurs czapskas multicolores, et deux mille cosaques aux trognes boucanées par les intempéries se massaient sur les pentes du mamelon que dominait, sur son cheval blanc, le tsarévitch Dmitry, entouré de ses intimes, Grichka Otrépiev, le père Gaspard Savitski, Sergo Psar et le comte Mnichek, élu voïvode, éblouissant avec son dolman fraise écrasée à brandebourgs de vieil or et son haut bonnet de fourrure orné de médailles religieuses. Il faisait frais. Les chevaux avaient envie de galoper.

— Mes amis ! Mes frères ! cria Dmitry du haut du mamelon.

Il ne savait pas si on l'entendait bien. Il se haussait sur ses étriers et détachait clairement chaque mot pour le faire claquer dans l'air sec.

— Aujourd'hui — les Russes — se mettent en campagne — pour libérer — leur patrie — de l'usurpateur. Leurs nobles frères — polonais — leur prêtent — l'appui — de leurs armes.

Mnichek fit la grimace et Dmitry sentit que cela ne suffisait pas.

— De leurs armes — invincibles. De leur vie. De leur gloire.

C'était mieux, mais cela pouvait agacer les Russes. Alternant le russe et le polonais, Dmitry continua :

— Mes amis russes, nous allons nous battre pour la terre russe ! Pour la vérité russe ! (Les Polonais prirent l'air supérieur.) Mes amis polonais, nous allons nous battre pour l'honneur ! Pour les beaux yeux de nos dames ! (Les Polonais frisèrent leurs moustaches.) Moi aussi, au premier rang, comme les princes du temps jadis, je vais me battre pour la terre russe ! (Les cosaques redressèrent la tête.) Et pour les beaux yeux de la comtesse Marina !

Dmitry brandit la lance qu'il tenait à la main ; elle était décorée de trois plumes d'autruche blanches, les armes des Mnichek. (Les cosaques échangèrent des regards d'incompréhension.)

— Mes sujets ou plutôt mes amis russes, à partir d'aujourd'hui nous marchons sur Moscou, la ville sainte aux quarante fois quarante églises. (Les yeux des Russes brillèrent.) Mes alliés polonais, à partir d'aujourd'hui nous marchons sus à Moscou, la ville qui contient le trésor des tsars. (Les Polonais parurent s'intéresser à la question.) A Moscou, nous allons régler son compte à l'usurpateur. Criez avec moi : Mort à l'usurpateur.

De ces cinq mille glottes d'aventuriers sortit un aboiement effrayant.

— Oui, reprit Dmitry, porté par les voix de ses partisans. Nous prendrons Moscou. Nous camperons au Kremlin. Nous trouverons l'usurpateur au gîte avec l'usurpatrice et les petits usurpatillons. Nous écraserons ce nœud de vipères sous nos talons. (Il sentit que l'enthousiasme polonais avait baissé d'un cran.) Et nous nous partagerons leurs dépouilles ! (Les Polonais reprirent courage.)

Sergo poussa son cheval en avant.

— Vive le tsarévitch Dmitry ! cria-t-il de sa voix claironnante.

— Vive le tsarévitch Dmitry ! reprirent les cinq mille braves, tandis que Dmitry levait sa lance dorée au-dessus de sa tête pour désigner le Dniepr qui coulait au bas de la colline, les barges qui attendaient de transporter la petite armée, et l'autre rive, l'orientale, la russe, celle d'une magnifique aventure d'où beaucoup ne reviendraient pas vivants.

L'armée se mit en marche : d'une part, les Polonais vêtus de rose, de vert, de bleu, de jaune, avec leurs baudriers de cuir, leurs brandebourgs tressés, leurs cuirasses niellées, leurs heaumes dorés, le tout ondoyant de plumes et de panaches, scintillant de chaînes et de pierres précieuses ; d'autre part, les cosaques, masse brune et grise, les cavaliers debout sur leurs étriers, ne reflétant guère la lumière du matin, sauf qu'une cotte de mailles ou un sabre à poignée d'argent mettaient çà et là une paillette blanche dans la masse plombée.

On s'entassa sur les barges, qui faisaient l'aller et le retour, profitaient de la brise, tiraient des bordées. On ne rencontra aucune résistance sur l'autre rive. On perdit un seul homme qui, dans un accès de fièvre chaude, se jeta à l'eau et s'y noya.

Le tsarévitch Dmitry avait voulu être le premier à mettre le pied sur la terre russe. Au vu de toute l'armée, il se jeta à genoux et la baisa. Les Polonais se renfrognèrent comme des oiseaux ébouriffant leurs plumes. Les Russes et les cosaques s'épanouirent. La reconquête était commencée.

*

Sergo croyait fermement que tous les maux du pays allaient s'évaporer comme brume au soleil maintenant que l'ordre cosmique était en passe d'être rétabli. Il n'y aurait plus de famines, plus d'épidémies, il ne naîtrait plus d'avortons, les hommes ne mourraient plus que de douces vieilles morts, les yeux fixés sur le Royaume, ou alors dans la sainteté du haut fait, en combattant pour le tsar et la terre natale.

Et tout se produisit d'abord comme Sergo s'y attendait.

Le tsarévitch miraculé chevauchait depuis une heure à peine sur sa glèbe héréditaire que son cheval blanc foulait fièrement du sabot, courbant joliment la jambe, comme une danseuse, arquant l'encolure et tirant sur son mors, quand deux paysans accoururent, traversant un labour, les pieds enserrés dans des chaussures d'écorce de bouleau, les mollets enroulés de chiffes, la barbe mêlée de grumeaux de terre, les haillons sculptés par le vent. Ils arrachèrent leur bonnet de lapin au milieu du champ, et, lorsqu'ils eurent atteint le bord que suivait le tsarévitch, ils tombèrent face contre terre. Dmitry arrêta son cheval, et les cinq mille hommes qui le suivaient s'arrêtèrent aussi.

— Relevez-vous, bonnes gens, dit le tsarévitch, avec une pointe d'accent polonais que Sergo fut le seul à remarquer.

C'étaient les premiers mots qu'il avait prononcés dans son pays.

Les paysans relevèrent leurs visages lumineux, trempés de sueur, constellés de terre. L'un d'eux s'essuya la face du revers de la main, et la boue coula sur sa joue. Il y eut quelques ricanements parmi les Polonais de la suite : « Ça pleure facilement, les Moskals. »

— Regarde, c'est bien le fils du Terrible ! dit l'un des paysans à l'autre, montrant le tsarévitch du doigt. Ils se ressemblent comme deux gouttes d'eau.

— Tu as connu mon père, l'ami ? demanda Dmitry d'une voix caressante.

— Non, tsarévitch, non, répondit le paysan, les larmes coulant librement sur ses joues ridées. Je ne l'ai point connu. Mais je vois bien que tu lui ressembles, au doux cher seigneur, et nous voulons te servir et t'être fidèles et mourir pour toi.

— Grand-père, lui dit Dmitry du haut de son cheval, je te remercie de ta vérité. Oui, c'est votre devoir de mourir pour moi, comme le mien est de vivre pour vous. Mais cette fois-ci, si Dieu le veut, il ne sera pas question de mourir, mais seulement de chasser l'usurpateur. Quand je serai tsar à Moscou, je vous rendrai la Saint-Ioury. Il n'y aura plus de serfs en Russie : il n'y aura plus que le peuple et son tsar.

Il talonna son cheval et la cavalcade s'ébranla. Les deux paysans, toujours à genoux et tête nue, échevelés et heureux, restèrent piqués dans leur champ comme deux poireaux.

Le soleil n'était pas encore bien haut dans le ciel lorsque, par-delà le bombement d'un champ labouré, apparut le bulbe d'une église de bois, contre laquelle se serraient une vingtaine de maisonnettes enduites de chaux. Un grand chêne effeuillé étendait sur elles ses rameaux protecteurs. Un coq s'égosillait sur une pyramide de fumier. Dmitry arrêta son cheval et, la main en visière, observa son premier village russe.

— Les officiers, à moi !

Le voïvode comte Mnichek, trois colonels et une vingtaine de capitaines approchèrent au galop de chasse.

— Nous allons entrer dans ce village. Si nous rencontrons la moindre résistance, nous le brûlerons. Mais prenez garde : si nous sommes reçus comme il convient par nos fidèles sujets, nous ne toucherons pas un cheveu d'une seule femme, pas une plume d'une seule oie. Voyez-vous ce chêne à l'entrée ? Je vous donne parole qu'à la moindre exaction il croulera sous le poids des pendus. Qu'on se le dise.

Sergo regarda son tsarévitch avec des larmes d'admiration.

L'entrée fut triomphale. Les paysans étaient rassemblés, le vieux curé portait ses ornements sacerdotaux, une jeune fille aux joues rouges tenait un plateau sur lequel étaient posées une miche de pain noir et une assiette de terre cuite contenant une pincée de sel. Deux cosaques, culotte large et bouffante, chemise brodée, le sabre au côté, maintenaient par les épaules un gros bonhomme chauve en kaftan, les pieds entravés par deux bûches liées ensemble.

A la vue de Dmitry sur son cheval blanc, paysans et paysannes entonnèrent le chant rituel : *Seigneur sauve Ton peuple et bénis Ton héritage. Accorde victoire sur l'ennemi au pieux tsarévitch Dmitry Ivanytch...* Et, quand ils eurent fini de chanter, ils s'agenouillèrent tous, même le curé, sa vieille chasuble reprisée traînant dans la poussière.

— Braves gens, dit Dmitry, je vois que vous nous êtes fidèles comme vous l'avez été à notre père. Nous vous promettons d'être pour vous un juge équitable et un protecteur efficace. Relève-toi, père : il n'est pas décent que tes cheveux blancs s'humilient devant ma jeunesse. Tu ferais mieux de me bénir.

Il sauta à terre, jeta son chapeau à la cantonade (Sergo le rattrapa) et s'avança vers le prêtre les mains réunies en forme de coupe, comme le font les orthodoxes quand ils sollicitent une bénédiction. Le père Gaspard, qui chevauchait à côté de Dmitry, ne trahit aucune émotion. Le vieux curé, lui, flageolait sur ses jambes.

— Est-ce à moi, pauvre pope illettré, de bénir mon tsarévitch ?

— Tu es le premier prêtre orthodoxe que je rencontre sur la terre russe : ta bénédiction m'apportera la grâce du Seigneur.

Béni, Dmitry baisa la main tremblotante que le prêtre voulait lui arracher. Puis il se tourna vers le prisonnier :

— Celui-là, qui est-ce ?

L'un des cosaques répondit :

— Tsarévitch, c'est un cadeau de bienvenue que te font les cosaques Zaporogues qui attendent ta venue avec impatience. Ce nobliau est un agent du Tartare, envoyé dans nos régions pour troubler les esprits de tes fidèles sujets. Un mot de toi, et nous le pendons haut et court.

Il désignait le chêne dont les puissantes branches horizontales ne pouvaient manquer de donner des idées de ce genre.

— Qu'as-tu à dire ? demanda Dmitry au prisonnier.

Le gros homme réussit à s'agenouiller malgré les pièces de bois qui lui maintenaient les chevilles.

— Tsarévitch, je me nomme Piotr Khrouchtchov, et c'est vrai que Boris m'a envoyé mettre les peuples en garde contre toi. Je ne te connaissais pas, je croyais que tu étais Grichka le Défroqué. Je vois maintenant que tu es le tsarévitch légitime, et tu peux, si tu le veux, pardonner à mon ignorance.

Dmitry, le pied droit en avant, le poing sur la hanche gauche, réfléchissait.

— Dis-moi, Piotr Khrouchtchov, les lettres que

nous envoyons au peuple russe lui parviennent-elles ? Sont-elles connues ?

— Oui, souverain. Tous ceux qui savent lire se les arrachent, en secret bien entendu. On les lit, on les relit, on les recopie. Le peuple est pour toi. Pour nous autres, hommes de service, tu le sais, les ordres sont les ordres.

— Nous serviras-tu loyalement si nous te faisons libérer ?

— Tsarévitch, je donnerais ma vie pour toi ! fit le gros homme en louchant sur le chêne.

— Qu'on le libère. Puisque tu connais Godounov, tu seras notre messager auprès de lui. Justement, nous en cherchions un ! Sergo, donne-lui la lettre. Sais-tu lire, Piotr Khrouchtchov ?

— Hélas, le Seigneur ne m'a pas donné cette science-là, souverain.

— Eh bien, nous te la lirons nous-même, pour que tu saches quelles nouvelles tu portes.

Dmitry déroula le parchemin et lut à voix forte pour que chacun l'entendît :

Nous, Dmitry Ivanytch, tsarévitch de toutes les Russies, à Boris Godounov, occupant injustement le trône de nos pères. Crains Dieu, Boris, et connais la vérité. Nous, souverain légitime, marchons contre toi avec une armée nombreuse et surtout l'aide de Dieu. Pendant qu'il en est temps, repens-toi, dépose la Tiare de Monomaque, et retire-toi dans un monastère. Malgré tous les crimes que tu as commis contre nous et contre nos peuples, nous te promettons la vie sauve à toi et à ta famille.

— Sergo, donne-lui aussi quelques-unes de nos proclamations. Qu'il les distribue aux voïvodes, aux hommes de service, aux prêtres, aux commerçants, à tous ceux de nos sujets qui savent lire. Me promets-tu de le faire ?

— Je te le jure sur la vivifiante croix.

— Voici ce que nous disons à nos sujets. Écoute bien.

Dmitry déplia un autre parchemin. Ayant jeté un regard aux paysans, aux cosaques, à ses propres hommes, Dmitry recommença à lire avec un plaisir visible les phrases éloquentes qu'il avait composées lui-même.

Nous, Dmitry Ivanytch, tsarévitch de toutes les Russies, mandons à nos fidèles sujets ce qui suit.

Le Dieu de miséricorde a choisi de nous protéger contre le traître Boris Godounov qui avait entrepris de nous mettre à mort. De sa main invisible, il nous a caché, nous qui sommes votre souverain de naissance, et pendant de longues années il nous a sauvegardé par ses destins. Maintenant, nous avons atteint l'âge adulte et, avec l'aide de Dieu, nous prenons la suite de nos ancêtres. Rappelez-vous votre naissance, la foi orthodoxe et les serments que vous avez prêtés sur la croix à notre père le souverain tsar et grand-prince Ivan Vassilytch de sainte mémoire et à sa descendance. Séparez-vous dès maintenant du traître Boris Godounov pour nous rejoindre, et, à l'avenir, soyez-nous fidèles comme vous l'avez été à notre père Ivan Vassilytch de sainte mémoire. Et nous, nous vous ferons profiter de nos faveurs selon nos habitudes miséricordieuses et tsariennes, et nous vous comblerons d'honneurs, car notre désir est de faire que toute la chrétienté orthodoxe vive dans la paix, le calme et la prospérité.

3

Pendant les premiers jours, l'accueil des Russes ne se démentit pas. Les voïvodes de la ville de Moravsk, fidèles à Boris, voulurent résister, mais les habitants les ligotèrent et les livrèrent à Dmitry. Mnichek réunit la population et prononça un discours dans un russe régulièrement accentué sur la pénultième, à la polonaise.

— Peuple de Moravsk, je suis le comte Mnichek, gouverneur de Sambor, voïvode de Sandomir, staroste de Lvov, sénateur de Pologne, incapable par conséquent de proférer un mensonge. Je vous donne ma parole de gentilhomme polonais que le beau jeune homme qui se tient à mes côtés est bien votre tsarévitch légitime, Dmitry fils d'Ivan et personne d'autre.

Il y eut dans la foule des ricanements étouffés : quel besoin les Russes avaient-ils d'une caution étrangère pour reconnaître leur souverain ?

— Cher et futur beau-père, lui dit Dmitry à mi-voix, je ne sais pas ce que je ferais sans votre aide.

Mnichek grimaça.

— Peuple de Moravsk, ajouta-t-il, le roi de Pologne-Lithuanie et toute sa noblesse ont adopté le tsarévitch Dmitry, et si vous ne vous soumettez pas à lui de gré, l'armée polonaise viendra vous y forcer.

Il savait qu'il commettait bourde sur bourde et cela réjouissait le vieux pervers de voir que Dmitry pouvait le railler mais n'osait pas le faire taire.

Dmitry traita les voïvodes prisonniers avec bonne grâce et, leur ayant confié quelques exemplaires de sa proclamation, leur rendit la liberté et marcha sur Tchernigov.

Tchernigov voulait se donner à Dmitry ; son voïvode ne le voulait pas, ce qui donna l'occasion aux cosaques de Dmitry de se payer eux-mêmes leur solde en pillant la ville : ils ne comprenaient pas qu'on se battît si ce n'était pas pour piller. Sergo trembla : comment le tsarévitch réagirait-il ? Il réagit en tsarévitch : les cosaques rendraient tout ce qu'ils avaient pris, sinon il les chargerait avec la chevalerie polonaise. Les cosaques s'inclinèrent et le voïvode lui-même, prêtant serment à Dmitry, lui livra dix mille zlotys appartenant au trésor. Dmitry put payer ses troupes.

Prochaine étape : Novgorod-Séversk. Huit jours d'une marche triomphale parmi les peuples qui accouraient saluer le souverain légitime : « Longue vie au tsar Dmitry Ivanytch ! » criaient-ils, car pour eux il était déjà le tsar : il ne lui manquait que d'être couronné et sacré à Moscou.

Le père Gaspard voyait d'un œil circonspect le clergé orthodoxe accourir au-devant de Dmitry et se faire recevoir par lui le mieux du monde. Le soir, il protestait avec modération.

— Le prince, disait-il, devrait prendre ses distances avec le schisme dès maintenant. Sans brutalité. Un mot de temps en temps suffirait. Une fois qu'il aura succombé aux blandices de cette religion barbue, tendre, sentant le miel, chantant *a capella*, rebelle à la rigueur romaine, il lui sera difficile de tenir ses engagements. Or, il n'a pas oublié, j'imagine, que, s'il bénéficie de l'aide du roi, du pape et de Dieu, c'est parce qu'il a accédé à la vraie foi.

Pour n'avoir pas la lumière dans les yeux, Dmitry déplaçait la chandelle qui tenait le milieu de la table dressée sous sa tente.

— Père Gaspard, disait-il d'un ton nouveau, qui n'était ni impérieux ni discourtois, mais se ressentait des habitudes de commandement prises en campagne, un ton de plein air, un ton qui avait des bottes, père Gaspard, on prend la barbacane d'abord, le château ensuite. La Russie est la barbacane, l'orthodoxie est le château. Laissez-moi procéder par ordre. Si je m'attaque à l'orthodoxie aujourd'hui, le révérend père s'imagine-t-il que le peuple reconnaîtra encore ma légitimité ?

Et si le prêtre insistait, Dmitry se penchait sur la table en souriant de biais :

— D'ailleurs, de quoi s'inquiète-t-il, le révérend père ? A-t-il oublié notre dessein secret ? Nous avons la croisade en commun, voyons.

Le jésuite, à qui on avait appris à biaiser, se le tenait pour dit. Il supportait même l'amitié qui liait Dmitry à l'orthodoxe Sergo, encore qu'un bon agent ne doive pas avoir d'amis, et il n'assistait plus aux conseils de guerre, parce que les Russes n'auraient pas compris qu'un prêtre catholique romain y fût admis.

Le 8 novembre 1604, Dmitry fut accueilli magnifiquement à Karioukovka, baisa vingt icônes et embrassa vingt jeunes filles en blouses blanches brodées de bleu et de rouge. Elles lui sourirent si gentiment qu'il en était à se demander si, au lieu de foncer sur Tchernigov, il n'allait pas s'accorder un ou deux jours princiers sur place. Il logeait, ce soir-là, dans une belle maison, dont le propriétaire, fidèle à Godounov, avait pris la fuite. « C'est bien le diable, se disait Dmitry, si je ne me fais pas amener une ou deux sujettes trop heureuses de se pâmer entre les bras de leur souverain. Je ne vais pas demander ce service à Sergo qui ne comprendrait même pas de quoi je lui parle, mais Grichka saura y faire, sans que le beau-papa s'aperçoive de rien. »

Ayant donné des ordres pour la grande fête qu'il préparait pour le lendemain, il entra dans la chambre haute en chantonnant un air martial. Le père Gaspard se leva à sa rencontre : de plus en plus, il prenait l'habitude de le traiter en tsarévitch même lorsqu'ils étaient seuls. Jetant sa cravache sur la table et cherchant à déguiser son irritation devant ce contretemps, le tsarévitch se laissa tomber dans un fauteuil.

— En quoi puis-je être agréable au révérend père ?

— Nous avons des nouvelles.

— Tant mieux. J'en suis friand, si elles sont bonnes.

— Le prince avait écrit il y a quelques mois au Saint-Père. Le Saint-Père vient de nous faire parvenir sa réponse.

— Eh bien, qu'on lise et qu'on traduise. Mon latin n'est pas tout à fait à la hauteur de celui du pape, dit Dmitry en étendant les jambes et en tournant les pieds pour mieux admirer ses bottes de maroquin vert.

Depuis qu'il était devenu catholique romain, toute référence au pape semblait l'agacer, et le père Gaspard comprenait cela : si nécessaire à Dmitry quelques semaines plus tôt, Rome ne devait plus être pour lui qu'une image irritante, rappelant les obligations contractées, la gratitude méritée, tout cela froid et compliqué comme une église gothique, et d'ailleurs s'estompant déjà dans l'espace et dans le temps. Novembre à Karioukovka n'était plus avril à Cracovie.

Le père Gaspard regarda son agent en hochant la tête. Oui, il fallait lui raccourcir la bride. Pas trop cependant. On devait le garder docile sur l'essentiel, c'est-à-dire l'ouverture de la Russie au catholicisme, mais, pour le reste, il serait puéril de s'imaginer que ce jeune prince qui, sans combattre, volait de victoire en victoire, se laisserait longtemps tenir en lisières. Possevino avait raison : on le tenait « par la vérité » ; mais la vérité est une arme à un coup : la faire éclater équivaudrait à saborder la mission.

Le père Gaspard décacheta la lettre qui n'était que sceaux et rubans. Il traduisit à haute voix les protestations réservées de Clément VIII qui appelait les grâces du ciel sur le seul prétendant véritablement chrétien à la Tiare de Monomaque, et lui rappelait que ces grâces devaient se mériter par une fidélité sans faille à la seule vraie Église du Christ.

— Je suis reconnaissant au Saint-Père de sa sollicitude, dit Dmitry d'un ton boudeur, mais je ne vois pas pourquoi il insiste aussi lourdement sur le devoir que j'ai de lui être fidèle. Ai-je rien fait pour trahir sa confiance ? Doute-t-il de moi ? Ce serait insultant.

Le ton déplut à Gaspard qui, pour une fois, perdit patience.

— Je suis persuadé, dit-il, que le prince est bien trop intelligent pour trahir la confiance du Saint-Père. Ce ne serait pas prudent de sa part, pas prudent du tout.

Ravi d'avoir agacé son mentor, Dmitry ne put s'empêcher de continuer.

— Mon révérend père, dit-il, en croisant haut les jambes et en tirant de sa poche une boîte d'argent où il prit délicatement une dragée, si quelqu'un écoutait aux portes, il se figurerait que le père Savitski menace le tsarévitch de toutes les Russies. Une dragée ?

Il tendait la boîte en penchant la tête de côté avec un sourire joueur.

Gaspard se leva. Son visage austère s'était rembruni. Les rides qui le marquaient s'accusèrent.

— N'oublie pas qui tu es, fit-il durement. Ni qui tu sers. Nous t'avons créé ; nous pouvons te renvoyer au néant. Personne ne met de bâtons dans les roues de Barezzo Barezzi : ils casseraient.

Dmitry se renversa et s'étira tout en croquant sa dragée.

— Allons, allons, père Gaspard, ne nous emportons pas. Je vois bien que vous me soupçonnez de pensées mauvaises. En ce moment, j'en caresse quelques-unes, c'est vrai. Voulez-vous que je vous dise lesquelles ? Je rêve aux moyens de commettre un ou plusieurs péchés mortels avec ces petites bonnes femmes qui m'acclamaient tout à l'heure. La seule sanction dont vous puissiez me menacer, en l'occurrence, ce serait d'aller me moucharder auprès de Mnichek. Mais ce n'est pas dans votre intérêt de me brouiller avec lui. Dites-moi plutôt si ce serait un péché vraiment mortel ou si on en ressuscite.

Le père Gaspard, honteux de son manque de sang-froid, était soulagé : tant que Dmitry penserait à l'alternative bagatelle-salut, il ne serait pas trop difficile de le tenir en main. Il faudrait simplement le laisser s'enfoncer dans le péché sans sombrer dans le cynisme.

— Il n'y a qu'une résurrection pour le pécheur, dit-il : le repentir. Qui demeure toujours à sa disposition.

4

Aleksandro arriva à Novgorod-Séversk tard le soir et se fit conduire à la citadelle, chez le voïvode Piotr Basmanov. Qu'il fût le fils du célèbre mignon d'Ivan le Terrible ne disposait pas Aleksandro en sa faveur, mais l'homme trapu, râblé, au poil ras et dur, qui fonça droit sur lui comme un sanglier, lui plut. Ils s'embrassèrent.

— Tu m'es envoyé par le tsar Boris ? Sois le bienvenu, dit Basmanov. Prends un siège. Viens-tu me relever ? Commander à ma place ? Je suis aux ordres du tsar.

Ils s'assirent côte à côte sur un banc recouvert d'un tapis.

— Le tsar est content de toi, et je n'ai ni la naissance ni l'expérience qu'il faut pour commander en chef, répondit Aleksandro. Je dois seulement observer ce qui se passe et en rendre compte. Je suis venu chez toi d'abord et non pas à l'armée que le tsar envoie à la rencontre de l'imposteur, parce que Novgorod-Séversk est sur la route de Moscou : tout laisse présager que tu seras assiégé bientôt.

— Tout, acquiesça Basmanov. Nous attendons le Félon d'un jour à l'autre. Et de pied ferme, je te prie de le croire.

— La troupe est fidèle ?

— La troupe obéit à ses officiers.

— Les officiers sont fidèles ?

— Ils m'obéissent.

— Le peuple ?

Basmanov fit la grimace.

— Tu sais que cette région est une de celles où le tsar Boris, dans sa mansuétude, avait coutume d'exiler des ennemis personnels qu'il aurait mieux fait d'exécuter. Alors, au lieu de lui en avoir de la reconnaissance, ils essayent de faire branler le couteau dans le manche, mais comme c'est moi qui tiens le manche, ils se coupent. A propos de couteaux, veux-tu partager mon repas ? Tu dois être fatigué de la route. Nous parlerions aussi bien à souper.

Des victuailles et des boissons avaient été préparées d'avance sur une table.

— Pas de service, pas d'espions, fit Basmanov.

Ils prièrent ensemble devant les icônes, puis s'attablèrent.

— Bientôt le carême de Noël : plus que du poisson pendant des semaines. Raison de plus pour mettre les bouchées doubles.

Et le voïvode saisit un jarret de sanglier dont il fit craquer les tendons sous sa forte denture.

— Permets-moi de te poser une question, fit-il la

bouche pleine. Que penses-tu de ce Défroqué ? Et qu'en pense le souverain ?

Aleksandro but une gorgée de romanée.

— L'imposteur est un imposteur : je t'en donne ma tête à couper. Qu'il soit ce défroqué Grichka, que le patriarche a proclamé anathème, c'est ce que je ne puis t'assurer, mais que nous importe à toi et à moi ? Il ne nous appartient que de le détruire.

— Je vois qu'on peut parler avec toi. Cependant, d'après les ordres que j'ai reçus, ce n'est pas ce filou qui est à craindre, mais le roi de Pologne-Lithuanie, qui se sert de lui pour rompre la trêve sans en avoir l'air. Toi qui quittes le tsar, que peux-tu me dire à ce propos ?

Aleksandro reconnut la mauvaise habitude qu'avait prise Boris : vouloir être servi sans dire la vérité à ses serviteurs.

— Quel que soit le rôle du roi, c'est contre le filou que tu te battras. Et pas seulement contre lui, mais aussi contre le nom qu'il porte. Plus il remportera de victoires, plus il emportera de créance. Nous n'avons qu'un seul moyen de prouver qu'il n'est pas Dmitry : le battre.

Ils en étaient aux desserts et aux liqueurs douces quand Basmanov dit en se curant les dents :

— Tu m'as demandé tout à l'heure si nous pouvions faire confiance au peuple. Ce qui m'inquiète, ce sont les faubourgs. Indéfendables. Si l'imposteur fait un coup de main dessus, le voilà au pied des remparts, bien protégé, et bien nourri. Nul doute que, dans ce cas, par amour ou par peur, les habitants ne se mettent de son côté. Or, ils ont tous des parents en ville. Ça va commencer à pourrir.

Aleksandro fit craquer une noix.

— Brûle les faubourgs.

— Quand ?

— Maintenant.

— Sans prévenir ?

— Si tu ne veux pas d'émeutes. Tu feras rentrer les habitants dans la ville. Puisqu'ils y ont des parents. Tu as assez de vivres et d'eau, je suppose.

Basmanov se pencha par-dessus la table et frappa le bras d'Aleksandro.

— Toi, tu me plais. Holà ! Quelqu'un !

Un strelets accourut.

— Deux cents hommes dans la cour. Dans un quart d'heure. Avec des torches.

Bientôt des flammes colorèrent de jaune et d'orange les vessies mates qui servaient de vitres à la résidence du voïvode, et, lorsque Basmanov parut en haut de l'escalier, accompagné d'Aleksandro, deux cents hommes l'attendaient en piétinant dans une odeur de résine, leurs armes cliquetant et s'entrechoquant.

— Les enfants ! cria Basmanov. On brûle les faubourgs. Les habitants, pas touche. Ni les habitantes, démons que vous êtes ! Sinon, gare. On les laisse rentrer en ville et emporter ce qu'ils voudront. Alors, bougres de fainéants ? Ça devrait déjà être fait !

Ils s'égaillèrent en poussant des cris farouches. Brûler les faubourgs ? Une partie de plaisir. Brandissant leurs torches, ils se déversèrent par la porte principale de la ville, et se ruèrent sur les baraques des artisans, boutiquiers, façonniers, journaliers, sur les estaminets, sur les échoppes, sur les maisons de passe, enflammant ici un toit de chaume, là un tas de paille. Ils enfonçaient les portes à coups de pied, mettaient le feu aux literies, aux réserves d'huile, aux rideaux quand il y en avait. Les habitants décrochaient les icônes, saisissaient qui une casserole ou un pot, qui une cage à rossignol, et se jetaient dehors. Les enfants glapissaient, les femmes vociféraient, les hommes tentaient de discuter. « Ordre du voïvode » les réduisait au silence. Les flammes grimpaient dans les charpentes, les murs s'effondraient, les poutres consumées se brisaient en deux, la fumée s'échappait des soupiraux et des lucarnes. Des poules s'envolaient en caquetant ; des moutons bêlaient, enfermés dans une bergerie ; un troupeau de chèvres libérées d'un enclos dévalait la rue. Les streltsi couraient toujours, comme autant de diables, s'acharnant sur les maisons qui résistaient au feu : « Vas-tu brûler, salope ? » Tout était rouge, même la mince couche de neige cristallisée dans laquelle l'incendie se reflétait.

Basmanov et Aleksandro se tenaient à l'écart.

— Nous faisons là un drôle de métier, dit Aleksandro en voyant passer une vieille avec, dans ses bras, un nourrisson enveloppé de chiffons, qui braillait.

Basmanov ne répondit pas. Au bout d'un moment, il dit seulement :

— Ça sent le gigot brûlé.

5

Au matin, un détachement de cosaques arriva en vue de Novgorod-Séversk. Il ne restait plus des faubourgs que quelques poutres noircies qui fumaient encore dans la neige.

— Dommage, dirent les cosaques. Il y avait sûrement quelques usuriers à piller.

Le lendemain Dmitry approcha de la ville avec son armée qui, dans l'entre-temps, avait triplé. Il connaissait la réputation de Basmanov : Basmanov ne se rendrait pas. Cela n'inquiétait pas Dmitry. Les habitants le lui livreraient sûrement pieds et poings liés, comme cela s'était passé dans d'autres villes, avec d'autres voïvodes.

— Sergo, dit le tsarévitch, va dire à nos sujets que nous attendons ici les clefs de la ville.

Sergo caracola jusqu'à portée de voix des remparts de bois que couronnaient ici des hourds, là des créneaux. Au-dessus des créneaux se montraient des casques. Sergo arrêta son cheval.

— Bonnes gens de Novgorod-Séversk, cria-t-il joyeusement. Votre souverain légitime Dmitry Ivanytch vous fait dire qu'il attend les clefs de la ville. Moravsk et toute la contrée se sont librement soumises à lui. Vous devez en faire de même. Il vous promet de son côté sa clémence et ses faveurs.

Basmanov se montra dans un créneau :

— Retourne dire au fils de chienne qu'il se mette ses faveurs où je pense !

Sergo blêmit.

— Le souverain de toutes les Russies... commença-t-il, mais la voix rugissante de Basmanov couvrit aisément la sienne.

— Nous n'avons qu'un souverain, le tsar Boris Féodorytch qui règne à Moscou. Le tien est un chien, un traître et un filou ! Nous allons bientôt l'empaler avec ceux qui le servent.

Aleksandro Psar se tenait près de Basmanov.

— Donne-moi ça, dit-il en arrachant un mousquet à un strelets.

Il coucha Sergo en joue.

Il ne suffisait donc pas à son frère d'avoir trahi son tsar et son serment sur l'Évangile, il fallait encore qu'il se montrât à tout le monde comme le représentant du maître déshonorant qu'il s'était donné ! C'était à lui, Aleksandro, personne autre, à mettre fin à cette ignominie. Il arma le mousquet et remplit ses poumons d'air pour crier : « C'est moi, Aleksandro, et je vais te tuer, traître. »

Basmanov empoigna le canon du mousquet.

— Pas de ça chez moi. On ne tire pas sur les parlementaires.

Aleksandro aurait pu faire valoir ses droits de légat du tsar. Il n'en fit rien. Il abaissa lentement le mousquet et le rendit au strelets sans le regarder. Sergo finirait sûrement par se faire tuer à servir son imposteur, mais il aurait été tellement plus décent que ce fût par son frère aîné. D'un autre côté...

« D'un autre côté, il m'a laissé échapper à Sambor. Comme cela, je ne lui dois plus rien. »

Sergo, dépité, fit demi-tour sous les quolibets et les suggestions obscènes des streltsi. Il galopa jusqu'au groupe que formaient au sommet d'une colline le tsarévitch, Mnichek, le père Gaspard et deux colonels.

— Ils ne se rendent pas, fit-il la gorge serrée.

— Eh bien, dit Dmitry, nous allons donner une leçon à cette canaille. Ils désobéissent à leur souverain ? Oublient-ils que le sang d'Ivan coule dans mes veines ?

Il fit aligner ses huit petites pièces de campagne et ses six fauconneaux et commanda le feu. Les boulets allèrent rebondir contre les remparts de bois et les portes cloutées de Novgorod-Séversk. On entendit les gros rires des assiégés qui ripostèrent par une mousqueterie nourrie. Quelques assiégeants tombèrent : ce furent les premières victimes de cette guerre. Dmitry, furieux, fit mettre pied à terre à ses cavaliers et ordonna l'assaut. Deux fois de suite, s'emmêlant les jambes dans les échelles qu'ils portaient, ses partisans approchèrent de la muraille et deux fois ils durent reculer sous les bûches qu'on leur jetait à la tête du haut des créneaux. Aussitôt un grand découragement se répandit dans l'armée : les mercenaires trouvaient la situation dangereuse, les fidèles ne comprenaient pas pourquoi Dieu ne donnait pas la victoire au bon droit.

— Tant pis, dit Dmitry. S'ils veulent un siège, ils auront un siège.

Mais il n'avait ni les connaissances, ni les troupes, ni l'artillerie nécessaires pour mener une affaire aussi compliquée. Tous les soirs, sous la tente, il consultait ses proches sur la conduite à tenir. Personne ne trouvait de tactique prometteuse.

— C'est une chose de traverser la Russie aux acclamations du peuple, bougonnait le voïvode comte Mnichek, c'en est une autre de se voir bloqué devant une petite place forte de rien du tout.

Enfin Grichka Otrépiev eut une idée :

— Les remparts de la ville sont en bois. Le bois, ça brûle.

On construisit des tourelles qu'on mit sur des patins de traîneau, et, de nuit, on les poussa sur la neige. Elles glissaient comme des fantômes, suivies de trois cents Polonais portant de la paille et des fagots dont on ferait des brasiers au pied du mur, sous la protection des tourelles d'où l'on mitraillerait les créneaux. Mais Basmanov veillait. Une vive fusillade dispersa par trois fois les assaillants qui abandonnèrent leur matériel et, au petit matin, regagnèrent le camp. Dmitry les reçut mal :

— Je croyais que les Polonais étaient un grand peuple. Je constate qu'ils ne valent pas plus cher que les autres.

Les gentilshommes dépités roulaient leurs moustaches d'un air féroce.

— Nous ne sommes pas des sapeurs. Fais faire une brèche dans ce rempart et tu verras ce que valent les meilleurs soldats du monde.

Dmitry ne pouvait envoyer à l'attaque ni les

cosaques, qui n'étaient bons qu'à cheval, ni la piétaille russe agglomérée à son armée et composée de brigands et de serfs en fuite plutôt que de soldats.

Ailleurs cependant les choses se passaient plus convenablement. La vieille ville de Poutivl se donna au tsarévitch le 19 novembre, et le payeur de Godounov livra à Dmitry l'argent qu'il y avait lui-même apporté de Moscou. Le 24 arrivèrent deux messages heureux : l'un de Rylsk, l'autre de Sevsk qui se ralliaient. Le 1er décembre, ce fut Koursk qui reconnut Dmitry ; le 2, Kromy et ensuite Belgorod. Dmitry envoyait des garnisons dans ces villes, et il lui restait toujours quinze mille hommes auxquels s'ajoutaient presque tous les jours des transfuges de Novgorod-Séversk. De nouvelles pièces d'artillerie arrivèrent de Poutivl, mais elles ne firent pas plus de mal aux remparts que les autres.

— C'est comme jeter des pois contre un mur ! rageait Sergo.

Là-haut, sur le chemin de ronde, Basmanov se démenait, pointait ses propres bombardes, enflammait les mèches, distribuait des coups d'écouvillon aux artilleurs qu'il trouvait trop mous.

Le 5 décembre, on annonça l'approche de l'armée de Boris. Deux cent mille hommes, disait-on en baissant la voix.

6

— Nous nous reverrons, fit Aleksandro en serrant Basmanov dans ses bras. Sois tranquille : je rendrai compte au souverain de la manière dont tu le sers. Si tous les voïvodes faisaient comme toi, l'imposteur ne tiendrait pas longtemps. Mais puisque l'armée approche, il faut que j'aille voir ce qui s'y passe.

Basmanov lui serra les mains.

— Toi et moi, nous sommes de vrais hommes du tsar. Dieu fasse que nous nous retrouvions un jour.

— Je le souhaite, dit Aleksandro, sans aller jusqu'au bout de sa pensée, car en lui-même il disait : « Et Dieu fasse que ce soit dans le même camp. »

Il échappa de nuit à l'encerclement mal clos de Dmitry, et parcourut en quelques heures la distance qui le séparait de l'armée de Boris. A l'aube, les éléments d'avant-garde, d'assez mauvaise tenue, l'entourèrent, et lui auraient fait un mauvais parti s'il n'avait montré la bague du tsar, qui les jeta à genoux. Il se fit conduire auprès du voïvode Mstislavsky, commandant en chef. Les compagnies qui se rassemblaient pour l'étape de la journée le frappèrent par leur manque d'allant et de correction.

Il trouva Mstislavsky sous sa tente, émergeant à peine du sommeil. Les couvertures de fourrure s'amoncelaient sur le lit d'où le voïvode parvint à extraire en s'ébrouant sa grosse tête barbue.

— Légat du tsar, marmotta-t-il, légat du tsar... Jamais eu besoin de légat du tsar dans une armée qui marche bien.

— Es-tu sûr que la tienne marche bien, boyard ?

Aleksandro s'était assis sur un tabouret sans en être prié, et quelques officiers qui étaient là se demandaient s'ils devaient le jeter dehors. Mstislavsky ébouriffa ses cheveux déjà emmêlés.

— Plaisantin ! dit-il. Comment ne marcherait-elle pas bien sous moi ? Tu sais qui je suis ? Mstislavsky ! Eh oui, tout simplement, Mstislavsky. Rappelle-moi ton nom, légat.

Aleksandro connaissait Mstislavsky de réputation : le plus noble et le plus bête.

— Aleksandro Ivanytch Psar, gentilhomme.

Mais mon nom est obscur et n'importe pas. C'est au nom du souverain que je viens t'interroger. Qu'as-tu à me dire ?

— A quel sujet ?

Mstislavsky ouvrait de grands yeux et grattait des deux mains son large poitrail.

— As-tu confiance en tes hommes ? Ont-ils confiance en toi ? As-tu accroché l'ennemi ? Où, quand, comment comptes-tu attaquer ?

Aleksandro regardait cette masse de viande très noble dans ce lit et se demandait si les facultés du tsar l'avaient vraiment abandonné. Que faisait ce soliveau à la tête de cette armée molle ? Boris avait nommé Mstislavsky à ce poste pour amadouer les boyards : en était-il déjà là ?

— Bien sûr que je compte attaquer, fit Mstislavsky d'une grosse voix en se curant tour à tour le nez avec l'index et les oreilles avec les auriculaires. Tu ne sais pas ce que Boris m'a promis pour quand j'aurai détruit le Félon ? Lui, qui jalousait l'ancienneté de ma famille et m'avait interdit de me marier, pour qu'elle s'éteignît ? Eh bien, ami légat, il m'a promis sa fille en mariage ! Tu me diras que, pour moi, c'est une mésalliance. D'accord. Mais tout de même, une fille de tsar. Et belle et douce à ce qu'il paraît... Et tu sais ce qu'elle m'apporte en dot ? (Les gros yeux ronds roulaient, exorbités sous les sourcils perpétuellement étonnés.) Kazan et la Sibérie ! En apanage ! Alors évidemment je compte attaquer !

Aleksandro posa des questions sur la stratégie de cette armée qui, si elle ne comptait pas deux cent mille hommes, en alignait tout de même cinquante mille.

— Stratégie ? Je cours sus à l'imposteur et je lui casse la tête !

Il n'obtint pas d'autre réponse.

Il remonta à cheval, fit l'étape avec l'armée. Le soir, refusant l'hospitalité de Mstislavsky, il alla partager le gruau de la troupe. Il fut surpris d'entendre qu'on parlait ouvertement de Dmitry, dont le nom même était interdit à Moscou. Ici, chacun exprimait son sentiment. Les uns affirmaient qu'il était Grichka, d'autres répliquaient : « Et si c'était vraiment le tsarévitch ? » Tous étaient mal à l'aise, parce qu'on leur avait dit au départ qu'ils allaient se battre contre le roi de Pologne-Lithuanie, et voilà qu'ils se trouvaient mêlés à une affaire de tsarévitchs assassinés et de moines livrés à l'anathème, évidemment marquée de la trace fourchue du diable. Cela ne plaisait guère aux hommes de troupe, pour la plupart de jeunes recrues enrôlées à coups de fouet. « Le dos m'en cuit encore, dit l'un en riant. — Le mien, renchérit gaiement un autre, il n'y avait plus de peau dessus. »

Assis à la turque, Aleksandro trempait sa tranche de pain dans la soupe aux choux, écoutait attentivement et prenait garde à laisser son visage en dehors du cercle de lumière que projetait le feu de camp. Boris, se disait-il, avait eu tort de miser sur la quantité : dix mille streltsi aguerris et fidèles auraient bien mieux dispersé le ramassis du Félon. Il se releva sans bruit et s'éloigna dans l'obscurité.

Il en sortit pour se mêler à un groupe de capitaines rouges et rauques qui, autour d'un autre feu, se passaient de la main à la main une gourde de vodka.

— Qui es-tu, toi ?

— Moi, capitaine avant-garde tartare, dit Aleksandro.

On lui tendit la gourde et on continua de causer de la situation. Un centenier qui avait l'air d'une jeune fille, couché sur le dos, les yeux tournés vers les étoiles, murmura rêveusement :

— Ce serait tout de même beau, si c'était lui.

Un capitaine émacié, la barbe à mi-poitrine, marmonna :

— Porter la main sur son tsar de naissance, ce serait grand péché.

Un capitaine plus jeune, au visage taillé à la hache, répliqua :

— Comprends rien à vos histoires. Qui nous paye ? Boris. Il est tsar ? Il est tsar. Il est sacré ? Il est sacré. Alors quoi ? Veux rien savoir d'autre.

Mais ce capitaine de bon sens ne se précipitait pas pour dénoncer ses camarades.

7

Clairons et fifres. Mnichek, tout emplumé, caracolait sur son cheval gris harnaché d'or. Dmitry, du haut de son hongre blanc, regardait le paysage de prairies blanches et de bois noirs qui se déroulait devant lui, en contrebas. Pour le moment, il se sentait plutôt exalté qu'anxieux.

— Voilà l'ennemi, dit le père Gaspard, qui avait la vue perçante.

— Voilà les Russes, corrigea Dmitry.

Tout là-bas, l'armée de Boris sortait du bois, un bataillon allant se ranger à droite, le deuxième à gauche et ainsi de suite, en ordre de bataille. La robe des chevaux — alezans, bais, noir luisant — se détachait sur la neige.

Les troupes de Dmitry se déployaient aussi : Polonais, tout élégance, cosaques, tout efficacité, Russes ralliés de tout poil.

Dmitry avait l'avantage de la position, en contrehaut ; Mstislavsky celui d'effectifs triples. En outre, Dmitry s'était laissé prendre entre l'armée de Boris et la garnison de Novgorod-Séversk qui se signala bientôt, en faisant sortie sur sortie. Pour la contenir, Dmitry dut dégarnir son front. Il utilisait ses connaissances théoriques, donnait ses ordres avec calme et on lui obéissait, mais il n'avait jamais combattu lui-même et cela se sentait.

Mnichek voltait et cabriolait, agitait son mouchoir parfumé, laissait entendre que tout allait se passer au plus mal parce qu'on ne l'avait pas assez consulté. De toute manière, la promenade triomphale, qui devait les conduire sans encombre, lui et son gendre, de la frontière à Moscou, était manquée. Il affectait de se sentir escroqué.

Soudain, dans le dos de Dmitry, une des portes de Novgorod-Séversk s'ouvrit. Sur les créneaux, des hommes criaient : « Longue vie au tsarévitch Dmitry ! Entrez vite ! » Un détachement de Polonais se rua dans la ville. Ils entrèrent au galop. Les deux battants de la porte se refermèrent et les Polonais furent massacrés jusqu'au dernier.

La journée s'avançait. On croquait, debout, un navet ou un morceau de pain noir au sel et on attendait un mouvement d'un côté ou de l'autre.

Des Polonais allèrent provoquer des Russes en combat singulier. On les vit galoper vers les lignes de Boris, faire cabrer leurs chevaux, agiter leurs sabres :

— Venez çà, Moskals, et faites preuve d'honneur, si vous en avez !

Plusieurs duels eurent lieu ; certains n'étaient que galopades, lances pointées, sabres brandis, fuites précipitées. Mais quelques cadavres ensanglantèrent la neige. A leur tour, des cavaliers de Boris vinrent défier ceux de Dmitry.

— Cessez de vous cacher, Polaques ! Venez vous divertir avec nous, bâtards !

— Tsarévitch, permets-moi de relever leur défi ! supplia Sergo.

Dmitry secoua la tête.

— Non. Moi, j'affronterais Boris pour épargner le sang de mon peuple, mais ce n'est pas à toi, mon serviteur, de tuer mes sujets par gloriole.

A une demi-lieue des lignes de Dmitry, Aleksandro regardait les Polonais tournoyer devant le front des troupes, bloquant, cabrant, éperonnant, malmenant leurs chevaux auxquels ils faisaient esquisser des pas de mazurka pour moquer les Russes. L'envie le prenait d'en découdre, lui aussi : il se faisait fort d'en bousculer quelques-uns, de ces godelureaux, mais sa fonction de légat lui interdisait de prendre des risques. Il faisait donc violence à son tempérament et restait en arrière, à observer.

Dmitry s'impatientait de plus en plus. Attaquer de front à un contre trois ? Insensé.

— Sergo. Tu vas prendre avec toi un fifre et un clairon et galoper jusqu'à mon armée. Tu annonceras à ces hommes que je ne veux point les détruire car ils sont mes compatriotes et mes sujets. Ils n'ont qu'à me reconnaître comme tsar : je les prends à mon service.

A un contre trois, il ne voulait pas les détruire ! Sublime ! Sergo piqua des deux, suivi des musiciens.

Le soir s'annonçait. Derrière Dmitry et les siens, il y avait encore une bande rouge au ciel, mais en contrebas, dans les lignes de Mstislavsky, tout était blanc, noir et froid. Sergo s'arrêta à quelque distance du front. Le clairon et le fifre déchirèrent le ciel. Une corneille quitta la cime d'un sapin pour celle d'un autre. Sergo cria :

— Hommes russes ! De même que Dieu ne veut point la mort du pécheur, le tsar russe ne veut point votre destruction. Reconnaissez en lui votre souverain de naissance et il ne vous en adviendra que du bien, car vous ferez à la fois la volonté de Dieu et celle du tsar.

Quelques coups de mousquet, plusieurs flèches furent tirés dans sa direction et ne l'atteignirent pas. Il restait là, planté sur son cheval, narguant la mort dans le crépuscule qui s'épaississait. N'ayant pas reçu d'autre réponse, il finit par faire demi-tour et s'éloigner au galop, suivi de ses musiciens qui trompetaient toujours.

La nuit d'hiver s'abattit bientôt.

8

Il n'y avait guère eu de victimes, ce jour-là, mais, dans les deux camps, chacun savait que, le lendemain, on s'affronterait pour de vrai.

Chez Dmitry et chez Mstislavsky, les feux s'allumaient, les sentinelles battaient la semelle, les hommes jouaient aux osselets, priaient, ronflaient, rêvaient de femmes.

Sergo partageait la tente de Dmitry. A l'entrée, des braises rougeoyaient contre le froid de la nuit. Roulé dans une méchante couverture, Sergo ne s'inquiétait pas à l'idée de mourir peut-être quand le soleil se lèverait. Il s'inquiétait de constater qu'on ne serait sûrement pas à Moscou avant Noël. Que penserait Avdotia ? Comment lui faire savoir qu'il pensait toujours à elle, qu'il était en marche, qu'il approchait, que bientôt, si Dieu lui donnait de survivre à la campagne, il viendrait lui rappeler sa promesse ?

Soudain le tsarévitch, que Sergo croyait endormi, parla :

— C'est étrange... Je me sens chez moi.

Sergo se demanda pourquoi c'était étrange. Il n'y avait pas si longtemps que le tsarévitch était en exil. C'était vrai qu'il ne se conduisait pas toujours comme un Russe : il ne s'accordait pas de sieste l'après-midi, il parlait d'éduquer le peuple, il plaisantait souvent et se permettait des grivoiseries. Influence de l'étranger que tout cela. Il en guérirait dès qu'il aurait reconquis son trône. D'ailleurs, tout n'était peut-être pas mauvais dans les libertés polonaises... Sergo ferma les yeux et la frimousse effrontée de Danoucha se présenta aussitôt à lui. Il crut étendre les bras pour lui prendre la taille ; en réalité, il dormait déjà.

Dans le camp adverse, Aleksandro était couché aussi, mais sur un tapis de fourrure, car il aimait voyager confortablement et d'ailleurs se croyait obligé de faire bonne figure en tant que légat du tsar. Sa tente en peaux de loup répandait une odeur de sauvagine. Il songeait au tsar Boris dans son palais, seul avec sa conscience bourrelée, se révélant en fin de compte inférieur à son destin, car le meurtre du bâtard Dmitry, dont il semblait si affecté, était justifié par le bien commun. Cette faiblesse de Boris dérangeait Aleksandro. Il ne faut pas commettre de crimes qu'on ne sache pas assumer. Il se consola en se disant qu'on ne choisit pas ses maîtres. Avant la suppression de la Saint-Ioury les serfs choisissaient les leurs, mais c'est bien là une attitude de serf : les hommes du tsar ne choisissent pas. Demain, la bataille ? Aleksandro en avait vu, des batailles. Il n'allait pas se laisser troubler pour si peu. Il se tourna sur le flanc droit et se mit à répéter des prières pour s'endormir.

Au premier coq, Mstislavsky, hissé au moyen d'un palan sur un cheval allemand gigantesque, fit avancer ses troupes et se mit à leur tête, en plein milieu. Aleksandro eut beau lui proposer diverses manœuvres : déborder le flanc droit, faire, par la gauche, la jonction avec Novgorod-Séversk, le boyard ne voulait rien entendre.

— Nous sommes à trois contre un. Pas de finesses !

Dans l'aube grelottante, ses bataillons heurtaient de leurs bottes la neige durcie en allant prendre leurs positions. On entendait des hennissements et le tintement sourd des sabres au fourreau. Dans le dos de Mstislavsky, le jour allait se lever.

Dmitry regardait les faîtes des sapins commencer à rougeoyer. Il n'avait pas chaud sans sa pelisse à laquelle il avait renoncé pour mieux sabrer. Le père Gaspard s'approcha de lui, le bréviaire à la main, et il écouta ses patenôtres d'un air distrait. Tout ce qui n'était pas affrontement, corps à corps, lui semblait soudain peu important.

— Sergo ?

— Mon souverain ?

— Quand ça commence, est-ce qu'on a peur ?

Sergo comprit que le tsarévitch, si vaillant qu'il fût aux jeux guerriers, ne s'était jamais battu à mort, n'avait jamais joué sa propre vie contre une autre vie d'homme. Il en fut attendri et gêné. Il rit gauchement :

— On n'a pas le temps. C'est lui ou c'est moi. On cogne.

Dmitry inclina la tête : merci. Il n'avait pas marché en personne contre Novgorod-Séversk, il n'avait relevé aucun des défis d'hier : il lui importait d'autant plus de prouver sa valeur aujourd'hui.

Les brumes du matin commençaient à se dissiper.

— S'ils attendent encore un quart d'heure, nous les tenons, dit Aleksandro à Mstislavsky. Dès que le soleil sera au-dessus des arbres, ils l'auront dans les yeux.

La neige crissait sous les sabots des chevaux, la lumière changeait de couleur à vue d'œil.

Mnichek avait vu le danger d'attendre le soleil.

— Mon gendre : la Tiare de Monomaque, c'est maintenant ou jamais.

Dmitry regardait, à une demi-lieue devant lui, ces masses de cavaliers, ses sujets. Trois contre un. A la grâce de Dieu ! Il fallait commencer.

— Capitaine Neborski, contre l'aile droite, à l'assaut !

Il était sûr de Neborski. Les autres officiers polonais, paradant comme des dindons, exprimant des opinions nasales et définitives, lui inspiraient moins de confiance.

Et Neborski donna courageusement l'assaut, mais il fut repoussé par la mousqueterie. De petites fumées bleues voguaient dans l'air qui commençait à sentir la poudre.

Alors Dmitry fit donner la compagnie de Dvorjitski, et puis les deux escadrons de hussards, dont celui qui portait le nom de Mnichek.

— A vous l'honneur, beau-père.

Mnichek ne se souciait pas de courir des dangers, mais son escadron prit le trot et baissa les lances. L'autre escadron suivit. Les Polonais avaient l'air décidé à montrer leur valeur. C'était le moment, pour Dmitry, de prouver la sienne. Il n'engagerait ses réserves qu'en cas de succès.

De la main gauche, il brandit sa lance dorée au triple panache. De la droite, il tira son sabre, qui s'échappa du fourreau avec un long froissement métallique.

— L'escadron du tsar, contre l'aile droite, à l'assaut !

Les coudes au corps, son hongre blanc écrasé entre ses cuisses, il dégringola la pente, sans regarder s'il était suivi. A cet instant, il n'avait peur de rien. Quelle plus belle mort pourrait-il jamais trouver que celle qui l'attendait peut-être au bas de ce versant ? Il n'aimait pas assez Marina, ou savait qu'elle ne l'aimait pas assez, pour que leur amour pesât dans la balance. Et si une flèche se plantait dans sa poitrine, il échapperait au sordide des fidélités ambiguës qu'il avait assumées. Mais cela même, il n'y pensait pas consciemment. Il ne pensait à rien. Il n'était plus le tsarévitch Dmitry, l'agent du pape, le fils du traître Kourbsky, il n'était même plus César Invincible, l'enfant conquérant Constantinople et libérant le Saint-Sépulcre, il n'était plus que ce cavalier-ci galopant sur ce cheval-ci, et entraînant derrière lui le tambourinement sourd et rythmé de mille autres chevaux qui faisaient voler la neige autour de leurs sabots, ta la flac, ta la poum, ta la flac, ta la poum, rien d'autre ne comptant plus, ce rythme et cette chevauchée étant les seules et magnifiques garanties de l'existence de soi et du monde.

Plus tard, Dmitry ne put jamais se rappeler le premier coup qu'il avait porté, mais son sabre fut bientôt émoussé et lui-même manquait d'air, et son cœur lui rompait la poitrine, et il ne se rappelait plus s'il avait sabré quelqu'un, mais seulement le choc de son cheval contre un robuste alezan qui avait failli lui faire vider les étriers.

L'aile droite de Mstislavsky fut enfoncée. Il n'y avait personne pour la rétablir. Dmitry éleva sa lance et la pointa à droite, vers le centre adverse. Il fut suivi, les escadrons polonais, prenant les Russes de flanc, les culbutèrent et en firent un grand carnage. Mstislavsky lui-même fut entouré d'ennemis, frappé à la tête et désarçonné. Il tomba lourdement. Ses gens le dégagèrent à grand-peine.

Debout sur ses étriers, Dmitry gesticulait en direction de ses réserves en criant :

— A moi ! A moi !

Il voulait que Mnichek et les cosaques donnassent maintenant contre l'aile gauche : l'armée de Boris aurait été taillée en pièces. Mais là-haut, sur la colline, personne ne bougeait : les cosaques ne voyaient rien à piller et Mnichek redoutait les horions. Dans ces conditions, impossible de poursuivre l'adversaire. Dmitry s'en consola : le champ de sa première bataille, menée à un contre trois, lui appartenait. Il exultait.

— Ton chevalier s'est bien battu, Marina, dit-il en levant sa lance et son regard vers le ciel.

Il vérifia que son cheval, savonné d'écume, respirant à grand bruit, l'air dans ses poumons faisant un bruit d'eau ballottée dans une gourde, n'était pas blessé. Le sang qui séchait, noir sur ses poils blancs, n'était pas le sien. Il y avait tout de même eu le choc de son poitrail contre l'épaule de l'alezan...

— On rentre.

Le hongre blanc pivota et Dmitry découvrit d'un seul coup d'œil ce champ qu'il était si fier d'avoir conquis. Des blessés y titubaient, se tenant le ventre à deux mains, ou, avec le bras gauche, supportant le bras droit à moitié arraché. D'autres blessés gisaient parmi les cadavres, ne différant d'eux que par leurs gémissements. Un cheval à la robe claire, presque rose, essayait de se relever et, chaque fois, roulait de nouveau à terre. Une odeur infecte, sang frais et excréments mêlés, montait de la neige qui avait été si propre au lever du soleil. Envie de vomir.

Dmitry chemina lentement, son cheval évitant de lui-même de marcher sur les blessés et les morts. Sergo arrivait au galop.

— Je te félicite, tsarévitch ! Ta première victoire !

— Ma première victoire sur mon propre peuple, dit amèrement Dmitry.

On enterra les morts : cent vingt Polonais, six

mille Russes. Des paysans creusaient les fosses. A la chute du jour, des services furent célébrés pour les défunts. Le père Gaspard dit une messe pour les catholiques et le tsarévitch, pâle et froid, sa lance emplumée à la main, y assista. Ensuite le prêtre d'un village voisin célébra l'office orthodoxe. Dmitry y alla aussi. Il regardait l'encensoir fumer et les fosses bordées de leurs talus de terre noire ouvrir leurs gueules.

— Les héros auront froid cette nuit, dit-il, les yeux fixés sur les cadavres amoncelés aux membres déjà roidis.

Lorsque le prêtre entonna le chant funèbre *Mémoire éternelle*, Dmitry éclata en sanglots :

— Pourquoi, demandait-il aux morts, ne m'avez-vous pas écouté ? Pourquoi n'avez-vous pas voulu me servir ? Vos mères et vos femmes ne vous attendraient pas en vain et vos yeux verraient encore les étoiles du Bon Dieu.

9

Mstislavsky, qu'on portait sur une civière, recula de quatorze verstes.

— Je ne comprends pas, répétait-il. Je ne comprends rien. Ces croquants nous ont chargés comme s'ils ne savaient pas qui j'étais ! Ils m'ont frappé à la tête ! Moi, Mstislavsky ! Incroyable.

— Tes hommes ne voulaient pas se battre, lui dit Aleksandro. Ils n'avaient pas de cœur au ventre. Il faut trouver un moyen de leur en redonner.

— J'en ai perdu six mille, de ces châtrés ! Six mille.

— Console-toi. Il t'en reste quarante-quatre. C'est plus qu'il n'en faut pour battre le Félon si tu t'y prends comme il faut.

— Ah ! grondait le voïvode. Quand je pense à la fête qu'il doit y avoir ce soir dans leur camp !

Mais il n'y avait pas de fête dans le camp de Dmitry.

Ce succès acquis à bon marché n'avait pas soulevé d'enthousiasme. On savait que l'armée de Boris demeurait presque intacte, et cela donnait à réfléchir. Le flottement qui avait empêché d'exploiter la victoire créait un malaise : Dmitry accusait Mnichek et les cosaques, qui répliquaient que ses ordres n'avaient pas été clairs, qu'ils s'étaient crus obligés de rester en réserve. Novgorod-Séversk tenait toujours. Dmitry était conscient de s'être conduit en vaillant soldat plutôt qu'en général habile. Personne n'était content de personne.

Le lendemain matin, comme Dmitry sortait de sa tente, il vit qu'un attroupement de Polonais l'attendait.

— Que désirent messeigneurs ?

Boleslavski, un vieux petit capitaine au teint de brique, avec une mince barbe en collier s'avança dans une courbette exagérée.

— Tsarévitch, les nobles polonais qui ont l'honneur de te servir souhaitent être payés. Ils n'ont pas l'intention de se battre pour rien.

— Payés ? Je vous ai payés d'avance avant la campagne, et je viens de vous donner des gratifications.

— Nous avons dépensé les quelques zlotys que tu nous as donnés. Nous ne sommes pas des mendiants, nous t'avons fait cadeau d'une superbe victoire et nous voulons être payés en conséquence.

— Je vous payerai quand vous aurez pris Novgorod-Séversk.

Ricanements.

— Justement, tsarévitch, le siège nous coûte cher. Nous devons acheter aux paysans de quoi nous nourrir, puisque tu ne permets pas que nous leur prenions ce qu'il nous faut.

— Bon. Je vous payerai à l'Épiphanie.

— Et d'ici l'Épiphanie, qui t'empêche de livrer bataille tous les jours et de faire tuer tous ceux d'entre nous que tu pourras, pour faire des économies ? Les cent vingt braves que nous enterrâmes hier ne te réclameront pas leur salaire, n'est-ce pas ? Je veux le mien tout de suite, tsarévitch, pour acheter de la vodka digne d'un gentilhomme, puisque les Moskals ne savent pas faire de vin de raisin.

Boleslavski montrait ses dents jaunes et noires.

Dmitry jeta un regard autour de lui. Sergo se tenait là, les bras croisés, et quelques Russes qui ne demandaient rien, mais les Polonais étaient de loin les plus nombreux. Si Dmitry avait eu de l'argent, il aurait peut-être cédé ; mais il ne lui restait qu'une partie de la somme tirée de Tchernigov : ce n'était pas assez.

— Je regrette, dit-il enfin. Je n'ai pas d'argent.

Il y eut des murmures menaçants : « On sait bien qu'il en a dans son coffre. — Et s'il n'en a plus, qu'il nous laisse partir ! »

— S'il n'a pas d'argent, reprit Boleslavski, le tsarévitch à la bourse plate trouvera bon que les gentilshommes polonais s'en retournent dans leur pays où de tels procédés ne sont pas admis. Nous ne sommes pas des valets pour servir gratuitement.

La foule, qui grossissait, l'approuva à grand bruit.

— Messeigneurs, dit Dmitry, faisant effort pour parler avec calme, je sais que vous êtes gentilshommes et que votre pitance ne vous suffit pas. Je sais aussi que vous êtes des amants de la gloire ; Amadis et Tancrède n'étaient pas aussi braves que vous. Je sais enfin que la gloire n'est rien si elle ne s'exprime en termes agréables aux yeux par leur éclat, à la main par leur poids, à la dent par leur fermeté, à l'oreille par leur son. C'est pourquoi je m'étonne que vous renonciez à la gloire qui sera la vôtre quand vous serez entrés pacifiquement dans Moscou et que j'aurai remis la main sur les trésors de mes pères. Voulez-vous que les femmes disent en Pologne qu'après avoir été étrillés sous les murs d'un petit bourg, vous êtes rentrés avec un demi-zloty en poche et la queue entre les jambes ? Qui se rappellera encore votre magnifique victoire d'hier, à un contre trois ? Personne ! Je dis : que les lâches s'en aillent, que les vrais hommes restent avec moi et deviennent sous peu de grands seigneurs !

Il y eut des hésitations, des échanges de coups de coude, des toux dubitatives, mais Boleslavski reprit son monde en main.

— Que voilà de belles paroles, dit-il, mais n'avez-vous pas, vous autres Russes, un proverbe qui dit qu'on ne nourrit pas un rossignol avec des fables ? Paye, et tu verras la gloire que nous moissonnerons pour nous et pour toi. Si tu ne payes pas, t'imagines-tu qu'il y ait assez d'honneur à servir Ta Grâce pour que nous acceptions ce marché de dupes ? Du moins rentrerons-nous vivants et en une seule pièce, en te souhaitant bien du plaisir à passer seul ici l'hiver russe et à te cacher des gendarmes du tsar Boris sous des tas de fumier. Quant à notre courage, personne ne s'avisera jamais de le mettre en doute. Nous sommes gentilshommes polonais, cela suffit.

Dmitry sentit des larmes monter à ses yeux. Il s'était cru si près de réaliser son rêve d'enfant : être César Invincible.

— Je vous en supplie. Faites-moi crédit. Je n'ai pas de quoi vous payer aujourd'hui. Je doublerai votre solde dès que j'en aurai les moyens.

Boleslavski cracha par terre.

— Messeigneurs, nous nous étions trompés. Il n'est pas de notre dignité de servir un loqueteux. Faites vos bagages : nous partirons demain matin.

Les Polonais s'éloignèrent, laissant le tsarévitch avec une poignée de Russes.

Les cosaques ne bougeaient pas : ils avaient l'intention de se payer eux-mêmes sur l'armée adverse et les partisans de Boris. Mais, sans les Polonais, les cosaques n'étaient ni assez nombreux ni assez disciplinés pour affronter les quarante-quatre mille hommes de Mstislavsky. D'ailleurs comment être leur maître et non pas leur otage, sans troupes polonaises pour les intimider ?

Dmitry rentra sous sa tente et se jeta à terre. Ses yeux rencontrèrent la lance dorée.

— Marina, murmura-t-il.

Il aurait voulu lui demander de la compassion, même à distance, mais Marina n'en était ni prodigue ni peut-être même capable. Si elle connaissait la situation, elle serait la première à le traiter de loqueteux et à s'indigner qu'il eût osé prétendre à sa main : cela ne déplaisait pas à Dmitry, qui la voulait fière, hors d'atteinte pour quiconque n'était pas lui.

Sergo était là, assis sur un tabouret, les mains pendantes entre les jambes, affligé pour son maître. Son amitié était douce au cœur de Dmitry, mais, pour le moment, il l'aurait bien échangée contre quelques milliers de zlotys.

— Sergo, va prier le voïvode de venir me voir.

Sergo y courut. Il trouva Mnichek sous sa tente armoriée en train de lire dans une langue inconnue un ouvrage illustré de telles gravures que Sergo en détourna les yeux.

— Le tsarévitch désire te voir, voïvode.

— Mon jeune ami, tu déposeras mes hommages

de fidélité aux pieds de Son Altesse et tu lui diras que je suis souffrant et ne puis, hélas, songer à me déplacer.

Sergo s'abstint de saluer et sortit. Dans le camp, les Polonais faisaient bruyamment leurs bagages, jurant, sacrant, battant leurs valets.

Dmitry reçut la nouvelle avec consternation.

— Mon beau-père ne veut donc pas intervenir ! N'est-ce pas lui qui a recruté ces hommes ? Dois-je lui être reconnaissant de ne pas m'abandonner lui-même ?

Il tournait sous la tente comme dans une cage. Peut-être ne sortait-il pas de crainte de s'exposer à de nouveaux affronts. Enfin :

— Va me chercher le père Savitski.

— Tsarévitch ! Est-ce bien l'heure de consulter un hérétique ? Si c'est pour faire dire des prières, ne vaut-il pas mieux que j'aille chercher un prêtre orthodoxe, que Dieu aura plaisir à entendre ?

— Ce n'est pas pour dire des prières, fit Dmitry avec lassitude. C'est pour une autre raison. Va, mon Sergo. Tu n'assisteras pas à notre entretien.

Sergo alla chercher le père Gaspard et se retira inquiet, mécontent.

— Voilà une manœuvre maladroite, dit rudement le jésuite. N'as-tu donc plus peur que tes Russes s'inquiètent de ton intimité avec un prêtre catholique ? Au moins, sois bref. De quoi s'agit-il ?

Il le savait, bien sûr, mais il croyait bon d'humilier Dmitry en le forçant à avouer sa détresse.

— La mission que vous dirigez est manquée. Vos Polonais m'abandonnent. Que dois-je faire ?

Le père Gaspard ne se faisait pas d'illusions sur la gravité de la situation.

Pour lui-même, il ne craignait rien : quoi qu'il arrivât, il resterait près de Dmitry, et, s'il était destiné au martyre, il l'accueillerait avec une espèce de soulagement, ayant le sentiment de se purifier par là de toutes les fomentations, de toutes les manigances, nécessaires et malpropres, qu'il menait depuis des décennies *ad majorem Dei gloriam* et d'où la grâce était manifestement absente. Le Christ a commandé aux apôtres d'être innocents comme des colombes et rusés comme des serpents. Le père Gaspard sentait qu'il était grand temps pour lui de redevenir colombe.

Mais la mission devait être sauvée : il fallait empêcher les millions de Russes schismatiques de continuer à peupler l'enfer pour la satisfaction du prince des ténèbres.

— Combien d'argent reste-t-il ?

— A peine assez pour payer une compagnie.

— Je vais voir ce que je peux faire.

Dmitry sortit de la tente. Il avait une confiance irraisonnée dans le gnome qui l'avait recruté, enseigné, formé. En attendant, il rappela Sergo :

— Les Polonais sont catholiques : ils écouteront peut-être un prêtre, lui dit-il.

En effet, le père Gaspard revint peu après accompagné du capitaine Frédro, grand gaillard à la fière moustache rouille, qui s'était bien battu la veille.

— Puis-je dire deux mots au tsarévitch ?

— Parle.

— Il y aurait un moyen de les faire rester.

— Lequel ?

— Le tsarévitch doit bien encore avoir quelques pièces d'or ou d'argent dans les coffres qu'il fait porter à sa suite.

— Pas assez pour payer toute l'armée.

— Non, mais le père pense qu'il y en aurait peut-être assez pour une compagnie. La mienne. Tu nous payes secrètement. Nous restons. Nous voyant rester, les autres ont vergogne de partir.

— Qu'en pensez-vous, père Gaspard ?

Savitski écarta les grandes mains avec lesquelles il aimait casser les noix.

— Y a-t-il une autre issue ?

— Et toi, Sergo ?

Une rivalité constante opposait Sergo à Gaspard.

— Je n'en pense aucun bien. Tes hommes peuvent parler, Frédro, et alors les autres Polonais se sentiront lésés. Ce ne sera plus la débandade mais la rébellion.

Frédro le toisa et tordit énergiquement sa moustache :

— Des Moskals parleraient. Un Polonais sait se taire.

On hésitait. Un mois plus tôt, le père Gaspard se serait arrogé la décision. Maintenant chacun sentait que c'était à Dmitry de trancher.

— Bien, dit-il enfin. Essayons. Mais je ne veux pas voir ta compagnie défiler ici. Quand la nuit sera tombée, envoie-moi tes sergents un à un, avec un rôle. Que je sache quoi donner à qui.

La journée s'écoula sans incident, sauf une sortie de Basmanov, que les cosaques repoussèrent.

Le soir, un supplément de solde fut payé à la compagnie de Frédro. Éclairé par un flambeau, Dmitry était assis sur un tabouret, près d'un coffre ouvert sur le bord duquel était perché Sergo. Le père Gaspard tenait le rôle de la compagnie déroulé devant lui. Le capitaine Frédro, debout, bras croisés, se tenait à l'écart ; de temps en temps, un pan de la tente se soulevait, et alors la lumière vacillante du flambeau accrochait le revers de sa botte forte ou le croc de sa moustache rouille. Un sergent plié en deux entrait, se redressait, s'inclinait ; Frédro le nommait ; le père Gaspard le pointait sur son rôle ; le tsarévitch demandait :

— Les noms ?

— Radziwill, Pekouta, Novitski, Volk...

Le père pointait les noms, faisait la multiplication, annonçait le nombre de zlotys. Sergo les prenait dans le coffre, les recomptait et les mettait dans la courte main de Dmitry, qui, jouant avec les pièces aux tintements sympathiques, fixait son regard ardent et bleu sur le sergent :

— Nous sers-tu bien, Radzivanovitch-Dzijkovski ?

— De mon mieux, Altesse.

— Ces hommes qu'on vient de nommer, en es-tu content ?

— Oui, Altesse.

— Ils sont braves, obéissants, fidèles ?

— Oui, Altesse.

— Es-tu marié ? As-tu des enfants ?

Le sergent racontait sa vie. A la fin, le tsarévitch lui disait :

— Tu sais que nous t'avons déjà payé d'avance trois mois de campagne ? Et que, par conséquent, nous ne te devons rien ? Mais comme tu nous sers bien, nous doublons ta solde et celle de tes hommes. Ce n'est qu'un début. A Moscou vous recevrez encore bien plus. Tends la main.

Dans l'ombre, le capitaine Frédro grondait :

— Bouche cousue !

— Oui, capitaine.

Alors le tsarévitch laissait tomber les pièces d'argent une à une dans la main du sergent en les faisant sonner : elles s'allumaient un instant, flambant rouge avant de disparaître dans la paume qui se refermait sur elles. L'homme saluait et sortait à reculons.

Lorsque toute la compagnie eut été payée, il ne resta plus au tsarévitch russe, dans son vaste coffre recouvert de cuir, clouté, cerclé et renforcé de fer, que quelques piécettes de cuivre portant l'effigie mélancolique et à moitié effacée de Sigismond de Pologne-Lithuanie.

*

Le lendemain matin, Dmitry fut réveillé par un vacarme. Il jeta sa pelisse de zibeline sur sa chemise et sortit. Sergo et quelques Russes tenaient tête à une foule de Polonais furieux. Dès que les Polonais aperçurent Dmitry, ils marchèrent sur lui :

— Tu as payé Frédro ? Paye-nous ! Débourse ! Nos zlotys !

Les parties de dés et les beuveries de la nuit avaient eu raison de la discrétion des hommes de Frédro.

— Prince meurt-la-faim ! Prince des gueux, oui !

Un homme arracha la lance aux couleurs de Marina plantée à l'entrée de la tente. Dmitry ne ressentait aucune peur, mais il ne voulait rien faire qui pût compromettre définitivement son entreprise. Lui, qui s'était fait gifler par Adam Vichnevetsky, il se contint une fois de plus.

— Tu n'as pas d'argent, mais tu as de belles hardes ! Si tu nous laisses pauvres, nous te laisserons nu, cria un des soudards et il arracha la pelisse des épaules du tsarévitch qui resta en chemise.

Sergo avait la main sur la poignée de son sabre, mais Dmitry, encore calme, lui retint le bras : qu'auraient-ils fait à quelques-uns contre l'armée ? Il ne fallait pourtant pas qu'on vît le tsarévitch grelotter !

— Attends, cria Sergo au soudard qui s'enfuyait. Combien en veux-tu de cette pelisse ?

— Trois cents zlotys.

— Fouillez dans vos poches ! commanda Sergo aux Russes.

Ils fouillaient, remettaient leur monnaie à Sergo, qui comptait. On trouva les trois cents zlotys, et la douce fourrure d'un noir tirant sur le brun caressa de nouveau le cou du tsarévitch.

— Ça ne fait rien, mon prince, dit le soudard, ravi du marché et tout à fait enhardi. Zibeline ou pas, tu finiras tout de même sur le pal.

Et il leva le doigt dans un geste obscène.

Alors Dmitry n'y tint plus. D'un coup de poing il lui fracassa la mâchoire.

Un silence, pendant lequel on n'entendit que les gémissements de l'homme qui se roulait par terre de douleur.

Sergo évoqua l'image de son frère, d'Avdotia, recommanda son âme à Dieu, tira à moitié son sabre de son fourreau... et soudain les Polonais refluèrent, se poussant pour déguerpir au plus vite. L'audace du tsarévitch leur en avait imposé ; surtout ils étaient jaloux du marché qu'avait fait leur camarade et le trouvaient justement puni.

— Tu ne savais pas toi-même que tu avais une mâchoire de trois cents zlotys ! lui lança l'un d'eux.

Bougonnant toujours, mais ne menaçant plus, ils regagnèrent chacun son campement.

Dmitry s'adressa aux Russes :

— Merci, mes amis, mes frères. Ce que chacun d'entre vous a tiré aujourd'hui de sa poche lui sera rendu au centuple à Moscou. Nous vous en donnons notre parole.

Après quoi, aidé par Sergo, il se vêtit somptueusement : chemise brodée, culotte blanche, kaftan amarante brodé de fil d'or, bottes dites fauves de peau grise, le haut brodé, ajouré et retaillé en denticules, avec, au-dessus du genou, une jarretière aux couleurs de Marina : blanc et or.

— Viens avec moi.

Ils se rendirent chez Mnichek qu'ils trouvèrent

déjà habillé, malgré l'heure matinale. La moitié des meubles et des tapisseries qui ornaient sa tente armoriée avaient disparu, et ses valets couraient de côté et d'autre, portant des armes, des casseroles, des carafes, des draps.

— Mon cher beau-père, dit Dmitry, pour un homme malade, je suis ravi de vous trouver sur pied, le teint frais et l'œil brillant.

— L'œil brillant, prince ? Ce doit être la fièvre. Vous me voyez un peu pressé. Que puis-je faire qui vous soit agréable ?

— Dire aux Polonais recrutés par vous qu'ils ont tort de m'abandonner en pleine campagne sous prétexte que je ne peux pas les payer.

Mnichek prit un air scandalisé.

— Ne les avez-vous pas déjà payés ?

— D'avance.

— Ne leur avez-vous pas fait de cadeaux ?

— Chaque fois que j'ai pu.

— Ne leur avez-vous pas promis une prime aussitôt parvenus à Moscou ?

— Une forte prime.

— Eh bien, ils ont tort. C'est clair comme le jour, prince : ces seigneurs ont tort.

— Dites-le-leur, c'est tout ce que je vous demande.

— Prince, je crains de ne pas pouvoir.

— Vous ? Le voïvode qu'ils ont élu ?

— Oh ! je le pourrais sans doute, si mon service me permettait de rester auprès de vous. Hélas, il n'en est pas question. Mais asseyez-vous donc, mon cher prince. Cet escabeau, si j'ose dire, vous tend les pieds.

Dmitry ne s'assit pas. Tout le monde le trahissait donc au lendemain d'une victoire ? Qu'aurait-ce été après une défaite ? Et cependant il ne pouvait manquer de respect au père de Marina, laquelle était d'autant plus désirable que ses chances de l'épouser diminuaient d'heure en heure. Ses lèvres tremblaient.

— Vous partez aussi ? fit-il d'une voix mal assurée.

— Ah ! non. Pas « aussi », fit sévèrement Mnichek. Ne m'insultez pas, je vous prie. Je pars, hé hé, oui, je pars, mais je ne pars pas « aussi ». Si votre armée vous quitte, c'est une chose. Si je retourne servir mon roi, d'ailleurs dans votre intérêt, c'en est une autre.

Il s'était assis tandis qu'un jeune varlet lui servait, dans un service de porcelaine de Médicis, une infusion et toutes sortes de gâteries.

— Faites-vous servir, prince. Vous savez bien que vous êtes chez vous.

Par faiblesse, Dmitry s'assit et accepta un verre de vin cuit, tandis que Mnichek mettait trois grosses cuillerées de confiture de cerise dans sa tasse.

— Auriez-vous une commission à me donner pour ma fille que je devrais revoir sous peu ? demanda Mnichek, sans rien faire pour éteindre la taquinerie qui s'allumait dans son œil.

— Beau-père, répliqua Dmitry profondément affecté, il me semble que vous évitez de me dire le principal. Comment se fait-il que ce soit dans mon intérêt que vous me laissez seul, sans armée, à la merci de l'usurpateur que vous avez juré de combattre avec moi ?

— Quoi ! ce n'est pas évident ? N'était le respect que je dois à votre rang, prince, je vous trouverais bien ingrat, ou bien niais, ou les deux. D'un côté, je vous fais protéger par le roi et le nonce, je vous recrute une armée, je vous accompagne, malgré mon âge respectable, dans une expédition qui semble tirée de *Don Quichotte*, je vous fais gagner une bataille contre cinquante mille hommes, et vous n'êtes pas satisfait ? ! Bien, j'en prends note. De l'autre, ne voyez-vous pas que si l'usurpateur apprend qu'un homme de ma qualité sert sous vos drapeaux, cela mettra mon roi en cause ? Que des gentilshommes d'un rang moindre vous prêtent leur épée, passe. Mais moi, sénateur et palatin, je suis un *casus belli*, je donne aux Russes l'occasion de rompre la trêve et de fondre sur mon pays ! Qu'avez-vous à y gagner, je vous le demande ? Si la guerre éclate, vous qui espérez tant du roi pour mener à bien votre campagne, vous serez tout simplement broyé.

Dmitry rejeta la tête en arrière et aspira beaucoup d'air. Il était accablé. Point dupe de ce que lui débitait Mnichek, il comprenait ce qui s'était passé : Mnichek s'était attendu à récolter de la gloire et des profits sans prendre de risques ; la résistance de Novgorod-Séversk et l'apparition de l'armée de Boris, qui n'était pas tombée à genoux à la seule vue du tsarévitch, avaient aplati son enthousiasme.

Dmitry reposa son verre sur le plateau d'argent en veillant à le faire doucement et d'une main qui ne tremblât pas. Il se leva :

— Vous direz à la comtesse Marina qu'elle peut être tranquille : je ne serai jamais capturé, donc jamais empalé comme vos amis me le prédisent. Si je suis tué sur le champ de bataille, ma dernière pensée sera pour elle.

Il salua et sortit, voyant bien que la situation était presque désespérée, et, chose étrange, se sentant d'autant plus fort. C'était comme s'il avait fait appel à un courage encore frais, tenu jusque-là en réserve.

— Ah ! mon Sergo ! Il faut en faire des choses pour conquérir ce qui vous appartient ! Allons de compagnie en compagnie promettre monts et merveilles aux Polonais et les supplier de rester. Quand je n'en garderais qu'un, ce sera mieux que rien. Prends la lance qui me sert d'étendard, puisqu'ils ont bien voulu me la rendre, et porte-la devant moi.

Les deux jeunes gens firent le tour du camp, Sergo sombre, maussade, Dmitry plaisantant, flattant, persuadant, implorant, et faisant mille promesses. Au bout de quelque temps, le père Gaspard se joignit à eux, et ils poursuivirent leur ronde tous les trois, mendiant du temps et du sang, le prêtre ajoutant des considérations religieuses sur la parole donnée et les indulgences attachées à une guerre contre les schismatiques. Les amis de Boleslavski se détournaient d'eux. Frédro et ses hommes tenaient bon :

— Nous avons accepté ton argent, tsarévitch, et nous nous ferons couper en morceaux pour toi.

D'autres capitaines, parmi les plus pauvres et les plus aventureux, acceptèrent aussi de continuer à servir, à condition d'être payés double à la première occasion. En fin de compte quelque quinze cents Polonais se mirent en route et autant restèrent. Les premiers s'éloignèrent en fin de matinée, avec le voïvode Mnichek et son train à leur tête. Ceux qui restaient les suivirent longtemps du regard, pensant à leurs villages natals, à leurs familles, à leurs maîtresses, et se demandant lesquels avaient fait le meilleur choix. Bientôt, les chevaux, les traîneaux bâchés, les uniformes multicolores devinrent gris, et puis noirs, et puis ils se fondirent dans le lointain blanc.

*

Il restait à Dmitry mille cinq cents Polonais, quelques centaines de Russes, trois mille cosaques.

Avec Mstislavsky d'un côté et Basmanov de l'autre, il se trouvait entre les deux lèvres d'un étau prêt à se refermer.

Il vit qu'il ne prendrait pas Novgorod-Séversk avec les moyens qu'il avait et décida d'aller se réfugier à Sevsk qui lui ouvrait ses portes. D'ailleurs un mouvement vers Sevsk pouvait passer pour un mouvement vers Moscou : bon pour le moral.

— Qu'on me donne seulement un peu de temps, et mon peuple se soulèvera à mon seul nom, répétait Dmitry.

L'événement sembla alors lui donner raison. A peine avait-il atteint Sevsk, où il fut reçu triomphalement, qu'un nuage de neige fut signalé au sud, tandis qu'un piétinement sourd ébranlait le sol : douze mille cosaques Zaporogues venaient se mettre à son service.

10

Aleksandro envoyait des messages au tsar pour lui rendre compte de la situation.

Le voïvode Basmanov, écrivait-il, *est digne de tous les éloges et je donne ma tête à couper qu'il ne rendra pas Novgorod-Séversk : plutôt il périra sous ses ruines. Le boyard Mstislavsky n'avait pas à se mettre dans le cas de recevoir sur sa tête creuse des coups ne pouvant endommager la cervelle qu'il n'a point. Ignorant de la stratégie, il tolère dans son armée la propagande du Félon, et ses troupes risquent à tout instant de se débander.*

Un soir, comme Mstislavsky allait mieux, et qu'il était en train de souper plantureusement en compagnie de quelques commandants parmi lesquels Aleksandro Psar, on annonça l'arrivée d'un cortège de traîneaux. « Au nom du tsar ! » criaient les cavaliers d'escorte, et les sentinelles présentaient les armes à ce nom. Mstislavsky, qui s'était installé dans le château d'un hobereau passé au Félon, se leva sans manifester de joie. Était-ce un deuxième légat qu'on lui envoyait de Moscou ? A quand le dixième, le vingtième ? S'imaginait-on qu'il fût incapable de commander une armée tout seul ? Et encore, à la réflexion, un second légat ne serait que demi-mal. Dans son rapport sur la bataille qu'il avait fait arranger en une espèce de victoire par ses secrétaires, Mstislavsky s'était donné le beau rôle, mais le tsar y avait-il cru ? Peut-être le nouvel envoyé apportait-il dans ses fontes la disgrâce, des sanctions ?... Mstislavsky passa son doigt dans son col de chemise, comme pour vérifier que son cou était encore d'un seul tenant.

Précédé par un héraut et quelques hommes d'armes, ce fut le prince Vassily Chouïsky qui entra. Il portait une pelisse râpée et son long nez de renard pointait sous son bonnet, qu'il ôta avant de dire une prière devant les icônes. Il se tourna ensuite vers Mstislavsky, lequel suait abondamment.

— Boyard voïvode Mstislavsky, commença Chouïsky d'un ton solennel, le grand souverain Boris Féodorytch, grand-prince et tsar de toutes les Russies, me commande de te saluer en son nom... et en celui de sa famille.

De telles salutations étaient si rares que Mstislavsky, malgré sa fatuité, se demanda si Chouïsky ne se moquait pas de lui, ne l'élevant ainsi que pour le faire retomber d'autant plus haut.

— Ce n'est pas tout. Le grand souverain me commande aussi de m'enquérir de ta santé.

C'était là un honneur généralement réservé aux têtes couronnées.

— Je vais mieux, beaucoup mieux, bredouilla Mstislavsky, oubliant que c'était une de ces questions rhétoriques auxquelles il était discourtois de répondre.

Chouïsky renifla avec ironie.

— Et comme il s'inquiète véritablement de tes blessures, poursuivit-il, il t'envoie un médecin et deux apothicaires allemands.

Le médecin et les apothicaires s'avancèrent en faisant la révérence.

— En outre, le grand souverain te remercie de tes bons services et te fait demander comment se portent les gentilshommes qui servent sous toi.

Mstislavsky roula ses gros yeux. Pourquoi avait-il douté de lui-même ? Bien sûr, il méritait tous ces honneurs : n'était-il pas Mstislavsky ? Il se rengorgea et jeta un regard autour de lui, quêtant les félicitations de ses proches et l'approbation de ce Psar dont il devinait l'hostilité. Mais Psar s'était détourné pour que personne ne pût lire son amertume sur son visage.

— Enfin, dit Chouïsky, le grand souverain te fait dire que si tu continues à le servir aussi bien, tu peux t'attendre à toutes les récompenses. Détruis le Félon et reviens à Moscou cueillir les lauriers qui t'y attendent.

Aleksandro sortit discrètement et marcha dans la nuit. Le tsar en était à flatter quand il aurait dû châtier ? Il avait si grand peur d'être trahi qu'il ne tenait pas compte des avis de son propre légat ?

Plus tard dans la soirée, Chouïsky fit venir Aleksandro dans la chambre où il s'était installé au moyen des quelques fourrures de lapin, mitées et lustrées qu'il avait apportées. Il revendrait à Moscou les martres que Mstislavsky avait fait étaler pour lui.

— Aleksandro, le souverain m'a aussi chargé

d'un cadeau pour toi. Prends-en soin : cette chaîne est en or massif et vaut des milliers de roubles.

Aleksandro prit la chaîne et elle se défit dans ses mains, comme si on y avait prélevé quelques maillons.

— Le tsar a aussi envoyé de précieux cadeaux à Basmanov. Quant à moi, il m'a commandé d'être voïvode associé auprès de Mstislavsky. Tu devines pourquoi, dit Chouïsky en se caressant le nez de l'index.

Oui, Aleksandro devinait. Boris avait compris l'incapacité de Mstislavsky. Et n'osait pas lui enlever son commandement.

— Le souverain, reprit Chouïsky, n'est-il pas d'une bonté qui sort de l'ordinaire ?

— Le souverain est le souverain, répondit Aleksandro avec prudence.

Chouïsky l'observait attentivement de ses yeux aux paupières rougies.

— Tu verrais les manteaux et les bijoux que j'apporte pour le boyard et son état-major, tu en pleurerais. Y a-t-il rien de plus beau qu'un prince qui sait discerner et récompenser le mérite ? Hein ?

— Non, boyard, il n'y a rien de plus beau.

— Il suffit de faire tuer six mille hommes en se battant à trois contre un et on devient un héros.

Le visage de bronze d'Aleksandro n'exprimait rien.

— Qui sommes-nous pour comprendre le tsar ? Toi, boyard, tu le pourrais peut-être. Mais moi ? Ces choses-là dépassent mon entendement.

Chouïsky soupira.

— Aleksandro, j'ai connu ton père quand il espionnait ma famille pour le compte de Boris, et j'en ai retiré de l'estime pour lui. Il me semble que tu es forgé du même métal. Au cas où tu aurais jamais besoin d'un maître, un homme dans ma position a toujours besoin de bons serviteurs.

— Je te remercie, boyard. Je sers le tsar.
— Moi aussi. J'ai dit « au cas où ».

*

Il y eut chez Mstislavsky un conseil de guerre auquel assistèrent le boyard prince Vassily Chouïsky en tant que voïvode associé et tous les commandants de corps d'armée. Aleksandro Psar était présent comme légat.

Le commandant de l'avant-garde commença par faire remarquer que, si on l'avait écouté, on aurait contre-attaqué le Félon au lendemain de la défaite, avant qu'il ne se fût enfermé dans Sevsk et n'eût reçu douze mille cosaques de renfort.

Chouïsky répliqua que le voïvode avait jugé dans sa sagesse qu'une armée qui avait perdu plus du dixième de son effectif devait avant tout panser ses plaies.

Mstislavsky roula ses gros yeux avec approbation.

Le commandant du corps d'armée principal signala que la population des campagnes se ralliait au filou.

Chouïsky espéra que le voïvode trouverait le moyen d'exercer les représailles qui convenaient, et le voïvode trouva l'idée excellente.

— Pillez-les, pendez-les, brûlez-les. Je vous donne leurs femmes et leurs enfants. Faites-en ce que vous voudrez. Pour que le Défroqué comprenne à qui il a affaire.

Le commandant de l'avant-garde en second proposa de lancer à la poursuite de l'imposteur les éléments de cavalerie les plus rapides, pour l'attaquer dans Sevsk avant qu'il n'eût reçu d'autres renforts.

Chouïsky critiqua ce plan : quand on a l'avantage

du nombre, pourquoi y renoncer ? Mstislavsky, qui se portait de mieux en mieux et pouvait déjà monter à cheval, mais se ménageait encore, en tomba d'accord. Il valait mieux progresser tous ensemble par petites journées.

Le commandant de l'aile droite, rouge de colère, fit remarquer que le temps travaillait pour Grichka. Il fallait écraser la rébellion... dans l'œuf ! Ponctuant son discours, il écrasa dans la main son hanap d'argent gravé aux armes des Mstislavsky.

Le commandant de l'aile gauche était d'un avis contraire : l'armée n'était ni sûre ni aguerrie. Douze mille Zaporogues étaient bien capables d'en faire de la chair à pâté. Il fallait procéder prudemment.

— Et qu'en dit le légat du tsar ? demanda Mstislavsky.

— Le légat du tsar souhaiterait te parler en particulier, répondit Aleksandro.

Il n'avait pas voulu participer aux débats, parce qu'il voyait qu'il n'aurait pas gain de cause. Mstislavsky était indécis de nature, Chouïsky temporisait pour des raisons inconnues, les commandants ne voulaient pas voir que leur armée se défaisait sous leur nez.

Quand les autres officiers furent sortis, Aleksandro alla sans façon s'asseoir près du voïvode, à la place qu'occupait le boyard prince Chouïsky quelques instants plus tôt. Mstislavsky détourna les yeux, se versa une chopine de bière et y trempa sa moustache. Il se méfiait de ce légat si peu né, dont il ne connaissait pas les prérogatives.

— Boyard, tu as reçu des renforts. Tu as soixante-dix mille hommes sous toi.

— Soixante-dix mille, comme tu y vas !

— D'après nos renseignements, le Félon en a quinze mille.

— Dont douze mille Zaporogues, ne l'oublie pas. Et qui se croient commandés par le fils d'Ivan.

— Je n'oublie rien. Enlève les Zaporogues : reste combien ?

— Je ne suis pas comptable pour savoir compter.

— Trois mille. Avec soixante-dix mille hommes, te fais-tu fort d'en écraser trois mille, quand même ils seraient commandés par le fils du diable ?

Mstislavsky loucha sur le légat, dont le visage demeurait impénétrable.

— Sans doute.

— En comptant dix roubles par homme, as-tu cent vingt mille roubles dans ton trésor ?

— Davantage.

— Tu me donneras cette somme.

— Cent vingt mille roubles ? A toi ? Psar ?

Mstislavsky avait écarquillé les yeux et lancé « Pppssar » comme un crachat.

Aleksandro plaqua lourdement sa main sur la table sonore. L'aigle à deux têtes s'étalait sur sa topaze.

— Rappelle-toi à qui tu parles, boyard. Je suis l'homme du tsar.

11

1605.

L'armée fit mouvement vers Sevsk, sur laquelle s'appuyait Dmitry. Aleksandro, avec ses Tartares, la précéda, mais il perdit trois jours à tourner de village en village, n'arrivant pas à prendre langue. On le fuyait en l'apercevant. Les hameaux qu'il vit bientôt brûler sur les collines ne lui facilitaient pas la tâche : l'avant-garde de Mstislavsky était arrivée et elle procédait aux représailles recommandées par Chouïsky.

Un soir qu'il était couché dans la neige, à l'avers d'une colline, à observer les feux de Sevsk et du campement des Zaporogues, ses hommes postés derrière lui, la tête des chevaux entourée de couvertures pour qu'on ne les entendît pas hennir si l'envie leur en prenait, la tentation lui vint de risquer sa chance, d'aller aborder une sentinelle cosaque, de parlementer ouvertement. Mais il prit conscience que cette hâte brouillonne était causée par son désir de se venger au plus tôt du Félon qui lui avait pris son frère. Il n'avait pas le droit de mettre sa mission en péril. Il suffirait que la sentinelle lui tirât dessus ou le livrât aux Polonais. Envoyer un de ses hommes ? Qui serait peut-être fait prisonnier ? Non, la première idée était la bonne : il fallait mettre à profit les sentiments du peuple pour la cause du tsarévitch. Aleksandro rampa à reculons et commanda de battre en retraite. On passa la nuit dans des trous de neige, au fond d'un vallon.

Le lendemain matin, comme l'escouade contournait largement Sevsk par l'est, une odeur de brûlé se fit sentir, et Aleksandro donna l'éperon à son cheval. Du haut d'une crête, des tire-bouchons de fumée montaient jusqu'aux nuages d'hiver dont les ventres semblaient écraser le sol. Entre deux arbres, des flammes s'allumaient. Au galop, Aleksandro déboucha dans un hameau.

Cinq ou six isbas construites en rondins taillés à la hache signalaient qu'on était en Grande-Russie. Elles étaient bancales, tordues, couleur de bois gris. L'une d'elles flambait. Une autre avait déjà brûlé, et plusieurs soldats de type tartare s'apprêtaient à rôtir quelque chose dans ses décombres, dont les cendres rayonnaient encore de chaleur. D'autres avaient aligné de petits enfants contre une haie en les attachant aux branches, et leur tiraient dessus à l'arc, en riant chaquc fois qu'ils avaient touché le point du corps qu'ils se désignaient les uns aux autres. Des moutons et des chèvres égorgés, mêlés à des tronçons de corps d'homme, gisaient en tas. Des femmes hurlaient, tandis que des Tartares s'amusaient à courir autour d'elles comme des chiens de berger et à les fouetter en les forçant à se rassembler. Les coups de knout arrachaient des lambeaux à leurs robes, si bien que certaines étaient déjà à moitié nues, et leurs corps pâles et sanguinolents faisaient pousser aux Tartares des cris aigus.

Tous étaient si occupés que l'arrivée d'Aleksandro passa inaperçue. Il poussa son cheval vers les rôtisseurs. L'un d'eux, coiffé d'un casque, maniait une grande poêle dans laquelle un petit enfant baignait dans son sang, la peau déjà saisie.

D'un coup de sabre, Aleksandro envoya la tête de l'homme à la poêle voler dans les cendres. Les cheveux graisseux grésillèrent et s'enflammèrent aussitôt. Un autre rôtisseur ne portait qu'un bonnet de fourrure, et Aleksandro lui fendit le crâne jusqu'à la clavicule. Le troisième, cherchant une arme, criait en mauvais russe :

— Toi qui ? Toi quoi ?

Aleksandro lui répondit en tartare :

— *Sobaka !* Chien !

Et lui enfonça son sabre si profondément dans la poitrine, au niveau du sternum, qu'il n'arrivait plus à l'en arracher. Un quatrième se précipitait, l'épieu levé. Aleksandro lui déchargea son pistolet en plein visage.

Ses hommes arrivaient au galop, l'arme au clair. Il leur cria :

— Vous me sabrez tout ça.

Il y perdit deux des siens, car les tireurs à l'arc se défendirent, mais le combat ne dura que quelques instants.

Avec la résignation des paysans, les femmes se rajustaient, embrassaient les enfants rescapés, soignaient les blessés, enterraient les morts. Un vieillard édenté émergea d'un puits où il s'était caché. Il vint remercier Aleksandro à genoux :

— Sois béni, notre maître. Que le Seigneur notre Dieu te rende heureux et prospère ! On voit bien à la forme de tes yeux que tu n'es pas de chez nous, mais à la bonté de ton cœur que tu sers le vrai tsarévitch et non le faux tsar. Nous nous ferons tous tuer pour lui au premier mot qu'il dira. Tu lui as sauvé aujourd'hui quelques futurs serviteurs et plusieurs servantes, c'est moi qui te le dis, qui ai été à la prise de Kazan avec le bon tsar Ivan !

Aleksandro avait agi sans réfléchir, mais il vit maintenant que son intervention allait en effet être récompensée.

— Tu te trompes, grand-père. Oui, je voudrais me mettre au service du tsarévitch, mais tu vois mon visage : je crains de me montrer à ses Russes, qui risqueraient de me prendre pour un de ceux-ci (il désignait les Tartares massacrés). Les Polonais... tu sais ce que c'est que les Polonais : on ne peut pas se fier à eux. Il ne reste que les Zaporogues, mais je ne sais pas comment les aborder.

— Je peux te conduire jusqu'à eux, notre maître.

— Je préfère que tu m'en amènes un, le plus haut gradé que tu pourras trouver. Dis-lui que j'ai de grands avantages à lui proposer. Il peut venir seul ou avec une escorte, mais en secret. Vois-tu cette colline dégarnie avec une croix à son sommet ? Je l'y attendrai jusqu'à la nuit.

Le vieillard grimpa sur son âne qui avait échappé au massacre et fila dans le val. Aleksandro distribua quelques pièces d'argent qui ne ressusciteraient pas les morts mais répareraient les dégâts, et chevaucha avec ses hommes jusqu'à la croix. De là-haut, il découvrait les alentours. Si un détachement de Zaporogues trop nombreux apparaissait, il aurait le temps d'aviser. Il s'assit sur un tronc d'arbre abattu et attendit.

A la fin de l'après-midi, le ciel s'allégea un peu et une lumière d'un jaune vert baigna la neige. Du hameau venaient les prières que psalmodiait un chantre et les coups de bêche des femmes creusant la terre gelée. A l'ouest, la boule rouge du soleil trembla au-dessus de l'horizon. Aleksandro ne se souciait pas d'attendre la nuit et allait commander le départ lorsqu'une patrouille de onze Zaporogues, debout sur leurs étriers, la pique au poing et la pipe au bec, sortit du bois et se dirigea droit vers la croix.

Les petits chevaux gravirent la pente en allongeant la foulée. Aleksandro, ses hommes groupés derrière lui, demeura assis. Les cavaliers s'arrêtèrent à quelques sajènes. Ils fumaient. Aleksandro ne bougea pas. On n'entendait que les chevaux mâchonner leur mors. Une vapeur s'exhalait de leurs flancs.

Finalement, l'un des Zaporogues, un gaillard au mufle obtus, à la moustache grise pendante, au cou de taureau, ôta son brûle-gueule de sa bouche :

— Que veux-tu ?

— Renvoie tes gens. Je renvoie les miens.

Les deux groupes s'éloignèrent d'une cinquantaine de pas. Aleksandro se leva. Le Zaporogue descendit de cheval. Ils firent trois pas l'un vers l'autre. Le tabac du Zaporogue puait.

— On m'appelle Aleksandro Psar. Qui es-tu, toi ?

— Vertikhvyst. Je suis *kochévoï* et l'*essaoul* de l'*ataman* Métèlitsa.

Aleksandro comprenait ce vocabulaire de cosaque : cet homme, nommé « Tortille-la-queue », était chef de son village et l'aide de camp du général des Zaporogues, « Tempête-de-neige ».

— Pas trop de tortillements avec moi, conseilla Aleksandro. Dis à Métèlitsa que je veux le voir et qu'il y a cent vingt mille roubles à gagner.

— Tu le lui diras toi-même si tu viens avec nous.

Sans mot dire, Aleksandro monta à cheval. Ses Tartares l'imitèrent. Vertikhvyst secoua la tête.

— Tu viens seul.

Aleksandro fit signe à ses hommes de l'attendre.

— Et on te bandera les yeux en arrivant.

— Pourquoi pas, tant que ce n'est pas avec tes chaussettes cosaques ?

Ils chevauchèrent dans le soir, puis dans la nuit. Aleksandro se laissait guider avec indifférence. Des feux brillèrent. Une sentinelle cria :

— Qui va là ?

Vertikhvyst répondit :

— Hommes libres.

Il s'approcha d'Aleksandro :

— Je t'avais prévenu.

Il lui enfonça sur la tête un bonnet de fourrure trop grand pour lui, qui sentait l'huile et la sueur et lui boucha la vue. Aleksandro ne fit rien pour le déplacer. On chevaucha encore. Des voix se faisaient entendre, des chocs de verre et de métal, des rires, des chansons chantées à plusieurs voix, le crépitement de feux de bois. Cela sentait le cheval et l'homme.

Lorsqu'on lui eut enlevé le bonnet, Aleksandro vit qu'il se trouvait dans un campement fortifié de traîneaux mis en rond. Des brasiers s'alignaient de tout côté, des tentes pointaient leurs masses sombres. Le pan de l'une d'elles battait dans le vent. Aleksandro descendit de cheval sans hâte. Vertikhvyst marchait vers une tente plus grande que les autres. Aleksandro lui emboîta le pas, suivi d'un œil à peine curieux par les Zaporogues qui, assis en rond autour des feux, dévoraient des jambes de mouton qu'ils arrosaient de vins fins, italiens, grecs ou français. Les cosaques aimaient bien vivre.

La grande tente était éclairée par des torches. Des icônes étaient posées debout sur un bahut. Un lit de fourrure s'allongeait dans un coin ; une planche couchée sur des tréteaux servait de table.

Métèlitsa était un homme de petite taille, plus large que haut ; une touffe de cheveux s'érigeait sur son crâne rasé.

Aleksandro dit :

— Je sers le tsar Boris. Voici son sceau.

Il tendit son poing sur lequel la chevalière impériale faisait saillie.

— Que veux-tu de moi ?

— Tu t'es trompé de parti, Métèlitsa. Le filou qui se fait passer pour Dmitry ne permet pas le pillage : tu n'as rien à faire de son côté. Emmène tes gens. Emmène-les en Pologne, en Turquie, en Crimée, où tu voudras. Cela vaudra mieux pour toi, Métèlitsa.

— Dmitry est le tsarévitch de toutes les Russies.

— Le filou dont tu parles est un bâtard probablement hérétique, mais quand même il serait Ivan le Terrible ressuscité, qu'importe aux hommes libres du Champ sauvage ? Vous n'avez pas de tsar, vous autres. De quoi vous mêlez-vous ? Vous comptez qu'une fois arrivés à Moscou vous oublierez les défenses du filou et vous en donnerez à cœur joie de piller Kitaïgorod ? Tu oublies une chose : qu'il gagne encore une bataille et il aura la Russie tout entière pour lui, et autant de Polaques qu'il voudra en recruter. Tes douze mille braves risqueraient de s'étouffer avec ce morceau-là.

— Que me proposes-tu, toi ?

— Le tsar Boris te fait cadeau de cent vingt mille roubles. La moitié avant, la moitié après.

— Pour faire quoi ?

— Rien.
— Tu veux que nous nous retirions maintenant ?
— Non. Si vous vous retiriez maintenant, le filou pourrait nous échapper. Voici mon plan.

12

L'armée de Boris campait devant Sevsk et n'attaquait toujours pas. Dmitry tint un conseil de guerre.

— Nous sommes à un contre quatre, dit le colonel Dvorjitski, homme maigre, mélancolique, réfléchi, brave, qui commandait les Polonais depuis le départ de Mnichek. Nous devons fortifier Sevsk et attendre. Quand ils attaqueront, nous leur infligerons des pertes qui leur feront perdre courage. Puis nous contre-attaquerons avec quelque espoir de les mettre en déroute. La cavalerie zaporogue poursuivra.

— A quoi bon attendre ? objecta Métèlitsa. Les Moscovites sont plus nombreux, mais ce ne sera pas la première fois que les cosaques les auront battus à un contre quatre ou six ou même dix. Ce ne sont que des conscrits tout juste bons à pendre les paysans et à violer leurs femmes, sans compter quelques Tartares qui font aussi frire leurs enfants. Leur voïvode n'a même pas l'intelligence de ne pas se mettre au premier rang pour ne pas recevoir de coups sur la tête. Tempête-de-neige les chassera devant toi, tsarévitch, comme le vent chasse les nuages.

Grichka Otrépiev commandait les Russes qui s'étaient joints à Dmitry.

— Tsarévitch, méfie-toi des militaires, qui ne songent qu'à cogner, ce qui est bon quand on fait la guerre. Mais ce n'est pas la guerre que tu fais ici.

Tu viens reprendre ton bien. Le peuple était déjà de ton côté. Avec ses représailles, Mstislavsky travaille encore pour toi. Je reçois des transfuges tous les jours. Par dizaines. Bientôt ce sera par centaines, par milliers. Ils savent bien qu'un vrai tsar ne leur commanderait pas les atrocités qu'on exige d'eux. On te conseille d'attaquer une armée qui tient encore à peu près, et qui, dans un mois, n'existera plus. Seul un fou agirait ainsi.

— Je reconnais dans ce discours le courage bien connu des Moscovites, siffla Métèlitsa.

— Pourquoi me cherche-t-il querelle, celui-là ? riposta Grichka en se grattant l'aisselle. Je n'avais pourtant pas fait allusion à la loyauté bien connue des Zaporogues.

— Taisez-vous tous les deux ! commanda Dmitry. Il sera bientôt temps de prouver sur le terrain ce que nous valons.

Le père Gaspard, qui avait repris sa place au conseil depuis que les affaires marchaient moins bien, joignit les doigts.

— Tous vos généraux, tsarévitch, ont parlé d'or. La guerre n'est pas mon métier et mon avis ne doit pas compter. Je remarque seulement ceci : l'adversaire a l'avantage du nombre et il ne cherche point le contact. Est-ce parce que le contact serait à notre avantage ?

Le tempérament du jésuite était celui d'un homme d'action : il ne rusait et temporisait que sous l'influence de son maître Possevino. En outre, il avait vu dresser des chiens de chasse : on les observe sur le terrain ; lorsqu'on voit que l'envie leur prend de tourner à droite, on leur crie « A droite ! », et si c'est à gauche, « A gauche ! ». Or, il sentait que Dmitry bouillait, que sa victoire incomplète d'un mois plus tôt l'obsédait et qu'il ne souhaitait qu'une chose : recommencer à se battre.

Pour une fois, du bas bout de la table, Sergo appuya le prêtre romain.

— Tsarévitch ! Tu m'as permis de courir le pays et de me renseigner. Un régiment entier de Tartares est cantonné dans le village de Dobrynitchi. Les soldats s'y écrasent ; tu imagines comme les habitants y sont traités. Je suis allé leur parler, déguisé en paysan. Ils ne demandent qu'à te servir. Par haine de Boris, ils veulent mettre eux-mêmes le feu à leur village, dès que tu attaqueras. La confusion sera telle dans la fumée que nous emporterons aisément cette aile-là, et il n'y aura plus qu'à prendre Mstislavsky par le flanc.

Dmitry avait mis ses coudes sur la table et sa tête entre ses mains. Il était César Invincible et non pas Fabius Cunctator. Il sentit qu'on attendait sa décision et qu'on lui obéirait même si on ne l'approuvait pas. Ce qui lui restait de soumission à l'égard de Gaspard, son amitié pour Sergo, son admiration pour les cosaques intrépides, sa méfiance envers les Polonais auxquels il aurait aimé donner une leçon, tout l'entraînait dans la même direction. Il respira profondément.

— Amis, le meilleur et le plus glorieux est de rencontrer l'ennemi face à face et de trouver la mort ou la victoire. Or, la victoire est probable. Allons dormir. Nous attaquerons demain.

*

Le lendemain matin, 21 janvier 1605, au lever du soleil, deux Eucharisties furent célébrées en plein air.

Les Polonais assistèrent à la messe du père Gaspard, les Moscovites et les Zaporogues participèrent à la liturgie d'un prêtre de Sevsk. Le vent qui tournait autour de la colline apportait tantôt aux orthodoxes les accents supraterrestres des modes grégoriens, tantôt aux catholiques romains les arabesques mélodieuses des tons russes. Le tsarévitch s'arrangea pour paraître aux deux services, et il communia aux deux, là d'une hostie, ici de pain et de vin, ce qui paraissait si incroyable que les uns et les autres furent persuadés qu'il n'avait communié qu'avec eux. Ensuite il procéda à la distribution des drapeaux : il voulait réveiller l'ardeur de ses hommes pour la bataille de la dernière chance.

Des dames polonaises avaient passé l'été précédent à broder des bannières pour leurs bien-aimés, et beaucoup de ceux qui étaient rentrés chez eux les avaient, honte ou négligence, abandonnées au camp, si bien qu'il y en avait plus qu'il n'en fallait. Les Zaporogues ne se souciaient pas d'en prendre : ils n'utilisaient les drapeaux que comme signes de ralliement et un par centurie leur suffisait. Ce furent donc les Polonais et les Russes qui se partagèrent ces trésors et, à la suite de la lance dorée empanachée de plumes blanches que brandissait le tsarévitch, une marée haute s'érigea, faite de véroniques nimbées de perles, de Vierges orthodoxes à l'Enfant et de Vierges catholiques en Reine du monde ou en Stella Maris, de saints Nicolas, de saints Vladimir, de flammes et d'oriflammes, de licornes, de griffons, de guivres et de salamandres sous des couronnes princières, comtales ou chevaleresques, et d'étendards jaunes, sur lesquels l'aigle bicéphale de Russie semblait épinglée comme un gigantesque paon de nuit.

— Pour la terre russe ! Contre l'usurpateur ! En avant !

Un homme sur quatre ou cinq s'était transformé en gonfalonier, et les Russes avaient passé des chemises blanches par-dessus leurs vêtements ou leurs cottes de mailles pour se différencier de leurs frères ennemis : ce fut un gai spectacle que ces milliers d'hommes qui allaient tuer ou mourir.

Le terrain était formé de plusieurs coteaux ondulant de part et d'autre d'un ravin dont Dmitry tenait un côté et Mstislavsky l'autre. Les deux armées ne se voyaient pas.

Dmitry avait divisé ses forces en trois éléments. L'artillerie et un détachement de cosaques du Don, à pied, étaient placés sur la droite, derrière une colline, en réserve ; les Zaporogues, les plus nombreux et les plus mobiles, à gauche, sur une crête face à Dobrynitchi qu'ils déborderaient largement lorsque la confusion s'y serait mise ; Dmitry lui-même commandait l'avant-garde composée des cavaleries polonaise et russe qui franchiraient la vallée au centre et porteraient le premier coup à Dobrynitchi.

Le hongre blanc de Dmitry avait eu des côtes fêlées au moment du choc devant Novgorod-Séversk ; ne pouvant le monter au combat, Dmitry avait été obligé de se contenter d'un bai foncé d'Asie, la tête et l'aine plus claires, tirant sur le jaune, le poitrail étroit, les flancs creux, les jambes longues et fines comme des échasses, l'œil clair, mobile et nerveux. C'était le meilleur cheval de l'armée, mais Dmitry voyait un mauvais présage dans sa robe foncée, d'un marron presque noir, et surtout dans l'absence du cheval blanc, qui convenait mieux à son rang. A la gauche de son prince, Sergo montait une jolie jument alezane à la crinière blonde.

L'avant-garde prit le trot en direction de Dobrynitchi, et dès que les paysans aperçurent de loin l'étendard du tsarévitch ils tinrent leur promesse et fourrèrent des poignées de paille enflammée sous leurs propres toits de chaume. Malheureusement, les Tartares de Mstislavsky, enfumés dans les isbas et devinant ce qui se passait, éteignirent les feux, pendirent les paysans et prirent les dispositions de combat.

Mstislavsky, si paresseux qu'il fût, voulait conquérir sa fiancée et son apanage ; sans doute aurait-il attaqué depuis longtemps ; c'était Chouïsky, voïvode associé, qui lui avait conseillé d'éviter toute action offensive. Mais maintenant, quoi qu'en pensât Chouïsky, il fallait se défendre. Mstislavsky avait à sa droite vingt mille Tartares appuyés sur Dobrynitchi ; à sa gauche trente mille Russes ; au centre, dominant la vallée, il plaça ses mercenaires allemands et une douzaine de milliers de Russes avec l'artillerie, adossée à Dobrynitchi. Une avant-garde occupa le fond du ravin.

Il y eut d'abord un échange de coups de feu entre éléments avancés, et puis, levant haut sa lance et tirant son sabre, Dmitry jeta sa cavalerie en avant.

Les trompettes trompetèrent, les timbales battirent, les hommes poussèrent des cris de guerre, et, d'un seul coup, les innombrables bannières des Russes et des Polonais de Dmitry surgirent au-dessus de la crête qui dominait le ravin. L'armée de Boris n'avait que trois drapeaux en tout et n'utilisait pas de trompettes : les hommes de l'avant-garde se crurent attaqués par toute l'armée de Sigismond accourue au secours du tsarévitch et tournèrent les talons. Courant à qui mieux mieux, ils remontèrent la pente, qui à cheval, qui à pied, sautant les obstacles, s'étalant dans les ronces, se relevant, ne songeant qu'à sauver leur vie.

Les Polonais de Dvorjitski et les Russes à chemise blanche de Grichka se lancèrent à leur poursuite, entraînés par Dmitry, dont le bai sauta d'un bond le ruisseau qui coulait au fond du ravin et attaqua vaillamment l'autre versant.

En haut, derrière les traîneaux qui formaient rempart, les canons ne tiraient pas, car les canonniers ne voyaient devant eux que leurs camarades en fuite qui remontaient vers eux.

Un mercenaire allemand qui fuyait aussi s'arrêta à mi-pente et regarda derrière lui. Il vit les poursuivants dispersés sur la pente avec leurs oriflammes papillonnantes et jugea qu'ils n'étaient ni aussi nombreux ni aussi terribles qu'on l'avait cru.

— Égaillez-vous ! A droite ! A gauche ! Marche ! cria-t-il aux fuyards, les forçant du plat de son épée à se jeter sur les côtés, pour ouvrir une ligne de feu.

Dès qu'ils se furent écartés, les boulets, la mitraille et douze mille fusils crachant leurs balles accueillirent Dmitry et les siens. En quelques secondes un nuage de fumée s'éleva, que le vent rabattit sur le ravin. On n'y voyait plus rien. On continuait à galoper dans l'odeur de la poudre et les craquements des mousquets, sans savoir si on n'était pas le seul survivant. D'eux-mêmes, les chevaux ralentissaient l'allure, voulaient s'arrêter.

— Tsarévitch ! cria Sergo.

— Je suis là ! répondit Dmitry.

Se croyant l'un des rares rescapés, il ne songeait plus qu'à trouver une belle mort, et se demandait si son bai sauterait par-dessus les traîneaux, ou si une balle de mousquet l'atteindrait avant.

Le vent changea de direction, et enroula un pan de fumée. Dans la trouée, les Zaporogues apparurent sur la crête, fumant calmement leurs pipes. Par une illusion d'optique, ils paraissaient tout près, presque à portée de la main. Dmitry bloqua son cheval, se retourna : au-dessus du ravin, la fumée s'envolait par écharpes et découvrait la cavalerie polonaise et russe hésitante, mais presque intacte : les canonniers et les fusiliers de Boris n'avaient pas tenu compte de la pente et avaient tiré trop haut. De sa lance, Dmitry faisait des signes frénétiques aux Zaporogues : « A l'assaut ! » Ils pouvaient encore prendre Dobrynitchi par le flanc droit. Une nouvelle bouffée de vent plaqua la fumée sur l'aile gauche et les Zaporogues disparurent à la vue. « Pourvu qu'ils aient compris ! Pourvu qu'ils débordent Dobrynitchi ! »

En haut de la côte, les traîneaux formaient toujours un rempart. Les canons avaient subi l'effet du recul, et les canonniers, poussant à la roue, les ramenaient en avant. Les fantassins rechargeaient leurs mousquets.

Dmitry avait repris la progression, mais maintenant il trouvait dommage de mourir pour rien et ralentissait l'allure du bai pour ne pas se trouver seul sur l'obstacle. Il vit Grichka arriver sur sa gauche, ses cheveux rouges au vent, Dvorjitsky sur sa droite et tout un essaim d'oriflammes se recomposer pour le choc frontal qui devait enfoncer le centre de Mstislavsky. Si seulement on atteignait les traîneaux avant que les canons eussent tiré une deuxième fois !

Le vent tourmentait toujours les nuages de fumée, les dispersant et les recomposant. Sur la gauche, il en avait fait un rideau opaque qu'il se plut à enrouler brusquement, et l'on vit alors les douze mille Zaporogues, toujours sur la crête. Seulement, au lieu de galoper, les piques abaissées, vers l'ennemi, ils avaient fait demi-tour et, précédés par leur chef Métèlitsa, ils s'éloignaient au petit trot, la pique verticale, comme à la parade, et de minces volutes grises montant des brûle-gueule qu'ils tenaient aux dents. Les croupes lustrées de leurs chevaux ondulaient gracieusement.

A cette vue, la ligne russo-polonaise ralentit, vacilla, tourna bride, et redescendit la pente au triple galop. L'infanterie de Boris ouvrit le feu.

Grimpant sur les traîneaux, les mercenaires allemands tiraillaient aussi. Puis, lorsqu'on eut écarté quelques traîneaux, la cavalerie de Boris se rua à la poursuite des fuyards.

Dmitry galopait aussi vite que le bai pouvait le porter, une seule pensée en tête : ne pas être pris pour ne pas être empalé. Une balle mortelle dans le dos lui aurait semblé la bienvenue. « Pourquoi ai-je accepté cette mission absurde ? Il est trop tard pour dire : Je ne joue plus. » Soudain le bai s'abattit sous lui. Il eut le temps de vider les étriers sur le côté, lâcha sa lance empanachée, se releva à moitié assommé mais tenant encore son sabre. Sergo, qui arrivait derrière lui, scia la bouche de sa jument, qui sembla s'asseoir sur sa croupe. Il sauta à terre.

— Monte, tsarévitch, et sauve-toi.

— Jamais, dit Dmitry Kourbsky. Sauve-toi toi-même.

— Oublies-tu qui tu es ?

Oui, pour un instant, il l'avait oublié. Mais il s'en ressouvint et, d'un bond, fut en selle. Comme il était plus léger que Sergo, la belle jument blonde redoubla de vitesse sous lui.

Sergo, n'ayant fait que son devoir, regarda autour de lui. Russes et Polonais déferlaient. La cavalerie de Boris venait d'apparaître en haut de la pente. Un cavalier polonais touché d'une balle s'abattit presque aux pieds de Sergo, et son cheval déséquilibré roula à terre, soulevant un nuage de neige, mais il se releva aussitôt, frissonnant d'épouvante après sa galipette. Sergo l'enfourcha. Derrière, le sol tremblait sous la charge de douze mille cavaliers russes qui dévalaient la pente à leur tour.

Ils ne s'arrêtèrent pas avant d'avoir parcouru six bonnes verstes et tombèrent sur l'embuscade des cosaques du Don qu'ils sabrèrent, enlevant quinze étendards, treize pièces d'artillerie, et faisant des centaines de prisonniers.

Mstislavsky, Chouïsky et Psar se tenaient au haut de la pente. Mstislavsky voulait charger avec la cavalerie ; Chouïsky l'en dissuada. Ils regardaient les chevaux sauter par-dessus les cadavres, soulever de leurs sabots des gerbes de neige blanche et de terre noire, mélangées çà et là d'une bouillie au sang. Aleksandro cherchait le Félon des yeux. Il espérait de tout son cœur qu'il avait été pris ou tué. Quant à son frère... Si son cadet devait mourir d'une autre main que la sienne, il se sentirait volé.

— Cette fois-ci, dit Mstislavsky, je les tiens toutes les deux.

— Qui ? demanda Chouïsky

— Ksénia et Kazan.

Et il s'éloigna, lent et massif, comme un très noble buffle.

La cavalerie de Boris avait atteint le fond du ravin, elle remontait la pente opposée.

— Aleksandro, prononça Chouïsky, son nez pointé droit devant lui.

— Boyard ?

— Acheter les cosaques était une bonne idée.

Aleksandro ne lui demanda pas d'où il tenait ses renseignements : Chouïsky avait ses réseaux, c'était connu.

— J'ai cependant un conseil à te donner. Quand tu auras d'autres idées aussi bonnes, soumets-les-moi avant de les mettre à exécution.

Aleksandro ne répondit pas. Chouïsky s'éloigna à son tour.

CHAPITRE VII

LA MAIN DE DIEU

1

La jument blonde, atteinte d'une balle à la hanche, arrosée de son propre sang, continua à galoper, l'encolure tendue, les sabots ne touchant terre que pour rebondir, dépassant tous les autres chevaux qui fuyaient.

Lorsque les bruits de la poursuite se furent apaisés dans le lointain, Dmitry desserra l'étau de ses jambes. Il était seul dans un vallon. Un ruisseau gelé serpentait au fond. Dmitry descendit à terre. Ses jambes tremblaient sous lui. Il cassa la glace à coups de botte.

— Bois, ma belle. Bois, ma jolie. C'est toi qui m'as sauvé.

Un morceau de chair avait été arraché à la hanche de l'alezane, et elle aussi tremblait toute, les flancs haletants.

Pendant qu'elle buvait, Dmitry versa sur la blessure le contenu de sa gourde d'argent, ne laissant qu'une gorgée d'alcool pour lui-même. La brûlure dans sa gorge le fit hoqueter. Il tapota l'encolure écumeuse. La jument buvait toujours, comme si elle avait décidé de boire tout le ruisseau.

— Toi, lui dit-il, tu ne courras plus jamais de dangers, tu ne seras plus jamais montée que pour le plaisir, tu recevras les meilleures avoines, ta litière sera changée deux fois par jour et tu mourras de vieillesse... si moi-même je survis.

Il chancela, s'agenouilla et se mit à laper le ruisseau à côté de la jument — « Laisse m'en un peu tout de même » —, trouvant une satisfaction dans ce compagnonnage animal. Peu à peu, il découvrait sa fatigue. Il n'avait jamais été aussi exténué de sa vie. Un bruit de galop le fit se retourner et chercher le sabre qu'il avait jeté à terre. Mais il reconnut le cavalier : c'était Sergo qui l'avait suivi comme il avait pu.

— Es-tu blessé, tsarévitch ?

— Sain et sauf.

Dmitry se laissa tomber à terre, couché sur le dos, et ferma les yeux. Il lui sembla que tous ses membres s'en allaient chacun de son côté, se dissolvaient aux quatre coins de l'espace. Il était écartelé par la fatigue.

— Je suis épuisé, dit-il.

Il rouvrit les yeux, rencontra le regard de Sergo et comprit ce qu'il venait de dire : non qu'il était fatigué, mais qu'il allait renoncer à son entreprise. Godounov n'avait qu'à rester sur son trône. C'était trop difficile, tout ça. D'abord, il savait bien, lui, qu'il n'était pas le tsarévitch. Surtout, il ne désirait qu'une chose : dormir.

— Je suis épuisé, répéta-t-il comme un défi de lâcheté.

Sergo, accroupi près de lui, avait compris. Il secoua la tête avec un tendre reproche et répondit :

— La Russie, elle, est inépuisable.

Dmitry se redressa, comme s'il avait reçu un soufflet. Quoi, pour une défaite, il s'avouait vaincu ? Oui, il avait subi l'ignominie de la fuite — il se rappelait les cris des Allemands qui le poursuivaient comme un gibier —, oui, il survivait à des milliers de compagnons morts pour lui, son cheval était tué, il avait perdu la lance aux couleurs de Marina, il y avait de quoi se désoler, si on était un simple mortel. Mais si on avait rêvé d'être César Invincible et si on prétendait à l'honneur de se faire passer pour un tsarévitch, qu'y avait-il là qu'on ne pût supporter non pas une mais plusieurs fois dans l'espoir de la victoire finale ?

« J'ai perdu la journée, mais pas la vie ; la lance de Marina, et non Marina ; des compagnons que je remplacerai ; un cheval qui devait me porter malheur. Il me reste un sabre, un cheval vaillant, un ami fidèle. Ne serais-je pas ingrat d'en demander plus ? »

Il se haussa avec un effort, vit le soulagement apparaître dans les yeux de l'ami fidèle.

— Allons, dit-il. Essayons de rallier les survivants.

Il sourit.

— Et mort à l'usurpateur !

Sergo souriait aussi, ravi de retrouver son tsarévitch. Dmitry s'appuya sur son épaule pour se relever.

*

Le soir, les débris de l'armée s'étaient regroupés autour d'un hameau de trois isbas. Dans l'une d'elles, Dmitry tenait un nouveau conseil de guerre avec les officiers rescapés qui étaient parvenus à le retrouver : Dvorjitsky, Frédro, Grichka, Sergo, Koréla, ataman des cosaques du Don. Le père Gaspard aussi était là, convaincu que le martyre ne se ferait plus attendre longtemps. Dmitry étala une carte sur la table.

— Messeigneurs, dit-il, nous avons été malheureux aujourd'hui, nous serons heureux demain. Il faut regrouper les forces qui nous restent. Où le ferons-nous ? A l'heure qu'il est, Sevsk a sûrement été repris par Mstislavsky. Poutivl est loin. Koursk nous éloigne de la frontière et nous pourrions y être encerclés facilement. Je vous propose Rylsk qui n'est qu'à soixante verstes. Les habitants s'y sont déclarés mes fidèles sujets.

— Va pour Rylsk, dit Koréla, petit homme hideux, couturé de cicatrices, d'un courage et d'une astuce bien connus.

— On peut se faire tuer à Rylsk aussi bien qu'ailleurs, acquiesça mélancoliquement Dvorjitsky.

— Ce n'est pas pour nous y faire tuer que nous y allons, mais pour reconstituer l'armée du tsarévitch, dit Sergo.

— Sans doute, fit Dvorjitsky. Mais pour peu que Mstislavsky nous poursuive, nous n'en aurons pas le temps.

— Il faut, dit Koréla, détourner les Moscovites de Rylsk pour quelques jours.

— Par quel moyen ? demanda le tsarévitch.

— Par une ruse de guerre.

— As-tu une idée en tête ?

— Oui et non, souverain.

— Qu'entends-tu par là ?

Koréla eut un sourire de côté.

— L'idée est bonne, mais il faudrait plus de courage que je n'en ai pour la mettre à exécution.

Plus de courage que Koréla ? Inimaginable. Cependant Dmitry voulut savoir en quoi consistait le stratagème de l'ataman.

On l'écouta en silence, et lorsqu'il eut terminé, le père Gaspard parla pour la première fois :

— Vous vous trompez. Il n'y faut pas de courage. Il n'y faut que du renoncement. C'est là une idée qui nous est familière, à nous autres serviteurs de Dieu, et je pense que je pourrais remplir cet office de manière satisfaisante. Je prie le tsarévitch de me le confier.

Dmitry regarda avec surprise le visage de ce prêtre dont les passions nobles ne demandaient qu'à l'emporter sur les missions moins nobles qui lui étaient confiées. Un instant, il eut la tentation de le laisser faire et, par ce moyen, de s'en débarrasser définitivement. Mais il avait encore trop besoin du soutien de l'Église romaine et de la Pologne-Lithuanie.

— Le révérend père ne peut penser ce qu'il dit. S'il lui arrivait malheur, qui assurerait nos liaisons avec... (il voulait dire : Barezzo Barezzi) avec Sa Majesté le roi et ceux qui l'entourent ?

Gaspard s'était déjà rendu compte qu'il avait dit une généreuse sottise.

— Ce n'était, murmura-t-il, qu'une proposition.

— Ne pourrait-on, demanda Dvorjitski, envoyer un de nos hommes ? Leur vie ne coûte pas cher.

— Il faut qu'il soit dans le secret pour se faire prendre, dit Grichka, et, s'il est dans le secret, il risque de parler. Il faut un homme capable de berner l'état-major de Mstislavsky, et ce serait dans mes cordes, mais il le faut volontaire pour mourir désagréablement : alors là, tsarévitch, je t'aime bien, mais ne compte pas sur moi.

— Sur moi tu peux compter, dit Sergo.

2

C'était étrange de jouer à qui perd gagne.

Deux fois déjà, Sergo était passé à proximité du camp de Mstislavsky devant Sevsk, et deux fois il n'avait pas été pris. Il ne pouvait tout de même pas y entrer ouvertement. Il refit un grand détour, pour avoir l'air d'arriver par la route de Rylsk. Le soir baissait. Des canards passèrent dans le ciel, battant des ailes et nasillant d'un ton désespéré.

Sergo poussa son cheval dans un ravin, sauta un ruisseau, gravit une pente. Entre deux arbres aux branches affaissées sous la neige, la lune se levait, bleu pâle. Il y avait là un sentier, qu'il suivit au pas, entre deux fourrés. Cette colline dominait la route de Sevsk à Rylsk et, si Sergo avait été chargé de surveiller la région, il n'aurait pas manqué de mettre un poste sur cette éminence. Mais apparemment les capitaines de Mstislavsky...

Tout se passa avec une extrême soudaineté. Deux hommes avaient bondi à la tête de son cheval. Un troisième, en croupe derrière lui. Un autre encore le menaçait d'un mousquet. Il se sentit entraîné sur le côté et tomba dans la neige. Un homme s'assit sur sa poitrine et lui fourra la pointe d'un poignard sous le menton.

— Qui es-tu ? Réponds.

Moi ? Petska, fils de Mikhaïl. Lâchez-moi, camarades.

— D'où viens-tu ? Où vas-tu ?

— Lâchez-moi donc. Je vais à Kromy. Je viens de Rylsk.

— Qu'y vas-tu faire ?

A la réponse suivante, il y aurait danger de mort.

— Porter un pli du tsar.

— Quel tsar ?

— Le tsar légitime. Dmitry Ivanytch.

Les hommes échangèrent des regards.

— Égorge-le, Fedska, conseilla l'un.

— Il vaut mieux le ramener vivant : on aura peut-être une récompense, fit un autre.

— Attendez, camarades. Assez plaisanté, fit Sergo. Qui êtes-vous donc ? Des brigands, peut-être ? Cela ne fait rien. Mettez-vous au service du souverain : il vous pardonnera et vous fera des cadeaux.

— Nous sommes, dit le dizenier qui commandait la patrouille, des soldats du tsar orthodoxe Boris Féodorytch, et il me semble, l'ami, que tu finiras tes jours au sommet d'un tremble. Où est-il ton pli ?

— Je ne peux le donner qu'au commandant de la garnison de Kromy.

— Qu'à cela ne tienne : nous le prendrons nous-mêmes. Fouillez-le !

On releva Sergo, on le fouilla. Outre le pli cacheté, on trouva sur lui le kandjar à poignée d'ivoire, à fourreau de velours grenat, que Dmitry lui avait rendu. Le dizenier se l'appropria.

— Attachez-lui les mains dans le dos. On l'emmène chez le voïvode.

*

— Approche, mon mignon, Approche.

Sergo s'avança vers la table où l'état-major était en train de souper. Il reconnut le boyard prince Mstislavsky et le boyard prince Chouïsky, qu'il avait eu l'occasion de voir à Moscou. Les autres officiers lui étaient inconnus, sauf le brun à la tête de Tartare, à la moustache courbe. Aleksandro avait donc échappé à la mort ! « Je te remercie, mon Seigneur Dieu. » Leurs yeux se rencontrèrent. Ni l'un ni l'autre ne se trahit.

— Ainsi ce gaillard est donc le messager du Défroqué, dit Mstislavsky. Attends un peu, mon mignon. Nous allons bientôt nous occuper de toi. Mais, à tout seigneur tout honneur, tu ne nous en voudras pas de nous occuper d'abord de ton maître. Où est le message ?

Le dizenier le tendit d'une main hésitante. Il avait décidé de ne pas passer par la voie hiérarchique pour ne pas manquer la récompense, s'il y en avait une, et maintenant il était intimidé.

— Donne-le au boyard Chouïsky, commanda Mstislavsky. Il est plus doué que moi pour déchiffrer les écritures.

Aleksandro intervint.

— Voïvode, je ne t'ai jamais demandé aucune faveur. Je t'en demande une aujourd'hui. Quand tu en auras fini avec le prisonnier, donne-le-moi.

— Que veux-tu en faire ?

— C'est un traître qui m'a pris quelque chose à quoi je tenais. Je veux qu'il meure de ma main.

En parlant, Aleksandro regardait fixement son cadet, et le cadet eut un sourire triste pour reconnaître que c'était justice.

Chouïsky avait rompu les cachets. Il lut à haute voix.

Nous, Dmitry Ivanytch, tsar et grand-prince de toutes les Russies, aux habitants du bourg de Kromy. Nous vous envoyons à votre demande deux mille Polonais et huit mille Russes, mais ne nous rendons pas chez vous de notre personne, parce que nous attendons à Rylsk l'arrivée d'une armée polonaise de quarante mille hommes qui a déjà atteint Poutivl. Avec l'aide de Dieu, vous ne repousserez pas seulement les entreprises de l'ennemi contre votre ville, mais vous lui infligerez des pertes. Nous vous recommandons de demeurer nos fidèles sujets n'épargnant ni votre vie ni vos biens pour notre service et nous de notre côté nous saurons vous récompenser le moment venu.

— L'armée polonaise ? dit Mstislavsky. Quarante mille hommes ?

Il se tourna vers ses officiers.

— Si je vous avais écouté, je serais déjà sur la route de Rylsk, et après-demain nous donnions tête baissée dans le panneau. Heureusement le boyard Chouïsky était d'avis de ne point se hâter.

— Rien ne prouve que ce message n'ait pas été envoyé pour nous tromper, dit Aleksandro.

— Cela, objecta Chouïsky, ne me paraît pas vraisemblable. Comment le Défroqué pouvait-il savoir que le messager serait pris ? Ou alors il faut supposer qu'il s'est laissé prendre exprès.

Il fit signe au dizenier :

— Pour un suppôt du Défroqué, dit-il, je lui trouve bonne mine.

Le dizenier cracha dans ses mains, ramena le poing droit en arrière et frappa au visage. Sergo tomba.

— Relève-toi, dit le dizenier en lui allongeant un coup de pied. Puisque tu as des amis polonais, tu vas danser la mazurka pour nos seigneurs les voïvodes.

Sergo se releva difficilement, car il avait toujours les mains attachées dans le dos. Son beau visage à la courte barbe blonde avait pris une expression à la fois exaltée et lointaine. Il avait la pommette fendue et le sang coulait sur sa joue.

Le dizenier frappa à la mâchoire. Sergo tomba.

— Debout, fumier.

Sergo se releva encore, et cette fois le dizenier le frappa du poing gauche, au ventre. Sergo roula à terre, le souffle coupé. Cependant les voïvodes continuaient à souper. Mstislavsky tenait à deux mains une cuisse d'outarde dont il arrachait la viande avec ses dents. Chouïsky puisait dans son écuelle un borchtch savoureux au chou et au lard. Sergo réussit à se mettre debout, mais il était encore plié en deux. Quand enfin il redressa la tête, son visage était terreux, avec des traits douloureusement tirés, et Aleksandro qui lui aussi mangeait son borchtch, vit soudain à quel point il ressemblait à leur mère, la princesse Aleksandra Miloslavsky, surtout pendant les derniers jours de sa vie. Même visage ovale, mêmes grands yeux bleu-gris, même blondeur, même résignation à souffrir.

— Tu es fatigué ? demanda Mstislavsky au dizenier en mâchant toujours.

Le dizenier frappa encore au visage, et Aleksandro vit ce poing caillouteux défoncer la bouche de sa mère.

— Maintenant on peut l'interroger, dit Chouïsky. Où est le Défroqué ?

Sergo avala sa salive mêlée de sang et affermit sa voix :

— J'ai quitté le tsar Dmitry à Rylsk.

— Pourquoi l'appelles-tu tsar, alors qu'il y a peu de temps on l'appelait encore le tsarévitch ? demanda Aleksandro.

Et, comme son frère hésitait à répondre, il fit signe au dizenier de le frapper encore. Cette fois-ci ce fut le nez d'Aleksandra Mstislavsky qui reçut le coup, et le sang jaillit en abondance. Sergo n'était pas tombé. Il dit :

— Quand il a traversé le Dniepr, il n'était que tsarévitch. Mais maintenant qu'il a battu l'armée de l'usurpateur Godounov, que toute la terre de Séversk s'est ralliée à lui, que le roi de Pologne-Lithuanie lui envoie son armée, nous l'appelons le tsar, parce qu'il est le tsar.

— Combien d'hommes a-t-il avec lui à Rylsk ? demanda Mstislavsky.

Sergo parut réfléchir.

— Vingt mille.

— Tu mens, vermine ! Hé, toi, qui nous promettais une mazurka, tu ne joues plus de musique ?

Les coups plurent. Le visage de la princesse Aleksandra était barbouillé de sang.

— Bon. Arrête un peu, pour qu'il puisse parler. Combien de rebelles à Rylsk ?

— Vingt mille environ. Sinon le tsar n'en enverrait pas dix mille à Kromy.

— D'où viennent-ils, ces vingt mille ? Et pourquoi n'ont-ils pas combattu à Dobrynitchi ?

— Une partie était à Rylsk. L'autre, le tsar n'a pas

voulu les faire donner quand il a vu que l'affaire était mal engagée, par la faute des Zaporogues.

Plusieurs officiers inclinèrent la tête pour dire que les choses pouvaient réellement s'être passées ainsi.

— Nous avons des prisonniers, dit Aleksandro. Nous pourrions les interroger.

— Interrogez-les. Ils ne savent pas combien d'hommes le tsar gardait en réserve.

— Cesse de dire tsar en parlant de ce chien, cria Aleksandro.

Le dizenier trouva le moment bien venu pour placer encore quelques coups de poing.

Chouïsky se tourna vers Aleksandro.

— Tu dis connaître cet homme. Penses-tu qu'il parle vrai ?

— Je ne sais pas, boyard, parce que je ne l'ai jamais vu mentir. Je pense qu'il grossit les effectifs : cela se fait toujours. Reste à savoir si la lettre est vraie ou fausse.

— Et tu penses qu'elle est fausse ? dit Mstislavsky. Ce serait facile à savoir. Il suffirait de chauffer les pieds de cette canaille ou de lui faire boire un peu d'eau.

— A condition qu'il le sache lui-même, répliqua Chouïsky. S'il ne sait rien, tu lui feras avouer tout ce que tu voudras. Qu'il n'y a pas d'armée polonaise ou qu'elle compte cent mille hommes.

Mstislavsky leva les bras au ciel.

— Alors que faut-il faire selon toi ?

— Agir avec prudence. Faire comme si cette lettre était vraie, envoyer quelques escadrons vers Rylsk et vers Poutivl pour tâter la résistance.

Chouïsky se tourna vers le prisonnier.

— Ces dix mille hommes qui vont à Kromy, quand sont-ils partis ?

— En même temps que moi, boyard, mais ils vont plus lentement.

— D'après moi, dit Chouïsky, qui n'avait aucune expérience militaire mais beaucoup de bon sens, il faut essayer de leur couper le chemin. Il faut aussi interroger nos prisonniers pour voir s'ils corroborent ce que dit celui-ci.

— Alors on le laisse vivant ? demanda Mstislavsky.

— Je n'en vois pas l'utilité. Psar le veut : donnons-le à Psar.

— Il est à toi, dit Mstislavsky à Aleksandro.

Aleksandro s'adressa au dizenier.

— Mets-le à la cave et garde-le comme la prunelle de tes yeux. Je n'ai pas encore fini de souper, mais je veux qu'il soit vivant quand j'irai le prendre. Tu m'en réponds sur ta tête.

*

Dans la cave où il avait été jeté, Sergo priait. Il priait ardemment pour lui-même, pour le tsarévitch, pour la Russie, pour qu'Avdotia trouvât un mari qui fût bon pour elle, qui ne la battît pas injustement ni trop souvent, il priait pour son frère. « Seigneur, disait-il, ton serviteur Aleksandro va commettre un meurtre et un fratricide, mais tu dois comprendre que, pour lui, ce fratricide est juste. Il croit que j'ai trahi mon serment, que j'ai trahi mon tsar, que je l'ai trahi lui. A sa place, je ferais la même chose, du moins si j'en trouvais la force. D'ailleurs, tu verras : il ne me fera pas souffrir inutilement. Un coup de poignard ou peut-être une corde dans un arbre, pour bien marquer que je suis un traître. Rappelle-toi, mon Dieu, comme il était bon pour moi quand nous étions petits, et pardonne-lui de combattre pour le faux tsar contre le vrai. »

De temps en temps, les bras toujours ligotés dans le dos, Sergo roulait sur l'autre flanc pour moins souffrir, et il reprenait ses prières, récitant celles que sa mère lui avait apprises, essayant même de chanter à voix basse certains cantiques, surtout le rituel et martial *Seigneur, sauve Ton peuple et bénis Ton héritage. Accorde victoire sur l'ennemi au pieux tsarévitch Dmitry Ivanytch...*

Éclairé par un flambeau fiché en terre, le dizenier était assis par terre dans un coin, et il ne quittait pas le prisonnier des yeux, ni ne lâchait la poignée de son sabre.

Il était minuit passé lorsqu'on frappa à la porte.

— Ouvre ! commanda la voix d'Aleksandro.

Ils sortirent tous les trois à l'air libre, et Sergo, qui titubait, tant ses membres étaient engourdis, se réjouit de mourir en plein air et non dans ce souterrain. La nuit était semée d'étoiles. Il aspira largement l'air glacé, et les plaies qu'il avait au visage le brûlèrent autrement : c'était plus vif et moins douloureux. Deux chevaux étaient attachés à un anneau scellé dans le mur.

— Peux-tu tenir à cheval ?

— Si on me délie les mains, fit Sergo indistinctement, entre ses lèvres enflées.

Il répéta :

— Si on me délie les mains.

— Il n'en est pas question, dit Aleksandro. Nous n'allons pas loin. Toi, aide-le à monter.

Le dizenier souleva Sergo comme un sac, le jeta sur le cheval, réussit à lui passer une jambe pardessus la croupe.

Aleksandro partit au petit trot, et Sergo suivit, content de cette occasion d'avoir de nouveau une bête du Bon Dieu entre ses jambes. C'était une bonne façon de dire adieu à cette terre. Il regardait autour de lui, s'attendrissait sur les nappes de neige luminescente qui s'étalaient à droite et à gauche, sur les glaçons qui pendaient aux arbres et qu'il aimait à sucer, quand il était petit. La lune était couchée, mais les étoiles luisaient si fort que, du haut de son cheval, il croyait voir toute la Russie étinceler, toute la Russie qui serait bientôt heureuse parce qu'elle aurait retrouvé son vrai tsar, image terrestre du Christ-Raison-du-monde. Du bout de la langue, il tâtait le creux que formait dans sa bouche une dent cassée, et il léchait le sang qui sortait de la blessure.

Une fois, des sentinelles les arrêtèrent.

— Service du tsar, jeta Aleksandro dans la nuit. Je repasserai tout à l'heure.

Ils parvinrent sur une route transversale. Elle était couverte de neige, mais on y voyait des traces de patins, et quelques arbres croissant des deux côtés. La clarté des étoiles parut s'intensifier. Le ciel était comme sa propre carte déroulée pour une leçon d'astronomie : les constellations éclataient les unes à côté des autres.

Aleksandro s'arrêta, et le cheval de Sergo s'arrêta docilement aussi. Aleksandro fit demi-tour et approcha de Sergo. Une lame brillait dans sa main. C'était celle du kandjar à poignée d'argent. Aleksandro décrivit un demi-cercle de manière à se trouver derrière Sergo. Sergo sentit le flanc du cheval de son frère contre sa jambe gauche.

— Sandro, dit Sergo en regardant droit devant lui, tu n'as pas besoin de me tuer par-derrière. Je suis capable de regarder la mort en face et je voudrais voir encore une fois ton cher visage.

Une main saisit son poignet, et il sentit la lame trancher ses liens. Ses mains se détachèrent l'une de l'autre et retombèrent sur le troussequin de sa selle. Il les frotta. Elles étaient libres.

— Merci, dit-il, de ne pas me faire mourir garrotté.

Derrière lui, il entendit un sanglot et se raidit.

Une voix qu'il eut du mal à reconnaître prononça :

— Kromy est à gauche, si tu vas vraiment à Kromy. Attends. Ceci peut te servir.

Il sentit la poignée d'argent dans sa paume, et le cheval de son frère s'enleva au galop, repartant dans la direction d'où ils étaient venus. Celui de Sergo voulut suivre. Ses mains retrouvèrent les rênes. Il les raccourcit, pivota sur place, et partit vers la droite à fond de train.

3

Boris ne quittait plus le Térem. Les petits garçons sanglants étaient ses compagnons quotidiens. Quelquefois il avait envie de leur proposer de jouer aux osselets.

Les confessions incomplètes, donc blasphématoires, qu'il faisait l'étouffaient de plus en plus. Il lui semblait que si seulement ces mots : « J'ai tué le tsarévitch » passaient ses lèvres, sa santé lui serait rendue, le revenant disparaîtrait comme le fantôme qu'il était, la moisson de l'été prochain serait belle et, malgré la prédiction des sorciers, il y aurait encore de bonnes années pour le tsar Boris et pour la Russie. Mais, sans compter qu'un bon prêtre lui demanderait de quitter le trône et que ce serait en priver Féodor, y en avait-il un auquel il pût faire pareille confidence ? L'idée lui venait quelquefois de se confesser sincèrement, de promettre toutes les pénitences qu'on voudrait, de recevoir l'absolution et ensuite de poignarder l'officiant. Après tout, un pope de plus ou de moins... Mais il n'osait pas aller jusque-là, et chaque fois qu'il communiait, son estomac se soulevait dans la crainte de vomir le Christ.

Une seule chose le consolait : que son fils Féodor, qui était pur, lui, allât d'église en église et priât Dieu pour leur famille.

Cependant, dans les souterrains du Kremlin, on continuait à donner la question à quiconque prononçait le nom du tsarévitch. De vieux bourreaux d'Ivan reprenaient du service : « Dis-moi, compère, ça fait du bien de se dérouiller un peu les abattis ! » De temps en temps, l'image de la douce Arinouchka, sa sœur, revenait hanter le tsar : « Nous souhaitions tant de bien à la Russie ! Qu'est-il donc arrivé ? » Mais il refusait d'écouter la voix de la tsarine Irina quand elle répondait : « C'est que tu t'es arrogé un rôle sacré pour lequel tu n'étais point né. Malheur au pays sur qui règne un prince illégitime. On peut quelquefois défendre le bien par le mal, mais on ne peut défendre le mal que par le mal. Tu as choisi cette voie. » Il répliquait : « Que dois-je faire ? Céder mon trône à un imposteur ? Encore quelques années et mon fils sera prêt à prendre les rênes du pouvoir, alors, oui, je me déguiserai en pèlerin et, le bâton à la main, une musette à l'épaule, avec un peu de pain séché dedans, j'irai de lieu saint en lieu saint pour expier mon juste péché. Aujourd'hui, je n'en ai pas le droit. »

Un soir Aleksandro fut introduit dans l'appartement privé du tsar, qu'il ne connaissait pas encore. Boris avait le visage affaissé et jaune. Mais il sourit avec aménité.

— Voici le fidèle des fidèles. J'ai bien reçu tes messages. Quelles nouvelles apportes-tu ?

Aleksandro, se sentant coupable, n'avait pas son aisance ordinaire.

— Permets-moi d'abord de déposer ceci à tes pieds.

Il posa sur le tapis la lance dorée au panache blanc souillé de terre et de sang.

— C'était le signe de ralliement du Félon : nous l'avons retrouvé sur le champ de bataille où tes troupes ont infligé une défaite aux siennes.

Boris s'éclaira comme un soleil.

— Cette chose-là ? Donne-la-moi. Il l'a tenue dans sa main, dis-tu ? Il devait la tenir ici, ou plutôt là. Et la brandir comme ceci. Elle est à moi maintenant, fit-il en pressant la lance contre lui. Et lui-même, le Défroqué ?

Aleksandro s'agenouilla.

— Souverain, cette bonne nouvelle n'est qu'un hochet. J'en ai de mauvaises. Commande-moi de te dire la vérité, sinon je ne l'oserai point.

Le tsar s'assombrit de nouveau. Il fut tenté de dire : « Tais-toi, je ne peux rien entendre », mais il se redressa, l'air sévère :

— Si tu tiens au salut de ton âme, je te somme de parler.

Aleksandro eut un mouvement de reconnaissance pour ce moribond retrouvant sa dignité.

— Souverain, le Félon était écrasé, mais il nous a échappé. Nous aurions pu le poursuivre, nous ne l'avons fait qu'à petites journées, après lui avoir donné le temps de prendre de la distance. Il était seul pourtant, car ses Polonais avaient déserté : nous aurions pu le prendre à mains nues (la voix d'Aleksandro trembla, si forte était sa déception). Mais nous nous sommes laissé abuser par une ruse de guerre, et nous l'avons laissé échapper et se retrancher à Rylsk. Oskol, Voronèje, Tsarev-Borissov, Orel et Elets se sont livrées à lui.

— Que fait Mstislavsky ?

— Le voïvode, que tu as comblé de faveurs après sa défaite, songe fort peu à combattre le Félon. Il rêve aux récompenses que tu lui as promises et croit asscz faire pour les mériter en dévastant tes campagnes, en exterminant tes peuples. Les survivants vont grossir les troupes du Félon et te maudissent.

Personne n'osait parler ainsi à Boris, mais il acceptait tout d'Aleksandro.

— Que fait Chouïsky ?

— Cela est plus grave. En son absence, je réussis à me faire entendre du voïvode. C'est ainsi que nous avons acheté la défection des Zaporogues qui étaient venus appuyer le Félon. Mais quand le prince Chouïsky parle...

— Que dit Chouïsky ?

— Il conseille la prudence et la lenteur, alors que nous avons toutes les raisons de frapper vite. Nous avons la supériorité du nombre, souverain, mais nous ne l'aurons peut-être pas longtemps, car ton armée est en train de se décomposer. La moitié de tes soldats demande ouvertement si celui qui se fait appeler Dmitry n'est pas Dmitry.

Boris frappa un grand coup sur l'accoudoir de son fauteuil.

— Qu'on leur arrache la langue !

— Cela ferait beaucoup de langues, souverain, et peut-être pas assez d'hommes pour tenir la pince. Mais tu as raison : la trahison doit être punie, sinon elle devient vérité. Cependant, tes boyards laissent dire, et les désertions se multiplient.

Boris, honteux de son accès de colère puérile, essaya une nouvelle fois de se reprendre en main.

— Les princes me trahissent ? C'est cela que tu veux dire ?

— Je ne suis qu'un homme du tsar, souverain. Jugerai-je ceux qui me sont à ce point supérieurs ?

— Je te l'ordonne.

— Le voïvode Mstislavsky n'a pas le peu d'intelligence qu'il faudrait pour trahir.

— Je sais, je sais. Mais il faut bien que je contente les boyards : il est le premier parmi eux. Et Chouïsky ?

— Ce n'est pas l'intelligence qui lui fait défaut... et tous ses conseils ont profité au Félon.

— Tu me conseilles donc... ?

— Fais arrêter Chouïsky. Cet homme, souverain, ne te veut pas de bien.

Boris eut son premier sourire.

— Crois-tu m'apprendre quelque chose, Aleksandro ? Il serait sans doute tsar si je ne l'étais pas. Crois-tu que c'est pour rien que j'ai interdit à ces deux princes-là de se marier ?

— Si c'est pour interrompre leurs lignées, il y a de meilleures façons de le faire. Le tsar n'a qu'à commander.

Boris se tordait la barbe. Ses doigts apparaissaient et disparaissaient entre les touffes de poils comme des asticots.

— Oui, fit-il en mâchonnant à vide. Mais, vois-tu, j'ai besoin de Chouïsky. Il est l'homme dont j'ai le plus besoin. Il a vu le cadavre du tsarévitch. Il est le seul à pouvoir garantir au peuple que le tsarévitch est bien mort et que l'autre, quel qu'il soit, ne peut être qu'un imposteur.

« Pas au peuple seulement, pensa Aleksandro. A toi aussi, souverain. Car si tu te meurs en ce moment, ce n'est pas de remords comme je le pensais : c'est d'angoisse, c'est de n'avoir pas vu le corps, c'est de ne pas savoir... Comment pourrais-je te rassurer ? Puis-je te dire : “Mon père n'était pas homme à se tromper” ? »

— C'est toi qui sais ce qui vaut le mieux pour la Russie, dit-il simplement. Tu as au moins un grand capitaine à qui tu peux faire confiance : c'est Basmanov.

Boris mâchonnait toujours. On aurait pu croire qu'il pensait à autre chose. A un moment, il jeta un regard inquiet dans un coin sombre de la chambre. Mais il se ressaisit.

— Je vais faire venir Basmanov à Moscou pour le récompenser comme il se doit. Nous le fêterons, nous montrerons la lance et les prisonniers au peuple : les peuples aiment les victoires. Toi, retourne aux armées et dis aux boyards que le tsar n'est pas content d'eux. Ça les secouera ! Ils vont se mettre à trembler dans leurs grosses bottes fourrées.

A ces mots, Boris lui-même se mit à trembler, mais de rire, d'un rire sénile, impuissant et méchant.

— Dans leurs bottes fourrées ! répéta-t-il, comme si c'était la chose la plus drôle du monde.

4

Boris se voulait Russe, mais on l'avait toujours appelé le Tartare, et il se persuadait de plus en plus que la terre russe elle-même le rejetait malgré ses bienfaits. « La terre russe ne me porte pas », disait-il. Alors, peu à peu, par désespoir, il s'abandonna aux souvenirs de sa petite enfance, aux contes de sa nourrice tartare, à la nostalgie de ce qu'il avait été dans le corps de ses ancêtres, ces hardis nomades venus du pays du soleil levant. Toutes les traditions, tout le vocabulaire tartare qu'il avait toujours essayé d'annihiler en lui-même, il se mettait à le revendiquer dans sa solitude. « Tchet Mourza, lui, m'aurait compris, m'aurait approuvé. » Et, à force de faire du mal aux Russes, il se mettait à haïr les Russes. Il eût aimé qu'une main enduite de beurre rance lui flattât la tête. Il lui venait des relents de chamanisme et d'Islam, qu'il se sentait préférer au Christ-juge auquel il croyait.

Depuis que, par devoir à l'égard de la Russie ingrate, félonne, il s'était privé de son seul fidèle, Psar, Tartare comme lui, il se sentait irrémédiablement seul, malgré la tendre vénération de ses enfants, et des larmes coulaient de ses yeux chassieux, sans qu'il se souciât de les arrêter, de les essuyer ni même de les cacher. Il se faisait laver de plus en plus rarement, acceptant les misères de la vie avec cette résignation méchante de certains vieillards. Chaque sablier renversé, chaque tic et chaque tac de chaque horloge lui rappelaient que la septième année de son règne tirait à sa fin.

Sa croyance aux forces occultes ne l'avait jamais quitté ; elle redoubla. Les sorciers et les voyantes qu'il consultait jadis étaient morts ou s'étaient dispersés. Il n'en avait plus d'attitrés. Il en faisait venir de toute part, et il écoutait leurs vaticinations d'un air absent, ne demandant plus jamais « Que dois-je faire ? » mais « Que va-t-il arriver ? » On lui parla d'Alona, la folle en Dieu, qui vivait dans une cellule souterraine et prédisait l'avenir. Il s'y fit conduire, lui qui ne sortait plus.

C'était en pleine forêt, et les traîneaux du convoi impérial eurent du mal à se frayer un chemin à travers les broussailles. Enfin, on arriva dans une clairière, au milieu de laquelle s'élevait un mamelon surmonté d'une croix et couvert de neige. Deux marches descendantes conduisaient à une petite porte percée dans le flanc du mamelon. Le grand veneur Zamytsky, se prenant les jambes dans les pans de son long kaftan, courut frapper. Pas de réponse. Il frappa encore. Toujours rien. Boris, jaune, emmitouflé de fourrures, attendait dans son traîneau. Zamytsky poussa timidement la porte. Une voix éraillée, ni mâle ni femelle, l'accueillit :

— Retire-toi, Satan !

Furieux, il donna un coup de pied dans le vantail.

— Ce n'est pas Satan, vieille folle. C'est le tsar.

— Quel tsar ?

— Quel tsar ! Boris Féodorytch.

— Toi-même, qui es-tu ?

— Son grand veneur, Dmitry Andréïtch Zamytsky.

— Va dire à ton maître que je suis occupée avec le tsar des tsars. Et ne reste pas devant ma porte : tu pues.

Le grand veneur retourna au traîneau. Il ne savait que dire. Boris le regarda de son œil noir effondré au fond de l'orbite.

— Elle ne veut pas me recevoir ? fit-il d'une petite voix, comme s'il allait pleurer.

Et, comme Zamytsky n'osait répondre :

— Cela ne fait rien. Je reviendrai.

Il revint le surlendemain, et, cette fois-ci, comme la porte était entrouverte, il laissa sa suite dehors et entra sans en demander la permission. La cellule toute ronde, creusée sous le mamelon, était pleine de prêtres et de diacres dans leurs carapaces de brocart. La fumée de l'encens entêtait. Le tsar s'arrêta humblement, près de la porte, qui était si basse que, pour entrer, il avait dû se courber. Maintenant encore sa tête touchait la voûte.

Alona était assise sur une grosse bûche taillée à la hache. C'était une femme sans âge, à la figure grossière et rouge sous le fichu blanc qui dissimulait ses cheveux. En voyant le tsar entrer, elle le reconnut aussitôt, sans qu'on sût comment, et, d'un geste brutal, arrêta le chant.

— Assez ! fit-elle de sa voix criarde. Assez chanté la gloire de Dieu. Que cela lui suffise, au Crucifié. Nous en avons déjà trop fait pour lui. Il y a des choses plus importantes sur la terre. Boriska a daigné venir nous voir !

Les clercs dorés se serrèrent dans un coin en jetant des regards apeurés au nouveau venu. Qui était cet homme qu'Alona désignait du sobriquet méprisant de Boriska ? Se pouvait-il que ce fût le tsar ?

Alona se leva : les chaînes qu'elle portait sous sa robe cliquetèrent. Elle se plia en deux à plusieurs reprises, les mains aux genoux, sa grosse tête encapuchonnée montant et descendant. Boris aussi s'inclina à la russe.

— Prie pour moi, sainte mère, lui dit-il d'une voix cassée.

Une expression polissonne passa dans les yeux délavés de la folle, sur sa face au gros nez enflé, aux lèvres informes.

— On priera, on priera, fit-elle, et, imitant la psalmodie de l'Église, elle ajouta d'un ton nasal sarcastique, presque blasphématoire : Prions le Seigneur !

Elle saisit la bûche quadrangulaire qui lui servait de siège et la tira au milieu de la cellule. Les chaînes chuintaient sous la robe. Elle piqua des cierges dans le sol autour de la bûche, comme si c'était un catafalque. Puis, se tournant vers le clergé :

— L'office des morts, commanda-t-elle. Et harmonieusement !

Les clercs se consultèrent du regard. Chanter l'office des morts autour d'un billot, n'était-ce pas sacrilège ? Mais Alona était folle en Christ. Les saints ne sont-ils pas ceux qui osent ? Un diacre commença, d'une assourdissante voix de basse, un prêtre suivit de sa voix de ténor, et la cellule s'emplit des chants solennels et mélancoliques de l'office des morts. Boris pleurait doucement, se rappelant les obsèques de sa sœur Arinouchka. Les encensoirs se balançaient en cadence, les cierges palpitaient. Lorsqu'on eut chanté *Mémoire éternelle*, Alona se retourna vers son visiteur et dit :

— Voilà ce qui attend le tsar Boris.

Il s'enfuit.

5

Aleksandro retourna à l'armée, qui n'avait toujours pas bougé de place, bien que les renforts polonais se fussent révélés imaginaires et que Dmitry, ayant regroupé ses troupes à Rylsk et reçu l'allégeance de nombreuses villes, eût installé sa cour à Poutivl. Aleksandro exprima avec fermeté le mécontentement du tsar.

— S'il n'est pas content, il verra ce qu'il verra ! répliqua Mstislavsky, et, sur le conseil de Chouïsky, il alla mettre le siège devant Kromy où, au lieu des dix mille hommes annoncés dans la lettre, n'étaient arrivés que l'ataman Koréla et une poignée de cosaques du Don.

Quelque soixante-dix mille soldats encerclèrent donc une bourgade de quatre ou cinq mille habitants, avec des remparts de bois. L'artillerie de Boris la pilonna longtemps. Puis on brûla les remparts, dont il ne resta qu'un talus. Mais c'était Koréla qui commandait la garnison, et il n'était pas question qu'elle se rendît.

Sous les décombres, les cosaques avaient creusé un réseau de souterrains aboutissant au talus et s'y installèrent confortablement. On pouvait leur donner l'assaut, mais il était impossible de les déloger à cause de l'étroitesse des boyaux en zigzag qu'un homme pouvait défendre contre cent. Les cosaques passaient leurs longs fusils par les ouvertures et tiraient sur les assaillants, sans se montrer eux-mêmes. Quand les assaillants refluaient, les cosaques faisaient des sorties à pied. Mstislavsky lançait la cavalerie contre eux, mais les cosaques, bons tireurs, abattaient autant de chevaux et d'hommes qu'ils pouvaient et puis filaient dans leurs terriers, où ils avaient des réserves de pain séché et de vodka. En approchant de Kromy, on entendait des roulements de tambour, des appels de trompette et des chansons à boire résonner sous la terre, comme si les morts y menaient joyeuse vie. N'aimant manquer de rien, les cosaques avaient aussi amené des filles qui passaient de tanière en tanière et de main en main. Quelquefois, pour se moquer des assiégeants, les cosaques allumaient la nuit un feu de bois sur le talus, faisaient mettre les filles nues et les exhibaient. Éclairées de rouge par les flammes, projetant des ombres gigantesques sur les murs en ruine de la ville, elles se prenaient au jeu, dansaient, riaient, prenaient des poses obscènes et, de leurs voix rauques et perçantes, raillaient les assiégeants : « Venez nous prendre si vous êtes des hommes ! » Plusieurs fois, les assiégeants n'y tinrent pas, et, après un échange d'ordures et de menaces hurlées dans la nuit, se ruèrent sans ordre à l'assaut. Koréla leur avait tendu des embuscades et en fit chaque fois un grand massacre.

Mstislavsky lui-même venait quelquefois admirer le spectacle. Il aurait pu écraser les cosaques sous le nombre, mais chaque fois qu'il s'y décidait, Chouïsky lui disait :

— Voyons, boyard, que te prend-il ? Est-ce des femmes que tu veux ? Fais-en venir, en attendant la belle Ksénia, que son père t'a promise. A quoi bon faire tuer des milliers de braves gens par ces diables de cosaques ?

— Le tsar n'est pas content de moi.

— Les tsars ne sont jamais contents : c'est leur métier de tsars. De toute manière, je pressens que tu n'en as plus pour longtemps à commander l'armée. A quoi bon te fatiguer ? Crois-tu amadouer le souverain en prenant cette bourgade ? Si au moins c'était Poutivl, où réside le Félon...

— Alors je lève le siège d'ici et je vais assiéger Poutivl.

— Boyard, tu sais que nous sommes du même bord. C'est Dieu lui-même qui t'a fait naître Mstislavsky et moi Chouïsky. Le même Dieu, tu ne m'en voudras pas de te le dire, m'a créé plus intelligent que toi. Eh bien, je ne te conseille pas d'aller assiéger Poutivl.

— Intelligent, intelligent... Je ne suis pas moins intelligent que n'importe qui. Dieu t'a créé plus roublard que moi, soit. Et tu ne me conseilles pas d'aller assiéger Poutivl. D'accord, mais pourquoi ? Enfin ce Dmitry est tout de même un imposteur et un défroqué ! Le tsar l'a dit. Et le patriarche. Tu le sais mieux que personne, puisque tu as vu le petit cadavre.

— Je l'ai vu, et il avait la gorge ouverte d'une oreille à l'autre.

— Et c'était bien le tsarévitch ?

Chouïsky répondait à côté :

— Dans ses dépêches pour les capitales étrangères, le tsar Boris, régent à l'époque, l'appelait « prince ».

Le siège demeurait devant Kromy.

6

Boris avait été couronné le 26 février 1598, et il s'attendait à mourir le 26 février 1605, les sept années promises étant écoulées, mais il ne mourut pas ce jour-là, ce qui le réconforta : les sorciers pouvaient s'être trompés de mois ou d'année, s'ils s'étaient trompés de jour. Le Grand Carême était entamé, et en conséquence Boris pensa qu'il survivrait au moins jusqu'au jour de la Résurrection de Notre-Seigneur.

Il vécut les deux premières semaines du Carême et celle de la Vénération de la Croix, pendant laquelle il fit toutes les prosternations requises.

Il vécut la semaine de Jean Climaque, et il écouta avec complaisance sonner le clocher qu'il avait élevé en l'honneur du saint.

Il vécut la semaine de Marie l'Égyptienne et se rappela qu'à pareille époque, vingt et un ans plus tôt, il avait hâté la mort du tsar Ivan.

Il vécut la semaine des Rameaux, où, avant la semaine chrétienne de la Passion, le peuple se donnait une dernière fois du bon temps païen, avec montreurs d'ours, faux Allemands accompagnés de chèvres, masques équivoques qu'on appelait « chaldéens », troïkas folles renversant les passants dans un furieux concert de grelots.

Ce fut pendant cette semaine que Boris vécut les dernières heures d'espoir de sa vie. Basmanov arriva à Moscou. Boris envoya pour l'accueillir un traîneau ciselé et doré, tapissé de tissus précieux et jonché de fourrures. Des boyards, dépêchés à sa rencontre, lui firent, d'assez mauvaise grâce, escorte. Le tsar l'accueillit assis sur son trône dans le palais à Facettes, entouré de quatre jeunes gens de sa maison, vêtus de blanc, la hachette d'argent sur l'épaule, archanges de ce Dieu terrestre. De sa propre main, Boris tendit à Basmanov un calice d'or, plein de pièces d'or hongroises.

— Grand souverain, dit Basmanov avec une sincérité toute militaire, tu me récompenses mieux que je ne le mérite. Je n'ai fait que mon devoir en défendant la ville que tu m'avais confiée.

Boris le regarda en dessous. Y avait-il dans cette remarque un reproche voilé, peut-être une allusion aux récompenses excessives accordées à l'inepte Mstislavsky ? Le tsar et le soldat n'étaient pas faits pour se comprendre : après quinze ans de courtisanerie et vingt de pouvoir, Boris n'était plus que rouerie, subtilité et cynisme ; Basmanov qui, par des manières d'une franchise presque grossière, cherchait à se distinguer de son père, le mignon parfumé d'Ivan, était une âme simple.

Boris sourit d'un air qu'il voulait confiant.

— Tu n'as encore rien vu des honneurs et des richesses qui t'attendent. Le tsar est terrible pour ses ennemis, mais il sait reconnaître les talents et les services. A partir d'aujourd'hui...

Il laissa planer un silence, sachant que la promotion qu'il allait annoncer dépasserait toutes les espérances de Basmanov et toutes les craintes de ses rivaux. Il jeta un regard de défi sur les grands de l'Empire qui l'entouraient et acheva :

— Tu es boyard et tu fais partie de ma Douma.

Basmanov, de bonne noblesse ancienne mais modeste, se demanda si le tsar ne se moquait pas de lui en lui accordant une distinction aussi démesurée. Cependant, au milieu du mécontentement général dissimulé sous des murmures polis, il s'agenouilla pour remercier. Boris le regardait du haut de son trône d'un air qui parut ironique à l'honnête Basmanov.

— Ne te relève pas encore, boyard, si tu ne veux pas avoir à t'agenouiller derechef. Crois-tu que je te nomme boyard pour te faire plaisir ? Certes non. C'est pour que, sans manquer à l'étiquette ni humilier personne, tu puisses...

Une nouvelle fois, Boris considéra la Douma qu'il avait comblée de bienfaits : il y comptait beaucoup de cousins et pas un ami.

— Pour que tu puisses commander en chef les armées que j'ai envoyées détruire le Défroqué.

La stupeur régna, et Basmanov fut loin de se douter qu'il devait cette promotion à l'estime qu'il avait su inspirer à l'obscur Aleksandro Psar.

— Oui, boyards, reprit Boris, les princes Mstislavsky et Chouïsky sont relevés de leur commandement, et le boyard Piotr Féodorytch Basmanov, après nous avoir donné quelques journées de son temps pour que nous apprenions à mieux le connaître dans la joie des fêtes célébrées en son honneur, aura tôt fait de nous débarrasser de ce moucheron vexant qui ne nous a que trop importuné.

Le soir, après un banquet que les cuisiniers du tsar firent fastueux bien que maigre, Boris invita Basmanov à le suivre dans son appartement, car il avait pris l'habitude de se coucher tôt. Là, après qu'ils eurent prié tous les deux devant les icônes, le tsar prit le nouveau boyard par ses larges épaules, le fit asseoir, s'assit aussi et approcha son visage du sien. Il voulait le voir le plus près possible, parce qu'il croyait que de cet homme-là dépendait son propre avenir, celui de son fils, celui de la Russie ; il voulait lire dans ses yeux, il voulait y descendre jusqu'à l'âme, jusqu'au destin. Basmanov ne bougea pas lorsque Boris essaya de le secouer. Il remarqua seulement que le souverain avait mauvaise haleine.

— Écoute, dit le tsar à voix basse, d'une voix suppliante. Fais-moi plaisir, Pétroucha. Fais-moi un grand plaisir. Tue-moi le Défroqué. Je te jure que c'est un moine défroqué, rien de plus. Je te jure que Dmitry est mort. Je le sais, tu comprends, je le sais mieux que personne. Celui-ci, tue-le, Pétroucha. Fais cela pour moi. Si tu le tues, sais-tu ce que ferai pour toi ?

Il prit l'air mystérieux, et sa bouche où il manquait quelques dents, tandis que les autres branlaient dans les gencives, grimaça :

— Je te donnerai ma fille, Pétroucha, ma Ksénia. Elle est vraiment belle, la poitrine haute et les cheveux jusque-là.

Le tsar montra jusqu'où descendaient les cheveux de sa fille.

— Je croyais que ta fille était fiancée au prince Mstislavsky.

— Mstislavsky est un nigaud de l'avoir cru. S'il avait détruit le Défroqué, je ne dis pas. Trop tard. Il a manqué sa chance. Ksénia sera à toi, Pétroucha. Et sais-tu ce que je lui donnerai en dot ? Kazan, Pétroucha, je lui donnerai Kazan. Mais pas Kazan seulement : Astrakhan aussi. Et, bien plus qu'Astrakhan, je lui donnerai la Sibérie. En apanage. Rapporte-moi seulement la tête du Défroqué. Que t'en coûtera-t-il ? C'est sale, un défroqué, c'est répugnant. Un suppôt du diable ne peut pas être un homme de bien. Je ne te demande pas autre chose.

— Je ferai mon possible, dit Basmanov.

Il avait le cœur lourd de voir que le tsar voulait l'acheter, alors que lui ne souhaitait que faire son devoir.

Il participa aux fêtes d'une victoire qui paraissait de plus en plus douteuse, demanda la permission d'abréger son séjour à Moscou et partit pour l'armée.

Il n'avait pas plus tôt franchi la barrière du faubourg des Streltsi qu'il sauta à bas du traîneau doré, se dépouilla avec soulagement du kaftan jaune dont on l'avait affublé au Térem, remit son justaucorps de cuir, ses grosses bottes, se fit donner un cheval et poursuivit son chemin dans cet équipage. Il respirait largement l'air printanier et se félicitait d'avoir échappé à la cour où il n'avait fait que des envieux.

Cependant, l'idée d'épouser Ksénia ne lui sortait pas de la tête : il avait entendu vanter la douceur et la beauté de la tsarevna et se disait que c'était tout juste là la femme qu'il lui fallait. Mais être le gendre du tsar ? Vivre selon l'étiquette ? Ne rencontrer que des hypocrites ? Respirer la pommade et le fiel ? « Si jamais cela devait se faire, se promit-il, je partirais avec Ksénia pour mon apanage de Sibérie et je n'en sortirais plus. » Sur quoi, il fit le signe de la croix, et, le cœur plus léger, ne pensa qu'aux moyens de reprendre l'armée en main et de piéger le faux Dmitry.

*

Le samedi des Rameaux, Boris, si malade qu'il fût, satisfit à l'usage. Une magnifique procession rappelait ce jour-là l'entrée du Christ à Jérusalem : en tête de tout son clergé, le patriarche pénétrait dans Moscou sur un cheval équipé de longues oreilles postiches, figurant l'âne sur lequel le fils de David avait fait son entrée triomphale. C'était le tsar qui conduisait le cheval par la bride, pour montrer la soumission spirituelle de l'État à Dieu, et Boris s'astreignit à servir de palefrenier à sa créature, le patriarche Iov.

Il vécut la semaine de la Passion dans toutes les églises du Kremlin les unes après les autres, debout ou à genoux, s'inquiétant de lire *Jésus de Nazareth tsar d'Israël* au sommet de la croix : ce tsar crucifié ne lui disait rien de bon.

Pâques vint, promettant la résurrection universelle à tous : aux uns pour la félicité, aux autres pour des souffrances éternelles.

« A quel moment me suis-je trompé ? se demandait Boris. Enfant, adolescent, j'étais bon et pur. Ambitieux, oui, mais est-ce un péché ? J'ai vécu à la cour corrompue d'Ivan sans me souiller ni de débauche ni de sang. Puis j'ai exercé le pouvoir pour mon beau-frère le tsar Féodor et tout me réussissait. Du mal ? Oui, j'ai fait du mal, mais, à cette époque, j'en faisais peu, et ce mal ne rapportait que du bien à la Russie. Même la mort de Dmitry, ce bâtard, ce monstre, se justifiait. J'aurais été un lâche de ne pas l'éloigner définitivement du trône. Et pourtant, moi qui ne souhaitais que le bien des Russes, me voici en train de supplicier ce peuple en menant une guerre civile que je ne suis pas certain de gagner. Si je la perds, à quoi auront abouti mes efforts de vingt ans ? A mettre sur le trône je ne sais quel va-nu-pieds probablement sorcier. A quel moment ai-je donc dévié de la voie droite et bénie ? »

Il passait des heures à regarder Ksénia broder, son front lumineux reflétant les ors des chasubles sur lesquelles elle cousait des perles, tandis que Féodor lisait à haute voix des vies de saints. Les médecins ne quittaient plus le tsar. Ils diagnostiquaient des maux opposés, prescrivaient des remèdes contradictoires, s'insultaient en vocables latins empruntés à l'anatomie et à la physiologie, en venaient quelquefois aux mains. Boris ne leur prêtait plus guère d'attention. Il s'enfonçait de plus en plus dans l'enfer qu'était devenue sa vie. « Faible mais fort, mort mais vivant, lui mais pas lui », marmonnait-il à chaque instant, terrifiant ses proches. Une fois, en pleine nuit, il cria d'une voix de coq malade de la gorge :

— Ce n'est pas lui, et c'est lui tout de même !

Une autre nuit, il se leva et voulut aller voir la Tiare de Monomaque. Des gardes coururent devant lui avec des flambeaux, et il s'abîma en réflexion devant l'étrange coiffure tartare, où se mêlaient fourrure et pierreries et qu'avaient portée pendant des siècles les Rurikides, ces Vikings baptisés par les Grecs. La meilleure allégorie de la Russie qu'on pût trouver. Boris tendit vers la tiare des doigts soudain timides. Il l'avait souvent portée et maintenant il n'osait plus la toucher. Il lui semblait que c'était une bête dangereuse, lovée en rond, qui allait le mordre.

— Je n'étais pas fait pour toi, lui dit-il tristement.

Il fit réveiller son fils, qui arriva en courant, gros garçon aux yeux gourds de sommeil.

— Mets-la sur ta tête.

— Pourquoi, père ?

— Pour voir si elle t'obéit.

Féodor regarda la chose fourrée, emperlée, effrayante.

— Je ne peux pas la mettre tant que tu es le tsar, balbutia-t-il. Seul le tsar peut mettre la Tiare de Monomaque.

— Tu ne la mettras donc jamais, répliqua tristement Boris, sans savoir lui-même ce qu'il voulait dire.

Il voulait retourner dans sa chambre, mais il se perdit dans le Térem. Il dut demander son chemin à des hallebardiers.

7

Le dimanche 13 avril 1605, journée des saintes Myrrhophores, Boris s'éveilla plus tranquille que de coutume. Il n'avait pas rêvé de petits garçons sanglants, son cœur n'était pas broyé comme dans un mortier. Il lui sembla que la Fête de Pâques, qui durait encore, était aussi pour lui, et, lorsqu'il se rendit à l'église de l'Annonciation, cette impression se confirma. Le chœur chantait *Le Christ est ressuscité des morts, par la mort écrasant la mort et à ceux des tombeaux donnant la vie.* Boris marchait difficilement, mais dans un vertige qui n'était pas déplaisant. « Nous sommes tous myrrhophores, pensait-il indistinctement. Les uns apportent au Christ des baumes odoriférants, les autres la crasse et le sang, les pustules et les plaies qui puent. Mais tout est pour lui. »

Il y eut grand dîner dans la salle d'Or, et Boris commença à s'empiffrer comme il ne l'avait jamais fait : le carême était terminé et le tsar avalait à la hâte des pâtés de langues d'alouettes, des pirojki de tétons de truie, des tranches d'ours, des salmis de cygne, le tout arrosé de vins capiteux.

— Reste plus tellement de temps : faut mettre les bouchées doubles, lança-t-il la bouche pleine à son fils, avec un clin d'œil obscène.

Féodor le regarda, stupéfait : son père, toujours sobre et délicat, n'avait jamais parlé sur ce ton.

Après dîner, le tsar devait recevoir les ambassadeurs du roi de Suède, et il se rendit, d'une démarche qu'il s'efforçait de rendre ferme, au palais à Facettes. De temps en temps il s'arrêtait et se frottait l'estomac d'un geste qui ne lui ressemblait pas.

— J'ai le ventre lourd, dit-il. Pas étonnant avec ce que j'y ai enfourné. Si le cygne que j'ai dévoré décide de s'envoler, retenez-moi !

Féodor était consterné : c'était un autre homme qui parlait par la bouche de son père.

Boris prit place sur son trône. De temps en temps, il étouffait une éructation. Féodor s'assit sur une chaise dorée à côté de l'estrade.

Les ambassadeurs, en cape et pourpoint noirs, haut-de-chausses bouffant noir et blanc, des plumets blancs et noirs à leurs toques, furent introduits. Leur maître, le roi Charles, neuvième du nom, proposait à son bien-aimé frère Boris le soutien des troupes suédoises contre l'imposteur révolté contre lui.

— Dites à mon bien-aimé frère Charles, répondit Boris avec arrogance, que, sous le tsar Ivan Vassilitch, la Russie s'est fait connaître des Turcs, des Tartares, des Lithuaniens, des Polonais et même des Suédois, et que nous sommes encore capables de leur tenir tête, dussent-ils attaquer tous ensemble. Ce n'est pas un frocard défroqué qui...

En parlant il s'empourprait à vue d'œil. Tout à coup, le sang jaillit de son nez et de ses oreilles. Il roula à terre sans connaissance.

Ses boyards l'entourèrent, le transportèrent sur un lit. Ils ne l'avaient jamais aimé, mais une longue familiarité fit que, pendant quelques heures, ils furent capables de se désoler avec quelque sincérité. Féodor sanglotait, suppliait son père de revenir à la vie. Ksénia pleurait dans un coin. La tsarine insultait les médecins qui rejetaient la faute les uns sur les autres.

L'arrivée du patriarche Iov entouré d'archimandrites et de hiéromoines rétablit l'ordre. Selon l'usage, le tsar mourant allait recevoir la tonsure monastique.

Boris avait repris connaissance. Les boyards lui demandèrent à qui il laissait la Russie. Il avait toujours considéré son fils comme son héritier, et on guettait le nom de Féodor sur ses lèvres. Mais lui, qui était déjà loin de ce monde, en était arrivé au dépouillement total. Il chuchota :

— Comme le voudra Dieu. Et la terre russe...

Les prêtres l'entourèrent, s'emparant de lui, formant autour de lui un mur de robes noires, de hauts mortiers noirs et de voiles noirs frissonnants.

Agonisant, secoué de soubresauts, râlant et bavant, il était incapable de se confesser, mais le patriarche lui donna l'absolution et introduisit dans sa bouche ouverte le Corps du Christ. Les rites de la prise d'habit commencèrent parmi des chants funèbres. Le patriarche, avec de petits ciseaux en or, coupa une mèche des cheveux du tsar, mais c'étaient déjà les cheveux d'un mort.

Quand, ayant terminé son office, le clergé s'écarta, l'assistance horrifiée put enfin voir le visage méconnaissable de Boris : déformé par les convulsions de l'agonie, il était devenu noir comme du charbon.

SECONDE PARTIE

DMITRY

CHAPITRE PREMIER

LA VICTOIRE

1

Toute la terre de Séversk était soumise au tsarévitch Dmitry. Il tenait sa cour à Poutivl.

Il avait payé les Polonais qui lui étaient demeurés fidèles. La plupart d'entre eux étaient retournés en Pologne : il ne lui restait que sa garde personnelle et une demi-douzaine de jésuites auprès desquels il prenait des leçons de rhétorique et de philosophie, mais qu'il ne voyait jamais qu'en public. A dîner : « Je bois, disait-il, au père général de la Compagnie de Jésus ! » — et puis « Au provincial ! » — et, s'il avait encore soif : « A toute la Compagnie ! » C'était pour taquiner ses Russes, qui, du reste, buvaient de bon cœur avec lui et constataient qu'il ne leur en advenait aucun mal, sinon quelquefois un mal de tête le lendemain. Avec bonne humeur, le tsarévitch essayait la barrette du père Gaspard, engageait des controverses religieuses, promettait de fonder à Moscou une université « comme à Cracovie ». « La Russie redeviendra un pays européen comme au temps de notre ancêtre, saint Vladimir Égal-aux-Apôtres. » Cependant il affichait la foi orthodoxe. Il avait fait venir de Koursk une icône miraculeuse de la Mère de Dieu et allait prier devant elle tous les matins. Certains des jésuites s'en irritaient, mais le père Gaspard leur disait :

— Pères, il faut l'encourager dans ces sentiments. Nous aussi, nous tenons Vladimir pour saint, puisqu'il a vécu avant le schisme. Si seulement nous réussissons à faire remonter le fleuve de l'Église russe jusque-là, il sera facile de la détourner ensuite dans le lit romain.

A Pâques, les catholiques tirèrent le canon pour fêter la résurrection du Christ, après en avoir courtoisement averti les orthodoxes, pour qu'ils ne se crussent pas attaqués.

Le bonheur de Dmitry et des siens semblait reflété par la Nature. Dans la nuit, les glaces craquaient et, au matin, les fleuves débondés roulaient leurs glaçons qui s'entrechoquaient et se chevauchaient les uns les autres. La sève montante faisait éclater les bourgeons dans une pétarade printanière, les perce-neige cédaient la place aux jonquilles, les papillons s'entrecroisaient dans l'air, des odeurs feuillues descendaient des frondaisons naissantes, les filles s'attardaient autour des puits ou sur le pas des portails, et Sergo, qui avait retrouvé son tsarévitch et guérissait des coups reçus, rêvait toutes les nuits qu'Avdotia Prokhorovna, qu'il n'avait pas revue depuis un an et demi, l'attendait encore et ne priait pas pour le repos de son âme.

Le 25 avril 1605, Dmitry se leva avec le soleil pour aller chasser au faucon. Ce n'était pas là sa chasse favorite : il n'y courait pas de dangers, ne sautait pas d'obstacles, ne servait pas lui-même le gibier ; mais il aimait voir les oiseaux de proie affamés s'abattre du zénith sur les perdrix rouges ou les outardes plantureuses, il aimait faire tournoyer le leurre pour rappeler les faucons mâles ou les formes et arracher lui-même la tête de l'oiseau mort qu'il jetait à l'oiseau meurtrier. Sergo l'accompagnait, et se réjouissait du gai spectacle qu'offraient les chevaux à la robe luisante et les cavaliers aux beaux habits sur le fond verdelet des forêts et des prairies.

— Assez chassé ! J'ai faim !

Tournant bride, Dmitry repartit au galop pour Poutivl.

Un cavalier venait ventre à terre à sa rencontre. Dmitry et les siens s'arrêtèrent. A distance respectueuse, le cavalier sauta de cheval. Il vint baiser le genou du tsarévitch.

— Souverain, haleta-t-il, j'ai à t'apprendre que la justice de Dieu est enfin faite. L'usurpateur Godounov est crevé le treize de ce mois.

— *Vchistkié diabli !* fit le tsarévitch en polonais. Cette canaille m'a échappé.

Il cracha. On le vit gratter sa verrue, les sourcils froncés.

— Le fils s'est-il déclaré tsar ?

— Oui, souverain. La Douma des boyards lui a prêté serment.

Dmitry se tourna vers les gentilshommes de sa suite. Ils étaient déjà en train de se partager les honneurs et les bénéfices de la victoire qui, maintenant, semblait assurée.

— Messeigneurs, vous verrais-je déçus de n'avoir pas eu à affronter davantage de dangers pour notre personne ? Soyez rassurés. Les anges du Seigneur n'ont pas fait tout votre travail. Vous trouverez encore de quoi mériter les dépouilles des vaincus.

2

Basmanov arriva devant Kromy dont le siège dérisoire durait toujours et se fit conduire chez le voïvode Mstislavsky qui le reçut dans la grande salle du manoir où il était installé. Chouïsky, voïvode associé, était présent. Basmanov tendit aux deux boyards un pli aux armes du tsar. Chouïsky le prit.

— Est-ce que je devine ? demanda-t-il.

Ils se tenaient debout tous les trois : Mstislavsky monumental, Chouïsky avisé, Basmanov partagé entre la gêne de signifier à ces deux grands personnages qu'ils étaient remerciés et le plaisir d'accéder au commandement suprême. Il dit sèchement :

— Lis, boyard : tu verras.

Chouïsky lut.

— Te voilà donc boyard aussi, fit-il simplement, en repliant la lettre. Je te félicite.

Mstislavsky, les yeux écarquillés sous ses sourcils étonnés, regardait tantôt Basmanov, tantôt Chouïsky.

— Qu'est-ce que c'est ? Qu'est-ce que c'est ?

— C'est comme je t'en avertissais, boyard. Nous devons, toi et moi, passer le commandement de l'armée au boyard Basmanov.

— Quoi ? Je ne suis plus voïvode ? Mais alors je n'épouse plus Ksénia ? C'est écrit là-dedans ?

— Oui, et signé du tsar. Mais ne te désole pas. Nous ne sommes châtiés d'aucune façon. Nous devons seulement nous incliner devant plus compétent que nous. Tout est pour le mieux : si le boyard a raison du Félon, l'ordre triomphe ; si le Félon a raison du boyard, tu n'auras presque pas combattu le vainqueur...

— Attends, attends, je n'ai pas compris.

Basmanov, lui, avait compris. Chouïsky était en train de tirer son épingle du jeu et ne s'en cachait pas. En cas de défaite, le bouc émissaire, ce serait lui, Basmanov.

— Boyards, répondit-il, il y a une différence entre vous et moi.

— Vraiment ? fit Chouïsky avec hauteur. Tu t'en es aperçu ?

— Vous êtes de grands seigneurs, et moi, un hobereau. Vos ancêtres étaient des rivaux du tsar ; les miens, ses serviteurs. Vous avez changé : vous êtes devenus des courtisans, qui vivez de ses faveurs. Moi pas : je vis toujours de mon service. Quand vous plaît-il de me passer les consignes ?

*

Le soir-même, Basmanov fit un rêve étrange.

Il se trouvait dans l'isba où il s'était logé réellement, n'ayant pas voulu profiter de l'hospitalité des voïvodes. Il était couché, à la paysanne, « sur le poêle », c'est-à-dire sur l'ouvrage de briques dans lequel passait le conduit à fumée, et sous sa bonne vieille couverture en peau de loup. En face de lui, une petite fenêtre à quatre carreaux de mica. A un moment, derrière cette fenêtre, des rayons de lumière divergèrent d'un centre invisible, les longs alternant avec les courts, mais tous acérés. Basmanov ferma les yeux, aveuglé par cette gloire qui se rapprochait de lui. Lorsqu'il les rouvrit, il n'était plus seul dans l'isba. Le tsar Boris se tenait devant lui, vêtu du grand habit monastique, avec le *skouphos* à voiles noirs sur la tête, et l'*analavos* de peau de chevreuil, orné sur le devant de croix octogones, de lances, de roseaux, d'éponges, de crânes d'Adam et d'os entrecroisés. De l'*analavos* brun foncé émanait une phosphorescence en forme d'amande verdâtre, si bien que le tsar paraissait à la fois être dans l'isba et ne pas y être, présent mais incorporel. Son visage était si noir que ses yeux noirs ne se distinguaient pas de sa peau boucanée ; ses lèvres remuaient légèrement.

Devant la vision de son souverain transformé en

moine et dégageant la luminosité légère de la pourriture, Basmanov jugea qu'il devait être mort. Inondé de sueur des pieds à la tête, il voulut se lever, mais ne put. Il resta là, couché, à essayer de lire les lèvres noires du tsar, et il finit par saisir quelques mots, sans savoir si ce fut par les yeux ou par les oreilles.

— N'est pas... C'est moi... il est...

Boris faisait un effort intense pour parler, comme s'il soulevait des décombres effondrés sur lui, comme s'il se dépêtrait d'un amas de couvertures qui l'étouffaient.

— C'est moi qui... Dmitry tsarévitch... Mort mais vivant...

De toutes ses forces, Basmanov essayait d'aider son tsar :

— Parle, souverain ! Parle à ton serviteur !

La bouche de Boris se tordait comme si elle était bâillonnée de l'intérieur. Soudain Basmanov eut un éblouissement et sa vision disparut.

Il resta longtemps sans bouger, tremblant de tout son corps.

Avait-il vraiment entendu ces mots : « Dmitry est le tsarévitch » ? Non, il les avait perçus d'une autre manière, mais ils ne l'étonnaient pas outre mesure. La mort de Dmitry n'avait jamais été convenablement éclaircie, Boris avait été fort capable de le faire assassiner. Quoi d'étonnant qu'une fois mort lui-même il eût reçu l'ordre de réparer ses torts ? La joie avec laquelle les villes russes se livraient à Dmitry montrait que Dieu lui était favorable, et la mollesse avec laquelle Mstislavsky et Chouïsky l'attaquaient s'expliquait s'ils avaient des raisons de croire qu'il était vraiment leur souverain...

Mais Basmanov, que devait-il faire ? Il ne pouvait changer d'allégeance pour un rêve que le diable lui avait peut-être envoyé pour l'induire en tentation. D'ailleurs, il n'avait envie de renoncer à aucune des récompenses promises, surtout pas à la main de la tsarevna. L'important était de savoir si le tsar Boris était réellement mort. Tant que son décès ne serait pas confirmé, Basmanov ferait comme si de rien n'était. Voilà, c'était résolu. Il se tourna sur l'autre flanc et, comme le soldat qu'il était, se rendormit.

Les jours suivants, il s'occupa de prendre en compte le personnel et le matériel de l'armée. Il fut horrifié de voir que les voïvodes ne connaissaient pas avec précision leurs effectifs. Soixante-dix mille hommes, avait dit Mstislavsky, mais lorsque Basmanov fit le total des régiments, il ne trouva que quarante mille présents au corps : trente mille avaient déserté, dont beaucoup étaient sans doute passés à Dmitry.

— Moins nous aurons de traîtres dans nos rangs, mieux nous nous battrons, dit Basmanov.

Il fut ravi de voir les voïvodes prendre la route de Moscou, mais les commandants qui restaient ne lui inspiraient guère plus de confiance, et il constata que la poudre manquait : la troupe partageait libéralement la sienne avec les cosaques rebelles de Koréla.

Ayant retrouvé Aleksandro Psar avec satisfaction, Basmanov le prit à l'écart et lui demanda son avis sur l'armée.

— Je pense, lui dit Aleksandro, que tu es environné d'hommes qui ne cherchent qu'une occasion ou un prétexte pour passer au Félon. Pas tous cependant. Certains sont comme moi : leur fidélité au tsar Boris est inébranlable. Mais nous ne sommes pas nombreux.

Basmanov resta songeur. Cette « fidélité inébranlable » le mettait mal à l'aise ; la sienne vacillait déjà et, le lendemain, un messager lui porta le coup de grâce : le tsar Boris était bel et bien mort. Le serment devait être prêté à la tsarine Maria Grigorievna, au tsar Féodor Borissovitch et à la tsarevna Ksénia Borissovna.

Basmanov lut et relut. Boris était mort le 13 avril, et c'était dans la nuit du 13 au 14 qu'il lui était apparu. Les morts parlent quelquefois et ne mentent jamais. Faire prêter serment à trois personnes, dont deux femmes, l'une étant la fille et l'autre la petite-fille d'un bourreau, il y avait là une maladresse qui présageait la défaite et la mort.

« Si j'avais été le jeune Féodor, je serais venu apporter la nouvelle moi-même et je me serais fait prêter serment à moi tout seul. »

Basmanov n'était pas homme à tergiverser, et les avantages qu'il aurait eus à rester fidèle aux Godounov ne le firent balancer qu'un instant. Sans être grand clerc, il ne maniait pas trop mal la plume d'oie pour un soldat. Il s'assit devant la table de son isba et écrivit à Dmitry :

Souverain, je n'ai jamais été un traître et je ne souhaite pas la ruine de la terre russe mais son bonheur. La toute-puissante Providence a maintenant éclairé bien des choses. Je vois que Dieu nous a punis et par les persécutions de Boris et par les discordes des boyards et par les malheurs de l'Empire, parce que Boris tenait le trône injustement alors qu'il existait un héritier légitime. Je suis prêt à te servir.

Il envoya la lettre par un homme à lui et, sans attendre de réponse, passa à l'action.

Il réunit le conseil des commandants de corps d'armée et y adjoignit les commandants de régiments, car il voulait éviter une tuerie entre Russes.

— Messeigneurs, nous avons tous prêté serment au tsar Boris. Par sa mort, le Seigneur Dieu nous en a déliés. Ceux qui le veulent sont libres de prêter serment aux Godounov, puisque c'est la famille entière qui réclame notre allégeance. Pour moi, messeigneurs, je constate que nos efforts ne servent de rien et que nos troupes fondent comme du sable emporté par les vagues. J'ai lutté avec quelque succès contre Dmitry, mais nos victoires ne le diminuent pas et ses défaites le font croître. S'il était défroqué, Dieu le secourrait-il ? D'ailleurs quel homme sans naissance aurait entrepris pareille affaire ? Nous voyons que le roi de Pologne-Lithuanie fait grand cas de lui. Si les Polonais se présentent, que feront nos hommes ? Se battront-ils ? Ne mettrions-nous pas toute la terre russe en péril si nous en venions là ? Et si nous ne nous rallions au tsarévitch que sous la contrainte, quelle gloire trouverons-nous auprès de lui ? Ne vaut-il pas mieux le reconnaître pour ce qu'il est tant qu'il y a quelque péril et donc quelque honneur à le faire ?

Vacarme.

L'œil noir d'Aleksandro Psar, assis au bas bout de la table, ne quittait pas Basmanov, qui en était gêné, mais pas outre mesure : il avait conscience d'accomplir la volonté posthume du tsar Boris, son visiteur nocturne.

Lorsqu'on eut assez crié, Basmanov donna un coup de poing sur la table et l'on se tut.

— Je vous ai dit ce que je pensais. Je ne fais violence à personne ni ne veux que vous en fassiez à vos hommes. Demain, au soleil levant, ceux qui veulent servir le tsarévitch franchiront le pont de Kromy ; ceux qui veulent servir les Godounov resteront de ce côté-ci. Prenez-y garde : si quiconque, d'un côté ou de l'autre, use de violence, la région est boisée et j'ai des cordes en magasin. Vous pouvez disposer.

Aleksandro quitta le camp le soir même, et alla se poster, avec ses Tartares, sur une hauteur d'où il pourrait observer les événements.

*

La journée se leva sans un nuage, et déjà Basmanov avait pris position au milieu du pont sous lequel les eaux printanières déboulaient gaiement. A sa droite et à sa gauche, deux lutrins de fortune ; sur chaque lutrin, un crucifix ; derrière le lutrin, un prêtre en ornements sacerdotaux, frissonnant dans la fraîcheur du matin. Derrière Basmanov, les décombres de Kromy gardés par les cosaques de Koréla ; devant lui, les quarante mille hommes de Boris, disposés en demi-cercle sur les collines dominant la rivière et pénétrés d'une angoisse religieuse : la crainte d'offenser Dieu en se trompant de cause.

Basmanov parla sans ambages. Sa voix portait loin, et il savait qu'on se répéterait de rang en rang ce qu'il dirait.

— Le traître Boris Godounov a voulu faire périr le tsarévitch Dmitry Ivanytch dans son enfance. Dieu a sauvé l'héritier légitime qui vient recouvrer son héritage. Moi, Piotr Basmanov, je le reconnais comme le souverain de naissance de la terre russe et le mien. Qui est d'accord avec moi, qu'il franchisse le pont. Qui ne l'est pas, qu'il reste où il est et mérite l'opprobre en servant contre son souverain légitime. Dans l'ordre prescrit des corps d'armée, des régiments et des compagnies. A la disposition des chefs de corps.

Aleksandro avait grimpé dans un arbre. Il vit l'armée de Boris s'ébranler. Presque toutes les compagnies se dirigeaient vers le pont. Les prêtres répétaient inlassablement la formule du serment prêté au souverain tsar et grand-prince Dmitry Ivanytch de toutes les Russies. Les hommes approchaient lentement, comme à regret, se découvraient, baisaient le crucifix, et, d'une démarche soudain légère, couraient se regrouper de l'autre côté de la rivière. Là, comme affranchis d'une malédiction, ils se donnaient des claques dans le dos, sautaient en l'air, criaient « Longues années à notre Dmitry Ivanytch ! » Au contraire, les rares qui restaient assis sur place, moroses, troublés, se consultaient entre eux. Certains se dressaient soudain sur leurs jambes, secouaient la tête, et se précipitaient sur le pont, pleins à la fois de terreur et de soulagement. Ainsi court-on chercher l'absolution.

Cela dura la journée.

Les officiers restés fidèles aux Godounov rassemblaient les hommes demeurés de ce côté-ci de la rivière et leur faisaient prêter serment à la tsarine, au tsar, à la tsarevna. Aleksandro les comptait de temps en temps et n'en trouvait d'heure en heure que quelques centaines de plus. Quand ils criaient « Longues années au tsar Féodor », il leur manquait et le nombre et la conviction.

En fin d'après-midi, ils se massèrent le long de la rivière pour échanger des quolibets et des insultes avec leurs camarades passés de l'autre côté.

— Votre Dmitry est un défroqué ! Un bâtard ! Il est anathème ! C'est un sorcier !

— Votre Féodor est le fils d'un traître ! Nous le noierons comme le chiot fils de chienne qu'il est !

Le sombre ataman Koréla se mit soudain à rire, et, se tournant vers ses cosaques et les nouveaux ralliés :

— Camarades, dit-il, nous allons donner une leçon à ces mal embouchés-là ! Nous allons les fesser de la belle manière. Mais attention ! Ne faites pas périr une seule âme de chrétien. Pas de mousquets, pas de sabres. Prenez des scions bien cinglants, des triques bien noueuses, et frottez-leur les côtes !

La supériorité du nombre était telle que les fidèles de Godounov ne purent que prendre la fuite, tandis que les partisans de Dmitry, exultant de bonne humeur, les poursuivaient à coups de branches feuillues, de cravaches, de houssines et de balais.

La brise fraîchissante du soir porta un gigantesque éclat de rire jusqu'au perchoir d'Aleksandro. Il haussa l'épaule, sauta à terre, fit signe à ses Tartares et partit pour le Kremlin.

3

Alors que, par le tsar Boris, Aleksandro était reçu à toute heure et seul à seul, il dut insister, tempêter, montrer sa topaze pour parvenir jusqu'au tsar Féodor, qui le reçut en présence de plusieurs boyards, dont Chouïsky. Féodor était alors un grand garçon de seize ans, corpulent et musclé. Il siégeait sur son trône et se donnait l'air sévère, mais ses yeux noirs manquaient de décision et ne cessaient de consulter tantôt Chouïsky tantôt tel autre boyard. Lorsque Aleksandro à genoux lui eut rendu compte, il se fâcha :

— Comment oses-tu dire que mon armée m'a trahi ? Peut-être n'es-tu toi-même qu'un complice du Défroqué !

Son père lui avait appris qu'il fallait être méfiant et autoritaire : il s'y essayait.

— Souverain, si je suis un complice du Félon, ma vie t'appartient et tes bourreaux ne sont pas loin. Quant à ton armée, d'autres te diront après moi où elle se trouve maintenant.

Féodor sentit qu'il était allé trop loin.

— Non, non, tu es un serviteur fidèle, et tu seras récompensé selon tes mérites.

Aleksandro, conformément à l'étiquette, ne bougeait pas.

— Désires-tu autre chose ? fit le jeune tsar.

— La permission de me retirer, si tu n'as plus besoin de moi.

— Oui, oui, je te ferai appeler.

Aleksandro allait sortir. Chouïsky s'avança :

— Souverain, ne faudrait-il pas lui retirer la bague du tsar, de crainte qu'il n'en abuse ?

— Rends-moi la bague, toi, dit Féodor.

Aleksandro retira de son doigt la topaze à l'aigle bicéphale en regardant fixement Chouïsky, dont les yeux lui souriaient sans hostilité.

*

La ville bouillonnait. Le peuple ne voyait pas son nouveau tsar qui ne sortait pas du Kremlin ni même du Térem. Des agents de Dmitry apportaient à tout bout de champ des proclamations rappelant les crimes de Boris et les droits de Dmitry, dosant les menaces et les promesses.

— Chouïsky ! Nous voulons Chouïsky ! criaient les foules affamées qui se pressaient sur la place Rouge, faisant mine d'envahir le Kremlin malgré les streltsi, qui repoussaient mollement ces tentatives.

On connaissait le boyard Vassily Ivanytch, on avait confiance en lui : de tout temps, les Chouïsky s'étaient appuyés sur les petites gens de Moscou, échangeant bienfaits contre services, et Vassily avait maintenu la tradition. Féodor crut bien faire en l'envoyant parler au peuple.

Chouïsky sortit du Kremlin sous les acclamations. On lui fit place pour qu'il pût gravir les degrés de la plate-forme de pierre d'où le souverain s'adressait au peuple et qu'on appelait le Lieu-haut. Il regarda autour de lui. La place Rouge était à moitié pleine de monde. Chouïsky savait qu'il allait jouer un jeu dangereux, mais le courage ne lui avait jamais manqué. Il avait usé de son influence sur Mstislavsky pour empêcher la défaite de Dmitry, mais il ne lui convenait pas de consacrer sa victoire, du moins pas encore : il se devait d'user les deux partis l'un contre l'autre, pour se retourner ensuite contre le vainqueur fatigué.

— Peuple de Moscou, dit-il sans forcer sa voix, moi, boyard prince Vassily Ivanytch Chouïsky, je vous salue. J'ai à vous dire que, si toutes sortes de calamités s'abattent sur notre pays, c'est pour nous punir de nos péchés et de l'endurcissement de notre cœur. Plutôt que de vous agiter dans les rues, vous devriez vous assembler dans les églises et prier le Seigneur Dieu et sa très pure Mère pour notre délivrance. Pour ce qui est du tsarévitch Dmitry soi-disant sauvé de la mort et du défroqué Grichka Otrépiev, je peux vous jurer que Grichka Otrépiev n'est pas Dmitry, que je ne le reconnais pas pour tel, et je ne devrais pas m'y tromper, car j'ai vu l'enfant sanglant, avec une blessure d'une oreille à l'autre et je l'ai enseveli moi-même avec les mains que voici. Cependant, il y a quelqu'un dont le témoignage serait plus probant que le mien : c'est celui de sa mère, la tsarine Maria, qui est nonne au couvent du lac Blanc. Le tsar peut, s'il le veut, la faire venir pour vous convaincre. D'ici là, dispersez-vous et retournez à vos travaux. Que Dieu vous accompagne.

Aleksandro était dans la foule, et il se demanda où voulait en venir le rusé boyard. Avait-il eu vent de l'attitude de la tsarine Maria ? Ou voulait-il simplement se décharger d'une responsabilité et gagner du temps ?... Au lieu de se disperser, le peuple commença à exiger de voir la tsarine Maria. Aleksandro rentra chez lui. Ses concubines le trouvèrent distrait, inégal à lui-même. Il se savait gré d'avoir envoyé son fils à Psarskoïé, où il serait en sécurité jusqu'à ce que la situation se fût clarifiée, mais pour lui-même, que lui restait-il à espérer ? Se faire tuer pour le tsar Féodor auquel il ne croyait pas.

Chouïsky, lui, remonta lentement vers le Térem, où la tsarine Maria Grigorievna, comme la fille du bourreau Malouta qu'elle était, se jeta sur lui les poings levés.

— Maudit sois-tu, Chouïsky ! Tu nous as perdus !

— Comment l'entends-tu, tsarine notre mère ?

— Ne sais-tu pas que cette Maria Féodorovna est une vipère ? Si elle dit que Dmitry n'est pas mort, rien que pour nous faire pièce ? Hein ? Y as-tu pensé ?

— Non, souveraine, je n'ai pas pensé que la veuve du tsar Ivan, religieuse de surcroît, allât mentir au peuple russe. Et, comme je sais, moi, que Dmitry est mort, le risque ne me paraît pas bien grand. Cela dit, Maria Féodorovna peut mourir ou être morte à ta convenance. Tu es la tsarine : tu n'as qu'à commander.

La tsarine dévisagea Chouïsky avec hargne. Sous le kokochnik, ses cheveux gris tombaient par mèches sur son visage à la peau épaisse qui pendait sur ses os ; les tendons apparents du cou et un soupçon de pomme d'Adam lui donnaient l'aspect d'un homme déguisé en femme. Chouïsky la regardait aussi, par-dessous ses paupières ourlées de rouge. Il ne la craignait pas. Il se savait indispensable à cette femme qui ignorait tout de l'État.

Qu'elle ordonnât ou non la mort de Maria n'importait pas. De toute manière, le piège du destin était en train de se refermer sur l'engeance des Godounov.

La défection de Basmanov pétrifia Moscou pour quelques heures. Si Basmanov lui-même, le favori de Boris, passait à Dmitry, pouvait-on encore avoir des doutes sur sa légitimité ? Les Godounov réagirent en multipliant les provocations, les arrestations, les tortures.

Dmitry envoya à Féodor un messager qui apportait des propositions de paix : *Tu n'es coupable de rien, Féodor Borissovitch. Ote-toi seulement de notre trône, entre dans un monastère et consacre ta vie à prier pour l'âme de ton traître de père*, écrivait le tsarévitch, espérant sans doute n'être pas entendu. *Nous te donnons notre parole de souverain qu'il ne te sera fait aucun mal.* Féodor, qui avait vu le tsar Boris recourir de plus en plus à la violence, écouta les conseils fielleux de sa mère et fit périr le messager dans les supplices. Ksénia eut beau implorer sa grâce :

— Ma sœur, lui dit-il, brode tes nappes d'autel et laisse-moi m'occuper des affaires d'État.

— Tu agis sagement, souverain ! fit Chouïsky en caressant son long nez avec son index. Un grand prince doit d'abord se faire obéir dans sa famille.

*

Dmitry cependant approchait de Moscou. Il n'y avait plus d'armée à lui opposer : les soldats mêmes qui ne lui avaient pas prêté serment s'étaient dispersés, désertant, rentrant dans leurs foyers, accourant à Moscou pour être témoins de la suite des événements, non pour se battre. Les remparts du Kremlin étaient hérissés de bombardes et de couleuvrines, mais il était douteux que les Godounov trouvassent encore quiconque pour y porter la mèche.

Dmitry envoya deux nouveaux messagers : ceux-ci devaient s'adresser au peuple russe et non plus au fils de l'usurpateur. Dès qu'ils parurent, le peuple les entoura, les traîna vers la place Rouge. Les cloches des églises se mirent à sonner. Eux, ne sachant s'ils étaient honorés ou faits prisonniers, se laissèrent porter par la marée humaine qui entourait leurs chevaux. Servant le tsar légitime, ils étaient prêts à tout. On les conduisit jusqu'au Lieu-haut et celui des deux qui s'appelait Pouchkine donna lecture de la lettre du tsarévitch.

Nous, Dmitry Ivanytch, tsarévitch de toutes les Russies, aux plus nobles boyards Mstislavsky et Chouïsky, à tous les boyards, maréchaux, panetiers, estafiers, fonctionnaires, clercs, gentilshommes, écuyers, négociants, boutiquiers, à tous nobles et bourgeois et au menu peuple.

Vous avez juré sur la croix à notre père, tsar et grand-prince Ivan Vassilitch de sainte mémoire de ne jamais vouloir pour l'État russe de souverain qui ne fût pas de notre lignée. Lorsque par la volonté de Dieu notre père mourut et que devint tsar notre frère aîné Féodor Ivanytch, le traître Boris nous assigna à résidence à Ouglitch où il tenta de nous faire périr, mais Dieu dans sa miséricorde nous a protégé contre ses desseins malfaisants et nous a fait croître jusqu'à l'âge adulte. Lorsque de par le jugement de Dieu notre frère le tsar Féodor Ivanytch à son tour mourut, vous ne sachant pas que nous existions nous qui sommes votre souverain de naissance vous avez prêté serment au traître Boris Godounov. Étant un souverain chrétien et usant de miséricorde nous ne vous en tenons pas rigueur, car vous l'avez fait par ignorance et par crainte pour votre propre vie.

Rappelez-vous cependant, boyards, voïvodes et seigneurs de la plus haute naissance, les humiliations et les déshonneurs que vous avez subis de la part d'un homme venu d'ailleurs, ce qui est insupportable. Et vous, gentilshommes et écuyers, que de ruines, que d'exils, que de souffrances intolérables vous avez endurées, telles qu'on n'en doit même pas causer à des prisonniers. Et vous, négociants et boutiquiers, vous n'aviez de franchise ni dans vos commerces ni pour les frais de douane. Et cependant vous n'avez pas encore repris vos esprits, vous refusez de nous reconnaître et vous prétendez verser le sang de chrétiens orthodoxes. Vous ne devez point en agir ainsi. Voici que même des étrangers compatissent à notre infortune et, ayant appris à nous connaître comme le souverain chrétien, débonnaire et miséricordieux que nous sommes, n'épargnent pas leur sang pour notre service.

Nous vous écrivons pour que vous fassiez diligence et envoyiez à Notre Majesté Tsarienne le métropolite et des archevêques et des boyards et des maréchaux, de grands seigneurs et des secrétaires d'État et des écuyers et des négociants et des notables. Nous, de notre côté, nous vous octroierons nos bonnes grâces : aux boyards, honneurs et promotions et confirmation de leurs apanages avec majoration et tous les égards ; aux gentilshommes et aux fonctionnaires, notre faveur tsarienne ; aux négociants et boutiquiers, privilèges et allégements de frais de douane et d'impôts ; et à toute la chrétienté orthodoxe, paix, tranquillité et prospérité. Que si vous ne faites pas allégeance à Notre Majesté Tsarienne, vous en répondrez au jour du Jugement et vous n'échapperez ni au châtiment divin ni à notre main tsarienne.

Une partie de la foule acclama aussitôt le tsarévitch, mais les avis furent partagés. L'enjeu était trop grave. On avait déjà irrité Dieu et ruiné le pays en faisant allégeance à un usurpateur ; il ne fallait pas continuer à gauchir le destin en se donnant à un imposteur. Seul Chouïsky, qui avait enquêté sur la mort de Dmitry, pouvait trancher. Le peuple recommença à crier à tue-tête :

— Chouïsky ! Chouïsky !

*

Les Chouïsky possédaient à Kitaïgorod tout un pâté de maisons : les hôtels des divers membres de la famille communiquaient par les vergers, les cours, les communs. Malgré la disparition de la plupart de ses parents, Vassily Chouïsky n'avait pas voulu quitter le modeste pavillon qu'il s'était fait construire dans un potager et dont l'entretien ne lui coûtait presque rien. Il y était ce jour-là en consultation avec un homme d'assez mauvaise mine nommé Androuchka Chéférédinov.

Vêtu d'une veste en peau de bouc qu'il portait la fourrure en dehors, voûté, presque poitrinaire d'aspect, les jambes cagneuses, le nez rouge sous la tignasse abondante, la mâchoire bleuâtre, Androuchka Chéférédinov avait son franc parler avec le boyard Chouïsky qu'il servait secrètement depuis de longues années.

— Écoute, notre prince, lui disait-il de sa voix râpeuse, il faudrait tout de même voir à nous donner des ordres. Les gars sont prêts à marcher contre qui tu voudras, de préférence la famille Godounov, parce qu'elle a pignon sur rue, mais il y a longtemps qu'ils se morfondent.

— Androuchka, fit Chouïsky, en se passant l'index le long de la narine droite, tu peux leur dire que c'est pour bientôt.

A cet instant, un grondement de foule retentit

dehors. Des milliers d'hommes fonçaient sur le pavillon, foulant fleurs et légumes, défonçant clôtures et palissades, et rugissant :

— Chouïsky ! Chouïsky !

— Peut-être même, dit Chouïsky calmement, pour plus bientôt que je ne le pensais. Ne bouge pas d'ici.

Il passa dans la salle, déjà envahie d'une mer de visages contractés, d'yeux frénétiques, de bouches ouvertes, de mains agitées.

— Que puis-je pour vous, mes amis ?

Ils ne se gênèrent pas pour le lui dire. Sa déclaration de l'autre jour était ambiguë. Certains avaient compris une chose, d'autres le contraire. On voulait maintenant le confronter avec les envoyés du tsarévitch. Plus de mensonges, plus de cachotteries. Tout au grand air !

Chouïsky écoutait en respirant profondément. Les minutes qui suivraient scelleraient des vies et des morts. Il feignait d'hésiter pour se donner le temps de réfléchir. On le suppliait, on le menaçait, on lui rappelait son devoir de boyard. Enfin, il leva les bras :

— C'est bon. Je parlerai. Je dirai tout.

Il n'avait pas encore décidé ce qu'il dirait.

Poussé, traîné, porté, manquant tomber à chaque pas, il atteignit la place Rouge. L'église de Saint-Basile-le-Bienheureux, écailleuse, tortueuse, bigarrée, se tenait accroupie à l'entrée. Cette fois-ci, la place était comble. Tout Moscou était là. Chouïsky monta au Lieu-haut. Les envoyés du tsarévitch s'inclinèrent devant lui. Il leur rendit leur salut. Le silence se fit.

Chouïsky ôta son haut mortier de boyard et le pressa contre sa poitrine. Tous les hommes qui étaient là, se découvrant devant la vérité qu'ils allaient enfin entendre, ôtèrent aussi, d'un seul geste, leurs toques, leurs bonnets, leurs capuches, leurs calottes, leurs chaperons.

Chouïsky fit, largement, le signe de la croix sur sa poitrine, et tout le peuple de Moscou l'imita, chacun retenant son souffle, sachant que le destin de la terre russe allait se jouer d'un instant à l'autre.

Chouïsky tira sa croix de ses vêtements et la baisa.

— Dieu me voit, prononça le boyard, et puissé-je m'enfoncer sous terre à l'instant même et y brûler jusqu'à la fin des temps si je mens.

Il croyait à l'enfer et n'allait pas charger son âme d'un parjure. Il choisit ses mots avec prudence.

— L'enfant que j'ai enseveli de mes mains à Ouglitch. Qui avait la gorge ouverte d'une oreille à l'autre. Que nous avons reconnu comme le tsarévitch Dmitry... Je ne peux pas jurer qu'il ait été le fils d'Ivan.

Ce fut un prodigieux instant de libération.

Personne, dans cette foule à la sensibilité exacerbée par la famine, ne doutait que la vérité n'eût enfin été retrouvée. Si le mort n'était pas Dmitry, le vivant l'était. On sanglota. On s'embrassa. Les cloches tonnèrent. On essuyait les larmes les uns des autres. La vie reprenait ses droits, la planète rentrait dans son orbite. On connaissait la raison du châtiment, on avait conjuré la malédiction. Maintenant la terre fructifierait comme avant. L'extase durait dans l'entrecroisement déchaîné des volées de cloches. Les envoyés du tsarévitch pleuraient sans vergogne. De temps en temps, Chouïsky se passait un mouchoir sur l'œil.

Et puis, comme la vraie vérité n'avait pas encore été dite sur la place Rouge et ne le serait pas de longtemps, la clameur heureuse changea de ton, prit la couleur vénéneuse de la récrimination, du ressentiment, et se mua en une explosion de colère :

— A mort, les Godounov ! Tuez les enfants de chienne !

Des gourdins, des tisonniers, des hachoirs se dressaient. La foule se rua dans le Kremlin. Les streltsi cédèrent le passage. Chouïsky rentra chez lui, où Chéférédinov l'attendait docilement :

— Androuchka, lui dit-il, le moment est arrivé. Si tu peux empêcher qu'ils tuent la mégère, le béjaune et la pucelle, fais-le. Nous pourrions en avoir l'emploi.

4

Aleksandro Psar fut l'un des premiers à se jeter dans le Kremlin, dont il remonta en courant les rues pavées de bois, poursuivi par le grondement de la foule, où les stridences des femmes commençaient à dominer les gargouillements des hommes, ce qui n'était pas le moins terrifiant.

Il arriva en vue du Térem. Un groupe de jeunes streltsi effrayés se tenait au pied du perron Rouge.

— Service du tsar !

Ils le laissèrent passer.

Il nota qu'il faudrait les faire fouetter quand on en aurait le temps, et monta l'escalier par grands bonds. Sur la galerie, il y avait encore des streltsi qui se consultaient et ne firent pas attention à lui.

Il avait un plan. La tour à la Cache n'était qu'à soixante sajènes du Térem et communiquait par un puits avec la Moskva. Le tsar et sa famille pourraient fuir par là, traverser la Moskva en bateau et se réfugier dans le faubourg des Streltsi, qu'il devait être encore possible de rallier. Le pont pourrait être défendu. Après, on verrait. Tout valait mieux que de se faire massacrer au Térem par la foule.

— Où est le tsar ? jeta Aleksandro à un garde.

Expression ahurie de l'autre. Personne ne savait plus rien. Une porte s'ouvrit, le jeune tsar parut, suivi de sa mère et de sa sœur. Ils couraient vers la salle du Trône.

— Souverain ! Arrête ! cria Aleksandro. La tour au Secret est le seul refuge. Nous mourrons pour la défendre pendant que tu traverseras la Moskva.

Féodor allait obéir.

— Tuez ce traître !

La veuve de Boris venait de reconnaître le goujat qui l'avait enveloppée dans un rideau.

— Tue ! Tue ! criait-elle en le désignant de son doigt jaune.

Le kokochnik de travers, les cheveux pendant, la salive écumant au coin des lèvres, la main crispée sur son collier de perles, elle tapait des pieds, trouvant que les gardes n'arrivaient pas assez vite. Deux hallebardiers débouchèrent, leurs longues et larges lames abaissées vers la poitrine de l'intrus.

— Non ! cria Ksénia, ne supportant pas qu'on tuât en sa présence.

Les hallebardiers hésitèrent : elle était la tsarevna. Au lieu de reculer, Aleksandro avança et saisit les deux hallebardes par les hampes. Il tira, et les deux hallebardiers tombèrent en avant.

— Souverain, dit-il, sauve-toi maintenant.

— Non, non, à la salle du Trône, cria la tsarine. Là-bas, ils n'oseront pas. Tu es le tsar.

Féodor suivit sa mère. D'autres hallebardiers arrivaient, auxquels Aleksandro n'échapperait pas. Il se jeta sur la galerie qui courait le long du Térem, roula par-dessus la rampe, se balança un instant dans le vide, se laissa tomber à terre.

— Il a tué le tsar ! criait la tsarine derrière lui.

Atterrissant sur ses jambes fléchies, il reprit sa course. Des coups de mousquet claquèrent. Il zigzagua, contourna le palais à Facettes, se réfugia derrière l'Assomption. Ne se sentant pas poursuivi, il sortit du Kremlin par la porte de la Trinité, traversa la Néglinnaïa et rentra chez lui à pas accélérés. Les rues étaient vides, mais on entendait de-ci de-là des explosions de cris, des détonations, des chants, des gémissements : le peuple envahissait les résidences des Godounov et de leurs partisans.

Aleksandro rassembla ses gens, distribua les couleuvrines d'épaule, organisa les tours de garde, rassura ses concubines :

— Ils ne vous auront pas. Si on en vient là, je vous aurait tuées de ma main.

Il se fit servir un bon souper, ne se déshabilla pas pour dormir, n'omit pas de prendre du repos. Des maisons flambaient dans la nuit, mais Psar avait servi Boris avec trop de discrétion pour qu'on s'en prît à lui.

Au matin, il envoya aux nouvelles. Les partisans des Godounov avaient été rossés, moqués, leurs maisons pillées, leurs caves surtout mises à sac : on avait puisé dans leurs barriques à grands coups d'écuelles, de cruches, de chapeaux, de bottes, d'où plusieurs morts par ivresse, mais point d'effusion de sang.

— Le tsar ?

Féodor s'était réfugié sur son trône, sa mère et sa sœur se plaçant devant lui avec des icônes comme boucliers. Mais la populace ne croyait plus que cette famille fût sacrée. La tsarine suppliait et fulminait, jetait son collier de perles à la foule, les perles fines craquaient sous les pieds des insurgés, et cependant on entassait les trois Godounov dans une carriole traînée par deux rosses et on les reconduisait à l'hôtel Godounov, que Boris avait quitté en devenant régent.

Les fenêtres étaient défoncées, il n'y avait plus de meubles, les araignées avaient tissé leurs toiles dans les coins, les rats gambadaient dans les grandes salles vides, la poussière s'accumulait, les murs étaient moisis. Une garde populaire commandée par un certain Androuchka Chéférédinov avait été placée autour de la maison.

Aleksandro aurait essayé de sauver le tsar Féodor si la moindre chance s'était présentée. Mais, ne lui ayant pas prêté serment et ne croyant pas que cet adolescent eût aucun espoir de s'en tirer, il ne se jugea pas obligé de tenter l'impossible.

5

C'était le vingt-deuxième printemps de Dmitry, et, même enfant, il n'en avait jamais vécu d'aussi beau.

Tout lui souriait : sa valeur et la Fortune.

Il était plus que jamais amoureux de Marina, mais il aimait se multiplier : jouer à être le chevalier servant de la belle Polonaise, comme dans les romans européens, et se plonger dans la Russie charnelle avec délices, consommant paysannes, filles et femmes nobles sans faire de distinction. Pour le reste, ravi de sentir son corps fonctionner à merveille, il montait les chevaux les plus fougueux, sautait les obstacles les plus élevés, défiait à la lutte ou à l'escrime les meilleurs combattants de son armée, et se plaisait à les battre par la souplesse de ses reins, la rapidité de son coup d'œil et la jeunesse de ses muscles infatigables.

Basmanov vint se rallier. Il mit un seul genou en terre, ce qui vous avait déjà un air européen, et dit :

— Tsarévitch, je t'ai combattu de toutes mes forces. Accorde-moi ton pardon et je combattrai pour toi de toutes mes forces. Elles ne sont pas négligeables.

Dmitry le releva en souriant.

— Tu as reçu le rang de boyard pour m'avoir mis une belle piquette. Je te le confirme.

Ils chassèrent et festoyèrent ensemble et se mirent à s'aimer.

— Tu as reçu le commandement de l'armée russe pour me combattre, dit un soir Dmitry. C'est mon armée maintenant. Je la remets entre tes mains. Retournes-y et commande-la en mon nom.

— Sois béni, tsarévitch Dmitry, répondit Basmanov. Je sais que tu es qui tu es, mais, ne le serais-tu pas, que tu serais encore digne de l'être. Je te donne ma vie. Elle n'est plus à moi, mais à toi.

Dmitry savait qu'il devait cette générosité à la franchise de ses manières plus qu'à la vérité de sa cause. Les rares soirs où il couchait seul, ou alors au petit matin, quand il avait renvoyé ses compagnes, il mettait ses mains derrière sa tête, et, les yeux allumés dans l'ombre, il s'interrogeait sur sa vie et sur sa mission. L'arien en lui reprenait alors le dessus.

— Qu'importe que je ne sois pas le fils d'Ivan, si je vaux mieux que le fils d'Ivan ? Les millions de chrétiens qui adorent Jésus, qu'importe s'ils l'adorent comme Fils de Dieu — ce que nul homme ne peut être — puisqu'il fut comme s'il l'était ?

Il se relevait sur un coude dans la nuit.

— Oui, il jugera les vivants et les morts ! Et à bon droit : justement parce qu'il n'était pas Fils de Dieu, mais « fils de l'Homme ».

Il retombait sur sa couche et, comme il avait étudié un peu de philosophie, il murmurait :

— La fonction prime l'essence !

Et s'endormait, rêvant à l'apothéose qu'il offrirait un jour à Marina. Le matin, il flanquait des coups de coude dans les côtes de Sergo, qu'il trouvait trop mélancolique à son goût :

— Tu la reverras, ton Avdotia. Je ne peux tout de même pas accélérer la campagne pour que tu la revoies plus tôt !

Le 24 mai, Dmitry quitta Poutivl pour Orel. De tout côté, ce n'étaient qu'hommages de pain et de sel, clefs présentées sur des plateaux d'or, icônes et bannières, encensoirs balancés dans les brises du printemps. Chacun voulait voir le tsarévitch, dont le visage basané rayonnait de santé et de bonheur. Les femmes et les vieux le couvraient de bénédictions. Les hommes mettaient leur vie et leurs bras à son service. Les enfants, cachés dans les jupons de leur mère, lui décochaient d'un seul œil des regards de vénération.

*

Un soir, près de Toula, dans l'allée ombreuse qui menait au château où le tsarévitch s'était logé, le père Gaspard l'aborda, en vue de tous mais hors de portée d'oreille.

— Prince, nous pouvons prévoir que, d'ici quelques jours ou quelques semaines, votre véritable mission pourra commencer. Je ne vous ferai pas l'injure de vous rappeler ce qu'elle est.

— « Ramener des millions d'âmes russes sur la voie du salut qui passe par Rome », vous me l'avez assez dit. Je ne risque pas de l'oublier.

— Il ne s'agit pas de commettre d'imprudences si près du but. Ne vous laissez pas abuser par l'apparence d'une victoire facile. Godounov avait des créatures ; à son fils il reste des partisans. Le plus dangereux est sûrement le patriarche Iov, un homme de rien dont Godounov a fait tout. Chez les orthodoxes, le prestige des prélats est considérable : le patriarche peut beaucoup sur l'opinion. D'ailleurs il n'y a pas que l'opinion : un coup de poignard suffirait, puisque vous refusez de vous faire garder comme vous le devriez, et Iov est certainement capable de recruter dix fanatiques prêts à donner leur vie pour débarrasser la Russie d'un prince flanqué de prêtres catholiques.

— Ne devrais-je pas me débarrasser de vous moi-même, pour parer à ce danger ? Ah ! ne prenez pas cet air-là. Vous savez que je vous aime bien et que je badine.

— Tsarévitch, le salut éternel de vos sujets n'est pas un sujet de badinage.

— Vous avez raison, padre. Que me conseillez-vous de faire des Godounov et du patriarche ?

Le père Gaspard marchait à la gauche du tsarévitch sous les ramures des tilleuls bruissants de leurs feuilles nouvelles. Le prêtre détestait le métier qu'il faisait, mais il croyait en son utilité et le faisait d'autant mieux qu'il le détestait. C'était cette délicatesse, cette humanité que Possevino avait sentie en lui : il n'y avait pas de volonté de puissance en Gaspard Savitski, et il était d'autant plus dangereux. La compassion, la compréhension servaient d'antennes à un jugement qui avait été formé pour être tout pragmatique.

— Vous savez, dit-il, que le sang est interdit à l'Église. Lorsqu'elle voit que la disparition d'une personne est souhaitable, elle se contente de la livrer au bras séculier.

— Avec des recommandations *ad hoc*.

— Ce que je vous conseille, c'est de ne pas entrer dans la ville de Moscou tant que les Godounov et le patriarche schismatique seront en position de vous nuire. N'oubliez pas que Féodor est le tsar.

Dmitry eut un mouvement de colère.

— Je suis le tsar.

Le père Gaspard sourit avec une espièglerie cléricale.

— Sauf que vous êtes aussi le Félon, le Défroqué, l'agent du pape et des Polonais, et enfin le fils du traître Kourbsky. Le nom de tsar appartient encore à Féodor. Et nul ne sait mieux que vous ce qu'on peut faire avec un nom.

*

Le tsarévitch était déjà à Toula lorsque les boyards Chouïsky et Mstislavsky vinrent se soumettre à lui, en même temps qu'un nouveau contingent de cosaques du Don. Il choisit de recevoir les cosaques d'abord, parce qu'il aimait leur audace et leur liberté, aussi parce qu'il lui plaisait d'humilier des voïvodes qui avaient commandé en chef contre lui, enfin parce qu'il savait qu'il ne serait jamais le tsar des boyards et voulait être celui du peuple. En outre, traitant de haut des hommes d'une telle naissance, il montrait qu'il était bien le fils d'Ivan et non pas un moinillon évadé, qui n'aurait pu avoir pareille outrecuidance.

Lorsque, après des heures d'attente, les boyards furent admis en sa présence, il les regarda un instant comme les égaux qu'ils étaient, car les Kourbsky, descendants de Féodor Rostislavitch, ne le cédaient en rien ni aux Chouïsky, issus d'Andréï Iaroslavitch, ni aux Mstislavsky qui n'avaient pour ancêtre que Guédimine et non pas Rurik. Puis il se reprit : des égaux, eux ? Pour Dmitry Ivanytch, ces grands seigneurs n'étaient que des domestiques d'un rang supérieur. Il n'allait certes pas se laisser intimider par eux, bien qu'ils fussent tous deux plus âgés, plus imposants que lui, Mstislavsky avec sa taille, sa corpulence, sa grande barbe étalée sur sa robe brodée de perles, Chouïsky avec sa réputation d'intelligence et de duplicité s'ajoutant au prestige de son nom.

— Alors, messeigneurs, leur dit Dmitry, on se décide enfin à venir saluer son souverain légitime ?

Jusqu'à maintenant, il avait reçu les transfuges avec bienveillance, mais avec ceux-ci il avait décidé de changer de manière. Mstislavsky en fut choqué, Chouïsky amusé. Mstislavsky ne savait pas à qui il avait affaire, Chouïsky ne doutait pas que ce fût à un imposteur. Chouïsky fut le premier à s'agenouiller avec assez de souplesse. Mstislavsky, après avoir louché sur lui, l'imita lourdement : le plancher trembla.

— Et pour qu'on s'y décide, il a fallu d'abord se faire tailler quelques croupières par les cosaques ? Dites-moi, messeigneurs, est-ce là la sagesse à laquelle votre souverain est en droit de s'attendre de la part de sa Douma ? D'ailleurs, il n'y aura plus de Douma, mais un Sénat, dont vous serez appelés à faire partie si vous vous repentez de vos erreurs. La façon dont vous commandiez en chef contre nous... *Vchistkié diabli !* Vous vous étiez mis à deux pour prendre cette déculottée mémorable ! Quel emploi vous donnerons-nous à notre cour pour ne pas outrepasser vos compétences ? Nous pensons à créer des ateliers de tapisserie où les ouvriers vont ourdir et tramer : peut-être le prince Chouïsky aimerait-il en prendre la direction ? Quant à notre cher parrain, le prince Mstislavsky qui, à la vue d'une lettre mal faite, s'imagine qu'il a une armée de quarante mille Polonais aux chausses, nous avons bien envie de lui confier notre service de renseignements.

Dmitry marchait de long en large, claquant sa botte de sa cravache, disant n'importe quoi. Cela l'enivrait de tenir mal son rôle devant ce Chouïsky qui ne pouvait que feindre d'être dupe.

— Enfin, toi, Chouïsky, comment as-tu osé affirmer sur le Lieu-haut que tu as vu notre corps sanglant à Ouglitch, avec une blessure d'une oreille à l'autre, et que tu nous as enseveli de tes mains ? Comment as-tu pu te parjurer ainsi ?

Les yeux bleus étincelants de jeunesse défiaient les yeux fanés bordés de rouge.

— Je n'ai rien juré de tel, souverain, mais seulement que Grichka n'était pas Dmitry et que Dmitry n'était pas Grichka, ce que tu seras le premier à confirmer. Pour le reste, je ne peux qu'en appeler à ta miséricorde, qui a toujours été la marque distinctive des monarques légitimes... ce que Godounov n'était pas. Les derniers temps, il fut comme une panthère sanguinaire, et son fils a pris après lui. Nous devions protéger notre vie en pensant qu'elle t'appartenait et pourrait te servir un jour.

Dmitry ricana avec arrogance.

— Bien trouvé. Nous ferons quelque chose de toi, Vassily. Et si nous te faisons grâce, nous ne pouvons guère ne pas épargner aussi cette tonne-là, ne fût-ce que parce qu'on ne trouverait pas de corde assez solide pour la pendre... Relevez-vous tous les deux.

Ils se relevèrent lentement. Lui se laissa tomber dans un fauteuil et croisa haut les jambes.

— Situation à Moscou ?

— Le peuple t'attend comme le Messie, tsarévitch.

— Le patriarche Iov est toujours en place ?

— Jusqu'à nouvel ordre de toi.

— Les Godounov ?

— Les cousins, les petits-cousins, les alliés, tous ont été pillés-houspillés et attendent de toi la grâce ou la mort.

— Mais Fedska, sa mère, sa fille, à qui vous avez prêté serment ?

— Ils sont sous bonne garde.

Dmitry rit au nez des boyards.

— Et vous vous imaginez que nous allons entrer dans notre ville de Moscou, où votre influence nous est connue, tant que l'édifice de Godounov est encore en place ? Vous nous prenez pour un idiot de village ! Nous entrerons dans Moscou (il baissa la voix et prit un ton significatif)... quand nous n'y aurons plus d'ennemis.

Il se leva allégrement et leur tendit chacun une main qu'ils baisèrent. Ils étaient sur le seuil quand il les rappela.

— Je vous donne le vipereau et la vieille vipère. Conservez-moi la jeune.

En sortant, Mstislavsky, ses sourcils exprimant un étonnement sans bornes, dit à Chouïsky :

— Ôte-moi d'un doute, boyard, toi qui as vu mon filleul Dmitry dans son cercueil. C'est bien le tsarévitch qui nous a reçus comme des pouilleux, ou est-ce Grichka le Défroqué ?

Chouïsky se caressa la narine droite.

— Écoute-moi, boyard. T'estimes-tu capable de comprendre deux choses à la fois ?

Mstislavsky parut horrifié.

— Alors grave-toi une chose sur le nez : pour le moment c'est bien au tsarévitch Dmitry que nous avons affaire. Mais ne le grave pas trop profondément : cela pourrait changer.

6

Rentré à Moscou, Chouïsky convoqua Chéférédinov, qui entra dans le cabinet du prince, voûté, plié, les épaules et les genoux en dedans. Chouïsky compta sur ses doigts.

— Un, le patriarche. Deux, le menu fretin des Godounov. Trois : Féodor Borissovitch, Ksénia Borissovna, Maria Grigorievna.

Chéférédinov commença à se déplier, allongeant des bras de singe, relevant le menton, redressant les reins.

— Tous ?

Il se passa le doigt sur la gorge.

— Non. Nous allons libérer le siège du patriarche sans le tacher de sang. Et qu'Iov parle librement avant de le céder. Sans quoi le peuple risquerait de croire qu'il est vraiment coupable. Les Godounov non plus, il ne faut pas les exterminer. Qu'on les humilie, qu'on les incarcère, qu'on les exile. S'il en meurt quelques-uns de froid ou de faim, personne ne te le reprochera, mais il faut laisser de la graine de mécontents. Restent Fedska, Ksenka et la Grigorievna. Tu mets Ksenka de côté et tu veilles qu'il ne lui soit fait aucun mal.

Chéférédinov s'était de nouveau replié, rentrant les coudes et la poitrine.

— Dommage, mon prince. Elle me plaisait bien, la Ksenka. Pour ne rien te cacher, j'espérais que tu me la donnerais comme récompense. J'aime dépuceler, tu sais. Ensuite, la corde au cou, ni vu ni connu.

— Voilà ce qui s'appelle demander du pain blanc avec un groin de cochon ! Si tu la touches du bout du doigt... Tu m'as compris, Androuchka ?

— Je t'ai compris, boyard.

*

Le lendemain, le patriarche Iov qui, pour complaire au tsar Boris, avait fait proclamer Grichka Otrépiev anathème par toutes les Églises de Russie, se rendit à la cathédrale de l'Assomption. Elle était comble. En grande pompe, il fut peigné et revêtu de ses ornements pontificaux qui chatoyaient au feu des cierges. Avec les chants rituels appropriés, on lui passa l'Étole *(Béni soit Dieu qui verse Sa grâce sur ses prêtres comme la myrrhe qui coula sur la tête et la barbe d'Aaron)*, la Ceinture *(Béni soit Dieu qui me ceint de force et rend mon chemin sans reproche)*, la Manchette droite *(Ta droite, Seigneur, est glorifiée dans la force, Ta droite a réduit en poudre des ennemis)*, la Manchette gauche *(Tes mains m'ont fait et façonné, éclaire mon esprit et j'apprendrai Tes commandements)*, la Masse, carré symbolique d'étoffe brodée *(Ceins Ton glaive sur Ta cuisse, ô Toi qui es puissant, dans Ta grâce et dans Ta beauté)*, la Chasuble *(Les grands prêtres, Seigneur, se vêtiront de justice)*, l'Omophore *(Lorsque Tu pris sur Tes épaules la nature humaine égarée, ô Christ, Tu l'emportas aux cieux auprès de Ton Dieu et de Ton Père)*, la Croix *(Quiconque veut Me suivre, qu'il se renie lui-même, qu'il prenne sa croix et Me suive)*, la Panaghia, médaille d'or émaillé constellée de diamants et représentant le Sauveur, insigne de la dignité épiscopale *(Que Dieu crée en toi un cœur pur et renouvelle un esprit juste)*, enfin la Mitre *(Le Seigneur a mis sur ta tête une couronne de pierres précieuses ; tu lui as demandé la vie et il te donnera la longueur des jours)*. Les hypodiacres remirent au patriarche le chandelier à deux branches et le chandelier à trois branches. Le diacre proclama : *Prions le Seigneur*. Le protodiacre prononça : *Que ta lumière brille devant les hommes afin qu'ils voient tes bonnes œuvres et glorifient notre Père qui est aux cieux, maintenant et toujours et aux siècles des siècles, amen*. Le patriarche bénit alors le peuple avec les deux chandeliers. Le diacre encensa le patriarche trois fois à trois reprises. Et le chœur chanta *Sois notre maître pendant de longues années*.

Après quoi, Iov alla se placer devant la Vierge de Vladimir.

— Ô toute miséricordieuse très pure Mère de Dieu, prononça-t-il distinctement, cette Panaghia m'a été confiée dans ton temple, devant ton icône miraculeuse, à moi indigne. Pendant dix-neuf ans, j'ai veillé à répandre la parole de ton Fils, le Christ notre Dieu. La foi orthodoxe demeurait intacte. Aujourd'hui, nous voyons que, pour nos péchés, l'hérésie menace la vraie foi. Pécheurs que nous sommes, nous te prions, toi très pure : obtiens de ton Fils qu'il affermisse notre foi orthodoxe et la rende indéracinable.

Il déposa la Panaghia devant l'icône. On lui ôta ses ornements les uns après les autres : la Mitre, la Croix, l'Omophore, la Chasuble, la Masse, la Manchette gauche, la Manchette droite, la Ceinture et même l'Étole sacerdotale. Il finit par rester, tout vieux, tout maigre, tout flageolant dans sa soutanelle noire. Une petite charrette l'attendait. On l'y fit monter pour l'emmener dans le monastère où il demeurerait cloîtré.

D'autres charrettes conduisaient vers les quatre points cardinaux les membres de soixante-quatorze familles alliées aux Godounov.

Restait le principal.

Chéférédinov fit un nœud coulant au bout d'une corde, prit trois gars solides, et entra dans la maison des Godounov, dont, depuis dix jours, il assurait la garde. Il renifla. Cela sentait le moisi et les crottes de rats.

La mère, le fils et la fille attendaient leur sort depuis neuf jours. Ils se tenaient ensemble dans la grande salle.

Deux des gars se saisirent de la veuve de Boris et la traînèrent dans une autre pièce. Elle paraissait à peine consciente et ne se défendit pas.

Chéférédinov entra après elle.
— Allons-y.
Soudain il releva la tête, se déplia, allongea les bras, redressa les jambes, devint gigantesque, comme un oiseau qui déploie ses ailes. Il jeta sa corde au cou de la tsarine et l'étrangla.
Il desserra le nœud et retourna dans la salle. Ksénia sanglotait devant une petite icône qu'on avait pendue à un clou.
— Reste là, toi, lui dit Chéférédinov.
Ses hommes traînèrent Féodor dans la pièce voisine. Voyant le cadavre de sa mère, il comprit ce qui l'attendait. Robuste malgré ses seize ans, il renversa un des tueurs d'un coup de poing, et, d'un deuxième, en assomma un autre. Il frappa aussi Chéférédinov à la tête, mais se fit mal, car Chéférédinov portait une calotte de fer sous sa perruque. Alors, grimaçant de plaisir, Chéférédinov le saisit par les testicules, et serra, tandis que le troisième tueur, empoignant une bûche, l'en frappait sur les épaules et sur la poitrine.
— Achevez-moi ! Achevez-moi vite ! criait Féodor, fou de douleur.
La corde resservit.

7

Parti de la frontière polonaise le 16 octobre 1604, Dmitry fit son entrée dans sa capitale le 20 juin 1605.
Marchaient en tête les compagnies polonaises à cheval, lances pointées vers le ciel, cuirasses luisant au soleil, trompettes et tambours faisant orgueilleusement sonner la victoire.
Suivaient les streltsi à pied, deux par deux, solennels et barbus.

Suivaient les carrosses tsariens, attelés chacun de six chevaux, brillant de couleurs vives, ornés de rideaux bigarrés et de dorures.

Suivaient les gentilshommes et les écuyers, à cheval, avec leurs kaftans au col relevé brodé d'or ou d'argent, nacré de perles.

Suivaient les timbales et les tambourins moscovites.

Suivait la cavalerie russe.

Suivait le clergé avec ses bannières. Chaque prêtre portait une icône ou un évangile.

Suivaient les icônes du Sauveur, de la Mère de Dieu et des thaumaturges de Moscou.

Suivait en carrosse Monseigneur Ignaty, devant qui l'on portait la crosse et à qui Dmitry réservait la succession du patriarche Iov.

Suivait Dmitry. Couvert d'or et de perles, il montait son cheval blanc. Ses boyards et ses maréchaux l'entouraient.

Suivaient les cosaques de la Volga, du Don, de l'Oural, et les Zaporogues.

Suivaient les aumôniers jésuites.

Suivaient les troupes tartares.

Suivait enfin la multitude des Russes qui s'étaient précipités à la rencontre du souverain.

Sur son passage, le peuple, qui bordait la route des deux côtés, criait sa joie.

— Notre père ! Notre nourricier ! Dieu nous l'a conservé et rendu ! Que de souffrances notre ange a souffertes ! Que de dangers notre faucon a courus ! Soleil de vérité, tu t'es enfin levé sur la terre russe.

Et Dmitry répondait :

— Priez Dieu pour moi, mes peuples aimés, fidèles, mon héritage sacré.

Cependant, lorsque Moscou apparut, toute en bulbes dorés, en remparts de brique rouge et en vergers verdoyants, il y eut un remous d'angoisse dans la foule.

— Voyez-vous, demandaient quelques-uns, cette nuée étrange au-dessus de la ville sainte ?

— Quelle nuée ? Le ciel est pur comme les yeux du souverain.

— Quoi ! Vous ne voyez pas une brume suspendue au-dessus des églises ?

— C'est dans votre tête, compère, qu'il y a de la brume.

Si tout le monde l'avait vue, cette brume n'aurait pas frappé les imaginations, mais, ne se rendant visible qu'à certains, elle devait avoir une signification néfaste. Tel fut le premier présage des malheurs à venir.

Le cortège arrivait du sud. Un pont avait été jeté sur la Moskva, fait de planches posées sur des tonneaux liés ensemble. On entendit longtemps les tonneaux creux résonner sous les sabots des chevaux, les bottes des streltsi, les roues des carrosses et les pieds nus du peuple. A l'instant où le cheval du souverain s'engagea sur le pont, un tourbillon de vent se fit, soulevant une trombe de poussière, arrachant les bonnets, les jetant dans la rivière, aveuglant les yeux. Il disparut aussi vite qu'il était venu. Tel fut le deuxième mauvais présage : la nature n'était pas propice comme elle aurait dû l'être à l'entrée d'un prince légitime dans sa capitale.

Le cortège traversa Kitaïgorod et déboucha sur la place Rouge. En apercevant le Kremlin qu'il n'avait jamais vu, Dmitry arrêta son cheval, se découvrit et fit le signe de la croix.

— Seigneur mon Dieu ! s'écria-t-il. Je te remercie : tu m'as sauvé la vie et tu me permets de voir la cité de mes pères.

Les larmes coulaient sur ses joues et le peuple

pleurait aussi, tandis que les seize cents églises « schismatiques » de Moscou carillonnaient à volées si assourdissantes que le père Gaspard Savitski, en queue de cortège, en avait mal aux oreilles.

Sur le Lieu-haut, les prêtres de Moscou, avec icônes et bannières, attendaient le tsar, et les cloches se turent, pour les laisser chanter. A peine avaient-ils entonné gravement le *Seigneur, sauve Ton peuple,* que la musique polonaise, profitant de la fin du carillon, résonna avec jactance : appels de trompettes, roulements de timbales couvrirent les chants religieux. Les braves gens se regardaient, scandalisés. Ce fut le troisième présage.

Dmitry, descendant de cheval, alla baiser les croix et les icônes que les prêtres lui présentaient. On ne lui avait pas appris, à l'école arienne d'Orcha, à baiser les icônes comme il faut, et certains remarquèrent qu'au lieu d'appliquer ses lèvres sur les pieds ou les mains du Christ et des saints, il les embrassait sur les joues ou les lèvres. Cela choqua. Mais le peuple était si bien disposé à l'égard du jeune souverain que même ceux qui l'avaient vu faire ne s'inquiétaient pas outre mesure : « Il a grandi à l'étranger, il apprendra. »

Remontant à cheval, Dmitry entra dans le Kremlin par la porte du Sauveur et chevaucha jusqu'à la cathédrale de l'Assomption, devant laquelle il mit pied à terre.

Il entra, fut béni par le clergé qui l'attendait là, baisa d'autres icônes, dont la Vierge de Vladimir, ainsi que les reliques des saints moscovites. Un office d'action de grâces fut chanté. De là, Dmitry se rendit dans la cathédrale de Saint-Michel-Archange, où il se prosterna en sanglotant devant la tombe d'Ivan le Terrible.

— Ô mon père, balbutiait-il, tu m'avais laissé

exilé et persécuté, mais tes prières paternelles m'ont sauvé.

Il alla ensuite jusqu'à l'église tsarienne de l'Annonciation, où un autre office fut chanté.

Enfin il gravit le perron Rouge de son Térem pour y recevoir les cadeaux et les félicitations de ses sujets. A ce moment, Sergo, qui ne l'avait pas quitté un instant, lui souffla à l'oreille :

— Si tu n'as plus besoin de moi, mon souverain, permets-tu que je te quitte ?

Dmitry lui flanqua une bourrade dans les côtes devant toute la cour :

— Vas-y, mon Sergo, et tâche de prendre du bon temps.

8

Sergo aurait pu, depuis des semaines, faire prendre des nouvelles d'Avdotia Prokhorovna et lui en donner. Il s'y était refusé. Si elle l'avait attendu un an et demi, elle l'attendrait bien quelques jours encore : entendant parler du tsar légitime, elle avait dû penser que Sergo était allé le servir et reviendrait avec lui. Si, en revanche, elle était mariée à un autre, il valait mieux l'apprendre de sa bouche que se bourreler de fausses craintes et se leurrer de faux espoirs.

Sergo se fraya difficilement un chemin à travers la foule qui emplissait le Kremlin, mais Kitaïgorod était vide et, malgré le tintement incessant des cloches, lui parut silencieuse parce qu'on n'y entendait pas les vociférations amoureuses du peuple devant les futailles de bière et d'hydromel mises en perce. Ici, les frondaisons empoussiérées se balançaient paresseusement au-dessus des clôtures de pieux de bois, un chat jaune traversait une venelle en diagonale, un rossignol chantait pour se désennuyer dans une cage pendue à une fenêtre, et il n'y avait pas âme qui vive.

Sergo retrouva la haie de merisiers, la palissade, la maison. Pour la première fois, il frappa au portail. Il rentrait vainqueur, et il n'était mécontent ni de son visage qui, longtemps bleui, bouffi et couturé de cicatrices, avait repris sa minceur blonde et virile, ni du superbe kaftan d'azur brodé d'or que lui avait fait faire son maître et ami le souverain.

Les coups retentirent dans la cour. Personne ne répondit. Il frappa encore. Rien. Il poussa, mais la barre devait être mise. Alors il fit ce qu'il n'aurait jamais osé faire auparavant : il grimpa par-dessus la palissade et se laissa tomber dans la cour. Moscou appartenait à Dmitry et aux siens.

Dans la cour, où croissaient quelques tilleuls, des poules caquetaient. Un vieux chien enchaîné ouvrit un œil et le referma. Les volets étaient clos.

— Il y a quelqu'un ? cria Sergo.

La façade de la maison lui renvoya son appel. Il détailla les ciselures qui ornaient le rebord du toit et les auvents des fenêtres, la rampe du perron aux balustres peints. « C'est ici qu'elle vit. C'est cela qu'elle voit tous les jours. » Des traces de balais de branchages guillochaient le sol.

Sergo gravit le perron et frappa à la porte. Rien. Il l'ouvrit. Une odeur de fruits séchés vint à sa rencontre. Il entra.

Il se trouvait dans un vestibule obscur. Un rai de lumière filtrait au sol. Il marcha dans cette direction. Une voix qui fit dérober son cœur prononça quelque part :

— Retirez-vous. Il n'y a personne. Ils sont tous au Kremlin.

Il se dirigea vers la voix, heurta un panneau de bois qui s'écarta. Il se trouva alors dans une autre pièce, moins obscure : à un bout, une veilleuse luisait devant l'icône ; à l'autre, une fenêtre s'entrouvrait sur le jardin où des feuillages verdoyaient au soleil. Une forme féminine vêtue de noir s'était levée. Un grand drap blanc qu'elle avait été en train de broder glissa au sol. Elle joignit les mains. Son visage nageait dans la pénombre comme celui d'un spectre.

— Va-t'en, dit-elle. Va-t'en.

Il n'était pas venu pour entendre « Va-t'en ». Il regardait cette robe noire. Il s'était tant tourmenté à l'idée qu'Avdotia priait pour lui comme pour un mort qu'il crut qu'elle portait son deuil.

— Tu as assez fait pour le repos de mon âme, prononça-t-il, essayant de plaisanter. Il est temps de me réassigner parmi les vivants.

Elle dit :

— J'ai toujours prié pour toi comme pour un vivant.

Il n'osait pas avancer. Quelque chose en elle le lui interdisait.

— Peut-être ne sais-tu pas, dit-elle enfin. Mon père est mort sous la torture. Ma mère, de chagrin. Je suis orpheline. Tu ne peux pas rester ici.

Sergo se signa et répondit par la formule d'usage :

— Puissent tes parents accéder au Royaume des cieux. Qu'avait fait ton père ?

— Il avait dit que Dmitry était peut-être le vrai tsarévitch.

— Ton père ne se trompait pas. Un souverain de naissance règne maintenant sur la terre russe, et le Seigneur Dieu lui-même nous commande de nous réjouir, quels que soient nos malheurs.

— N'importe : tu dois t'en aller, répéta Avdotia. Ne vois-tu pas que je suis seule ? Que diront les gens ?

Elle porta les mains à ses cheveux.

— Seigneur, j'ai la tête découverte ! s'écria-t-elle.

Sergo connaissait l'importance rituelle de la coiffure féminine. Aucune femme ne pouvait être vue sans kokochnik ou fichu. Les cheveux des jeunes filles demeuraient religieusement nattés. Le jour du mariage, ils étaient dénattés, et le mari serait le seul homme au monde à les voir au naturel. Mais Sergo avait fait la guerre, et il avait toutes les audaces. Il ne détacha pas son regard des nattes blondes d'Avdotia.

— Qu'importe ? Je t'aime, tu seras ma femme et rien ne sera interdit entre nous, puisque l'Église nous aura bénis. Laisse-moi te prendre par la main : nous allons tout de suite chercher un vieux prêtre si fatigué qu'il ne sera pas allé au Kremlin.

— Ne vois-tu pas que je suis en deuil ? Comment pourrais-je songer aux épousailles alors qu'il n'y a pas trois mois on a arraché le cœur de mon père avec une pince ? N'as-tu pas honte, Sergo ?

La voix d'Avdotia se brisa en prononçant ce prénom.

— Avdotia Prokhorovna, je respecte ta douleur et ton deuil. C'est dit, ne nous marions pas aujourd'hui. Prends le temps que tu voudras pour prier sur la tombe de tes parents et laisse-moi venir y prier avec toi. Mais les deuils ne durent pas toute une vie. N'as-tu pas compris que Dieu t'avait créée pour être la mère de mes enfants ?

Avdotia couvrit son visage de ses mains.

— Ne parle pas ainsi. Le jour où mon père est mort, je suis morte aussi.

Sergo marcha jusqu'à la fenêtre et repoussa violemment les volets. La lumière entra à flots dans la salle, et avec elle l'odeur des feuilles et des fleurs et le bourdonnement affairé des abeilles.

— Regarde ! La terre du Bon Dieu se chauffe au

soleil du Bon Dieu, comme la Russie se chauffe au soleil du tsar. Un jour tu mourras et tu reverras ton père. Crois-tu qu'il te remercie de ne pas lui avoir donné de petits-enfants ? Il ne s'est pas passé un jour que je ne pense à toi, que je ne prie pour toi, que je ne rêve du jour où (des mots fous se présentèrent, qu'il repoussa)... Où je te conduirai à l'église pour que nous y soyons couronnés mari et femme.

Elle secouait la tête.

— Je ne peux pas. Je suis morte.

Alors il lui saisit les mains et les détacha violemment de son visage noyé de larmes.

— Je comprends, je comprends, balbutiait-il, bouleversé. Pas maintenant. Prends un an. Prends-en deux. Mais toi aussi, comprends-moi. Je reviens de guerre. J'ai souffert, moins que ton père, mais comme lui : par la faute de Godounov. J'ai frappé de grands coups. J'ai choisi la bonne cause. Je suis un homme du tsar. Est-ce que tout cela ne mérite pas un peu de condescendance ? Aujourd'hui, c'est la victoire. Ton père est vengé. Le tsar règne. Ne peux-tu suspendre ton deuil un instant ?

D'où venait ce flot de paroles au soldat modeste que Sergo avait toujours été ? Comment osait-il parler ainsi à une femme ? A la femme qu'il aimait ? La fréquentation du tsarévitch, de sa cour, des Polonaises, l'avait dégourdi, et la réplique d'Avdotia le choqua.

— Es-tu sûr que personne ne t'a vu ouvrir le volet ?

Il recula et dut faire effort pour se rappeler que la réputation d'une jeune fille était sacrée, qu'Avdotia devait jalousement sauvegarder la sienne autant pour la mémoire de ses parents que pour lui, si elle l'aimait.

— Non, je n'en suis pas sûr. Je crois cependant qu'il n'y a personne dans ce quartier qu'un vieux chat qui ne s'inquiète pas des visites que tu reçois. Avdotia Prokhorovna, reprit-il, se reprochant déjà sa dureté, car les larmes coulaient de nouveau des chers yeux gris qu'il aimait, ne crois pas que je veuille t'acheter, mais tu dois savoir qu'en m'épousant tu seras noble et riche : le tsar est généreux, il récompense magnifiquement ceux qui l'ont servi depuis le début. Ne veux-tu pas, sans nous marier aujourd'hui, que nous nous promettions l'un à l'autre et que nous échangions nos bagues à l'église ? Les accordailles faites, tu sauras que je suis à toi et je saurai que tu es à moi. Après quoi, je te laisserai tout le temps qu'il te faudra.

Il faisait cette offre à regret, car son sang bouillait et il ne voulait pas reporter son bonheur indéfiniment.

Avdotia le regarda de son regard sage, trop sage, et se tourna vers l'icône de la Mère de Dieu devant laquelle elle pria un bon moment. Sergo, debout derrière elle, priait aussi, se signant quand elle se signait et se prosternant quand elle se prosternait. Il priait ainsi : « Mon Dieu, fais qu'elle prie comme je prierais si j'étais elle, mais quelle que soit sa prière, fais que la mienne appuie la sienne sans restrictions ! » Son visage s'illuminait de sa propre générosité, et les cloches sonnaient au loin sans discontinuer.

Enfin Avdotia se retourna vers lui.

— Je ne peux rien te promettre maintenant. Ce ne serait pas juste, car je crains bien d'être déjà morte, comme je te l'ai dit. Reviens me voir dans un an. Si c'est la volonté de Dieu, je serai redevenue vivante.

Il avait une telle envie de la prendre dans ses bras qu'il ferma les yeux.

— Du moins puis-je aller te voir à l'église, comme avant ?

— Je vais à la chapelle du couvent, et les hommes n'y sont pas admis.

Alors Sergo eut grand pitié de lui-même : la vie n'était pas juste avec lui, qui s'était pourtant battu pour le bon tsar.

Il regarda autour de lui, avisant distraitement les tapisseries, les meubles, le drap blanc qui avait glissé à terre et dont un seul coin était couvert de broderie.

— Comment vis-tu, Avdotia Prokhorovna ? N'as-tu besoin de rien ? N'as-tu pas peur ?

— Ma marraine habite avec moi, et les domestiques sont fidèles. Va, Sergo, va maintenant : ils vont revenir du Kremlin. Il ne faut pas qu'ils te trouvent ici.

Ils restèrent debout quelques instants, se demandant s'ils s'effleureraient encore les mains. Et puis Sergo se ploya en deux :

— Dieu te garde, Avdotia Prokhorovna.

Elle s'inclina de la même manière, les avant-bras croisés sur l'estomac.

— Dieu te garde, Sergo.

9

Jamais Sergo n'avait été aussi triste qu'en ce jour de victoire. Il marchait par les rues. Il n'avait pas envie de retourner au Térem. Le tsar se moquerait de lui : « Je t'avais bien dit de prendre du bon temps. Elle aurait peut-être fait sa mijaurée d'abord, mais elle t'aurait remercié après. » Il ne voulait pas entendre cela.

Il pensa à son frère, son pauvre frère vaincu, qui avait choisi le mauvais parti. Préoccupé de lui-même, de ses amours et du tsar, Sergo ne s'était guère inquiété de savoir si le peuple n'avait pas fait un mauvais parti à Aleksandro. Soudain, l'anxiété le prit, et il traversa Kitaïgorod au pas de course. Un vieux cul-de-jatte accroupi sur le pas d'une porte lui cria :

— Tu étais en Pologne avec le souverain, notre maître ?

— J'y étais, grand-père. Que Dieu lui donne de longues années.

— Et à toi aussi, notre maître. Nous n'aurons plus jamais faim, maintenant que nous avons un vrai tsar.

La maison d'Aleksandro était entourée d'un mur de briques plus haut que les palissades de ses voisines, percé de meurtrières, avec des poivrières aux angles. Le haut du mur était hérissé de pointes, le portail placé dans un renfoncement, entre deux meurtrières, ses battants cloutés et renforcés de barres de fer, les fenêtres extérieures murées, sauf celles du grenier. A la pointe du toit, il y avait un mirador occupé nuit et jour par une sentinelle. Cette petite forteresse ne semblait pas avoir été touchée pendant les émeutes.

Sergo s'arrêta devant le portail, et une voix tartare sortant d'une meurtrière placée sur le côté l'interpella :

— Qui es-tu, toi ? Que veux-tu, toi ?

— Je suis Sergo. Aleksandro y est-il ?

Il attendit longtemps. Il pensait que ce serait revigorant de manger et de boire avec son aîné, de le remercier pour l'avoir sauvé, de comparer leurs campagnes, de dormir sous ce toit, que sa propre présence protégerait maintenant, si besoin était. Maintenant que l'Église avait béni Dmitry, Aleksandro ne pouvait plus considérer Sergo comme un traître. Qui avait-il trahi ? Un usurpateur. On ne trahit pas le diable.

— Sergo ?

Il leva la tête.

Par-dessus le mur de la cour, il vit la grosse tête rasée couleur d'airain, avec la moustache en forme de cimeterre.

— Sandro ! Mon frère !

— Tu n'es pas mon frère. Va faire la fête avec le fils de chienne que tu sers.

La tête disparut.

Dans cette ville en liesse, Sergo n'avait pas où coucher. Son logement dans le faubourg des Streltsi, le propriétaire en avait sûrement disposé. Au Térem, il y aurait de la place pour lui — « Tu as couché sous ma tente, tu coucheras dans ma chambre quand tu voudras », aurait dit Dmitry —, mais Sergo n'avait pas le cœur à faire ripaille avec les Polonais. Dans les réjouissances qu'il trouverait là-bas quelque chose sonnerait faux à son oreille. Il se traîna pourtant jusqu'au Kremlin, ne trouvant plus aucune joie à porter le beau kaftan qu'il avait mis le matin pour plaire à Avdotia. Il passa en se détournant devant le sinistre hôtel des Godounov où la mère et le fils avaient été étranglés avec la même corde, et gagna la place qui s'étendait devant le Térem, vers laquelle des clameurs, des bribes de chansons, des couacs de trompettes, des détonations et toute une rumeur d'ivresse l'auraient guidé s'il en avait oublié le chemin.

Six cents Polonais superbement ivres, couchés sur le sol dans leurs tenues rutilantes, ronflaient en chœur comme des anges, face aux premières étoiles qui se présentaient une à une dans un ciel sans nuages. D'autres Polonais et des cosaques assiégeaient, dans la fraternité de l'ivresse, les fûts où il restait de quoi boire : ils faisaient des mélanges de bière, de vodka et d'hydromel et se lançaient des défis. Le menu peuple refluait vers les portes du Kremlin : ce n'étaient que titubations et vacillements entre deux râles : « Longues années à Dmitry Ivanytch ! »... Les fenêtres du Térem étaient éclairées. La musique polonaise jouait.

Sergo contourna le Térem et gagna les écuries. Cela sentait bon et chaud le crottin. Les palefreniers russes ronflaient aussi fort que les Polonais.

Sergo trouva la plus belle stalle, ornée de sculptures et de dorures, où le hongre blanc sur lequel le tsar était entré à Moscou dormait noblement en se balançant légèrement d'une jambe sur l'autre, comme s'il avait eu sa part d'hydromel. Dans la stalle voisine, presque aussi belle, la jument blonde à laquelle le tsar devait la vie ne dormait pas encore. Elle mâchait d'un air pensif, semblant attendre quelqu'un. A l'entrée de Sergo, elle tourna la tête, le reconnut et lui sourit, comme sourient les chevaux. Il lui étreignit l'encolure, lui baisa les naseaux, les paupières, et, hoquetant, il s'effondra près d'elle dans la paille.

10

Toute la journée, Dmitry avait senti que quelque chose lui manquait.

Son triomphe pourtant était complet, et, à force de répondre aux acclamations de son peuple, de baiser des icônes et d'entendre des chants d'église, il finissait par croire au Dieu orthodoxe et par appeler sur lui-même un miracle comme aucune vie de saint n'en a jamais relaté. Entre deux crucifix, deux évangiles, deux reliques, il provoquait Dieu :

— Si tu es tout-puissant, *fais que je sois lui !*

Avec un mélange de malice et de candeur, il attendait que la transformation eût lieu. Elle n'eut pas lieu. Sauf qu'à des moments où, tantôt les nuages d'encens transfigurant la réalité, tantôt les vins de Grèce lui montant à la tête, il était si décalé par rapport à lui-même qu'il ne savait plus qui il était et se laissait ballotter par l'enthousiasme populaire comme une barque par la mer. Mais la lucidité lui revenait bientôt, et il se contentait de noter, sarcastique :

— Je suis lui mieux qu'il ne l'aurait été.

Cependant, ce n'était pas cette frustration-là qu'il ressentait lorsqu'il se découvrait devant les cathédrales, embrassait les barbes parfumées des hiérarques, donnait ses mains à baiser, acceptait les cadeaux de ses sujets, en distribuait d'autres à ses serviteurs, faisait percer les tonneaux, déboucher les bouteilles, en buvait largement sa part, envoyait des picotins d'avoine à la jument blonde qui l'avait sauvé...

Ce qui lui manquait alors, il finit par le comprendre, c'était Boris Godounov, et il se repentit d'avoir suivi les conseils de Gaspard Savitski. Il avait le sentiment que la victoire, dans ce qu'elle doit avoir de physique et d'immédiat, lui échappait. Il aurait aimé affronter Boris en champ clos et lui couper la tête de sa propre main.

Enfin le soleil se coucha, ayant fusillé les cathédrales qui flamboyèrent encore un instant dans le crépuscule, les avant-dernières chansons à boire montèrent de la place, et, les sonneurs ayant succombé à l'ivresse ou à la fatigue, les clochers se turent.

Tenant à peine sur ses jambes, Dmitry chancela jusqu'à l'appartement qu'on lui avait aménagé dans les salles de réception, car il avait refusé de coucher dans les bauges surbaissées d'Ivan et de Boris. Le vieux valet que lui avait donné le prince Adam le dévêtit dans l'antichambre et, après lui avoir passé sa chemise, le bénit pour la nuit :

— Dors, mon clair faucon, dans la maison de ton père, sous la garde de Dieu. Dors, notre soleil radieux, notre Dmitry Ivanytch !

Dmitry entra dans sa chambre, haute et vaste, et referma la porte. Il alla à l'une des fenêtres en verre qui donnaient sur la cour intérieure où s'élevait le Sauveur-au-Bois. L'horizon était encore chargé d'une bande rouge vif. Le reste du ciel était inondé d'un bleu qui s'engourdissait, s'approfondissait à chaque instant. Dmitry ouvrit la fenêtre et respira l'air russe. De ce côté du Térem, tout était silencieux. A peine entendait-on un cheval mauvais dormeur renâcler et heurter du sabot les pavés ronds des écuries.

— Il ne reste plus qu'à dormir, dit Dmitry déçu.

Il aurait aimé se déguiser, aller courir les cabarets de cette ville, s'attirer des rixes, se battre, gagner. Il tenait à peine debout. Il se dirigea vers le lit, et, soudain, il perçut un sanglot étouffé. Il saisit le chandelier d'argent placé sur la table et le haussa pour qu'il éclairât une plus large surface. La lumière safranée des bougies de cire courut sur les tapis de Perse et les draperies cramoisies ondulant le long des murs jusqu'à l'icône d'or qui brillait, impassible, dans le coin d'honneur. Dans le coin opposé, une femme était pelotonnée au sol. Elle portait un sarafan de moire jaune, et, de son kokochnik brodé de perles, s'échappait une natte noire grosse comme le bras, qui donnait une teinte laiteuse à sa nuque.

Dmitry saisit la natte à sa racine et releva brutalement la captive.

Elle était bien en chair, avec des yeux noirs pleins de larmes sous des sourcils qui se rejoignaient au-dessus du nez. Son visage régulier, maquillé comme celui d'une mariée, avait l'air, le rouge et la céruse ayant coulé avec ses larmes, d'un masque tragique de carnaval.

Dmitry n'était plus fatigué. Il la poussa contre le mur et se pressa contre elle.

— Qui es-tu ?

Elle parvint à balbutier :

— La servante de Dieu Ksénia.

Il se rappela alors les ordres qu'il avait donnés à Chouïsky et une exquise sauvagerie monta en lui.

— La fille de Boris ?

Elle inclina la tête en se mordant les lèvres.

De la main gauche, il lui releva le menton, prenant plaisir à meurtrir cette peau blanche sous ses doigts basanés et rudes.

— Regarde-moi. Ne détourne pas les yeux. La fille de Boris ? La « tsarevna » Ksénia ? (Il ricana.) Je n'ai pas eu le père, mais j'aurai la fille ? Je préfère.

Il la tenait toujours par sa natte noire et la secouait doucement.

— Tu as une belle grosse natte, fille de Boris. Viens çà qu'on te la défasse.

CHAPITRE II

LE SACRE

1

Aleksandro Psar attendit quelques jours avant de sortir. Ses serfs lui rapportaient que le nouveau souverain ne se livrait à aucune proscription. Il récompensait ses fidèles, doublait la solde de ses soldats, payait les dettes d'Ivan, rendait à leurs maîtres les propriétés que le Terrible leur avait confisquées, libérait de tout impôt métiers et commerces et ne poursuivait pas les partisans de Godounov.

Alors, un matin, Aleksandro monta à cheval et se rendit chez le prince Chouïsky.

La ville était calme. De jeunes femmes chantaient en lavant à grande eau leurs trottoirs de bois.

Le majordome auquel s'adressa Aleksandro parut reconnaître son nom.

— Le boyard te demande de revenir à la nuit tombée.

Lorsque Aleksandro revint, il fut introduit dans une salle mal entretenue, avec de vieux rideaux qui devaient dater de l'arrière-grand-père de Vassily Ivanytch. Deux chandelles éclairaient une grossière table de bois tachée et tailladée par plusieurs générations de mangeurs.

— Sois le bienvenu, Aleksandro *Psar*, dit le boyard en soulignant le nom de famille. J'aurais aimé te recevoir selon tes mérites, mais, si tu veux du luxe et de la dépense, tu t'es trompé d'hôte. Ici, ce n'est pas le Térem du tsar de toutes les Russies, mais la modeste demeure du dernier des Rurikides. Assieds-toi, Aleksandro *Psar*, sans façon. Là, en face de moi.

— Ton majordome me connaît ?

— Je l'avais prévenu de ta visite. Il n'y a que deux endroits sur la terre russe où un homme de ta trempe puisse se trouver en ce moment : le Térem et ici. Et comme je ne t'ai pas rencontré au Térem...

Aleksandro eut ce haussement d'épaules qui lui était familier.

— Je ne suis pas un grand orateur, mais il faut que je te dise pourquoi je suis ici. Si la raison te déplaît, Ta Grâce peut me chasser. Tu sais que je suis un homme de service : toute ma fierté vient de là. Sans maître, je ne vaux rien. J'ai servi Boris, j'aurais servi Féodor, s'il avait vécu. Mais je ne peux pas servir le Félon, car alors je ne serais qu'un brigand. A un faux tsar, je préfère un vrai prince. Tu m'as dit un jour que, si j'avais besoin d'un maître, je pouvais m'adresser à toi. Voilà : j'ai tout dit.

Un sourire ironique fit onduler la bouche de Chouïsky dans sa barbe roussâtre.

— Ton frère Sergo Psar n'est pas de ton avis, à ce qu'il paraît.

— Ah ! tu sais cela, fit Aleksandro sans trahir de gêne. Oui, mon cadet s'est laissé posséder par le diable. Tout cela se réglera un jour.

— Ton cadet ne serait-il pas ce messager que nous avons capturé après la bataille de Dobrynitchi, qui nous a bernés comme il a voulu, que tu prétendais pendre toi-même et qui est, bien vivant, un des favoris de Dmitry ?

Aleksandro n'allait pas expliquer la faiblesse momentanée qu'il avait eue et dont il se repentait.

— Puisque tu sais tout, boyard, à quoi bon poser des questions ?

— Le Félon a retourné ton frère, mais pas toi. Pourquoi ?

— J'avais prêté serment.

— Lui aussi.

Aleksandro hésita.

— Moi, je savais, dit-il enfin, je savais de science aussi certaine que toi, boyard, que cet homme n'est pas Dmitry.

Chouïsky réfléchit.

— Combien sommes-nous à savoir ?

— Toi, moi, l'imposteur, le meurtrier. Cinq en comptant la tsarine Maria.

— Son attitude ?

— Elle reconnaîtra Dmitry pour se venger de Boris.

— Elle est vengée de Boris.

— Mais elle se morfond à dix pieds sous terre.

— Comment le sais-tu ?

— C'est moi qui l'y ai mise.

Chouïsky se caressa le nez de l'index.

— Il va sûrement l'envoyer chercher. Il faut donc faire vite. Bon, je t'ai posé des questions. N'en as-tu pas à me poser ? Tu connais les Chouïsky : nous demandons tout et nous donnons tout. Vous et nous, comme ça ! Comme les deux doigts d'une main !

Il tendait deux doigts. Aleksandro ne fut nullement impressionné.

— Prince Vassily Ivanytch, si je dois te servir, j'y risquerai ma tête plus souvent que toi et nous devons bien nous comprendre. Je ne suis pas un de tes bouchers de la rue des Bouchers ni un de tes marchands de drap de la rue des Marchands de drap. Je suis un homme du tsar. Oui, j'ai des questions à te poser. Ne sers-tu pas toi-même le Félon ? Pourquoi le sers-tu ?

— Aucun boucher ne m'aurait posé une question aussi sotte. Je le sers parce que c'est le meilleur moyen de le perdre.

— J'étais sur la place Rouge quand tu as baisé la croix en jurant que l'enfant enseveli n'était pas Dmitry.

— Je n'ai jamais rien juré de tel. Je tiens trop au salut de mon âme. J'ai dit que je ne pouvais pas jurer que l'enfant assassiné et enseveli fût le fils d'Ivan.

— N'est-ce pas la même chose ?

Chouïsky eut un ricanement égrillard et poussa vers Aleksandro un plateau de bois peint sur lequel il y avait un carafon à moitié plein de liqueur de cerise et deux très petits verres.

— Pourquoi jouer au nigaud avec moi ? demanda-t-il. Ne sais-tu pas que la mère seule peut jurer de qui son fils est le fils ? Et encore pas aussi souvent qu'on le croit. Qui était le père de l'enfant que nous avons enterré ? Mais voyons ! Cela restera un mystère jusqu'au Jugement dernier.

— Admettons. Tu connais les finesses de la langue mieux que moi. Mais, que tu te sois ou non parjuré, tu as trompé le peuple.

Chouïsky regarda Aleksandro avec indulgence.

— Tu es malin, mais il te reste des choses à apprendre. T'imagines-tu que Féodor était capable de défendre le trône contre le Félon ? Tout au plus de faire tuer quelques braves comme toi, oui ! Es-tu l'ennemi de la terre russe que tu lui souhaites la guerre civile ? Il fallait que les Godounov suivissent leur trajectoire qui les menait au néant. Il faut maintenant que le Félon suive la sienne qui le conduit en enfer.

— Et après ?

Chouïsky fit un geste de respectueuse soumission à une volonte plus haute que la sienne : Dieu ? le peuple ? les boyards ? Aleksandro devinait où

Chouïsky voulait en venir, mais il aurait été indécent d'insister sur ce point. Pour le moment, tout valait mieux quc d'abandonner le pays à un faux fils d'Ivan, à un faux tsar légitime, qui déréglerait encore plus sûrement qu'un usurpateur la marche des astres, des peuples et des saisons.

Aleksandro se leva, vint s'agenouiller près de Chouïsky qui demeurait assis, et lui baisa l'épaule en signe de vasselage.

— Je vais te présenter aux autres, dit le prince.

Par un escalier dérobé, ils descendirent dans une cave. Deux hommes assis sur un banc se levèrent. L'un était voûté, cagneux, avec le nez rouge et la mâchoire bleue ; l'autre ventripotent, chauve et digne, avec une barbiche soignée. Ils dévisagèrent Aleksandro qui le leur rendit. Ils lui déplurent tous les deux : le coupe-jarret et le mercanti. Ni de l'un ni de l'autre n'émanait cette fermeté loyale, cette détermination à outrance qu'Aleksandro aurait voulu trouver dans des conjurés. Sans doute les meilleurs agents de Chouïsky avaient-ils péri dans les persécutions de Boris, si bien qu'il était obligé de faire appel à des adjuvants de deuxième choix.

Chouïsky s'assit sur un banc et fit les présentations.

— Androuchka Chéférédinov n'a pas son pareil pour les coups tordus et fourrés. Il m'est acquis corps et âme : je sais tant de choses sur lui, des bonnes et des mauvaises... Danilo Konev vend les brocarts les mieux brochés et les velours les plus veloutés. Il a l'oreille de tous les négociants de Kitaï-gorod. Sa famille a toujours été pour les Chouïsky, et, depuis que les bouchers Goloub ont été exterminés par Godounov, nous n'avons pas de plus ferme soutien à Moscou. Konev ne voit pas d'un bon œil la liberté que le Félon donne aux commerces étrangers. Aleksandro Psar a le coup d'œil militaire et des raisons personnelles pour ne pas porter le faux Dmitry dans son cœur.

« Notre but, mes amis, est de débarrasser la terre russe du Félon. Konev va agiter ses confrères, les bourgeois de Moscou, et Androuchka le peuple. Voici ce que vous leur direz. « Dmitry n'est pas Dmitry, il est Grichka, Grichka est anathème, et un tsar anathème transmettra sa malédiction à toute la terre. » On vous répondra : « Dmitry n'est pas Grichka. On nous a montré Grichka. » Vous répliquerez : « On vous a montré un faux Grichka, aussi faux que le faux Dmitry. Où cela s'est-il vu qu'un tsarévitch légitime entre dans sa capitale accompagné de trois mauvais présages ? Une nuée que ne voient que les voyants, un tourbillon de poussière à décorner les bœufs, de la musique païenne empêchant d'entendre les chants du Bon Dieu ? Où cela s'est-il vu qu'un tsarévitch légitime laisse entrer des hérétiques dans les églises orthodoxes, se promène en ville en parlant aux artisans et aux boutiquiers, ne fasse pas la sieste après son dîner ? Où cela s'est-il vu qu'un tsarévitch légitime écoule l'argent du Trésor comme si c'était de la bouillie de sarrasin, ouvre les frontières de l'État à qui veut entrer et sortir, s'entoure d'étrangers, parle d'envoyer de force nos petits-enfants orthodoxes dans des écoles polonaises et allemandes, papistes et luthériennes ? Où cela s'est-il vu qu'un tsarévitch légitime s'habille certains jours comme un Polaque, et porte, révérence parler, une culotte qui ne lui descend pas plus bas que l'aine ? »

— Sauf ton respect, boyard, intervint Konev, tu ne peux parler ainsi du tsarévitch. Au premier mot, les Moscovites t'arracheront la tête.

— Aujourd'hui peut-être, mais pas demain. Tu verras, avec ces Polonais qui paradent armés dans Moscou, qui guignent nos femmes et nos filles et les saluent en ôtant leurs chapeaux à plumes ! Tu verras, avec les achats qu'ils font sans payer, les repas qu'ils prennent à crédit, comme s'ils étaient en pays conquis ! Tu verras, Konev : les Polonais vont bien travailler pour nous.

— Alors il suffira de dire du mal des Polonais. Ce sera plus facile.

— Au contraire, s'indigna Chéférédinov, il faut les défendre : « Ce n'est pas leur faute. Ce sont des hérétiques. Comment voulez-vous qu'ils apprennent à mieux se tenir si le tsarévitch les protège ? » Quand les cabaretiers se plaignent : « Je n'ai pas été payé », tu répliques : « C'est normal. Tu es content d'avoir le tsarévitch des Polaques ? Sois content d'avoir les Polaques. » Et quand les popes gémissent : « Ils amènent des chiens dans les églises », tu répliques : « C'est normal. Pourquoi croyez-vous que nous ayons chassé le patriarche orthodoxe, si ce n'est pas pour devenir hérétiques nous-mêmes ? »

Konev se lissait la barbiche et inclinait la tête comme s'il comprenait. Chouïsky dit :

— Il faut donner au Félon le temps d'offenser le plus de monde possible, pas celui de consolider son assiette. Nous sommes le 22 juin. Donnons-nous deux mois. Nous agirons le jour de la translation des reliques de saint Varfoloméï, le 25 août. Varfoloméï sera notre mot de passe.

— Que dois-je faire, moi ? demanda Aleksandro.

— Toi, tu rassembleras une centaine ou deux de gaillards solides dont tu prendras le commandement. Choisis parmi les amis de Godounov. Nous les utiliserons le moment venu pour prendre le Térem. Tout le monde aimait Ksénia, la fille de Boris : dis-leur que le Félon l'a mise de force dans son lit et ils marcheront gaiement contre la garde polonaise.

2

C'était vrai que Dmitry aimait se promener par les quartiers de Tsargorod ou de Skorodom sans escorte, avec seulement quelques amis russes ou polonais, et parler aux braves gens qui ne savaient s'ils devaient se réjouir ou s'offusquer de sa simplicité.

— Tsarévitch ! Tsarévitch !

Il se retourna. Un gamin courait après lui : petit, carré, solide.

— Que me veux-tu ?

— C'est vrai que tu es le tsarévitch ?

— Oui, marmouset, c'est vrai, dit Basmanov qui accompagnait Dmitry.

— Je dois lui parler.

— Parle.

— A lui seul.

Dmitry sourit.

— Éloigne-toi, boyard.

Basmanov s'éloigna de quelques pas seulement. Il était d'accord avec le père Gaspard : le tsar ne se souciait pas assez de sa sécurité.

Le gamin, menton relevé, regardait son souverain droit dans les yeux.

— Comment t'appelles-tu ? demanda Dmitry.

— Filka.

— Veux-tu t'engager dans mon armée, Filka, pour aller battre les Turcs et libérer le tombeau de Notre Seigneur ?

— Je n'ai pas encore l'âge, répondit gravement Filka. Je n'en suis qu'à ma treizième année. Mais justement, on ne se méfie pas. Je suis apprenti chez Savvaty, le ferblantier. Hier soir, son ami le drapier est venu le voir. J'étais sur le poêle. Et il lui a dit que tu n'étais pas le vrai tsarévitch, mais que tu étais comme le diable, défroqué, hérétique et sorcier. Moi, je vois bien que tu n'es pas comme le diable.

Dmitry ôta son bonnet.

— Tu as raison : tu peux voir que je n'ai pas de cornes. Tu veux que je me déchausse ? Je n'ai pas les pieds fourchus non plus.

Le gamin gardait son sérieux.

— Il lui a dit aussi que tu nous forcerais tous à devenir hérétiques.

— Viens donc écouter ça, Pétroucha, dit Dmitry à Basmanov. C'est à mourir de rire. Et comment ton drapier se propose-t-il de m'empêcher de vous convertir ?

— Il dit qu'il faut te renverser, mais mon maître n'est pas d'accord. Il dit qu'avec le temps, si on ne te renverse pas, tu apprendras à vivre comme les Russes.

— Me renverser ? Rien que cela ? Eh bien, Filka, je te remercie de tes bons avis. Voici pour toi. (Il lui donna une pièce d'argent.) Viens me voir au Térem un jour. Je t'emmènerai à la chasse à l'ours. Un ours, c'est encore plus dangereux qu'un drapier.

Dmitry s'éloigna en riant. Basmanov demeura un instant de plus.

— Connais-tu le nom du drapier ? demanda-t-il en tirant une autre pièce de sa poche.

— Il s'appelle Danilo Konev, dit l'enfant. Mais tu peux garder ta pièce, boyard. Si le tsarévitch me fait un cadeau, c'est son affaire. Moi, je ne dénonce pas pour de l'argent.

Il s'enfuit pieds nus dans la poussière.

Basmanov rattrapa Dmitry et fit signe aux autres officiers qui les accompagnaient de se rapprocher.

— Tsarévitch, je viens de me rappeler que j'ai quelque chose à faire pour ton service. Veux-tu m'excuser ? Ceux-là te tiendront compagnie.

Dmitry riait toujours.

— Je parie que tu vas t'occuper de la conjuration des drapiers. Je te souhaite du plaisir.

*

Une heure plus tard, Ivachko, jeune centenier de streltsi, la barbe blonde et l'œil coquin, se présenta dans le plus beau magasin de la rue des Drapiers et demanda à parler au maître. Konev parut entre deux rouleaux de poult-de-soie. Le centenier lui expliqua qu'un de ses camarades, riche seigneur polonais, souhaitait acheter des tissus.

— Et ne crains rien : celui-là te payera comptant. Prends un commis avec toi et porte-lui des échantillons. Tu sais comment sont les Polonais : ils veulent ce qu'il y a de plus beau, et... (avec un clin d'œil) tu n'es pas obligé de lui faire les mêmes prix qu'à nous autres Russes. Tiens, allons-y maintenant : je te conduirai jusqu'à lui.

Ivachko conduisit Konev et le commis qui portait les échantillons jusqu'à la préfecture de justice, face au clocher de Saint-Jean-Climaque.

— C'est ici qu'ils ont logé mon ami.

Soudain Konev sentit son estomac se dérober, sa langue coller à son palais. Il parvint à demander, les lèvres gourdes :

— Comment s'appelle ton ami ?

— Kzbrglvskw, fit Ivachko.

Avec un autre clin d'œil jovial : cette fois-ci, pour les streltsi de garde.

Deux d'entre eux empoignèrent Konev, deux autres son commis. Ils les traînèrent à l'intérieur et les jetèrent dans l'escalier raide et gluant qui descendait à la cave. Les échantillons de bouracan et d'écarlate jonchèrent le sol...

— On en fera des essuie-plumes, dit un strelets lettré.

Le maître et le commis furent aussitôt séparés. On poussa le commis dans un cachot, le maître dans une salle de torture où il demeura seul, libre d'inspecter les brodequins, les chevalets, les poires d'angoisse, les pinces et les maillets. Un chaudron bouillait doucement sur un feu où chauffaient des barres de fer.

Cependant Ivachko entreprenait le commis. « Qu'on lui frotte un peu les oreilles, avait ordonné Basmanov, mais qu'on ne lui casse rien pour le moment. Je ne veux qu'une chose de lui : qu'il nomme les amis de son maître. » Le commis les nomma.

Alors Basmanov descendit lui-même à la cave, avec deux bourreaux en tablier et un secrétaire. Konev ruisselait de sueur. Il se jeta aux genoux de Basmanov.

— C'est vrai, boyard, tout est vrai. Nous avons conspiré contre notre soleil radieux, notre tsarévitch béni ! C'est le diable qui m'a séduit, il faut croire, homme de famille comme je suis. Je te dirai tout comme à confesse, boyard, notre père. Je te le jure sur la sainte croix.

Il dit tout. Il donna la liste des amis qu'il était allé voir (elle coïncidait avec celle qu'avait donnée le commis), indiqua les trois ou quatre qui l'avaient écouté favorablement, expliqua les liens immémoriaux de sa famille avec les Chouïsky...

— Le tsarévitch est miséricordieux. Tu as une chance de coucher chez toi ce soir si tu continues à dire la vérité. Sinon... Eh ! vous autres ! Ne laissez pas éteindre le feu.

Konev donna Chouïsky, Chéférédinov et Psar. Pour Chouïsky, c'était simple : Basmanov l'envoya prier de passer au Térem de la part du tsar. Pour Psar et Chéférédinov, Konev leur écrivit de sa main pour leur donner rendez-vous le soir-même, au bord de la Moskva, « de la part de Varfoloméï ».

— Réfléchis bien maintenant. Vois si tu as tout dit et n'as point menti. Quand j'aurai quitté cette cave, il sera trop tard pour te dédire.

Konev trouva encore quelques renseignements à livrer. Basmanov rejoignit Dmitry au Térem et lui rendit compte.

— Nous arrêterons Chouïsky à son arrivée, conclut-il.

— Et nous le ferons juger par les boyards, dit Dmitry.

— Que ne lui fais-tu simplement couper la tête ?

— Je ne veux pas être juge et partie, Pétroucha. Comprends-tu cela ? D'ailleurs il est bon que le Sénat condamne l'un des siens. Ces mortiers de fourrure hauts comme des arbres sont trop bien alignés pour mon goût.

— Et s'ils ne le condamnaient pas ?

— Le peuple les noierait dans la Moskva : ils le savent. Moi, je ne veux même pas connaître leur verdict. Tu l'appliqueras sans me le communiquer. Je veux qu'ils en portent l'entière responsabilité.

3

Chouïsky fut arrêté par Basmanov ; Psar, capturé par des streltsi qui se présentèrent au rendez-vous sur la Moskva en chuchotant dans le crépuscule « Chouïsky » et « Varfoloméï ». Chéférédinov ne vint pas au rendez-vous et demeura introuvable.

Ni Chéférédinov ni Psar ne furent torturés, car Chouïsky avoua tout aussitôt : dès son arrestation, il s'était su perdu et il n'avait plus en tête que de mourir sans mettre en danger son âme immortelle, sans déshonorer sa lignée et sans subir de souffrances ni d'humiliations inutiles. Face à la mort certaine, il avait accédé à un niveau d'élévation qui l'étonnait lui-même : « Je m'étais toujours pris pour un intrigant assez doué et pour un prince plutôt piètre ; or, j'ai échoué dans mes intrigues et je vais peut-être faire une fin digne de mes ancêtres. »

Psar, furieux de s'être laissé prendre, faillit s'attirer des désagréments en disant à Basmanov : « Qu'on me mette à côté du prince. Je le sers. Je dirai comme lui. Ce qu'il avouera, je l'avouerai ; ce qu'il niera, je le nierai. » Ce n'est pas ainsi, et il le savait, qu'on procède à une enquête sur la sécurité de l'État. Mais l'estime que Basmanov portait à Aleksandro le protégea. Chouïsky et Psar furent interrogés ensemble, tandis que Konev, libéré le soir même, rentrait chez lui en bénissant le tsarévitch.

La Douma des boyards n'avait jamais fait office de cour de justice, et, lorsque leur pair Chouïsky comparut devant eux, ils se sentirent mal à l'aise.

Assis sur trois bancs disposés en U, ils étaient emberlificotés dans leurs longues barbes, leurs robes mordorées tendues à craquer sur l'amplitude de leurs ventres, et les hauts mortiers de fourrure qui marquaient leur rang. Ces quelque trente hommes ne souhaitaient ni déplaire au tsarévitch vainqueur, ni déchoir de leur dignité. L'absence du tsar les gênait : devant lui, ils n'auraient eu qu'à obéir ; sans lui, ils devaient prononcer avec autorité. Le plus embarrassant, c'était d'entendre porter l'accusation par ce Piotr Basmanov, créature de Boris et champion de Dmitry.

Le gros Mstislavsky, perdu sans son mentor Chouïsky, se pencha vers son voisin Troubetskoï en roulant des yeux.

— Rends-moi service, lui dit-il. Si je ne comprends pas, explique-moi.

— Boyards, commença Basmanov, vous le savez, je n'ai pas l'habitude des cours ni des discours. La volonté de notre souverain Dmitry Ivanytch est que votre Sénat juge le boyard prince Vassily Ivanytch Chouïsky, lequel avoue s'être rendu coupable de complot contre la personne du souverain. Faites entrer le prince Chouïsky.

Chouïsky entra.

Il n'avait jamais fait de frais de toilette : on savait que c'était par avarice, et on l'en respectait. Mais aujourd'hui il avait mis un kaftan sans reprises et une chemise au col brodé de perles. Cela surprit. Il promena sur ses pairs son regard incolore, imaginant la perplexité de Mstislavsky, prêtant un sentiment de triomphe à Basmanov, et se demandant, avec plus d'ironie que de charité ce que ce ramassis de têtes mal faites deviendrait après lui.

Comme personne ne se résolvait à l'interroger, il se tourna vers Basmanov :

— Je vois que le Sénat de Sa Majesté n'est pas encore bien instruit de ses compétences et que les nouvelles procédures juridiques ne sont pas au point. Je pense qu'il serait bon que, pour commencer, l'on procédât à mon interrogatoire. Boyards, avez-vous des questions à me poser ?

— J'en ai une, dit Mstislavsky après s'être remué sur son banc. Comment t'es-tu mis dans ces beaux draps ? Tu passes pourtant pour être roublard.

Chouïsky sourit.

— Prince, tu as posé la seule question qui valût la peine de l'être. Je te félicite de ton sens de l'à-propos que j'avais sous-estimé. Boyards, j'avoue avoir conspiré contre l'usurpateur que vous appelez Dmitry Ivanytch, tsarévitch et bientôt tsar de toutes les Russies.

Silence de terreur.

Chouïsky reprit :

— Vous n'osez rien dire ? Il faut donc que je poursuive moi-même mon interrogatoire ? « Dis-nous, prince Vassily, t'avons-nous bien entendu ? Tu as conspiré contre le tsarévitch béni par l'Église, acclamé par le peuple, celui-là même à qui nous avons tous prêté serment ? — Contre celui-là même. L'Église bénit qui la soutient, le peuple acclame qui lui plaît, et nous autres, boyards, nous prêtons serment à n'importe qui : nous l'avons prouvé. — Et que prétendais-tu lui faire, au tsarévitch ? — Le renverser et débarrasser la terre russe des Polonais dont il s'entoure. — Par quel moyen l'aurais-tu renversé ? — Une conspiration suivie d'une émeute. — A quelle date ? — Le jour de saint Varfoloméï. — As-tu des complices ? — L'un m'a trahi. Le deuxième est en fuite. Le troisième partage mon sort. — Comment comptais-tu dresser le peuple contre son souverain ? »

Chouïsky fit quelques pas, la tête baissée. Il s'était découvert non seulement une grandeur d'âme mais encore des talents de comédien insoupçonnés. Tantôt, ventru et solennel, il représentait la Douma ; tantôt, vaincu mais juste, il se représentait lui-même. Il avait l'occasion de tirer une dernière salve contre le Félon, une salve qui ne le tuerait sans doute que dans des mois, des années : mieux vaut tard que jamais. Il changea de ton.

— Amis boyards, dit-il, j'ai cinquante ans passés et j'ai vécu ma vie parmi vous. Avec certains, j'ai servi le tsar Ivan de terrible mémoire, puis le doux tsar Féodor, et nous avons commis ensemble l'erreur de nous soumettre au Tartare Godounov, parce qu'il était puissant et que nous tenions à la vie davantage qu'elle ne le mérite. Certains d'entre vous, au contraire, sont des nouveaux venus ; mais ensemble nous constituons tout de même le cœur de la vieille Russie. Nous sommes les garants de ses traditions, de sa fidélité à elle-même, car le peuple n'est qu'une mer que le vent ballotte à son gré, précipitant les vagues tantôt de ce côté-ci, tantôt de celui-là, et trop souvent les unes contre les autres. C'est donc vous qui avez droit à l'héritage que je vais vous laisser, puisque vous n'avez pas d'autre issue que de me faire mourir. L'héritage est inestimable, et aucun d'entre vous n'en est digne, ni une buse comme toi, Mstislavsky, ni un faiseur comme toi, Nagoï, ni un fat comme toi, Belsky, ni un benêt comme toi, Golitsine, ni un margoulin comme toi, Troubetskoï. Mais le corps presque sacré que vous formez en est digne, lui, malgré les apparences. Cet héritage, frères boyards... ah ! je vous vois déjà dresser l'oreille et vous demander quel trésor le vieil avare va vous laisser et combien cela fera par tête, n'est-ce pas, Vlassiev, n'est-ce pas Golovine ?... cet héritage est celui de la vérité. Le vieil avare n'a rien de plus précieux au monde, et, de surcroît, elle ne peut pas vous êtres confisquée.

« Cette vérité, je m'empresse de la dire avant que notre bon Basmanov ne me ferme la bouche : c'est que l'enfant enterré à Ouglitch était bien, sans doute possible, le tsarévitch Dmitry. Voilà, vous savez tout.

Il sortit sans attendre qu'on le renvoyât.

Dans l'antichambre, Aleksandro Psar attendait, assis sur un escabeau. Il s'était affranchi du monde. Il ressassait des pensées sans suite. Il se reprochait de s'être laissé capturer aussi sottement, il s'inquiétait de l'avenir de son fils : « Quel tsar lui restera-t-il à servir ? » Pour la première fois, il pensa qu'il n'avait pas bien agi avec ses concubines exotiques : quel sort les attendait maintenant ? De temps en temps, l'image de son frère lui traversait l'esprit : « Eh bien, qu'il soit heureux après tout, si un traître peut être heureux. » Et puis il en revenait à sa capture : « Comment se fait-il qu'Androuchka, qui ne vaut pas mon petit doigt, ne se soit pas fait prendre ? »

Chouïsky s'approcha de lui. Aleksandro leva les

yeux, mais ne bougea pas. Devant la mort, ils étaient égaux. C'était bien ainsi que Chouïsky l'entendait, car il s'inclina devant son féal.

— Tu ne m'auras pas servi longtemps, Aleksandro, et c'est ma faute si tu vas mourir. Je me suis trompé sur Konev. Pardonne-moi.

Alors Aleksandro se leva et s'inclina à son tour.

— Dieu pardonnera, boyard. Seul qui ne fait rien ne se trompe pas.

Ils s'assirent tous les deux pour attendre leur sentence. Sous Ivan le Terrible, ils auraient été empalés, ou brûlés, ou bouillis, ou écorchés vifs.

Cependant Basmanov s'adressait à la Douma.

— Quel est votre plaisir, boyards ? Le crime est le plus grave que l'on puisse commettre. Son auteur ne nie pas l'avoir entrepris. Vous êtes ses juges. Quel sera son châtiment ?

Le grand écuyer opina le premier :

— La mort... par décollation.

C'était la sentence la plus douce.

Le grand armurier exprima son accord :

— La mort par décollation.

Puis ce furent le grand maréchal de la cour, le grand maître du palais, le grand échanson, le grand panetier, le grand fauconnier :

— La mort par décollation.

Les trésoriers, les gardes des sceaux, les vingt autres boyards statuèrent, chacun à son tour :

— La mort par décollation.

Basmanov, dont la sympathie pour Aleksandro demeurait inchangée, décida de le faire profiter de ces bonnes dispositions.

— Boyards, je propose que le complice du prince soit condamné à la même peine.

— Oui, oui, firent les boyards qui se levaient déjà de leurs places, gênés de rester plus longtemps ensemble après avoir sacrifié l'un des leurs.

Basmanov sortit le premier. Les deux condamnés se levèrent à l'approche de la Mort, qui se présentait à eux sous les traits de cet homme trapu au poil ras et roux, ressemblant à un sanglier.

— La décollation, leur dit-il aussitôt, pour leur épargner un instant d'angoisse de plus.

Les deux condamnés se regardèrent comme des gamins soulagés d'en être quittes pour une correction.

— Marchons, dit Basmanov.

La nouvelle se répandit vite. Lorsque le petit groupe — Basmanov, les condamnés, le greffier, le bourreau, une vingtaine de streltsi d'escorte — fut sorti du Kremlin et eut atteint le Lieu-haut auprès duquel se dressait l'échafaud, une foule s'était déjà rassemblée. On allait assister au premier supplice depuis l'avènement du nouveau tsar, et la victime en serait ce Vassily Ivanytch Chouïsky qu'on connaissait si bien pour la noblesse de sa maison, sa familiarité, sa sympathique rouerie et cette avarice qui semblait un hommage rendu à la pauvreté. Que Dmitry osât si vite frapper si haut remplissait le peuple d'admiration : c'était vraiment un geste de tsar !

Un billot avait été préparé sur l'échafaud ; la hache était plantée dedans.

La foule accueillit avec un mélange de curiosité et d'apitoiement le prince Chouïsky qui approchait entre les streltsi, l'air serein, les mains libres. Personne ne prêta attention au Tartare qui le suivait.

Le greffier lut la sentence, rédigée au nom du tsar et non du Sénat :

— *Le boyard prince Vassily Ivanytch Chouïsky nous ayant trahi, nous grand souverain, tsar et grand-prince de toutes les Russies, ayant répandu des calomnies sur nous et ayant tenté de vous faire accroire, à vous, boyards, princes, gentilshommes, écuyers, marchands et à tout le populaire, que nous étions non pas notre propre personne mais celle d'un certain Grichka Otrépiev, défroqué, ledit prince Vassily a mérité la peine de mort.*

Le bourreau dégagea la hache du billot.

Chouïsky gravit avec fermeté les marches de l'échafaud, se découvrit, se signa, et s'inclina quatre fois devant le peuple. D'abord en direction de l'est, d'où viennent le soleil et la foi : c'était la direction de Kitaïgorod, où il laissait sa maison, son enfance, le souvenir de ses parents et les trésors qu'il avait acquis à force de ladrerie. Puis vers le sud, où se tenait accroupi, comme un monstre préhistorique, Saint-Basile-le-Bienheureux. Puis vers l'ouest, où se crénelait et s'émaillait au soleil de juin le Kremlin sacré des tsars, où, dans la salle du trône, reposait la Tiare de Monomaque et, dans la cathédrale de l'Assomption, rayonnait doucement la Vierge de Vladimir. Enfin vers le nord.

— Pardonnez-moi, chrétiens orthodoxes, dit Vassily Chouïsky.

Et, d'une voix forte, qu'on ne lui connaissait pas, qu'il ne se connaissait pas lui-même, ce matois, ce pingre, ce rapace, ce cauteleux ajouta :

— Je meurs pour la foi et la vérité.

Le bourreau lui ôta son kaftan et porta la main sur sa chemise où couraient des fils de perle.

— N'y touche pas, dit Vassily. C'est ma plus belle. Je l'ai mise pour rencontrer Dieu.

Le bourreau s'en moquait. Il posa sa hache pour arracher la chemise.

— Tu l'auras après, se défendait le boyard.

— Après, elle sera couverte de sang. Et je risque de couper le col. Enlève, on te dit !

Il y eut des grondements dans la foule : le boyard avait le droit de mourir en chemise. Malgré l'escorte de streltsi qui entourait l'échafaud, le bourreau n'osa pas insister.

— Au moins, défais les nœuds, prince, et dégage le cou. Si tu la tiens comme il faut, à deux mains, par le devant, et si je frappe un peu haut, je ne casserai pas les perles. Évidemment il faudra la laver...

— Avec de l'eau fraîche, dit Chouïsky. Ne laisse pas ta femme y mettre de l'eau chaude : le sang caillerait.

Il s'agenouilla devant le billot sur laquelle s'étala sa maigre barbe roussâtre et tint obligeamment sa chemise largement ouverte sur ses épaules.

Le bourreau cracha dans ses mains, saisit fermement la hache et dit :

— Avec l'aide de Dieu.

4

Dès son arrivée à Moscou, Dmitry avait envoyé son grand chambellan et son porte-glaive chercher la recluse du lac Blanc.

Il fallait organiser les relais du retour. Sergo sollicita et obtint cet emploi subalterne mais actif, qui lui permettrait de fuir Moscou : il n'était pas d'humeur à festoyer avec ses camarades vainqueurs. En revanche, sa mélancolie, tempérée par l'espérance de jours plus clairs, s'accordait avec ces chevauchées à travers les paysages austères mais accueillants de la Russie du Nord. Les forêts bruissaient d'oiseaux, et, dans les champs, les blés et les seigles levaient, mêlés de bleuets et de coquelicots. Pour la première fois depuis des années, la moisson serait plantureuse. Quoi d'étonnant ? Le souverain légitime, clef du cosmos, était en place.

Courant de village en village, Sergo vantait son souverain bien-aimé aux nobliaux et aux paysans, commandait des chevaux, désignait des maréchaux-ferrants et des bourreliers, montait des campements, préparait des réserves de ravitaillement et de fourrage, organisait des groupes de réception composés de prêtres, de gentilshommes et de vieux laboureurs barbus. Le centenier Sergo excellait à ces opérations. Il aimait aussi s'arrêter près d'une source en pleine forêt, boire son eau fraîche et claire, et quelquefois même, honteusement, cueillir quelques fleurs sauvages, qu'il jetait ensuite à tous les vents.

Il pensait tout le temps à Avdotia, tantôt l'admirant pour sa dévotion de fille, tantôt lui reprochant sa froideur d'amante. « Oui, tes parents sont morts dans les souffrances, mais il n'y a pas que les parents au monde. Tu pourrais penser aussi à ton doux ami. Crois-tu que c'est facile pour moi, jeune et fort comme je suis ? » Car les villageoises souriaient au beau cavalier blond qui s'était battu pour le jeune prince dont il parlait si bien... Lui s'éloignait, couchait à la belle étoile, crevait hommes et chevaux, s'étourdissait de travail.

Le retour se fit encore plus vite que l'aller, car il n'y avait plus qu'à vérifier l'exécution de ce que l'on avait ordonné, et, le 25 juin dans l'après-midi, Sergo et sa petite troupe arrivèrent à Moscou, Sergo presque dépité d'avoir tout organisé aussi vite. Il ne put se retenir cependant de faire par Kitaïgorod un détour qui surprit ses hommes. La maison aux merisiers avait les volets clos et le portail entrouvert. Sergo se signa en passant devant.

Comme il débouchait sur la place Rouge, il vit un attroupement au Lieu-haut.

— Que se passe-t-il, braves gens ? demanda-t-il à des boutiquiers qui y couraient.

— Notre bon souverain fait trancher la tête au prince Vassily Ivanytch, répondit l'un d'entre eux.

Sergo n'avait pas oublié le dizenier qui cognait sur lui à tour de bras pendant que Chouïsky dégustait son borchtch. Si bon chrétien qu'il fût, aucune compassion ne s'émut en lui.

— Il y aura aussi un Tartare à se faire couper le cou, dit un deuxième boutiquier. Un Tartare qui servait le tsar Boris. Il devait s'occuper de ses chiens, car on l'appelle « psar ».

— Très sainte Mère de Dieu ! s'écria Sergo.

Il enfonça ses éperons dans les flancs de son cheval et les trois hommes qui l'accompagnaient le virent traverser la place Rouge ventre à terre. Ils se consultèrent.

— On le suit ?

— On l'attend ?

— On va voir couper le cou au prince !

Au grand galop, Sergo croisa le cortège de mort. Il aperçut son frère au milieu des streltsi. Arrachant d'une main son bonnet, il passa en cavalcadant sous la porte du Sauveur et remonta la voie pavée de bois qui menait au Térem. « Pourvu que le tsar y soit ! » Aurait-il fallu demander à Basmanov de surseoir ? Mais s'il avait refusé ? Tout était entre les mains de Dieu. Il y avait un grand bruit dans les oreilles de Sergo. Les gens se jetaient de côté et d'autre en l'entendant débouler. Il bloqua son cheval devant le perron Rouge.

— Le souverain ?

— Il inspecte ses travaux, répondit un strelets.

Au sommet de la colline du Kremlin, là d'où la vue sur la Moskva était la plus réjouissante, Boris Godounov avait fait bâtir un palais qu'il n'utilisait guère. Dmitry édifiait le sien par-dessus, englobant, écrasant, métamorphosant l'autre pour en faire un édifice en bois, en forme de L, dont le dehors serait à la russe, avec toitures élevées, clochetons, galeries, passages, tout un ensemble multiforme, ciselé et bigarré, et le dedans à la polonaise, avec lambris, tentures, tapisseries, mobilier européen. Le souverain passait beaucoup de temps sur le chantier, parlant aux maîtres d'œuvre, aux patrons, aux ouvriers, faisant ajouter ici un escalier, là une passerelle.

Contournant le Térem au galop, Sergo déboucha devant les échafaudages. Des nuages de poussière de bois, de brique, de pierre et de chaux, tournoyaient dans le soleil qui descendit posément sur le confluent de la Néglinnaïa et de la Moskva. Le tsarévitch — Dieu soit loué ! — était là, interrogeant un maçon.

Sergo sauta de cheval, tomba à genoux.

— Grâce, souverain, grâce !

Dmitry, le relevant des deux mains sous les coudes :

— Accordé. De quoi s'agit-il ?

Sergo flageolait de la tête aux pieds.

— Chou... Chouïsky...

— Tu veux la grâce de Chouïsky ?

— Non. Oui. Mon frère. Avec lui.

Les dents de Sergo s'entrechoquaient.

— Ton frère ? Celui qui voulait m'égorger à Sambor ? Complice de Chouïsky ?

Sergo faisait oui de la tête en sanglotant.

— Eh bien, qu'attends-tu ? A cheval ! Ne m'as-tu pas sauvé la vie ? Sauve la sienne, s'il en est encore temps.

Sergo piquait déjà des éperons. Dmitry, les mains en porte-voix :

— Chouïsky aussi ! Le tsar ne gracie pas à moitié.

Tout dépendait de la vitesse d'un cheval, de la maîtrise d'un cavalier. Kremlin, porte du Sauveur à rebours, place Rouge. La foule s'ouvrait devant le cheval, comme les hautes herbes de la steppe. Le soleil mettait une paillette d'argent sur la hache soulevée à deux mains.

— Arrêtez ! Le tsar fait grâce !

Dérapant, le cheval de Sergo s'abîma au sol et resta là, pantelant, quelques minutes, avant de se relever en tremblant. Sergo avait eu le temps de vider les étriers.

— Grâce ! cria-t-il encore. Le tsar a fait grâce !

La hache s'abaissa lentement.

Le boyard Chouïsky bougea un peu la tête. Il ne ressentait aucun soulagement. Il avait été prêt à mourir avec dignité : le serait-il encore quand l'occasion se représenterait ? Devoir la vie au Félon ne lui plaisait pas. Il pensa que ses biens lui seraient sûrement confisqués. Vivre dépouillé de tout ?... Et puis, comme le sang revenait à son visage et dans ses extrémités, il vit le bon côté des choses : il aurait peut-être le temps de se venger de ce charlatan qui se permettait de jouer les princes miséricordieux. Il releva d'abord un genou, puis, très lentement, l'autre, pour être sûr de ne pas trembler quand il serait debout. Et, lorsqu'il le fut, il dit au bourreau déçu :

— Rends le kaftan.

Basmanov s'adressait au peuple.

— Voyez quel souverain clément le Seigneur Dieu nous a donné ! Un traître qui en voulait à sa vie, il le gracie.

Les Moscovites se dispersaient, ravis, déçus, perplexes :

— Après ça, comment pourrait-il ne pas être un vrai fils de tsar ?

Basmanov et les streltsi retournèrent au Kremlin. Chouïsky rentra tranquillement chez lui. Sergo n'osait s'approcher de son frère, mais bientôt ils restèrent seuls entre le Lieu-haut et l'échafaud et se regardèrent en face : Sergo timidement, Aleksandro sombrement. Une humeur prophétique monta en Aleksandro qui finit par dire :

— Nous nous reverrons encore une fois, Sergo, et ce sera la dernière car je te tuerai.

5

Ayant commué les peines de Chouïsky et de Psar en exil, Dmitry se prépara à recevoir sa mère, dont on lui annonçait l'approche tous les jours.

La tsarine Maria pouvait le perdre. Elle pouvait aussi lui donner le dernier sceau d'authenticité qui lui manquait encore aux yeux du peuple. Le risque de la rencontrer était énorme, mais ne pouvait être évité avec vraisemblance. D'ailleurs, Dmitry aimait le risque. Si la tsarine refusait de le reconnaître, il n'aurait d'autre issue que de la tuer, mais il se faisait fort de la persuader. Les réceptions fastueuses qui lui avaient été préparées dans son fief d'Ouglitch faisaient partie de la persuasion. Les messagers qui arrivaient tous les jours du Nord pour lui donner des nouvelles de la santé de sa mère lui confirmaient qu'elle se présentait partout en disant : « Je vais retrouver mon fils. »

Il décida d'aller à sa rencontre. Cette déférence à l'égard d'une mère plairait au peuple, et, s'il y avait scandale, il valait mieux que ce ne fût pas à Moscou.

— Prépare-toi, souverain, à être entouré d'une multitude de peuple, lui dit innocemment Sergo. Tout le monde s'émeut à l'idée que vous soyez réunis après tant d'années. Comme elle a dû s'angoisser, la pauvre, te sachant vivant, devant feindre de croire que tu étais mort, ne sachant pas où tu étais, et attendant de te voir reparaître pour chasser l'usurpateur !

— Le supplice de Pénélope ne fut rien auprès du sien, dit Dmitry.

Il était rêveur. Le père Gaspard, qu'il voyait le moins possible, s'arrangea pour le rencontrer au chantier. Ils étaient blanc tous les deux du plâtre qui volait.

— Prince, dit le père Gaspard en polonais, j'apprends que tu fais venir la tsarine Maria. N'aurait-il pas été raisonnable de me consulter ?

Dmitry éternua. A un charpentier qui passait il dit :

— Attention à bien poser les chevrons sur les poutres, pas le contraire, comme hier !

— J'ai reçu, dit le jésuite, des instructions précises du père Barezzi. Tu verras d'abord cette femme seul à seule.

— Cela choquera.

— Cela décevra peut-être, mais ne surprendra pas. Vous ne vous êtes pas vus depuis quatorze ans. Il est naturel que vous ne souhaitiez pas d'indiscrets à votre première entrevue.

— Que les poutres soient bien à niveau ! Je vérifierai moi-même, dit Dmitry à un ouvrier.

Et au prêtre :

— Mon révérend père, il faudra essayer de vous faire aux mœurs russes. Mes sujets sont mes enfants. Ils font partie de la famille. Ils ne sauraient être indiscrets.

— Tu joues un jeu dangereux, prince.

— Auriez-vous confié une mission comme la mienne à un couard ? Pas d'inquiétude, je vous prie : je suis le même qu'à Cracovie, père, je vous assure.

Il souriait d'un air si enjôleur, si candide, que la méfiance du père Gaspard redoubla aussitôt, mais que pouvait-il faire ? Lorsque l'agent devient plus puissant que le directeur, la mission est en péril. Il dit avec retenue :

— Pour vous offrir un mouvement de témérité indigne de vous, ne prenez pas le risque de faire échouer une mission si importante et si bien commencée. La sagesse aussi est une vertu.

Malgré ces recommandations ou à cause d'elles, Dmitry voulut se donner la preuve qu'il manœuvrait son peuple comme il l'entendait, ou peut-être qu'à quitte ou double il serait toujours preneur. Au lieu d'arranger une entrevue discrète avec la tsarine, il fit le contraire, ne se réservant qu'une seule précaution.

Le point de rencontre avait été choisi par Sergo : un lieu riant de la campagne russe, avec une rivière, des bouquets de bouleaux et des touffes de saules, une pente douce couverte d'herbe verte, égayée de pâquerettes et de boutons-d'or. Dmitry quitta Moscou au petit matin, suivi d'une foule attendrie, et prit la route de la Trinité-Saint-Serge, où la tsarine avait passé la nuit. Des cavaliers galopaient d'un cortège à l'autre pour ralentir ou hâter le carrosse de la tsarine afin que la rencontre eût bien lieu à l'endroit prévu. Dmitry chevauchait au pas, Sergo à côté de lui, Sergo qui l'aimait encore davantage depuis qu'il avait gracié son frère.

— Va voir si ma mère arrive, mon Sergo.

Sergo revint à bride abattue.

— Ils sont derrière le tournant.

Dmitry prit le galop.

Un carrosse tiré par six chevaux et précédé par une escorte qui comprenait le grand chambellan et le porte-glaive apparut dans un épaulement de la colline.

A la vue du souverain, le cortège s'arrêta, les cavaliers se découvrirent. Sans leur prêter attention, Dmitry galopa jusqu'au carrosse. Le rideau s'écarta. Le visage osseux et terne de la tsarine apparut. Elle n'avait pas encore pris de couleurs depuis qu'elle était sortie de sa geôle, encore que ses traits se fussent déjà épaissis. Elle était blême et bouffie, mais ce ne fut pas ainsi que la vit le peuple, dans l'encadrement de la portière dorée : il vit la mère de son souverain, trois fois semblable à cette Marie dont elle portait le nom, par la maternité, la douleur et la royauté. D'un seul mouvement, la foule se mit à genoux, et l'on entendit les femmes improviser à qui mieux mieux des complaintes sur la rencontre du clair faucon d'azur et de la douce colombe.

— Ma mère ! cria Dmitry d'une voix forte.

Il ouvrit lui-même la portière du carrosse et, d'un bond, sauta de cheval à l'intérieur. Le lourd rideau retomba. Dmitry pensait que cette précaution-là suffirait. Si, pour quelque raison imprévisible mais prévue, la tsarine le repoussait et décidait de le dénoncer, il s'était fait donner un poison foudroyant qu'il lui administrerait de force. On la croirait morte d'émotion : ce serait touchant et point invraisemblable.

Dmitry se rappelait peu sa propre mère, Polonaise terrorisée par son prince russe de mari, n'ayant qu'un souci au monde : que personne ne le mécontentât, et ne cessant de le mécontenter elle-même par son obséquiosité. Sans doute aimait-elle son fils, mais elle craignait de lui montrer cette affection, et Dmitry n'avait pas plus de scrupule à donner le nom de mère à cette femme qu'il n'avait jamais vue qu'il n'en aurait à lui ouvrir la bouche et à y fourrer son poison, si elle s'obstinait.

Maria, elle, avait d'abord eu scrupule à appeler fils un étranger et, de surcroît, un filou, mais y ayant consenti pour venger son vrai fils, elle en avait pris l'habitude et y trouvait maintenant de grands avantages. Tout l'enchantait dans sa nouvelle vie : la liberté d'aller et de venir, les draps de soie, les vins fins, le linge de dentelle, et surtout la déférence, la prévenance dont elle était entourée. En outre, elle était pleinement rassurée : elle n'avait rien à craindre d'un imposteur qui comptait sur sa complicité. Oh ! elle n'allait pas courir le risque de nouveaux désagréments par respect d'une mémoire déjà violée. Cependant rencontrer l'homme qui se faisait passer pour son fils, c'était pis que lui donner ce nom en son absence, et elle s'était demandé à l'avance si elle devrait le toucher, l'embrasser : cela, pensait-elle, lui ferait un curieux effet, et elle n'avait pas pris de décision à ce sujet.

Dmitry ne lui laissa pas l'occasion de tergiverser. Tombant à côté d'elle sur la banquette de velours, il l'entoura de son bras vigoureux et la pressa contre lui, l'embrassant sur les joues encore et encore, prêt à l'étouffer si elle se défendait. Elle se laissa faire volontiers : ces muscles jeunes, ces cheveux parfumés, cette odeur virile de cheval et de cuir qui se dégageait de ces mains vigoureuses l'étourdissaient : c'était si différent du couvent... Elle l'embrassa aussi, sur le front, et ne l'écarta que doucement, pour mieux le regarder.

D'après les descriptions qu'elle avait entendues, elle s'était attendue à une autre figure : de la finesse, de la douceur, de la duplicité, pour tout dire quelque chose d'un peu fille. Ce qu'elle voyait, c'était un visage à la fois rond et mâle, le teint foncé, les traits épais mais hardis, la bouche grasse, prête à sourire, les cheveux châtains, rejetés en arrière en trois vigoureuses ondulations, les yeux bleus, impérieux et gais. S'il y avait de la fausseté dans ce visage, elle était maîtrisée et cachée.

Elle lui dit :

— Tu devrais faire enlever ta verrue.

Alors il éclata de rire, car il sentait que tout allait très bien se passer. Son rire était généreux et communicatif.

— Comme tu as raison, mère ! Je vais la faire enlever par un des médecins allemands de Boris, à qui je dois des compensations. Je crois que mes partisans les ont un peu bâtonnés et ont bu leur vin du Rhin. Un tsarévitch avec une verrue, passe, mais César ? Je n'avais pas songé aux portraits, aux médailles, aux statues. J'aurais toujours été obligé de montrer le profil gauche. Une mère, il fallait une mère pour y penser !

Elle avait oublié comment on fait pour rire, mais elle se dit qu'un jour elle lui raconterait le grain de suie qu'elle avait ajouté à son portrait. Et elle sourit, ce qui la rajeunit de vingt ans.

— Ma mère, dit Dmitry, sentant que toute explication embarrassante était inutile, je sais ce que tu as souffert en mon absence, et je souhaite compenser ton malheur par toutes les satisfactions qu'il sera en mon pouvoir de te donner. D'abord, j'ai une surprise pour toi. J'ai interdit qu'on t'en parlât, parce que je voulais te l'annoncer moi-même : tu n'es pas la tsarine douairière, tu es la tsarine tout court. Le serment ne m'est pas prêté à moi seul, mais aussi à toi, et ton nom est cité avant le mien dans les prières de l'Église. Comment pourrait-il en être autrement, puisque tu m'as donné la vie ? (Il ajouta, par espièglerie :) Et que tu me la donnes une deuxième fois !

Maria, sanglotant de joie et de reconnaissance, se jeta au cou de ce fils si tard et si bien venu. Dmitry en profita pour écarter le rideau, et les spectateurs les plus proches purent voir la mère et le fils pleurer dans les bras l'un de l'autre. Car Dmitry pleurait aussi : de soulagement, d'émotion partagée, et de plaisir de pouvoir rendre heureux.

Ils descendirent de carrosse, marchèrent parmi les fleurs, répondirent aux acclamations d'une foule où il n'y avait personne qui ne pleurât. Les streltsi d'escorte eux-mêmes s'essuyaient les yeux avec leur manche en pensant à leur propre mère.

— Dieu de nos pères ! s'exclamaient les Moscovites. Comme le Seigneur Dieu gouverne indiciblement et miraculeusement le destin des hommes !

Quand la tsarine fut remontée en carrosse, Dmitry, tête découverte, marcha plusieurs verstes à côté de la portière, se faisant raconter les austérités du lac Blanc, racontant lui-même les moments heureux de sa campagne, faisant des projets pour sa mère et pour lui, plaisantant le roi de Pologne-Lithuanie sur ses yeux d'épagneul, sa moustache en croc et son menton à frange. Puis il remonta à cheval et retourna à Moscou pour accueillir de nouveau la tsarine à l'entrée du Kremlin.

Les cloches sonnaient à toute volée, et Maria se remémorait sa dernière venue à Moscou, secrètement, en pleine nuit, sous la protection de cet Aleksandro Psar qui lui avait, dès ce temps-là, montré tant de considération. Elle se demanda distraitement s'il avait péri avec Boris, mais ne posa pas de question. Elle était toute à sa grandeur retrouvée, et s'installa avec délices dans l'appartement somptueusement agencé qui lui avait été préparé au couvent de l'Ascension.

Dmitry rentra au Térem. La tête lui tournait de bonheur et il répétait, tantôt à voix basse, tantôt, quand il était seul, à tue-tête, en écartant avec exaltation ses bras vigoureux :

— Marina ! Marina ! Marina !

6

L'aveu de la tsarine mère conduisait droit au couronnement. Dmitry s'y prépara, multipliant les récompenses, les grâces et les faveurs. L'évêque d'Astrakhan refusait de le reconnaître et le livrait toujours à l'anathème sous le nom de Grichka. On arrêta le hiérarque et on l'amena au souverain.

— Monseigneur d'Astrakhan, lui demanda sévèrement Dmitry, pourquoi m'appelles-tu publiquement Grichka, moi qui suis ton tsarévitch de naissance ?

— Je ne sais rien de tel, répondit le vieillard, mâchonnant sa langue. Je sais seulement que tu règnes. Qui tu es, quel est ton nom ? Cela n'est connu que de Dieu. Quant au tsarévitch de naissance, il est mort à Ouglitch.

— Relâchez ce vieux fou, dit Dmitry, et qu'il ne lui soit point fait de mal !

Monseigneur Ignaty fut sacré patriarche. Les Romanov survivants rentrèrent d'exil ; leur chef de famille, le beau Féodor qui était devenu le moine Filarète, fut créé métropolite.

Le 30 juillet 1605, le couronnement eut lieu.

Un tapis de brocart doré de Perse tendu sur un second tapis d'écarlate courait du Térem à la cathédrale de l'Assomption. Précédé d'un prêtre qui, à coups de goupillon, traçait sur le tapis de grandes croix d'eau bénite, et entouré de ses boyards rutilants, Dmitry parut aux yeux du peuple, portant une robe dorée brodée de perles et de pierres précieuses. Dans la cathédrale, il fut revêtu du lourd collier tsarien et d'une couronne faite spécialement à son intention : la Tiare de Monomaque ne lui paraissait plus assez grandiose pour César. Invincible. Il reçut des mains du patriarche le sceptre et le globe et prit place sur un trône en haut d'un escalier de douze marches. Après la liturgie, il communia à l'intérieur du sanctuaire, avec les évêques et les prêtres. Puis le sacre eut lieu. La myrrhe sainte toucha la peau basanée de Dmitry et à partir de ce moment il fut tsar non plus seulement aux yeux des hommes mais à ceux de Dieu.

Son premier geste fut d'aller saluer la tsarine qui se tenait au premier rang des fidèles, et ils s'étreignirent longuement, consacrant par cet embrassement la forfaiture blasphématoire qu'ils venaient de commettre.

Lorsque enfin ils se détachèrent l'un de l'autre, la tsarine perçut dans la foule un regard acéré fixé sur elle.

Il n'y avait pas d'hostilité dans ce regard, plutôt de la compassion, mais aussi une intense curiosité qui la décontenança. Ce regard savait. Elle chercha les yeux qui le dardaient et les trouva. C'étaient des yeux sombres, profondément enfoncés dans les orbites d'un étrange petit visage émacié et pointu, tenant du gnome et du martyr, bordé d'un collier de barbe récente, hommage rendu aux mœurs cléricales moscovites. Il y avait dans ce visage une force, une conviction nuancée d'ironie qui n'étaient pas de ce monde.

A cet instant, le père Gaspard se disait ceci :

« Dans ce temple qui contient des milliers de personnes, dans cette ville qui en contient des centaines de milliers, nous sommes trois à savoir que cette cérémonie sublime n'est qu'une mascarade : elle, lui et moi. Il n'y a que lui et moi qui sachions quel en est le dessein ultime. Il n'y a que moi qui sois attaché à ce dessein, car lui a sans doute déjà décidé de le trahir. Et il n'y a personne que Dieu, à supposer qu'il soit présent dans ce lieu schismatique, qui sache si ce dessein sacré aboutira ou non. »

CHAPITRE III

LE CARNAVAL DE LA VIE

1

Après la mort de Clément VIII, Léon le Onzième régna vingt-six jours et mourut sans avoir eu le temps de s'intéresser au grand projet de son prédécesseur.

Antonio Possevino attendait l'élection du successeur de Léon avec la résignation anticipée de ceux qui ont l'expérience des opérations clandestines. Camille Borghèse, qui était, à cinquante-trois ans, le plus jeune des cardinaux, fut élu et devint pape sous le nom de Paul V.

D'un côté, le père Possevino fut soulagé ; un homme de cet âge pouvait se passionner pour cette entreprise qui, un jour ou l'autre, serait reconnue pour la plus nécessaire de la chrétienté : la réduction de ce qu'il était adroit d'appeler le « schisme d'Orient ». De l'autre côté, il craignit qu'un prélat qui s'était toujours intéressé au ponant de Rome ne se montrât indifférent à son levant. De toute manière, Possevino n'y pouvait rien : le Vicaire du Christ aurait raison par définition. Il n'y avait qu'à attendre encore.

Un jour de l'été 1605, la convocation vint. Le père

jésuite augura mal d'une audience accordée au Vatican, sous les yeux de tous, sans déguisement : cette publicité mettait en péril la vie même du directeur de mission Savitski et de Kourbsky son agent.

Paul V était assis derrière une table de marbre rose, disparaissant sous un entassement de plans et de croquis cavaliers. Il était adipeux, avec une peau poreuse, ce qui lui donnait l'air excessivement chaste. Sous la couronne monastique, ses chairs s'arrondissaient avec une suavité qui n'excluait pas la fermeté. Des vallonnements profonds séparaient ses joues ballonnées de sa bouche aux coins tombants sous une moustache pessimiste et d'un vaste menton blanc sous lequel se tordaient quelques poils de barbe. Il tenait la tête penchée vers le côté gauche ; ses paupières s'abaissaient au moment où ses yeux s'élevaient, ce qui créait autour de lui une aura de mysticisme.

Un jeune monsignore, imberbe et coquet, était élégamment adossé à une colonne.

— Père, voulez-vous m'expliquer ceci, dit sans préambule le Saint-Père d'une voix ténue et autoritaire. Donnez lecture, Luigi. Du passage souligné seulement.

Le monsignore lut harmonieusement :

— *... Dans ces conditions, Votre Sainteté comprendra que je m'adresse à Elle pour lui demander a) s'il est permis à l'agent d'assister aux offices schismatiques b) s'il lui est permis de recevoir l'Eucharistie schismatique c) s'il lui est permis de fonder des couvents et des églises schismatiques d) s'il lui est permis d'assurer sous serment qu'il gardera la foi schismatique de ses ancêtres, alors qu'il y a déjà renoncé pour adhérer à la vraie foi catholique romaine e) s'il lui est permis de confirmer avec ou sans serment des privilèges temporairement préjudiciables à la vraie foi catholique romaine f) s'il lui est permis de lire des* *ouvrages schismatiques n'attaquant pas l'Église catholique romaine, ou même l'attaquant si la nécessité l'exige.*

Le monsignore replia le papier avec grâce.

— Alors ? fit le Saint-Père.

— Votre Béatitude sait peut-être, dit prudemment Possevino, que la mission dont il s'agit a été décidée par le pontife Clément, huitième du nom, dans le plus grand secret. Ni le nonce Rangoni ni le père Acquaviva, général de ma compagnie, n'étaient au courant, et j'ai toujours tenu *manu proprio* le secrétariat de l'opération. Cela étant, me commandez-vous, Très Saint-Père, de vous répondre en présence (avec un plongeon en direction de l'enfançon ensoutané) de Monsignore ?

— Vous voulez dire Luigi ? C'est mon neveu, un Borghèse. Vous pouvez parler.

Possevino réprima un soupir. Tout un labyrinthe d'études, de voyages, de négociations, de manœuvres, de périls, d'accommodements avec le diable allait donc, en même temps que le grand projet de réunification de l'Église, être révélé à ce jouvenceau, ornement des salons romains ?

— Très Saint-Père, je présume que cette lettre est du père Gaspard Savitski, lequel m'avait posé des questions semblables et à qui j'ai suggéré d'en référer directement à Votre Béatitude, puisqu'elle est la seule habilitée à y répondre. Je pensais aussi qu'il ne serait peut-être pas mauvais, Très Saint-Père, que vous entendiez la voix d'un homme qui travaille *ad majorem Dei gloriam* sur le terrain.

— *Majorem ?* répéta Paul V de sa voix flûtée. Si vous voulez mon avis, Possevino, la formule n'est pas bien choisie, car enfin qui est juge du plus ou du moins ? Il me semble que vous autres, jésuites, vous ne demandez pas trop souvent son avis à Dieu sur la question. Peu importe. Je ne sais pas encore ce que je vais répondre à votre Savitski, mais vous, qui passez pour un homme d'expérience, ce que j'approuve, et même d'imagination, ce que j'aurais plutôt tendance à déplorer, voulez-vous me dire de quoi il s'agit. Vous avez un agent secret sur le trône russe, j'ai compris cela. Mais est-il schismatique ou catholique romain ? C'est l'un ou c'est l'autre.

— Il est converti à l'Église catholique romaine.

— Alors de quoi s'agit-il ? Il va à l'église catholique romaine, il garde la foi catholique romaine et il construit des couvents catholiques romains. Il me semble que c'est simple.

— Très Saint-Père, il n'y a pas d'églises catholiques à Moscou. Les sujets de notre agent ignorent sa conversion et il ne peut la leur révéler sous peine de les voir se révolter contre lui. Ils sont attachés à leur schisme.

— Mais je croyais que les Russes avaient le plus grand respect pour leur tsar, qu'il suffisait que leur tsar fit ceci ou cela pour qu'ils fissent comme lui. N'avez-vous pas écrit cela dans vos rapports ? C'est ce que Luigi m'en a lu.

Possevino n'avait jamais eu de mal à se faire comprendre d'un gros homme. Il les avait toujours trouvés plus légers, plus subtils, moins intransigeants que les maigres, dont il faisait partie.

— Il est vrai, Très Saint-Père, que les tsars jouissent d'un grand prestige auprès de leurs sujets, mais c'est précisément dans la mesure où ils s'affirment « orthodoxes ». Un tsar qui, du jour au lendemain, reconnaîtrait la suprématie d'autorité de Rome perdrait immédiatement sa qualité d'orthodoxe et cesserait probablement d'être tsar. L'arbitraire d'un prince ne peut pas grand-chose à la foi d'un peuple. Si saint Vladimir a converti les Russes en un jour à la foi chrétienne, c'est qu'ils étaient déjà déçus par le paganisme, que le centre de gravité de ce peuple était déjà, pour ainsi dire, à la frontière du mensonge et de la vérité : le poids du prince, dans ce cas-là, a suffi pour faire basculer la nation. Nous n'en sommes pas là.

« L'opération, telle que je l'avais proposée à Clément VIII et qu'il avait eu la bonté de l'approuver (un regard attristé vers le monsignore qui se grattait le cou comme si une première barbe lui irritait la peau) consistait en cinq temps. Premier temps : notre agent se convertit secrètement à la vraie foi catholique et romaine. Deuxième temps : il devient avec notre aide souverain de Russie. Troisième temps : il favorise la propagation de la vraie foi dans ses États. Quatrième temps : cette propagande amène le peuple russe à la limite de la conversion. Cinquième temps : notre agent révèle la sienne et emporte l'adhésion d'un peuple qui balançait déjà. Nous n'en sommes aujourd'hui, Très Saint-Père, qu'à l'amorce du troisième temps, et il importe de déterminer quels compromis notre agent sera autorisé à faire du côté de la foi pour être plus libre de celui de la propagande.

— Vous pensez donc que je devrais répondre oui à ces six impertinentes questions ?

— Je pense que Votre Béatitude pourrait nuancer. Par exemple l'agent serait autorisé à prononcer des serments mensongers mais toujours avec restriction mentale...

Le pape joignit les doigts et pencha encore plus sa tête de côté. Le soleil du soir, allumant sa couronne monastique, mettait comme un halo autour de son visage. Le monsignore, à l'écart, se polissait les ongles.

— Possevino, dit le pontife de la petite voix aigre qu'il était étrange d'entendre sortir de son corps volumineux, je ne sais pas si Notre Seigneur a jamais pratiqué la restriction mentale, mais c'est là une forme d'équilibrisme entre le ciel et l'enfer dont l'utilité m'a toujours semblé douteuse. Ce que je vais vous dire vous déplaira, parce que vous êtes un vieux routier du clandestin, un amoureux du mystère, que vous trouvez vulgaire ou peut-être ennuyeux de faire au soleil ce qu'on peut faire dans l'ombre. Pour moi, je n'ai jamais compris à quoi servait l'intrigue. Il y a le Droit et il y a la Force, qui sont évidents l'un et l'autre, et qui s'excluent moins qu'on ne le pense, voilà tout. A notre époque, on a tendance à sous-estimer la sainteté de l'évidence, mais nous y mettrons bon ordre. Pour moi, la première évidence, c'est que Dieu est ; la deuxième, c'est que je suis le pape ; la troisième, c'est que je me trouve à Rome et que Rome est par conséquent le centre de la chrétienté. Ce n'est pas moi qui l'ai voulu, c'est Dieu ; et j'en conclus qu'il veut que je m'occupe de Rome d'abord.

Il fourragea dans les plans roulés et déroulés qui encombraient sa table.

— Amener l'eau à Rome, il y a déjà de quoi faire, dit-il en désignant des dessins d'aqueducs, cotés, hachurés, ombrés. Une fois qu'on aura assez d'eau, il faudra construire des fontaines. (Il montra de gracieuses esquisses griffées à l'encre de Chine sur du papier fort.) La façade de Saint-Pierre ne va pas. Et puis la nef est trop courte. Là aussi, il y a du travail. Vous me direz : « Et la plus grande gloire de Dieu ? » Je vous répondrai qu'il met peut-être aussi sa gloire à ce que les Romains boivent à leur soif de l'eau saine amenée par des aqueducs élégants. Mais ce n'est là qu'un exemple. Les Anglais prétendent que je n'ai pas le droit de déposer leurs souverains et de délier leurs serments : cela me concerne. En Allemagne, les luthériens relèvent la tête et défient en moi le Vicaire du Christ : cela me concerne. Dans ma propre basse-cour, la Sérénissime République nie au successeur de saint Pierre le droit d'exercer son droit de haute et basse justice sur le territoire vénitien. Cela me concerne. C'est un défi à saint Pierre et saint Pierre réagira, dût-il recourir à la force armée : les Espagnols ont juré de me prêter main-forte. Tout cela, voyez-vous, ce n'est peut-être pas « la plus grande gloire de Dieu » : c'est sa gloire la plus humble, la plus nécessaire, la plus évidente.

La petite main potelée du « successeur de saint Pierre » retomba sur le marbre.

— Bon. Maintenant voyons vos Russes. Ils ont adopté la foi chrétienne à la fin du xe siècle. A cette époque, il n'y avait pas encore de schisme. Nous nous devons donc de croire que c'est la foi catholique qu'ils ont adoptée. Lorsque les Grecs ont été excommuniés, les Russes n'ont pas protesté pour dire qu'eux n'étaient pas visés. Ils sont partis avec les Grecs, et voilà six cents ans ou presque qu'ils se passent fort bien de la véritable Église du Christ. Qu'il faille un jour les ramener au bercail, je vous l'accorde. Que si l'occasion s'en présente, il faille la saisir, je vous l'accorde aussi. Mais enfin ces gens-là ont délibérément quitté mon troupeau. Si saint Pierre veut les laisser entrer en Paradis, c'est son affaire, je ne m'y oppose pas, mais c'est de mon troupeau que je suis responsable, moi, devant le Seigneur.

« Donc, voyez-vous, père Antonio, c'est dommage, mais je ne vais pas être votre genre de pape. Vous avez passé votre vie dans l'espionnage et la manigance, tandis que j'aime le Droit, net et clair, et la Force, nette et claire. Vous avez toujours eu un œil sur la Russie, tandis que moi, ce pays où il y a, paraît-il, des arbres-moutons... Je m'en occuperai quand j'aurai fondé des missions chez les Noirs, les Jaunes, les Rouges, les Verts s'il y en a, chez tous ces pauvres gens qui n'ont jamais eu l'occasion de s'incliner devant la vérité et ne lui ont jamais tourné le dos.

Fallait-il donc renoncer à l'objectif de toute une vie ? Possevino eut encore un regard inquiet pour le monsignore et fit une dernière tentative.

— Je ne peux que m'incliner devant la sagesse de Votre Béatitude. Cependant, oserai-je lui faire remarquer que, lorsque la mission de notre agent a été ordonnée par Clément VIII, la conversion des Russes n'était considérée que comme une étape conduisant à un dessein encore plus vaste, encore plus important, et qui vous paraîtra peut-être, Très Saint-Père, plus digne de votre intérêt.

— Encore plus important ! Encore plus vaste ! Vous me faites peur, Possevino. Qu'était-ce que ce dessein-là ?

Possevino livra son secret.

— La Neuvième Croisade. Qui, sous le commandement de Votre Béatitude, rehausserait le prestige de la Papauté, mettrait en mauvaise position l'Église prétendue réformée, permettrait d'attaquer l'Islam à la fois par la mer Méditerranée, les Carpathes et le Caucase, et amorcerait la réunification de l'Église.

Le pape marqua un temps de recul, puis il secoua la tête latéralement, comme pour mesurer l'étendue de l'erreur du vieux jésuite.

— Père, lui dit-il, avec ménagement, je vois que vous ne renoncez pas facilement aux chimères de votre jeunesse. Mais il ne faut pas continuer à entretenir des visions dignes des romans de chevalerie plutôt que de nos temps modernes où l'utilité doit l'emporter sur les illusions. Nos ancêtres ont libéré le Saint-Sépulce par la force des armes qui s'est ensuite retournée contre eux. L'Europe s'est saignée pour rien, pendant près de deux siècles, et c'était avant l'invention de la poudre à canon. Imaginez les pertes à notre époque ! En vies humaines et en bonne monnaie ! Imaginez les alliances des peuples non chrétiens contre les chrétiens ! C'est une guerre mondiale que vous nous fomentez là.

« Ne me croyez pas insensible au sort de la Terre Sainte, qui devra bien être nôtre un jour ou l'autre. Mais il y a pour cela de meilleurs moyens. Voyez les succès de votre ordre en Chine, au Japon. Vous aimez les secrets, père ? Je vais vous confier comment je raisonne. Si seulement le Grand Seigneur nous permettait d'introduire quelques jeunes jésuites en Turquie, en Tartarie, en Arabie, dans les pays du Soleil couchant, il n'y aurait rien d'impossible que ces peuples, dont certains ont été chrétiens, se convertissent sans violence. Peut-être n'ont-ils été arrachés au christianisme des premiers siècles que pour accéder de plain-pied au catholicisme romain, sans faire de détours par le schisme. Si ce travail de sape réussit, vous verrez la Porte s'effondrer un jour et le Saint-Sépulcre se libérer tout seul sans qu'une goutte de sang ait été versée ni un sequin dépensé. Première nécessité : établir un commerce le plus amical possible avec Sa Hautesse, et surtout aucun bruit de sabre dans la sacristie ! Il faut donner au sultan l'impression que nous avons complètement renoncé à la conquête des Lieux saints, à toute inimitié à l'égard de l'Islam. Voilà la diplomatie secrète telle que je la comprends, et qui se passe fort bien de déguisements, d'impostures, de stylets et de poisons. Comprenez-vous ce que je veux dire ?

C'était dur d'entendre à soixante et onze ans qu'on s'était trompé depuis qu'on en avait vingt.

— Dois-je comprendre que Votre Béatitude souhaite mettre fin à cette mission-ci ?

— Cela vous ferait de la peine, hein, père Antonio ? fit le pape sur un ton mi-tendre mi-goguenard.

— Vous vous rappelez, Très Saint-Père, ce que disait saint Ignace, le fondateur de notre compagnie. Que, si le pape interdisait la Société de Jésus, il prierait pendant un quart d'heure et retrouverait sa sérénité.

— Ouais, fit Paul V, dubitatif. Il ne faut jamais être trop sûr de ces choses-là. Jésus ne faisait pas tant le fier à Gethsémani. Non, Possevino, je ne vous demande pas de rappeler Savitski ni, à plus forte raison, votre agent. Laissons l'incendie que vous avez allumé brûler tant qu'il brûlera. Si le feu prend à la Russie, tant mieux ; s'il s'éteint, je n'en pleurerai pas. En tout cas, nous allons écrire à cet agent, qui semble être en train de vous échapper, pour le rappeler à ses devoirs de catholique. Tiens, vous me donnez une idée. J'ai cru comprendre qu'il était fort amoureux d'une petite comtesse polonaise ? Jusqu'à vouloir l'épouser ?

— Cela est exact.

— Elle est bonne catholique, je suppose ?

— Elle agit comme telle.

— Nous allons lui écrire aussi, pour qu'elle tienne la dragée haute à son soupirant. Les femmes n'ont pas le sens du Droit, mais elles ont celui de l'obéissance. Ça remplace. Vous, de votre côté, vous faisiez des traductions, je crois ? Vous publiiez des textes sacrés ? Excellente occupation, Possevino : les secrets périssent, les publications demeurent. L'écriture est l'architecture du pauvre. Je vous conseille de vous y remettre, dès que cette malheureuse affaire sera terminée. Luigi, faites entrer le cavalier Bernini.

Le jésuite congédié sortit. En quittant le cabinet de Paul V, il avait le sentiment de quitter la vie même.

2

Jamais Moscou n'avait connu d'été aussi gai que celui de l'an 1605. Ce n'était que chasses et ripailles : aux unes comme aux autres, le tsar surpassait tout le monde. Les moissons levaient bien, la liberté du commerce faisait baisser les prix. La coquetterie traditionnelle des Moscovites, hommes et femmes, se donnait libre cours : on rivalisait de luxe dans les parures et les joyaux. De tout côté, on se mariait ; on invitait le tsar à la noce ; il accourait, offrait des cadeaux. Les saltimbanques faisaient leurs tours dans la rue, les musiciens musiquaient en public, on jouait sans se cacher aux cartes, aux dames, aux osselets, il y avait des danseuses dans les cabarets. Cela choquait les vieux, mais réjouissait les plus jeunes. Par une porte dérobée, de jolies filles se glissaient dans les bains du tsar, où le souverain et ses proches, Basmanov surtout, paillard comme beaucoup de soldats, s'ébattaient avec elles.

Souhaitant que tout le monde fût heureux autour de lui, Dmitry fit venir Mstislavsky.

— J'apprends que Boris t'avait interdit de te marier pour que le sang des Guédimine se tarisse. C'était bon pour lui, descendant de Tchet Mourza, d'avoir peur de ta famille. Mais moi, qui descends de saint Vladimir et de Rurik, je te dis : Trouve-toi une jeunesse selon ton cœur et épouse-la.

Mstislavsky sauta de joie — le plancher en trembla — et épousa sans attendre la cousine de la tsarine. Ce fut une belle noce, à laquelle le tsar et sa mère festoyèrent pendant deux jours. Maria habitait toujours le couvent de l'Ascension, mais elle oubliait de plus en plus qu'elle avait été, qu'elle était encore, la nonne Marfa.

— N'y avait-il pas Vassily Chouïsky auquel l'usurpateur avait fait la même défense ? demanda Dmitry en vidant coupe sur coupe. Je veux qu'on le rappelle d'exil, le vieux renard, et qu'il se marie aussi.

Ces fêtes incessantes n'empêchaient pas Dmitry de régner. Il présidait tous les jours le Sénat des boyards, le mercredi et le samedi il recevait des placets, il adoucissait le servage, il allégeait les impôts, surtout il préparait sa croisade. N'y eût-il plus pensé, que les Turcs l'eussent rappelée à son souvenir en opprimant les peuples chrétiens qui leur étaient soumis, et les Tartares en faisant des coups de main constants sur le Champ sauvage. La nécessité commandait qu'on les mît à la raison, et Dmitry faisait couler canons et mortiers, fabriquer mousquets et pistolets, invitait des armuriers étrangers, allait lui-même essayer les nouvelles armes, ordonnait exercices et manœuvres, prenait à la tête de Polonais des retranchements défendus par des Russes. Depuis qu'il était tsar, il s'entourait volontiers de Polonais : les Russes l'agaçaient par leur lenteur et leur solennité qu'il prenait pour de la gaucherie ou de la mauvaise volonté ; il leur cassait volontiers ses cannes sur le dos.

*

Le père Gaspard attendait son heure.

Quand il apprenait les débauches de Dmitry, il se désolait pour son âme mais se réjouissait pour sa mission, car il est plus facile de faire pression sur les débauchés que sur les vertueux. En revanche, quand il voyait Dmitry prendre le gouvernement en main, sans qu'il en résultât rien de bon pour la conversion de la Russie au catholicisme, il s'inquiétait.

Le père Antonio Possevino, signant Barezzo Barezzi, lui écrivait à l'encre sympathique et en chiffre : *Il est temps de songer à obtenir des résultats. Quelques églises, quelques écoles devraient être ouvertes pour montrer que nous ne sommes ni oisifs ni incompétents. Tant que nous n'avons pas d'ordres contraires du pape actuel, poursuivons l'opération comme nous l'aurions fait du temps de S.S. Clément VIII. Festina lente sed festina.*

De son côté, le pape avait répondu aux six demandes que Savitski lui avait faites, et il fallait bien mettre Dmitry au courant. Malgré les habitudes de discrétion qu'il avait prises, le père Gaspard finit donc par demander au souverain une audience officielle, car il voulait avoir le temps de parler à son agent sans être interrompu par les charpentiers, maçons, streltsi, boyards, popes, fondeurs de canons, veneurs, entremetteurs qui avaient libre accès auprès du souverain. L'audience fut accordée. Puis remise. Puis accordée de nouveau, et enfin le père Gaspard pénétra, l'un des premiers, dans le nouveau palais, qui était loin d'être terminé, mais où quelques salles avaient déjà été décorées.

Dans le vestibule, en haut de l'escalier, des armoires de présentation avaient été disposées, qui contenaient des vases, plats, légumiers, aiguières, raviers, compotiers en argent, en vermeil et en or, en forme de cygnes, ours, poissons, canards, loups, chouettes, toute une ménagerie. En face se tenait un gigantesque chien à trois têtes, en cuivre.

— Bonjour, Cerbère, dit le jésuite ironiquement.

La première gueule s'ouvrit avec un bâillement sinistre.

La deuxième s'ouvrit avec un bâillement encore plus grave et un torrent de fumée soufrée s'en échappa.

La troisième s'ouvrit à son tour, produisit un bruit de tonnerre et vomit des flammes.

— N'est-ce point divertissant ? dit le tsar, qui, sans façon, était venu à la rencontre de son directeur de mission.

Il lui posa familièrement la main sur l'épaule.

— Ce sont les Allemands qui m'ont fabriqué cela. Les historiens prétendent qu'il y en avait de plus beaux chez mes ancêtres les empereurs de Byzance, mais j'en doute : personne, à l'époque, n'avait inventé les Allemands. Venez, mon révérend, et pardonnez l'état des lieux. C'est le premier chapitre de la Genèse : nous en sommes au chaos originel.

Ils traversèrent l'antichambre et le premier salon tendu de tapisseries bleu de Perse, avec des rideaux cousus d'or. Tous les clous, toutes les serrures étaient dorés. Les poêles étaient couverts de carreaux de faïence verte ; les sièges étaient tapissés de tissus noirs à broderies d'or. Ils traversèrent encore deux salons dorés, avec des plafonds à caissons peints, et s'arrêtèrent au bout de l'enfilade. Dmitry se laissa tomber sur un banc sculpté, agrémenté de coussins, et croisa haut les jambes.

— Asseyez-vous, mon cher directeur.

De la main, il tapotait le coussin auprès du sien. Était-ce ironie ou connivence ? Le père Gaspard s'y posa de profil.

— J'ai sollicité cette audience de Votre Majesté, commença-t-il, ne sachant pas quel ton prendre, parce que les deux hommes que je suis ont à parler aux deux hommes que vous êtes. Mais lequel des deux moi doit commencer et auquel des deux vous il doit parler d'abord, je l'ignore. M'adresserai-je d'abord au fils de l'Église ou à l'agent secret ?

— Je comprends votre perplexité. Essayez donc le tsar de Russie.

Le père Gaspard se recula sur le banc. Il lui semblait percevoir en Dmitry des signes de mégalomanie galopante. Un agent ne doit jamais être trop libre ; s'il se réfugie dans la folie, il devient impossible de le ramener au pied.

— Fort bien. Le tsar de Russie sait-il combien d'argent il a dépensé depuis son avènement ?

— A peu de chose près, oui. D'ici la fin de l'année, nous en serons à sept millions de roubles et demi.

— Tandis que les recettes de l'État, par an, sont de... ?

— Un million et demi de roubles, sans compter les fourrures de Sibérie. Vous voyez que j'ai étudié mes leçons.

— Vous dépensez donc en moins d'un an les recettes de cinq années. Quelle part de ces dépenses irraisonnées profite à l'Église ?

— Vous m'amusez, mon révérend. Il n'y a rien d'irraisonné dans ce que je fais. Les tsars, mes ancêtres, ont amassé de tels trésors que j'ai à peine égratigné la bogue du marron. N'oubliez pas qu'en outre la fortune des Godounov a été confisquée à mon profit, que l'usurpateur possédait tous les bains publics du pays et que les Russes aiment à être propres. D'ailleurs, mes dépenses sont des investissements. Je fais travailler mes artisans, j'enrichis mon peuple, je renonce à thésauriser aujourd'hui pour récolter demain. Pour l'Église, de quoi s'inquiète-t-elle ? Ne savez-vous pas que je prépare une croisade dont le pape sera infailliblement l'infaillible chef ?

Quant à la Neuvième Croisade, il semble que nous devions renoncer à cette vision digne des romans de chevalerie plutôt que de nos temps modernes, où l'utilité doit l'emporter à tous les coups sur l'inspiration, écrivait mélancoliquement le père Possevino au père Savitski. *Prenez garde à ne pas encourager votre pupille dans cette impasse. Sa Béatitude voit les choses autrement que Clément VIII. D'après elle, le budget d'une croisade gagnerait à être mieux employé. On ne peut que se rendre à ses raisons, surtout lorsque l'on tient compte, comme on le doit, du fait que les chrétiens opprimés par les Turcs sont tous schismatiques et qu'aucun vrai catholique n'a à souffrir de leur tyrannie.* Le père Savitski n'avait pas lui-même d'opinion sur la question — il se gardait des opinions comme d'une lèpre — mais il savait que la Neuvième Croisade tenait à cœur à Dmitry : lui annoncer dès maintenant qu'il n'y fallait plus songer, n'était-ce pas pousser à la rupture ?

— La croisade vous coûtera cher, répliqua-t-il,

tandis que la construction de quelques églises et l'ouverture de quelques écoles agréables à Dieu ne grèveront pas excessivement un budget comme le vôtre. (Et, comme il se sentait mal à l'aise, il commença à s'emporter.) Il serait navrant que j'eusse à vous rappeler les engagements que vous avez pris à ce sujet. Encore que je reconnaisse la nécessité de déguiser pour le moment votre conversion, je m'inquiète de voir que vous ne semblez pas souffrir de vivre dans l'erreur, alors que vous avez eu accès à la vérité. Vous êtes-vous demandé, par exemple, si recevoir l'Eucharistie de la main d'un prêtre schismatique ne vous mettait pas en communion avec le schisme et ne vous retranchait pas par là même du nombre des élus ?

« Ne me répondez pas que, dans le fond, étant arien, vous ne croyez ni à Dieu ni à diable. Ce n'est pas là le jeu que nous sommes convenus que vous joueriez. Catholique vous êtes, comportez-vous en catholique. La foi ? C'est en la feignant qu'on l'acquiert. Notre Seigneur nous indique clairement que, des deux frères, celui qui refuse d'obéir à son père et lui obéit quand même est dans le droit chemin, pas celui qui accepte les ordres et ne les exécute pas. L'action prime, vous devez comprendre cela, avec votre arianisme ! Le jour du sacre, vous avez juré de garder la foi schismatique de vos prétendus ancêtres. Vous l'avez fait sans en référer à moi. Était-ce d'un bon catholique ? Ou d'un agent discipliné ?

Dmitry regarda le père Gaspard avec une ironie à peine voilée.

— Et qu'aurais-je fait, croyez-vous, si vous m'aviez déclaré qu'un tel serment ne m'était point permis ? Je serais passé outre à votre interdiction, j'aurais accru mon péché, et je vous aurais manqué de politesse.

Contre toute attente, le prêtre sourit et son visage se couvrit d'un filet de rides bienveillantes. Il ne parvenait pas à être pleinement directeur de mission. D'après Possevino, c'était cela qui, comme directeur de mission, faisait sa force.

— Voulez-vous que je vous avoue, prince ? De mon côté, j'aurais été bien embarrassé, et c'est pourquoi je ne vous en veux pas davantage de ne pas m'avoir consulté. Cependant, m'inquiétant de vous plus que vous-même, je me suis renseigné sur plusieurs points litigieux auprès du Saint-Père et je viens de recevoir sa réponse.

— Et... le verdict ? demanda Dmitry, mimant une angoisse exagérée.

— Vous êtes prié « de relire les sacrés canons des sommistes et ensuite d'agir selon votre conscience », cita le père Gaspard avec le plus profond sérieux.

— Mais comment donc ! Je m'empresserai de le faire dès que vous aurez eu la bonté de m'apprendre qui sont ces gens-là.

— Ce sont les officiers de la chancellerie pontificale chargés de faire rédiger les minutes des bulles et de les plomber. Sa Sainteté veut dire que vous devez tenir compte des décisions de ses prédécesseurs.

— Sans oublier ma conscience ?

— C'est ce qu'il indique.

— Faites-moi porter ces textes, père révérendissime. Je me les ferai lire aux heures d'insomnie. Que puis-je faire d'autre pour vous être agréable ?

Le père Gaspard se leva pour partir, ce qui était contraire à l'étiquette. Sa mission lui déplaisait de plus en plus, surtout depuis qu'il sentait qu'elle déplaisait au Saint-Siège. Ce n'était pas une raison pour l'exécuter moins consciencieusement.

— Jusqu'à maintenant, dit-il, vous vous êtes comporté comme si vous étiez le véritable tsarévitch. Parfait. Mais vous êtes converti au catholicisme romain. Nous aimerions en voir quelques effets.

— N'est-ce que cela ? demanda Dmitry en nouant ses mains derrière sa nuque. Vous en verrez des effets la semaine prochaine. Je vous promets que vous serez content de moi.

*

Le père Gaspard reçut l'invitation promise et se rendit au monastère de Tchoudovo au jour dit. Sans se cacher d'être un prêtre romain, il portait, sur ordre de Possevino, la soutane orthodoxe pour ménager les susceptibilités, et personne ne lui posa de questions lorsqu'il prit place dans la salle du chapitre. Les évêques, archimandrites, presbytres, protopresbytres et hiéromoines se placèrent sur les bancs. Le patriarche Ignaty gagna son siège à son tour.

— Le tsar ! annonça le chambellan.

Les ecclésiastiques se levèrent dans un grand mouvement de voiles et de soutanes fleurant l'encens. Dmitry entra à grands pas, fit signe que l'on s'assît, se laissa tomber dans un fauteuil. Il avait l'air d'un gamin mal élevé face à cette assemblée sacerdotale, le sentait, en jouait.

— Messeigneurs, commença-t-il d'une voix forte et avec la pointe d'accent polonais qui lui venait chaque fois qu'il craignait la contradiction, nous vous avons fait rassembler pour vous faire connaître notre volonté tsarienne.

« Premièrement, nous avons pris la décision de faire l'inventaire des propriétés monastiques. L'Église russe, nous en sommes persuadé, ne voudra pas conserver des richesses inutiles lorsque l'Europe entière se dressera sous notre commandement pour aller livrer bataille aux infidèles, conquérir le Tombeau de Notre-Seigneur et libérer nos frères grecs, bulgares, maronites, coptes, syriaques, asservis et martyrisés par les Turcs. Donc un inventaire.

« Deuxièmement, nous nous adressons aux clergés blanc et noir réunis, à ceux qui servent Dieu dans le siècle comme à ceux qui l'invoquent nuit et jour dans la solitude. Messeigneurs, nous ne sommes pas content de vous. Nous n'entendons de tout côté que vos vantardises d'orthodoxes. A vous croire, vous êtes les seuls à adorer Dieu comme il veut l'être. Même s'il est vrai que l'orthodoxie a préservé plus exactement que les autres communautés chrétiennes l'héritage apostolique et conciliaire, à quoi cela lui sert-il ? Les rites qu'elle observe, les fidèles n'en connaissent plus l'origine. Nous voyons des carêmes respectés, des icônes et des reliques vénérées, oui, mais aussi une ignorance générale des dogmes et de l'Écriture. Vous vous proclamez le peuple le plus juste de la terre, vous vous prenez pour le nouvel Israël, et cependant nous ne trouvons guère parmi vous de piété véritable, d'amour du prochain, d'humilité. Tout cela doit changer : sous la crosse du nouveau patriarche que nous vous avons donné, veillez à vous réformer.

« Enfin, notre volonté est que vous renonciez au mépris dans lequel vous tenez sans raison les autres religions. La nôtre est la meilleure : est-ce une raison pour opprimer les autres ? Bien au contraire : qui détient la vérité, de quoi aurait-il peur ? Nous voulons que dans nos États chaque chrétien puisse pratiquer sa religion comme il l'entend et avons l'intention de construire les temples et les églises qui seront nécessaires pour cela. Qui plus est, nous ferons venir de l'étranger les livres nécessaires, bibles et catéchismes, et nous mettrons fin à l'ignorance de l'Église russe. D'ores et déjà, nous autorisons les prêtres romains à célébrer dans le Kremlin des messes pour nos amis polonais et les pasteurs réformés à y prêcher pour nos hallebardiers allemands.

« Vous avez entendu notre volonté.

Les hiérarques et les prêtres, les sincères et les hypocrites, les ascètes et les jouisseurs étaient atterrés ; leurs soutanes mêmes et leurs capes, qu'elles fussent de serge ou de soie, froufroutaient la désapprobation sinon la menace. En sortant, ils accéléraient le pas et se signaient, comme pour se protéger d'une influence diabolique. Le père Gaspard sortait le dernier. Dmitry l'arrêta, l'air narquois :

— Je vous le disais bien, que vous seriez content de moi.

Le père Gaspard était en colère.

— Qui vous le fait croire ? répliqua-t-il à voix basse. Manifestement cette grandeur pour laquelle vous n'étiez pas né vous a complètement fait perdre l'esprit. Que vous mécontentiez vos clercs schismatiques ne me cause aucune peine en soi, mais peut se révéler dangereux à la fois pour vous, ce qui m'est indifférent, et pour votre mission, ce qui me préoccupe. Pis encore ! Vous, qui avez reçu un Agnus Dei des mains du nonce pontifical, vous allez permettre à une Église ouvertement hérétique de célébrer ses services diffamatoires dans votre citadelle ! Est-ce de la provocation ? Je vais être obligé d'en rendre compte au père Barezzi.

Dmitry le regarda avec ironie.

— Vous me feriez croire, mon révérend père, que les reproches si mérités que j'ai faits à mes orthodoxes s'appliquent aussi bien à vous.

*

Non, Dmitry, fils du proscrit de Volhynie, n'avait pas perdu l'esprit, du moins pas complètement, mais il goûtait jusqu'à l'ivresse l'acquiescement permanent et sucré de tout ce qui l'entourait, et l'envie lui venait de plus en plus souvent de repousser encore davantage les bornes du possible, de faire triompher encore mieux le fantastique sur le réel, de voir jusqu'où il pouvait aller dans sa greffe insolente de l'imaginaire sur l'historique.

D'un autre côté, il sentait aussi sa propre insuffisance. Dmitry Kourbsky était un si petit battant pour une si grande cloche ! Arriverait-il vraiment à tirer des sons de la sainte Russie ? Il était une si petite lumière pour un si grand canon ! Parviendrait-il à le faire tirer utilement, dans la direction voulue ? Un moment sur deux, l'imposteur est celui qu'il figure ; l'autre, il n'est qu'un acteur. Tantôt, Dmitry croyait réussir : à ces moments-là, il se disait que « faire le tsar » valait mieux qu'« être tsar », que l'action primait sur tout, et qu'il lui suffirait de « faire le tsar » pleinement pour le devenir. Tantôt, au contraire, il se donnait l'impression d'être au ciel une pauvre petite étoile déclarant « Je suis le soleil » et n'y croyant pas. Alors quoi ? Les autres étoiles se jetteraient sur elle et la mangeraient.

Il y avait un troisième aspect à son état d'esprit. L'année que Dmitry avait passée sous la férule des jésuites dans ce château des Carpathes n'avait pas été perdue pour lui. Les institutions qui ont accumulé une expérience de l'action clandestine et de la manipulation des hommes sont bien obligées de la livrer à leurs recrues. Dmitry n'était pas un imposteur comme un autre : il était passé par une initiation, il connaissait des techniques, il jubilait quand il trouvait une occasion de les appliquer.

Un marchand moscovite ventripotent et monstrueusement barbu passait dans la rue avec sa jeune femme. Un Polonais ivre salua la jeune femme et lui dit en mauvais russe :

— Le jour où l'illustrissime dame sera fatiguée de ce piège à poux, qu'elle demande à la caserne polonaise le cavalier Lipski. Il lui montrera comment les gentilshommes polonais savent traiter les jolies femmes de Moskals.

— Pour commencer, le piège à poux va montrer au cavalier Lipski comment les Moskals savent traiter les gentilshommes polonais, répliqua le marchand, en donnant à l'homme ivre un tel ramponneau qu'il l'envoya rouler dans le ruisseau. Holà, les amis ! appela-t-il. Venez çà, qu'on donne une leçon à ce Polaque.

Des Russes accourent, avec des bûches, des râteaux, des tisonniers. Lipski, dégrisé, dégaine sa rapière et se jette sur eux. Au premier coup, sa lame se casse, il se trouve désarmé. Le marchand a emprunté un fouet à un cocher et c'est en cinglant les jambes et le dos du cavalier Lipski qu'il le reconduit à la caserne des Polonais, parmi les rires et les quolibets.

— Sortez, nobles chevaliers, et chargez-moi cette piétaille ! Taillez-les en pièces ! crie Lipski, dès qu'il est à portée.

Une vingtaine de Polonais sortent, entraînés par deux capitaines qui sont de toutes les rixes, les sieurs Matskévitch et Koukévitch. Ils se précipitent sur les Russes, en tuent trois, en blessent dix. Le peuple s'arme. Le marchand court au Kremlin, tombe aux genoux du tsar et demande justice.

— Ce n'est pas seulement qu'ils nous ont tué du monde, grand souverain, ni que, moi présent, il a osé parler à ma femme de façon déshonnête, mais qu'il a insulté la barbe que m'a donnée le Bon Dieu.

Dmitry déguisa le sourire qui lui venait à la vue de la barbe gigantesque de cet homme : elle lui montait jusqu'aux yeux, elle lui descendait jusqu'au nombril.

— Je vois bien, dit-il, que le Bon Dieu a pensé qu'un jour, si tes affaires marchaient mal, tu pourrais avoir besoin d'une couverture pour te rouler dedans, ou peut-être d'une tente pour dormir dessous, ou d'une litière pour un cheval, si tu en achetais un excessivement grand. Au reste, tu as raison. Il ne convient pas que des étrangers que je paye offensent mes sujets. Tu auras satisfaction, brave homme, et c'est moi qui payerai l'enterrement des morts. Sergo, va voir les Polonais et fais-toi livrer les coupables.

Sergo se rendit à la caserne. Il fut reçu par le capitaine Frédro qui, tordant et retroussant sa moustache couleur de rouille, lui demanda ce que la noble chevalerie polonaise pouvait encore faire pour le prince.

— Capitaine, le tsar trouve que la noble chevalerie polonaise en a déjà assez fait pour aujourd'hui en lui tuant trois hommes. J'ai ordre de te prier de livrer les coupables.

— Mes hommes, dit Frédro en se redressant, ont défendu l'honneur d'un des leurs que vos Moskals ont fustigé publiquement.

— Capitaine, on ne meurt pas pour avoir reçu quelques coups de fouet bien gagnés. Les Russes n'ont pas utilisé d'armes et n'ont tué personne. Livre les assassins.

— Nous ne livrerons personne, dit Frédro.

— Veux-tu que nous venions les prendre de force ?

— Nous défendrons la caserne les armes à la main.

— Le souverain fera venir le canon et rasera la caserne.

— Je vais aller lui parler moi-même.

— Viens, soupira Sergo.

Il connaissait la sympathie du tsar pour les Polonais, et il craignait que cette sympathie ne l'emportât sur la justice.

— Grand souverain, dit Frédro en arrivant au nouveau palais, j'apprends que tu prétends châtier certains de tes fidèles serviteurs. Est-ce ainsi que tu remercies ceux qui ont versé leur sang pour toi ?

N'espère rien de notre faiblesse. Nous sommes tous chevaliers et nous saurons mourir en frères si les choses en viennent là. N'oublie pas non plus que nous avons un roi, qu'il entendra parler de notre martyre et qu'il viendra t'en demander raison.

Dmitry regarda Frédro et se mit à rire.

— Que le valeureux capitaine cesse de tortiller sa moustache et de nous jeter des coups d'œil terribles comme si nous étions son ennemi ou que nous pussions avoir peur de lui. Les temps ont changé depuis que nous n'avions pas d'argent pour payer les braves chevaliers polonais qui nous ont aidé à reconquérir le trône de nos pères. Nous n'avons pas oublié la gratitude que nous leur devons. Mais eux, de leur côté, nous doivent obéissance. Tu me connais, Frédro : je ne menace pas en l'air et ton roi ne me fait pas peur. Tes hommes se sont jugés insultés : je te promets de ne pas les faire mourir. Mais ils doivent être punis d'une manière dont ils se souviendront, sans pourtant être déshonorés. Tu as jusqu'au coucher du soleil pour les livrer.

Le visage de Dmitry s'était fermé ; son teint semblait avoir encore foncé ; et la cicatrice qui remplaçait sa verrue mettait comme un éclair bleu sur sa joue.

Une heure plus tard, Lipski, Koukévitch et Matskévitch arrivèrent au Kremlin sous garde polonaise, le jarret tendu, le sourcil dressé, l'œil batailleur.

Dmitry se rendit à la tour Béklémichev qui servait de lieu de détention depuis que le boyard Bersène Béklémichev y avait eu la tête coupée « pour fatuité », sous le père d'Ivan le Terrible. Dedans, à bonne hauteur au-dessus du sol, il fit clouer trois étroites étagères sur lesquelles on avait à peine la place de s'accroupir. Lipski, Koukévitch et Matskévitch durent grimper à des échelles et se jucher sur ces étagères, le dos au mur. Ensuite on ôta les échelles et on planta dans le sol des faux emmanchées en long, des fourches la pointe vers le haut, des piquets aiguisés.

— Messeigneurs, dit Dmitry aux trois prisonniers qui avaient l'air de trois poulets sur leurs perchoirs, j'ai voulu vous faire comprendre votre position dans mon pays. Elle est élevée... et dangereuse. Je vous souhaite la bonne nuit, mais je ne vous conseille pas de faire de trop beaux rêves.

Russes et Polonais furent invités à venir visiter les punis. Leurs propres camarades les brocardaient, leur demandant s'ils auraient bientôt fini de pondre et si le souverain les plumerait avant de les faire rôtir. Au bout de vingt-quatre heures, Dmitry, fort content de lui, relâcha les trois gaillards intacts et ridiculisés.

*

Sa veine facétieuse se multipliait par sa toute-puissance. Se préparant à guerroyer contre le khan de Crimée, il lui fit envoyer une peau de mouton tondue, accompagnée d'un message : *Au printemps prochain je te tondrai toi-même aussi ras*. Les boyards ne trouvèrent pas cette plaisanterie digne d'un tsar. La guerre contre le khan était un mal nécessaire et non pas matière à pitrerie : nombreux étaient les Russes qui se rappelaient que, trente-quatre ans plus tôt, sous le règne d'Ivan, les Tartares avaient pris, pillé et brûlé Moscou. Le Sénat n'était pas moins choqué de voir le tsar chercher noise à la Suède, et humilié de sa faiblesse à l'égard de la Pologne-Lithuanie. L'arrivée de l'ambassadeur du roi Sigismond, Gonsevski, souleva donc des inquiétudes.

Dmitry reçut Gonsevski sur le ton de l'amitié. Il siégeait sans couronne, sur un simple fauteuil. Les boyards, engoncés dans leurs robes, s'alignaient le long des murs, et les premiers mots de Gonsevski, qui faisait des moulinets avec son chapeau à plumes, leur parurent de mauvais augure.

— Sire, commença Gonsevski nasillant le polonais, Sa Majesté le roi me commande de féliciter Votre Altesse sur son heureux avènement. Que de choses ont changé depuis que vous, Sire, misérable et pour ainsi dire nu, avez été accueilli au château de Wawel ! Que d'humiliations et d'infortunes s'étaient abattues sur la tête du pauvre jeune homme que vous étiez alors et que le roi mon maître a comblé de faveurs et de richesses, à qui il a donné une armée où est entrée la fleur de la chevalerie polonaise et que, dans sa sagesse et sa bonté, il a replacé sur le trône de ses ancêtres !

Le chapeau empanaché allait et venait dans tous les sens.

— Aura-t-il bientôt fini d'épousseter par terre ? chuchota Mstislavsky à Chouïsky. Tu me traduiras ce qu'il dit : je ne comprends pas un mot de polaque.

— Le roi mon maître, reprit Gonsevski, a pris de grands risques par amitié pour Votre Altesse, et il désire continuer à lui en donner des témoignages. A ce propos, il m'a confié pour elle un message secret de la plus haute importance, que j'aurai l'honneur de lui transmettre seul à seule.

Gonsevski changeait de pose à chaque instant, mettant en avant tantôt son mollet droit, tantôt son mollet gauche — il les avait fort avantageux —, appuyant un poing puis l'autre sur la hanche, balançant le plumage de son chapeau à la hauteur du nez des boyards.

— En attendant, poursuivit-il, le roi Sigismond a quelques désirs à exprimer, que Votre Altesse se hâtera sûrement de satisfaire pour reconnaître si peu que ce soit les dettes qu'elle a contractées à son égard.

— Que l'illustrissime seigneur ambassadeur se donne la peine de nous indiquer en quoi nous pourrions avoir le plaisir d'obliger notre frère Sigismond, répondit Dmitry en se vautrant dans son fauteuil, le menton dans la main et les jambes croisées, forçant la robe de lourd brocart qu'il portait à une pose nonchalante pour laquelle elle n'était point faite.

— Avant tout, Sa Majesté rappelle à Votre Altesse les obligations qu'elle a contractées envers la Pologne-Lithuanie : les villes et les régions de Novgorod et Pskov deviendront les apanages de la comtesse Marina Mnichek, tandis que la ville polonaise de Smolensk et la terre de Séversk feront retour à la couronne de Pologne-Lithuanie.

Qu'ils entendissent ou non le polonais, les boyards comprirent cette phrase-là. On les vit changer de position sur leurs bancs, les uns se carrant, les autres se recroquevillant, tous se demandant avec angoisse quelle serait la réponse du tsar fantasque qu'ils s'étaient donné.

— Les promesses écrites et signées de la main de Votre Altesse sont conservées dans un lieu digne d'elle, précisa l'ambassadeur en changeant de pied avec une courbette. Outre l'exécution de ces promesses, qui va de soi, le roi souhaite le soutien de Votre Altesse contre la Suède, le renvoi du prince suédois Gustave, que Votre Altesse a accueilli à Moscou sans en référer à mon maître, la franchise du commerce pour les négociants polonais et lithuaniens, et, bien sûr, la réalisation des projets matrimoniaux de Votre Altesse avec une sujette du roi.

Dmitry fit un signe, et l'un de ses jeunes courtisans lui apporta sur un plateau d'or une boîte en or où il choisit une dragée. C'était délicieux de faire attendre cet impertinent ambassadeur déguisé en paon, et plus délicieux encore de laisser mijoter les gros boyards sous leurs pelisses, se demandant s'ils allaient voir la terre ancestrale fondre sous leurs yeux.

Après réflexion, Dmitry demanda une deuxième dragée et, dans le silence angoissé et solennel, on entendit l'amande rissolée craquer sous sa dent. « Je me demande, pensa-t-il, ce que feront ces empaillés si je mange toute la boîte. »

A la place, il demanda un cure-dent.

La délégation polonaise commençait à montrer des signes d'impatience, et Gonsevski, s'interrogeant pour savoir s'il n'avait pas été insulté, faisait un pas d'un côté, d'un autre, se haussait du col, prenait l'air d'un oiseau qui gonfle ses plumes. Enfin le tsar dit :

— Voyons d'abord ce mystérieux message.

— Il est réservé aux seules oreilles de Votre Altesse.

— Le souverain russe n'a pas de secrets pour son Sénat. Nous veillons ensemble au bien du pays et à la sécurité du trône.

— Si Votre Altesse insiste... Le roi Sigismond vous fait dire, Sire, que, contrairement à ce que vous croyez, le tsar Boris n'est pas mort... (Murmures incrédules parmi les boyards.) Qu'il est bien vivant et qu'il réside en Angleterre. Ses sorciers lui avaient assuré qu'il sauverait sa vie s'il quittait la Russie pour un temps. Il a donc fait enterrer à sa place un homme qui lui ressemblait, il a laissé le trône à son fils, et il est parti pour l'Angleterre déguisé en marchand et emportant beaucoup d'or. Il se propose maintenant de revenir en force, et le roi mon maître a commandé à ses voïvodes de se tenir prêts à voler au secours de Votre Altesse.

Mstislavsky devait comprendre le polonais mieux qu'il ne le savait lui-même. Défiant l'étiquette, il se dressa :

— Toute la Douma a vu Boris crever à l'endroit même où tu te tiens, Polaque, et devenir noir comme un Abyssin.

L'ambassadeur donna un coup de chapeau dans sa direction.

— Il est fort possible qu'il ne s'agisse que d'un imposteur, mais il arrive, n'est-il pas vrai, que les imposteurs parviennent jusqu'au trône.

La plupart des boyards s'étaient résignés à servir Dmitry sans être certains ni qu'il fût le fils d'Ivan ni qu'il ne le fût pas. Une allusion publique à cette incertitude dépassait leur imagination. Si inviolable que fût la personne d'un ambassadeur, celui-ci risquait fort de finir raccourci par le haut ou défoncé par le bas. La guerre reprendrait alors... Les boyards n'osaient se regarder.

Dmitry, sous l'insulte suggérée, avait senti le sang quitter son visage, mais les jésuites lui avaient appris à se maîtriser en toute circonstance et lui, qui avait quémandé le soufflet du prince Vichnevetsky, trouva la force de sourire à Gonsevski.

— L'illustrissime seigneur, prononça-t-il, transmettra notre réponse tsarienne au roi élu de Pologne-Lithuanie. Nous le remercions du souci qu'il prend de notre tranquillité et nous craignons que l'âge, ou peut-être les travaux de son état, à moins que ce ne soit un sort jeté par quelque bohémien, ne soient la cause des hallucinations dont il paraît souffrir. Nous lui recommandons de s'adresser à de bons médecins et de prendre un soin attentif de sa santé, qui nous est précieuse. La mort de l'usurpateur est un fait connu de tous, et il faut souffrir de dérangements bien inquiétants pour s'imaginer qu'un faux usurpateur puisse menacer un État qui vient de retrouver le légitime héritier de ses souverains. On n'a rien vu de tel ni dans l'histoire ni dans la fable. C'est une idée qui, comme nous aimons à le dire chez nous, ferait rire des poules !

Sur quoi Dmitry éclata d'un rire juvénile, et, après un instant d'hésitation, les boyards l'accompagnèrent, se claquant les cuisses, se tenant le ventre, roulant les uns contre les autres, riant de ce dicton populaire, riant de soulagement, riant de l'air bouffi-déconfit de l'ambassadeur emplumé, riant du plaisir de voir leur tsar, qui qu'il fût, se faire respecter sans prendre les choses au tragique, riant de s'entendre rire, car il y avait une incongruité majeure, presque obscène, presque sacrilège à rire en pleine Douma, en présence d'un souverain sacré et oint. Maintenant ils se regardaient, et cela les faisait rire encore plus de se voir rire les uns les autres. Nagoï gloussait dans sa manche, Mstislavsky trépignait, Basmanov se dilatait la rate comme le soudard qu'il était.

Dmitry était content de son effet et l'arrêta avant qu'il ne s'épuisât. Quand le tsar cessa de rire, les boyards reprirent aussi leur sérieux, comme au commandement.

— Les souhaits exprimés par notre bien-aimé frère ne nous laissent pas moins perplexe, reprit Dmitry. Il est tout aussi déraisonnable de supposer que nous ne l'appuierons pas contre la Suède, où nos intérêts se rejoignent, que d'imaginer que nous chasserions le prince Gustave, qui est fort homme d'honneur et très compétent, sous prétexte que nous aurions dû consulter un voisin sur une invitation adressée à un autre voisin. Et pourquoi refuserions-nous à nos chers amis polonais et lithuaniens des franchises commerciales que nous accordons à qui les demande ? Ou pourquoi nous refuserions-nous à nous-même le bonheur de mener à terme des projets d'hyménée concernant l'honorable dame qui a su captiver notre cœur ? Enfin, ce sont là des extravagances sans conséquence.

« En revanche, quel autre nom que celui de délire pourrions-nous donner aux autres rêveries de notre cher frère ? Qu'avons-nous cru entendre ? C'est à lui que nous devons le trône de nos pères ? La Russie tout entière ne s'est-elle pas soulevée pour nous le rendre ? L'armée que l'usurpateur avait envoyée pour nous combattre n'est-elle pas passée de notre côté ? Le peuple de Moscou n'a-t-il pas acclamé notre entrée ? L'Église orthodoxe n'a-t-elle pas oint notre front de sa myrrhe sacrée ? Qu'on m'apporte la Tiare de Monomaque !

Pendant qu'on allait la chercher, Dmitry poursuivait :

— Des chevaliers polonais, c'est vrai, sont venus nous prêter leur épée, et le roi nous avait offert de quoi les rétribuer : un dixième seulement de la somme promise nous est parvenu. Est-ce donc sur le courage désintéressé de la libre noblesse polonaise que notre malheureux frère se fonde pour s'imaginer qu'il nous a remis sur notre trône ? Comment a-t-il procédé ? Sommes-nous une pièce du jeu d'échecs pour qu'on nous prenne entre deux doigts et qu'on nous dépose sur une case plutôt que sur une autre ?

Le grand chambellan apportait la Tiare sur un coussin. Il s'agenouilla. Le Tsar se leva, prit la Tiare à deux mains et la planta sur la tête. L'étrange coiffure prêta un aspect sauvage à son visage basané.

— Quant aux prétentions de ton maître sur la terre de mon pays, cria-t-il, elles outrepassent la décence. L'on m'arrachera plutôt des lambeaux de chair qu'on ne me prendra un arpent de terre russe. Russe est la terre de Smolensk, russe la terre de Séversk, russe la terre de Pskov et de Novgorod. Je verrai à donner à la tsarine des domaines convenables à sa dignité, et, comme j'aime de tout mon cœur la Pologne-Lithuanie et son pauvre roi malade, je lui enverrai une somme d'argent, qui, j'espère, lui fera plaisir. Mais la terre orthodoxe que j'ai héritée de mon père et par lui de saint Vladimir est sacrée : je l'arroserai de mon sang plutôt que de m'en dessaisir.

— Les engagements qu'a pris Votre Altesse... s'indignait Gonsevski.

Dmitry, exultant du plaisir de se laisser aller à un courroux mi-sincère mi-joué, ne l'écoutait pas.

— Il y a encore ceci, dit-il. Nous verrons comment nous devons traiter notre frère à la manière dont il nous traitera. Nous ne sommes pas Altesse mais Majesté. Notre titre n'est ni grand prince, ni tsarévitch, ni même tsar, mais, dans la langue latine qui est celle des diplomates, *CAESAR INVINCIBILIS*. Nous exigeons que ce titre nous soit donné dans la correspondance officielle.

3

Le soir-même, Dmitry fit venir Sergo dans son appartement.

— Alors, mon Sergo, toujours triste ? La belle ne se rend pas ? Veux-tu que je lui ordonne de t'épouser ? Tu sais que je peux tout. Ce serait bientôt fait.

Sergo secoua la tête.

— Je l'aime, je ne veux pas la forcer. Forcerais-tu la comtesse Marina ?

— Oh ! que oui. J'y trouverais même un certain plaisir. Le plaisir du fauconnier ne tient-il pas à ce que l'oiseau de chasse cherche à s'échapper ?

— Je voudrais que le mien vienne se poser dans ma main.

Dmitry secoua la tête en souriant.

— Je vois bien qu'il faut te changer les idées. Veux-tu être mon envoyé secret auprès de mon oiselle de chasse à moi ? J'envoie le gros Vlassiev pour épouser Marina par procuration. Quand tu le verras, tu sauras pourquoi c'est lui que j'ai choisi. Mais j'ai un message pour elle et un autre pour son père, qui devront être remis sans que les boyards ni les jésuites en aient connaissance. T'en chargerais-tu ?

Sergo aurait préféré une mission militaire, mais il plaisait à son cœur amoureux que Dmitry l'envoyât auprès de celle qu'il aimait. Il accepta avec empressement.

La veille du départ, il alla à Kitaïgorod. Les premières gelées avaient décoloré la ville. Sur fond de neige, tous les chiens qui passaient semblaient noirs. Les merisiers dépouillés se détachaient noirs sur la palissade grise. Sergo poussa le portail. Dans la cour une bonne femme qui nettoyait le poulailler lui demanda ce qu'il voulait.

— Avdotia Prokhorovna est-elle chez elle ?

— Elle y est. Mais qui es-tu, toi, pour demander après elle ?

Sergo se sentait de nouveau intimidé.

— Je suis un lointain parent nommé Sergo. Va voir si sa marraine ou elle peuvent me recevoir. Dis-lui que je m'en vais pour un long voyage.

Il attendit longtemps. Les poules picoraient. Les noires essayaient de chasser la blanche. Le vieux chien grognait dans son sommeil. Il avait passé sa vie au bout de cette chaîne. Sergo eut pitié de lui.

La femme revint.

— Avdotia Prokhorovna dit comme ça que son parent peut revenir à Pâques, mais qu'elle est toujours en deuil. Elle te souhaite bon voyage. Pour que tu n'oublies pas Pâques cette fois-ci, elle t'envoie ça.

C'était un très petit œuf de bois peint en rouge, orné des deux lettres X et B, qui signifient que le Christ est ressuscité.

*

Le convoi de traîneaux partant pour Cracovie se rassembla sur la place Rouge. Il y en avait deux cents. L'ambassadeur Vlassiev était accompagné de quarante gentilshommes eux-même accompagnés de leurs domestiques. Les chevaux, pressés de partir, grattaient du sabot la neige encore peu épaisse.

Les badauds s'étaient rassemblés pour voir le train d'équipages qui emporterait les cinquante-sept fabuleux cadeaux que le tsar envoyait à sa fiancée. Les cadeaux étaient sous des bâches, mais, par-ci par-là, on apercevait une dorure, un éclat d'argent, et le peuple était fier de voir que son souverain savait se montrer généreux. Dommage tout de même que ce fût une Polonaise qui en profitât. Chouïsky disait à qui voulait l'entendre :

— Je ne vais pas aller voir le départ. Cela me fend le cœur de penser que toutes ces richesses vont quitter la mère patrie.

Sergo alla se présenter à l'ambassadeur Vlassiev et comprit aussitôt l'allusion de Dmitry : bas sur pattes, bedonnant, chauve, avec des yeux bleu clair piqués dans ses orbites comme de petits boutons dans leurs boutonnières, ce mari temporaire ne détournerait certes pas Marina de ses devoirs envers son mari définitif.

— Ah ! te voilà, dit Vlassiev en toisant Sergo de bas en haut. Le souverain m'a annoncé que tu apportais le quatrième cadeau. Qu'est-ce que cela veut dire ? Bon. Ce que le souverain veut doit se faire. Mais ne compte pas avoir de privilèges ni de passe-droits. Tu appartiens à mon ambassade, tu m'obéis comme les autres.

Ce comptable se donnait un ton sec de soldat. Sergo s'inclina sans répondre.

Il y eut un service religieux sur le Lieu-haut, et le tsar lui-même vint faire ses adieux à son ambassade. Après quoi les traîneaux entourés de cavaliers s'ébranlèrent, les chevaux secouant la tête et les grelots faisant écho aux carillons du Kremlin.

Deux ans plus tôt, Sergo était parti dans la même direction, à pied, un kandjar à poignée d'ivoire dissimulé sous son froc, et deux grands espoirs dans le cœur : celui de servir le tsar Boris, celui de se faire aimer d'Avdotia. Il chevauchait maintenant un cheval asiate de grand prix avec un harnachement rehaussé d'argent, l'escarcelle pendue à sa ceinture était pleine de pièces d'argent, un sabre à pommeau d'argent lui battait la cuisse, il avait un kandjar à poignée d'argent sous son kaftan et des pistolets d'arçon incrustés d'argent dans ses fontes. Il était suivi d'un valet, d'un cocher, d'un palefrenier, de chevaux de rechange, d'un traîneau transportant un coffre plein de vêtements, de fourrures, d'affiquets divers que le tsar lui avait donnés. Au lieu de Boris, il servait Dmitry, et, pour toute faveur, Avdotia Prokhorovna ne lui avait donné qu'un œuf de bois rouge qu'il portait sous sa chemise, à la même chaîne que sa croix de baptême.

*

Ce fut une belle ambassade que Vlassiev emmena là à Cracovie. Pour la première fois, il semblait que les différends entre la Russie et la Pologne-Lithuanie pourraient non pas se régler sur le champ de bataille, mais se dissoudre dans l'union d'un prince séduisant et d'une fille noble, belle et intelligente. Ces deux peuples si proches l'un de l'autre, parlant des langues presque semblables, n'étaient séparés que par des circonstances historiques : l'un avait été évangélisé par Rome, l'autre par Byzance, à une époque où Byzance et Rome appartenaient à la même Église, orthodoxe et catholique. Y avait-il là matière à une haine inexpiable ? L'union charnelle d'un homme et d'une femme en un mariage chrétien reconnu par les uns comme par les autres semblait être le gage d'une réconciliation possible.

C'est là ce qu'exprimait le brillant cortège de jeunes gens nobles et gais, de chevaux à la robe satinée, de domestiques empressés, qui cheminait du cœur de la Russie vers le cœur de la Pologne. En route, ce ne fut que farces et chansons. Vlassiev aurait aimé plus de gravité, mais s'il faisait taire l'avant-garde qui riait trop fort, c'était l'arrière-garde qui commençait une chanson de marche. Aux bivouacs, les chansons à boire éclataient spontanément. La mode était à la Pologne, et le soir, dans les villages, tout seuls ou avec des paysannes, les jeunes élégants s'essayaient à la mazurka populaire ou à la chodzony de cour, sur les aires à battre incrustées de paillettes dorées, tandis que sonnaient les balalaïkas et les guzlas. On chantait le grand succès de Cracovie :

A toute heure
Qu'on respire,
La meilleure
Et la pire...

— Est-ce vrai que les Polonaises sont aussi belles qu'on le dit ? demandaient les gentilshommes qui n'étaient jamais sortis de chez eux.

— C'est encore plus vrai que vrai, répondaient les rares qui avaient voyagé.

Et les Russes élevés dans l'austérité s'endormaient en rêvant à des aventures interdites avec les belles Cracoviennes.

Bref, c'était un cortège érotique — cadeaux, danses et chansons — qui s'avançait ainsi à travers les plaines enneigées : ces quarante cavaliers semblaient quarante étudiants allant s'inscrire à l'université des Amours. Vlassiev ronchonnait, et tous écoutaient ses récriminations avec les signes d'un profond respect, mais, dès qu'il avait le dos tourné, on pouffait et le carnaval reprenait : on se poussait, on se chamaillait, on faisait des paris sur ses prouesses futures, on oubliait à qui mieux mieux l'austérité de la Moscou orthodoxe à laquelle on tournait le dos. Seul Sergo n'omettait ni ses prières du matin ni ses prières du soir et n'allait pas à Cracovie comme à une cour d'amour.

Le 29 octobre, on arriva. Toute l'ambassade descendit à l'hôtel Mnichek dont le maître reçut un cheval pommelé, un harnais avec une chaîne d'or en guise de rêne, une masse d'armes incrustée de pierres précieuses, des fourrures cousues de fil d'or, des tapis de Perse, une zibeline vivante, une martre vivante, trois gerfauts.

— Grand merci, seigneur ambassadeur, dit Mnichek. Le tsar mon gendre semble avoir oublié que, pour lui complaire, je vis dans la capitale et que cela me coûte cher. Je prends tout à crédit et les fournisseurs commencent à murmurer. Sais-tu combien m'ont coûté les préparatifs de ce mariage ? Tout cela est mauvais pour ma réputation et pour ma santé.

Vlassiev le regarda fixement de ses petits boutons d'yeux.

— Chez nous, comte, celui que le tsar ne fait pas bâtonner lui est déjà reconnaissant.

Le 4 novembre, l'ambassadeur fut reçu par le roi Sigismond, auquel il parla d'amitié russo-polonaise et de croisade chrétienne. Il lui fit des cadeaux en son propre nom : des peaux de zibelines, trois chevaux harnachés, un diamant, un arc, un carquois et des flèches ornées d'or.

Le 5, Vlassiev eut grand-peur : le roi offrait un bal. Quoi ? Lui, trésorier de la Douma, se trémousser, écarter les jambes, sauter en l'air ? Il se dit souffrant, mais n'osa empêcher les joyeux lurons de sa suite de se rendre à l'invitation royale, et ils furent tous éblouis par les lustres, assourdis par la musique et surtout transportés par la beauté et la liberté d'allure des Polonaises.

Le 8, la délégation fut officiellement présentée au roi, et Vlassiev prit la parole.

— Grand souverain, ce n'est plus moi aujourd'hui qui te parle par ma bouche, mais le tsar Dmitry Ivanytch lui-même qui me l'emprunte pour te dire ceci.

Il récita par cœur :

— « Nous, grand souverain, césar et grand-prince autocrate de toutes les Russies, ayant prié la grande souveraine notre mère de nous bénir et autoriser à contracter mariage légitime pour assurer la conservation de notre lignée césarienne, avons choisi de prendre comme épouse et grande souveraine de nos États orthodoxes Marina, fille du voïvode de Sandomir Ioury Mnichek, à cause que, nous trouvant dans tes États, ledit seigneur voïvode de Sandomir a rendu à Notre Majesté Césarienne de signalés services et a mis son zèle à nous servir, si bien que toi, grand souverain, notre frère Sigismond, tu devrais permettre audit voïvode de Sandomir et à sa fille Marina de venir rejoindre Notre Majesté Césarienne, et toi-même, grand souverain, tu devrais venir rendre visite à Notre Majesté Césarienne à l'occasion de ce mariage. »

Le roi écouta cette déclaration de son air de chien triste et ne répondit pas : le protocole le lui interdisait.

Le 9, comme Sergo regardait par la tabatière du grenier qu'il partageait avec d'autres compagnons de l'ambassadeur, il vit un traîneau déboucher dans la cour, et la comtesse Marina, qui arrivait de Sambor tout emmitouflée de fourrures, mettre son petit pied sur le tapis qu'on avait étendu pour elle sur la neige. Il aperçut sa cheville moulée d'un bas rouge et en fut gêné : c'était la cheville de la tsarine, la femme de son maître. Il aurait préféré ne point l'avoir vue.

*

Le 12 novembre, le mariage fut célébré par procuration, selon le rite catholique romain.

Le roi Sigismond était assis, chapeau en tête, l'air mélancolique comme d'habitude, entouré de courtisans scintillants et sémillants.

Vlassiev entra et salua le roi. Le roi ne bougea pas de son siège et n'effleura même pas son chapeau, afin de montrer qu'il était un suzerain présidant à un mariage entre vassaux.

Marina entra à son tour, portant une robe blanche de brocart de Perse et une couronne d'où tombaient, sur sa chevelure noire déroulée, des cataractes de fils de perles mélangées à des pierres précieuses.

Chacun fit un discours : le chancelier, le voïvode, le cardinal. Tous ces discours faisaient entendre, avec plus ou moins d'urbanité, que Dmitry avait été comblé de bienfaits par Sigismond, dont il devait se considérer l'obligé et le vassal.

Suivit le *Veni Creator* pour lequel tout le monde s'agenouilla, sauf Vlassiev.

Le cardinal en arriva à la vérification des empêchements possibles.

— *Mihi dicatis si habetis aliquid impedimentum canonicum quod possit impedire vobis ad hoc matrimonio legitime contrahendo, videlicet...*

Il se tourna vers Vlassiev et lui demanda si Son Altesse n'avait point fait promesse de mariage à autre personne.

Vlassiev comprenait le latin et répliqua dans cette langue :

— Comment veux-tu que je sache ? Je pense que s'il en avait fait, il ne m'aurait point envoyé ici.

On rit. Le cardinal fit mettre côte à côte sur un petit tapis Vlassiev et Marina qui le dominait d'une demi-tête. Il demanda à Vlassiev s'il voulait accepter cette Marina ici présente pour son épouse selon le rite de la sainte Mère Église.

— *Volo*, fit Vlassiev avec l'accent russe, ce qui fit rire une fois de plus.

Le cardinal se tourna vers Marina, mais Vlassiev l'interrompit.

— Halte-là. Maintenant, ce n'est point Ta Grâce qui doit s'adresser à la fiancée, c'est moi.

Et, fusillant Marina du regard, il lui demanda :

— *Vis accipere Demetrium Caesarem absentem in tuum legitimum maritum juxta ritum sanctae matris Ecclesiae ?*

Elle prononça, avec l'accent polonais qui ne fit rire personne :

— *Volo.*

Le cardinal prit leurs deux mains droites et voulut les unir. Vlassiev n'y consentit qu'après avoir enveloppé sa main d'un mouchoir qu'il se fit donner exprès.

— *Ego conjungo vos...*, prononça le cardinal.

On en était arrivé à l'échange des anneaux. Vlassiev tira d'une petite boîte une bague ornée d'un diamant gros comme une cerise, et la tendit au cardinal.

Le cardinal la bénit :

— *Benedic, Domine, annulum hunc quem nos in tuo nomine benedicimus ut quae eum gestaverit fidelitatem integram suo sponso tenens in pace et voluntate tua permaneat atque in mutua caritate semper vivat.*

Il la passa au doigt de Marina et voulut passer à celui de Vlassiev celle que Marina lui avait donnée. Vlassiev, scandalisé, s'y refusa, et, prenant la bague avec le même mouchoir, pour qu'on vît bien qu'il n'y touchait pas, la rangea dans la boîte, laquelle fit en se refermant une espèce de couic qui déclencha encore quelques rires. Parmi les assistants, Sergo fut seul à s'associer à la vénération que Vlassiev éprouvait pour la personne sacrée du tsar.

Le rite était terminé. Le tapis sur lequel s'étaient tenus les époux fut racheté par les Russes aux chapelains : c'était la façon courtoise de régler les frais du sacrement.

Alors eut lieu la cérémonie que tout le monde attendait : la présentation des cadeaux.

*

Marina prit place dans un fauteuil, et les cinquante-sept cadeaux de son époux défilèrent devant elle, apportés par les quarante gentilshommes de Vlassiev, dans leurs kaftans bigarrés, raides de fils d'or et d'argent. Le scribe qui les annonçait avait une voix de basse et aurait pu servir de diacre dans une cathédrale. Ses accents emplissaient la salle et en ébranlaient les vitraux.

— Premier cadeau de Sa Majesté Dmitry Ivanytch, César Invincible de toutes les Russies, à la noble dame comtesse Marina Mnichek. De la part de la grande souveraine la tsarine Maria : une icône de la Sainte-Trinité ornée d'or et de pierres précieuses.

Deux gentilshommes apportèrent l'icône offerte au nom d'une tsarine qui ne l'avait pas vue à une tsarine qui ne s'en souciait pas : on y voyait les trois Anges de Mamré, tissant impassiblement leurs relations trinitaires. Dans leur châssis d'or, hérissé de diamants, de rubis et d'émeraudes, ils avaient l'air en prison, mais indifférents à leur prison, comme le furent les adolescents juifs aux fournaises de Nabuchodonosor ; seule la contemplation du calice d'amour posé entre eux trois semblait compter.

— Deuxième cadeau de Sa Majesté...

Dans un coffret de velours, on apportait un diamant si grand, flamboyant d'un tel brasier d'arcs-en-ciel, qu'il ne semblait que posé sur la bague où il était serti.

— Troisième cadeau...

Sur un coussin de taffetas, c'était une croix de diamant ornée de trois perles, autour de laquelle se tordait un serpent de rubis, tandis qu'à son pied se tenait un Moïse habillé de pierres précieuses.

— Le quatrième cadeau de Sa Majesté Dmitry Ivanytch, César Invincible de toutes les Russies, sera remis à la noble dame comtesse Marina Mnichek par l'émissaire personnel de Sa Majesté.

Le cinquième cadeau était un bracelet où s'enchâssaient des diamants, des rubis et des perles piriformes.

— Sixième cadeau... septième... huitième...

Suivirent un récipient d'or en forme d'oiseau, les ailes chatoyantes de pierres précieuses, une coupe d'hyacinthe, une ingénieuse écritoire en forme de taureau couché, dont le dos servait de pupitre, une petite croix d'or d'où saillaient sept gros rubis et autant de perles, une grande coupe dorée ornée de pierres précieuses et de perles, un pélican d'argent doré se fouillant la poitrine d'où coulait un flot de rubis, un vase d'argent doré représentant Diane assise sur un chevreuil aux bois de corail, un navire orné d'or, de perles et de diamants, un paon d'or faisant la roue avec des plumes en pierres précieuses qui, lorsqu'on le posa sur une table, frémirent comme s'il était vivant.

Après ce quatorzième cadeau, il y eut une pause. L'ambassadeur Vlassiev consulta sa montre, le secrétaire consulta sa montre, et le roi Sigismond, ne comprenant pas ce qui se passait et ne voulant pas demeurer en reste, commanda à un chambellan de consulter sa montre.

— Un instant encore, demanda Vlassiev.

Il fit un geste.

Deux gentilshommes apportèrent sur un brancard une horloge encastrée dans un éléphant d'ébène sur le dos duquel s'élevait une tour. Ils posèrent le brancard sur ses pieds et saluèrent l'épousée du tsar. Un bruit mécanique se fit entendre, suivi d'une vibration de tambourin. Il y eut ensuite des appels qu'on eût dit de fifres et des répliques qu'on eût cru de flûtes ; puis le silence, et puis deux coups de gong emplirent la salle. Marina, impassible jusque-là, battit des mains. Le roi lui-même manifesta quelque émotion : ses yeux s'embuèrent. Vlassiev osa adresser la parole à sa tsarine :

— Il est dommage qu'il ne soit que deux heures. A midi ou à minuit on entend douze coups tout aussi beaux.

D'autres cadeaux défilèrent : une coupe de corail, un calice d'or empli de pierres précieuses, une robe magnifique, un collier, puis, jetées les unes sur les autres, formant un tas lustré et duveteux, seize fois quarante zibelines.

— Vingt et unième cadeau de Sa Majesté Dmitry Ivanytch, César Invincible de toutes les Russies, à la noble dame comtesse Marina Mnichek, psalmodia la voix de basse.

On apportait un baril et une vasque. Du baril on versa dans la vasque quarante livres de perles fines.

S'amusant à imiter des cavaliers au galop, trois gentilshommes présentèrent trois brides d'or et trois sabres précieux. D'autres déroulèrent douze pièces de velours et de satin. Il n'y avait plus de place pour entasser les cadeaux, mais on continuait. Ce fut un paravent portant d'un côté le nom de Jésus et de l'autre celui de Maria, chacun tracé au moyen de quatre-vingt-seize brillants. Ce fut une chaîne d'or semée de cent trente-six brillants, un chapelet de perles grosses comme des pois, des bracelets de diamants entrelacés de perles, un coffret d'or plein de perles, trois lingots d'or, deux plats et douze assiettes en or, une salière d'hyacinthe avec sa monture d'or, un lave-main en or avec sa cuvette en or, une bague sertie de trois diamants, un diadème de diamants, une épingle à chapeau en brillants, une broche de diamants, quatre fils de grosses perles d'Orient, deux pendules d'or, l'une en forme de mouton, l'autre de chameau, huit colliers, huit pièces de brocart...

— Quarante et unième cadeau de Sa Majesté Dmitry Ivanytch, César Invincible de toutes les Russies, à la noble dame comtesse Marina Mnichek...

A nouveau le sol fut jonché de zibelines qui tombaient, se lovaient, se tordaient aux pieds de Marina. Il y en avait de nouveau six cent quarante, et elles semblaient avoir envahi Cracovie comme un doux bataillon russe envoyé en avant-garde. Cent vingt-cinq livres de perles ruisselèrent d'un autre baril dans une autre vasque avec des froissements liquides suivis de tapotements trépidants. Le mouvement s'accélérait. Les Polonais n'en croyaient pas leurs yeux. Marina, sa main écrasant ses lèvres, s'efforçait de garder son calme. Le roi feignait de temps en temps d'étouffer un bâillement.

On apporta une croix portant les lettres M.A.R.I.N.A. en diamants entre lesquelles s'intercalaient de grosses perles ; un collier d'or ancien planté de diamants, de rubis, d'émeraudes, de saphirs et de grenats ; un bracelet formé de plaques de diamants séparées par des cloisons de perles et semées de pierres précieuses ; un deuxième chapelet de perles ; une douzaine de perles d'une grosseur extraordinaire ; un coffret d'or cloisonné ; une cuvette en or, avec un effet spécial que son porteur montra à Marina : il suffisait de la remuer pour avoir l'illusion qu'elle était pleine de serpents qui s'y torsadaient.

Il y eut encore une aiguière d'or cloisonné, une coupe d'or à couvercle transparent, une salière cloisonnée, deux grandes cuves d'or cloisonné montées sur roues, douze assiettes creuses en or, un service de voyage en or...

— Cinquante-sixième cadeau...

Six gentilshommes, choisis parmi les plus grands et les plus forts, entrèrent en chancelant : ils apportaient chacun un lingot d'or juché sur leur épaule droite.

— Cinquante-septième cadeau de Sa Majesté Dmitry Ivanytch, César Invincible de toutes les Russies, à la noble dame comtesse Marina Mnichek !

Comme si l'imagination avait fini par faire défaut au César Invincible, mais non pas son trésor, quatre gaillards accoururent portant un tonneau et versèrent aux pieds de Marina trois cent mille florins d'or. Elle en eut jusqu'aux chevilles, jusqu'aux mollets, jusqu'aux genoux.

Un florin roula jusqu'au fauteuil du roi qui, chose stupéfiante, le ramassa de sa propre main et puis, l'ayant flairé d'un air songeur, le rejeta dans le tas.

Marina se disait :

« L'ancien valet de mon beau-frère le prince Adam Vichnevetski me couvre de cadeaux... »

Cela lui plaisait.

4

Il y eut banquet ce soir-là, et le marié aurait dû dîner à côté de la mariée, avec le roi, le cardinal et le nonce Rangoni, mais comment eût-il pu s'asseoir à la même table que sa propre souveraine ? L'idée lui paraissait insupportable. Lorsque enfin il se laissa convaincre, il prit garde que ses vêtements ne touchassent pas ceux de la mariée et refusa de manger quoi que ce fût.

Il accepta cependant de boire les divers toasts qui furent portés et en porta lui-même.

Après le dîner, le bal commença, et le roi proposa à Vlassiev de danser avec la tsarine. Vlassiev déclina cet honneur. Marina dansa avec le roi et fit l'admiration des Russes par la sveltesse de sa taille, l'élégance de ses mouvements et la splendeur de ses cheveux noirs qui, chose à la fois choquante et sublime, tombaient dénudés sur ses épaules moulées d'un satin d'argent.

Sergo ne dansa pas. Il s'était mis en tête de partager le deuil d'Avdotia : « Si nous sommes deux à le porter, se disait-il, il pèsera moins lourd ou il passera plus vite. » Pourtant ses jambes n'étaient pas insensibles à l'appel des provocantes danses polonaises et il devait faire effort pour les empêcher de gigoter toutes seules. De belles Cracoviennes venaient inviter le grand Moskal à la barbe blonde. Il secouait la tête.

— Est-ce un vœu ? lui demandaient-elles, agacées.

Et quand il répondait « Oui, c'est un vœu », elles s'éloignaient, chuchotant entre elles, et le trouvant de plus en plus digne d'être distrait de ses engagements.

— Tout de même, un vœu, c'est sacré, faisait l'une.

— Un vœu schismatique ne compte pas, répliquait l'autre.

La soirée se termina par un incident.

Le comte Mnichek, qui devait cent mille zlotys au roi, prit sa fille par la main.

— Viens çà, Marina. Tombons aux pieds de notre gracieux souverain ! Remercions-le pour ses bienfaits.

Marina obéit, si bien qu'on put voir la tsarine de toutes les Russies s'agenouiller devant le souverain élu de la Pologne-Lithuanie. Vlassiev grimaça ouvertement et tous les Russes se détournèrent pour ne pas être témoins de ce spectacle.

Marina cependant regardait le visage triste de Sigismond, sa moustache menaçante, sa barbiche découragée, et se disait : « C'est la dernière fois de ma vie que je me mets à genoux devant un homme. »

Le roi se leva et ôta courtoisement son chapeau. Il félicita Marina de sa haute fortune et lui rappela qu'elle était avant tout Polonaise, qu'elle devait le rester, qu'elle ne devait oublier ni ses parents, ni sa patrie, ni sa religion. Il la bénit d'un signe de croix romain, de la gauche vers la droite.

— Il la bénit à l'envers : cela doit porter malheur, murmurèrent les Russes.

Marina pleura. Ce n'était pas du regret de quitter le roi ni même sa patrie, mais d'émotion parce qu'elle abordait enfin sa vraie vie. L'appel si longtemps attendu était venu. Fini l'apprentissage, le grand œuvre allait commencer, les rêves s'évanouissaient en se réalisant. Il faudrait maintenant faire preuve de toutes les qualités royales qu'elle avait cultivées, et d'abord ne jamais céder la première place à son mari, prendre garde à ne pas être la femme du tsar mais la tsarine. Pour cela, oui, rester Polonaise et catholique : cela aiderait.

— Sire, dit-elle, les yeux mouillés, rien ne me fera jamais oublier que j'ai eu le bonheur de naître sujette de Votre Majesté.

Le roi la releva. Il était à moitié content de ce mariage. Si ce Dmitry, qui qu'il fût, gardait son trône, il aurait peut-être été plus habile de lui faire épouser une princesse polonaise, par exemple la propre sœur de Sigismond, que cette péronnelle, fille d'un souteneur. Cependant une Polonaise quelle qu'elle fût, dans le lit légitime du tsar, c'était déjà un avantage, surtout si elle apprenait à dominer son époux, ce qui, en l'occurrence, ne paraissait pas improbable. Et, au cas où toute cette mascarade finirait mal, il valait mieux qu'une princesse Vasa n'y eût pas été compromise...

*

A la nuit, le bal se termina, le voïvode et ses hôtes

rentrèrent à l'hôtel Mnichek. Bien qu'il fût tard, il sembla à Sergo que le moment était bien choisi pour s'acquitter de sa double mission. Il dit au majordome qu'il souhaitait voir le voïvode et, après deux heures d'attente, fut introduit dans l'appartement du maître de maison.

Mnichek était déjà en robe de chambre, coiffé d'un bonnet de laine rouge terminé par un gland à franges qui lui pendait sur la tempe, et il buvait une infusion.

— Voilà mon vieil ami Sergo Psar ! dit-il en louchant. Quelles mauvaises nouvelles m'apporte-t-il encore ?

Ils ne s'étaient pas revus depuis la révolte des mercenaires polonais. Ni la trahison de l'un ni l'hostilité ouverte de l'autre n'étaient oubliées.

— De quoi le seigneur comte se plaint-il ?

— De rien, sauf d'être ruiné. Il n'y a pas un marchand de Cracovie chez qui je n'aie pas de dettes. On a beau rendre aux gens les plus grands services qui soient, risquer sa vie pour eux, leur recruter une armée, leur donner sa chair et son sang, dès qu'ils n'ont plus besoin de vous, ils vous éternuent dessus. Tu vois, cette fleur de camomille que je bois, je ne crois pas qu'elle ait été payée et je doute qu'elle le soit jamais. En voudrais-tu par hasard ? C'est meilleur lorsque c'est volé.

— Merci, répondit Sergo. Je prendrais plutôt un verre de vin de Grèce, qu'il soit volé ou non.

— Oh oh ! je vois qu'on a pris de l'importance au service du tsar ! Et on a demandé à me parler ? C'est peut-être qu'on serait chargé de... d'un... d'une... ? Holà ! Quelqu'un ! Un flacon de vin de Chypre pour l'illustrissime seigneur !

Sergo s'assit sans en être prié. Aujourd'hui tous les égards lui étaient dus : à sa façon, lui aussi représentait le tsar.

— Oui, seigneur, tu l'as deviné. Je te suis envoyé à titre personnel par mon souverain, et je dois solliciter de toi d'être reçu par ta fille : c'est moi qui lui apporte le Quatrième Cadeau.

— Je l'espérais bien, qu'il ne nous le filouterait pas, le Quatrième Cadeau ! Assieds-toi donc, fit Mnichek inutilement. Eh ! vous autres, n'emportez pas le flacon. Laissez-le à la droite de Monseigneur. Quant à être reçu par ma fille la tsarine... Je dois moi-même solliciter des audiences... Enfin, nous verrons cela quand nous aurons terminé nos affaires. Car nous avons des affaires à faire, j'imagine ?

Repoussant en arrière son bonnet de nuit, Mnichek passa sa main dans le toupet de cheveux ondulés qui ornaient son front. Ils grisonnaient, mais avaient dû être blonds, fort beaux, et avaient encore de l'éclat.

Sergo le regardait en rêvant : la fille de ce pitre était tsarine de Russie. Eh bien soit ! Puisque le tsar aimait cette femme, qu'il l'avait épousée aujourd'hui, elle participait maintenant de son sacrement de sang, de myrrhe et d'amour. A quoi servirait d'être tsar si on ne pouvait faire une tsarine ? Et même cet homme enluminé, effronté, débauché, vénal, traître, le sacrement tsarien remontait, à petites doses, jusqu'à lui.

— Le tsar, dit Sergo, souhaite que la tsarine soit reçue en Russie comme elle le mérite, et il compte sur toi pour que tu l'incites à se comporter de manière à ne pas effaroucher les orthodoxes. Tu dois aussi lui obtenir du nonce les autorisations nécessaires. Le tsar ne gênera en rien la pratique religieuse de la tsarine ; elle pourra se faire dire des messes romaines et communier avec des hosties dans le palais que le tsar lui a fait construire. Mais elle devra aussi aller dans les églises orthodoxes et communier des mains du patriarche. Voilà quelles sont les exigences du tsar.

— Une chose est d'avoir des exigences, dit Mnichek ; une autre — hé hé ! — de les faire appliquer.

— Le tsar m'a aussi commandé de te remettre ceci.

Sergo tendait un portefeuille de maroquin rouge que Mnichek lui arracha des mains. Il ouvrit la première poche et y trouva une traite de cent mille zlotys.

Il se renversa en arrière, suçant l'air et se demandant s'il se devait d'être content ou mécontent. Cette traite couvrait sa dette à l'égard du roi Sigismond, et les négociants qui lui avaient fait crédit d'une demi-douzaine de milliers en seraient quittes pour attendre. Mais comme profit ? Combien Mnichek avait-il fait de profit ? Qu'avait-il comme argent là, devant lui ? Rien. Et il connaissait sa fille : des richesses fantastiques qu'elle avait reçues cet après-midi elle ne distrairait pas une miette. Pourtant elle sortait de lui ! A quoi lui avait-il servi de l'engendrer ?

— Regarde l'autre poche, dit Sergo.

Dans l'autre poche, il y avait une traite de trois cent mille zlotys.

Mnichek hocha la tête, fit claquer sa langue, épata ses lèvres et fit entendre le bruit d'un baiser. Trois cent mille zlotys, cela commençait à sentir bon !

— Tu voulais voir ma fille ? Allons-y tout de suite.

*

Marina était couchée dans un grand lit à baldaquin surmonté des trois plumes d'autruche blanches des Mnichek.

Elle avait fait remplir sa chambre de ses cadeaux et s'était d'abord mise nue pour mieux en sentir la présence. Elle les avait examinés, palpés, respirés un à un, arrosant sa main gauche des perles que versait sa main droite, noyant ses doigts dans les pierres précieuses, se roulant sur les zibelines, la gorge écrasée de colliers, les bras cerclés de bracelets, les doigts disparaissant sous les bagues. Ainsi avait-elle entendu l'horloge en forme d'éléphant sonner dix heures, puis onze heures et enfin les douze coups de gong de minuit. Alors, s'étant fait passer sa chemise, elle s'était couchée en ne gardant allumé qu'un seul flambeau, qui allumait dans l'ombre là une aiguière d'or paraissant de cuivre rouge, ici la cuisse de Diane, plus loin le bec doré du pélican, tandis que les plumes artificielles du paon tremblotaient et s'irisaient mystérieusement. Dans la cheminée, un feu rougeoyait encore.

Marina respira profondément. Elle aimait ces fourrures et ces bijoux pour eux-mêmes, pour leur valeur marchande, pour la puissance cristallisée en eux, mais aussi pour une raison plus secrète. Ces objets précieux constituaient pour elle les prémices du monde nouveau dont elle se voulait l'impératrice, le signe avant-coureur de cette union de l'Orient et de l'Occident dont elle rêvait. Elle sentait une grande chaleur l'envahir, qui ressemblait à un coup de passion pour Dmitry. « Je le traite bien mal, se dit-elle. Je ne réponds même pas à ses lettres. » Aussitôt elle se ressaisit : « Il faut me garder de l'aimer, cela me mettrait sous sa dépendance. » Mais elle était si bien disposée à son égard aujourd'hui que, caressant les brocarts de Perse qu'elle avait fait jeter sur son lit, elle eut un petit sourire espiègle dans la nuit : « Je peux bien l'aimer un peu tant que je ne le lui laisse pas voir. » Elle s'étira dans le lit, avec la nostalgie violente des quelques baisers qu'ils avaient échangés. Son cœur battit la chamade et son souffle s'accéléra. « Ah ! non, pas de ça, fit-elle. Il faut que je broie la femelle en moi. »

Mnichek frappa et entra sans attendre de réponse,

suivi d'un homme que Marina ne reconnut pas dans l'obscurité.

— On peut entrer chez la tsarine ? demanda Mnichek arrivé au milieu de la pièce. J'espère toujours qu'on me dira non mais qu'il sera trop tard, hé hé ! Je t'amène Sergo Psar qui t'apporte ton Quatrième Cadeau. Il n'a rien voulu me dire, mais tu es une grande fille maintenant et en droit d'avoir tes secrets avec les beaux jeunes gens. Je vous laisse.

En sortant, il poussa un doigt dans les côtes de Sergo.

— Dis à ton maître que je parlerai au nonce. Je ne promets rien, bien entendu : je ne suis pas le pape, c'est bien le cas de le dire !

La porte se referma sur lui.

— Approche, dit Marina en se relevant sur un coude.

Avec ses cheveux noirs épandus sur sa chemise de dentelle, elle était radieusement rose.

— Tu as le Quatrième Cadeau ? Pourquoi le quatrième ?

— Souveraine, tu as sans doute remarqué que la plupart des cadeaux que le tsar a mis à tes pieds se comptaient par multiples de quatre. Quatre, parce qu'il y a quatre saisons, quatre vents, quatre points cardinaux. Parce que le nombre Quatre symbolise la terre entière, dont tu es appelée à être l'Impératrice.

— Cinquante-sept ne se divise pas par quatre.

— Souveraine, il faut ajouter cinq et sept, ce qui fait douze, et douze se divise par quatre. C'est ainsi qu'on procède en numérologie.

Marina se mit à rire.

— Donne-le-moi donc, ce Quatrième Cadeau qui doit être la clef de tous les autres !

— J'ai ordre de te donner la lettre du tsar d'abord.

— Eh bien, donne-moi la lettre. Mais avance donc, nigaud ! Comment veux-tu me la donner si tu restes à l'autre bout de la chambre ?

Sergo avança en s'efforçant de ne point voir cette beauté à moitié dévêtue qui était la possession sacrée de son maître oint de Dieu. Il tendit un pli cacheté de l'aigle bicéphale, que Marina déchira avec impatience et se mit à lire à la lueur du flambeau, sans s'inquiéter de la présence de Sergo, qui, dans le silence, sentit soudain qu'il n'était pas seul avec la tsarine, comme il l'avait d'abord cru. Deux yeux avaient brillé dans l'obscurité du côté du pied du lit, comme ceux d'un chat. Il avait envie de regarder de ce côté, mais il n'osait pas : il lui semblait que la tsarine s'en apercevrait, qu'elle se moquerait de lui. Et comme il n'osait pas non plus regarder la tsarine ni les cadeaux — cela lui eût semblé malpoli — il demeura les yeux baissés au sol, dans une attitude modeste qui ne messeyait pas à sa haute taille et à son rude visage de paladin à la barbe blonde.

Vous nommerai-je Vénus, parce que Vous êtes comme elle à jamais, ou Diane parce que Vous êtes comme elle pour un peu de temps encore ? lisait Marina. *Votre chevalier qui, en portant Vos couleurs, a débarrassé sa patrie du Minotaure russe n'a pas encore reçu un mot de douceur de Vous. Mes lettres, mouillées de mes larmes et qui l'eussent pu être de mon sang, je Vous les adresse comme autant de prières à une divinité, mais elles semblent tomber dans un puits sans fond d'où la divinité serait absente. Oubliez-Vous, belle dame, que le vagabond que Votre père nourrissait par charité ne se laissait pas traiter par Vous avec désinvolture ? Le tsar de toutes les Russies peut se montrer plus patient sans déchoir : on Vous aura porté de ma part quelques babioles qui Vous auront donné quelque aperçu de mes possessions. Mais l'amant de Vos charmes, lui, ne peut supporter un éloignement qu'aucun message de Votre main adorée ne vient tempérer. Je rugis la nuit et me mords les poings en l'absence de fruits plus doux. J'aurais cadencé cette lettre en hexamètres alternés de pentamètres, à l'instar de l'aimable Catulle, mais comme la poésie a le vol lent du harfang, spectre des nuits, tandis que j'ai besoin d'un messager qui fende les airs comme le gerfaut, je...*

Marina accéléra sa lecture. Ce n'était pas ainsi qu'elle voulait être courtisée. « Que ne m'écrit-il : *Le cavalier qui t'apporte ce message a préparé des relais. Accompagne-le et, dans dix jours, tu seras dans mes bras. Le onzième, si tu n'y es pas, nos épousailles seront rompues et mes armées viendront ravager ton pays ?* » Aurait-elle suivi le cavalier ? En tout cas, elle aurait aimé le ton. Elle sauta deux pages et arriva à la fin de la lettre.

... C'est pourquoi, belle dame de mes pensées, je T'adresse ce Quatrième Cadeau, offrande qui l'emporte de loin sur les cinquante-six autres bagatelles que je T'ai données. Considère-la comme la confidente de Ton cœur et ne Te lasse point de la mettre à contribution si Tu ne veux point que je me lasse de T'attendre.

Ces derniers mots plurent à Marina par leur fermeté. Elle n'aimait ni les fioritures pétrarquistes ni les sous-entendus lascifs. Elle eût peut-être aimé un homme qui l'eût traitée d'égal à égale, impérieusement donc, puisqu'elle était impérieuse avant tout.

— Mon cadeau ! commanda-t-elle en laissant tomber la lettre qui glissa sur le drap de soie et voleta jusqu'au tapis.

Sergo mit un genou en terre et présenta un écrin en peau d'anguille clouté de diamants. Marina l'ouvrit. Il y avait à l'intérieur une simple plume d'oie taillée.

Ellé la prit, la tourna, la retourna... Elle se demandait si elle allait voir dans ce cadeau sans valeur une impertinence ou un suprême hommage. Elle sentait des sentiments puissants monter en elle : ils furent les meilleurs du monde. Dmitry avait quelque chose à lui dire : il le lui disait. Après tant de jouets, il lui offrait un cadeau utile et le plaçait sous le signe du nombre Quatre, qui symbolise l'univers...

Sergo, affolé, la vit repousser ses draps et ses couvertures, basculer ses jambes hors du lit avec impétuosité et courir, sur le triple tapis de zibelines, à l'écritoire en forme de taureau qu'elle avait fait poser sur une console.

— De la lumière ! commanda-t-elle sans se retourner.

Sergo approcha avec le flambeau. Elle avait jeté une feuille de papier sur le pupitre, elle trempa la plume dans l'encrier et, d'une écriture emportée écrivit :

Virginali virgo calamo ad sponsum scribit : ipse esto calamus egoque ero chartula.

Elle signa :

Marina Imperatrix

Elle versa du sable sur le papier, souffla dessus de sa petite bouche, le plia en losange, prépara un bâton de cire.

— Plus près, le flambeau.

Sergo l'avança, et sa lueur la baigna toute, lui dorant doucement la nuque, l'épaule, l'avant-bras, la main. Elle répandit une coulée de cire rouge sur son losange de papier, souffla chaudement sur un petit cachet d'or en arrondissant les lèvres mignonnes, et, d'un geste brutal, presque masculin, pressa le sceau dans la cire visqueuse et brûlante. Elle l'y maintint fermement, les yeux mi-clos.

Quand elle le retira, sur l'écu contourné à la polonaise qui s'était empreint dans la cire, les trois plumes d'autruche des Mnichek s'épanouissaient sous la couronne comtale.

Marina se tourna vers Sergo pour lui remettre le pli, et les reflets des flammes coururent dans ses yeux.

— Tu diras à ton maître que c'est la dernière fois de ma vie que j'ai employé ce sceau. Qu'il m'en fasse faire un aux armes de la troisième Rome !

Elle jeta le cachet d'or dans la cheminée où rampaient encore quelques flammes sur des bûches qui s'étaient transformées en charbon sans perdre leur forme. Puis, se levant elle se dirigea vers son lit. L'audience était terminée. Sergo salua. Marina sembla s'adresser à la nuit qui régnait autour de son lit :

— Reconduis-le.

Elle regagna la tiédeur de son lit, se coula, se roula sous l'édredon. Elle songea qu'elle était mariée depuis tout à l'heure, mariée à ce Vlassiev écourté, ventru et chauve, avec des yeux comme des boutons bleus et un mouchoir dont il s'enveloppait la main pour ne pas toucher une peau promise à son souverain. Elle se l'imagina avec elle dans ce lit, et pouffa de rire toute seule dans la nuit.

5

Dès qu'ils furent dans le couloir, Danoucha se tourna vers Sergo.

Il la reconnut à peine. Son minois carré avait maigri, et perdu son caractère provocant ; ses joues creuses, ses yeux fiévreux éclairés d'en dessous par la bougie qu'elle tenait à la main dans un bougeoir d'argent, avaient une expression tragique.

— C'est toi, dit-elle.

Il sourit :

— Eh bien oui, moi.

Elle s'emporta :

— Ne comprends-tu rien ? Je ne savais pas si tu

étais vivant. Je ne savais rien de toi. Depuis un an. Quand l'ambassade était arrivée, quelle chance y avait-il que tu en fusses ? J'étais à ma lucarne depuis des jours. Je n'espérais pas te voir. Si, j'espérais. Sinon, je serais allée parler aux autres. Je leur aurais demandé s'ils connaissaient Sergo, un Sergo, un grand dadais blond qui n'ose pas remuer bras et jambes au son de la musique. Et puis je t'ai vu. Tu es entré le dernier dans la cour et tu étais le plus beau sur ton cheval. Tu avais l'air d'être le cheval. Tu avais beaucoup changé. Une pelisse de castor à boutons niellés, des bottes fortes de cuir rouge, et, sous ton bonnet de castor, le visage si triste, Sergo ! Ton pauvre nez long, si long ! Ta bouche en forme de douga ! Que t'est-il arrivé ? N'as-tu point la faveur du tsar ? Anissia te fait-elle des misères ? Ne me réponds pas. Je ne veux rien savoir. Mais tu t'es battu ? Tu as été blessé ? Tu me raconteras tout.

Elle parlait si vite qu'il avait du mal à la comprendre bien que, dans l'entourage de Dmitry, il se fût habitué au polonais.

— Tu te souviens donc de moi, Danoucha ?

— Tu as quitté Cracovie il y a un an, et il ne s'est pas passé de jour que je n'aie prié la Sainte Vierge pour toi. Je dansais avec d'autres, je pensais à toi ; je souriais à d'autres, je rêvais à toi. J'étais la première à rencontrer quiconque revenait de Moscovie, pour en avoir des nouvelles. Quand le comte est rentré après vous avoir abandonnés dans les neiges, je lui aurais arraché les yeux, mais j'ai mis mon plus beau sourire pour aller lui demander s'il t'avait vu. Il s'est moqué de moi en me pinçant partout, et il m'a dit que je ne devais pas aimer un grossier personnage qui sortait de sa tente sans le saluer.

— Je ne comprends pas que tu aies tant pensé à moi, Danoucha. Ne nous sommes-nous pas quittés brouillés ?

— C'est toi qui étais brouillé et embrouillé, toi tout seul. Pas moi. Me diras-tu que tu n'as jamais pensé à moi ? Pas une seule petite fois ?

Sergo se sentit rougir.

— J'ai pensé à toi, Danoucha. Surtout les premiers temps, j'avais du mal à t'oublier. Tu m'apparaissais la nuit. Puis, en approchant de Moscou, j'ai surtout pensé à Avdotia Prokhorovna.

— Et en revenant à Cracovie ? As-tu songé que tu me reverrais peut-être ?

— Pas souvent. Mais aujourd'hui j'ai remarqué que tu n'étais pas au banquet et au bal et j'ai été un peu triste.

— C'est que la comtesse Marina voulait que ses cadeaux fussent rangés : j'y ai passé la soirée.

Ils avaient suivi un couloir, gravi un escalier. La grande maison dormait, et eux se parlaient bas comme s'ils disaient des secrets.

— Tu me raconteras la guerre ? J'aime les histoires de guerre. Tu me diras combien d'hommes tu as sabrés et les dangers que tu as courus. Tu veux bien ? Tu n'as pas sommeil ?

Elle lui prit la main pour le guider dans le dédale tortueux des chambrettes et des galetas.

— Tu verras, je suis bien logée. Je suis seule et j'aime être en haut : comme il faut du temps pour descendre, la comtesse Marina préfère réveiller d'autres filles.

Ils grimpèrent une échelle de meunier, lui passant devant par respect. Ce fut elle qui, se glissant sous son bras, poussa la porte.

Elle était bien installée, en effet, tout en haut d'une tourelle carrée où il aurait fait affreusement froid, car les quatre vents donnaient leurs coups de boutoir contre les quatre pans de toit entre lesquels ce nid s'encastrait, si quatre conduits de fumée en brique n'avaient pas formé les angles de la tourelle, si bien que c'était au contraire comme une nacelle de chaleur suspendue au-dessus de l'hôtel Mnichek, au-dessus de tout Cracovie.

A la hauteur du plancher, quatre lucarnes regardaient les quatre points cardinaux et il n'y avait pas d'autres fenêtres. Le plafond était en pointe. La charpente se perdait dans le noir, mais des chaînes en descendaient, au bout desquelles se balançaient des angelots en porcelaine, en argent, en cuivre, en papier mâché. Des peaux et des tapis jonchaient le sol. Du bois était préparé dans la cheminée avec de vieux chiffons qui fumaient doucement dessous.

Danoucha s'accroupit et, en trois coups de soufflet, eut allumé une flambée. Une épinette et un luth luisaient dans un coin. Un lit bas était couvert de fourrures. Un paravent de bois sculpté cachait le coin réservé à la toilette. L'air était parfumé à l'héliotrope. Sur le rebord du foyer étaient posés une carafe d'une belle robe vineuse et deux verres de cristal taillé, gravé aux armes des Mnichek.

— Prends le fauteuil, dit Danoucha. Je préfère m'asseoir par terre.

Sergo prit le fauteuil. Danoucha versa le vin.

— C'est du vin cuit de Portugal, dit-elle. Il est fort et doux, comme tu dois l'être, si je ne me trompe pas sur toi.

Elle se mit à genoux pour le servir, puis, s'asseyant adossée au montant de la cheminée et les mains liées autour des genoux :

— Raconte.

Personne n'avait jamais demandé à Sergo de rien raconter. Il fut gêné. Elle le guida :

— Parle-moi de ton tsarévitch. Je suis sûre qu'il a eu peur au feu.

— Dmitry Ivanytch ? Peur ? Tu aurais dû le voir charger !

Et soudain il connut la douceur de partager ses

angoisses, ses sacrifices, son triomphe avec cette jeune femme qui ne le quittait pas des yeux et, de temps en temps, soupirait, comme si elle revivait pour de vrai, et non pas seulement par l'évocation, les épreuves et les joies du conteur. Quand sa verve tarissait, elle la réamorçait en posant une question sur la magnanimité de Dmitry, et puis elle l'aiguillait dans une autre direction :

— Et toi, que faisais-tu ce jour-là ? Et toi, n'avais-tu pas soif ?

Elle aima que ce fût Sergo qui eût accompagné le tsarévitch à son premier rendez-vous avec la terre russe, elle versa des larmes en apprenant que c'était lui qui avait eu l'idée de racheter la pelisse au Polonais insolent, elle s'indigna de savoir qu'il eût cédé sa jument blonde au moment de la poursuite (car Sergo, dans son ingénuité, ne lui taisait rien de ses hauts faits) :

— Tu es donc fou ! lui cria-t-elle. Je ne t'aime plus. Dommage que tu ne te sois pas fait tuer. Non, ne m'écoute pas, je blasphème.

Elle lui bouchait les oreilles avec ses petites mains.

Lui repassait tout dans sa mémoire : le tsarévitch cassant d'un coup de poing la mâchoire du voleur de pelisse, la trahison des Zaporogues, le ralliement de Basmanov, et il se mettait à gesticuler, à hausser la voix :

— Tu comprends, eux, ils étaient sur la crête, et nous avions le ravin à traverser...

Puis il buvait une gorgée de vin cuit du Portugal.

Quelle joie c'était pour lui de voir, dans les yeux noisette foncé de Danoucha, les oriflammes se déployer, la cavalerie charger, les chevaux bondir par-dessus les haies ! Comme il lui était doux de la regarder sourire, d'entendre ses murmures de pitié, ses petits cris d'admiration ! Se revoyant sous les remparts de Novgorod-Séversk ou sur les pentes de

Dobrynitchi, il riait de savoir, comme lorsqu'on a commencé un livre par la fin, que tout s'était bien terminé, et Danoucha en riait avec lui.

Comme elle le pressait de lui donner des détails, il lui raconta comment il avait abusé Mstislavsky par une ruse de guerre. Elle comprit aussitôt les dangers courus, les souffrances endurées, se rapprocha de lui, glissa ses doigts dans sa main, et, lorsqu'il raconta les coups qu'il avait reçus du dizenier pendant que Chouïsky lampait son borchtch, elle se mit à baiser lentement ses phalanges les unes après les autres.

— Ils allaient te tuer, n'est-ce pas ?

— Oui, ils allaient sûrement me pendre. Mais mon frère...

Il raconta l'intervention inopinée de son frère.

— Et il m'a donné son propre kandjar, car le dizenier m'avait pris le mien. Regarde.

Il s'agenouilla près d'elle, et tira le kandjar du fourreau d'argent, pouce à pouce, comme un objet sacré. La mince et noble lame, cannelée en son milieu, sortit avec un léger chuintement, polie, aiguë, éblouissante.

Danoucha regardait Sergo. Les yeux noisette étaient devenus noirs. Elle effleura la lame effilée du doigt, l'approcha de ses lèvres et la baisa, sans cesser de regarder Sergo.

Dans le foyer, une bûche s'effondra, projetant un feu d'artifice ; des flammèches bleues coururent le long des tisons ; les braises semblaient souffler de la chaleur dans la chambre. Dehors, autour de la tourelle, des chats-huants voletaient au-dessus des pentes abruptes du toit couvertes d'un molleton de neige.

CHAPITRE IV

SAPES

1

Gracié par le Félon, Aleksandro n'avait éprouvé aucune gratitude. On n'est pas reconnaissant au diable, et quiconque s'emparait par la fourbe du trône de la sainte Russie ne pouvait être que le diable ou son truchement.

La peine d'Aleksandro avait été commuée en exil et ses biens n'avaient pas été confisqués. Il laissa des ordres pour que la vie continuât dans sa maison de Moscou comme s'il partait pour une courte absence et prit le chemin de Psarskoïé. Que le prince Chouïsky, auquel Aleksandro s'était donné, dût, un jour ou l'autre, faire appel à lui, il n'en doutait pas : il n'y avait qu'à attendre.

Le voyage se fit sans hâte. Aleksandro n'était pas pressé d'arriver, il épargnait les chevaux. Les Tartares qu'il avait emmenés chevauchaient silencieusement derrière lui, respectant la douleur du maître qui avait perdu la faveur du tsar : ainsi comprenaient-ils les événements.

C'était encore le plein été quand la vieille maison apparut de loin, construite en bois au revers d'une des collines verdoyantes de la région de Kostroma.

L'étage se haussait au-dessus d'une palissade englobant les communs ; des chênes touffus se pressaient contre un des côtés. Aleksandro avait passé là une partie de son adolescence, mais il n'était pas attaché à ces lieux. Il constata que les champs qui entouraient la maison étaient en friche, que les foins dans les prés n'avaient pas été convenablement rentrés, que les glands mêmes n'avaient pas été ramassés pour servir de pâture aux cochons, mais cela ne fit que l'irriter, pas davantage. Il fut plus choqué de voir un volet pendant au bout d'un piton descellé et de n'être pas accueilli lorsqu'il poussa le portail.

Les mauvaises herbes poussaient dru dans la cour intérieure et de petits enfants nus couraient à quatre pattes entre les touffes d'orties. L'escalier extérieur qui conduisait à l'étage noble était gauchi.

— Holà ! cria Aleksandro.

Ses Tartares se massaient derrière lui, dans l'ouverture du portail.

Un visage affolé apparut à une fenêtre de l'étage : une femme en cheveux, Evfimia.

— Seigneur mon Dieu ! Le maître ! Le maître est arrivé ! cria-t-elle en disparaissant comme dans un trou.

Il prit son temps pour mettre pied à terre dans le plantain monté en graine. A l'intérieur, tout entrait en branle, on entendait courir, monter, descendre, les portes claquaient, les marches tremblaient. Soudain un petit bolide dévala l'escalier extérieur, et s'arrêta, intimidé soudain, se demandant s'il ne ferait pas mieux de remonter aussi vite. Aleksandro en eut le cœur transpercé. Ce garçon timide, mais bien campé sur ses jambes, ne lui déplaisait pas.

— Eh bien, qu'attends-tu, Sandro ? Conduis mon cheval à l'écurie.

L'enfant, reconnaissant de cette échappatoire, approcha par la gauche, passa la rêne par-dessus la tête du cheval sans le regarder dans les yeux, fit claquer sa langue et se dirigea vers les communs. Le cheval lui emboîta aussitôt le pas : bon signe. Sur le seuil de l'écurie, l'enfant se retourna :

— De l'avoine aussi ? demanda-t-il d'une voix claire.

Ce furent les premiers mots qu'il prononça. Aleksandro l'aurait embrassé pour ce « De l'avoine aussi ? » Il répondit seulement :

— Pas plus d'un picotin.

Et puis il ajouta — un cadeau, déjà :

— Si tu veux pouvoir le monter, un jour.

Les yeux embués, il se détourna vers l'escalier.

Sa femme se tenait en haut. A la hâte, elle avait noué un fichu autour de sa tête et passé un sarafan rouge par-dessus le brun qu'il avait aperçu tout à l'heure.

Lentement, il monta l'escalier, dont chaque marche grinçait sous ses bottes, et, lorsqu'il arriva sur la galerie, sa femme était ployée en deux devant lui, les mains croisées sur l'estomac. Lui aussi s'inclina devant elle. Elle s'effaça pour le laisser entrer.

Il s'attendait à trouver dedans le même désordre que dehors, mais ici, au contraire, tout était aussi propre et rangé que du temps de sa mère, la défunte princesse Miloslavsky, les bancs alignés le long des murs, la table polie, la vaisselle brillant dans le vaisselier. Une veilleuse bleue éclairait les icônes, et il pria devant elles avant de demander à sa femme :

— Où est le père ?

Elle ne savait pas.

Il fronça le sourcil :

— Comment ?

Elle, apeurée, expliqua que le père avait renoncé à habiter la maison. Ce n'était pas sa faute à elle. Quand elle était arrivée avec Sandro, le père était déjà installé au chenil, dans un réduit où personne ne pénétrait. Il ne s'occupait ni des paysans ni du domaine. Les serfs faisaient ce qu'ils voulaient. Evfimia avait du mal à subsister.

— Mais que fait le père ?

— Il pose des collets, des filets. Il chasse à l'arc. Il se nourrit tout seul. Il ne parle pas.

— Même pas à Sandro ?

— Il lui apprend à chasser, à pêcher, à dresser les chiens, mais presque sans parler. Sandro fait comme lui. Il rapporte des brochets, des outardes...

Aleksandro s'assit sur un banc et Evfimia s'enhardit jusqu'à lui demander :

— Que veux-tu manger ? Veux-tu boire ? Te ferai-je chauffer les bains ?

— As-tu donc encore des serfs qui t'obéissent ?

— Les serfs domestiques, bien sûr.

— Alors je veux tout. Qu'on nourrisse mes chevaux et mes gens. Je veux un bain, je veux manger, je veux boire et je veux dormir.

*

Après le bain, il mangea seul à la grande table, servi par sa femme. L'enfant n'avait pas reparu. Dans un coin de la salle se dressait un beau poêle à carreaux blancs et verts, et, sur le conduit de fumée horizontal, était disposé le lit. Aleksandro était fatigué et se coucha tôt dans le vaste lit. C'était ici qu'Evfimia devait dormir d'ordinaire, mais, après s'être inclinée, elle se retira. Lui s'endormit aussitôt.

Il s'éveilla le lendemain matin, surpris des bruits innocents de la campagne, le chant des coqs, le grognement des cochons, le flûteau du pâtre, et voulut déjeuner. Des ombres de domestiques paraissaient et disparaissaient, mais la présence du maître les plongeait dans la terreur et ce fut une fois de plus Evfimia qui vint le servir. Lui, se mettant à table, exigea qu'elle s'y mît avec lui et qu'on fît venir Sandro. Ce fut donc un serf qui apporta le pain, le lait caillé, les baies, le fromage, le miel, le saucisson, les confitures diverses, les infusions, la vodka.

— Quel âge as-tu ? demanda Aleksandro à son fils en plongeant sa tranche de pain dans l'écuelle commune de lait caillé.

— Dix ans.

Aleksandro mangea son pain lentement. Evfimia lui présentait déjà la miche pour qu'il en reprît. Cela l'agaça, mais il ne lui fit pas de reproches.

— Sais-tu lire ?

— Oui, père. Le russe et le slavon.

— Qui t'apprend ?

— Ma mère.

— Je lui apprends ce que je peux, dit la mère comme pour s'excuser. Le curé n'est pas très savant.

Aleksandro mangea du saucisson et but une tasse de lait qui avait été chauffé au four, si bien qu'il s'était couvert d'une belle croûte noire et jaune craquant sous les lèvres.

— Te rappelles-tu, Sandro, ce que je t'ai dit le jour où je t'ai envoyé ici ?

— Oui.

— Que t'ai-je dit ?

— Que je suis un homme du tsar.

L'enfant regardait son père d'un air alerte, curieux, soumis, mais nullement effrayé.

Aleksandro mâchait sans hâte. Il réfléchissait pour la première fois à ses responsabilités de père.

— Il n'y a plus de tsar, dit-il enfin. Evfimia, je te parle aussi, ajouta-t-il en remarquant qu'elle faisait des signes au domestique pour qu'on apportât encore du lait chaud. Il n'y a plus de tsar légitime. Un tsar qui n'est pas légitime n'est pas un tsar. Celui qui règne à Moscou est un imposteur. Nous servirons le tsar quand il y en aura un. Pour le moment, nous servons le prince Vassily Ivanytch Chouïsky.

— Le prince Vassily Ivanytch Chouïsky, répéta l'enfant pour mieux se rappeler.

Cela plut à Aleksandro.

— J'attends, dit-il, que le prince m'appelle à lui. En attendant, je vivrai ici. Mes gens vont raconter à tout le monde que j'ai perdu la faveur du tsar, car pour eux quiconque règne est déjà le tsar. Mais ce n'est pas un tsar qui m'a exilé et je ne porterai pas la barbe en signe de deuil, car il n'y a pas de deuil à être exilé par un filou. As-tu un cheval que tu puisses monter, Sandro ?

— Je peux monter tous les chevaux.

— Vraiment ? Tes pieds n'atteindraient pas le bas de la selle.

— Pas besoin de selle. Je monte les grands chevaux à cru. Mon petit cheval à moi, je le monte avec une selle.

— Fais-le seller alors, dit Aleksandro en se levant.

— Je le selle moi-même.

— Alors selle le mien aussi.

L'enfant sortit en courant. Les parents restèrent seuls, partageant la même joie, la même fierté, ce qui mit Aleksandro mal à l'aise.

Il sortit et se tint sur la galerie. Il vit Sandro bavarder avec le Tartare palefrenier qu'il voyait pour la première fois. Cela aussi plut à Aleksandro. Les hirondelles volaient haut dans le ciel. En bas de la colline, l'étang était comme aveuglé du soleil qu'il réfléchissait.

Les serfs domestiques s'apprivoisaient peu à peu. Certains connaissaient Aleksandro depuis son enfance. Une vieille édentée vint lui baiser l'épaule. Deux jeunes femmes qui se tenaient à l'entrée du cellier se cachèrent le visage avec leur manche pour mieux rire de ce que l'une d'entre elles avait dit à l'autre à son sujet. Un jardinier s'agenouilla près du ruisseau de purin qui s'écoulait dans la cour.

Le cheval d'Aleksandro était bien sellé, la couverture sans un pli, la sous-ventrière tendue. Le père et le fils montèrent à cheval.

— Tu connais les limites de nos terres ?

— Oui.

— Conduis-moi.

Ils chevauchèrent toute la journée. Aleksandro se rappelait le terrain, mais certains repères lui manquaient, soit qu'il n'eût jamais fait l'effort de s'en souvenir, soit qu'ils eussent disparu. Une chapelle avait brûlé. Une futaie était devenue impénétrable. Des champs jadis labourés étaient maintenant envahis de broussailles que les chevaux ne pouvaient traverser. Aleksandro se rappelait ces terres fumées, engraissées, rapportant gros. Sans cesse, le père demandait au fils :

— Ici, c'est à qui ?

— A nous.

Cela plut à Aleksandro que l'enfant dît « A nous ».

— Et là ?

— A Nikita.

— Et ça ?

— A Isaac.

— Et ce verger là-bas, qui a l'air bien biné ?

— A Mirone Kouzmitch.

Ils allaient plus loin.

— Ces blés qui auraient déjà dû être rentrés ?

— C'est à nous.

— Et ces chaumes, qu'on dirait soigneusement glanés ?

— A Mirone Kouzmitch.

Ils chevauchèrent longtemps en silence.

— As-tu des amis, Sandro ?

— Il y a Michka, mais je ne le vois pas souvent.

— Quel Michka ?

— Michka Romanov. Le tsar Boris a forcé sa mère à se faire nonne. Michka habite à trois jours d'ici.

Quelquefois ma mère me permet d'aller le voir. Quelquefois elle l'invite.

— Vous jouez bien tous les deux ?

— Nous jouons bien, mais il est plus sage que moi.

— Tu n'es pas sage ?

Sandro réfléchit. Il finit par dire, se rappelant avec un plaisir visible quelque espièglerie :

— J'aime bien m'amuser.

Puis il ajouta sur le ton de la confidence et presque de la terreur religieuse :

— Lui, Michka, il est comme un saint.

Ils chevauchèrent. Sandro montait naturellement bien ; malgré ses cheveux châtains et ses yeux clairs, le sang tartare devait parler en lui. A un moment, il s'arrêta pour vérifier si sa sous-ventrière était bien tendue. D'abord Aleksandro l'avait laissé guider la promenade, passer du pas au trot, au galop, à son choix. Peu à peu, ce fut le père qui prit des initiatives, pour rendre les choses plus difficiles, galopant pour descendre, sautant des troncs d'arbres. Le fils s'adaptait gaiement.

Ils s'arrêtèrent sur le front d'une colline pour laisser reposer les chevaux. On découvrait de là un paysage vallonné. A un bout, une forêt toute noire fermait l'horizon. De ce côté s'étendaient les marécages où Aleksandro avait chassé dans son enfance.

— Comment va ton grand-père ? demanda-t-il par surprise.

Pendant très longtemps l'enfant ne répondit rien. Enfin :

— Lui, il prend des truites avec ses mains. Moi, je n'y arrive pas encore.

Aleksandro n'insista pas.

Ils traversèrent le village. Aleksandro s'attendait qu'on vînt le saluer : il avait toujours eu de bonnes relations avec les villageois. Mais aucun homme ne se montra, et les femmes ne le regardaient que par-dessus les haies ou entre les planches des poulaillers, se croyant invisibles. Un vacarme provenait du cabaret.

— Allons voir le pope, dit Aleksandro.

Le vieux prêtre barbu, pas trop propre, habitait une isba à peine plus soignée que les autres. Il reconnut Aleksandro, le bénit, bénit Sandro, les fit entrer dans sa pièce unique. Sa vieille femme malade gémissait sur le poêle, mais elle se leva pour servir le kvas et le pain noir. Ni le père ni le fils n'avaient rien mangé de la journée parce que l'un voulait vérifier l'endurance de l'autre.

— Que se passe-t-il donc à Moscou, notre maître ? demanda le curé. Est-il vrai que le tsarévitch de naissance ait été couronné tsar ?

— Non, cela est faux. C'est un filou qui a été couronné. Mais cela va s'arranger un de ces jours. Dis-moi plutôt ce qui se passe à Psarskoïé.

Le curé leva les bras au ciel.

— Il n'y a pas de maître, voilà quoi. Sauf ton respect, le vieux est... (Il se heurta le front du doigt.) Celui-là (il montra Sandro) n'a pas l'âge. Imagine-toi ce qui arriverait au monde si le Seigneur Dieu était trop vieux ou trop jeune ! Comment le soleil et la lune sauraient-ils ce qu'ils doivent faire ?

— Qui est Kouzmitch ?

— Un nouveau venu. Apre au gain. Chez lui, la terreur règne. Mais ils travaillent, lui, sa femme, ses fils, ses filles, ses belles-filles, que c'en est un plaisir. Il est ponctuel aux vigiles et aux liturgies.

Le soleil obliquait vers son couchant quand Aleksandro et son fils reprirent le chemin de la maison.

— Père, demanda Sandro, si le tsar n'est pas le tsar, qui est le tsar ?

Aleksandro mit du temps à répondre :

— Je ne sais pas, fils.

L'intelligence de Sandro n'était pas tout empirique comme celle de son père. Il avait déjà préparé la question suivante.

— Dans le fond, qu'est-ce que c'est qu'un tsar ?

Les ombres s'allongeaient sur le sol. Les chevaux pressaient l'allure.

— Un tsar, c'est un oint de Dieu.

— Le faux tsar d'aujourd'hui n'est-il pas oint ?

— On dit qu'il l'a été.

— Et pourtant il n'est pas le tsar ?

— Non.

Le père et le fils virent tous les deux que ces réponses n'étaient pas logiques. Le fils poussa plus loin.

— Comment devient-on tsar ?

— En naissant fils de tsar.

Sandro retourna le sujet dans sa tête.

— Mais le premier tsar ? Le tout premier. Il n'a pas pu naître fils de tsar.

— Il a été reconnu tsar par son peuple. Pour être vraiment tsar, il faut être reconnu par le peuple.

— Et ce faux tsar-ci n'est pas reconnu ?

— Il est reconnu.

— Pourquoi n'est-il pas le tsar alors ?

— Parce qu'il n'est pas fils de tsar.

— Je comprends. Il y a un vrai fils de tsar et il lui a pris sa place.

— Non. Il n'y a pas de vrai fils de tsar.

— Alors qui devrait être tsar ?

Sandro s'était emparé d'un paradoxe et il n'allait pas le lâcher. Il sentait qu'il embarrassait son père, et cela ne lui déplaisait pas. Il voulait la vérité.

Aleksandro réfléchit longuement. On approchait de la maison quand il arrêta son cheval et dit :

— Ce n'est pas simple, Sandro. Quand la famille du tsar est tarie, qu'il n'y a plus personne, on doit choisir un autre tsar, c'est vrai. On l'oint. Si on l'a bien choisi, Dieu l'aide. Si on l'a mal choisi, tout va mal. La terre elle-même refuse de produire. C'est ce qui s'est passé avec le tsar Boris. Le faux tsar de maintenant, c'est vrai qu'il est oint et que le peuple l'aime. C'est vrai aussi qu'il est courageux et malin. Tu vois, mon fils... (Aleksandro lui-même commençait à y voir plus clair) si cet homme, qui qu'il soit, était venu et avait dit : « Vous n'avez plus de tsar ; je suis capable de l'être : m'acceptez-vous ? » — peut-être qu'il aurait pu devenir un vrai tsar tout neuf. Peut-être que Dieu l'aurait aidé. Mais il n'a pas dit cela. Il a menti. Il a dit : « Je suis le fils de votre tsar, je suis votre vrai tsar. » C'était un mensonge. Tu connais le proverbe : « Ce que l'œil est à l'homme, le tsar l'est au peuple. » Un œil qui ment n'est bon ni pour l'homme ni pour le peuple. Un œil qui ment est un œil impur. Voilà ce que je peux te dire.

Sandro récapitula :

— Donc, pour être tsar, il faut être oint, reconnu par le peuple, et, si possible, fils de tsar ; sinon, il faut être pur ?

— Voilà, répéta Aleksandro.

*

Le soir tombait quand il se dirigea vers le chenil.

— N'y va pas, notre maître, lui dit un valet. Les chiens ne te connaissent pas : ils te mangeront vivant.

Aleksandro ne se souciait pas d'être attaqué par une meute. Il passa ses pistolets dans sa ceinture, se gardant de prendre un bâton. Il souleva le loquet et poussa la grille de bois.

L'enclos était sablé et bien plus propre que la cour. De chaque côté s'allongeaient trois futailles posées sur le flanc et servant de niches. Six molosses occupaient les lieux. Les uns étaient étendus devant leur niche et se relevaient lentement dans le crépuscule, en montrant les crocs. D'autres grondaient dans leurs tonneaux qui résonnaient.

Aleksandro s'arrêta et fit entendre le sifflement particulier que son père utilisait pour se faire reconnaître de ses chiens et qu'il n'avait pas oublié. Les grondements cessèrent aussitôt et, si des museaux de chiens peuvent exprimer la consternation, ces museaux-là ne s'en firent pas faute. Aleksandro fit un pas de plus. Les grondements reprirent. Un chien gris aux pattes blanches, son poil rêche se hérissant sur son râble, baissait la tête comme une hyène. Un autre bavait. Continuant à siffler, Aleksandro s'avança. Il était homme de cheval, non de chien, et ne savait ce qui allait se produire, mais les chiens, grondant toujours, le laissèrent arriver jusqu'à la porte basse donnant sur le réduit qu'habitait son père. Il poussa le battant et entra.

Oui, c'était un réduit, à peine bon pour le dernier des serfs, avec un poêle servant de lit dans un coin, des murs de torchis qui s'effritaient, une table, un banc. Il n'y avait pas d'icône, si bien qu'Aleksandro dut se signer dans le vide.

Le vieux était assis sur le banc. Ses cheveux gris qu'il ne coupait pas se mêlaient à sa barbe grise qu'il ne taillait pas non plus pour former un buisson hirsute dans lequel on distinguait, sous des paupières épaisses striées, comme des coquillages, de rides profondes, deux yeux noirs et myopes. On l'aurait pris pour une vieille souche moussue ou pour un rocher couvert de quelque végétation désertique. Un grand livre était étalé devant lui, éclairé par une lamelle de bois résineux fiché dans un support fait d'un bout de bois fendu. Un doigt racorni ressemblant à une vieille racine ou à un bout de carapace de tortue glissait lentement de syllabe en syllabe, une bouche remuait sous la barbe, comme un carnivore embusqué dans une broussaille. Un marmottement ahanant sortait de la large cage thoracique du vieillard.

Lorsque la porte s'ouvrit, il acheva un mot, puis s'arrêta de lire et leva les yeux. On eût cru deux bernard-l'ermite miroitant sombrement dans leurs coquilles.

— Les chiens ! fit-il sourdement, d'une langue déshabituée de parler. Les chiens ?

Aleksandro s'agenouilla et toucha du front la terre battue.

— Mon père, ne me reconnais-tu pas ?

— Les chiens ?

— Les chiens m'ont laissé passer.

Le vieillard poussa un mugissement à peine perceptible, puis hocha la tête avec approbation.

— Reconnu l'odeur, fit-il.

Aleksandro s'étonna : baigné de la veille, il ne dégageait qu'une odeur de bonne sueur fraîche d'homme et de cheval, alors que son père sentait le chien plus fort que ses six molosses réunis.

— Notre sang de Tartares : ils le flairent, précisa le vieux.

Aleksandro s'était relevé. Cet anachorète penché sur ce livre, dont les caractères d'un beau noir et les majuscules formant rubrique luisaient sur le parchemin jaunâtre, avait changé l'histoire du pays. S'il n'avait pas, quatorze ans plus tôt, ouvert une gorge d'enfant d'une oreille à l'autre, que serait-il arrivé ? Sans doute y aurait-il eu une guerre civile entre Boris, le régent sans naissance, et Đmitry, le tsarévitch bâtard. En tout cas, le Félon ne porterait pas aujourd'hui la Tiare de Monomaque.

— Père, pourquoi n'y a-t-il pas d'icône chez toi ?

— Pas digne.

— Es-tu digne de lire l'Écriture ?

— La vie des saints. Des pécheurs. Des grands pécheurs. Vladimir. Constantin. Paul lui-même. Marie l'Égyptienne. Tous saints ! Pas seulement sauvés : saints ! répéta Psar avec une jubilation dont Aleksandro devina la raison.

Le vieux tapota son livre du doigt.

— Ta mère m'a appris à lire là-dedans.

— Père. Les bâtiments croulent. Les arbres ne sont pas émondés. Les paysans ne cultivent même pas leurs propres champs sans parler des nôtres. Les pères sont au cabaret, les petits enfants courent tout nus. Le domaine dépérit. Tu ne veux pas y porter remède ?

— Pas le temps.

— Tu n'as pas le temps ?

— Non, dit le vieillard. Il faut s'occuper des chiens. Il faut lire le livre. Il faut se nourrir.

Jeune, Psar était parti d'une condition presque animale ; il était devenu l'un des principaux opritchniks d'Ivan le Terrible ; à l'approche de la mort, il retournait à l'état de nature. Commander, organiser, vivre des autres n'avait jamais été son fait. Que lui restait-il de son élévation passée ? Ce volume de la Vie des saints qu'il recommençait déjà à lire : son ongle fendillé cheminait de lettre rouge en lettre noire et il articulait tout bas :

— A-près-a-voir-pra-ti-qué-des-sa-cri-fi-ces-humains...

— Père, interrompit Aleksandro. Ce domaine t'a été donné par le tsar. Il est mon patrimoine. Il sera celui de Sandro. Permets-tu que je m'en occupe de mon mieux ?

Le vieux Psar fit distraitement oui de la tête et poursuivit sa lecture :

— ... ce-lui-de-saint-Fé-odor-et-de-saint-I-van...

*

Aleksandro, son fils et sa femme soupèrent ensemble. Les yeux de Sandro se collaient de sommeil et il tâtonnait avec sa cuiller à côté de son écuelle, mais il avait passé la plus belle journée de sa vie, et il se réjouit d'entendre son père dire à sa mère :

— Je te remercie, Evfimia. Tu élèves bien mon fils. Il est dur à la faim et à la fatigue. Il monte aussi bien qu'on le peut à son âge. Il est réfléchi et bien disant.

Ils mangèrent en silence, et puis Aleksandro demanda à sa femme :

— Pourquoi la maison est-elle bien tenue quand la cour l'est mal et la terre plus mal encore ?

— J'étais responsable de la maison ; tu ne m'avais pas donné d'ordres pour la terre, dit Evfimia en baissant les yeux. D'ailleurs je n'en sais pas aussi bien le gouvernement que celui du ménage. Pourtant j'ai vu faire mon père et je m'y connais un peu. Mais je ne pensais pas devoir m'en mêler. Pour m'occuper de la cour, il ne me reste plus assez de serfs : certains sont allés vivre au village, d'autres se sont enfuis.

Aleksandro croquait ses concombres après les avoir enduits de miel.

— Mon père n'est plus le maître ici ; dit-il. Qu'il pêche, qu'il chasse qu'il lise la Vie des saints. C'est assez pour un vieil homme. C'est moi qui suis le maître à Psarskoïé maintenant.

Avant de se coucher, il demanda à Evfimia :

— Que penses-tu de Mirone Kouzmitch ?

— Il cultive bien les champs que tu lui loues. Il paie quand il doit. Il connaît le métier et c'est un homme de parole.

Cette nuit-là, Aleksandro coucha de nouveau seul dans le grand lit. Par les fenêtres ouvertes entraient les senteurs de l'été, et, de temps à autre, un hanneton noctambule qui bourdonnait longtemps avant de trouver la sortie.

« Je dois relever ce domaine où il y a tout ce qu'il faut, de l'eau et des bois, de la terre à herbe pour les bêtes et de la terre à seigle pour les hommes, pensait Aleksandro. Sans doute pourrais-je accepter ma disgrâce, oublier le faux tsar et le prince Chouïsky et vivre en paix sur mon lopin. Mais Dieu ne m'a pas donné de don pour la terre et je ne dois pas m'en occuper. »

Le matin, il se réveilla avec un grand désir de lait de jument et en réclama. Evfimia fut ravie de l'entendre exprimer un souhait. Il déjeuna au lait de jument et au fromage de brebis. Cette rusticité lui plaisait ; en même temps, il se savait fait pour la complexité cruelle des guerres et des intrigues, pas pour la candeur pastorale.

Evfimia avait déjà pris l'habitude de s'asseoir à table avec lui, encore qu'un peu de côté, comme si, d'un moment à l'autre, il allait la renvoyer à la cuisine. Il lui dit :

— Tu sais que je ne suis pas ici pour longtemps. En mon absence, tu gouverneras le domaine.

Elle s'était crispée à l'annonce de son départ.

— Le domaine n'est-il pas à ton frère Sergo comme à toi ?

Elle aimait beaucoup Sergo l'innocent, le respectueux.

— Sergo n'est plus mon frère. Si jamais il revient ici, lâche les chiens. Oublie Sergo, pense à Sandro.

Evfimia prit sa tête maigre entre ses mains, parce qu'elle voulait réfléchir pour ne pas dire de sottises.

— Je ne connais pas assez la culture, fit-elle enfin.

Aleksandro alla faire quelques pas autour de la maison, réfléchissant lui aussi, et attendant de voir si Sandro viendrait le retrouver.

Comme il était dans le verger, pestant contre le lierre qui montait à l'assaut des cerisiers, Sandro se montra à distance, ne voulant ni déranger son père ni manquer cette occasion de passer du temps avec lui. Autant que le teint clair, il avait la délicatesse des Miloslavsky.

— Viens ici. Vas-tu quelquefois chez ton grand-père ?

— Souvent.

— Les chiens ne t'attaquent-ils pas ?

— Les chiens m'obéissent. Grand-père dit qu'ils sentent mon sang tartare.

Aleksandro saisit son fils à bras-le-corps et le lança en l'air comme s'il avait un an. Il le rattrapa et le reposa à terre. Pour cacher sa gêne de s'être ainsi laissé aller, il parla avec précipitation :

— Sandro, si on t'offrait le choix : ou de passer ta vie ici, à faire les foins et les moissons, à chasser, à pêcher, à te nourrir de tes propres baies, de tes propres champignons... ou d'aller servir le tsar contre les infidèles ou les hérétiques ou les boyards, de le servir au péril de ta vie et peut-être de ton âme, que préférerais-tu ?

A travers les ramures et les frondaisons, le soleil posait des ocelles de lumière sur le père et le fils. L'enfant, pieds nus dans l'herbe, releva sa tête châtaine que la lumière frisante du matin rendait blonde.

— Père, dit-il, t'ai-je donc mal compris la dernière fois ? Je croyais que, nous autres hommes du tsar, nous n'avions pas à choisir ni à préférer.

*

Aleksandro envoya chercher Mirone Kouzmitch.

C'était un petit homme qui paraissait presque frêle à première vue. Une coque de cheveux clairs couronnait son visage tiré, bilieux. Il était propre et des bandes de tissu s'entrecroisaient soigneusement sur ses jarrets. Cinquante ans.

Aleksandro le reçut sur la galerie, où il s'était fait mettre un banc. Evfimia se tenait debout à côté de lui.

— Je te souhaite la santé, notre maître, dit Mirone en tirant son bonnet.

Aleksandro avait l'habitude de juger les soldats d'un coup d'œil, mais il ne connaissait rien aux paysans.

— Mirone, dit-il très lentement, tu cultives ma terre.

— Et je te rends la moitié de ce que j'en tire, fit Mirone sur la défensive.

— J'ai vingt fois plus de terre que tu n'en peux cultiver avec ta famille.

— Tant mieux pour toi.

— Le reste de ce qui m'appartient, et ce qui appartient aux autres paysans, ils n'en font rien : c'est la jachère et la friche.

— Cela est vrai.

— Moi, je suis au service du tsar. Ma femme peut gouverner le domaine, mais elle ne peut pas commander les travaux des champs.

— Ce n'est pas la place d'une femme.

— C'est la place d'un intendant. Mirone Kouzmitch, tu seras mon intendant.

Mirone Kouzmitch secoua la tête.

— Non, sauf le respect, je ne le serai point.

— Pourquoi ?

— C'est trop d'embarras. Les hommes boivent. Ils paressent. Ils se querellent. Je ne suis pas le maître... C'est trop d'embarras.

— Tu seras l'intendant et tu partageras la récolte de ma terre en quatre : une part pour moi, une part pour toi et deux pour le travailleur.

C'était une proposition généreuse, mais Kouzmitch secoua encore la tête.

— Si je m'occupe de ta terre, quand m'occuperai-je de celle que je te loue ? J'y perdrais, notre maître.

— Tu n'y perdras pas. Tu loues le vingtième de ma terre et tu me donnes la moitié de ce qu'elle te rapporte. Tu gagnes donc un quarantième de ce que le domaine pourrait rapporter. Comme intendant, tu gagneras dix quarantièmes, sans compter le quarantième que tu as déjà. Tu vois bien que tu n'y perds pas.

— J'y perdrai, dit Mirone, têtu. Les autres ne m'obéiront pas. Je ne suis pas le maître, sang bleu et os blanc. Je suis comme eux, sang rouge et os noir. Je me ferai des ennemis, je ne cultiverai plus ma terre et je ne pourrai même plus te payer.

— C'est bien, dit Aleksandro. Alors prends ta famille, ton bétail, et va-t'en aux quatre vents. Demain matin je brûle ta maison.

Mirone le regarda en dessous pour voir s'il était sérieux. Il l'était : sa tête rasée et le double cimeterre de sa moustache ne permettaient aucune illusion. Mirone tourna et retourna son bonnet. Il coula un regard à Evfimia avec qui il aurait à travailler. Déjà servir un maître ne lui plaisait pas, mais une maîtresse ! Il demanda :

— Quand comptes-tu nous quitter de nouveau, notre maître ?

— Je ne le sais pas encore. Sûrement pas avant les semailles d'automne.

— D'ici là, c'est toi qui gouverneras ?

— D'ici là, je dirai aux paysans qu'ils aient à t'obéir. S'ils ne t'obéissent pas, je m'occuperai d'eux. Quand je serai parti, ma femme me rendra compte de tout. S'ils ne t'obéissent pas, je m'occuperai d'eux à mon retour. Mais toi, Mirone, si tu les pressures, si tu les voles, si tu ne respectes pas les veuves et les vieux, je m'occuperai aussi de toi. Pour commencer, tu rassembleras les villageois dans la cour : demain, au lever du soleil. Tous, hommes, femmes, enfants. S'il y en a qui ne veulent pas venir me voir, dis-leur que j'irai les voir, moi.

Et Aleksandro se leva pour signifier que l'audience était terminée.

Mirone redescendit l'escalier, tout pensif, calculant déjà combien de boisseaux de seigle rapporterait le domaine et quel serait le quart du total... Il ne remit son bonnet qu'après avoir franchi le portail.

*

Le soir, après le souper, Sandro alla se coucher et les parents restèrent seuls. De nouveau, Aleksandro réfléchissait. C'était cela qui l'ennuyait dans cette vie de propriétaire terrien : il fallait toujours réfléchir. Dans son autre vie, il agissait d'instinct.

Il réfléchissait à ceci : tout se savait à Psarskoïé, et sur quel respect sa femme pourrait-elle compter de la part des paysans s'ils savaient que son mari la dédaignait ?

Quand elle se leva pour aller regagner le cabinet où elle dormait, il l'appela sans la regarder, les yeux fixés sur les papillons de nuit tourbillonnant et grésillant autour de la bougie :

— Evfimia.

— Oui, mon seigneur ?

— Reste coucher.

2

Chouïsky, dans son exil, avait eu le temps de méditer sur son passé et sur son avenir.

Il n'avait jamais désiré le trône passionnément ; ce n'étaient que les richesses immenses des tsars qui le faisaient quelquefois rêver. Il avait servi Ivan et Féodor et même, dans les premiers temps, Boris avec loyauté. Ce n'était qu'à partir du moment où le trône de Boris avait vacillé qu'il s'était pris à se dire : « Si ce n'était lui, ce serait sans doute moi. » Alors il avait poussé Boris vers l'abîme, moins par ambition personnelle que parce que la présence de ce Tartare sur le trône de Rurik était choquante. Il pensait qu'une fois débarrassé de Boris, vieux renard et grand homme d'État, il lui serait facile de se débarrasser aussi de Dmitry, imposteur béjaune. Il s'était trompé. Quand et comment ?

« D'une part, calculait-il, j'ai sous-estimé l'engouement du peuple pour le Félon : si l'apprenti du ferblantier n'avait pas parlé, le complot aurait pu réussir. D'autre part, j'ai eu tort de choisir Konev qui n'avait ni discrétion ni courage : je me suis laissé piper par la fidélité de sa famille à la mienne. Enfin, je me suis trop pressé. Mais puisque la superbe du Félon m'a sauvé de ma propre folie, je vais cette fois prendre mon temps. Le temps joue pour moi jusqu'au moment où certaines habitudes seront ancrées et où il jouera contre moi.

Chouïsky avait médité ainsi tout l'été, marchant dans son jardinet, content de dépenser encore moins d'argent en exil qu'à Moscou. Les pluies de septembre étaient venues, et il marchait toujours, repoussant du pied les feuilles mortes qui s'amoncelaient. Parfois, il s'arrêtait et poussait un gloussement d'anticipation à l'idée que les douze étages de caves du Kremlin, toutes bourrées de trésors, pourraient être à lui. A des moments plus rares, il relevait la tête et sa face au long nez roux et aux paupières ourlées de rouge se transfigurait pour un instant : il sentait passer dans son sang le vent d'aventure qui avait amené ses ancêtres du Jutland en Frise, de Frise à Novgorod, de Novgorod à Kiev, de Kiev à Moscou... Puis, voûté et subtil, il recommençait à marcher dans les feuilles humides et à compter ses chances de réussir.

Un jour le pardon arriva.

Chouïsky rentra à Moscou et alla voir le tsar pour le remercier de sa clémence.

Dmitry, qui devenait de plus en plus désinvolte avec les boyards, lui prit la barbe entre le pouce et l'index replié et le regarda dans les yeux.

— Vassily, nous savons ce que nous savons, et j'aurais probablement dû te laisser couper ta tête, qui n'est pas trop jolie. Mais j'ai décidé d'en agir autrement avec toi. Je veux te garder auprès de moi pour que tu me serves de *memento vivere* permanent, je veux te combler de faveurs et d'honneurs, je veux te forcer à feindre de m'aimer. Comprends-tu, vieux filou ?

— L'âge, souverain, ne fait rien à l'affaire, répondit Chouïsky sans baisser les yeux.

Dmitry éclata de rire.

— Sans doute, mais tu viens toi-même de dire « souverain ». Un jour nous te persuaderons que nous le sommes pour de bon. Pour le moment, nous te conseillons de prendre femme : cela t'occupera, du moins les premiers temps.

Chouïsky s'inclina très bas ; il fit comme Mstislavsky et épousa une parente de la tsarine Maria, mais cela ne le détourna nullement de ses autres desseins.

*

Il avait compris qu'une seule conspiration ne serait pas suffisante pour renverser Dmitry Ivanytch. Il en tissa plusieurs.

D'abord il envoya en Pologne un Suédois, auquel il faisait fournir des femmes en grand nombre. Étranger, donc censé être impartial, il était porteur d'un message pour le roi. Sigismond refusa de le recevoir, mais cela n'avait aucune importance : il en raconta le contenu à qui voulait l'entendre. Il le tenait, prétendait-il, de la tsarine Maria : *Moi, nonne Marfa, veuve d'Ivan Vassilitch, je déclare que celui qui occupe aujourd'hui le trône de Russie n'est pas mon fils, mais un félon, un défroqué, qui a voulu jeter hors de l'église d'Ouglitch le cercueil de mon vrai fils Dmitry.*

L'opinion s'émut à Cracovie.

Ensuite Chouïsky monta l'affaire Bézobrazov.

Tenant ce gentillâtre par des dettes de jeu, dont il avait racheté les billets, il le présenta au tsar qui cherchait sans cesse des messagers à envoyer à Marina. Sur l'ordre de son créancier, Bézobrazov se vanta de savoir quelques mots de polonais, et fut aussitôt prié de se rendre en Pologne. Il ne montra aucun enthousiasme.

— La diplomatie, souverain, je n'y connais rien, et les Polaques, je ne peux pas les souffrir. Envoie-moi plutôt contre le khan avec un régiment.

— *Vchistkié diabli !* jura Dmitry. Ne vois-tu pas, ingrat, que je te donne l'occasion de te racheter de la crapule où tu t'es mis ?

Bézobrazov se soumit comme à regret et Dmitry se croyait parvenu à un tel degré de grandeur que les règles de sécurité qu'on lui avait inculquées dans les Carpathes ne s'appliquaient plus à lui : il s'imaginait avoir montré assez de prudence parce qu'il envoyait un homme remplir une mission qui lui déplaisait.

Ayant porté à Marina la lettre que le tsar lui avait confiée, Bézobrazov essaya de se faire recevoir par le roi, pour lequel, comme le Suédois, il affirmait avoir un message oral. Ainsi que prévu, le roi ne voulut pas voir cet homme de rien, et Bézobrazov traîna par les cabarets de Cracovie en racontant sa déconvenue à qui voulait l'entendre.

Un soir, comme il buvait dans un cabaret, un gentilhomme polonais à la face enluminée, à l'œil égrillard, à la barbe mal peignée, s'approcha de lui.

— L'illustrissime seigneur accepterait-il de partager mon dîner ?

— Pourquoi pas, si le dîner est bon.

Le Polonais demanda une salle particulière, et, lorsque les mets les plus raffinés eurent été servis, renvoya le personnel.

— L'illustrissime seigneur, commença-t-il, a eu la bonté d'apporter il y a quelques jours une lettre du tsar de Russie à la comtesse Marina Mnichek.

— Vrai, dit Bézobrazov après avoir vidé coup sur coup trois petits verres de zoubrovka : il accompagna le premier de hareng fumé, le second d'anguille, le troisième de caviar de saumon.

Le Polonais lui souriait avec une extrême bienveillance par-dessus la table.

— L'illustrissime seigneur a aussi sollicité une audience du roi. Qui lui a été refusée.

— Vrai aussi, fit Bézobrazov en attaquant l'esturgeon.

— C'est une chose d'avoir un message pour le roi, c'en est une autre de pouvoir le lui faire tenir, sauf pour ceux qui comme moi jouissent de sa confiance et le voient tous les jours. L'illustrissime seigneur voudrait-il me faire part du message qu'il apporte à Sa Majesté ?

— Pas question, cracha Bézobrazov en passant au râble de lièvre. C'est un message secret.

Il but du tokay avec le lièvre et de l'egri bikaver avec le sanglier. Il exigea des liqueurs douces avec le dessert.

Le Polonais mangeait peu, buvait encore moins et changeait sans cesse de sujet de conversation : tantôt c'était la chasse, tantôt la guerre, tantôt les femmes, hé hé, qui étaient de belles diablesses mais comment faire pour s'en passer ? Ils en furent bientôt à comparer les talents des Polonaises et des Moscovites, et le Polonais promettait à Bézobrazov de l'emmener le soir même dans un lieu où il aurait l'occasion de se persuader que les Bohémiennes rendaient des points aux unes comme aux autres. De temps en temps cependant, il en revenait au message du tsar et s'étonnait qu'il n'eût pas été confié à un ambassadeur officiel, lequel aurait été immédiatement reçu.

— Et qui te fait croire que le message vient du tsar ? repartit Bézobrazov manifestement aviné.

Il enduisait de caviar noir des gâteaux sucrés qu'il arrosait de pertsovka.

— Ne va pas croire que je sois ivre, fit-il sur le ton de la confidence. Qu'importe ce qu'on mange et ce qu'on boit et dans quel ordre puisque tout se mélange dans l'estomac ?

— Tu as raison, mon compère, fit le Polonais, et il se mit à faire comme lui.

Ce fut chez les Bohémiens que Bézobrazov se laissa enfin arracher son secret.

Le message qu'il apportait venait des boyards qui s'adressaient au roi de Pologne-Lithuanie dans des termes qu'il avait appris par cœur et qu'il livra, entrecoupés de rots et de hoquets, tout en caressant le sein d'une tzigane d'une main, et le col d'une bouteille de l'autre.

— *Grand souverain, nous avons à nous plaindre de toi. Pourquoi nous as-tu donné pour souverain un homme léger et d'extraction vile ? Nous ne pouvons plus souffrir sa tyrannie et ses débauches ; il n'est d'aucune manière digne du rang qu'il occupe ; nous cherchons des moyens de le renverser et nous souhaiterions avoir pour souverain ton propre fils Vladislas.*

Le Polonais demanda des précisions sur les débauches de l'homme de vile extraction. Bézobrazov ricana beaucoup et finit par dire :

— Tu es un Polaque et je ne devrais pas te dire

cela, mais je vais te révéler quelque chose qui ne ferait pas plaisir au comte Mnichek s'il le savait. Le tsar a pour concubine la propre fille de Boris, la tsarevna Ksénia.

Le lendemain matin, Mnichek fit venir sa fille dans sa bibliothèque et lui raconta tout.

— C'est une chose, conclut-il, d'avoir pour gendre le tsar de Russie, fût-il en réalité le dernier des va-nu-pieds, tant qu'il est accepté par son peuple et par ses boyards. C'en est une autre de se compromettre avec lui si la révolte gronde. Bézobrazov a dit « d'extraction vile » et il prétend que les boyards souhaitent Vladislas. Mais cela, Marinotchka, ne fait ni ton affaire ni la mienne. Si Vladislas devient tsar, nous avons tout perdu, et tu n'as même plus aucune chance de te bien marier. Penses-tu que nous devions tout rompre en gardant seulement les cadeaux ?

Marina, installée dans un fauteuil de cuir de Cordoue, avait écouté son père d'un air ironique en balançant son petit pied.

— Vous voilà déjà prêt, mon père, à rentrer au port parce que le vent fraîchit ? Comme à Novgorod-Séversk ?

— Imagine que tu l'épouses et qu'il soit détrôné : qui seras-tu, que seras-tu, ma pauvre fille ? La risée de l'Europe. Encore heureuse si tu t'en tires vivante. Et qu'il vive avec cette Ksénia, cela ne te lève pas le cœur ?

— Lever le cœur ? N'exagérons pas. En réalité j'aime assez qu'il se soit rué sur la fille du vaincu : cela montre que c'est un vrai guerrier et non pas un freluquet pomponné tiré d'un roman de chevalerie. Au vainqueur qui a joué sa vie il faut la femme du vaincu ou sa fille : c'est normal. Et comme la femme de Boris ne faisait pas l'affaire... Je ne m'imagine pas que Dmitry, si amoureux de moi qu'il soit, joue les

Perceval en mon absence. Je ne voudrais pas d'un mari qui eût si peu de tempérament. Il fourrera cette fille dans un couvent dès que j'approcherai, voilà tout. Parlons de choses plus graves. Le pape a fait à votre fille la grâce de lui écrire.

Elle tira une lettre de son sein et, sautant des lignes, traduisit rapidement de latin en polonais :

— *Nous nous promettons de grands avantages pour l'Église du mariage que tu contractes. Fille d'un noble père* (elle fit une grimace), *tu es née, tu as grandi, tu as été élevée dans la piété* (autre grimace)... *Il nous appartient d'attendre de Ta Majesté tout ce que l'on peut attendre d'une noble femme réchauffée par le zèle de Dieu... Tu dois mettre tous tes efforts à faire accepter par vos sujets et instaurer solidement et irréfragablement la liturgie de la religion catholique et la doctrine de la sainte Église apostolique et romaine. C'est ton premier, c'est ton principal devoir.* Eh bien, mon père, décevrai-je, à cause de vos poltronneries, notre Saint-Père le pape ?

Mnichek déplaça quelques-uns des cadeaux de Dmitry sur la table près de laquelle il se tenait. Il sentait dans sa fille un désir passionné d'atteindre des grandeurs ne figurant peut-être pas dans le destin qui lui était assigné, et, si peu qu'il fût père, il en ressentait de la compassion pour la pauvrette. Quant à son désir de ne pas décevoir « notre Saint-Père le pape », il devinait ce qu'il fallait en penser : la liturgie et la doctrine de l'Église romaine n'étaient pour elle que des moyens de mener à terme son grand rêve, l'union de l'Orient et de l'Occident non pas dans la personne de l'évêque de Rome mais dans la sienne : *MARINA IMPERATRIX*.

— Ma fille, dit-il, je recommande que nous temporisions. Ton va-nu-pieds n'est pas tsar depuis six mois. Donnons-lui davantage pour faire ses preuves. S'il tient jusqu'à Pâques de l'année prochaine... Car enfin, il ne s'agit ni de laisser échapper par excès de prudence une occasion mirifique, ni de se jeter inconsidérément dans la gueule de l'ours. Sommes-nous d'accord sur le principe de l'attente Marinouchetchka ?

Il vint se jucher sur une table près du fauteuil qu'elle occupait. Elle appuya sa joue contre le velours jaune tendu à craquer sur la cuisse potelée de son père. Ce fut un moment étrange.

Marina se rappelait que, petite, elle avait passionnément aimé son père, qui lui paraissait le plus grand seigneur du monde, qu'elle avait adoré se presser contre lui, se faire embrasser par lui et même lui de rendre de petits services domestiques, comme de lui apporter ses pantoufles fourrées ou de lui servir un petit verre de vin cuit. Maintenant, la joue pressée contre le velours tiède, elle pensait à la trahison de tous les pères qui ne consentent pas à être les héros ni les saints que leurs filles voient en eux. Cette trahison, elle en était reconnaissante au sien : « Il a bien fait d'égorger des rêves banals. Maintenant j'attaque la vie de plein fouet... » Elle songeait aussi, avec quelque compassion, au vieux voluptueux qui ne devait plus trouver beaucoup de jeunesses consentantes à se mettre sous la dent. Utilisant alors un mot qu'elle n'avait pas prononcé depuis tant d'années, elle lui enserra doucement le mollet, et poussant un petit gémissement qui était à la fois sanglot et ricanement, elle l'appela :

— Tatouch...

C'est-à-dire : Papa.

*

Par ces manœuvres, Chouïsky espérait rompre le mariage polonais du tsar. Si Marina ne venait pas rejoindre son époux, cela commencerait à discréditer le souverain dans l'esprit du peuple. Mais il pouvait aussi y avoir des moyens plus expéditifs de se défaire de Dmitry, et Chouïsky ne voulait en omettre aucun.

Ne se souciant pas, pour le moment, de s'embarrasser d'un complice qui avait eu la maladresse de se faire prendre, il écrivit une lettre à Psar pour lui enjoindre de rester où il était : *N'aie crainte. Je te ferai venir quand le temps sera propice.* Mais il renoua contact avec Chéférédinov, qui avait eu l'esprit d'observer de loin le rendez-vous au cours duquel Psar s'était laissé capturer.

— Androuchka, peut-on faire bouger les streltsi ?

— Boyard, cela coûtera de l'argent.

Malgré quelques pincements de cœur, Chouïsky se sépara d'une bourse bien bourrée.

Chéférédinov, portant toujours sa veste en peau de bouc et sa calotte d'acier sous sa perruque, se mit à hanter les estaminets du faubourg des Streltsi.

— N'avons-nous pas eu raison, camarades, disait-il après quelques verres, de nous défaire de l'usurpateur Boris ? Maintenant, nous avons un tsar russe, et cela nous est d'un grand réconfort. Il est vaillant, il est agile, il saute sur ses chevaux comme un acrobate, il danse comme un saltimbanque. S'il n'observe pas les carêmes et ne passe pas à l'église autant de temps qu'il faudrait, que nous importe ? Sommes-nous aussi assidus nous-mêmes que nous le devrions ? J'ai entendu des moines grogner parce qu'il se propose de confisquer les propriétés des monastères. Peu nous chaut, si vous voulez mon avis. Les moines sont riches. Ce qui m'inquiète davantage, c'est que toutes ces richesses, il paraît qu'il veut les donner aux Polaques. Ce n'est peut-être pas vrai. Les bonnes gens racontent tant de choses : même que les poules allaitent et que les vaches pondent ! Ce qu'il y a de sûr, c'est qu'il s'habille à la polonaise la moitié du temps : quel mal y a-t-il à cela ? Ce doit être pour montrer ses cuisses à nos femmes, mais, si elles sont fidèles, nous n'avons rien à craindre. La seule chose que je ne comprends pas, c'est qu'il veuille épouser une Polaque. Le diable sait qu'elles sont belles, mais n'y a-t-il point de filles russes aussi appétissantes ?

Cette agitation commençait à troubler les streltsi et Androuchka en rendit compte à Chouïsky qui se passa l'index le long du nez.

— Alors, dit-il, puisque c'est eux qui le gardent, on pourrait peut-être les amener à en faire justice ?

*

Androuchka Chéférédinov aimait tuer. Il aimait arriver voûté et cagneux auprès de sa victime, et soudain se redresser, doubler sa taille et son envergure, et frapper. Il aimait infliger de la souffrance et avait le sentiment de s'enrichir de chaque vie qu'il prenait. Il tirait plus de volupté du meurtre d'un marchand que d'un paysan, d'un gentilhomme que d'un roturier. Tuer des femmes ne comptait pas : il n'avait pris aucun plaisir à l'étranglement de la tsarine Maria Grigorievna, mais tuer Féodor, qu'il n'appelait plus jamais que le tsar Féodor, lui avait procuré une jouissance qu'il ne se lassait pas de savourer rétrospectivement. Il se réveillait quelquefois la nuit pour revivre ces instants, et alors il refermait lentement la main, comme si c'était sur les testicules du tsar Féodor.

L'idée de tuer Dmitry l'enchanta. C'était un homme fait et non plus un adolescent, un tsar oint et non plus le simple héritier d'un usurpateur tartare. Qu'il s'agît d'un imposteur n'importait pas, puisqu'il était reconnu comme tsar. Chéférédinov chercha donc à former parmi les streltsi un groupe d'hommes à la tête desquels il agirait lui-même.

Il réussit à en réunir sept : un joueur criblé de dettes qui aurait étouffé sa mère pour trois kopeks, un géant idiot ami du joueur, un dizenier qui en voulait au monde entier parce qu'il n'était pas centenier, un sanguinaire qui s'ennuyait aux streltsi parce qu'il n'y avait pas de guerre, un damoiseau ambitieux et deux orthodoxes fanatiques, un vieux et un jeune qui se seraient volontiers fait brûler pour leur foi. Chéférédinov les rencontrait presque tous les soirs au bord de la Moskva gelée sur laquelle se couchait le soleil d'automne, et leur expliquait que l'avenir de la terre russe dépendait d'eux.

— D'accord, d'accord, disait le joueur, mais es-tu sûr que nous serons payés ? Qui va nous payer ?

— Qui sera tsar après le Défroqué ? questionnait l'ambitieux.

Chéférédinov souriait et ne nommait pas Chouïsky. Ce n'était pas que prudence et que dévouement. Il pensait aussi qu'un commanditaire mystérieux aurait davantage de prestige.

On discuta pour savoir quel serait le moment le plus favorable pour frapper Dmitry. On convint que lorsque trois au moins des conjurés seraient de garde à la même heure, les quatre autres et Chéférédinov se présenteraient à l'entrée. Prétextant un ordre reçu du tsar, les factionnaires conduiraient leurs complices jusqu'à lui.

— Les boyards qui souhaitent la mort du Défroqué prendront aussitôt le pouvoir, assurait Chéférédinov, et vous serez protégés : tout cela est prévu.

Le stratagème était simple ; Chouïsky l'approuva.

Cependant les semaines s'écoulaient sans que trois des conjurés réussissent à se faire nommer de garde en même temps.

La Noël passa, et l'Épiphanie. Enfin, pour le 8 janvier 1606, la garde fut répartie entre les compagnies de la manière la plus heureuse. Celle à laquelle appartenait le damoiseau ambitieux garderait l'intérieur du palais ; celle des deux fanatiques garderait l'extérieur ; celle du joueur et de son ami le géant serait au repos. Le sanguinaire qui s'ennuyait demanderait une permission pour aller voir sa mère malade. Le grade du dizenier suffirait pour qu'il pût s'absenter sans contrôle du faubourg des Streltsi. Chéférédinov se réserva expressément de porter le premier coup.

Restait à déterminer l'heure de l'attentat et le lieu de rassemblement des assassins. Il n'était pas aisé de prévoir l'emploi du temps du tsar qui, primesautier, se trouvait aux bains quand il aurait dû être à l'église, à la chasse quand on le croyait au conseil, au conseil quand on l'attendait aux bains. Son lever, qui se prolongeait longtemps et au cours duquel il recevait, à l'occidentale, entre son lit et sa chaise percée, serait donc le meilleur moment. Chéférédinov soumit ces dispositions à Chouïsky.

— Cela me paraît bien, dit le boyard. Je serai malade le 8. Que le Seigneur Dieu vous vienne en aide.

3

1606.

Sa mission remplie, Sergo avait repris le chemin de Moscou, partagé entre le bonheur et la perplexité. Il chevauchait à la tête de ses gens, les rênes abandonnées sur l'encolure, et n'arrivait pas à comprendre ce qui lui était arrivé.

Il s'était toujours cru un garçon honnête, incapable de tromper qui que ce fût, une femme moins que quiconque, et voilà qu'il avait trahi Avdotia Prokhorovna ! « Je ne suis donc pas celui que je pensais être ? » Ce n'était pas tout.

Sergo avait toujours cru qu'il y avait deux sortes de femmes. D'une part les vénales qui, s'imaginait-il, ne pouvaient inspirer que le désir d'abord et le dégoût ensuite, si bien que désir et dégoût s'étaient en quelque sorte liés dans son esprit. D'autre part les fiancées qui devenaient des épouses et les épouses qui devenaient des mères par l'opération d'un mystère dont l'Église avait le secret et qui rendait honorable un acte sauvage.

Or, voilà que rien de cela n'était vrai ! La possession charnelle n'était pas un acte brutal et dégradant, mais une danse pendant laquelle l'esprit s'attendrissait, le cœur se fondait en miel, le corps comprenait enfin pourquoi et comment il avait été mis au monde. Et cette révélation pouvait avoir lieu sans la bénédiction de l'Église, contrairement même à ses commandements.

Le mot péché ne résolvait rien, car Sergo n'arrivait pas, quelque mal qu'il se donnât, à se sentir coupable, sauf envers Avdotia, et, bien qu'il sût qu'il devrait se confesser de cet acte avant de pouvoir communier, il ne souhaitait qu'une seule chose : recommencer.

Oh ! il savait que le diable est le séducteur par excellence, on lui avait assez répété que le péché est doux, que c'est pour cela justement que l'on doit s'en méfier, mais il se refusait à associer la tendre Danoucha avec le diable, et ne pouvait croire que les caresses si suaves qu'ils avaient échangées fussent condamnées par Dieu.

Sans doute suffirait-il qu'il épousât Danoucha pour que tout fût sanctifié, mais le mariage, pour lui, était chose sacrée et il avait toujours cru que c'était le blasphémer qu'épouser une fille qui ne s'en souciait pas. Ces filles-là ne méritaient que le mépris. Danoucha méritait-elle le mépris ? Au contraire, il était suffoqué par sa générosité. Mais qui lui garantissait qu'elle ne se fût pas donnée à d'autres avant lui ? Impossible, dans ce cas, qu'elle devînt sa femme. D'ailleurs elle était catholique et se prétendait attachée à sa religion. Le tsar, il est vrai, donnait l'exemple d'un mariage mixte... Cependant, si tout ce qui était interdit devenait permis, y compris l'amour en dehors du mariage et le mariage avec les hérétiques, que restait-il d'inébranlable au monde ? Le monde avait semblé si clair et pur depuis le jour que le tsar l'avait remis en ordre en remontant sur son trône, et voilà que cet ordre était de nouveau troublé.

Ils s'étaient quittés sans promesses, sauf que Danoucha avait dit :

— Quand la tsarine Marina viendra à Moscou, souhaites-tu que je vienne avec elle ?

Et Sergo avait répondu :

— Il me semble que je le souhaite.

*

De retour à Moscou, il alla rendre compte de sa mission au tsar et lui remit la lettre de Marina.

— Que t'arrive-t-il, mon Sergo ? Quel est ce grand sourire bête que tu arbores ? Et pourquoi rougis-tu comme une demoiselle ? Tu ne tiens plus en place, ma parole ! Te serait-il arrivé quelque chose d'heureux ? Parle !

— Je n'ose pas t'ennuyer avec mes sottises, souverain.

— Tu ne m'ennuies pas et que tu aies pu commettre des sottises m'enchante. Raconte.

Malgré l'amour que Sergo portait à son souverain, il réprouvait en lui le débauché et ne désirait pas lui faire de confidences, de crainte que Dmitry ne lui adressât de moqueuses félicitations, ne le raillât parce qu'il prenait au sérieux une affaire de jupon. Il obéit cependant : il avoua ce qui lui était arrivé, l'embarras et le bonheur qui en résultaient. Dmitry l'écouta sans rire.

— Souverain, termina Sergo, je ne me comprends pas moi-même et je doute que tu puisses m'y aider, car toi, les femmes, tu te les fais amener aux bains et tu n'y penses plus.

— Heureux Sergo ! Comme tu aimes simplifier les choses ! T'imagines-tu que je ne sache pas que les hommes sont différents ? Oui, c'est vrai, Basmanov et moi, nous aimons batifoler avec des filles qui ne demandent pas mieux. Mais oublies-tu que j'aime Marina ? Que j'ai porté ses couleurs au combat ? Que j'ai l'intention d'en faire ma femme et peut-être même de lui être fidèle, car alors nous serons devenus autres, tsar et tsarine engagés jusqu'à la mort ? Ce qui t'arrive, mon Sergo, c'est simplement que tu es amoureux et que ta maîtresse ne te traite pas trop mal. C'est arrivé avant toi et cela arrivera à d'autres quand tes os eux-mêmes seront devenus un engrais pour les herbes du cimetière et qu'on te mangera le jour de fête où on rôtira le mouton qui aura brouté ces herbes. T'ennuies-tu de ta bien-aimée ? As-tu envie de chanter pour elle ? Le soleil luit-il mieux en sa présence ? As-tu aimé te fondre en elle non seulement dans le solstice de la possession mais aussi dans l'équinoxe de la tendresse ? Te semble-t-il, quand tu marches par Moscou, l'apercevoir à chaque carrefour, encore que tu la saches à Cracovie ?

— Comment as-tu deviné, souverain ? J'ai cru la reconnaître trois fois en venant au Kremlin.

Dmitry éclata d'un rire qui n'avait rien de moqueur.

— Tu es en train de connaître non pas le plus beau sentiment au monde, mais celui qui vient juste après. Le plus beau, c'est d'être un chef de guerre conduisant ses troupes au combat. Avoir quinze mille corps qui obéissent à ton âme ! Être César

Invincible !... Mais l'amour vient en second, et peut-être faut-il t'envier de l'avoir rencontré un peu tard plutôt que de t'être galvaudé au revers des talus. Si je puis quelque chose pour servir tes amours, demande-moi ce que tu voudras. Et ne t'inquiète pas du péché : c'est un de ceux que l'Église est contrainte de pardonner le plus facilement, sinon elle manquerait d'adeptes.

Puis, se reprochant ce ton badin que Sergo pouvait mal interpréter, il le prit dans ses bras.

— Luther a dit : Crois fortement et pèche vaillamment. Le bienheureux Augustin a dit : Aime et fais ce que veux.

Le princier exégète ouvrit une cassette et y puisa une poignée de pierres précieuses.

— Tiens. Voilà pour ta bien-aimée. Tu lui diras que c'est pour la remercier d'avoir rendu mon ami heureux.

*

Sergo savait qu'Avdotia ne le recevrait pas, mais aussi qu'elle devait sortir pour aller aux offices divins. Il la rencontrerait en public, si bien qu'elle ne serait pas compromise.

Il retourna à Kitaïgorod et revit la haie de merisiers qui lui avait été si chère. Il ne lui trouva plus le même charme. Qu'était-ce que ces quelques arbres déplumés à côté de la nacelle de Danoucha suspendue dans le ciel de Cracovie ?

C'était le dimanche matin, et plusieurs mendiants s'étaient postés devant le portail d'Avdotia. Sergo prit la dernière place. Son beau bonnet et sa pelisse de velours violet doublée de castor attirèrent des regards hostiles.

— N'as-tu pas honte de mendier, toi qui es riche ? fit un pouilleux.

— Il y a mille manières d'être pauvre, répliqua Sergo, et la tienne n'est peut-être pas la plus triste.

— Tu te trompes, fit l'autre, car je vois bien que tu as mangé ce matin.

Sergo distribua quelques menues pièces et reprit sa place. Il était humble et calme, mais il savait qu'il allait faire mal, et cela le tourmentait. La neige tombait, une neige gaie et claire, par gros flocons duveteux. Dans la cour, le vieux chien faisait tinter sa chaîne contre sa gamelle.

Quand Avdotia sortit, elle avait déjà quelques flocons de neige sur son fichu. Une femme plus âgée, au visage couperosé grossièrement taillé, la marraine sans doute, et trois servantes l'accompagnaient. Avdotia s'attendait à la présence des mendiants et avait déjà sa bourse à la main. Les pièces de cuivre tintaient joliment, et les mendiants, se découvrant, entamèrent leurs litanies : « — Que la très pure Mère de Dieu te garde, ma colombe... — Que les anges du ciel reconnaissent en toi une des leurs... »

Quand, les joues pincées par le froid et le sourire aux lèvres parce qu'elle avait souri à chaque mendiant à son tour, elle arriva devant Sergo qu'elle n'avait pas encore remarqué, il s'abîma devant elle, son front nu dans la neige.

— Avdotia Prokhorovna, dit-il en relevant la tête — les flocons blancs se mêlaient à ses cheveux blonds —, je suis venu te dire que je suis coupable devant toi.

— Quel est ce fou ! s'écria la marraine en tirant Avdotia par la manche. Viens. Va-t'en, toi, ivrogne ! N'as-tu pas honte ?

— Laisse, marraine. Il a quelque chose de grave à me faire savoir.

Avdotia Prokhorovna était aussi belle que jadis ; la maigreur de ses joues, la tristesse de ses yeux bouleversèrent Sergo. Il aurait voulu la prendre dans ses bras pour la consoler. Il s'effraya : « Suis-je comme ces monstres qui peuvent aimer plusieurs femmes à la fois ? » Il se força tout de même à prononcer :

— Je t'ai manqué de parole et tu dois m'oublier.

Encore fallait-il lui demander son pardon, mais si elle l'accordait ? Si elle disait : « Marions-nous dès aujourd'hui » ? Il apprenait qu'on peut avoir le cœur déchiré en deux.

— Pardonne-moi, Avdotia Prokhorovna.

Elle soupira de toute sa poitrine et répondit, d'une voix mate, par la formule rituelle :

— Dieu pardonnera, Sergo.

Qu'elle eût utilisé son prénom lui brisa le cœur. Il avait envie de dire : « Je t'aime toujours, je t'aime aussi... »

Les cinq femmes s'éloignaient déjà en direction du couvent dont les cloches carillonnaient gaiement, bien que la neige en feutrât le son. Sergo prit la direction opposée sous le regard réprobateur des mendiants. Il murmurait :

— Ils étaient si beaux pourtant, nos merisiers.

4

Le 8 janvier, dans son nouveau palais, Dmitry se leva d'humeur moins riante que de coutume. Les lettres innombrables qu'il envoyait à Marina demeuraient de nouveau sans réponse, et la veille il en avait reçu une de Mnichek, écrite sur un ton déplaisant.

Mon gendre, je n'ai pas de bonnes nouvelles à vous donner. J'ai vu le nonce qui me dit être prêt à tout pour obliger Votre Majesté, mais il ne peut outrepasser les pouvoirs que comporte sa fonction ni, par conséquent, donner à Marina les dispenses que vous souhaitiez. (Voilà quatre cent mille zlotys jetés par la fenêtre ! pensa Dmitry.) *Il ne doute pas, m'a-t-il affirmé, qu'à la lumière d'une étude plus poussée de la question le bon sens et la piété incorruptible de Votre Majesté s'alliant au pouvoir autocratique dont elle dispose ne résolvent ces difficultés.* C'était lui renvoyer la balle. En outre, Mnichek se permettait des insinuations que quatre cent mille zlotys rendaient franchement indécentes. *Votre Grâce Tsarienne a des ennemis qui répandent des rumeurs sur son compte : encore que les plus sérieux ne les reçoivent point, moi qui ai donné mon cœur à Votre Majesté et qui l'aime comme un fils, je la prie de se méfier et comme la fille de Boris vit non loin de vous mon conseil comme celui des gens raisonnables est que vous l'éloigniez autant qu'il se peut.*

Dmitry relut la lettre et la jeta par terre.

« Dans tout cela, pas un mot du voyage ! Enfin, Marina est ma femme légitime maintenant. Je peux exiger qu'elle vienne retrouver son mari. Avec ces satanés règlements orthodoxes, si elle arrive après le début du carême, nous devrons attendre Pâques pour nous marier pour de bon. Mon cher beau-père se moquerait-il de moi, par hasard ? Quelqu'un, c'est clair, cherche à me nuire auprès de lui, mais enfin ce n'est pas le pourvoyeur du lit du roi qui peut se permettre d'être choqué de mes fredaines. D'autant plus que Ksénia est déjà au couvent, c'est une vieille histoire. Elle pleurait trop, c'en était lassant. »

Il marchait de long en large dans sa chambre, se faisant mettre un bas, croquant une dragée, buvant un verre de vin, allongeant une bourrade à Basmanov, s'appuyant sur l'épaule de Sergo et tendant l'autre jambe pour qu'on lui mît l'autre bas.

— Tout cela, mes amis, ne serait rien, si on ne m'avait donné hier soir la plus bête des génisses russes que j'aie jamais servie. Figure-toi, Pétroucha :

j'ai été obligée de la chasser de ce lit. Elle s'était mis en tête de rester là toute la nuit ! Qu'on ouvre la fenêtre. Je veux respirer.

Dmitry n'avait jamais froid. Son vieux domestique ouvrit la fenêtre. D'autres valets tournaient autour de lui, essayant de le peigner, de le boutonner, tandis qu'il gigotait, s'exclamait, bondissait. Basmanov, les bras croisés, souriait d'un air bon enfant. Sergo était un peu renfrogné. Le voïvode et le centenier avaient le même amour pour le tsar, ce qui n'allait pas sans quelque jalousie : Basmanov reprochait à Sergo d'avoir fait gracier Chouïsky, tandis que Sergo déplorait l'influence que le paillard Basmanov avait sur le jeune souverain.

Le père Gaspard passa la tête par l'entrebâillement de la porte et demanda s'il pouvait entrer. Personne ne répondit, il entra.

Le père Gaspard ne savait plus quelle conduite tenir : il comprenait que sa mission n'intéressait plus le Saint-Siège, il se sentait renié, et, comme jésuite, devait croire que c'était justice. Dans le doute, il avait décidé de se montrer de temps en temps à son agent à la façon d'un fantôme, sans insister sur ses engagements mais pour les lui rappeler tout de même... Dmitry avait bientôt démêlé ce jeu.

— Bien le bonjour, padre ! Alors, toujours en train de jouer les squelettes dans les banquets ? Vous n'avez qu'à commander. On vous servira ce que vous voudrez.

— Une infusion de feuilles de Chine, demanda Gaspard à un valet.

Le tsar était déjà revenu à Basmanov :

— Comment vont les manœuvres à coups de boules de neige ? Ma forteresse est-elle bien prise et reprise tous les jours par une autre face ?

— Les manœuvres vont bien, souverain, sauf que tes Allemands cachent des pierres dans les boules et assomment les Russes qui n'étaient pas loin hier de tirer leurs couteaux. J'ai réussi à calmer les esprits, mais les Allemands ne devraient pas recommencer.

— Des couteaux ! Voilà bien les Russes ! Pourquoi ne font-ils pas comme les Allemands ? A la première tête endommagée, ils comprendraient. Mettons à la douzième : ce ne sont pas non plus des prodiges de rapidité.

Un strelets entra.

Il était de petite taille, portait une jolie moustache retroussée, avait les yeux vairons et vigilants.

— Grand souverain, dit-il, il y a ici un homme qui dit que tu l'as convoqué.

— Qu'il entre.

Le strelets ouvrit la porte toute grande, et Sergo vit plusieurs streltsi massés sur le seuil.

Le convoqué entra, voûté, cagneux, puant le bouc. Il avait le nez rouge et la mâchoire bleue, mais il se tenait si courbé qu'on distinguait mal ses traits. Deux streltsi l'amenaient : l'un décharné, l'autre un géant à l'œil terne. Quatre streltsi, dont un dizenier, restèrent près de l'entrée.

— Voilà, grand souverain, l'homme que tu as convoqué, dit le damoiseau aux yeux vairons.

— Grand souverain, fit le cagneux d'une voix chevrotante, je t'apporte un placet que je...

Il s'avançait, plié en deux. Dmitry était passé derrière une table de marqueterie sur laquelle il s'appuya de la main droite, pour mieux regarder une maquette représentant la forteresse. Elle était, comme la vraie forteresse, décorée de figures diaboliques embusquées derrière les créneaux. Les portes et les meurtrières représentaient des bouches infernales.

— A-t-on essayé de prendre la forteresse du côté de la rivière, Pétroucha ? demanda le tsar.

— A quoi cela servirait-il ? La rivière est gelée.

— Qu'on la dégèle avec des feux de bois.

Tout en parlant à Basmanov et en le regardant, le tsar tendait la main gauche par-dessus la table pour prendre le placet.

Il était impossible de frapper à cette distance, et le cagneux, commençant à se déplier, entreprit de contourner la table sur la droite du tsar, tandis que le petit strelets la contournait par sa gauche et que le décharné et le géant faisaient un pas en avant. Fut-ce à cet instant que Sergo comprit ? Il lui sembla que c'était un instant plus tôt, que la conjonction de la voix chevrotante et de la veste en peau de bouc lui avait donné l'intuition du mal sans qu'il sût pourquoi.

— Gare à toi, souverain !

Sergo dégaina le kandjar à poignée d'argent.

Chéférédinov avait déjà tiré son coutelas de ses vêtements. Dmitry, donnant un coup de pied dans un fauteuil, le lui poussa dans les jambes, si bien qu'il trébucha. Basmanov, avec un rugissement de guerre, se lança sans armes sur le petit strelets qui tirait son sabre, et le culbuta d'un coup de tête en plein thorax. Le géant était près de Sergo, qui jugea bon de lui plonger son kandjar dans l'estomac. Chéférédinov cependant avait atteint le double de sa taille ordinaire et il brandissait le coutelas, mais il y avait encore le fauteuil entre le tsar et lui.

Les quatre streltsi massés dans la porte formaient la réserve. Les deux premiers, un vieux et un jeune, leurs quatre yeux flamboyant du même feu, se jetèrent en avant, le sabre au poing.

A ce moment, un valet servait du thé au père Gaspard. L'eau frémissait dans un petit samovar d'argent posé sur un plateau, et le thé infusait philosophiquement à côté, dans une théière en porcelaine de Chine. Le jésuite saisit le samovar dans ses grandes mains nues et le jeta à la tête du premier assaillant : c'était le jeune fanatique, qui, frappé au visage par le métal incandescent et inondé d'eau bouillante, tomba à la renverse en entraînant le vieux.

Tandis que Sergo retirait le kandjar du ventre du géant, Basmanov, faisant volte-face, allait se précipiter sur Chéférédinov, qui jugea la partie perdue. En deux bonds, il fut sur l'appui de la fenêtre ouverte et plongea dans le vide. Basmanov parut à la fenêtre après lui :

— Rattrapez-le ! Gardez toutes les portes !

Chéférédinov, ayant bien atterri, prit la fuite. Il courait plus vite que ses poursuivants. Il disparut promptement et ne fut pas retrouvé. Les deux conjurés restés en réserve tentèrent de s'enfuir, on les rattrapa.

Basmanov mena les interrogatoires dans l'appartement même du tsar qui observait, debout, les poings aux hanches, la cicatrice de la verrue marquant de bleu sa joue droite.

Les questions pleuvaient ; les prisonniers répondaient, se sachant perdus, n'espérant qu'éviter une gourmade de plus. Que voulaient-ils ? Tuer le tsar. Pourquoi ? Parce que ce n'était pas le vrai tsar. Avaient-ils des complices ? La plupart des streltsi pensaient comme eux. Qui était leur chef ? Androuchka. Le chef du chef ? Ils l'ignoraient.

Le père Gaspard, dont les mains avaient été ointes et pansées, réfléchissait au martyre. Était-ce lui qui l'endurait ou le fou qu'il avait ébouillanté et qui, debout dans un coin de l'appartement recevait sur sa chair à vif les gifles de Basmanov ?

Basmanov voulait élucider les motifs personnels des sept hommes.

Le vieux répondit pour le jeune ébouillanté qui ne pouvait parler :

— Lui et moi, c'était pour sauver la vraie foi.

Parce qu'un tsar défroqué qui épouse une papiste, c'est l'enfer.

Le joueur décharné parla de la récompense promise par un commanditaire inconnu. Le géant, qui, assis par terre tenait son ventre ouvert avec ses mains, dit qu'il voulait tout faire comme son ami. Le damoiseau aux yeux vairons expliqua que le tsar protégeait trop les étrangers, que sous un tsar vraiment russe, il serait bientôt boyard ; le dizenier, qu'il serait au moins centenier. Le sanguinaire qui s'ennuyait ne connaissait pas lui-même la raison de son acte.

Dmitry sortit et marcha dans le long couloir du palais, repassant ses erreurs. Il s'en était fallu de peu qu'il ne fût mort à l'heure qu'il était, et il ne voulait pas mourir : les morts ne deviennent pas César Invincible, ils n'étreignent pas Marina.

Le père Gaspard rattrapa Dmitry, ses mains bandées tendues droit devant lui comme des moignons. A mi-voix :

— Alors ? dit-il. Avais-je raison de t'avertir de te garder de tes ennemis ?

— Oui, mon père, répondit Dmitry avec componction, et je dois la vie à ces deux mains qui souffrent.

— Pourquoi as-tu si vite oublié nos leçons ? Pourquoi as-tu cru que la victoire était acquise alors qu'elle n'est qu'ébauchée ? (Le père Gaspard était furieux et la douleur qui le mettait au supplice ne faisait rien pour l'apaiser.) Est-ce parce que tu es si pressé de nous renier ?

Dmitry lui faisait face. La cicatrice de la verrue était rouge.

— Père, vous avez raison, je vous en donne acte. A partir de maintenant, je vais faire assurer la garde du palais par les hallebardiers allemands. Pour aujourd'hui, il faut frapper un grand coup, et je saurai le faire. Vous verrez, je me rappellerai ce que vous m'avez enseigné.

Il rentra dans son appartement.

— Pétroucha, fais-moi chercher autant de boyards que tu en trouveras. Et réunis le corps des streltsi dans la cour arrière du vieux Térem. Sans armes.

— Sans armes, souverain ?

— Tu m'as entendu.

*

Sur quelque douze mille streltsi, beaucoup se trouvaient en manœuvres ou en permission, ou, n'étant pas de service, n'arrivèrent pas à temps ; cependant quelque deux mille hommes se massèrent au pied du Sauveur-au-Bois. Peu de boyards purent être réunis dans l'instant, mais Mstislavsky vint, incapable d'imaginer un piège, et les cinq Nagoï (quatre boyards et un maréchal), tous parents de la tsarine Maria et partisans de celui qu'ils avaient adopté pour neveu. Basmanov passait d'un groupe à l'autre : les boyards qui s'interrogeaient dans la salle d'Or, et les streltsi qui, dans la cour, s'inquiétaient de savoir pourquoi on leur avait interdit de venir en armes.

— Dis-nous la raison, boyard. Qu'est-ce qu'un strelets sans arme ? Une femme ? Un esclave ?

— Je ne sais pas moi-même, mes enfants. Telle est la volonté du tsar. Soyez patients.

Dmitry était rentré dans son appartement où il se faisait habiller de noir, couleur choquante pour quiconque n'était pas clerc, indécente pour un souverain. On lui avait mis des bottes noires, des braies noires, un kaftan noir brodé de fils d'argent, le col constellé de diamants. Il se fit apporter la Tiare de Monomaque et s'en coiffa. Il se regarda dans un miroir : on lui avait dit qu'elle donnait un air oriental à son visage.

Dans le couloir, il retrouva le père Gaspard qui

faisait les cent pas en récitant des prières, espérant calmer sa douleur. Dmitry lui toucha familièrement le bras et lui fit un sourire crispé. Gaspard le suivit des yeux, puis lui emboîta le pas. Peut-être cet attentat ramènerait-il l'agent à la raison, lui rappellerait-il qui étaient ses vrais amis ?

Ils gagnèrent le vieux Térem, et Gaspard alla prendre position à une fenêtre dominant la cour arrière : de là, il verrait tout sans compromettre le souverain. Dmitry cependant était entré dans la salle d'Or.

— Messeigneurs du Sénat, dit-il aux boyards, nous vous invitons à venir voir un curieux spectacle.

À grande allure, il traversa le Térem. Les boyards embarrassés dans leurs longues robes avaient du mal à le suivre. Sergo lui ouvrit la porte qui donnait sur le haut perron arrière, et, suivi des boyards, le tsar Dmitry parut, juvénile et majestueux dans son deuil. Devant lui, deux mille hommes, qui, d'après les prisonniers, lui étaient presque tous hostiles. Il regarda d'un air de défi cette mer de trognes rubicondes et de poitrines carrées.

Les streltsi, jeunes et vieux, ôtèrent leurs bonnets et s'agenouillèrent, se coudoyant, se poussant, s'injuriant à mi-voix, se prosternant le front contre terre.

Un sourire ironique tordit les lèvres de Dmitry et Sergo l'entendit prononcer tout bas, en polonais :

— Toujours aussi intelligents, je vois.

Il les laissa un long moment dans leur position, considérant ces deux mille amples derrières alignés devant lui, puis il cria :

— Debout !

Et, quand ils se furent relevés à grand bruit, il s'assit modestement sur la marche supérieure du perron et leur dit, sans hausser la voix, mais en détachant clairement chaque mot :

— J'ai pitié de vous. Vous êtes grossiers et stupides. Vous ne comprenez rien. Pourquoi semez-vous le désordre dans votre pays, qui a déjà tant souffert ? Voulez-vous qu'il disparaisse de la surface de la terre ? Rappelez-vous les Godounov et les châtiments que leurs crimes ont coûtés à la patrie ! Moi seul, j'ai échappé à leurs persécutions pour sauver l'héritage paternel. Et vous me trahissez ? Vous voulez me tuer ? De quoi m'accusez-vous ? Vous dites que je ne suis pas Dmitry ? Prouvez-le, et alors tuez-moi : ce sera juste. (Il se leva.) Ma propre mère et ces boyards que vous voyez avec moi (il les désigna) sont mes témoins : je suis qui je suis. Croyez-vous qu'un imposteur ait pu s'emparer d'un État tel que la Russie ? Ou croyez-vous que j'aie mis ma vie en péril par amour des grandeurs ? Je l'ai fait parce que j'ai vu mon peuple souffrir sous le joug d'immondes usurpateurs. Dieu m'a fait signe du doigt et j'ai marché. Son bras m'a aidé à prendre ce qui était à moi. Alors je vous demande : pourquoi conspirez-vous contre moi ? Vous êtes mon peuple. Parlez-moi franchement, parlez-moi librement : pourquoi ne m'aimez-vous pas ?

Les streltsi, bouleversés, pleurèrent.

Des larmes roulaient sur leurs joues recuites, se faisaient un lit dans leurs rides, scintillaient sur leurs barbes hirsutes. Ne pas aimer son tsar, c'est comme ne pas aimer son père, c'est comme ne pas aimer Dieu. Sans compter que celui-ci était généreux et beau. Si certains, en écoutant Chéférédinov, avaient eu des doutes sur lui, ils ne s'en souvenaient plus. Quel défroqué leur aurait parlé comme le faisait cet homme-ci ? Ils ne souhaitaient plus qu'une chose : qu'il ôtât son deuil. Les agenouillements recommencèrent, les bras se levèrent, les cris fusèrent :

— Pitié, souverain notre père ! Fais-nous miséricorde ! Ôte ton deuil ! Nous t'aimons ! Nous te vénérons ! Qui t'a dit du mal de nous ? Qui nous a calomniés à tes yeux ? Montre nous ces traîtres et nous les déchirerons avec nos dents.

— Avec vos dents ? fit Dmitry à voix basse. Vous ne croyez pas si bien dire.

Du haut du perron, il regardait ces hommes s'agiter en larmoyant. Il laissa croître les vociférations qui montaient du fond de la cour, ceux des derniers rangs trouvant que ceux des premiers ne criaient pas assez fort. Puis il leva la main et le silence se fit.

— Boyard Basmanov, par notre ordre, tu gardes sept prisonniers. Dis-nous quel est leur crime ?

— Souverain, ils ont tenté de t'assassiner ce matin.

Il y eut un soupir de stupéfaction et d'horreur.

— Leur as-tu demandé quels étaient leurs complices ?

— Je le leur ai demandé.

— Qu'ont-ils répondu ?

— Que tous les streltsi pensaient comme eux.

La foule gronda.

— Fais-les amener ici, dit le tsar.

Par une porte du sous-sol, des gendarmes amenèrent les sept prisonniers : le géant blessé dont on avait hâtivement recousu le ventre et qu'il fallait soutenir pour qu'il pût marcher, son ami le joueur décharné, le damoiseau ambitieux aux yeux vairons, le vieux fanatique et le jeune ébouillanté qui marchaient tête haute, l'ennuyé sanguinaire, le dizenier aigri. On les rangea au pied du perron.

— Fais rentrer les gendarmes.

Basmanov donna un ordre et les gendarmes rentrèrent dans le sous-sol du Térem. Les sept assassins restèrent là, face à leurs camarades.

Alors le tsar dit :

— Voici ceux qui vous ont calomniés. Je vous laisse avec cux.

Et tournant les talons, il rentra dans le Térem.

Les boyards le suivirent, certains s'attardant pour jeter un regard à la curée qui commençait en bas.

Le père Gaspard vit Dmitry passer à côté de lui. Il était blanc, et sa cicatrice encore plus blanche que sa peau. Ayant dépassé le père, il revint soudain sur ses pas :

— Alors, padre, vous voyez que je suis toujours un bon petit élève ?

Gaspard regardait Dmitry avec un mélange d'horreur et d'admiration. Oui, le programme de l'école de Barezzo Barezzi comprenait un cours passablement terrifiant intitulé *Reprise en main*...

Basmanov suivait le tsar, le visage sombre mais sans pitié. Dans son émotion, il saisit Sergo par le bras.

— « Sans armes » ! fit-il. Une trouvaille de chef !

Lorsque le carnage fut terminé, il fit entasser sur un tombereau les tronçons humains qui restaient et promener le tombereau par la ville pour édifier le peuple.

CHAPITRE V

LE FAÎTE

1

Dmitry ne réussit pas à se marier avant le Grand Carême. Mnichek et sa fille restaient insensibles aux courriers tour à tour suppliants et menaçants qu'il leur dépêchait. L'interdiction de se marier pendant le Carême, pourtant commune aux deux Églises, agaça Marina :

— Pour qui se prennent-ils, ces popes barbus ? Je ne vais pas me presser pour eux. Si ce n'est pas pendant le Carême, ce sera donc après. D'ailleurs je serai plus jolie en robe d'été.

Enfin il fallut bien se décider.

— Alors, ma fille, on y va ou on n'y va pas ? Je me sens, dit le voïvode de Sandomir, comme une pucelle rougissante : j'ai peur et envie tout à la fois. Tu ne comprends pas ça, toi, ma fille ? Voilà quoi : je te propose de jouer ça à pile ou face.

Marina le regarda ironiquement.

— Vous imaginez-vous que je renoncerai à une chance sur mille d'être impératrice ? Allons, mon père, rassemblez votre courage s'il vous en reste, et partons. Sinon je vous jure que je partirai bien toute seule !

Elle arpenta une dernière fois le château de Sambor où elle avait passé son adolescence à espérer l'appel miraculeux. Elle refit à cheval les promenades dangereuses qui lui avaient fait battre le cœur, elle rejoua sur son épinette les airs de troubadours qui l'avaient fait rêver. Elle comptait ne jamais revoir la Pologne et s'en séparait avec une mélancolie qu'effaçaient de jour en jour l'ambition et le vertige de l'inconnu. Sambor lui paraissait maintenant étriqué, ennuyeux.

— Je suis impatiente de découvrir *mon* pays : celui qui sera à *moi*.

Le 2 mars 1606, s'ébranla un convoi de deux mille deux cent soixante-neuf personnes. On avançait par petites journées pour ne pas fatiguer les femmes, pour rendre Dmitry encore plus impatient, pour profiter de la magie de ce voyage nuptial. Le 8 avril, on franchit la frontière. Marina regardait par la portière de son carrosse :

— Je suis chez *moi !*

Elle éclata de rire : l'instant d'avant elle était sujette, la voilà tsarine !

Des envoyés russes du plus haut rang étaient venus accueillir leur souveraine : ils l'attendaient depuis trois mois. Marina les charma par sa beauté, par sa coquetterie. Elle souriait, hautaine mais bienveillante, aux milliers de gentilshommes et de paysans qui venaient l'accueillir partout où elle passait. Ce voyage triomphal, elle ne le faisait pas seulement en son nom propre, elle était aussi la Comète de l'Occident remontant le cours des astres, elle ouvrait au monde une Histoire nouvelle, à la Terre une rotation semblable à celle qu'avait découverte son compatriote Copernic.

Danoucha, qui l'accompagnait, regardait aussi — avec quelle tendresse ! — défiler les paysages vrombissants du printemps russe qui libérait les rivières, faisait éclater le vert des frondaisons, gazouiller les oiseaux, bourdonner les abeilles, et chantait sur tous les modes l'amour de Sergo.

— Je suis chez lui, répétait Danoucha.

Elle se mettait à aimer ce pays pour l'amour de son amant. Puis son caractère rieur la reprenait et elle se moquait d'elle-même :

— Je ne vais tout de même pas devenir Moskale sous prétexte que j'aime un Moskal.

Mais il lui semblait que les alouettes du jour et les rossignols de la nuit chantaient plus gaiement qu'en Pologne. Ce n'étaient que les hommes qui lui faisaient peur, avec leurs barbes, leurs robes, et leurs yeux qui tenaient tantôt de l'animal, tantôt de l'archange, tantôt du démon ivre... Et leurs femmes ne lui plaisaient pas non plus : elle ne leur trouvait ni grâce ni enjouement ; elles lui semblaient gonflées d'une solennité qui n'était pas d'ici-bas.

— Et même si je deviens Moskale, ce ne sera pas comme elles !

Le 20 avril, jour de la Pâque orthodoxe, le convoi atteignit Viazma, après quoi le comte Mnichek continua tout seul, à plus longues étapes, toujours inquiet, mais de plus en plus séduit par la magnificence de l'accueil qu'il recevait, lui, le beau-père : ce n'était partout que musiques, escortes nobles, ponts suspendus, arcs triomphaux.

Le 24, Basmanov vint à la rencontre du Polonais. Par égard, il s'était habillé à la polonaise : en hussard. Mnichek fit son entrée au Kremlin et fut logé dans l'ancien hôtel Godounov qui avait été remis à neuf depuis la tuerie. Le 25, on lui amena un cheval tartare avec un harnais doré et il se rendit au Térem. Reçu par le tsar assis sur son trône, il fut si ébloui qu'il prononça un discours incohérent où il mêla les vertus de sa fille, la valeur guerrière de son gendre, ses sentiments paternels, les libéralités réciproques, et même son étonnement de voir que, parvenu au faîte des grandeurs, le tsar n'avait pas renié sa promesse d'épouser la petite Mnichek. Il versa des larmes et le tsar aussi, qui ne cessa de demander son mouchoir et de s'essuyer les yeux. Jamais Dmitry n'avait pris si profondément conscience de sa stupéfiante réussite qu'aujourd'hui, grâce aux apophtegmes amphigouriques de ce témoin de son ascension. Il lui donna sa main à baiser, et Mnichek, sanglotant dessus, s'écria :

— Je baise avec révérence cette main que je serrais jadis avec compassion.

2

Après un repos de trois jours à Viazma, Marina et sa suite reprirent leur cheminement vers Moscou.

On en était encore à quelque quinze verstes lorsque, de loin, on découvrit un château fort au bord d'une rivière miroitant gaiement au soleil.

— Je ne savais pas que les Russes eussent des châteaux forts comme les nôtres, s'étonna Marina.

— Madame, il y a de tout dans le beau pays de Votre Majesté, répondit Danoucha.

Mais une brise courut sur le pré verdoyant semé de boutons-d'or, et les tours du château fort ondoyèrent comme ondoyait l'herbe. Elles étaient peintes sur des toiles tendues au moyen de hautes perches. Le château n'était qu'un camp volant, entouré de remparts de toile qui, çà et là, claquaient au vent. Au-dedans, se dressaient des tentes carrées, rondes, coniques, pyramidales, toutes de couleurs claires, unies ou rayées, en long, en large ou en diagonale, ou décorées de paysages en trompe l'œil, et ornées de glands, de rubans, de nœuds, de clochettes, de volières. Elles étaient toutes joliment meublées, avec des tapis de Perse jetés à même le sol, des verdures tendues sur des haubans pour servir de cloisons entre les pièces. Partout on voyait mêlés l'aigle bicéphale de la Russie et le panache de plumes d'autruche des Mnichek, sous forme de broderies, de tapisseries, de peintures, d'émaux. Marina ne resta pas insensible à toute cette galanterie de son mari. Danoucha lui disait :

— Madame, votre royaume est celui des fées, et ce n'est que justice.

A chaque instant Danoucha se demandait quand enfin elle verrait Sergo. Ce qui ne l'empêchait ni de coqueter avec les jeunes Moskals venus faire leur cour à leur nouvelle souveraine ni de se réjouir des cadeaux que Marina lui donnait à chaque instant pour lui faire partager sa joie.

Le vendredi 2 mai 1606, le soleil se leva dans un ciel où flottaient quelques petits nuages blancs qui ne semblaient être là que pour rehausser la profondeur de l'azur reflété dans la rivière. Les palefreniers ne s'étaient pas couchés : ils avaient passé la nuit à tresser les queues et les crinières, à tondre les poils dans les oreilles, à faire reluire les harnachements.

Marina revêtit avec l'aide de ses femmes une robe de satin blanc à haute collerette semée de perles et de pierreries commandée pour elle aux tailleurs de la cour de France. Montant en carrosse, elle garda Danoucha avec elle. Elle était émue, et cela la rassurait de pouvoir lancer des lazzi en polonais sur ce qu'elle voyait.

On arriva au pont posé sur des tonneaux, que Dmitry avait franchi près d'un an plus tôt, et les tonneaux bondirent de nouveau sous les roues des carrosses.

Des tambours tambourinèrent, des trompettes glatirent, des bugles beuglèrent sans aucune harmonie. On aurait cru les aboiements d'une meute au débuché. Marina se rejeta en arrière sur ses coussins et se boucha les oreilles :

— C'est un concert de chiens que mon mari nous offre ? Ah ! non, j'entends aussi des miaulements. Tu crois, Danoucha, que je réussirai jamais à apprendre la musique à mes sujets ?

Elle avait le fou rire.

Mille cavaliers rendaient les honneurs devant un pavillon de toile blanche où, sur une estrade, avait été posé un fauteuil doré. Marina y prit place, et les boyards, avec leurs hauts mortiers de fourrure et leurs robes de brocart, s'avancèrent, imposants de dorures et de chamarrures et de corpulence. Marina et Danoucha échangèrent un coup d'œil moqueur. Au premier rang se dandinait Mstislavsky, le personnage le plus éminent du Sénat. Sa haute taille et sa carrure lui permettaient de porter avec majesté le costume ancestral, mais lorsque, s'arrêtant, il s'agenouilla lentement et, s'étant découvert, abaissa son front dans l'herbe et que les quelque trente boyards et maréchaux l'imitèrent, leurs croupes éléphantesques s'élevant au-dessus de leurs têtes, Marina se mordit les lèvres pour ne pas éclater d'un rire nerveux. Et pourtant cela l'émoustillait de voir ces grands seigneurs prosternés devant elle : elle trouvait que son règne s'annonçait bien.

Un nouveau carrosse arriva, écarlate avec des accessoires d'argent et des roues dorées, traîné par douze chevaux blancs pommelés de noir. Il n'avait pas de cocher car chaque cheval était conduit par un palefrenier à pied, en uniforme. Mstislavsky pria la souveraine d'y monter et y prit place en face d'elle, sur les coussins de velours rouge. « Pas mal du tout, la petite Polaque ! » se disait-il dans sa barbe. Danoucha s'éclipsa et monta dans un des carrosses réservés aux femmes de la tsarine.

Une double haie de soldats avait été disposée du

pavillon jusqu'aux murs de la ville. Des streltsi à pied, en kaftan rouge et harnais blanc, armés de mousquets aux fûts rouges s'alignaient de part et d'autre de la voie. Puis, c'étaient des streltsi à cheval armés les uns de mousquets, les autres d'arcs et de flèches ; puis des hussards polonais, avec leurs cuivres et leurs timbales.

Marina regardait tantôt l'énorme seigneur barbu qui lui faisait face et la guignait de son gros œil mi-étonné mi-obséquieux où passaient quelques pétillements, tantôt les soldats pétrifiés qui la contemplaient comme si elle était non pas une femme mais une apparition céleste. A un tournant, elle découvrit Moscou ceinturée de ses remparts, surmontée de ses bulbes d'or. Elle se serait écriée : « Tiens ! un champ d'oignons jaunes ! » si Danoucha avait été là, mais, sous le regard lourd de Mstislavsky, elle ne put que presser ses mains contre son sein : elle n'avait jamais vu d'aussi grande ville, ne savait pas qu'il en existât, ne pouvait croire que celle-ci fût à elle.

Le convoi traversa le faubourg de Terre, puis le faubourg Blanc, puis Kitaïgorod et déboucha sur la place Rouge qui grouillait des costumes les plus bigarrés, car Dmitry avait fait mêler à la foule russe, chatoyante de kaftans et de fichus, des groupes de marchands étrangers établis à Moscou — des Persans, des Géorgiens, des Arabes, des Turcs, des Tartares, tous portant le costume de leur nation. Marina les regardait, le souffle coupé malgré qu'elle en eût, et un seul mot venait sur ses lèvres entrouvertes :

— *IMPERATRIX...*

Lorsque la souveraine parut sur la place, un chœur, disposé en haut du rempart du Kremlin, de la porte de Saint-Nicolas à la porte du Sauveur, entonna, soutenu par des timbales et des tambourins, la chanson polonaise qui faisait fureur à Cracovie :

A toute heure
Qu'on respire,
La meilleure
Et la pire...

Marina se rejeta de nouveau en arrière, mais cette fois c'était pour cacher ses larmes à la foule. Elle se disait, étouffant presque :

— Commencerais-je à l'aimer ?

*

Cependant Dmitry était là, à trois pas d'elle, vêtu en simple gentilhomme, n'ayant comme garde du corps que le seul Sergo : il n'avait pu résister à la tentation d'apercevoir sa bien-aimée avant même de l'accueillir ; à coups de coude, sans être reconnu, il s'était frayé un passage jusqu'au premier rang de la foule, et il regardait le cortège entre les épaules de deux streltsi.

Il avait d'abord vu défiler les nobles personnages qui avaient si longtemps attendu Marina à la frontière ; puis trois cents Polonais en dolmans d'azur, avec galons d'argent, le sabre au côté, le mousquet en bandoulière, le chapeau à plumes blanches sur la tête ; puis les deux cents hussards du voïvode de Sandomir, en rangs par dix, sur leurs nobles chevaux hongrois, la lance en position haute, des ailes fixées aux épaules comme s'ils étaient des anges, au bras gauche un bouclier doré représentant des dragons ; puis les seigneurs polonais de la suite de la tsarine, chacun accompagné de son escorte de cavaliers harnachés et empanachés à qui mieux mieux, rivalisant de splendeur et d'élégance, parmi eux le prince Adam Vichnevetsky, débraillé avec distinction, qui avait trouvé cocasse de se rendre au mariage de son ancien valet avec sa belle-sœur. Après un espace vide, le comte Mnichek, voïvode de Sandomir, staroste de Lvov, gouverneur de Sambor, était passé fièrement, en kaftan aubergine à revers de zibeline, chapeau à panache, étriers et éperons d'or décorés de turquoises, suivi d'un homme noir habillé à la turque. Enfin les pommelés de la tsarine étaient parus. Voici que le carrosse écarlate longeait le Lieu-haut... il approchait... le peuple hurlait, rugissait... Ce fut alors que, soudain, comme Dmitry lui-même l'avait ordonné, le chœur qui occupait les remparts tonna :

A toute heure
Qu'on respire...

L'instant d'un vertige, Dmitry qui avait grandi en Pologne, se sentit Polonais lui-même : cette musique était sa musique, il n'était plus le tsar de Russie mais un nobliau polonais épris de sa Cracovienne... Et cette Cracovienne arrivait à sa hauteur, et elle était l'inaccessible tsarine de Russie ! Il lui fallut une ou deux secondes pour se rappeler qu'il n'était pas le pauvre Dmitry Kourbsky perdu dans cette foule mais le tsar de cette foule et de cette tsarine.

Leurs yeux auraient pu se croiser. Ils ne se croisèrent pas. Mais il la vit s'émouvoir de l'air polonais, et il s'émut pour elle. Un verbe russe qui signifie aimer signifie aussi compatir, et voilà que Dmitry se sentait Russe et compatissait avec la future exilée à l'instant même où elle s'attendrissait, pour la première fois de sa vie, sur lui. Tel fut leur véritable moment d'amour : leur rencontre, leurs défis, leurs marchandages, leurs conflits, tout aboutissait à ce moment où ils furent, sans le savoir, aussi proches qu'ils pouvaient l'être. La suite n'appartint pas à leur amour mais à leur destin.

Un mouvement de foule arracha Dmitry à sa

contemplation. Il fut rejeté en arrière, déporté d'un côté, d'un autre, il se laissait faire. Sergo se débattait pour le rejoindre. Lui se disait :

« Je suis au milieu de mon peuple et je ne crains rien. Je ne crains rien, ajoutait-il sardonique, parce que personne ici ne sait qui je suis, ni qui je feins d'être, ni que je feins de feindre d'être. »

— Eh bien, as-tu vu ta dulcinée ? demanda-t-il à Sergo.

Oui, Sergo l'avait aperçue, encastrée entre deux grosses dames, et elle l'avait reconnu dans la foule, et son visage s'était illuminé.

— Oui, souverain. Je l'ai vue. Elle est bien belle.

*

Le carrosse pénétra dans le Kremlin par la porte du Sauveur et s'arrêta devant le couvent de l'Ascension. Marina descendit : elle devait passer auprès de sa future belle-mère les six jours qui précéderaient son mariage.

Les deux femmes se rencontrèrent dans la salle d'entrée du couvent : une petite brune potelée en satin blanc, une grande blonde osseuse en taffetas noir.

La tsarine Maria était liée de complicité avec l'imposteur ; elle n'avait pas de tendresse pour lui. Au fond de son âme, elle le détestait de porter le nom de son fils, encore qu'en surface elle l'aimât assez : il l'invitait aux fêtes qu'il donnait, il affectait de la consulter sur ses décisions. Résultat : elle n'éprouvait à l'idée qu'il se mariât ni l'inquiétude ni la jalousie qu'elle aurait pu ressentir si elle avait été sa vraie mère. Elle considéra donc la jeune femme à la jolie bouche et au front élevé avec une curiosité aimable, s'étonnant seulement qu'elle eût pu inspirer une telle passion — mais devant quelle autre femme ne se serait-elle pas étonnée autant ?

— Ta Majesté, lui dit-elle en russe, est la bienvenue ici, et si je peux te rendre la vie au couvent moins pénible, compte sur moi, car je sais ce que c'est. Enfin, pour toi cela ne durera pas longtemps : six jours seront vite passés.

Marina, elle, était sur ses gardes. Elle avait résolu à l'avance de ne s'en laisser imposer par personne, de délivrer Dmitry de toute influence qui ne serait pas la sienne, de prendre aussitôt en main cette Russie qu'il fallait tirer de la barbarie pour dominer le monde à sa tête. Elle fit une brève révérence à la tsarine douairière et lui répondit en polonais :

— Je remercie Votre Majesté. Avec la permission de Votre Majesté, je vais tout de suite voir avec mes femmes ce qui nous manque. Viens, Danoucha.

Maria la suivit d'un regard ironique.

Les appartements que découvrit Marina avaient été magnifiquement décorés pour elle, mais on n'avait pas ôté les grilles des fenêtres.

— Est-ce un palais ou une prison ? s'indigna Marina. Et quelle est cette odeur ?

— Cela sent la cire, Madame. Ce n'est pas rare dans les couvents, dit Danoucha.

— C'est une odeur schismatique. Elle m'a déjà donné mal à la tête. Qu'on fasse brûler des parfums.

Les tentures étaient trop sombres et pourquoi y avait-il des icônes dans toutes les pièces ?

— Ma chambre n'est pas une cathédrale. Je ne veux pas que tous les saints russes me regardent me déshabiller.

Elle critiquait à dessein. Ses femmes, fatiguées par le voyage, effrayées à l'idée de se trouver cloîtrées au pays des Moskals et désireuses de complaire à leur maîtresse, firent comme elle. Seule Danoucha la contredisait.

— On ne s'entend pas ici, avec toutes ces cloches ! récriminait Marina — car le bourdonnement des clochers de la ville parvenait jusqu'au fond du cloître.

— Elles ont un son si joyeux, Madame. Et elles sonnent en l'honneur de Votre Majesté, répliquait Danoucha.

La tsarine Maria, après avoir fait servir une collation, qui ne fut pas appréciée, vint voir comment s'acclimatait sa future bru.

— Pourquoi mon père n'est-il pas encore venu ? fit Marina, boudeuse. Je veux voir mon père.

— Mon enfant, ceci est un couvent de femmes. Les hommes n'y sont pas admis.

— Mais je suis catholique ! s'écria Marina au bord des larmes.

— Sûrement il doit en être de même dans les couvents de femmes catholiques.

— Je ne verrai même pas Dmitry alors ?

— Tu ne devrais certes pas le voir avant le mariage, mais il est le tsar et il a imposé sa volonté. (La tsarine Maria tendit l'oreille.) Je crois qu'il arrive.

En effet, la porte s'ouvrit, et Dmitry entra impétueusement.

Les femmes de Marina firent la révérence et s'éclipsèrent, mais la tsarine Maria, après avoir embrassé son fils, s'installa tranquillement dans un fauteuil, pendant que Dmitry baisait la main de sa fiancée et la dévorait des yeux.

— Elle va rester ? demanda Marina en polonais, en baissant à peine la voix.

— Pas toujours, ma beauté, répondit Dmitry.

A lui ! Elle était à lui, la tsarine altière qu'il avait vue passer dans le carrosse !

— Comment te trouves-tu ici ?

— Horriblement mal. Les fenêtres sont grillées comme dans un cachot. Les appartements sont sinistres. J'ai demandé un *bigos :* personne ne sait ce que c'est. Que vais-je faire ici pendant six jours ?

— Tu vas, dit Dmitry avec une ombre d'irritation vite dissipée, apprendre à respecter les usages du pays dont tu es la souveraine. Tu vas faire la connaissance de ma mère, t'habituer au rite orthodoxe, accoutumer ton oreille nacrée et ta petite langue charmante au parler russe. Tu vas bien sûr charmer celles qui te verront et faire mourir de curiosité ceux qui ne te verront pas. En un mot tu vas faire ton métier de tsarine. Dis-moi que tu es contente de me voir.

— Je ne suis pas contente de te voir. D'abord je ne te reconnais pas sans ta verrue. Je veux voir mon père.

Dmitry attendait sa fiancée depuis un an et demi, et il la retrouvait telle qu'il se la rappelait : irrésistible et odieuse. Il recula d'un pas.

— Votre Majesté, dit-il froidement, est ici chez elle. Elle doit donc s'y comporter comme on s'y comporte.

Marina sentit qu'elle était allée trop loin : les yeux bleus n'étaient pas seulement devenus durs, ils avaient perdu l'ardeur du désir.

— Je ne suis pas la seule à me trouver mal ici. Mes femmes ne cessent de se plaindre...

— Mes frontières, Madame, sont ouvertes dans les deux sens et je ne retiens personne à Moscou.

— Enfin, Dmitry, dit Marina, sentant qu'elle lui parlait déjà comme à un mari dont elle dépendait et s'en haïssant, je t'assure que tous ces plats préparés sans sel ne sont pas mangeables.

— Je vais voir ce que je peux faire pour les plats préparés sans sel, dit le tsar à la femme qu'il aimait ; il s'inclina devant sa mère et sortit.

3

Avec la tsarine étaient arrivés les ambassadeurs du roi de Pologne-Lithuanie : Olesnitski, chef de mission, et son adjoint Gonsevski, qui avait déjà mécontenté le tsar. Ils furent reçus dès le lendemain de leur arrivée, et lorsqu'ils se présentèrent au Térem, ce fut Mnichek qui les accueillit. Olesnitski, diplomate de tradition, avec une tête en pain de sucre posée sur une fraise gigantesque comme sur un plateau et une bouche minuscule, toute ronde, faite pour flûter, le prit à part. Gonsevski, lequel, selon son habitude, n'était que plumages et qu'aigrettes, s'écarta avec eux.

— Mon cher comte, dit Olesnitski en saisissant Mnichek par un bouton, vous n'êtes pas sans imaginer que, du métier dont je suis, je ne me fais pas faute de me renseigner quelque peu. On m'assure que le grand-prince n'acceptera point de recevoir la lettre du roi sous le prétexte fallacieux qu'elle ne lui est pas adressée comme à César Invincible. Puis-je vous prier, mon cher comte, vous qui êtes allié à sa personne, de lui faire entendre raison et d'agir sur lui pour qu'il ne s'entête point sur cette prétention d'un goût discutable qui ne peut pas ne pas entraver les voies de la diplomatie ?

Mnichek fit un groin de sa bouche et produisit un bruit de crachotement assez obscène.

— Mon cher ambassadeur, du caractère dont est mon gendre, je ne m'y frotterai pas. Et même à vous, qui êtes inviolable, hé hé, je souhaite bien du plaisir !

Il fit une pirouette et s'éloigna.

— Je vous avais prévenu, dit Gonsevski. Ce grand-prince n'est pas commode.

— Oh ! vous avez dû manquer de fermeté avec ce jeune homme, répliqua Olesnitski.

Les ambassadeurs furent introduits dans la salle d'Or.

Dans l'angle le plus éloigné de la porte était dressé un baldaquin à quatre pans surmonté d'un aigle d'or qui tenait une sphère d'or dans ses serres. Quatre colonnes torses supportaient le baldaquin d'où pleuvaient sur elles des fils de perles entremêlées de diamants. Au pied des colonnes, étaient allongés deux lions d'argent aux crinières dorées, sur la tête desquels s'érigeaient deux candélabres d'or à pied d'argent, crépitants de bougies et sommés chacun d'un griffon d'or, l'un tenant une coupe, l'autre un glaive. Sur le dos des lions était posée une estrade à trois marches couverte d'un tapis lamé d'or, et sur l'estrade s'élevait un trône d'argent dont le dossier était surmonté d'une icône de la Vierge dans un châssis doré constellé de pierreries. De chaque côté du baldaquin se tenaient deux jeunes hommes vêtus d'une robe de velours blanc bordée d'hermine blanche, avec un bonnet blanc sur la tête, deux grosses chaînes d'or en sautoir sur la poitrine, et, sur l'épaule, une petite hache d'armes en acier damasquiné. Sur le trône, vêtu d'une robe dorée brodée de perles de haut en bas, portant un collier d'or clouté de diamants et de rubis, une croix de rubis sur la poitrine, le sceptre dans la main droite et le diadème en tête, un galopin : l'ancien varlet du prince Adam Vichnevetsky !

Un maréchal annonça :

— Les ambassadeurs Nikolaï Olesnitski et Aleksandr Gonsevski saluent le grand souverain Dmitry Ivanytch, César Invincible et grand-prince de toutes les Russies, souverain et maître des États tartares et autres soumis à la souveraineté de Moscou.

— Le roi mon maître, Sigismond III de Pologne-Lithuanie, congratule le grand-prince de Moscovie, lui exprime son affection fraternelle et lui souhaite toutes les félicités, débita Olesnitski.

Au mot de « grand-prince », Dmitry fit signe qu'on lui enlevât sa couronne : il allait donc répondre lui-même alors qu'il était prévu que Vlassiev serait l'interlocuteur des ambassadeurs.

Olesnitski remit à Vlassiev un lourd pli armorié

avec de longs rubans rouges cachetés de l'aigle monocéphale polonaise.

Vlassiev le prit d'un air dégoûté, alla le montrer au tsar, et revint aux Polonais.

— Messeigneurs, dit-il, se redressant de toute sa petite taille et les mitraillant de ses petits yeux bleus, ce courrier émane peut-être de votre maître, mais il n'est pas adressé au mien. Je ne sais quel est ce grand-prince... Mon maître, lui, est César Invincible. Veuillez retourner ce pli à Sa Majesté.

Le pli changea à nouveau de mains.

La tête en pain de sucre d'Olesnitski s'empourpra.

— C'est la première fois dans l'histoire de la chrétienté, prononça-t-il, qu'un monarque manque à ce point d'égards à un roi reconnu par tous les États du monde. Votre Majesté Hospodarienne ne sait plus de qui elle tient son trône. En oubliant les bienfaits du roi et de la Pologne-Lithuanie, elle insulte les Polonais ici présents et toute notre patrie. Notre ambassade s'arrête là. Que Votre Majesté Hospodarienne nous fasse reconduire à notre résidence.

Dmitry changea de position sur ce trône qu'il ne croyait devoir qu'à lui-même.

— Si indécent qu'il soit pour un monarque assis sur son trône d'argumenter avec des ambassadeurs, nous nous donnerons la peine de vous répéter que nous ne sommes ni prince, ni hospodar, ni même tsar. Nous avons des princes, des hospodars et des tsars à notre botte. Ni les monarques assyriens, ni les Mèdes, ni les Césars de Rome n'ont eu plus droit au titre d'Empereur que nous. Nous ne nous reconnaissons pas d'égal dans les pays septentrionaux, et un seul supérieur : Dieu. Tous les monarques nous donnent le titre de César que nous portons. Seul votre roi nous manque de respect. Nous prenons Dieu à témoin que si nous en venons à verser le sang, ce sera votre faute et non la nôtre.

Olesnitski répliqua que le titre que réclamait Sa Majesté Hospodarienne n'avait jamais été donné à ses ancêtres, et que, pour exiger cette appellation nouvelle, il n'avait jamais envoyé d'ambassadeurs extraordinaires, comme cela se faisait. D'ailleurs l'attribution d'un titre ne dépendait pas du roi mais du Parlement, qui ne s'était pas encore réuni.

— Votre Majesté Hospodarienne a tort de s'échauffer à ce point pour un titre. Je prends à témoins Dieu, Votre Majesté Hospodarienne elle-même et les boyards de son Sénat que c'est elle, et non point le roi, mon maître miséricordieux, qui aurait à se reprocher le sang versé à ce sujet. Pour le moment, nous ne demandons que la permission de nous retirer.

Une grande amertume monta dans Dmitry. N'avait-il fait tant d'efforts, couru tant de périls, que pour se voir refuser le titre qu'il se donnait enfant et qu'il avait enfin conquis : César Invincible ? Des larmes lui picotèrent les yeux. Il eut l'intuition que la grandeur qu'il croyait posséder n'était qu'une grandeur de théâtre, que les apparences allaient s'effondrer autour de lui et sur lui. Il lança un regard circulaire, presque halluciné pour s'assurer que les colonnes torses soutenant le baldaquin étaient toujours là, que ses gardes et ses boyards l'entouraient. Oui, il lui suffirait d'un mot pour faire jeter dehors les ambassadeurs de Sigismond, d'un autre mot pour précipiter la Russie contre la Pologne-Lithuanie... N'était-ce pas absurde que cet homme à la tête en pain de sucre et à la bouche en suçoir, qu'il avait connu à Cracovie et qui s'était montré aimable avec le prétendant, refusât maintenant un si petit plaisir au tsar ?

— Écoutez, Olesnitski, dit Dmitry, oubliant d'être majestueux, je vous ferai démontrer la validité de mon titre par les boyards, mais dans l'entre-temps...

Enfin, si quelqu'un ne vous appelait pas seigneur Olesnitski, alors que c'est votre nom ? Cela vous ferait-il plaisir ? Je ne peux tout de même pas accepter une lettre qui porte un autre nom que le mien ! Le roi sait bien qu'il a en moi un ami comme il n'en a jamais eu. (Il s'échauffait.) Ce sont mes ennemis qui l'empêchent de me donner ce titre auquel... (Il se reprit.) Mais il n'est pas décent que nous débattions de cela avec vous.

— Votre Majesté Hospodarienne a raison, et nous ne souhaitons pas entrer dans de tels débats. Qu'elle nous permette donc de nous retirer... sans avoir rempli notre fonction.

Dmitry n'avait pas envie d'abîmer un jour qui aurait dû être si beau et il crut avoir trouvé une échappatoire.

— Bien, bien, dit-il. Nous verrons cela plus tard. Pour le moment, seigneur Olesnitski, vous m'avez montré de la courtoisie dans le passé, et je veux vous prouver que je vous en sais gré. Je vous autorise à me baiser la main, non en votre qualité d'ambassadeur, mais comme ami.

Il tendit sa main droite, lourde de bagues.

Le vieil Olesnitski, souriant intérieurement, répondit :

— Je suis reconnaissant à Votre Majesté Hospodarienne de m'autoriser à lui baiser la main à titre privé. Malheureusement je ne suis pas ici à titre privé et cela m'est impossible.

Devant cet ambassadeur expérimenté, sûr de son fait, de ce qui se faisait et ne se faisait pas, Dmitry se sentait comme un petit garçon. Il allait perdre la face devant ses propres boyards, devant Marina à qui l'incident serait rapporté. Pitoyable, il insista :

— Allons, venez, baisez-la, seigneur Olesnitski !

— A titre privé, je ne le peux point, répondit Olesnitski en se détournant.

La main toujours tendue dans un geste dérisoire, Dmitry eut une nouvelle fois le sentiment d'être un roi de théâtre. La représentation de patronage allait s'arrêter dans un instant, tous ces adultes autour de lui éclateraient d'un gros rire parce que lui avait cru en son rôle, et peut-être le fesseraient-ils pour l'avoir mal joué. Il fallait à tout prix sauver la situation. Il cria :

— Alors baisez-la comme ambassadeur !

Olesnitski pivota à moitié et regarda le tsar par-dessus son épaule, se préparant à savourer son triomphe de diplomate et de Polonais.

— Je le ferai, flûta-t-il, si Votre Majesté Hospodarienne accepte la lettre de Sa Majesté le roi.

— Je l'accepterai.

Derechef Olesnitski tendit le lourd pli à Vlassiev qui se résigna à le reprendre. Les ambassadeurs vinrent baiser la main de Dmitry, qui put enfin la laisser retomber.

Vlassiev, sur un signe du tsar, rompit les cachets et donna lecture de l'épître de Sigismond. Vlassiev était mécontent de voir que le tsar ne s'était pas fait respecter comme il le devait et ne le cacha pas.

— Cette lettre, dit-il en la repliant rageusement, ne porte pas la suscription correcte et n'aurait pas dû être acceptée. Sa Majesté Césarienne n'a fait cette entorse au protocole que par condescendance, parce que ce temps est un temps de bonheur pour elle et qu'elle ne voulait point l'assombrir. Mais lorsque vous serez retournés auprès du roi votre souverain, faites-lui assavoir de ne plus jouer à ce jeu-là : c'est la dernière fois que nous le tolérons. Procédez maintenant à l'énoncé de votre mission.

Les ambassadeurs prononcèrent alors des discours d'ambassadeurs, où il fut question d'amitiés indéfectibles, de félicitations nuptiales, d'intérêts communs, et, bien sûr, de la volonté de Dieu. Tout se serait bien terminé si Olcsnitski n'avait pas voulu marquer une fois de plus la supériorité du roi de Pologne-Lithuanie sur le tsar de Russie.

— L'usage, dit-il à Vlassiev au moment où l'audience allait s'achever, l'usage prescrit que le souverain de Moscovie se lève et s'enquière de la santé du roi.

Dmitry entendit la remarque, et, sans bouger de sa place, demanda :

— Sa Majesté le roi est-il en bonne santé ?

Olesnitski et Gonsevski échangèrent un regard.

— En quittant Cracovie, nous avons laissé Sa Majesté jouissant d'une excellente santé et d'un gouvernement heureux, commença Gonsevski en faisait décrire d'élégantes girations à son chapeau empanaché...

— Mais Votre Majesté Hospodarienne doit se mettre debout pour demander des nouvelles de Sa Majesté le roi, acheva Olesnitski en regardant Dmitry droit dans les yeux.

Dmitry était plus que jamais conscient de l'attention avec laquelle les boyards l'observaient faisant son métier et, pour cette fois, y réussissant mal.

— L'usage, improvisa-t-il comme un collégien pris en faute, c'est que nous nous levions non pour demander des nouvelles mais pour remercier Dieu quand elles sont bonnes.

Il se souleva légèrement et prononça :

— Nous nous réjouissons de savoir notre ami le roi en bonne santé.

Suivit la présentation des cadeaux et, pour finir, le tsar annonça aux ambassadeurs qu'en signe de faveur il leur ferait porter une part de son propre dîner.

En sortant, Mstislavsky s'approcha en roulant ses gros yeux de Chouïsky qu'il dominait de la tête :

— Que faut-il penser de tout cela, boyard ?

Chouïsky secoua sa barbe rousse :

— J'avais toujours dit qu'il finirait par nous vendre aux Polonais.

Mstislavsky ne se rappelait pas lui avoir jamais entendu rien dire de tel, mais il faisait plus de confiance à la mémoire de Chouïsky qu'à la sienne propre, et il hocha sa lourde tête d'un air sagace.

4

Dmitry, lui, quitta la salle d'Or d'excellente humeur : le Térem ne s'était pas effondré sur lui ; il était toujours tsar, on lui obéissait, le roi de Pologne-Lithuanie était son ami. Il prit Sergo par le bras.

— Tu as vu la figure d'Olesnitski quand je lui ai dit que je me levais pour remercier Dieu et non pour rendre hommage à Sigismond ? On aurait cru qu'il avait avalé mon sceptre et mon globe !

Et, fort content de lui, César Invicible envoya des cuisiniers français au couvent de l'Ascension pour satisfaire les goûts raffinés de Marina et de ses femmes. D'où triple scandale, car ils étaient étrangers, hérétiques et mâles. Une heure plus tard, croyant n'en avoir pas assez fait, il envoya des musiciens polonais pour distraire ces dames, scandale quadruple, car si les Russes appréciaient la cuisine, la musique leur paraissait toujours suspecte d'érotisme satanique. Sergo lui-même osa signaler au tsar que l'on était choqué de la présence de ces musiciens profanes dans l'enceinte d'un couvent, mais Dmitry ne fit qu'en rire :

— Ils verront bien autre chose que des violoneux chez les nonnains. Ils verront le tsar de Russie à Jérusalem ! Il faut qu'ils s'habituent aux nouveautés.

Il retourna rendre visite à Marina, lui apportant une cassette pleine de pièces d'or. Marina le reçut moins mal que la première fois, mais elle déclara qu'elle étouffait dans ce couvent, qu'elle craignait qu'on ne la contraignît à prendre le voile... Dmitry se mit à rire : le jour approchait où il la tiendrait à sa merci et il ne pouvait se fâcher contre elle.

— Le voile t'irait très bien, et tu serais charmante avec une guimpe, mais pour la chiffonner il faudrait que je me fasse pope et tu sais que les popes n'ont pas le droit de régner. Emménage donc dès aujourd'hui dans ton palais. Pour qu'il n'y ait pas d'émeute, je te ferai enlever de nuit. Veux-tu ?

Il lui prit les mains et elle se laissa faire. C'était vrai qu'elle avait peur dans ce couvent. Elle s'ennuyait aussi un peu de lui.

— Ma beauté de Sambor et de Sandomir, lui dit-il en fermant les yeux, impératrice de la croisade que je mènerai contre la Porte, ô toi qui es appelée à régner avec moi sur l'Orient et l'Occident réunis, j'ai une surprise pour toi. Je veux te donner plus qu'aucun autre homme ne le pourrait. Quelque chose qui comptera non seulement dans ce monde-ci mais aussi dans l'autre et que les anges seront obligés d'inscrire sur leur registre.

Elle le regardait avec curiosité, et lui suffoquait de joie à l'idée de lui apprendre cette nouvelle grandiose. Il la prit par les coudes, si bien que leurs visages se touchaient presque, et prononça dans un souffle :

— Tu seras couronnée *avant* d'être mariée.

Elle fut assez noble pour sentir ce que ce cadeau avait d'insensé et de sublime. Elle, l'obscure comtesse Marina Mnichek, serait tsarine de Russie en son propre nom, elle, oui, celle qui galopait par les forêts de Sambor, celle qui rêvait sur Plutarque, celle qui ne croyait plus en grand-chose sauf en elle-même. Cela valait infiniment mieux que les apanages de Pskov et de Novgorod, c'était le plus somptueux cadeau que jamais amant eût fait à sa maîtresse. Elle chercha et ne trouva pas que dire devant une telle munificence. Elle finit par hocher la tête en silence, presque imperceptiblement, sans quitter de ses yeux noirs les yeux bleus du tsar, qui rayonnaient de larmes et de lumière. Il vit qu'elle avait compris, et son cœur déborda de reconnaissance pour elle. Il mit un genou en terre et lui baisa la main.

Cette nuit même, une escorte commandée par Sergo vint chercher la tsarine. Elle monta en carrosse avec Danoucha et deux autres femmes. Les torches échevelées par le vent nocturne allumaient les cuirasses et jetaient des lueurs et des ombres alternées sur les murs des vieux hôtels et des monastères devant lesquels on passait.

Le nouveau palais avait la forme d'une L et le plus petit des deux corps de logis était réservé à la tsarine. La décoration en était fastueuse et Marina se déclara satisfaite. Elle se demandait, bien sûr, si ce changement de programme trahissait une impatience redoublée de son amoureux, et, après avoir pesé le pour et le contre, résolut de ne lui accorder aucun privilège marital tant qu'ils n'auraient pas été mariés par l'Église orthodoxe. Il lui était difficile d'imaginer que Dmitry voulût la répudier après en avoir joui, mais, après tout, que savait-elle de lui ? Deux sûretés valent mieux qu'une et deux mariages mieux qu'un seul. Elle ferma sa porte à clef et fit dormir ses femmes dans sa chambre.

Dès qu'elle fut endormie, Danoucha se releva. Elle était dévouée à sa maîtresse, mais deux femmes la garderaient aussi bien que trois.

— Tu refermeras après moi, souffla-t-elle à l'une des deux, fit jouer le verrou et se trouva dans le couloir.

De ce côté, les fenêtres donnaient sur la Moskva qu'on apercevait en contrebas, au-delà des remparts crénelés, encadrée entre deux tours, celle de l'Ascension et celle du Puits, qui miraient leurs formes noires dans les eaux nocturnes. Danoucha, ne sachant comment faire pour retrouver celui qu'elle cherchait, s'arrêta, charmée par la poésie du paysage. Les étoiles brillaient dans la rivière et le Kremlin tout entier, somnolent comme un gros matou tigré, rêvait sombrement aux lendemains de la Russie. Ce n'était pas un rêve heureux.

Le couloir où se tenait Danoucha était parqueté et ses hautes fenêtres se reflétaient dans les lattes cirées. En jetant un regard de côté, il lui sembla apercevoir un mouvement au fond du couloir silencieux. Elle eut peur. Se pouvait-il que ce palais flambant neuf, qui sentait encore la menuiserie et la peinture et la colle, fût déjà hanté ?

— Y a-t-il quelqu'un ? demanda-t-elle doucement en polonais.

Comme un tourbillon, le fantôme se précipita sur elle et la serra dans ses bras. C'était Sergo.

5

Le couronnement suivi du mariage eut lieu le jeudi 8 mai, veille du jour de la translation des reliques de saint Nicolas. Ordinairement, l'Église orthodoxe ne marie pas les veilles de fêtes, mais Chouïsky avait assuré à Dmitry que c'était là un usage dont on n'avait pas à tenir compte : le nouveau patriarche Ignaty ferait sûrement une exception pour le tsar, et Dmitry, à qui il plaisait de bouleverser les coutumes qu'il ne comprenait pas, avait trouvé l'idée bonne. La journée fut chômée et tout Moscou en habits de fête se précipita dans le Kremlin.

Marina avait peu dormi. Elle était partagée entre

la joie de voir ses rêves se réaliser et l'angoisse de les voir se réaliser si facilement. Suffisait-il vraiment de se lever, de faire sa toilette, de mettre une robe, de se rendre dans une église, d'y participer à un certain rite qui prendrait un certain temps et puis serait terminé, pour devenir tsarine de toutes les Russies ? Quoi ? Pas d'épreuves, pas d'initiation, pas de passage ?

« Une tsarine, pourtant, ce n'est pas simplement une femme de tsar, méditait Marina. Ce n'est pas une comédienne jouant un rôle de tsarine. C'*est* une tsarine. On ne peut pas être plus ou moins tsarine : on l'*est* ou on ne l'est pas. Je vois bien comment on devient morte quand on était vivante, enceinte quand on était vierge : il y a un changement de nature. Ce matin, Danoucha me brosse les cheveux et je ne *suis* pas tsarine ; ce soir, elle me les arrangera pour la nuit et je *serai* tsarine. Où sera le changement ? »

Elle pensait beaucoup plus à son couronnement qu'à son mariage. L'idée que le soir même elle dût être dans les bras d'un homme la troublait mais ne l'inquiétait pas. Elle repoussait toute crainte de la douleur physique comme indigne d'elle, et, ressentant de temps à autre une montée de chaleur, se disait :

« J'en avais assez d'être pucelle. Ce sera amusant de découvrir du nouveau. Et d'être comme les autres. De comprendre de quoi elles parlent. »

Elle se représentait l'amour :

« Cela doit faire un effet curieux, tout de même. Je me demande si je n'aurai pas le fou rire. Cela manquerait de dignité. »

Ses femmes lui passèrent avec amusement une robe à la russe mais pourvue de manches, en velours cerise, tellement couverte de perles et de pierreries qu'on en voyait à peine la couleur. Elles la chaussèrent de bottes de maroquin à hauts talons ; Marina insista pour garder la coiffure polonaise qui lui allait le mieux, avec des chaînes d'or tressées dans ses cheveux noirs, sur lesquels fut jeté un voile.

Deux épouses de boyards vinrent la prendre pour la conduire dans la salle où seraient célébrées les accordailles russes. On la fit monter sur une estrade et s'asseoir face à une table sur laquelle il y avait la miche de pain et le fromage rituels. Un archiprêtre à la barbe fleurant le miel la bénit. Elle se sentait comme une poupée dans sa robe toute raide ; elle se laissait faire et s'observait se laissant faire, comme si elle s'était dédoublée en poupée soumise et en observatrice libre.

Dmitry entra, portant un kaftan bleu brodé de perles et d'or et fourré de zibeline, la couronne sur la tête. Elle se représenta crûment ce qu'ils feraient ensemble cette nuit, et, l'imaginant nu mais ayant gardé sa couronne, elle dut se forcer pour ne pas rire. Dmitry s'assit auprès de sa fiancée et ils échangèrent leurs bagues, leurs mains s'effleurant.

Par un chemin de drap et de velours, les accordés se rendirent dans le palais à Facettes. Deux trônes avaient été dressés ; le tsar prit place sur l'un d'entre eux.

Marina demeurait à l'écart. Le boyard prince Vassily Chouïsky s'avança vers elle. Fidèle à son idée de le combler de faveurs, le tsar l'avait nommé écuyer des noces et lui avait fait cadeau d'une superbe robe de velours vert bouteille traversée de fils d'or et ourlée de perles, si bien qu'il n'avait pas l'aspect besogneux qui lui était ordinaire. Il débita :

— Illustrissime Césarina et grande-princesse Marina Iourievna de toutes les Russies ! L'illustrissime et invincible autocrate et grand souverain Dmitry Ivanytch, par la grâce de Dieu César Invincible et grand-prince de toutes les Russies ainsi que souverain et maître de nombreux États, a daigné vous prendre pour Césarina de Sa Majesté Césarienne et faire de vous notre souveraine. Par la grâce de Dieu vos accordailles ont eu lieu ce jour, et la volonté de Sa Majesté Césarienne est que vous accédiez maintenant à votre rang césarien et partagiez avec elle le gouvernement de ses glorieux États.

Alors, conduite d'un côté par son père, de l'autre par la jeune princesse Mstislavsky, Marina alla, comme dans un rêve, s'asseoir sur son trône.

Le grand écuyer apporta la croix, le collier, la couronne et le diadème que Dmitry baisa et qu'il donna à baiser à Marina. Ces insignes furent ensuite remis à un archiprêtre qui les posa sur un plat d'or et les recouvrit d'un tissu. Portant ce plat au-dessus de sa tête, l'archiprêtre se dirigea à pas solennels vers la cathédrale de l'Assomption.

Les cloches commencèrent à sonner.

Le tsar et la tsarine se levèrent, et se donnant le bras, se mirent en marche, le tsar soutenu à sa droite par le comte Mnichek, la tsarine à sa gauche par la princesse Mstislavsky. A leurs côtés marchaient les quatre gardes vêtus de blanc, leurs hachettes d'argent sur l'épaule. Devant le couple tsarien, un prêtre aspergeait d'eau bénite les tapis déroulés à leurs pieds. Derrière, le prince Golitsine portait le sceptre, et le boyard Basmanov, rayonnant de bonheur, le globe. Puis venaient les boyards, les maréchaux, les ambassadeurs polonais. Une double file de streltsi empêchait quiconque de traverser le chemin du Térem à la cathédrale de l'Assomption : il y aurait eu là un mauvais présage.

Entrant dans la cathédrale, le tsar et la tsarine allèrent baiser les principales icônes et les reliques. Pour atteindre certaines d'entre elles, Marina devait monter sur un petit billot tapissé de velours, et, de nouveau, elle eut envie de rire, mais se retint.

Le chœur chantait majestueusement.

Au milieu de la cathédrale s'érigeait une estrade à laquelle on accédait par un escalier de douze marches et sur laquelle étaient préparés trois sièges : le trône, tout en or, hérissé de six cents pierres précieuses : diamants, rubis, saphirs et turquoises ; à sa droite, un fauteuil tendu de velours noir ; à sa gauche, une chaise dorée. Un tapis de velours noir conduisait au siège noir ; deux tapis de velours cramoisi aux deux autres sièges. Des bancs rembourrés, placés en long et face à face, étaient réservés aux évêques et archimandrites, derrière lesquels se tiendraient debout à droite les boyards, à gauche leurs femmes. Le tsar prit place sur le trône, la tsarine sur la chaise dorée, le patriarche Ignaty sur le fauteuil noir.

Dmitry regarda autour de lui.

Tous les éléments de sa grandeur étaient réunis : l'Église, dont les chants harmonieux et austères emplissaient ses oreilles, dont les icônes et les cierges illuminaient ses yeux, dont les nuages d'encens envahissaient ses narines, dont les hiérarques dorés étaient réunis pour accomplir sa volonté ; le Sénat des boyards, ces grands seigneurs si fiers de leur lignage et de leur puissance ; les ambassadeurs polonais représentant en quelque sorte le reste du monde venu le contempler ; et sa bien-aimée, arrivée de Cracovie pour être sa femme, vêtue à la russe pour lui complaire... Tout gravitait autour de lui comme d'un soleil.

Il chercha un détail à ajouter à cette multitude de biens, une preuve qui lui assurerait que tout cela n'était pas un mirage, qu'il était bien le maître de cet empire et bientôt du monde. Comme on se pince pour s'assurer qu'on ne rêve pas :

— Prince Chouïsky ! appela-t-il en se renversant nonchalamment sur son trône.

Chouïsky s'avança.
— Croise-moi les jambes.
Chouïsky gravit docilement les douze marches, se mit humblement à genoux, souleva la jambe bottée droite de Dmitry, la posa sur la gauche. Au moment où il relevait son visage, rouge d'avoir été baissé, plus rouge encore de honte, Dmitry, qui trouvait la situation plaisante, lui fit un énorme clin d'œil. Un murmure d'indignation courait dans la foule : les Polonais s'indignaient de voir humilier un prince, les Russes étaient consternés de voir des jambes croisées dans une église.
A leur tour, deux évêques gravirent l'escalier. Ils apportaient les insignes tsariens.
Le patriarche se leva, prit la croix, la baisa, la tendit à Marina, qui pensa distinctement :
« Voilà. Cela commence. A quel instant précis vais-je devenir tsarine ? »
Elle se leva et baisa l'étrange croix à huit branches. Elle sentit en le faisant qu'elle avait secrètement abjuré quelque chose : au fond d'elle-même, elle ne se reconnaissait plus vassale du pape. Elle s'agenouilla.
Le patriarche lui posa la main sur la tête et prononça une longue prière où elle ne comprit rien. Le chœur se taisait et la voix du patriarche, roulant sous les voûtes de la cathédrale, en redescendait, bourdonnante et comme transfigurée, sur l'assistance suspendue à ses lèvres. A certains moments, tous les Russes se signaient de la droite vers la gauche, les uns d'un geste large et auguste, les autres d'un mouvement étriqué et précipité. Marina voyait cela à travers les fumées de l'encens. Il lui semblait se tenir à genoux sur le pont d'un navire voguant dans la brume.
Le patriarche prit le collier tsarien et le posa sur les épaules de Marina. Elle en sentit le poids sur ses clavicules et pensa :

« C'est l'adoubement... Le don du courage. »

Puis il prit le diadème et lui en ceignit le front.

« Le don de la splendeur... »

Enfin il prit la couronne et la tint très haut pendant quelques instants, afin que tout le monde pût la voir. Marina leva les yeux pour regarder ce qui se passait et vit cette couronne d'or qui lui semblait flotter en l'air, parmi les saints et les séraphins dont les représentations peintes à la fresque couvraient les murs et les voûtes. Agenouillée depuis longtemps déjà, elle se sentit vaciller et se demanda si elle n'allait pas se trouver mal. Elle venait de comprendre que ce couronnement lui venait de Dieu lui-même, qu'il impliquait de terribles responsabilités, des comptes effrayants à rendre au jour du Jugement. Cette couronne qui descendait lentement sur sa tête, il lui sembla qu'elle allait se refermer, se rétrécir sur son crâne, s'encastrer dans l'os, qu'elle ne pourrait plus jamais l'ôter.

— Le don du pouvoir... J'accepte, murmura-t-elle.

La couronne de filigrane se posa légèrement sur le sommet de sa coiffure. Elle n'en sentit presque pas la pesanteur, ce qui la déçut et l'angoissa. Mais lorsque le patriarche écarta ses deux grandes belles mains couleur de cire, elle comprit qu'un processus irréparable avait été entamé et que rien ne pourrait l'enrayer. Elle était en train de devenir tsarine comme un enfant est en train de naître. A cet instant le chœur entonna le chant de congratulation : *Longues années*.

« Longues années, longues années, pensa Marina. Il me faut l'éternité ! »

Et une fierté s'émut en elle :

« C'est mon peuple qui chante pour moi. Mon peuple que je conduirai à la maîtrise du monde. »

Le couple tsarien descendit de l'estrade. Les évêques, les archimandrites, les boyards, leurs femmes, les Polonais présents, tous félicitaient la tsarine, et elle tenait le cou bien droit de crainte que sa couronne ne roulât à terre.

Le couronnement était terminé ; la liturgie commença.

Marina n'avait jamais assisté à une liturgie orthodoxe et elle ne comprit rien à celle-ci. Ces litanies répétées sans fin, ces portes s'ouvrant et se refermant, ces rideaux tantôt tirés tantôt clos, ces diacres ventrus tonitruant de leurs voix de basse qui faisaient palpiter les cierges affolés, ces coups de tonnerre du chœur, ces prosternations, ces signes de croix s'élevant et s'abattant comme des crêtes d'écume sur la mer, tout cela lui parut bizarre et surtout très long. « Heureusement, pensa-t-elle, le pape me déconseille les offices orthodoxes : je pourrai toujours faire valoir que je suis papiste... »

Il y eut encore un incident. Irrités par la longueur du service, des Polonais réclamèrent des chaises. Vlassiev, choqué de leur tumulte, se précipita sur eux :

— Dans l'église de Dieu, on ne s'assied point ! siffla-t-il.

— Mais le tsar...

— Le tsar, aujourd'hui seulement, en l'honneur du sacre. Tenez-le-vous pour dit.

Mais ils ne se le tinrent pas pour dit. Certains s'assirent sur des marches. D'autres s'accotèrent ou s'adossèrent aux icônes. Blasphème.

— Tu vois, chuchotait Chouïsky à Mstislavsky. Et le tsar permet !

A la fin de la liturgie, Marina communia sous les deux espèces, ce qu'elle n'avait jamais fait, et elle éprouva du dégoût à sentir dans sa bouche la cuiller d'or qui venait de quitter la bouche de Dmitry. Mais elle trouva que le mélange de pain et de vin avait un goût plus agréable que l'hostie parcheminée à laquelle elle était accoutumée.

Après la liturgie eut lieu l'onction.

Le patriarche s'avança vers Marina qui se tenait devant la porte centrale de l'iconostase. Un évêque présentait la burette, l'autre le pinceau. « Voilà, pensa Marina, cela va se terminer maintenant et je serai vraiment tsarine. »

La myrrhe sentait bon. Le patriarche en oignit le front, les joues, le dos des mains et les paumes de Marina.

— Frotte tes mains.

Et Marina les frotta, sans savoir si c'était pour que la myrrhe sacrée ne risquât pas de goutter à terre ou pour que sa peau se pénétrât mieux de l'onction. Elle frottait et pensait : « L'huile qui fait les tsars m'entre dans le corps. Maintenant je suis tsarine. Je le suis, je le suis. Si je refusais d'épouser Dmitry, que pourraient-ils me faire ces Moskals ? Je suis leur souveraine. »

Mais elle n'avait pas l'intention de refuser.

Après l'onction, le mariage se déroula, selon le rite orthodoxe. Les mariés tinrent des cierges dans leurs mains, burent à la même coupe, marchèrent trois fois autour du lutrin sur lequel reposait l'Évangile, enroulant leurs vies autour du Christ en même temps qu'ils les tressaient ensemble. Et le chœur chanta *Isaïe, réjouis-toi !* Les offices successifs duraient depuis de longues heures. Marina avait perdu le sens du temps et de l'espace, et, lorsque les portes de la cathédrale furent enfin ouvertes, elle vit que le crépuscule tombait.

Le peuple attendait la sortie des mariés. Les acclamations éclatèrent. Des trésoriers faisaient ruisseler sur le couple tsarien des pièces d'or — escudos portugais, ducats hongrois, petite mitraille russe frappée de l'aigle bicéphale pour cette occasion — et le peuple les ramassait avec des cris de joie.

Les mariés gagnèrent le nouveau palais. Il n'y eut

pas ce jour-là de banquet, mais un dîner pour les boyards et les intimes. Au troisième service, quand le poulet rôti eut été présenté, Sergo l'enveloppa d'une nappe : il était temps pour les mariés de se retirer. L'écuyer des noces et le père de la mariée accompagnèrent les époux jusqu'à la chambre nuptiale. Au moment d'entrer, Dmitry, tendant sa main à baiser à Chouïsky, s'écria :

— Mon diamant !

L'énorme diamant qu'il portait au doigt avait disparu, et le logement où il avait été serti béait comme une orbite énucléée.

— Souverain, dit Chouïsky, je regrette d'avoir à te le dire : c'est un mauvais présage.

— En effet, renchérit Mnichek songeur. Et le plus inquiétant, c'est que, ce matin, le beau cheval blanc que tu m'as donné est tombé sans raison, ce qui est un mauvais présage aussi.

Les trois hommes se regardèrent, comme si un ange sinistre, rouge et noir, était passé, se rendant un instant visible à chacun d'entre eux. Marina tira Dmitry par le bras : elle était lasse, nerveuse, et ne croyait pas aux présages.

— Qu'on cherche bien, dit Dmitry. J'en donnerai un plus petit à qui retrouvera le mien.

Il laissa passer Marina devant lui et la porte se referma sur eux.

*

L'appartement était vaste, tapissé d'un beau rouge pompéien, jonché de tapis de Perse, éclairé par deux candélabres d'argent, supportant chacun un buisson de bougies dont quelques-unes seulement étaient allumées pour épargner la pudeur de la mariée.

Les époux demeurèrent quelques moments immobiles, elle debout, tout engourdie, lui derrière elle, pressentant malgré sa jeunesse que, après le sommet aigu qu'il avait tant désiré et qu'il atteindrait dans un instant, commencerait l'autre versant et voulant soudain retarder l'accomplissement de ses désirs.

— Je vais, prononça-t-il enfin, te montrer une chose drôle.

Elle se raidit. Elle ne le connaissait pas. Qu'appelait-il drôle ? Il marcha jusqu'à la fenêtre et en écarta légèrement le lourd rideau de velours.

— Viens. Regarde.

Elle approcha et coula un regard par la fenêtre.

En bas, deux palefreniers tenaient un cheval tout sellé.

— Eh bien ?

— Attends.

Au bout d'un moment parut le boyard Chouïsky, écuyer des noces, qui n'avait rien d'un grand cavalier. Il se hissa sur le cheval avec l'aide des palefreniers, fit le signe de la croix et tira son sabre. La lame, large et courbe, brilla comme un copeau de lune dans la lumière qui tombait par les fenêtres encore éclairées du palais. Chouïsky serra les talons et le palefroi avança avec une lenteur solennelle, presque fantomatique. Dmitry éclata de rire.

— Que fait-il ? demanda Marina.

— La belle Cracovienne ne connaît pas nos usages de Moskals. J'ai décerné au prince Chouïsky l'insigne honneur d'être l'écuyer des noces. En cette qualité, il doit passer la nuit à tourner autour du palais pour en éloigner les démons. Si la belle Cracovienne était arrivée avant le Grand Carême, comme je l'en priais, nous aurions encore mieux ri. Imagines-tu Chouïsky chevauchant en rond dans une tempête de neige ?

Marina sourit de sa bouche dédaigneuse. Elle ne trouvait pas la chose aussi drôle que Dmitry. Elle ignorait que l'homme chargé de protéger le couple tsarien contre les démons savait que le tsar n'était pas le tsar, et que le tsar savait qu'il le savait.

— Il doit me maudire, fit Dmitry, riant encore.

En effet. Planté sur sa selle entre les deux arçons, les pieds chaussés d'étriers d'argent, le sabre tenu comme un cierge, Chouïsky en appelait aux puissances du ciel et aux autres.

— Mon Seigneur Dieu, je suis chrétien et sais que je ne dois pas invoquer le Malin. Aussi ne l'invoqué-je point. Je sais aussi que les démons approchent des mariés pendant la nuit de noces et que je dois les repousser par mes prières et par la force de ce sabre bénit. Mais Toi, Tu sais que le marié est un usurpateur, qu'il ne doit pas rester tsar. Et puisque Tu es tout-puissant, Tu peux rendre ma garde inefficace, laisser les sombres essaims s'abattre sur le faux tsar et sa tsarine. Qu'ils les dévorent ! Qu'ils les possèdent ! Qu'ils rendent leur couche nuptiale impure et stérile, ou au moins que l'enfant qui sera conçu cette nuit ait une queue, des cornes et les pieds fourchus, pour qu'on sache enfin avec l'aide de qui le Félon a conquis le trône.

Marina s'éloigna de la fenêtre. Des vins, des liqueurs, des fruits avaient été préparés sur un plateau, et aussi le poulet apporté par Sergo. Elle arracha un grain de raisin à une grappe bleue et arrondit ses lèvres autour de ce grain. Elle le garda ainsi quelques instants, puis le mordit, et le jus sucré au goût de muscat coula dans sa bouche. Dmitry s'avança vers elle. Une table en mosaïque les séparait. Marina leva la main.

— Attends. Sais-tu que les choses sont ce qu'elles semblent être ?

Il se demanda où elle voulait en venir. Lui non plus ne la connaissait pas.

— Plus elles semblent, plus elles sont. Plus ce muscat me semble bon, plus il l'est. Plus j'éprouve de plaisir à le goûter, meilleur il est en réalité. Je pense qu'il faut penser au plaisir qu'on éprouve. Il faut savoir qu'on est heureux. Savoir qui est heureux. Surtout ce soir, où nous sommes parvenus au faîte — je ne dis pas que nous ne devions pas monter encore, mais, pour le moment, c'est le faîte, car nous n'étions jamais montés si haut. Je veux me persuader de la réalité de cette nuit et de la nôtre. Qui suis-je ? Marina, la fille d'Ioury Mnichek, la petite-fille de Sambor. Je suis elle. Je suis complètement elle. Et je suis aussi complètement l'impératrice de toutes les Russies.

— Et aussi complètement celle qui m'aime et sera à moi.

— Oui, celle qui sera à toi.

— Et la future mère de mes enfants. La terre d'où jaillira l'arbre de ma descendance.

— Je le veux bien, puisqu'il se peut que je ne sois pas immortelle.

— Et tu es aussi... (Dmitry fit le tour de la table) ma maîtresse et mon esclave, ma servante d'amour, celle qui ne peut plus rien me refuser. Ah ! belle et froide comtesse, que de fois j'ai rêvé de déchirer votre robe sur vous ! Je la déchirerai ce soir, et de plein droit, puisque c'est moi qui vous l'ai donnée.

Comme il posait ses doigts basanés sur le col raide de perles et de diamants, elle l'arrêta encore.

— Attends. Je t'ai dit qui je suis. Ne veux-tu pas de ton côté me dire qui tu es ? Pour être encore plus heureux, pour te voir être heureux ? Qui es-tu, Dmitry ?

Il sentit le danger : n'avait-elle inventé ce jeu philosophique que pour amener cette question ? Elle devait savoir qu'à cet instant elle le dominait encore, mais que, dans quelques secondes, elle ne serait plus qu'une pâte à pétrir entre ses mains. C'était du moins ce qu'il s'imaginait. Voulait-elle abuser de ce dernier instant ?

La tentation vint à Dmitry de sauter dans ce piège,

de dire enfin à Marina qui il était véritablement. Que risquait-il ? Elle ne le quitterait pas, elle ne le trahirait pas. Il regretta presque à cet instant de n'être pas le misérable Défroqué pour lequel Boris avait voulu le faire passer. S'il l'avait été, sans doute aurait-il tout avoué à Marina pour mieux triompher d'elle : « Oui, comtesse, je suis un coquin et tu vas subir mon désir. » Mais lui dire quoi ? Qu'il était le prince Kourbsky ? Un agent des jésuites ?

Il la lâcha, s'éloigna d'elle.

— Crois-tu que c'est pour rien que j'ai voulu te faire oindre et couronner avant le mariage ?

Et il se retourna pour voir l'effet produit.

A elle il fallut quelques instants pour se pénétrer de ce qu'il laissait entendre. Ointe et couronnée avant le mariage, elle était tsarine de son propre chef. Si jamais il perdait le trône et si elle ne continuait pas à régner, ce serait un effet de l'injustice des hommes et non de sa tromperie à lui. Elle était vraiment devenue *Marina imperatrix*, personne n'y pouvait plus rien. Elle fut émue de cette finesse de sentiments, de cette générosité, qu'au reste elle ne pouvait lui prêter que s'il était un imposteur. Car s'il était le véritable Dmitry Ivanytch, il n'y avait eu là qu'une galanterie. Alors elle se demanda ce qu'elle préférait... Mais elle se dit aussi que si elle le laissait jouer de cette ambiguïté — il pouvait aussi bien être le vrai Dmitry Ivanytch et insinuer qu'il ne l'était pas pour la tourmenter —, il en abuserait sûrement et cela lui donnerait barre sur elle.

— Dmitry, dit-elle avec fermeté, nous ne parlerons plus jamais de cela, mais il est bon que nous en parlions une fois. Maintenant. Je ne sais pas qui tu es, et cela m'est indifférent. Rappelle-toi ce que je te disais : on est ce qu'on semble être. Si tu es le fils d'Ivan, fort bien : nous conquerrons le monde ensemble. Si tu es un moine défroqué, un sorcier, un valet, que m'importe, puisque nous le conquerrons tout de même ?

Il fit un mouvement vers elle. Il avait toujours désiré qu'elle lui dît qu'elle l'aimait, et ceci pouvait être le moment. Elle l'arrêta une fois de plus.

— Encore un instant. Jésus-Christ est le roi du monde, mais il y a deux races d'hommes : ceux qui croient au Christ et ceux qui croient en Jésus. Ceux qui croient qu'il est roi du monde parce qu'il est Fils de Dieu, et ceux qui croient qu'il l'est parce qu'il est fils de l'homme. Pour ces deux races d'hommes, ce ne sont pas les mêmes choses qui comptent. Comprends-tu ce que je veux dire ?

Il comprit alors qu'ils étaient profondément ariens tous les deux, et qu'il lui fut donc doux d'avoir une femme qui sentait comme lui ! Il y avait toujours eu entre elle et lui tant de barrières. Il avait espéré que le mariage les ferait tomber : c'était ce qui arrivait. Elles tombaient toutes ce soir, les unes après les autres. La dernière allait tomber bientôt.

Il fit un pas de plus. Cette fois-ci Marina ne l'arrêta pas. Perles et diamants ruisselèrent sur le tapis avec un léger froufrou, comme s'il pleuvait.

CHAPITRE VI

MISE EN PLACE

1

Le lendemain vendredi, le lever du soleil fut salué par le tintement des timbales, le braiment des trompettes, le bourdonnement des cloches et le fracas du canon. Le tsar choqua les Moscovites en allant aux bains, contrairement à l'usage, sans la tsarine.

Il devait y avoir grand dîner ce jour-là, et les ambassadeurs polonais firent savoir que, représentant le roi, ils exigeaient de s'asseoir à la table de Sa Majesté Hospodarienne.

On leur expliqua que la table du César était réservée au César et à sa famille depuis des temps immémoriaux. Olesnitski objecta que Vlassiev avait été admis à la table de Sigismond. On répondit que l'ambassadeur en chef pourrait prendre place à une table dressée contre celle de Sa Majesté, mais que son adjoint devrait se contenter de la table ordinaire des ambassadeurs. Gonsevski déclara qu'il acceptait la table ordinaire, mais Olesnitski flûta que, dans les circonstances, il devait être considéré comme le roi lui-même et ne s'assiérait qu'à la table du grand-prince.

Vlassiev en personne se présenta une demi-heure

plus tard à la résidence des ambassadeurs. Ses yeux bleus étaient comme des pistolets chargés jusqu'à la gueule. Les ambassadeurs, selon lui, se comportaient comme des malotrus qui ne savaient pas apprécier à leur juste valeur les bontés de Sa Majesté Césarienne. Si lui, Vlassiev, avait été placé à la table du roi, à laquelle d'ailleurs sa courtoisie lui avait interdit de rien consommer, c'était que, d'une part il représentait son souverain dans sa personne même et non pas figurativement puisqu'il se mariait à sa place, et que, d'autre part, les rois de Pologne-Lithuanie invitaient à leur table n'importe qui. Se laissant emporter par un vertige de patriotisme, de loyalisme et d'admiration pour sa propre importance, Vlassiev termina mal un discours bien commencé :

— Après tout, déclara-t-il en postillonnant, notre César vaut tous les rois et les empereurs du monde ; quant au plus petit de nos popes, il vaut bien votre pape à vous.

Et, comme Olesnitski argumentait encore :

— Venez-vous chez le César, oui ou non ?

Ils dirent non.

On se passa fort bien d'eux au dîner ; d'autres Polonais y festoyèrent gaiement avec leurs amis russes jusqu'au moment où Mnichek, quelque peu aviné, décida d'abuser de sa qualité. Il grimpa sur l'estrade où s'érigeait la table du tsar et de la tsarine :

— Noble souverain et affectionné gendre, il manque à cette fête des visages amis que j'eusse aimé y voir. Je veux dire ceux des ambassadeurs de mon roi.

Le tsar était habillé à la russe, la tsarine à la polonaise, et ils avaient l'air fort content l'un de l'autre. Dmitry, puisant son hydromel à la framboise avec une coupe de cristal, regarda son beau-père avec amusement.

— Demandez-leur-en la raison. Nous les avons invités ; ils boudent. Nous sommes joyeux ; ils sont tristes. N'est-ce pas ce que les philosophes nomment la justice immanente ?

— Mon très cher gendre, vous me mettez mal à l'aise. Comment pourrais-je être présent avec honneur à un repas auquel ils n'ont pas cru honorable d'assister ?

Dmitry acheva tranquillement sa coupe d'hydromel.

— Eh bien, noble beau-père, dit-il, ses yeux bleus se durcissant à mesure qu'il parlait, vous qui m'avez tant aidé de votre courage à la bataille de Novgorod-Séversk et de votre influence quand les troupes polonaises recrutées par vous se sont débandées, il me semble entrevoir une solution assez simple à votre cas de conscience : ce festin auquel vous ne pouvez assister avec honneur... n'y assistez pas.

Mnichek jeta un coup d'œil à sa fille. Elle, les yeux dans ceux de son mari, riait à gorge déployée. Le vieux bouffon sortit aussi dignement qu'il put.

Le lendemain samedi, il y eut grand banquet, et les ambassadeurs essayèrent de se faire inviter à leurs conditions, mais ne réussirent pas. En revanche, Dmitry proposa aux soldats polonais de rester à son service, leur promit cent zlotys par an et par cheval, payables d'avance, et fut acclamé par eux. Ils ne manquaient pas de faire remarquer à leur camarades russes que c'étaient eux Polonais que le tsar préférait. Les Russes se rembrunissaient par jalousie autant que par envie : le tsar n'était-il plus leur tsar ?

Le dimanche, les ambassadeurs se présentèrent avec des cadeaux et furent de nouveau invités à dîner. Cette fois, Mnichek, amené à résipiscence par sa mésaventure de l'autre soir, leur expliqua qu'ils feraient mieux d'accepter les places qui leur étaient proposées.

— Écoutez, leur dit-il, en poussant légèrement Gonsevski du coude, ne devez-vous pas pourvoir le mieux possible au service de notre roi Sigismond ?

— Nous avons nos instructions, dit Olesnitski.

— Je le sais bien, compères, que Vos Grâces, Vos Grandeurs ont leurs instructions. Mais il faut savoir les interpréter. Que souhaitez-vous ? La grandeur de la Pologne, hein ? Si vous savez vous y prendre, en ce moment vous obtiendrez de mon gendre tout ce que vous voudrez. En revanche, si vous le mécontentez, je ne réponds de rien. Il prépare une croisade contre le Turc ; il est capable de la détourner contre nous. Le roi lui-même ne vous saura pas gré d'avoir bandé son honneur au-delà du soutenable et d'avoir fait craquer la corde.

Olesnitski réclama une attestation écrite et signée de Dmitry, comme quoi il cédait à son corps défendant, et il dîna à la droite du tsar, tout près de lui, mais à une autre table. Il y eut treize services sans compter les desserts. Mnichek ne s'assit pas pour manger. Il affectait de servir « sa fille la Césarina » et « son gendre le César ». On but à la santé du roi de Pologne-Lithuanie dans des coupes d'or. Dmitry paraissait ivre de bonheur et de suffisance. Il fit comparaître les ambassadeurs qu'il envoyait en Perse et signala qu'il en envoyait aussi aux rois de France et d'Angleterre, à Venise, aux princes italiens. Après dîner, il emmena les Polonais voir ses gerfauts. On leur en montra quarante-deux paires.

Se tenant avec la tsarine sous un baldaquin chinois, car il bruinait, Dmitry ne ménageait pas les éloges aux oiseaux, aux oiseliers et à lui-même.

— J'ai les meilleurs gerfauts du monde. Récemment, j'en ai envoyé trois cents paires à mon frère Sigismond.

Gonsevski regarda Olesnitski avec surprise : il n'avait rien entendu dire de tel. Le vieil Olesnitski hochait la tête.

— Ce n'est pas vrai. Il raconte cela... comment dire ?... par munificence. Vous voyez bien, mon cher Gonsevski, que le petit hospodar ne se possède plus.

Bal le lundi.

Mardi, on arrêta un homme qui avait mal parlé du tsar dans la rue. Basmanov vint en rendre compte à Dmitry qu'il trouva avec Marina ; tous deux étaient occupés à peindre des masques pour la mascarade qui, le dimanche suivant, devait faire suite à un tournoi. Ils riaient beaucoup et ne peignaient pas seulement les masques : la tsarine avait donné un coup de pinceau rouge au nez du tsar, et le tsar avait barbouillé de jaune et de violet les joues de la tsarine.

— Qu'est-ce que cet homme a dit de moi ? demanda Dmitry.

— Souverain, je n'ose pas te le répéter, surtout devant la souveraine.

— Je n'ai rien de caché pour elle. Mais alors plus rien du tout !

Marina rougit sous son barbouillage et se mit à rire, nullement mécontente.

— Il a dit — pardonne-moi, tsarine — qu'après avoir couché avec ta femme hérétique tu vas à l'église sans même t'être lavé.

— Voilà quelqu'un qui me connaît bien, fit Dmitry en riant.

— Je vais lui faire donner la question. Je ne crois pas qu'il dise cela de lui-même.

— Je te l'interdis. Je ne suis pas un Boris pour m'inquiéter de ce que colportent les ivrognes. On m'aime, moi. Tu as vu comme j'ai retourné les streltsi. Jette cet homme dehors d'un coup de pied au croupion, et qu'on ne m'en parle plus.

Basmanov secoua la tête, mais obéit.

Il y eut ce soir-là dîner à la polonaise, suivi d'un nouveau bal. En quatre jours, tout était devenu polonais à la cour : musique, mobilier, vêtements, vaisselle, domestiques, belles manières, tout venait de Cracovie. On parlait polonais. Le Kremlin semblait avoir changé de couleur.

Cette nuit-là, Dmitry venait enfin de s'endormir dans les bras de Marina quand il rouvrit les yeux et vit un vieillard debout auprès du lit. Ses cheveux gris et sa barbe grise étaient emmêlés et il regardait le tsar tristement. Il portait un sayon de paysan, des chaussures d'écorce de bouleau. Sous les poils, on voyait à peine son visage, mais il semblait avoir le type tartare.

— Qui es-tu ? cria le tsar.

Le vieillard ne répondit pas. Dmitry bondit à bas du lit et passa à travers le vieillard qui disparut. Dmitry appela ses gens.

— Qui avez-vous laissé entrer ici ?

— Personne, souverain. Personne n'est entré.

Dmitry se recoucha, soucieux. Marina ne s'était pas éveillée. Il se rendormit. Il se vit dansant avec Marina. Les lustres tournoyaient autour de lui. Soudain, il se réveilla comme si on l'avait secoué. Il ouvrit les yeux. Le vieillard était revenu et il pleurait. On voyait ses larmes ruisseler sur sa barbe.

Dmitry réveilla Marina.

— Regarde. Non, à droite. Que vois-tu ?

— Rien. Le pied du lit, le coin de la table... le rideau.

— Tu ne vois pas ce vieillard qui pleure ?

— Laisse-moi dormir, Dmitry. Tu as bu trop de vin du Rhin.

Elle laissa retomber sa tête sur l'oreiller brodé d'un M surmonté de la couronne fermée.

Dmitry avait compris qu'il ne servirait à rien d'appeler ni de se lever. Le vieillard pleurait toujours et une odeur de chien mouillé se dégageait de sa barbe trempée. Un couteau était passé dans sa ceinture. Dmitry finit par lui demander :

— Pourquoi pleures-tu, grand-père ?
— Tu es un bon souverain, répondit le vieux, et je pleure sur toi, parce que tu ne garderas pas ton royaume.

2

Le même soir, Chouïsky donnait un dîner chez lui. On parla du mariage du tsar et on n'en dit presque que du bien. Cependant certains regrettèrent les avantages donnés aux Polonais : pendant le dîner du dimanche, les Russes avaient été placés dos au souverain, alors que les étrangers lui faisaient face.

— Et aujourd'hui, comme c'est la tsarine qui reçoit, les Russes n'ont même pas été invités !

— Il ne faut pas en vouloir à la tsarine, répliqua Chouïsky. La pauvre arrive tout droit de Pologne. Elle n'est pas encore faite à nos manières antiques qui doivent lui paraître sauvages.

La plupart des invités, ayant mangé et bu le peu qu'avait servi Chouïsky, partirent tôt. Il ne fit rien pour les retenir.

Quand il ne resta plus que ceux qui étaient dans le secret, on descendit dans la cave où Chouïsky tramait ses conspirations. Plusieurs hommes s'y trouvaient déjà, qui n'avaient pas assisté à la réception. Quelques chandelles fichées dans des torchères de fer éclairaient la voûte avec économie. On s'assit des deux côtés d'une longue table de chêne. Chouïsky présidait. Il regarda ces visages attentifs tournés vers lui : barbus, moustachus, quelques imberbes, des jeunes et des plus vieux, tous déterminés. Il y avait là un prêtre, deux ou trois boyards, des gentilshommes, des marchands, plusieurs personnages interlopes que les autres ne connaissaient pas : une vingtaine d'hommes en tout. Chouïsky savait qu'il allait jouer le tout pour le tout ; que, cette fois-ci, il n'y aurait pas de grâce s'il échouait. Il gratta son menton sous sa barbe rousse et parla.

— Messeigneurs, nous sommes réunis ici pour tenter de sauver la terre russe des maux qui la menacent : l'asservissement aux Polonais-Lithuaniens, la perte de la vraie foi. J'ai toujours affirmé que l'homme qui occupe le trône de Russie n'est pas le vrai tsar — sauf lorsque les circonstances m'ont obligé à dire le contraire pour sauver ma vie. Maintenant vous pouvez juger l'arbre à ses fruits.

— En effet, dit Mstislavsky. Rappelle-toi, Vassily Ivanytch. Quand nous sommes allés le voir pour la première fois, il a reçu les cosaques avant nous autres, qui sommes pourtant les premiers boyards de la Douma.

Il frappa la table de son poing-massue.

Le prêtre portait le mortier noir des moines. Ses yeux brillaient dans son visage mangé par la barbe comme des vers luisants dans un buisson desséché. Dans l'espoir de la crosse épiscopale, il avait servi Boris et béni la mission des frères Psar. A l'avènement de Dmitry, sa robe lui avait permis d'échapper aux persécutions, et, toujours en quête de la crosse, il avait rejoint le parti de Chouïsky. Il souffla d'une voix surexcitée, vengeresse, comme s'il soufflait le feu :

— Que Dieu damne cet Antéchrist entouré de jésuites qui autorise des services hérétiques jusque dans le Kremlin. Il s'est marié une veille de fête ! Il a épousé une hérétique sans même la baptiser, et il la mène dans nos saintes églises où il ne va pourtant presque jamais. Elle baise la vivifiante croix ! Elle communie ! Elle est ointe ! Et lui, il ne sait même pas s'incliner proprement ni baiser comme il faut une icône ! Il n'observe pas les carêmes ! Il fait jouer des musiciens sataniques dans un couvent de femmes ! Ses Polonais entrent dans les églises, y réclament des chaises, y amènent des chiens.

— Le saint prêtre a raison, dit un homme du peuple nommé Ossipov, qui portait une barbe soigneusement peignée, une haire, une grande croix de cuivre, des vêtements propres usés jusqu'à la corde, et dégageait une odeur d'huile et d'encens. Mais il y a plus effrayant encore : le tsar mange du veau ! Je le tiens de ses cuisiniers.

D'autres voix s'élevèrent.

— Il s'habille à la polonaise !

— Il fait des fautes en russe !

— Il ne fait pas la sieste !

— Il a engrossé au moins trente filles !

Le boyard prince Golitsine dit en baissant la voix :

— A l'entrée de son palais, il a un démon avec trois têtes qui crachent le feu.

D'un ton rageur, Tatichtchev, gentilhomme maigre au visage en forme de scie ébréchée, jeta :

— Il prépare la guerre sans savoir la faire, et il est capable de la déclarer en même temps aux Turcs, aux Suédois et aux Polonais !

— Surtout, dit Chouïsky, il dépense de l'argent, beaucoup d'argent, beaucoup trop d'argent. Il vide les caisses, il saigne le trésor, tout cela au profit des Polonais. Connaissez-vous ses projets pour dimanche ? Il y aura d'abord un tournoi...

— Des amis qui se battent pour se divertir, voilà bien une idée de Polaque, fit Mstislavsky.

— Un tournoi suivi par une mascarade !

Le prêtre cracha par terre.

— Tu veux dire, boyard, que des hommes et des femmes renonceront au visage que Dieu leur a donné à sa propre image et le cacheront sous des mufles de bêtes ou de diables ? Comment Dieu souffrira-t-il pareille abomination ?

— Je ne sais s'il la souffrira, père, dit Chouïsky,

mais j'y vois un autre danger. Pour le moment, si les Polonais s'enivrent, oppriment notre peuple, persécutent nos femmes, du moins ils ne vivent pas tous ensemble si bien que nous pouvons nous faire justice. Mais lorsque, sous prétexte de tournoi, ils seront rassemblés en armes, et qu'ensuite ils échangeront l'incognito du heaume pour celui du masque, que pourrons-nous contre eux ?

« Messeigneurs, si nous ne détruisons pas aujourd'hui cet arbre vénéneux planté parmi nous, savez-vous que nos petits enfants qui sont encore au berceau se plaindront de nous au Seigneur Dieu ? « Voilà nos parents, diront-ils, et nos grands-parents qui auraient pu nous sauver de l'hérésie où les Polonais sont en train de nous faire tomber parce qu'ils sont devenus les maîtres. » C'est un lourd péché que nous aurons assumé là, mes amis. Dieu nous a confié la vraie foi et nous devons la défendre par tous les moyens.

Ossipov dit :

— Prince Vassily Ivanytch, nous te jurons de vivre et de mourir avec toi et avec les autres boyards. Nous vous obéirons et nous sauverons Moscou des hérétiques. Dis-nous ce que nous devons faire : nous sommes prêts à tout.

Chouïsky inclina la tête pour prendre acte de cette déclaration que tous avaient soutenue par un murmure prolongé. Après un silence, il s'adressa à l'un de ses agents assis au bas bout de la table, un petit homme cagneux au nez rouge et à la moustache bleue.

— Que dit le peuple, Androuchka ?

— Le peuple, boyard, est perplexe. Il ne comprend pas pourquoi la musique joue tous les jours, pourquoi les Polonais tirent sans cesse en l'air ; il se plaint de ne plus entendre les cloches du Bon Dieu. Mais il faut prendre garde, boyard. Le peuple aime tout de même le tsar, qu'il trouve vaillant et miséricordieux. On murmure parce qu'il ne respecte pas nos coutumes, on murmure mais on lui pardonne. Tu ne peux pas soulever le peuple contre le tsar.

— Merci de ton franc parler, Androuchka. Et s'il s'agissait de mettre fin aux exactions des Polonais en leur coupant le cou dans leurs logis ?

Chouïsky s'était proposé pour organiser le logement des Polonais à Moscou, et il l'avait fait au plus mal, logeant des hussards chez des femmes seules ou chez des prêtres, confisquant pour une durée indéterminée des maisons dont les propriétaires devraient aller demander l'hospitalité à des cousins. Les Polonais lui avaient rendu tous les services qu'il attendait d'eux. Affectant de mépriser les usages russes et orthodoxes, ils traitaient Moscou comme une terre conquise : c'étaient eux, criaient-ils partout de leurs voix nasales, qui avaient donné un souverain à ce pays, et à ce principicule ils mariaient maintenant une de leurs filles qui n'était même pas de sang royal ! En quelques heures, ils s'étaient fait haïr.

Chéférédinov réfléchissait.

— Le peuple, dit-il, ne demande qu'à couper le cou aux Polaques. Mais il lui faudrait une bonne raison pour l'y pousser.

Chouïsky se tourna alors vers un homme robuste et sombre, à la tête rasée à laquelle les chandelles fuligineuses donnaient la teinte du cuivre.

— Tes hommes sont-ils prêts ?

Aleksandro Psar haussa l'épaule.

— Tu sais ce qu'ils sont. Des hommes de sac et de corde. J'ai déjà été contraint d'en pendre quelques-uns pour que les autres obéissent. Mais je leur ai promis les dépouilles du Félon et, sous mes ordres, ils marcheront. Il faudra les récompenser à la fin, ou alors les exterminer : comme tu voudras.

— Il y aura des récompenses pour tout le monde, dit Chouïsky. Les gentilshommes parmi vous deviendront voïvodes. Les négociants recevront des privilèges, les hommes du commun, beaucoup d'argent.

Chouïsky ferma les yeux un instant. Au milieu de ses complices, il se sentait très seul.

Il devait à la fois s'attirer leur confiance et leur cacher certains de ses desseins. Il savait que, les fêtes terminées et la plupart des Polonais repartis, les rancunes s'apaiseraient, que le Félon prendrait racine. Pouvait-il expliquer cela à ceux qui persuaderaient au peuple de massacrer les Polonais ? Non, pas plus qu'il ne pouvait leur expliquer qu'il faudrait en massacrer le moins possible, pour ne pas provoquer de représailles.

Le silence régnait. Enfin Chouïsky rouvrit les yeux et plaqua ses deux mains rousses sur la table.

— Pour le salut de la foi orthodoxe, je me mets à votre tête. Que chacun de vous trouve des gens sûrs parmi ses amis : les gentilshommes, des officiers ; les négociants, des marchands ; les hommes du commun, qui ils voudront. Qu'il leur rappelle les méfaits des Polonais. Toutes les maisons où habitent des Polonais, qu'ils les marquent de trois traits rouges en forme de potence. Nous sommes mardi : que tout soit fait pour la nuit du vendredi au samedi.

Chouïsky se tourna vers le prêtre au visage prophétique :

— Père, samedi au lever du soleil, tu veilleras que le tocsin sonne dans plusieurs églises. Les autres le reprendront sûrement. Au premier coup de tocsin — écoutez-moi bien, maintenant...

Il se pencha en avant.

— Sortez, vous et les vôtres, et criez : « Les Polaques veulent tuer le tsar. » Rien d'autre. Qu'on n'explique rien, qu'on ne justifie rien. Simplement : « Les Polaques veulent tuer le tsar : tuez les

Polaques. » Pendant que le peuple sera occupé à tuer les Polonais, nous pénétrerons dans le Kremlin et nous nous occuperons du Félon.

Chouïsky aspira beaucoup d'air.

— Si nous échouons, nous aurons acquis la couronne du martyre et la vie éternelle. Si nous réussissons, nous aurons sauvé la vraie foi pour les siècles à venir.

Tous les conjurés se signèrent.

— Boyard, j'ai une prière à t'adresser, dit Chéférédinov, et ses yeux incolores devinrent blancs.

— Parle, Androuchka.

— Que ce soit moi qui tue le tsar.

Chouïsky allait répondre, mais Aleksandro éleva la voix :

— Non, prince. J'ai des comptes de famille à régler avec lui. Ne le promets pas à un autre.

— J'approuve votre émulation, dit Chouïsky, et je ne promets rien à personne. Le premier qui sera à portée, qu'il fasse ce qu'il y aura à faire.

3

Le mercredi, des troubles éclatèrent en ville. Un serviteur d'Adam Vichnevetsky se prit de querelle avec un Moscovite, qu'il frappa. Il y eut une émeute. Les ambassadeurs polonais se réfugièrent dans leur résidence, Mnichek dans l'hôtel Godounov qu'il occupait. Le tsar prenait tout à la légère.

— Va voir ces couards d'ambassadeurs, dit-il à Sergo, et explique-leur que j'ai si bien affermi mon gouvernement que rien ne peut arriver dans ce pays qui soit contre ma volonté.

Sortant du Kremlin, Sergo ne reconnut pas Moscou. Pas de femmes dans les rues. Les hommes rasant les murs. Tous armés. Mais, pour peu qu'on prononçât le mot de tsar, ils s'écriaient : « Dieu donne longue vie à Dmitry Ivanytch ! » Sergo rassura les ambassadeurs comme il put et rentra au Kremlin. Il fut ravi d'y apprendre que la tsarine, habillée à la russe, avait donné une fête aux boyards et à leurs femmes. Le sarafan et le kokochnik russe lui allaient bien. Elle les portait comme un déguisement, mais elle avait voulu plaire et avait plu. Ceux-là mêmes qui la détestaient comme étrangère et papiste avaient rendu hommage à son charme, à son intelligence. Elle, ravie d'éblouir, n'avait pas ménagé ses efforts.

Les Polonais passèrent la nuit du mercredi au jeudi à faire sentinelle, la mèche des couleuvrines allumée. Personne ne les attaqua, et, l'aube dissipant leur anxiété, ils décidèrent de célébrer la Fête-Dieu qui tombait ce jour-là, non seulement en semant des pétales de fleurs devant leurs maisons, mais en tirant en l'air encore plus de coups à blanc que d'habitude. Tout Moscou crépitait.

Un Polonais entreprenant fut empoigné et traîné au Kremlin pour avoir déshonoré une jeune fille de bonne famille en pleine rue. Basmanov rendit compte à Dmitry. Dmitry ne pensait qu'au tournoi et à la mascarade du dimanche. Ces rixes entre les Polonais qui lui plaisaient et les Russes qui étaient son peuple l'excédaient.

— Qu'on l'interroge.

La question fut appliquée. Le Polonais avait à peine pincé une taille ; il fut jugé innocent et relâché.

Des Russes vinrent dénoncer d'autres Russes.

— C'est vrai, dirent-ils, que les Polonais se permettent beaucoup. Mais il y a des gens parmi nous qui vont par les rues et les cabarets et nous excitent contre eux.

Basmanov sentait une odeur de complot. Dmitry se fâcha :

— Je ne peux souffrir la délation. Qu'on chasse ces misérables et, s'ils insistent, qu'on les pende. Je veux que la concorde règne dans mes États.

Basmanov s'inclina et allait sortir, mais il s'arrêta sur le seuil.

— Souverain, tu sais que je t'aime, et je veux que tu saches aussi que mon cœur est lourd à ton sujet. Moscou est comme une grosse bête en train de se gratter. Il va se passer des choses. Je pressens une conspiration contre toi, et cependant tes Polonais brinquebalent leurs sabres, serrent de près les filles et les femmes moscovites qui sont habituées à d'autres façons, et disent à tout venant : « C'est nous qui vous avons donné votre tsar. » D'un autre côté, il y a parmi tes boyards des hommes prêts à se saisir de cette occasion pour te causer du tort. Prends garde, mon tsar !

Dmitry le regardait ironiquement.

— Prendre garde ? Me méfierais-je de mon propre peuple ? La plupart des Polonais partiront dès que les fêtes seront finies. Lundi matin, le lendemain du tournoi, tu les verras prendre la direction du soleil couchant.

— Dieu fasse, dit Basmanov, que Ta Majesté voie le soleil se lever ce lundi-là.

*

Le même jour, jeudi, le père Gaspard réclama et obtint du tsar une audience urgente. Quand le prêtre fut introduit, Dmitry était avec Basmanov et Sergo qui s'entendaient mieux depuis qu'ils avaient défendu leur tsar ensemble contre les streltsi.

— Souverain, dit le père Gaspard, je souhaite te parler seul à seul.

Dmitry renvoya ses amis avec un sourire ironique et gêné.

Le jésuite avait beaucoup jeûné et prié. Il avait pratiqué les exercices spirituels de saint Ignace. Il était encore plus maigre que d'ordinaire, et sa barbe orthodoxe lui donnait l'air d'un Père du désert.

— Alors, mon fils, dit-il, où en sommes-nous ?

Et aussitôt l'impatience de son tempérament l'emporta et il enchaîna sans attendre de réponse :

— Je vois bien où tu crois en être et je vois aussi que tu te leurres. Tu penses être arrivé au faîte du pouvoir, et cela est vrai pour autant que tu le tiens du prince de ce monde, qui n'élève les hommes que pour les précipiter de plus haut. Tu t'imagines pouvoir faire cause commune avec ton peuple schismatique contre le Vicaire du Christ ? Trop tard : tu aurais dû faire passer les Polonais au fil de l'épée et nous faire brûler vifs, nous autres aumôniers. Tu ne l'as pas osé, tu ne l'oseras plus. Mais je ne vois pas une seule église catholique sortir de terre. Alors ? Es-tu toujours l'agent secret de la Compagnie de Jésus, tiré par elle du néant et porté au pinacle de la fortune ? Es-tu le fils fidèle, sinon convaincu, de la Sainte Église catholique, apostolique et romaine ? Dans ce cas, tiens tes promesses. Ou bien as-tu renoncé à ton allégeance et ne veux-tu plus être que le jeune tsar joyeux et pimpant des schismatiques ? Il faut savoir choisir. Et je te dirai ceci. N'oublie pas quel est mon métier : même ici, j'ai mes sources de renseignement. Or, tes affaires vont mal. Si tu rentres dans le droit chemin, si tu écoutes mes conseils, nous avons encore les moyens de te sauver. Sinon, je t'abandonnerai à regret à ton sort. Ceci encore : ce jeune prince joyeux et pimpant des schismatiques, tu ne le seras jamais. Il n'est pas dans ton tempérament, il n'est pas dans ton emploi. Si tu veux vivre et régner, obéis-moi.

— Vous voilà devenu bien autoritaire, mon révérend, dit Dmitry en jetant ses jambes aux mollets musclés par-dessus le bras de son fauteuil.

Gaspard le regarda avec apitoiement.

— Depuis quelques jours, tu fais le pitre, tu es comme fou, cela n'annonce rien de bon. Si j'ai demandé à te voir aujourd'hui, c'est parce que j'ai reçu un courrier du Saint-Siège pour Ta Majesté.

D'une main sur laquelle commençait à se tendre une peau fine et rose comme celle d'un nourrisson, il déposa devant Dmitry une lettre du pape exhortant le tsar de Russie à ouvrir le plus vite possible des églises et des écoles catholiques, une indulgence plénière et le portrait flatté de Paul V. Dmitry y jeta un regard distrait.

— Padre, le temps est déjà loin où vous vous teniez en embuscade dans votre arbre pendant que je regardais ma patrie par-dessus le Dniepr. Vous n'avez plus de ces gamineries, et le jeune garçon que vous subornâtes alors dispose maintenant d'une armée de cent mille hommes. J'en aurai cinq fois plus dès que j'aurai décidé à qui je veux donner une leçon. Paul V est bien bon de m'envoyer son portrait, mais j'aurais préféré des nouvelles de notre croisade commune. Moi, je veux bien fonder des écoles et des églises catholiques romaines, mais qu'obtiendrai-je en retour ? Si ce sont des indulgences, je préfère courir le risque de m'expliquer directement avec le Seigneur, sans passer par l'évêque de Rome.

A ces mots d'« évêque de Rome », le père Gaspard se crispa.

— Tu me fais pitié, dit-il. T'imagines-tu que l'on vole parce qu'on n'a plus les pieds sur terre ? L'humiliation d'être valet et de recevoir des soufflets te réussissait mieux que le pouvoir et la splendeur. Ton incohérence, ta jactance sont proprement diaboliques. N'oublie pas que *Deus dementat quos vult perdere*. Mais tu as raison de me rappeler notre première rencontre. Une mission, ce n'est pas comme aller tirer le pain du four : cela change en cours de route. Ce n'est pas le même agent qu'on envoie et qui revient. La plus grande mission de tous les temps réservait elle-même des surprises, et cela ne m'étonnerait pas que le Fils de Dieu ne soit plus le même depuis son incarnation. Cela dit, dois-je comprendre que tu as rompu les amarres ou que tu feins encore un peu de fidélité ?

— Quel sens peut donner César Invincible à cette question ? fit Dmitry, toujours étalé dans son fauteuil.

— J'avais trois choses à te dire, César Invincible. D'abord, te rappeler à tes devoirs. C'est fait. Tu ne veux pas m'entendre ? Cela te regarde. J'espère pour toi que ta folie ne te conduira pas jusqu'à faire la guerre au roi de Pologne-Lithuanie, parce qu'alors nous serions obligés de prendre des mesures contre toi, et il suffirait d'un mot du Saint-Père pour que tu périsses au milieu de ta cour et de tes cinq fois cent mille hommes : c'est facile. Je te le dis encore une fois : favorise la religion catholique dans tes États et pourchasse la prétendue réformée. Comme cela, nous n'aurons peut-être pas à couler le vaisseau que nous avons lancé sur la mer.

« Il y a plus grave que ta mission, du moins pour toi : ton âme. Ne te figure pas un seul instant que ce qui s'est passé à Cracovie est fictif parce que tu n'y as pas vraiment cru. Tu as bien été absous de tes péchés par un prêtre catholique, tu as bien communié au calice de Rome, tu es catholique pour l'éternité, que tu le veuilles ou non. Que tu sois ensuite retombé dans le schisme ne compte pas, car seule la vérité *est*, l'erreur n'étant qu'illusion. Tu es un fils de l'Église et tu seras jugé comme tel. Pas comme César Invincible, pas comme tsar de toutes les Russies, pas même comme agent de la Compagnie de Jésus, mais simplement comme fils de l'Église — fils renégat à l'heure qu'il est. Prends garde, mon fils. Ce n'est pas pour rien que l'Apôtre dit qu'il vaut mieux n'avoir pas connu la vérité que de la renier. Le Christ s'est donné à toi et c'est lui, Dieu jaloux comme nous le savons, qui te jugera au dernier jour. Ce jour-là, nous ne pourrons rien pour toi, car nous serons forcés de témoigner de notre vérité et de ta fausseté. Il est à la rigueur possible que les schismatiques qui ne connaissent que leur schisme reçoivent quelque humble logement au Paradis, mais toi, tu auras fauté en connaissance de cause, tu seras l'artisan lucide de ta propre déconfiture. Prends garde. C'est long, l'éternité de la damnation.

« Enfin j'ai une troisième chose à te dire. Tu t'étourdis de bals et d'amour, tu te mires dans ta propre vanité et dans les yeux de ta compagne de lit. Occupé de ces hochets, tu ne vois pas ce qui se passe autour de toi. Je le vois, moi. Tes amis Polonais se montrent arrogants, méprisants, violents ; tes sujets Russes s'en irritent et n'attendent qu'une occasion de se libérer en libérant leur tsar. La mèche est courte, Dmitry, et d'ici peu la bombe machinée par tes boyards va exploser.

« Parce que tu n'es pas le vrai tsar, tu t'imagines qu'ils ne sont pas de vrais boyards, que ton peuple n'est pas un vrai peuple, que tout cela n'est qu'une comédie pour le théâtre écrite par un auteur qui te veut du bien, et que chacun des acteurs va tenir son rôle jusqu'au bout. Cela pourrait arriver si tu tenais le tien. Mais tu le tiens mal. Ne t'avons-nous pas enseigné qu'un faux souverain doit être supérieur à un vrai, parce que tout souverain fait des mécontents et que leur mécontentement trouve spontanément les fragilités de qui le cause ?

« Je t'ai mis en garde pour ta mission et pour ton âme ; je te mets en garde maintenant pour ta vie même et pour cette grandeur factice qui te plaît tant. Sais-tu que, depuis quelque temps, tu agis comme si tu souhaitais ta propre perte ? Oui, il faut que ce peuple accède à la véritable Église du Christ, mais il ne faut pas nécessairement qu'il soit assourdi journellement de trompettes et de canon. Ton plaisir est de déflorer les pucelles : crois-tu faire quelque chose par là pour ta grandeur ou ta sécurité ? Tu veux entraîner ton armée : pourquoi décorer de diables ta forteresse ? Ta légèreté, Dmitry, dont nous n'avons pas tenu assez compte quand nous t'avons confié cette mission, ta légèreté n'est pas, quoi que tu en penses, un signe d'intelligence ou de courage. Ta légèreté n'est qu'un signe de légèreté et te conduira à la destruction si tu n'y prends pas garde.

Dmitry avait écouté ce long discours avec impatience. Il détestait qu'on lui conseillât de « prendre garde ». Il y voyait une insulte à sa bravoure. Comme le père Gaspard faisait une pause :

— As-tu fini ? demanda-t-il avec hauteur en tendant la main vers une bonbonnière où il prit une dragée.

— Pas tout à fait, dit le prêtre, et son visage se couvrit soudain d'un filet de bonnes rides. Je t'ai fait des reproches, mon fils, mais je voudrais terminer en te disant que malgré tout tu es cher à mon cœur. Comme le vieux fou que je suis, je me suis attaché à toi et je ne souhaite pas qu'il t'arrive malheur. Une dernière chose : si, malgré les apparences, tu as toujours l'intention de travailler avec moi à ces églises et à ces écoles, il faudrait que j'aie plus de facilité à être admis discrètement auprès de toi. Tu es toujours entouré d'orthodoxes et nous devons, toi et moi... prendre garde.

Dmitry bondit hors de son fauteuil.

— Ah ! mais certainement, mon révérend père, certainement.

Il courut à la porte qui donnait sur sa bibliothèque.

— Vous me reprochez d'être entouré d'orthodoxes, mais nous allons mettre bon ordre à cela.

Il ouvrit lui-même la porte.

— Viens ici, Boutchinski.

Un jeune homme pâle, une plume d'oie dans sa main tachée d'encre, une autre derrière l'oreille, apparut.

— Voilà à qui vous vous adresserez, padre révérendissime, quand vous voudrez me voir à l'improviste, dit Dmitry, le sourire mauvais. C'est mon secrétaire Boutchinski. Ne l'accusez surtout pas d'être orthodoxe : il est luthérien.

4

La nuit du jeudi 15 mai 1606, tout gela. Les bourgeons sur les arbres, les boutons des parterres, les légumes dans le sol.

Les sentinelles debout sur les galeries du Térem sentirent que c'était un mauvais présage. La Nature, en dérangement sous Boris, était rentrée dans ses normes à l'avènement de Dmitry, trompée sans doute comme le peuple, mais de nouveau la malédiction de la stérilité la frappait. Les factionnaires avaient froid ; ils eurent peur. Ils levaient la tête vers le ciel étoilé pour y chercher des signes. Ils vrillaient des yeux les ombres qui les entouraient à leurs pieds.

Justement voici que plusieurs figures se profilent. Six hommes longent un mur, essayant de passer furtivement de la cour d'honneur dans la cour intérieure.

— Alerte ! Tue ! Tue ! crie un factionnaire, mourant d'une terreur mystique, mais se jetant en avant.

D'un moulinet de masse d'armes, il abat l'un des hommes. Une autre sentinelle postée sur la galerie en cueille un deuxième d'un coup de mousquet. Les restants s'enfuient. Un autre strelets les prend de flanc. Il plonge son sabre dans le foie de l'un des fuyards. Les trois survivants se rendent.

*

On alerta Basmanov, qui rentrait du bal et qui, cette fois, trouva judicieux d'interroger les prisonniers d'abord et de rendre compte au tsar ensuite.

Les trois survivants déclarèrent qu'ils avaient été aides-cuisiniers à la cour et qu'ils l'avaient quittée parce qu'il leur répugnait de préparer du veau. Mais pourquoi retournaient-ils sur les lieux de cette abomination ? Qui étaient leurs compagnons morts ? Ils donnèrent à ces questions des réponses insatisfaisantes et contradictoires. Basmanov les confia à Ivachko, jeune centenier à la barbe blonde et à l'œil coquin, sachant écrire, si bien qu'on lui prédisait une carrière brillante : celui-là même qui avait habilement cuisiné le commis de Danilo Konev.

— Je pense, lui dit Basmanov, qu'ils cherchaient à se cacher dans le palais pour tuer des sentinelles demain dans la nuit et ouvrir les portes à des complices. Interroge-les à fond. Tâche surtout de savoir s'ils connaissent un cagneux au nez rouge que je soupçonne d'être un agent du prince Vassily Chouïsky. J'ai mal à la tête d'avoir trop bu et dansé. Je vais dormir. Réveille-moi dès que tu sauras quelque chose.

Basmanov retourna dans son appartement, retrouva à tâtons la fille qui était ce soir dans son lit et, l'ayant un peu caressée, s'endormit.

Au petit matin, des coups bruyants et qui lui parurent sinistres, comme s'ils annonçaient le Jugement dernier, le tirèrent brutalement du sommeil.

— Entre ! rugit-il en s'asseyant dans son lit, lucide, prêt à l'action.

Ivachko, portant un tablier de cuir tout taché, se jeta à genoux devant le lit.

— Pitié, boyard ! Je voulais bien faire.

Basmanov rejeta la couverture. La fille la ramena sur elle.

— Quoi ?

— Crevés, boyards !

— Tous les trois ?

— J'ai essayé de sauver le dernier. Il vient de rendre l'âme.

Basmanov le frappa au visage de son pied nu, le fit jeter au cachot — « Tu es dégradé ! » —, courut chez le tsar. Il dut attendre longtemps, car Dmitry s'était endormi à l'aube. Lorsque enfin il se réveilla, Basmanov fut admis dans sa chambre d'où Marina venait de sortir par une galerie qui faisait communiquer les appartements tsariens.

— De quoi s'agit-il, Pétroucha ?

Basmanov s'agenouilla.

— C'est ma faute, souverain. Je ne suis pas digne de commander tes armées. J'aurais dû interroger ces hommes moi-même.

Il raconta.

— Cesse de t'inquiéter, Pétroucha, et de me rebattre les oreilles de tes obsessions, fit Dmitry. Six coquins sont morts : bon débarras. Est-ce que je les forçais à en manger, eux, du veau ? César Invincible doit-il se tracasser pour des aides-cuisiniers stupides ? Je m'habille et je vais voir si les échafaudages sont en place pour l'illumination de dimanche. Une mascarade au Kremlin ! Comprends-tu que rien de tel n'a jamais eu lieu ? Que c'est un événement infiniment plus historique que tes six marmitons mis à la broche ? Après les échafaudages, j'irai voir si ma jument blonde est bien soignée.

Basmanov se retira. Il s'était pris d'un amour sincère et viril pour ce jeune prince vaillant dans les choses de la guerre et de l'amour, gai, plaisant, coléreux mais indulgent, fidèle en amitié : même cette jument blonde qui lui avait sauvé la vie, il lui tenait parole ; elle vivait dans le luxe et l'oisiveté, il ne la montait que pour lui faire plaisir. Mais comment approuver l'insouciance croissante dont le souverain faisait preuve et qui touchait à la démence ?

« Est-ce le mariage qui lui fait cet effet ? Ce serait dommage qu'un tel prince succombât par distraction. Il va falloir le protéger malgré lui. »

Les échafaudages s'élevaient devant la façade du nouveau palais. Dmitry réservait une surprise à tout le monde : de là-haut, dimanche soir, on tirerait le feu d'artifice et on verrait l'inscription *MARINA IMPERATRIX* resplendir dans le ciel. Le peuple croirait à quelque prodige. Les boyards feraient la grimace. Dmitry en riait d'avance. Par de minces échelles, il grimpa jusqu'à l'étage supérieur d'où on tirerait les fusées. Un vent glacé faisait osciller la légère construction de bois.

Dmitry regarda le paysage. A ses pieds était le confluent de la Moskva et de la Néglinnaïa. Au-delà de la Moskva, les jardins du tsar et le faubourg des Streltsi étaient couverts de gelée blanche. A gauche, s'étendait le Kremlin, avec ses bulbes salés de givre. A droite, la ville. Derrière, le vieux Térem. Dmitry aspira l'air picotant.

— Tout cela, dit-il, est à moi.

Il redescendit à toute allure, sautant les derniers échelons, et courut aux écuries. Il en aimait l'odeur revigorante, et les mordillements tendres de ses chevaux auxquels il tendait des carottes fraîches qu'il brisait entre leurs dents pour prolonger le plaisir. Il aimait leurs belles croupes qu'il claquait et qui frissonnaient sous sa main, leurs chanfreins qu'il flattait, leurs doux naseaux qu'il baisait ; il aimait savoir que, de tous ces chevaux dont certains se cabraient, ruaient, mordaient pour un rien, il n'y en avait pas un seul qu'il ne pût monter ; il aimait que Marina, qui savait le latin, fût aussi excellente cavalière. Il se plaisait dans ce monde d'éperons, d'exploits, de cravaches et de tendresse.

Trois hallebardiers l'attendaient à la sortie des écuries.

Le premier portait une hallebarde à la lame gravée d'une aigle bicéphale, à la hampe tendue de velours et ornée d'un fil d'argent en spirale d'où pendaient des glands d'or et d'argent. Le deuxième était vêtu d'une culotte et d'un justaucorps de drap violet foncé à manches de soie rouge de Chine. Le troisième avait un costume de coupe semblable, mais les manches et la culotte étaient de velours vert. Ils représentaient les trois compagnies de hallebardiers allemands qui formaient maintenant la garde personnelle de Dmitry.

Dmitry parcourut avec agacement le billet qu'ils lui remirent. Les trois commandants de compagnie, le Français Margeret, le Livonien Knutson et l'Allemand Wandeman y rendaient compte à Sa Majesté Césarienne de rumeurs qui circulaient en ville : des agitateurs semaient le trouble dans le peuple ; un coup de force allait être tenté incessamment ; les streltsi n'étaient pas sûrs. Le souverain, concluaient les officiers, devait prendre l'initiative de la répression ou du moins modifier ses projets et se mettre en sécurité.

— Sornettes ! fit Dmitry.

Il jeta le billet par terre. Plus tous les témoignages concordaient, plus il avait l'impression qu'on voulait lui forcer la main, et plus il se sentait provoqué à user de sang-froid. Il était comme un cerf-volant détaché du sol depuis longtemps et, à la hauteur où il se trouvait, tout vrombissant de vents contraires, il confondait illusions et réalité.

Il n'était pas plus tôt rentré au palais que son beau-père vint le voir. Les yeux du comte étaient ternes et son teint d'ordinaire rubicond avait viré au gris.

— Que vous arrive-t-il, beau beau-père ? (Dmitry était d'humeur facétieuse.) Sont-ce nos pâtés au miel fourrés d'abats de mouton au poivre et au safran, que nous autres Moscovites appelons « fourrures », qui ne vous ont pas réussi ? Ou bien avez-vous abusé de nos liqueurs douces ? Ou n'avez-vous point trouvé de petite Moskale pour ranimer vos ardeurs automnales ?

— Mon gendre, soyons un peu sérieux. Les gentilshommes polonais sont certains qu'on leur prépare ici une nuit de la Saint-Barthélemy à la russe. Ils sont barricadés dans leurs maisons avec des vivres. Mais ils n'ont pas assez de poudre, et on refuse de leur en vendre.

— Ils en auraient encore s'ils avaient moins tiré à blanc. Prétendez-vous me dire que la chevalerie polonaise a les genouillères qui s'entrechoquent ?

— Je prétends vous dire qu'il y a une conspiration et qu'elle va éclater d'un instant à l'autre !

— Je m'étonne que Votre Grâce s'abaisse à me rapporter des niaiseries pareilles.

— La prudence n'a jamais nui à personne. Je conjure Votre Grâce d'en faire preuve.

— A voir votre expression, Monseigneur mon beau-père, on oublierait que vous êtes vous-même un héros dont je n'ai pas oublié les exploits guerriers. Venez coucher au palais si vous voulez. On trouvera bien un placard pour vous y cacher.

Soudain le tsar se rembrunit.

— Et maintenant je vous prie de ne plus me parler de cette question. C'est agaçant à la fin ! Ne sais-je plus gouverner mon peuple ou mon peuple ne sait-il plus que, s'il bronche, il dépend de moi de faire voler des têtes ?

Le vendredi soir, dîner au palais.

On ne parlait que du tournoi — les Russes n'en avaient jamais vu — et de la mascarade — les Russes ne connaissaient pas cela non plus. Ils s'inquiétaient de savoir si la dignité et la décence seraient respectées. On dansa.

Le jeune tsar, habillé en hussard, avec une culotte bouffante rouge, un dolman chamarré d'or et une courte cape de velours cramoisi ourlé de perles n'avait jamais tourné aussi vite, sauté aussi haut. Ses pieds chaussés de maroquin glissaient, pirouettaient, virevoltaient, se dressaient sur l'orteil, comme ensorcelés.

— Tu ne danses pas, boyard ? demanda-t-il, en passant au bras de Marina, devant le prince Chouïsky qui faisait tapisserie dans sa belle robe vert bouteille cousue d'or.

— Non, souverain. J'ai trop à faire à t'admirer.

Sans savoir pourquoi, Dmitry repensa alors à l'instant où il avait commandé à Chouïsky de lui croiser les jambes. « Quelle folie ! » se dit-il gaiement.

La soirée ne se prolongea pas longtemps. Quelques regards qui passèrent entre le tsar et la tsarine indiquèrent qu'ils étaient pressés de se retirer, et, dès qu'ils eurent regagné leurs appartements, les invités se dispersèrent.

Les musiciens restèrent coucher dans le vestibule entre les armoires de présentation sur lesquelles veillait Cerbère, car il n'y avait plus de place pour eux ailleurs. Ce fut un étrange spectacle que ces hommes, en costume de velours noir, couchant sur les tapis avec leurs violes de bras, leurs violes de gambe, leurs violes d'amour et leurs violes bâtardes, leurs flûtes à bec, leurs saquebutes et leurs cornets à bouquin, dont les rotondités cueillaient et réfléchissaient la lumière diffuse.

Chouïsky fut le dernier à sortir. Il fit venir le

capitaine qui commandait la compagnie de hallebardiers de garde ce soir-là.

— Le souverain accorde une permission à deux hommes sur trois cette nuit. Qu'ils aillent se coucher.

Le capitaine fronça le sourcil.

— *Zwei* hommes sur *drei* ?

— C'est la volonté du tsar. Il n'y a aucun danger. Fais comme je t'ai dit.

Le capitaine connaissait Chouïsky comme l'un des principaux boyards, l'écuyer des noces, un des proches du tsar. Peut-être aurait-il tout de même discuté s'il avait su assez de russe, mais cela lui parut trop difficile. D'ailleurs les ordres sont les ordres. Il choisit les trente qui resteraient et renvoya les autres.

CHAPITRE VII

LE CARNAVAL DE LA MORT

1

Dès qu'il avait reçu l'appel de Chouïsky, Aleksandro s'était mis en route se donnant à peine le temps d'embrasser son fils et de prendre congé de sa femme, qui retenait ses larmes à grand-peine. Il n'était pas allé saluer son père. Il laissait un escalier neuf, une maison réparée, des champs labourés et ensemencés, des vergers nettoyés et émondés, des potagers sarclés, des serfs remis au travail, un intendant qui commençait à voir les bons côtés de sa fonction, une femme qui avait repris quelque goût à la vie bien qu'elle n'eût toujours pas engraissé, et un fils qui ferait un jour un fameux homme du tsar, s'il y avait encore un tsar. Quittant tout cela, Aleksandro n'en regrettait rien. Il s'était ennuyé ferme à la campagne et était pressé de regagner Moscou pour participer à la destruction du Félon, et aussi pour retrouver son petit harem, les satisfactions conjugales ayant été piètres. Les deux mois qui suivirent se passèrent pour lui à recruter des hommes de main.

Les conjurés avaient en vue deux opérations : d'une part une diversion, qui aurait pour thème une émeute anti-polonaise sous prétexte de protéger le tsar ; de l'autre, la véritable opération qui devait aboutir au meurtre de ce même tsar. Paradoxalement, les forces les plus nombreuses seraient engagées dans l'opération de diversion, tandis que les plus efficaces tenteraient de mener à bien le principal dessein.

*

Lorsque le soleil du 17 mai 1606 bondit au-dessus de l'horizon, grosse boule saignant sur quelques nuages en charpie, trois actions furent entreprises en même temps.

Premièrement, Chéférédinov se rendit à la prison de la ville, porteur d'un ordre écrit de Chouïsky : tous les prisonniers furent immédiatement élargis et ceux qui le voulaient reçurent des haches.

Deuxièmement, le prêtre conjuré fit donner le tocsin de son église et de quelques autres. Les sons redoublés — ba-bamm, ba-bamm — volèrent de clocher en clocher comme une contagion, bientôt tous les battants battirent, toutes les panses résonnèrent, plongeant le peuple dans la panique. A cette heure-là, les Polonais, las des festivités de la veille, ronflaient encore, mais la plupart des Moscovites étaient debout. Ils couraient dans les rues et rencontraient les agents de Chouïsky qui criaient : « Les Polonais veulent tuer le tsar ! Sus aux Polonais ! » Tatichtchev et le prince Golitsine étaient sur la place Rouge, justifiant et encourageant l'émeute par leur présence. En quelques instants, cette ville, qui s'était éveillée paisiblement, se transforma en une cité de cauchemar avec des tueurs vociférant et brandissant des haches, des cadavres mêlant leur sang à la gelée blanche, des volets qui se fermaient avec des claquements hâtifs, et ce tocsin inexorable — ba-bamm ba-bamm — qui faisait battre les poitrines au rythme trépidant des bourdons.

Troisièmement, la bande armée commandée par Psar pénétrait dans le Kremlin et prenait le chemin du Térem. Chouïsky était en tête, à cheval, tenant une croix d'une main et un sabre de l'autre.

2

Les coups de gong du tocsin réveillèrent Sergo.

Le premier lui apparut comme une grosse bulle d'airain s'élevant monstrueusement dans les airs, le deuxième comme une seconde bulle, au troisième il était debout. Danoucha, qui l'avait accueilli dans le cabinet où elle dormait sous les combles du nouveau palais, s'éveilla juste à temps pour voir son amant disparaître par la porte en bouclant sa ceinture. Le tocsin sonnait. Ce n'était pas le même son qu'en Pologne. Danoucha se demanda ce que c'était. Sergo courait. Les bulles d'airain montaient toujours au ciel.

Par les fenêtres de la galerie qui conduisait du corps de logis de la tsarine à celui du tsar, Sergo vit la cour s'emplir d'une foule menaçante, armée de gourdins, de sabres et de mousquets. Il descendit en deux bonds un escalier intérieur et courut à l'appartement du tsar qui était au premier étage. La porte en était grande ouverte. Le tsar lui-même, les pans de chemise dépassant du haut-de-chausses, le visage encore tout chaud, tout bouffi de sommeil, venait d'arriver de la chambre de sa femme par un passage dérobé. Basmanov l'avait rejoint.

— Va voir ce que c'est, Pétroucha, dit le tsar.

Basmanov ouvrit la fenêtre. Une clameur sinistre monta. En bas, c'était une mer de visages rouges, de bouches ouvertes, de barbes ébouriffées, de poings levés, d'armes secouées.

— Que voulez-vous ? cria Basmanov couvrant le tumulte de sa voix claironnante.

— Livre-nous le Félon ! Nous discuterons avec toi après !

Basmanov avait reconnu Chouïsky à cheval au milieu de la foule. Il se retourna.

— Ah ! souverain ! s'écria-t-il avec amertume. C'est bien ta faute ! Tu n'as pas écouté tes fidèles. Les boyards et le peuple marchent contre toi.

A cet instant un homme se glissa dans l'appartement. C'était Ossipov, barbu, propret, avec sa haire éraillée sous sa casaque effilochée, sa grosse croix de cuivre et son odeur d'huile et d'encens. A son air de sainteté les gardes l'avaient laissé entrer.

Sifflant, chuintant, projetant en tout sens des jets de salive, il apostropha le tsar :

— Te voilà donc, bâtard, sorcier, défroqué, hérétique, blasphémateur ! Antéchrist est ton nom, mangeur de veau ! Six cent soixante-six est ton chiffre, Belzébuth !

Il s'était confessé, avait communié le matin même. Il avait fait croire à Chouïsky qu'il s'introduirait dans le palais pour assassiner le Félon, mais en réalité il visait la palme du martyre et ne l'attendit pas longtemps. Basmanov lui fendit le crâne d'un coup de sabre. Un mélange de sang aqueux et de cervelle macula le tapis de Perse.

— Aide-moi, Sergo.

Le voïvode et le centenier saisirent le corps d'Ossipov par les épaules et les pieds et le jetèrent par la fenêtre. La foule hurlante s'écarta, si bien qu'il vint s'aplatir sur la terre battue avec un floc mat.

Dmitry courut à l'entrée des appartements. Là se tenait le Cerbère qui choquait tant les Moscovites, là aboutissait l'escalier qui descendait vers le vestibule et la porte d'entrée. Les hallebardiers violets s'étaient massés en haut, sur le palier ; en bas, les musiciens, éveillés en sursaut, se frottaient les yeux et serraient contre eux leurs instruments.

— Tenez bon, mes fidèles hallebardiers ! cria puissamment Dmitry.

Il ne ressentait aucune peur, mais il trouvait difficile d'affronter le danger après une nuit qui avait été plus douce que les précédentes : Marina et lui, n'ayant plus à triompher l'un de l'autre, avaient commencé à trouver les gestes d'un amour véritable.

La porte avait déjà été forcée, et la canaille libérée de prison, toute en gueules et en armes, se porta en avant. Les hallebardiers allemands firent front devant le Cerbère, occupant à mi-volée la largeur de l'escalier et abaissant leurs hallebardes : lances par le bout, couperets d'un côté, crochets de l'autre, en bon acier de Solingen gravé d'armoiries. S'ils avaient été cent, ils auraient chargé. Ils n'étaient que trente.

Dehors, Chouïsky excitait la foule. Il descendit de cheval pour baiser les portes de la cathédrale de l'Assomption.

— Finissez-en avec Grichka, conseillait-il. Si vous ne le tuez pas, vos têtes ne vaudront pas cher.

Psar était au premier rang de la foule, en bas de l'escalier, face aux hallebardiers. Il fit mettre au premier rang ceux de ses hommes qui étaient armés de mousquets.

— Feu !

Les mousquets tonnèrent, emplissant le vestibule de fracas et de fumée. Les musiciens, pressés contre les murs, se bouchèrent les oreilles.

Des hallebardiers tombèrent sur les marches. Les autres refluèrent en bon ordre, mais déjà la foule passait sur le corps des musiciens, escaladait l'escalier, dévorant par son flot ascendant les hallebardiers qui voulaient se défendre mais s'étaient laissé isoler et ne pouvaient faire usage de leurs armes trop longues. Quelques-uns eurent cependant le temps de gagner l'antichambre où se tenaient le tsar, Basmanov et Sergo. La foule s'arrêta, craignant une contre-attaque.

— Mon épée ! criait Dmitry.

Il n'avait même pas d'arme.

— Sauve-toi, dit Basmanov. Je mourrai pour toi.

— Me prends-tu pour Godounov ?

Le tsar se montra dans l'embrasure de la porte.

— Feu ! cria Aleksandro, apercevant entre les hallebardiers la tête du Félon et celle de Sergo.

Mais les mousquets étaient déchargés. Il n'y eut qu'un seul coup de feu qui déchiqueta les stucs du plafond. La poussière retomba.

Passant devant le tsar, Basmanov descendit de trois marches, le poil hérissé, l'œil féroce mais lucide.

— Frères ! Boyards ! Ne vous déshonorez pas ! Ne touchez pas à votre tsar !

Chéférédinov le cagneux et Tatichtchev, l'homme au visage en forme de scie, avaient rejoint le groupe de Chouïsky. Bavant de haine, hurlant des ordures, Tatichtchev se rua sur Basmanov et lui plongea un couteau de chasse dans le cœur.

Le brave Basmanov roula de marche en marche.

— En avant ! commanda Psar.

Piétinant le corps de Basmanov, la foule s'ébranla de nouveau. Chéférédinov sentait l'approche de la volupté se répandre dans ses membres. Il regardait son rival Psar avec haine, se demandant s'il ne trouverait pas une occasion pour l'assassiner lui d'abord.

Là-haut, sur le palier, il n'y avait plus que le tsar, une hallebarde entre les mains. Son visage basané flamboyait. Il se dressait en haut de l'escalier, faisant voler le couperet armorié de ses deux bras musclés, comme s'il voulait décapiter tous ceux qui se présentaient. La pointe de la hallebarde écorcha en passant un front, en enfonça un autre... Chéférédinov se redressa, se déploya, brandissant un sabre pour le plonger dans le flanc du tsar, se hâtant pour frapper avant Psar. Mais il avait mal estimé la distance. La hache de la hallebarde trancha sa tête au niveau de la clavicule, et l'envoya dans la foule, le crâne d'un côté, la perruque de l'autre, la calotte de fer au plus loin. Aleksandro tira un coup de pistolet et manqua. Le tsar battit en retraite sur la gauche. La porte de l'antichambre se referma.

— Les haches ! commanda Aleksandro.

En trois coups de hache, la porte ornée de moulures à l'européenne vola en éclats.

L'antichambre ne pouvait plus être défendue. Le tsar, Sergo et les quelques hallebardiers qui restaient se réfugièrent dans la salle suivante, la bleue dont tous les accessoires étaient en or.

— Suis-moi, dit Dmitry à Sergo.

Il courait déjà vers l'autre corps de logis. Il arriva devant la porte de sa femme. Que pouvait-il pour elle ? Rien. Il lui cria seulement, en polonais :

— Trahison, mon cœur !

C'était la première fois qu'il utilisait ce mot de tendresse.

Marina ne parut pas.

Dmitry jeta un regard par la fenêtre. De ce côté aussi, la foule menaçait. Pas d'issue.

Il se précipita dans la pièce d'angle qui rejoignait les deux corps de logis et lui servait de salle pour les bains. Cela sentait le bois, les essences, les onguents. Que d'heures savoureuses passées ici avec Basmanov et quelques filles ! Les bassines de bois précieux et les verges de bouleau frais s'alignaient le long des murs. Cette façade-ci donnait sur la Moskva et la foule n'avait pas encore débordé de ce côté. Au coin des deux corps de logis, s'élevait l'échafaudage au haut duquel Dmitry était monté la veille.

Il se tourna vers Sergo.

— Sergo. Je te donne à la tsarine. Tu la sauves ou tu meurs. Tu n'es plus à moi, tu es à elle. Cours.

Il le poussa dehors avec une telle violence que Sergo faillit tomber.

Puis le tsar Dmitry ouvrit la fenêtre et grimpa sur l'appui. L'échafaudage, par lequel il pourrait descendre, était à moins d'une sajène de lui, le sol à trois étages en dessous. Sans hésiter, il sauta, les mains en avant. Du bout des doigts, il rasa l'échafaudage, ne réussit pas à s'y accrocher et tomba dans le vide.

3

Sergo retourne en courant chez la tsarine. Cette fois, il trouve sa porte béante. Marina a passé une robe. Plusieurs de ses femmes, dont Danoucha, sont auprès d'elle. Il y a là aussi un enfant, un page polonais nommé Osmolski, qui soulève un sabre trop lourd pour lui.

Sergo :

— Souveraine, le tsar m'a donné à toi. Il faut me suivre.

Il émane de lui une énergie à laquelle Marina ne résiste pas. Elle s'enveloppe d'un châle :

— Allons.

— Prends une femme avec toi. Celle-ci.

Il désigne du doigt Danoucha, abusant de son pouvoir pour sauver celle qu'il aime.

Les autres femmes criaillent, hoquettent. L'enfant Osmolski se poste devant la porte.

Sergo, Marina, Danoucha descendent un escalier intérieur jusqu'au sous-sol. Un corridor de service permet de rejoindre le vieux Térem. C'est la seule issue qui ne soit pas coupée. Des fenêtres au ras du sol jetaient des polyèdres de lumière dans le passage ; par ces soupiraux on aperçoit le piétinement effrayant des bottes, des chaussures d'écorce, des souliers de feutre et des pieds nus qui écrasent et qui brassent la terre givrée.

On débouche dans une cuisine, déserte pour le

moment. Fours, chaudrons, marmites, broches, brocs. Sergo décroche deux tabliers tachés qu'il donne à Marina et Danoucha pour couvrir leurs belles robes.

— Et vous ne pouvez pas sortir tête nue.

Elles se nouent des torchons sur la tête.

Par une porte de service, ils quittent le Térem. Le peuple s'y rue déjà — bonne aubaine — pour le piller comme un an plus tôt, après la mort de Boris. Sergo et les deux femmes remontent le courant, n'emportent rien, n'attirent pas l'attention. Pour éviter l'artère principale du Kremlin, ils filent derrière la préfecture de Justice, l'hôtel Mstislavsky, l'hôtel Sitsky, l'arsenal, franchissent rempart et fossé par la porte Constantin, contournent Saint-Basile-le-Bienheureux, dépassent les boutiques de pelleterie qui marquent l'entrée de Kitaïgorod, s'enfoncent dans ce quartier, et là ils rencontrent leurs premiers Polonais poursuivis par des Moscovites qui, excités par le tocsin — ba-bamm, ba-bamm —, les abattent à coups de haches, de faux, de fourches et de timons.

Marina marche sans savoir où elle va, ne pense qu'à s'empêcher de vomir. Elle voit un Polonais encerclé ; les Moscovites l'assurent que le tsar a commandé qu'il livre ses armes, qu'il ne lui sera fait aucun mal : il se soumet et, l'instant d'après, il tombe sous des coups accompagnés de gros rires. Plus loin des hommes en haillons dépècent des morts, d'autres s'amusent à disposer des cadavres nus dans des poses obscènes. Le tocsin sonne toujours : ba-bamm, ba-bamm.

— Sais-tu où nous allons ? souffle Danoucha à Sergo.

Il répond d'un signe de tête affirmatif. Il n'y a qu'un endroit à Moscou où la tsarine sera peut-être en sécurité. L'idée de la cacher là est folle, et, parce qu'elle est folle, elle peut réussir. Sergo regrette seulement que le tsar aussi ne se soit pas fié à lui : peut-être l'eût-il sauvé.

Il reconnaît de loin les merisiers aux petites feuilles printanières toutes gelées. La rue est tranquille. Il n'y a qu'une seule maison marquée d'une potence rouge, et devant elle s'étalent, sur un lit de pétales fanés restés de la Fête-Dieu, deux morts sanglants et hideusement nus.

Le portail est fermé, barré, barricadé. Sergo appelle :

— Avdotia Prokhorovna, pour l'amour du Christ !

Le tocsin étouffe sa voix : ba-bamm ba-bamm.

Il se tourne vers les deux femmes. Il n'hésite pas. Il sait à chaque instant ce qu'il doit faire.

— Venez.

Il les cache derrière les merisiers plantés serrés, comme il se cachait lui-même dans le temps. Il grimpe dans l'un d'eux, comme il a si souvent eu envie de le faire et se laisse tomber de l'autre côté de la palissade, dans ce jardin qu'il a si souvent observé par son trou. Il court entre les pommiers givrés, dépasse l'escarpolette, atteint la maison aux volets clos et frappe à la porte de la maison. Doucement, pour ne pas effrayer davantage les habitantes. Malgré le tocsin qui tonne — ba-bamm ba-bamm — ses petits coups suppliants, insistants, se font entendre dans la maison. Un volet s'entrouvre. Quelques instants plus tard, les verrous glissent dans les gâches, le vantail pivote.

Sergo entre.

D'abord il ne voit rien, puis il distingue une forme noire qui se tient devant lui, le visage et les mains jointes mettant deux taches de lumière dans l'obscurité. Il sait que c'est Avdotia.

— Avdotia Prokhorovna, ce n'est pas en mon nom cette fois que je viens te supplier. Le peuple a perdu la tête. Il tue tout ce qui vient de Pologne et de Lithuanie. Le tsar est peut-être mort à l'heure qu'il est. La tsarine est devant ta porte. Il faut la cacher.

— Je vais accueillir la souveraine, dit Avdotia.

— Il y a une autre femme avec elle, dit Sergo.

Peut-il abuser de l'hospitalité d'Avdotia en lui cachant la vérité ? Peut-il risquer la vie de la tsarine en révélant qui est Danoucha ? A la façon dont il a dit « une autre femme », Avdotia a tout compris. Elle demande seulement :

— Où sont-elles ? Dans le jardin ?

La grosse marraine accourt.

— Avdotiouchka, es-tu donc folle ? Que vas-tu encore...

— Marraine, dit Avdotia fermement, il faut te taire : c'est moi qui commande ici.

On ouvre le portail. Avdotia va chercher Marina, s'agenouille devant elle :

— Souveraine, tu es ici chez toi et je suis ta servante.

Elle la conduit à l'étage, dans sa propre chambre, change elle-même les draps. Danoucha veut l'aider. Elle fait non de la tête, tend les draps brodés, tapote les oreillers.

Sergo est resté dans la grande salle. Il essaye de comprendre la situation. Il a entendu la foule du Kremlin insulter le tsar, et la foule de Kitaïgorod cogner sur les Polonais en criant : « Voilà pour les ennemis du tsar ! »

Danoucha entre.

— Anissia, fit-elle, c'est Anissia.

Il rectifie à mi-voix.

— Avdotia.

Elle le gifle de toutes ses forces, éclate en sanglots et se jette dans ses bras.

4

— Tue ! Tue ! crie-t-on de partout.

Et le tocsin, du haut des clochers sacrés, sonne à coups redoublés :

— Ba-bamm ! Cogne-cogne !

Tous les Moscovites ne participent pas à la fureur populaire : certains cachent leurs Polonais dans leurs caves, dans leurs resserres, refusent de les livrer, jurent qu'ils sont déjà partis.

Le prince Vichnevetsky arme ses domestiques, les poste aux fenêtres, fait le coup de feu avec eux. Les Moscovites sont nombreux, mais les Lithuaniens tirent bien. De temps en temps, le prince Adam jette dans la rue un bougeoir en argent ou un vêtement de brocart, et lorsque les vauriens se précipitent pour faire main basse dessus, lui et ses hommes les ajustent comme dans une battue, s'amusant des cabrioles qu'ils font en l'air avant de retomber à terre, telles des marionnettes d'où Dieu aurait retiré sa main.

— Ho ho ho ! fait le prince Adam, les jambes écartées, le ventre en avant, en lançant dehors une tabatière en or avant de saisir un autre mousquet.

Enfin, on amène un canon, mais les canonniers sont si maladroits qu'ils braquent trop bas et tuent des Moscovites. Les Lithuaniens s'esclaffent ; cependant ils se savent perdus : ce n'est plus qu'une question de temps. Le noceur Vichnevetsky passe sa main noire de poudre sur sa calvitie et dit à ses hommes :

— Si certains veulent se rendre, qu'ils sortent maintenant. Les autres mourront ici avec moi.

*

Un officier polonais nommé Tarlo décide lui aussi de défendre la maison dans laquelle se pressent les femmes et les enfants de ses camarades. Il arme ses gens.

— Ouvrez ! crient les Moscovites. Déposez les armes ! Nous ne vous ferons pas de mal.

Tarlo n'en croit rien, mais les femmes pleurent, vocifèrent, se suspendent à ses bras. Il faiblit.

— Jurez que vous ne nous toucherez pas ! crie-t-il à travers le portail. Que vous respecterez les femmes.

— Nous le jurons sur la Sainte-Trinité, répondent les voleurs et les assassins sortis le matin même de prison.

Les portes s'ouvrent, les armes sont jetées à bas.

— Il n'y a point de mal à transgresser un serment prêté à des hérétiques, crie un malfaiteur plus savant que les autres.

Le massacre commence.

La femme de Tarlo se jette devant lui pour le protéger de son propre corps. On la repousse. Elle mord, elle griffe, elle est rouée de coups, mais un des assassins, qui a tué sa femme infidèle, arrête ses camarades :

— Attendez, mes frères. Si j'avais eu une petite femme comme celle-ci, je ne l'aurais point refroidie. Celle-ci mérite de vivre, et de garder son mari. On leur enlève leurs beaux habits et on leur fait grâce.

*

Le père Gaspard Savitski loge avec d'autres Polonais chez un négociant. La maison est entourée par une foule hurlante. Les pierres volent dans les fenêtres, les assiégeants ont apporté une poutre, ils vont défoncer la porte.

Le père Gaspard est prêt à mourir quand et comme Dieu voudra, mais il a pitié des Polonais et des Lithuaniens qui l'entourent : tous ne sont même pas catholiques, il y a parmi eux des orthodoxes et des ariens dont le martyre serait sans valeur. Certains veulent se livrer, mais quel espoir ont-ils d'être épargnés ? D'autres veulent se défendre, mais n'ont pas assez d'armes. Tous tombent à genoux, implorant qui la Sainte Vierge, qui la Mère de Dieu, qui le Tout-Puissant.

— Faites comme je vous dirai et vous serez sauvés, dit le père Gaspard.

Déjà le bélier est face à la porte et douze gaillards moscovites le balancent pour le précipiter contre les vantaux. Mais voici que les vantaux s'ouvrent et le peuple atterré voit le père Gaspard s'avancer en barbe et soutane orthodoxe, portant à deux mains une icône du Sauveur appuyée contre sa poitrine. Il est suivi de tous les autres assiégés qui portent chacun une icône : ils ont décroché celles de la maison et ils avancent à pas lents, sans laisser voir leur peur.

— Ce sont de vrais chrétiens ! crie le peuple.

On se décoiffe, on s'agenouille, on se précipite pour baiser les icônes que les Polonais présentent à ces trognes et à ces mufles allumés de vodka, assoiffés de sang. Les lippes s'épatent sur les châssis d'argent, de cuivre et d'or, sur les peintures laquées au jaune d'œuf, sur les émaux, sur les bois sacrés. Conduits par le disciple de Possevino, les Polonais passent sans dommage à travers la foule furieuse qui s'écarte devant eux comme la mer Rouge devant les Juifs.

5

Dmitry gisait au pied de l'échafaudage. Il s'était enfoncé la cage thoracique, tordu le pied, ouvert le crâne, mais il était vivant, et, au bout de quelque temps, il revint à lui. Les cloches sonnaient : babamm, ba-bamm. Il crut d'abord que c'était dans sa tête. Puis il se rappela ce qui s'était passé. Marina ? Marina était sous la garde de Sergo. Pour lui, Dmitry, était-ce la fin ? Il ne pouvait le croire. Une aventure comme la sienne ne pouvait se terminer aussi platement. N'était-il pas César Invincible ? Il essaya de bouger. Cela faisait trop mal. Pourtant il lui fallait rejoindre son peuple. Il était convaincu que la racaille qui s'était emparée du palais n'était pas le vrai peuple. Si lui, le tsar, se mettait sous la protection du vrai peuple, personne ne pourrait rien contre lui.

Dans le palais, les assassins le cherchaient partout. Ils faisaient irruption dans les appartements de la tsarine, abattaient à coups de hache le page Osmolski, insultaient les dames d'honneur, s'exhibaient devant elles, et ne trouvaient toujours pas le tsar. Chouïsky et Psar cherchaient aussi, de salle en salle, regardant sous les sièges, défonçant les armoires, sabrant les rideaux. Chouïsky se demandait si son coup d'État avait manqué. Deux ou trois heures suffiraient pour que le peuple de Moscou s'aperçût que c'était lui, Chouïsky, et non pas les Polonais, qui en voulait au tsar, et alors une mort rapide serait la seule issue à espérer. Fuir ne lui venait pas à l'esprit : il ne concevait de vie qu'à Moscou.

Un hallebardier rescapé, cherchant à éviter le populaire, passa derrière le palais et trouva le tsar au pied de l'échafaudage. Il fit signe à une compagnie de streltsi qui n'avaient pas participé à la bagarre et se tenaient à l'écart, attendant que quelqu'un voulût bien leur donner des ordres. Ils accoururent et trouvèrent leur tsar sanglant, les yeux clos, le souffle bref et irrégulier. Il rouvrit les yeux, réussit à se soulever sur un coude.

— Mes amis ! Mes fidèles ! Mes orthodoxes ! Sauvez-moi de Chouïsky pour l'amour du Christ. Portez-moi sur la place Rouge. Je parlerai au peuple. Vous serez les plus grands de mes États. Je vous donnerai les richesses des boyards. Et leurs femmes et leurs enfants, pour en faire ce que vous voudrez.

— C'est promis, souverain, dit le centenier, un jeune homme rose qui arborait sa première moustache. On fera un brancard pour te porter.

Par une fenêtre, Chouïsky aperçut le groupe.

— Le Félon ! Là-bas ! Tue, tue !

La foule se rua de ce côté. Psar courait parmi les premiers.

— Cette canaille-là ne nous fait pas peur, dit le centenier, qui avait beau être rose comme une jeune fille : il ne manquait pas de cœur.

Forçant sa jeune voix qui se cassa, il commanda :

— Alignement sur deux rangs.

Les streltsi se rangèrent devant leur tsar.

— Premier rang, fourquines en terre.

Les fourquines se plantèrent dans le sol.

— Mousquets sur fourquines.

Les canons des mousquets s'abattirent au creux des fourches.

— Premier rang, feu.

La foule recula, laissant une vingtaine de cadavres et autant de blessés qui se tordaient sur le sol comme des serpents tronçonnés.

— Premier rang, le genou droit en terre. Rechargez.

Les hommes choisis par Psar s'étaient égaillés dans le palais pour piller, et la populace qui l'entourait maintenant n'avait aucune envie de s'exposer.

Chouïsky éleva la voix.

— Êtes-vous fous ? Si vous le laissez échapper, il vous exterminera tous ! Ce n'est pas seulement un filou, c'est un hérétique, une vipère du diable. Écrasez-le dans son trou. Si vous l'en laissez sortir, malheur à nous, malheur à vous !

La foule, ballottée de côté et d'autre, s'arrêta. Les plus braves se portèrent en avant.

— Deuxième rang, fourquines en terre. Mousquets sur fourquines.

Les vaillants se fondirent dans la masse des autres, voyant que rien ne séparait leur chair de ces mousquets braqués sur elle.

Aleksandro se hissa sur une traverse de l'échafaudage.

— Les streltsi ne veulent pas nous livrer leur Défroqué, cria-t-il. Allons donc au faubourg des Streltsi dire deux mots à leurs femmes et à leurs filles. On pourra s'amuser un brin là-bas, sans dommages. Tout le monde au faubourg !

Hirsute, glapissante, bavante, se figurant non seulement les femmes des streltsi mais aussi leurs biens, qui étaient considérables, la canaille se débanda.

Aleksandro, perché dans l'échafaudage, attendait.

Les streltsi avaient relevé leurs mousquets. Ils se consultaient, angoissés. Allaient-ils laisser leurs femmes, leurs enfants, leurs maisons, à la merci de cette tourbe armée ? Bien portant, Dmitry les aurait ralliés. Mais ce pantin prostré et gémissant qui perdait son sang ? Qui ne vivrait sans doute pas pour les récompenser ?

Un instant, tout fut en balance, et puis le centenier rose vit ses hommes arracher leurs fourquines à la terre et se précipiter tous dans la même direction. Il avait lui aussi une jeune femme très tendre et très jolie... Détournant les yeux de son tsar étendu sur le sol, il prit ses jambes à son cou.

Dmitry resta seul. Ne pouvant bouger.

Aleksandro avait sauté à bas de l'échafaudage. Chouïsky s'était rapproché. Il n'y avait plus auprès d'eux que quelques fidèles de Chouïsky, quelques Tartares de Psar. Leur ennemi gisait à terre, à trente sajènes d'eux. Ils voyaient sa chemise blanche tachée de sang et son haut-de-chausses bleu. Ils avaient gagné.

Ils avancèrent lentement, avec un sentiment qui n'était ni de la prudence ni du respect mais une sorte de pudeur. La chasse était terminée. La bête de chasse était prise et allait être servie.

Le tocsin semblait rythmer leur marche : ba-bamm, ba-bamm.

Ils trouvèrent Dmitry couché sur le dos, les bras et les jambes écartées, sur la terre piétinée que perçaient quelques brins d'herbe printanière. Il geignait. Il ne pouvait pas s'en empêcher. Il les regarda en face. Il ne connaissait pas Psar et concentra sur Chouïsky son regard où ne s'exprimait que la souffrance physique.

— Emportez, dit Chouïsky.

Quatre hommes saisirent Dmitry par les poignets et par les chevilles et marchèrent.

« Peut-on avoir si mal ? se demandait-il. Oui, on le peut. »

On le porta dans le palais qu'il avait fait construire et qui était maintenant souillé de sang, de boue, d'immondices. Pour accéder à l'étage, on enjamba les armoires de présentation renversées, vidées, et les cadavres des musiciens mêlés aux débris de leurs instruments fracassés.

Dans l'escalier, Dmitry poussa un cri de douleur.

On le porta dans un salon et on le jeta sur une banquette rembourrée. Des hommes l'entouraient, qu'il ne reconnaissait pas et qui prétendaient l'interroger. Derrière eux se profilaient des figures de boyards : le nez de renard roux de Chouïsky, la carrure de Mstislavsky.

Des mains puantes s'affairaient comme des rats sur le visage de Dmitry. On lui fourrait les doigts dans les yeux, on lui lacérait les oreilles, on lui aplatissait le nez. Ceux qui ne pouvaient l'atteindre grimaçaient, sifflaient, couinaient. On avait découvert dans un cabinet les masques préparés pour le lendemain et les tortionnaires s'en affublaient dans un mélange de peur superstitieuse et de plaisir interdit.

Et ces hures, ces gueules, ces groins questionnaient sans relâche :

— Qui es-tu, bâtard ? Qui est ton père ? D'où viens-tu ? Comment t'appelles-tu ?

Il retrouva des forces pour prononcer fortement :

— Je suis votre tsar. Le fils d'Ivan. Vous m'avez couronné. Demandez à ma mère.

Chouïsky sortit, laissant la curée aux chiens. Il n'éprouvait ni le besoin de triompher personnellement du Félon ni celui de savoir qui il était : « Grichka Otrépiev » lui suffisait. L'important était de reprendre le peuple en main. Chouïsky monta à cheval pour dominer la foule.

— C'était un filou, répétait-il inlassablement. Un défroqué. Calmez-vous. C'est fini. Le sacrilège est terminé.

Mais le peuple voulait être sûr.

— A-t-il avoué ? criait-on du dehors.

— Il avoue, répondait-on du dedans.

— Alors tue ! Tuez-le !

Dmitry sentait que son corps ne lui appartenait plus à lui mais à ces hommes qui l'insultaient et le torturaient. La souffrance cependant était bien la sienne. Injuste. Il y avait eu un moment, n'est-ce pas, où il avait eu le choix, où il avait accepté cette mission, où il aurait pu refuser cette souffrance. Où en serait-il, s'il avait choisi cette autre voie ? Toujours le fils du traître Kourbsky, mais jeune, brave, plein de talents. Il aurait pu exploiter son domaine ou servir le tsar Boris ou le roi Sigismond, rencontrer Marina et l'épouser : un Kourbsky n'était pas un mauvais parti pour une Mnichek. Et maintenant il allait mourir honteusement, sans l'avoir revue. Mais s'il avait à choisir de nouveau ? Toute sa noblesse de cœur lui monta des tripes aux lèvres. Après tout, s'il avait été plus vigilant, s'il avait écouté ses amis, il serait encore tsar. Il se dit que, si une seconde chance lui était donnée, il choisirait derechef le risque insensé mais sublime. Même vaincu, n'avait-il pas réalisé le rêve de son enfance ?

— César Invincible, murmura-t-il.

Psar avait assisté, les bras croisés, au supplice. Non par cruauté. Il n'aimait l'abaissement d'aucun homme. Il lui suffisait que le faux tsar fût détruit. Mais il avait d'abord pensé que Chouïsky voudrait l'interroger et qu'il fallait donc surveiller les tortionnaires. Puisque l'interrogatoire se réduisait à des insultes et à des horions, il n'y avait pas d'utilité à poursuivre.

— En voilà assez, dit-il.

Son deuxième pistolet était encore chargé. Il tira une balle dans la tête du Félon.

Les autres se ruèrent sur le cadavre, le martelant de coups de poing, de pied, de bâton, plongeant des couteaux dans ces membres tièdes et meurtris que, quelques heures plus tôt, les lèvres de Marina couvraient de baisers. Vengeant leur bassesse sur sa noblesse. Dmitry n'était plus un tsar, un homme, un animal, ce n'était plus qu'un amas de chairs rouges, de viscères bleus, d'os dénudés. On ne pouvait plus imaginer ça ni sur un trône, ni à cheval, ni auprès d'une femme, ni même sortant du ventre de sa mère. Ce n'était plus rien. Pas même une chose. Un tas. Ça n'avait plus de destin, on ne pouvait imaginer que ça eût un nom.

Le peuple, cependant, ne s'apaisait pas, et Chouïsky, revenant au palais, commanda qu'on allât montrer le cadavre à la tsarine Maria et qu'on lui demandât si c'était bien son fils. Il devinait ce qu'elle répondrait.

On attacha une corde au sexe de Dmitry et on le traîna jusqu'à un tombereau où on le jeta. Les tortionnaires, ivres de sang, s'attelèrent eux-mêmes au tombereau et le tirèrent jusqu'au couvent de l'Ascension. Ils s'arrêtèrent dans la rue en vociférant :

— Nous voulons la tsarine Maria.

Maria n'était pas femme à avoir peur. Elle s'enveloppa de ses voiles de nonne et sortit, suivie de regards apeurés par les autres religieuses recroquevillées derrière leurs grilles.

— Que me voulez-vous ?

Sa stature, son visage dur encadré par la guimpe noire, la fermeté de sa démarche, la hardiesse méprisante de son ton en imposèrent. Les hommes qui avaient traîné le tombereau avec des rires et des jurements se découvrirent devant la tsarine et la nonne. Ceux qui avaient conservé leurs masques de bêtes les arrachèrent précipitamment.

— Pardonne-nous, souveraine. Nous voudrions savoir si celui-ci est bien ton fils.

Ils désignaient la chose et certains étouffaient des gloussements.

Maria s'approcha. Si cette canaille croyait qu'elle n'oserait pas regarder ! Elle regarda. Le visage était méconnaissable. Les mains pendaient, écorchées, la chair arrachée avec les bagues. Les traits de Maria se durcirent encore.

« Celui-ci » avait joué son rôle : il avait vengé le petit Dmitry, il avait abattu Boris, il l'avait tirée, elle, du lac Blanc, où elle n'avait pas l'intention de retourner.

Elle eut un ricanement sec et toisa les gueux échevelés qui l'interrogeaient.

— Vous m'auriez demandé cela quand il était vivant, fit-elle, c'était autre chose.

Elle se détourna de cet amas de viande humaine et serra ses voiles autour d'elle :

— Non. Ce n'est pas mon fils. Mon fils était joli. Il est enterré à Ouglitch.

Elle rentra dans le couvent.

A cet instant, le tocsin cessa dans les églises du Kremlin et puis dans les autres, laissant un vide effrayant dans les têtes qui s'étaient habituées à ce martèlement affolé. Les hommes remirent leurs bonnets et le tombereau grinçant et brinquebalant repartit pour la place Rouge, tandis que les derniers égrènements du tocsin tombaient dans un silence de consternation.

6

Marina était enfermée dans la chambre d'Avdotia. Elle s'était mise au lit et elle grelottait. Même si elle cachait sa tête sous son oreiller, elle percevait les ébranlements du tocsin, qui, par moments, paraissait s'épuiser, et puis, dès qu'on changeait de sonneur, redevenait frénétique. Les langues d'airain se déchaînaient dans une glossolalie d'apocalypse. Par moments, Marina s'assoupissait, revoyait des bribes de son passé, des bals, des lustres, entendait des musiques, s'échappait soudain à cheval dans un galop effréné, se réveillait couverte de sueur froide, cherchait à retrouver sa lucidité, s'interrogeait sur ce que lui apporteraient les heures à venir. Elle cherchait à traduire ce que lui prophétisaient ces cloches schismatiques dont les rythmes s'enchevêtraient. Elle ne pensait pas du tout à Dmitry dont l'amour l'avait réduite où elle en était. Tout était sa faute. Elle geignit :

— Danoucha...

— Je suis là, souveraine.

Danoucha était roulée sur le tapis. Les volets étaient clos. Le poêle vrombissait. Le tocsin sonnait.

— Où est mon tatouch ? dit Marina. Je veux mon tatouch.

Il y avait longtemps qu'elle croyait ne plus aimer le vieux bouffon, le vieux mécréant, le vieux paillard, et voilà qu'elle mourait d'envie de voir sa barbe mal peignée, sa bouche mal essuyée, ses yeux égrillards, de sentir son bras autour d'elle, de respirer son odeur de sueur, de musc et de vin cuit. Elle frissonna à l'idée qu'il pouvait lui être arrivé malheur.

Les heures passaient.

En bas, Sergo était assis dans la grande salle, la tête entre les mains, se rongeant d'angoisse pour Dmitry. Mais Dmitry l'avait donné à Marina et il ne pouvait la quitter tant qu'il y avait du danger. Avdotia Prokhorovna était assise à l'autre bout de la salle ; elle continuait à broder le même drap ; on voyait maintenant que c'était le Christ au Tombeau. La marraine entrait et sortait, s'habituant peu à peu à la présence de cet homme silencieux dans son coin. Quelquefois Avdotia se levait, allait se prosterner devant les icônes, priait un peu, retournait s'asseoir, et, bien qu'elle ne ranimât pas la flamme de la veilleuse, il semblait à Sergo qu'à ces instants-là le brasillement des icônes devenait plus intense, comme si elles réfléchissaient la chaleur de ses prières.

Par moments, il oubliait où il était. Il revoyait Dmitry sautant à la perche dans les prés de Sambor, chargeant sur son cheval blanc, fuyant sur la jument blonde, faisant son entrée à Moscou, graciant Aleksandro... A d'autres moments, il prenait conscience de la jeune fille en noir assise à l'autre bout de la salle et se disait que, si le destin l'avait voulu, ils auraient été mariés, qu'elle aurait brodé en sa présence comme elle le faisait maintenant, mais plus près de lui, et qu'alors elle n'aurait pas porté ces sinistres vêtements noirs qui lui donnaient l'air de n'être plus de ce monde mais déjà de l'autre. Ce n'était que pour un moment. Il revenait au tsar et se rongeait de ne pas partager ses périls.

Deux ou trois fois, Danoucha entra, venant chercher quelque chose pour sa maîtresse — de l'eau chaude, une couverture de plus —, et elle trouvait toujours Sergo au même endroit, ne la remarquant pas, la tête entre les poings. Il lui arrivait pourtant de se lever pour aller passer une inspection : il vérifiait que le portail et les deux portes, celles de la cour et du jardin, étaient bien verrouillés, qu'il n'y avait pas d'attroupement dans la rue, que les domestiques, groupés à la cuisine priaient devant les icônes et ne songeaient pas à sortir.

Il était revenu dans la salle et avait repris sa place quand Danoucha vint dire que la souveraine avait faim. Pouvait-on lui préparer des tripes à la hospodar.

A l'entrée de Danoucha, Avdotia se levait chaque fois, déposait sa broderie et s'inclinait en croisant ses mains sur son estomac, sans qu'on sût si elle saluait ainsi une des femmes de sa souveraine ou si elle prenait des distances avec la maîtresse de l'homme qu'elle aimait. Cette fois-ci, elle se leva aussi et se ploya en deux, mais l'étrange demande la fit se redresser.

Que la tsarine voulût manger pendant qu'on massacrait peut-être son père et son mari était déjà surprenant. Qu'elle sût précisément quel plat elle souhaitait, encore plus. Mais qu'elle voulût justement des tripes — les Russes, à la différence des Polonais, n'en mangeaient pas — alors que l'on étripait dans Moscou tout ce qui portait le nom de sa nation, c'était d'une insensibilité, d'une légèreté incroyables. Que la tsarine pût agir par bravade, pour se donner du courage, ne vint pas à l'esprit d'Avdotia.

— Tu diras à la souveraine qu'il n'y a pas de tripes dans la maison. Nous avons tous les brouets, toutes les bouillies, toutes les confitures qu'elle peut désirer. Si elle veut de la viande, nous avons des poulets russes : nous lui en égorgerons un.

Les deux femmes se regardèrent, comme s'il s'agissait de bien autre chose que d'un menu.

— Tiens ! dit Danoucha, il n'y a plus de tocsin.

En effet, les oreilles ayant pris l'habitude de ce brouhaha qui durait depuis le matin, on ne s'était pas aperçu qu'il avait presque cessé. Un clocher après l'autre se taisait. En quelques secondes, ce fut le silence dans le ciel de Moscou.

Lorsque la dernière cloche se fut tue, Avdotia se signa. Sergo se leva et se signa aussi. Après un instant d'hésitation, Danoucha se signa dans le sens contraire.

De la chambre, Marina avait entendu les cloches s'épuiser et elle se demandait ce que cela signifiait. Elle avait résolu de ne plus avoir la fièvre, de ne plus trembler, elle s'était fait lever et habiller et elle espérait bien qu'on ne lui apporterait pas de tripes à la hospodar, car elle se sentait incapable d'avaler quoi que ce fût, mais que serait une tsarine qui ne ferait pas front à l'adversité ?

Les fusillades s'étaient tues en même temps que le tocsin. Il y avait de nouveau des passants dans la rue. Sergo, à qui personne ne disputait le commandement de la maisonnée, choisit une servante à l'air dégourdi et l'envoya aux nouvelles, en lui recommandant de ne faire aucune allusion à la visiteuse clandestine.

Quand elle revint, il l'attendait dans la cour.

— Eh bien ?

— Eh bien, il paraît que le Félon a rendu son âme au diable. Ce n'était rien qu'un défroqué qui se faisait passer pour le tsar légitime.

Sergo eut envie de tuer la bonne femme.

Il monta à l'étage et pria Danoucha de l'introduire auprès de Marina.

La tsarine se tenait bien droite dans la pénombre. Elle roulait un mouchoir dans ses mains.

Sergo savait que les prosternations russes paraissaient ridicules aux Polonais. Il s'agenouilla donc, sans toucher le plancher du front.

Il n'avait jamais beaucoup estimé Marina ni bien compris pourquoi Dmitry l'aimait. Elle lui paraissait orgueilleuse, froide, coquette, frivole, bien plus étrangère que ne l'était Danoucha. Mais tout avait changé maintenant : ce n'étaient plus ses qualités de femme mais sa qualité de tsarine qui comptait. Il trouva spontanément la meilleure façon de lui annoncer la mort de son mari. Il lui dit :

— Tu es notre seule tsarine maintenant.

ÉPILOGUE

VASSILY

1

Chouïsky avait éliminé un péril. Il lui fallait maintenant songer à l'autre et mettre fin à l'opération de diversion qui risquait de créer un *casus belli* avec la Pologne-Lithuanie si trop de grands seigneurs trouvaient la mort. Voilà donc les boyards galopant par Moscou, arrêtant les carnages, faisant lever les sièges de maisons, assurant les Polonais que l'émeute était une erreur, qu'il n'y avait plus rien à craindre, leur donnant des garanties, les embrassant avec effusion.

L'hôtel des ambassadeurs n'avait pas été attaqué. Le canon qui menaçait l'hôtel où s'était retranché Vichnevetsky allait tirer son deuxième coup quand le boyard prince Mstislavsky lui-même dispersa les canonniers à coups de fouet. Le comte Mnichek apprit en même temps que son gendre était mort et que lui n'avait plus rien à craindre. On compta les pertes. Elles étaient moindres qu'on ne l'avait craint : une centaine de Polonais avaient été massacrés et, en se défendant, leurs compatriotes bien retranchés et équipés d'armes à feu, avaient tué trois fois plus de Russes.

Dès lors Chouïsky put se flatter d'avoir pleinement réussi son coup d'État : la diversion avait joué, Dmitry était mort, et les tueurs, reconnaissant l'autorité des boyards, rentraient titubants dans les trous d'où ils étaient sortis. Cependant la tsarine avait disparu et il y avait là une sérieuse source d'inquiétude. Si elle avait été violée, suppliciée, le roi de Pologne-Lithuanie se croirait peut-être obligé de le prendre mal. On la chercha partout mais en vain.

Le dimanche se passa à rassurer les ambassadeurs, à enterrer les morts, à faire le recensement des Polonais survivants, à préparer leur retour dans leur patrie (encore qu'on leur confisquât leurs chevaux), à tenter de faire rendre gorge aux pillards, à montrer au peuple que la Russie était à nouveau gouvernée. Le carnaval de la mort était terminé.

Le lundi, Chouïsky rassembla la Douma — c'était de nouveau « la Douma ».

— Nous avons accompli ensemble un acte vertueux, honorable, utile et salutaire, dit-il aux boyards. Dieu, qui distribue les empires à qui il veut, a béni notre entreprise. La lignée de nos souverains étant interrompue, il nous appartient de choisir un nouveau tsar. Il doit être très noble, pieux, intelligent, attaché à nos traditions, expérimenté, aimant la vérité et la tempérance, et surtout point dépensier.

Les boyards ne pouvaient pas ne pas reconnaître ce portrait. Quelques-uns proposèrent de réunir une assemblée de toute la terre russe pour éviter les erreurs commises au moment de l'avènement de Boris et de Dmitry, mais les amis de Chouïsky se récrièrent.

— A quoi bon perdre tant de temps ? Et d'argent ? Le noble prince Vassily Ivanytch nous a sauvés du Défroqué. Il a mérité de régner sur nous.

On conduisit le noble prince Vassily Ivanytch au Lieu-haut, on trouva assez de populace pour l'acclamer, et de là on le mena à la cathédrale de l'Assomption. Il s'était soudain senti devenir très vieux.

— Boyards, dit-il à ceux qui l'entouraient, j'ai connu les jours du Terrible, ceux de Féodor le sonneur de cloches et ceux du Tartare avant ceux du Défroqué. J'ai eu le temps de me faire beaucoup d'ennemis, et certains d'entre vous s'inquiètent peut-être lorsqu'ils songent aux avanies, insultes, calomnies, persécutions qu'ils m'ont infligées. Je prête ici le serment de ne me venger de personne et de ne prononcer aucune condamnation sans l'aveu de la Douma.

Et il baisa la croix.

Par ce geste, il aliénait le pouvoir autocratique des tsars d'où étaient sorties l'indépendance et la grandeur de la Russie. Ce n'était pas une façon prometteuse d'entamer un règne.

Lorsque le nouveau tsar sortit de la cathédrale, un des fidèles de Dmitry s'approcha de lui et se prosterna.

— Que me veux-tu, Sergo Psar ? demanda Vassily, qui avait la mémoire des noms et des visages.

— Souverain, je vois que Ta Grâce ne poursuit point les Polonais et par conséquent je t'apporte un message de la part de la tsarine.

Elle était donc retrouvée ! Le tsar cacha son soulagement et poursuivit d'un ton sévère :

— N'es-tu pas celui qui nous a si bien trompés, le boyard Mstislavsky et moi, quand nous assiégions Kromy ?

— Oui, souverain, mais je viens de t'entendre jurer que tu ne te vengerais de personne.

— C'est juste. Où est la Polonaise ?

— La tsarine te fait dire, souverain, que, puisque

le calme est revenu dans la ville, son désir est de rejoindre son père et demeurer auprès de lui.

— Il serait facile de savoir de toi où elle se trouve. Les hommes de Mstislavsky n'ont fait que te caresser, tu sais cela ?

Sergo ne répondit pas. Il savait qu'il ne parlerait pas sous la torture. Il savait aussi qu'il ne pouvait indéfiniment cacher Marina dans Moscou. De son côté, Vassily avait avantage à arranger les choses.

— Est-ce donc toi qui nous donneras les moyens de retrouver la Polonaise ?

— Souverain, tu rencontreras la tsarine si tu promets qu'il ne lui sera point fait de mal.

Vassily ne désirait pas autre chose.

— Je t'en donne ma parole de tsar : cela suffit-il ?

Sergo s'inclina.

— Ramène-la au palais, commanda Vassily. C'est là que nous lui parlerons. Quelle récompense veux-tu de moi pour l'avoir retrouvée ? Ou te considères-tu assez récompensé si je ne te fais pas jeter dans la Moskva avec une pierre au cou pour avoir servi le Défroqué ?

— Je souhaite, souverain, que tu m'accordes de servir la tsarine tant qu'elle sera en Russie et de la suivre si elle quitte le pays.

— Voilà une récompense qui ne coûtera pas cher au Trésor. Accordé.

Le même jour, Sergo, ayant loué une voiture fermée, accompagna Marina et Danoucha au palais. On avait enlevé les cadavres, mais les meubles étaient brisés, les tapis maculés, les rideaux arrachés. Marina reçut debout l'envoyé des boyards : c'était Tatichtchev, l'assassin de Basmanov. Il venait d'être nommé maréchal et le tsar lui avait dit :

— Fais rentrer dans le Trésor tout ce que tu pourras.

Cet homme maigre au faciès étrange, qui semblait n'avoir que deux profils collés l'un sur l'autre, considéra la tsarine d'un œil méprisant.

— Marinka, lui dit-il, ton mari Grichka, défroqué, traître et suborneur, nous a trompés en prenant le nom de Dmitry. Toi, tu l'avais connu en Pologne et tu devais savoir qui il était. Néanmoins tu l'as épousé. (Il cracha par terre.) Si tu veux retourner près de ton père, rends-nous les cadeaux que ton filou t'a donnés en Pologne et à Moscou.

La tsarine Marina répliqua fièrement :

— Vous pouvez prendre mes robes, mes colliers, mes chaînes, mes bagues, mes bracelets, mes fourrures, vous pouvez tout prendre. Laissez-moi la robe que je porte pour que je puisse aller retrouver mon père. Ce que vous a coûté ma nourriture et celle de mes gens, je suis prête à vous le rembourser.

— Nous ne te demandons rien pour ta nourriture. Mais, déduction faite des bijoux et des atours que tu vas nous restituer, nous estimons à cinquante-cinq mille roubles ce que le Défroqué t'a envoyé à Cracovie.

— J'ai dépensé tout cela et bien plus pour que mon voyage fût d'une allure à faire honneur à votre souverain et à la Russie. Je ne possède plus rien. Mais si vous nous laissez repartir mon père et moi, nous vous enverrons tout ce que vous exigerez.

Ne portant que la robe avec laquelle elle s'était enfuie et accompagnée des seuls Sergo et Danoucha, Marina se rendit à l'hôtel Godounov où Mnichek était maintenu en garde à vue. Elle se jeta au cou de son père et pleura longtemps. Il la caressait en hoquetant de temps en temps.

— Figure-toi, Marinotchka, que ces chiens de Moskals m'ont tout pris, larmoyait-il. Dix mille roubles, mes chevaux, mes carrosses, mes bijoux, trente tonneaux de vin hongrois que j'avais apportés de Cracovie... Mettons que ce Dmitry ait été un filou : je l'ai toujours soupçonné. C'est une chose de régler son compte à un filou, c'en est une autre de dévaliser des honnêtes gens.

Sergo se dirigea vers la porte. Danoucha courut après lui. Elle le força à se retourner et vit que son visage était baigné de larmes qu'il laissait couler sans les essuyer.

— Où vas-tu, Sergo ?

— Je reviendrai, Danoucha... Je reviendrai peut-être.

— Que vas-tu faire ?

Il pleurait comme un enfant et n'arrivait pas à parler distinctement. Elle finit par distinguer :

— J'ai encore quelque chose à faire pour mon tsar.

Elle se fâcha.

— Alors quoi ? Tu aimes ton tsar mort plus que moi vivante ?

Il fit du bras un geste de désolation.

2

Cette nuit de mai fut aussi froide qu'une nuit d'hiver. Portes verrouillées, fenêtres éteintes, poêles allumés, la ville se repliait sur elle-même, comme si, en bougeant, chacun craignait de se faire mal ou d'attirer l'attention sur soi. Le ciel était d'un noir clair et les étoiles clignaient impassibles au-dessus des bulbes du Kremlin, comme si elles refusaient de savoir ce qui s'était passé ici en leur absence.

Sergo aperçut le feu de loin. Saint-Basile, tout contorsionné, se tapissait d'un côté. La masse du Lieu-haut se profilait de l'autre. Sergo marcha vers les flammes qui dansaient au milieu de la place Rouge, tout là-bas, loin. Pas un bûcher, non, juste de quoi se chauffer tantôt les mains tantôt le dos pendant une longue veille. Sergo avait son sabre au côté, le kandjar au fourreau d'argent dans ses vêtements, et une pioche à la main. Ses pas sonnaient sec sur la terre gelée.

Peu à peu, des objets émergeaient de la nuit, comme des épaves. Derrière les flammes bondissantes, apparaissait et disparaissait une masse étrange, difficile à distinguer, mais Sergo savait que c'était là ce qu'il cherchait. A sa gauche, des figures humaines s'allongeaient sur un lit de paille, des éclats de lumière jouant sur des lames courbes et des canons de mousquets. A sa droite, il aperçut une étincelle rouge et discerna bientôt que c'était le fourneau d'une pipe ; puis, massif et pyramidal, enveloppé d'une pelisse, il vit apparaître le fumeur assis près du feu. Les flammes mettaient des reflets de cuivre sur son crâne rasé.

— Assieds-toi, dit Aleksandro. Cette botte de paille est préparée pour toi.

— Tu m'avais dit que tu me tuerais la prochaine fois que nous nous verrions.

— Ce n'est plus la peine. Le tsar de ta fidélité et le tsar de ta trahison sont morts tous les deux.

Sergo s'assit sur la botte de paille. Les deux frères regardèrent les flammes. Ils en avaient regardé de pareilles, enfants à Psarskoïé, puis à Moscou. Les bûches devenaient incandescentes, se laissaient consumer, s'effondraient, prenaient en surface la couleur de la cendre. Puis des escarbilles se ranimaient. Alors les charbons qui ardaient encore s'édifiaient en des architectures fantastiques, et soudain un souffle de vent les dépouillait de leur rougeur : il n'en restait plus que des squelettes gris.

— Cela fait deux nuits que je t'attends. Pourquoi n'es-tu pas venu plus tôt ?

— La tsarine avait besoin de moi.

— Tu veux le voir ?

Ils se levèrent.

Derrière le feu, aux pieds d'une grossière petite table de bois de sapin mal raboté, gisait le cadavre livide d'un homme nu, adossé à l'un des pieds. Il était trapu, râblé ; sa tête large se hérissait d'un poil ras de sanglier ; il avait une fente noire au niveau du cœur. Basmanov. Étrange de voir cet homme si robuste dépouillé de tout, même de la vie, entièrement soumis à ceux qui avaient voulu le disposer de cette manière. Sur la table, les jambes pendantes de telle façon qu'elles touchaient la poitrine du premier, gisait sur le dos un second homme nu, ou ce qui en restait. Car son corps à lui, enduit de goudron et d'immondices, n'était qu'une ecchymose et qu'une plaie. Une corde était encore attachée à son sexe. Son visage disparaissait sous un masque en papier mâché représentant un diable cornu et grimaçant, les sourcils pointus, une moustache de chat, quelques poils de barbe en crins de cheval à la pointe du menton, des signes cabalistiques peints sur les joues et le front. Un flageolet était planté, à travers la bouche du masque, dans la bouche du mort. Les orbites béaient sur deux yeux bleus grands ouverts et gelés.

Sergo se signa, arracha le flageolet, l'écrasa sous son pied.

— Pourtant il aimait la musique, dit Aleksandro, et voyant que Sergo s'apprêtait à soulever le masque : Si tu y tiens, mais... tu l'aimais, je crois ?

Sergo baissa la main. Il regardait les yeux de cet homme qu'il avait aimé, c'était vrai, et qui n'était plus ici. Il regarda le ciel, se demandant si le vrai Dmitry était là-haut, dans les étoiles.

— La mission que nous avait donnée le tsar Boris est enfin remplie, dit Aleksandro. Notre honneur est sauf et nous avons tenu notre serment.

Il parlait calmement. Un peu de vapeur s'échappait de sa bouche.

— Que vas-tu faire maintenant, Sandro ? demanda Sergo sans colère.

— Servir le tsar Vassily.

— Ce n'est pas un vrai tsar.

Aleksandro haussa l'épaule.

— Et toi ?

— Je servirai la tsarine.

— Tu veux dire la Marinka ? Drôle d'emploi pour un beau soldat comme toi. Un jour, mon cadet, tu te feras tuer pour une mauvaise cause, et il n'y a pas de gloire à cela.

— C'est peut-être notre destin à tous les deux.

— Cela se pourrait bien, fit Aleksandro avec indifférence.

Les deux cadavres avaient l'air de les écouter et les flammes mouvantes qui les éclairaient faisaient croire qu'ils échangeaient leurs impressions.

— Dommage, mon aîné, que nous ne servions plus le même souverain, dit Sergo.

— Dommage, acquiesça Aleksandro.

Les deux frères s'étaient tout dit.

— Maintenant, je vais l'emporter.

Sergo fit un pas vers le cadavre du tsar transformé en bouffon.

— Halte-là, mon cadet. Je savais bien ce que tu voudrais faire. C'est pourquoi je t'attendais. L'inhumer en terre chrétienne, oui ? Cela ne sera pas. Il a voulu violer notre mère la terre russe. Il ne sera pas enterré dans son sein.

— Il le sera, dit Sergo en tirant le kandjar à poignée d'argent qu'Aleksandro lui avait donné.

Aleksandro tira le kandjar à poignée d'ivoire,

celui de Sergo, qu'il avait repris au dizenier de Mstislavsky. Mais en même temps il faisait un signe. Plusieurs Tartares se levèrent à la limite de la nuit, le mousquet à la main. Se faire tuer ? Ce n'était pas ce que Dmitry avait commandé à Sergo.

A ce moment des pas claquèrent sur le sol gelé, et un homme vêtu d'une soutane noire, un collier de barbe grisonnante ceignant son visage émacié, sortit de la nuit avec laquelle il s'était jusqu'alors confondu. Il portait un sac à la main. Il semblait ne pas avoir d'arme.

— Qui es-tu ? lui demanda Aleksandro.

Sergo, lui, l'avait reconnu.

— Je suis le père Gaspard Savitski, répondit le prêtre, d'une voix qui sembla surnaturelle aux deux frères.

— Le curé hérétique ! fit Aleksandro. C'est toi qui aurais été chargé d'arracher la vraie foi de notre terre, si nous avions laissé faire le Félon.

— Je ne suis pas ici, dit le père Gaspard, pour entamer une discussion théologique avec un homme de sang.

— Tu veux emporter le cadavre, toi aussi ? Si tu es Joseph, il n'est pas Jésus. Et surtout, entends-moi bien, curé, la garde ne s'endort pas quand c'est moi qui la commande.

— Tu confonds deux incidents de la Sainte Écriture qui nous est pourtant commune, mais cela est sans importance. Non, je n'ai pas la prétention d'emporter le cadavre. D'abord, je n'aurais pas la force, et puis il faut laisser les morts enterrer les morts. Mais tu dois savoir que cet homme était un chrétien baptisé et un fils de l'Église catholique, apostolique et romaine. Il ne partira pas pour l'au-delà sans qu'elle ait célébré sur lui ses derniers rites, dussent-ils être réduits à leur plus simple expression.

Il ouvrit son sac, en tira une gourde et un goupillon, versa de l'eau de la gourde sur le goupillon.

— *Inclina, Domine, aurem tuam ad preces nostras, quibus misericordiam tuam supplices deprecamur : ut animam famuli tui Demetrii, quam de hoc saeculo migrare jussisti, in pacis ac lucis regione constituas...*

Faisant de larges signes de croix que le brasier projetait dans la nuit, il aspergeait le corps de Dmitry tout en prononçant des prières, à voix basse mais distincte, dans une langue inconnue qui parut sinistre aux deux frères :

Quand il eut terminé ses aspersions :

— Et voilà, dit-il. Il en est tombé un peu sur l'autre, mais cela ne peut pas lui faire de mal. Dieu, dans son infinie bonté, acceptera peut-être ce rite funèbre à titre de confirmation dans sa vraie Église. Les voies du Seigneur sont insondables. D'ailleurs, il s'appelait Piotr, c'est-à-dire Pierre. Avec un prénom pareil, il doit avoir des protections.

Le prêtre sourit lui-même de sa plaisanterie et son visage austère s'épanouit en rides. Puis, non sans ironie, il regarda Aleksandro qui avait rengainé son kandjar.

— Bon. Je vois que le martyre, ce n'est pas encore pour aujourd'hui.

Ayant posément remis le goupillon et la gourde dans le sac, il inclina légèrement la tête en direction des deux frères et disparut dans la nuit.

Sergo courut après lui.

— Est-ce vrai, ce que tu as dit, que le tsar était hérétique comme toi ?

Le froid pinçait. Gaspard continuait de marcher.

— Je n'accepte pas le mot injurieux que tu viens d'employer. Dmitry était fils de l'Église catholique, apostolique et romaine.

— Comment le sais-tu ?

— J'ai été l'auteur de sa conversion. Il a communié des mains du nonce à Cracovie, le vendredi saint.

— Mais il vivait comme un orthodoxe. Il l'est donc redevenu !

Le père Gaspard eut un geste d'impatience :

— Pour cela, c'est comme Dieu voudra.

Ils marchèrent en silence, Sergo consterné, mais ne doutant pas des paroles du prêtre, le prêtre essayant de s'ouvrir à cette âme qui se débattait auprès de lui. Enfin il s'arrêta.

— Je puis encore te dire quelque chose.

Il allait violer le secret de la mission, son allégeance au père Possevino, peut-être son vœu de jésuite, peut-être sa fidélité au Vicaire du Christ, mais qu'est-ce que tout cela à côté d'une âme qui bat des ailes comme un oiseau tombé dans une cheminée ? Il fallait libérer l'oiseau : or, seule la vérité libère.

— Sergo, Dmitry n'était pas le fils d'Ivan. Il n'était pas le tsarévitch. Peu d'hommes le savent. Je suis un de ceux-là. Il faut que tu le saches aussi.

Gaspard attendait un coup de kandjar et commença à réciter silencieusement l'antienne des vêpres des défunts :

— *Si iniquitates observaveris, Domine, qui sustinebit ?*

Le coup ne vint pas.

Sergo se tenait entre le ciel noir et la terre noire, comme foudroyé. Il ne trouvait pas la force de nier ce qui était la vérité.

Puis, d'autres forces lui revinrent, peu à peu. Il comprenait maintenant pourquoi Dmitry avait fait oindre et couronner Marina avant de l'épouser. Pour qu'elle fût tsarine avérée, malgré son mensonge à lui.

3

Le 1er juin 1606, le prince Chouïsky fut sacré tsar, sans que la Russie eût été consultée. Une lettre fut envoyée à toutes les villes russes, rédigée en des termes tels que chaque ville crût que les autres avaient exprimé leur approbation.

Le sacre eut lieu à la cathédrale de l'Assomption, et le nouveau métropolite Isidore dit au nouveau tsar :

— Ce jour, grâce à toi, souverain choisi par Dieu, la piété se renouvelle et la foi orthodoxe s'illumine et la sainte Église de Dieu s'affranchit des séductions hérétiques et l'illustre trône des tsars s'orne de dévotion.

Il n'y eut pas de fête pour le peuple, il n'y eut même pas de banquet pour les boyards. Le sacre ne coûta pas un kopek au Trésor, et le tsar Vassily fut satisfait. Mais le peuple n'approuva pas ce sacre à la sauvette. Il ne comprenait toujours pas pourquoi ni comment le tsar Dmitry avait été assassiné, puisque ce n'était pas par les Polonais. Il réclamait des explications.

Vassily, qui avait inventé la fable de Grichka Otrépiev le Défroqué, décida de l'utiliser de nouveau, d'autant plus que le vrai Grichka avait été envoyé par Dmitry pour exercer un gouvernement en province et qu'on n'entendait plus parler de lui. Des membres de la famille Otrépiev vinrent témoigner que c'était bien leur parent qui avait régné sous le nom de Dmitry. Enfin Vassily réalisa le projet qu'il avait proposé six ans plus tôt à Boris : il fit canoniser le tsarévitch assassiné.

Le métropolite Filarète Romanov, un évêque, deux archimandrites, quatre boyards furent envoyés à Ouglitch pour rapporter à Moscou les reliques, auxquelles on attribuait déjà à Ouglitch plusieurs guérisons miraculeuses. Quand on ouvrit le cercueil, une odeur divine se répandit par l'église et on trouva le corps presque intact reposant dans son linceul damassé, fourré d'écureuil. Il avait une poignée de noisettes dans la main.

Le 3 juin, le tsar Vassily, la tsarine Maria et un clergé innombrable avec icônes, bannières, encensoirs, se portèrent à la rencontre du saint cortège. La châsse fut placée dans la cathédrale Saint-Michel-Archange où étaient ensevelis les ancêtres du tsarévitch, et la tsarine Maria déclara :

— Je suis coupable devant le grand souverain tsar et grand-prince Vassily Ivanytch et devant le saint clergé et devant tous les peuples de la Russie et encore plus devant le saint martyr Dmitry. Longtemps j'ai supporté l'imposteur sans le dénoncer. Pourquoi ? Parce que Godounov m'avait réduite à la misère, et je me réjouissais de ne plus devoir y vivre. D'ailleurs le Félon m'avait interdit de dire la vérité. Fais-moi grâce, toi, souverain, et toi, peuple de Moscou, pardonne-moi, afin que je ne continue pas à vivre maudite par le monde entier.

— Tsarine Maria, répondit Vassily, en souvenir du tsar et grand-prince Ivan Vassilitch ton défunt mari, et par égard pour les reliques du saint tsarévitch martyr Dmitry, je te pardonne, et je demande aux métropolites, archevêques, évêques et à tout le clergé de prier avec moi le Seigneur Tout-Puissant, la Très Pure Mère de Dieu et tous les saints pour que Dieu fasse preuve de miséricorde et libère ton âme du péché que tu as commis.

Les guérisons miraculeuses commencèrent aussitôt à Moscou. Il y en eut treize le premier jour et douze le lendemain.

4

Et pourtant Dmitry n'avait pas fini de donner du souci à Vassily.

Les uns voyaient dans son cadavre, exposé sur la place Rouge et protégé contre la corruption par le froid, le corps du fils d'Ivan, et s'indignaient qu'il ne fût pas au moins enterré dignement. D'autres, qui se hasardaient à sortir la nuit, entendaient autour de la dépouille sanglante des tambourins, des fifres, des chansons discordantes : c'étaient, pensaient-ils, les diables qui fêtaient l'arrivée du Défroqué en enfer. De l'aveu des sentinelles qui avaient remplacé les hommes d'Aleksandro, des feux follets tournoyaient autour du cadavre, couraient le long du sol. Tout cela troublait l'ordre public.

— Qu'on le jette dans la fosse de l'hospice, commanda le tsar.

A peine la charrette qui devait l'y conduire se fut-elle ébranlée, qu'une tempête effroyable éclata. Le vent arrachait les toitures, renversait les murs. On n'avait jamais rien vu de pareil à Moscou. A quelques semaines de la Saint-Jean, une neige dure comme du sel fustigeait le cocher, l'escorte et les curieux, leur meurtrissait le visage et les mains. On se rappela qu'une tempête avait aussi marqué l'entrée du Félon à Moscou. Néanmoins le corps fut jeté dans la fosse commune où pourrissaient les miséreux et les ivrognes morts de froid.

— Maintenant, nous sommes tranquilles, dit le tsar.

Il se trompait.

Tatichtchev vint lui rendre compte que le corps avait été déterré et qu'un couple de colombes voletait au-dessus.

— Pas des corbeaux, souverain. Des colombes. Quand on approche, elles disparaissent. Quand on s'éloigne, elles reviennent et se mettent à roucouler.

Les Russes ne tuent pas les colombes, par respect pour le Saint-Esprit : il était donc impossible de les faire abattre.

— J'aimais mieux les fifres et les tambourins, dit le souverain. Qu'on l'enterre plus profondément.

Ce qui fut fait.

Quelques jours plus tard, un fossoyeur travaillant dans un cimetière situé à un quart de verste plus loin remarqua un tas de terre fraîchement remuée et surmonté d'une croix de bois. Ce n'était pas lui qui avait creusé cette tombe et il eut la curiosité de donner quelques coups de pioche. Il découvrit le corps de Dmitry, miraculeusement transporté à cet endroit.

Le tsar Vassily commençait à se tracasser pour de bon. Il savait que Dmitry n'était ni le tsarévitch ni le Défroqué. Qui était donc cet être venu d'ailleurs ?

— Qu'on le brûle ! commanda-t-il.

On fit un grand feu au pied de la forteresse décorée de diables où Dmitry devait donner son tournoi. On jeta le cadavre raide de gel dans les flammes. Les bras et les jambes brûlèrent, mais le feu n'entama pas le tronc. Une peur superstitieuse étreignit les fossoyeurs, qui craignaient de voir apparaître tous les diables de l'enfer à moins que ce ne fût une expédition punitive des anges du ciel.

Une fois de plus, Tatichtchev alla rendre compte à Vassily.

— Je vois ce que c'est, dit le tsar. La terre refuse de recevoir dans ses entrailles celui qui lui a tant causé de tort. Voici ce que vous allez faire.

Le corps fut haché menu et brûlé.

Les cendres furent rassemblées, mélangées à de la poudre à canon, versées dans la bouche d'une bombarde et tassées avec le refouloir.

La bombarde fut braquée en direction de l'Occident, d'où le Félon était venu.

Une mèche faite de vieilles cordes bouillies avec du salpêtre fumait et se tordait à terre. Un canonnier, qui aurait préféré ne pas avoir reçu cette mission, pressa la lance à feu contre la mèche, l'enflamma et la plongea dans la lumière du canon.

Le coup partit.

5

Craignant les réactions du roi de Pologne-Lithuanie, le tsar et les boyards lui avaient envoyé des ambassadeurs, tout en gardant les siens comme otages.

Le comte Mnichek et sa fille habitaient toujours l'hôtel Godounov, d'où il leur était recommandé de ne pas sortir jusqu'à ce qu'on eût statué sur leur sort. Marina était traitée en tsarine par ses compagnons de captivité, même par son père, qui ne l'appelait plus que « Ta Majesté ».

Sergo, qui pouvait circuler comme il voulait, était devenu leur factotum. Quelquefois Danoucha réussissait à le dérider, mais rarement. Le secret que lui avait confié le père Gaspard, et qui aurait dû le libérer, le torturait au contraire. Il s'était donné corps et âme à la tsarine et avait le sentiment de la trahir en la laissant dans l'ignorance, mais comment aurait-il pu l'accabler ? Pour lui, il ne savait que penser. Comment avait-il pu aimer un trompeur ? Se pouvait-il qu'il l'aimât encore ? Oui, il l'aimait, puisqu'une nuit il était allé déterrer son cadavre puant pour l'enterrer dans un vrai cimetière, non plus comme son tsar, mais comme un compagnon chéri.

Un jour qu'il était allé faire le marché — il cherchait des tripes pour faire plaisir à Marina qui avait retrouvé son appétit — il revint soucieux et demanda à être reçu par la tsarine.

— Souveraine, lui dit-il, je ne souhaite pas t'agiter ni ajouter à ton chagrin, mais tu ne manqueras pas d'apprendre la chose et il vaut peut-être mieux que ce soit par moi. Une rumeur se répand par la Russie. Ton mari ne serait pas mort. Un autre aurait été tué en son lieu et exposé sur la place Rouge. Son visage était caché d'un masque non par dérision, mais pour que le peuple ne s'aperçût pas de la supercherie. Certains ont cru voir que le corps avait des mains noires de paysan et les cheveux longs, alors que ton mari avait les mains blanches et s'était fait couper les cheveux la veille de votre mariage. C'est pour cela que le tsar Vassily aurait ordonné qu'on le brûlât.

Marina avait porté sa main à sa poitrine. Elle était blanche comme un drap, même sa petite bouche avait perdu sa teinte vermillon.

— Cela ne peut pas être.

— En effet, souveraine, cela est faux. Mais le tsar fait jeter dans la Moskva, avec une pierre au cou, ceux qui en parlent un peu fort. Et ce n'est pas tout, souveraine. On dit...

Sergo fit une brève prière et reprit :

— On dit qu'un homme s'est paré du nom de ton mari, qu'il porte la couronne et le sceptre, et qu'à la tête d'une armée de cosaques il marche sur Moscou.

Il y eut un long silence.

Enfin Marina se dressa. Les couleurs revenaient à son visage. Elle avait oublié la présence de Sergo, ses yeux étaient perdus dans le vague. Elle releva le menton et prononça distinctement en polonais :

— Je régnerai donc !

6

Un autre jour, Sergo alla jusqu'à Kitaïgorod. Il voulait remercier Avdotia Prokhorovna de l'hospitalité accordée à la tsarine proscrite.

Quand il approcha des merisiers, le cœur lui manqua. Quelque chose avait changé, il ne savait quoi. Il frappa au portail. Une servante vint lui ouvrir, le reconnut, et le conduisit sans un mot dans la salle. La marraine, à laquelle il n'avait jamais prêté attention sauf pour remarquer que c'était une grosse femme au visage couperosé, vint lui parler.

— Tu ne verras plus jamais Avdotia. Elle est entrée au lac Blanc. Elle prie pour la Russie.

NOTE DE L'AUTEUR

Le roman est un jeu qui se joue à deux. Les partenaires s'appellent auteur et lecteur. Le lecteur demande à l'auteur de lui raconter une histoire qu'il sait fausse et de la lui faire accepter comme vraie. Si l'auteur réussit, ils ont gagné tous les deux ; sinon, chacun est perdant.

Dans le roman historique, un réel supposé plus ou moins connu devient le garant d'un imaginaire que le lecteur a toujours la possibilité de prendre pour une portion moins connue du même réel. C'est une des formes de la technique que j'ai baptisée *estompement* dans mon essai sur Lawrence Durrell.

Cependant, une fois ce numéro de prestidigitation terminé, il arrive que le lecteur souhaite savoir où passe la ligne de démarcation entre l'historique et le fictif, surtout lorsqu'il s'agit d'un pays étranger et d'une période peu connue.

Le roman *Les Faux Tsars* suit de très près le récit de l'historien N.I. Kostomarov : *Le Temps des Troubles dans l'État de Moscovie au début du XVIIe siècle*. L'auteur a aussi consulté le beau livre de Catherine Durand-Cheynet *Boris Godounov et le mystère Dimitri*, dont la thèse ne l'a malheureusement pas convaincu. La *Trilogie* d'Alexis Tolstoï et le *Boris Godounov* de Pouchkine ont été à chaque instant présents à sa mémoire, même s'il ne les a utilisés qu'épisodiquement.

Les frères Psar sont imaginaires, mais la plupart des actions qui leur sont prêtées ont été réellement accomplies par d'autres acteurs, quelquefois connus, plus souvent anonymes : c'est le prince Roubets-Mosalsky qui a cédé son cheval à Dmitry ; c'est Grigory Valouev qui lui a donné le coup de grâce ; nous ignorons les noms des deux faux moines envoyés par Boris pour l'assassiner.

La plupart des autres personnages du roman sont historiques, mais le rôle de certains d'entre eux a été grossi : c'est le cas de Chouïsky, du père Gaspard Savitski et de Basmanov, en qui sont ramassés d'autres personnages : le nombre en aurait été trop grand si on les avait tous présentés. Les portraits physiques sont authentiques dans les cas où l'auteur a eu accès à une description ou à une peinture (Chouïsky, Mnichek, Dmitry, Boris, Marina, Ksénia...) ; dans les autres, il a donné libre cours à son imagination (Basmanov, Mstislavsky). Le portrait moral des personnages historiques est conforme à ce qu'on sait d'eux.

La géographie est conforme à la réalité à trois exceptions près : à l'endroit où Dmitry a passé la frontière, elle n'était pas figurée par le Dniepr ; la Russie, à l'époque, s'appelait Moscovie ; et l'expression « toutes les Russies » n'est qu'une traduction traditionnelle mais enjolivée du singulier « toute la Russie ».

Sur plusieurs points, l'auteur a dû présenter comme historique ce qui n'est que vraisemblable : nous ne savons pas de science certaine que Boris a fait assassiner le tsarévitch, ni qu'Ivan le Terrible a laissé un testament secret, ni que ce testament était en faveur des Romanov, mais nous avons de bonnes raisons de le penser.

Nous savons que Dmitry a été en rapport avec Antonio Possevino dit Barezzo Barezzi, qu'il s'est converti secrètement au catholicisme romain dans les circonstances qu'on a lues, et que les aumôniers jésuites qui l'accompagnaient étaient, vers la fin de son règne, mécontents de lui. Nous ne savons pas s'il a été un véritable agent manipulé par Possevino ou simplement un aventurier sur lequel Possevino aurait misé. A vrai dire, nous ne sommes même pas tout à fait certains qu'il n'ait pas été le vrai fils d'Ivan, encore que cela paraisse peu probable. Nous ne savons pas non plus si Clément VIII a formellement donné son aval à l'opération, mais nous savons qu'il s'intéressait à la conversion de la Russie au catholicisme romain — l'Union de Brest-Litovsk en est témoin — et qu'il a fondé de grands espoirs sur Dmitry, comme l'atteste sa correspondance.

En revanche, il n'y a pas de raison sérieuse pour penser que Dmitry ait été le fils du prince Kourbsky (encore que le prince Kourbsky ait réellement eu un fils nommé Dmitry et qu'il ne semble pas que l'on sache ce qu'il est advenu de lui). L'auteur s'est laissé tenter sur ce point par une hypothèse qui n'a rien d'impossible, encore qu'elle ne soit pas confirmée.

Si l'on ajoute que l'ordre de certains événements mineurs a été quelquefois modifié et que le retournement de Basmanov s'est déroulé de manière plus complexe, on peut dire que, pour le reste, le roman adhère d'aussi près à la réalité historique qu'il est possible : les usages, les costumes, les cadeaux de Marina, les atrocités, les visions, les signes et les prodiges et jusqu'à certains dialogues (par exemple le « Trahison, mon cœur ! » de Dmitry à Marina) sont attestés. Non que l'auteur se soit fait scrupule d'attenter à l'Histoire, mais que l'Histoire, en l'occurrence, était si dramatique et pittoresque qu'il aurait fallu être bien fat pour lui préférer sa propre imagination.

*

La translittération des noms slaves est toujours partiellement arbitraire. Dans l'ensemble, on a essayé de rendre autant que possible la prononciation sans trop désorienter le lecteur. Les noms de famille polonais sont orthographiés de manière à rendre leur prononciation accessible au lecteur français (*Mnichek* pour *Mniszech*).

On a essayé de ne pas multiplier les termes russes ou polonais inconnus du lecteur, mais peut-être sera-t-il utile de donner une définition simplifiée de quelques-uns que voici.

Ataman : général de cosaques.

Bigos : choucroute polonaise.

Borchtch : soupe aux choux, à la betterave et au lard.

Boyard : fonction de conseiller du tsar, comparable à « pair ».

Chodzony : danse de cour polonaise.

Cosaque : cavalier du Sud de la Russie se considérant à l'époque comme indépendant de toute souveraineté.

Douga : élément de harnais à la russe en forme d'arc outrepassé placé au-dessus de l'encolure du cheval.

Douma : assemblée consultative des boyards.

Drojki : petit traîneau attelé.

Egri bikaver : sang de taureau, vin hongrois.

Iconostase : cloison constituée d'icônes séparant le chœur de la nef dans une église orthodoxe.

Isba : maison de paysan en Grande-Russie, faite de rondins.

Kaftan : veste.

Kandjar : poignard caucasien.

Kazatchiok : danse russe exécutée par le cavalier.

Khan : seigneur tartare.

Knout : n'importe quel fouet, et non pas « instrument de supplice muni de crochets ou de boules de métal » comme le veut une légende occidentale aussi erronée qu'indéracinable.

Kokochnik : serre-tête tout en hauteur, en tissu brodé souvent orné de perles, coiffure traditionnelle des femmes russes.

Kvas : boisson faite avec du pain fermenté.

Matouchka : femme d'un prêtre orthodoxe russe.

Moskal : terme péjoratif polonais pour désigner les Moscovites, c'est-à-dire les Russes.

Opritchnik : membre de la garde personnelle d'Ivan le Terrible.

Pertsovka : vodka au poivre.

Pirojok, pirojki : petit pâté formé d'une croûte et d'une farce.

Polaque : Polonais, sans nuance péjorative, à moins qu'on n'y mette le ton.

Pope : prêtre orthodoxe russe avec nuance péjorative.

Psar : valet de chiens.

Sajène : environ 2 mètres.

Sarafan : robe sans manches portée par-dessus une blouse.

Starets, startsi : vieillard servant de directeur de conscience.

Staroste : dans la tradition polonaise, gouverneur.

Strelets, streltsi : tirailleur.

Tatouch : papa en polonais.

Térem : étage supérieur de la maison ; avec une majuscule : palais du tsar.

Troïka : attelage de trois chevaux.

Tsarevna : fille du tsar.

Vchistkié diabli : tous les diables, juron polonais.

Verste : environ 1 kilomètre.

Voïvode : général.

Zaporogues : cosaques du Dniepr (za-porogom, au-delà des cataractes).

Zoubrovka : vodka à l'herbe de bison.

LES LIEUX DE L'ACTION

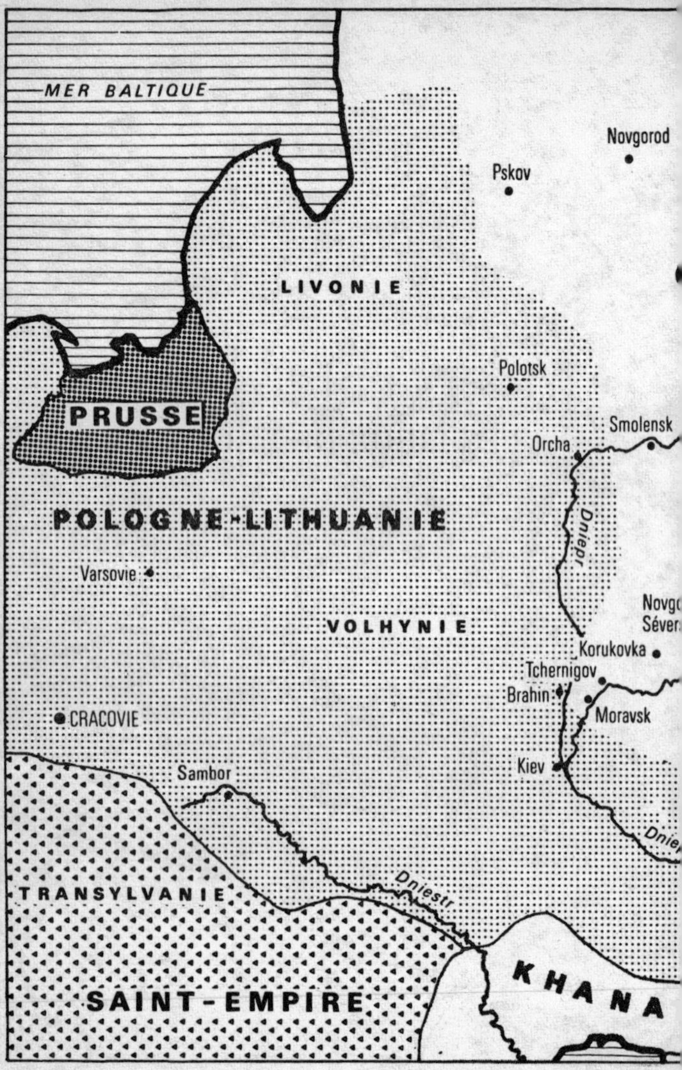
MER BALTIQUE
Novgorod
Pskov
LIVONIE
Polotsk
PRUSSE
Smolensk
Orcha
POLOGNE-LITHUANIE
Dniepr
Varsovie
VOLHYNIE
Korukovka
Tchernigov
Brahin
Moravsk
CRACOVIE
Kiev
Sambor
Dniestr
TRANSYLVANIE
SAINT-EMPIRE
KHANA

Lac Blanc
Kostroma
Ouglitch
Iaroslavl
Nijny
Novgorod
Volga
Kazan
Trinité-St-Serge
Vladimir
MOSCOU
na
Kalouga
Toula
RUSSIE
Orel
Elets
Kromy
rynitchi
Voronèje
Koursk
Oskol
Belgorod
Don
CHAMP SAUVAGE
Tsarev-Borissov
Volga
APOROJIÉ
CRIMÉE
Mer d'Azov
Astrakhan
Mer
Caspienne

Table

PREMIÈRE PARTIE

BORIS

SECONDE PARTIE

DMITRY

ÉPILOGUE

DU MÊME AUTEUR

L'AGENT TRIPLE, *roman* (Julliard).
LES MOUSQUETAIRES DE LA RÉPUBLIQUE, *roman* (La Table Ronde).
VERS UNE MÉTRIQUE FRANÇAISE (French Literature Publication Company).
LE RETOURNEMENT, *roman* (L'Âge d'Homme).
LES HUMEURS DE LA MER, *roman* (L'Âge d'Homme).
OLDUVAÏ
LA LEÇON D'ANATOMIE
INTERSECTION
LES MAÎTRES DU TEMPS.
LE COMPLEXE DE PROCUSTE (L'Âge d'Homme).
UNE HISTOIRE SURANNÉE QUELQUE PEU, *récit* (L'Âge d'Homme).
VLADIMIR, LE SOLEIL ROUGE (L'Âge d'Homme).
LE MONTAGE, *roman* (L'Âge d'Homme), *Grand Prix du Roman de l'Académie française 1982.*
LE TRÊTRE, *roman* (L'Âge d'Homme).
L'AMOUR TUE, *comédie* (L'Âge d'Homme).
YALTA, *tragédie* (L'Âge d'Homme).
TCHAÏKOVSKY, *biographie* (L'Âge d'Homme).
LAWRENCE LE MAGNIFIQUE, *essai sur Lawrence Durrell et le roman relativiste* (L'Âge d'Homme).
LECTURE DE L'ÉVANGILE SELON SAINT MATTHIEU (L'Âge d'Homme).
LE PROFESSEUR D'HISTOIRE, *roman* (L'Âge d'Homme).
LA DÉSINFORMATION, ARME DE GUERRE, *textes de base présentés par Vladimir Volkoff* (L'âge d'Homme).
NOUVELLES AMÉRICAINES (L'Âge d'Homme).
L'INTERROGATOIRE, *roman* (Éditions de Fallois / L'Âge d'Homme).
LES HOMMES DU TSAR, *roman* (Éditions de Fallois / L'Âge d'Homme).
LE MISTÈRE DE SAINT VLADIMIR, *théâtre* (L'Âge d'Homme), *Prix Alfred de Vigny 1988.*
VLADIMIRIANA, *recueil d'articles* (L'Âge d'Homme).
L'ENFANT POSTHUME, *roman* (L'Âge d'Homme).
LE BOUCLAGE, *roman* (Éditions de Fallois / L'Âge d'Homme).

LA TRINITÉ DU MAL ou Réquisitoire pour servir au procès posthume de Lénine, Trotsky, Staline (Éditions de Fallois / L'Âge d'Homme).
LA CHAMBRE MEUBLÉE, *roman* (L'Âge d'Homme).
LA BÊTE ET LE VENIN ou la fin du communisme (Éditions de Fallois / L'Âge d'Homme).
LE BERKELEY À CINQ HEURES, *roman* (Éditions de Fallois / L'Âge d'Homme).

SCIENCE-FICTION :

MÉTRO POUR L'ENFER, *roman, Prix Jules Verne 1963* (Presses Pocket).
LE TIRE-BOUCHON DU BON DIEU, *roman* (Presses Pocket).
LA GUERRE DES PIEUVRES, *roman* (Presses Pocket).

AVEC JACQUELINE BRULLER :

L'EXIL EST MA PATRIE, *entretiens* (Le Centurion).

Composition réalisée par EUROCOMPOSITION

IMPRIMÉ EN FRANCE PAR BRODARD ET TAUPIN
Usine de La Flèche (Sarthe).
Librairie Générale Française - 6, rue Pierre-Sarrazin - 75006 Paris.
ISBN : 2 - 253 - 09769 - 1

30/9769/8